Das Buch

Wilma von der Senne, betucht und gesellschaftlich mehr als geachtet, ist Chefredakteurin des Hochglanzblattes *Elite*. Kein Prominenter geht ihr durch die Lappen, sie hat die Spürnase für Schlüpfriges und Peinliches, erbarmungslos deckt sie alles auf, sonnt sich in der Promi-Szene und kleidet sich in *Chanel*. Als sie auf dem Rückflug von einem Interview mit Barbara Becker zufällig mithört, dass die biedere, brave Familienministerin und Dreifach-Mutti Mechthild Gutermann eine heimliche Affäre hat, kennt sie kein Erbarmen. Noch im Auto diktiert sie die sensationelle Story, die die vermeintlich untadelige Familienministerin Kopf und Kragen kosten wird. Die allein erziehende Schmuddelblatt-Reporterin Nicole Nassa vom *Neuen Tratsch* muss noch härtere Bandagen anlegen, um sich in der Schreiber-Szene über Wasser halten zu können. Sie erfindet schlichtweg Interviews, türkt Fotos und geht auch sonst nicht zimperlich zur Sache, wenn sie eine heiße Story wittert.
Da mischt ein Unfall die Karten neu und plötzlich wird die erfolgreiche Wilma selbst gnadenlos von der deutschen Presse verfolgt, die sie bisher so perfekt zu beherrschen glaubte ...

Die Autorin

Hera Lind, geboren 1957, ist Deutschlands erfolgreichste Romanautorin. Nach dem Studium der Germanistik, Musik und Theologie arbeitete sie hauptberuflich als Sängerin, bevor ihr gleich mit ihrem ersten Roman *Ein Mann für jede Tonart* ein sensationeller Bestseller gelang.

Von Hera Lind ist in unserem Hause bereits erschienen:
Mord an Bord

Hera Lind

Hochglanzweiber

Roman

Ullstein

Personen und Handlung dieser Geschichte sind
diesmal aber wirklich frei erfunden.
Sollte doch jemand glauben, eine bestimmte Person oder gar
sich selbst in einer dieser Romanfiguren zu erkennen, irrt er
sich ganz bestimmt.

Ullstein Taschenbuchverlag
Der Ullstein Taschenbuchverlag ist ein Unternehmen der
Econ Ullstein List Verlag GmbH & Co. KG, München
Originalausgabe
1. Auflage 2001
© 2001 by Econ Ullstein List Verlag GmbH & Co. KG, München
Umschlagkonzept: Lohmüller Werbeagentur GmbH & Co. KG, Berlin
Umschlaggestaltung: Thomas Jarzina
Titelillustration: Volker Schächtele
Gesetzt aus der Sabon, Linotype
Satz: Josefine Urban – KompetenzCenter, Düsseldorf
Druck und Bindearbeiten: Ebner Ulm
Printed in Germany
ISBN 3-548-25247-8

»Nebenan können Sie auch einchecken, gnädige Frau.«

Der blonde Bodensteward fischte Wilma aus der Warteschlange und ging voraus. »Hier geht es schneller, da brauchen Sie nicht zu warten.« Er wies ihr den Weg in die First-Class-Abfertigungshalle und ließ sie vorangehen.

»Sie haben die Senator-Card, nehme ich an?«

»Natürlich.« Wilma kramte in ihrer Handtasche herum. »Hier. Bitte.«

Sie legte dem Steward ihre goldene Vielfliegerkarte aufs Pult und betrachtete dabei zufrieden ihre dezent lackierten Fingernägel, die farblich haargenau zu ihrem cremefarbenen Kostüm passten. Auch der Steward warf einen etwas zu langen Blick darauf.

»Sie müssen sich um Ihr Gepäck nicht mehr kümmern, Frau von der Senne. Bitte nehmen Sie so lange Platz.«

Aha, dachte Wilma. Der kennt mich. Sie lächelte geschmeichelt, während sie sich auf einen dunkelroten Ledersessel fallen ließ. First-Class-Einchecken war einfach der Hit. Hinter dem Glaspavillon warteten weiterhin geduldig Dutzende von Passagieren in der »Economy«-Schlange. Und selbst bei »Business« war es gedroschen voll. Klar. Freitag Nachmittag am Münchner Flughafen.

»Auch ein *Elite*-Leser, Herr ...?« Wilma bemühte sich, das Namensschild auf der Uniform des jungen Mannes zu entziffern. »... Bartenbach?«

»Wer liest nicht die *Elite*, Frau von der Senne? Ich freue mich jede Woche auf Ihre Gesellschaftskolumne. Was Sie aber auch für Stars treffen ...« Herr Bartenbach grinste Wilma freudig an, während er die »Priority«-Aufkleber am Koffer anbrachte.

»In der letzten Ausgabe war doch Ihr Bericht über die Oscar-Verleihung. Toll, Ihr Interview mit Julia Roberts. Und wie Sie ihr Kleid beschrieben haben! Ich habe wirklich jedes Wort verschlungen!«

Klar, dachte Wilma, du bist ja auch vom anderen Ufer. Diese Männer waren fast alle begeisterte *Elite*-Leser.

»Ja, es ist schon ein schöner Job«, antwortete Wilma herablassend.

Herr Bartenbach fertigte Wilma mehr als zuvorkommend ab.

»Ich buche Sie in der ersten Reihe ein, Frau von der Senne. Die beiden Plätze neben Ihnen lasse ich frei. Dann können Sie in Ruhe arbeiten.«

»Danke, Herr Bartenbach.« Wilma erhob sich, legte einen Hundertmarkschein auf den Desk und nahm ihre Bordkarte an sich. Sie lächelte den Steward noch einmal gönnerhaft an und begab sich dann durch die Sicherheitskontrolle. Auch hier musste sie nicht warten. »First Class bitte hier entlang.«

Wilma genoss es wahnsinnig, ein »VIP« zu sein. Sie schob sich durch die Kontroll-Lichtschranke.

»Ihren Mantel bitte!« Die pickelige Maid am Handgepäckband schien Wilma nicht zu kennen.

Die kann sich *Elite* nicht leisten, dachte Wilma, während sie ihren Pelzmantel ablegte. Die Pickelige grabschte danach und stopfte ihn in eine Plastikwanne.

Der teure Nerz fuhr durch das Röntgengerät.

»Die Tasche!«

Die liest vermutlich nur diese Schmutzblättchen, die beim Friseur und beim Zahnarzt rumliegen, dachte Wilma. *Heim und Herd, Meine Vorbilder und ich, Neuer Tratsch.*

»Noch was in den Taschen? Lippenstift, Kleingeld, Handy?«

Wilma kramte in den Jackentaschen ihres Kostüms herum. Sie legte ein kleines silbernes Nokia und einen Chanel-Lippenstift ins Körbchen.

Herablassend lächelte sie die Pickelige an.

»Sie haben Lippenstift auf den Zähnen«, sagte die Pickelige.

Wilma zuckte zusammen. Verdammt. Was erlaubte sich dieser minderbemittelte Trampel?

Verärgert klaubte sie ihren Nerz und ihre Louis-Vuitton-Handtasche vom Fließband und rauschte davon.

»Das war die von der Senne!«, raunte ihre Kollegin.

»Na und? Muss man die kennen?«

»DIE Klatschkolumnistin aus der Elite! Und weißt du, wohin die fliegt?«

»Keine Ahnung. Interessiert mich auch nicht.«

»Nach Florida! Zu Barbara Becker!«

»Ach nee. Was du nicht sagst. Und woher willst du das wissen?«

»Ich hab sie gestern Abend in einer Talkshow gesehen, im Dritten. Da ging es um Klatsch und Tratsch in der deutschen Presse. Die von der Senne hat gesagt, sie ist die Einzige, die mit Barbara Becker sprechen darf. Sie ist nämlich mit ihr befreundet! Ihr vertraut die Barbara Becker. Aber nur ihr. Und sie wird ihr die wahren Trennungsgründe von Boris verraten. Frau von der Senne wird dann ganz einfühlsam einen Artikel darüber schreiben. Hat sie gestern Abend gesagt. Sie hat so viel Verantwortung und das nutzt sie niemals aus.«

»Arrogante Ziege«, murmelte die Pickelige, während sie die nächste Aktentasche auf das Band knallte.

In der Senator-Lounge war es angenehm still. Nur bei genauem Hinhören konnte man feststellen, dass im Hintergrund leise klassische Musik spielte. Auf großzügigen Ledersitzgruppen saßen nur vereinzelt einige Herren, die in ihre Arbeit vertieft waren.

Auf zwei Fernsehbildschirmen tummelten sich Gestalten, die niemand wahrnahm. Der Ton war zum Glück ausgeschaltet. Wilma legte ihren Nerz und ihre Computertasche auf eine freie Ledersitzgarnitur und ging an schönen Zierpflanzen vorbei in Richtung Knabbertheke. Dort nahm sie sich einen Mokka vom Büffett und legte ein paar feine Gebäckstücke dazu.

Das war Wilmas einzige Schwäche. Sie konnte einfach nicht an diesen ganzen Köstlichkeiten vorbei! Ihr Übergewicht war eine lästige, aber unvermeidliche Berufskrankheit.

Fünfmal in der Woche mindestens hatte sie irgendeine Einladung! Bälle, Galas, Benefizveranstaltungen, Empfänge. Da musste sie hin! Das war ihr Arbeitsplatz! Wer konnte da auf Dauer schlank bleiben!

Wilma lauschte. Poulenc, Flötensonate, zweiter Satz. Sie liebte dieses Motiv. Zufrieden lächelte sie vor sich hin. Was für ein Leben! Sie schwebte eigentlich ständig auf den Schaumkronen der Wellen, die andere Leute schlugen. Immer, wenn bei einem Prominenten etwas los war, war Wilma sofort zur Stelle. Also Feiern, Geburten, Hochzeiten, Beerdigungen, Trennungen, Taufen, Preisverleihungen, Ehrungen. Filmpremieren, Buchpräsentationen, Modenschauen, Vernissagen, Konzerte, Opernpremieren.

Das, worauf andere Menschen sich wochenlang freuten – abgesehen von Beerdigungen vielleicht –, das hatte Wilma jeden Tag. Überall auf der Welt. Von einem Höhepunkt zum andern. Aber diese Stellung hatte sie sich auch hart erarbeitet. Knochenhart.

Von den Geschäftsmännern hier im Raum hörte natürlich niemand das schöne Poulenc-Konzert an. Die feisten Kerle in ihren Maßgeschneiderten blätterten entweder in der Zeitung herum oder sie hackten in ihren Computer.

Wilma knabberte an einem Blätterteigplätzchen mit Feigenkonfitüre. Hm, köstlich.

Sie tat sich mit der Silberzange zwei Stückchen braunen

Zucker in ihren Mokka. Gedankenverloren rührte sie in ihrem Tässchen.

Klar, es gab natürlich unter den Kolleginnen ein paar Superdürre. Die Sandra Fleischmann zum Beispiel, die für das Konkurrenzblatt *Pralles Leben* schrieb. Die war auch von keiner Party wegzudenken. Eine unverschämt dünne Person, mit einer Stimme wie ein Mann. Vermutlich war sie eine Transe und deshalb arbeiteten ihre Hormone ganz anders. Die konnte fressen, was sie wollte. Und saufen wie ein Loch. Setzte bei ihr einfach nicht an. Oder auch die stets unecht lächelnde Fernsehreporterin Ariane Wassermann mit den künstlich verlängerten Haaren. Die war auch gertenschlank. Bestimmt nahm sie Entwässerungspillen. Oder diese Grässliche von dem Billigblättchen *Neuer Tratsch*, Nicole Nassa. Die zwängte ihren Hintern immer in Leopardenmusterjeans oder ganz enge Lederhosen. Na ja, sollten sie doch alle.

Wilma ließ sich in einen Ledersessel fallen. Sie schlug ihre Beine übereinander.

Nicht, dass sie wirklich dick war. Unansehnlich gar, wie dieser Trampel an der Handgepäckkontrolle. Nein, sie war einfach nur vollschlank. Im besten Sinne. Sie trug selbstbewusst Größe 44. Bei einer Körpergröße von ein Meter fünfundsechzig waren das natürlich keine Modelmaße. Aber sie definierte sich über andere Qualitäten. Außerdem gab es in München einige feine verschwiegene Boutiquen für Übergrößen. Sie fühlte sich bestens beraten und stets gut gekleidet. Wilma konnte sich auf jeder Veranstaltung sehen lassen. Ob es nun die Aids-Gala in München war, der Unicef-Ball in Düsseldorf, der Bundespresseball in Bonn oder die Bambi-Verleihung in Berlin.

Wilma von der Senne gehörte zum Urgestein der deutschen Boulevardpresse. Seit zwanzig Jahren arbeitete sie in dem Job. Früher als Volontärin beim Schmuddelblatt *Neuer Tratsch*, und jetzt als Chefredakteurin des Hochglanzmagazins *Elite*.

Sie selbst bestimmte, wer ins Blatt kam und wer nicht. Von ihrer Handbewegung hing es ab, wer hochgejubelt und wer verrissen wurde.

Die meisten deutschen Schauspieler drängten sich danach, von Wilma interviewt zu werden. Fast alle leckten ihr die Füße. Wilma hier und Wilma da. Küsschen, Küsschen. Täglich bekam Wilma Anrufe und Mails, Faxe und Briefe von den Promis, die mal wieder in der Zeitung stehen wollten. Manche biederten sich geradezu an, suchten unter fadenscheinigen Gründen irgendeinen Aufhänger. Täuschten Trennungen vor oder Schwangerschaften, outeten sich selbst als schwul oder lesbisch, packten traumatische Kindheitserlebnisse aus oder behaupteten, knapp einem Erdbeben entronnen zu sein. Für diese Anschleimer hatte Wilma nichts als Verachtung übrig. Diese Möchtegernpromis sollten doch mit ihren Geschichten zu den Billigblättern gehen. *Elite* war sich für diese Exhibitionisten zu schade.

Es gab natürlich auch ein paar Prominente, die rumzickten. »Keine Interviews.« »Kein Kommentar.« »Wir sind privat hier.« Wenn ihr solche Problemfälle unterkamen, dann erwachte Wilmas Jagdinstinkt. Dann konnte sie hartnäckig sein wie kein zweiter unter ihren Kollegen. Das war ihre große Stärke. Und deshalb hatte sie ja auch diesen einzigartigen, wundervollen Job. Schüchternheit war hier nicht angesagt. Nur wer wagte, konnte in dieser Branche gewinnen.

Wilma stellte ihre Mokkatasse ab und klaubte ihren kleinen goldenen Spiegel aus der Handtasche. Sie fletschte die Zähne. Tatsächlich. Der rechte vordere Schneidezahn war rot.

Verdammt. Wie peinlich. Gut, dass ihr das nicht bei einer wichtigen Person passiert war. Bei Barbara Becker womöglich, oder bei Franz Beckenbauer. Der hatte ihr kürzlich erst die wahren Hintergründe seiner Affäre mit der Sekretärin erläutert. Oder bei Caroline von Monaco, letzte Woche, im italienischen Feinschmeckertempel in London. Oder gar vor der

Kamera. Gestern, in der Talkshow über »Klatsch und Tratsch auf Hochglanz«.

Sie fuhr mit der Zunge über den Zahn. O. k. Alles wieder perfekt. Automatisch griff sie nach dem Magazin, das neben ihrem Ledersofa auf dem gläsernen Beistelltischchen lag. Es war die *Sie.*

Die großen Auftritte der Stars, las sie gelangweilt. *Luxusklasse-Partys des Jahrtausends.* Sie feuchtete ihren rechten Zeigefinger an und blätterte. Schrecklich viel rosa. Alle Fotos mit einem Rotstich. Grauenvoll. Wer hatte denn das verbrochen? Erwin Meister mal wieder. Der kleine dicke Fotograf, dem immer mindestens sieben Kameras vor dem Bauch baumelten.

Schrecklich. Konnte der sich denn nicht anders profilieren? Wieso sahen alle Promis so scheußlich aus? Und die Kommentare! So flach, so peinlich!

Wilma nahm sich den nächsten Keks.

Die Besten unter sich, las sie ärgerlich. *Die Preisverleihungen der Filmfestspiele in Cannes...* Wer hatte denn das geschrieben? Jochen Behrend. Typisch. Dieses Gesülz! *Kam im Lässig-Look mit Bart und bodenlangem Frack: Regisseur Hartmut Feuchtle. Heiratete im Sommer ganz heimlich seine langjährige Lebensgefährtin: Martin Wenderock mit Jutta Puhl.*

Das war doch so nichts sagend! Konnte dieser Behrend denn nicht *einmal* etwas Aussagekräftiges schreiben?

Wilma hätte gekonnt ein Gerücht in die Welt gesetzt! *Ist da nicht was Kleines unterwegs?,* hätte sie getextet. *Jutta Puhl trank nur Mineralwasser. Martin Wenderock dagegen wirkte aufgeregt wie nie zuvor. So nervös können nur werdende Väter sein...* Und schon hätte Wilma wieder in ein Wespennest gestochen. Wenderock und Puhl hätten dementiert, der nächste Zweiseiter wäre sicher gewesen. Und was tat Behrend, dieses Weichei? Nichts! Er ließ jede Chance auf ein bisschen Tratsch verstreichen.

Hier, zum Beispiel. Dieses unsägliche Tigerkleid am Leib der italienischen Schauspielerin. *Waren auch da: Julietta Roma-notte und ihr Gatte, der Dirigent Flavio Brollini.* Das konnte man doch nicht unkommentiert im Raum stehen lassen!

Waren auch da! Das war ja Schüleraufsatzniveau! Wieso hatte Behrend immer noch diesen Job? Wenn es nach Wilma ginge, säße der Kerl längst auf dem Sozialamt!

Aus diesem Foto konnte man doch etwas machen!

Geschmacklos bis zum Gehtnichtmehr, hätte Wilma ge-schrieben. *Peinlich, dieses Raubtiermuster. Frau Romanotte, wer berät Sie in Modefragen? Oder: Wollte Frau Romanotte ih-re Bulimie vertuschen? Mit einem unruhigen, viel zu großen Raubtiermuster versuchte sie, ihre hervorstehenden Knochen zu verdecken und von ihrem eigentlichen Problem, ihrer le-bensgefährlichen Magersucht, abzulenken.* – Wilma blätterte weiter. Wieder nichts als nichts sagende Fotos in rosastichig (Mensch, Erwin!!) mit langweiligen Kommentaren. *Amüsierte sich mit Freundin: Hamlet-Star Esau Wilkes.* Ja und? Kein Schwein kannte Esau Wilkes! Und schon gar nicht dessen Freundin! Entweder hätte Wilma dieses Foto schlicht aus dem Blatt genommen oder sie hätte es so gepfeffert kommentiert, dass...

Oh! Wer war das denn? Heilige-Hildegard-Darstellerin Maja Büchs? Wilma ließ die *Sie* sinken.

Da stand Maja im weißen Felljäckchen leibhaftig am Ein-gang der Senator-Lounge, gefolgt von einem gut aussehenden Jüngelchen. Wenn das kein gefundenes Fressen war! Wilma verschanzte sich hinter ihrem Frauenmagazin. Neugierig späh-te sie über den nichts sagenden Esau. Dies hier war ja viel in-teressanter! Noch hatte Maja sie nicht gesehen. Blitzschnell überlegte Wilma. Sollte sie Maja ansprechen? Hallo Maja, süße Maus, lange nicht gesehen, phantastisch siehst du aus, Küsschen links, Küsschen rechts. Lass dich mal drücken, du tolles Mädel. Ach, du bist in Begleitung? Stell mir deinen Freund doch mal vor. Oder ist das etwa schon dein Sohn?

Wie hieß er gleich? Emil? Damals war er dreizehn. Nein, das kam nicht hin. Also: Jugendlicher Lover! Wilma gratulierte sich selber zu dieser einmaligen Chance. Ein Gratisinterview! Einfach überrumpeln! Das war die beste Taktik. Andererseits – es könnte sein, dachte Wilma, dass Maja sich an unser letztes Interview erinnert. Und dann kratzt sie mir die Augen aus.

Lauernd beobachtete Wilma, wie Maja in ihren engen Jeans zum Büffett stöckelte. Sie sah phantastisch aus. Schlank und rank, zum Neidischwerden. Diese Beine! Und die blonden, seidigen Haare waren lang geworden! Warum wurden andere Frauen immer schöner und sie, Wilma, immer älter und dicker?

Das Jüngelchen trug das Handgepäck. Hübsches Kerlchen. Vermutlich fünfzehn Jahre jünger als Maja. Maja führte sich mit einem Zahnstocher eine Olive aus dem Martiniglas zum Mund.

Wilma überlegte. Das letzte Interview mit Maja lag fünf Jahre zurück. Damals hatte Maja ihren langjährigen Lebensgefährten Utz Pöcking verlassen. Der damals dreizehnjährige Sohn Emil war in ein Internat gekommen. Sie, Wilma, war nicht gerade zimperlich mit Maja umgegangen.

Für ihre Karriere verlässt die eigenwillige Schauspielerin eiskalt Mann und Kind, hatte sie geschrieben. *Emil braucht noch so viel Mutterliebe. Aber Maja ist viel zu sehr mit sich selbst beschäftigt. Die Rolle der Edelhure Mitsuleit ist ihr auf den Leib geschrieben. Maja liebt Pomp und Luxus, sie liebt die Männer und am meisten liebt sie ... sich selbst.* Das war noch für das Schmutzblatt *Neuer Tratsch* gewesen. Da schrieb man in dieser Tonart.

Wilma hatte zu ihrem Text einige Fotos ausgewählt, auf denen Emil höchstens vier oder fünf Jahre alt gewesen war. Die Bilder, auf denen der Kleine heulte, waren besonders wirkungsvoll. Wen interessierte es, dass Emil zum Zeitpunkt der

Trennung bereits dreizehn war? Die Bilder von einem weinenden Fünfjährigen kamen einfach viel besser an!

In Wilmas Kopf arbeitete es fieberhaft. Maja musste sie hassen! Maja würde ihr jetzt wahrscheinlich mit dem Zahnstocher die Augen ausstechen! Aber andererseits waren Jahre vergangen. Wilma spähte über ihren Zeitschriftenrand und versuchte, Majas Gesicht zu ergründen. Maja hatte sich hinter ihrer Sonnenbrille verschanzt. Ob sie sich an jenen Nachmittag am Starnberger See erinnerte …?

Punkt halb vier klingelte es an der Gartentür. Maja wischte sich die Hände an der Küchenschürze ab. Der Nusskuchen duftete im Ofen.

»Pünktlich auf die Sekunde.« Maja warf noch einen Blick auf den Kaffeetisch. Sie hatte sich beim Tischdecken unendliche Mühe gegeben, auch wenn das nicht ihre große Stärke war.

»Gib's der Alten!«, rief Utz durchs Treppenhaus. »Aber kein Wort über die Sache mit Conni!«

»Kommst du später dazu?«, fragte Maja bange.

»Mal schauen!« Utz warf die Arbeitszimmertür hinter sich zu. Das Interview war Majas, nicht seines. Er hatte zu lernen. Und außerdem traf er nachher Conni Zolpe, das blonde Gift. Da wollte er sich vorher nicht verausgaben. Conni war eine kleine Statistin, recht drall, aber willig. Im Gegensatz zu Maja war sie geradezu eine Bombe im Bett.

Maja warf noch einen prüfenden Blick in den Spiegel. Enge Jeans, weiße Turnschuhe, rosa T-Shirt, kein BH darunter. Blonde Locken, schulterlang. Hoffentlich war das nicht zu aufreizend. Aber andererseits: Sie war nun mal jung und knackig. Warum sollte sie das vertuschen?

Sie atmete tief durch und öffnete die Tür.

Auf dem Gartenweg neben dem Rennrad von Emil stand eine mittelgroße, mollige Frau in einem grauen Leinenkleid.

Ihre mittellangen, aschblond gesträhnten Haare trug sie modisch, aber unauffällig. Sie sah eigentlich harmlos aus. Ein violetter Seidenschal fiel lässig über ihren ausladenden Busen. Sie hatte einen reizenden Frühlingsblumenstrauß in der Hand.

»Bin ich zu früh?«, fragte die nette harmlose Frau, die aussah, als sei sie eine Nachbarin, die mal eben zum Kaffee vorbeischaute.

»Aber nein«, sagte Maja so freundlich wie möglich. »Wir haben halb vier vereinbart und es ist Punkt halb vier.«

»Ich freue mich so wahnsinnig, Sie kennen zu lernen«, sagte die Nette liebenswürdig. »Ich bin Wilma von der Senne. Darf ich Ihnen erst mal dieses kleine Sträußchen überreichen? Als Gruß aus der Redaktion. Unser Chefredakteur wäre schrecklich gern mitgekommen, aber er hat gerade diese lästige Sache mit der belgischen Königstochter zu bearbeiten, Sie wissen schon, die Kleine mit dem Bulimieproblem ... im Königshaus spricht man nur mit dem Chef persönlich, wissen Sie.«

»Danke«, sagte Maja. »Bitte kommen Sie herein.«

Die mollige Liebe trat sich etwas zu gründlich die Füße ab und trat staunend ein.

»Bezaubernd haben Sie es hier«, sagte Wilma von der Senne zuckersüß. Sie sah sich neugierig in dem kleinen Einfamilienhaus um. »Und wie geschmackvoll Sie sich eingerichtet haben!« In Wirklichkeit dachte sie, grauenvolle Bude.

»Es ist mehr praktisch als stilvoll«, sagte Maja bescheiden. »Ich verstehe von Dekoration und solchen Dingen nichts. Aber es ist kindgerecht. Emil ist ein wilder Bursche.«

»Aber dafür sind Sie so ein großartiges Schauspieltalent! Ich habe mir die »Drei Schwestern« viermal angesehen und ich muss ehrlich sagen, neben Viola Knab und Betty Laubenheim gefallen Sie mir am besten.« Wilma schälte sich aus ihrem Mantel und legte ihn über das Treppengeländer, weil an der Garderobe kein Platz mehr war.

15

»Danke.« Maja hielt ratlos das Sträußlein in den Händen. Diese Reporterin war aber wirklich sehr sympathisch. »Bitte setzen Sie sich, ich versorge nur gerade die Blumen ...«

»Lassen Sie sich Zeit!« Wilma sah sich suchend um. »Wenn es Ihnen nichts ausmacht, würde ich mich schrecklich gern noch ein bisschen umsehen.«

»Tja ...« Maja strich sich nervös die Hände an den Jeansbeinen ab. »Ich hatte eigentlich gedacht, wir machen das Interview ... hier, also am Esszimmertisch. Im Wohnzimmer ist es nicht besonders aufgeräumt ...«

»Sie haben es so gemütlich!« Wilma schob bereits den Vorhang zum Wohnzimmer beiseite. »Aah! Dieser herrliche Blick über den Starnberger See! Hier findet also das traute Familienleben mit Utz Pöcking und dem kleinen Emil statt! Zauberhaft! Sie sind ja eine Bilderbuchfamilie! Alle so begabt! Wann wollen Sie denn Emil ein Geschwisterchen schenken?«

»Ach, wir haben im Moment ... gar nicht an weiteren Nachwuchs gedacht ...« Maja drehte noch immer den Blumenstrauß in den Händen.

Wilma betrachtete ungeniert die Fotos, die auf dem Klavier standen. »Ach, der kleine Emil spielt auch Tennis?«

»Emil ist schon dreizehn«, sagte Maja. »Ja, er spielt ganz gut. Im Moment ist er auch gerade bei einem Wettkampf. Er möchte schrecklich gern in das Sportinternat in Tutzing, weil sie da einen Tennis-Leistungskurs haben. Außerdem sind Utz und ich oft tagelang nicht zu Hause. Für Emil wäre es besser, wenn er immer unter Gleichaltrigen wäre.«

»Wunderbar. Da merkt man, dass Sie eine aufgeschlossene, moderne Mutter sind. Dieses Rumhocken auf den Kindern, diese ganze Gluckerei ...« Wilma betrachtete ein paar Fotos, die Emil mit einem Tennispokal zeigten. »Die ganze Familie besteht nur aus Siegern.« Wilma lächelte gewinnend. »Und wer ist das? Ihre Frau Mutter?«

»Ja. Sie ist letztes Jahr leider gestorben.«

»Oh, das tut mir Leid. Was hatte sie denn?«

»Sie war schon lange krank. Ich musste eine Pflegerin engagieren ...«

»Aber Sie haben Sie oft besucht?«

»Ich möchte nicht darüber sprechen.«

»Das akzeptiere ich natürlich.« Wilma strich sich eine Haarsträhne von der Schläfe, um Zeit zu gewinnen. Tote Mutter. Abwesender Sohn. Ikea-Möbel. Keine Gardinen.

»Was ist mit Ihrem wundervollen Mann? Habe ich eine Chance, Utz Pöcking und Emil heute mit Ihnen gemeinsam am Kaffeetisch zu fotografieren? Sie wissen ja, eine Homestory mit gemeinsamen Kuchenbacken und Kaffeetrinken und Mensch-ärgere-dich-nicht-Spielen ...«

»Utz muss arbeiten«, unterbrach sie Maja. »Er spielt demnächst in einem Claus-Clennstadt-Film die Hauptrolle.«

»Nein, wie großartig«, rief Wilma aus. »Da schwimmen Sie ja beide mächtig auf der Erfolgswelle! Theoretisch könnten Sie sich Designermöbel leisten ...« Sie strich mit dem Handrücken über eine Billigkommode aus Kiefer. Eine leichte Staubschicht blieb auf ihrem Zeigefinger haften. Grauenvoll, dachte Wilma. Aber ihr Lächeln blieb unvermindert süß.

»Könnten wir vermutlich«, lachte Maja, »aber solange Emil hier mit dem Hockeyschläger herumdrischt ...«

»Na ja. Der kommt ja bald in ein Internat. Und dann bauen Sie sich hier mit Ihrem Liebsten ein kuscheliges Liebesnest ...« Wilma wusste genau, dass sie mit dem »Liebesnest« in ein Wespennest stach.

»Ach«, sagte Maja prompt. »Erfolg hat immer zwei Seiten.«

»Wie meinen Sie das?« Wilma legte den Kopf schief. Sollte das Schäfchen schon im Vorgespräch in die Falle laufen?

»Es könnte sein, dass wir uns vorübergehend trennen«, sagte Maja. »Wir haben beide so viel zu tun und es ist so, dass wir in unserem Beruf auch manchmal in sehr engen Kontakt zu anderen Kollegen kommen, das bleibt in unserer Branche gar nicht aus ...« Sie hielt inne und kniff die Lippen zusammen. Das hätte sie jetzt nicht sagen sollen.

»Aber das ist doch in unserer heutigen Zeit völlig normal!« Wilma griff nach Majas Hand. »Liebes Mädchen! Was glauben Sie, wie viele Kerle ich schon in den Wind geschossen habe!«

»Ach ja? Wirklich?« Maja taute etwas auf. »Aber Sie haben keine Kinder?«

»O doch! Zwei kleine Mädchen, die sind neun und elf. Aber Frauen wie Sie und ich lassen uns nicht hinter den Herd verbannen, was? Das lässt sich doch alles organisieren! Der Mann, den ich zur Zeit habe, passt auf die Mädchen auf, wenn ich arbeiten gehe. Wir sind doch nicht von gestern!«

»Nein«, sagte Maja erleichtert. Diese Reporterin war ja richtig gut drauf. Eine moderne, herzliche, ja geradezu freundschaftliche Frau. Maja entspannte sich.

»Aber diese ganzen Sachen gehören noch nicht zum Interview, nein?«

»Wenn Sie das nicht wünschen, dann war das alles noch privat.«

»Ach ja, bitte. Ich weiß im Moment selbst nicht so genau, wo mir der Kopf steht.«

Wilma legte den Arm um die zarte Maja. »Ihr Kuchen riecht ja phantastisch! Haben Sie den etwa für mich gebacken? Das wäre doch nicht nötig gewesen!«

»Ach du liebe Zeit, der Kuchen! Den habe ich völlig vergessen!« Maja rannte in die Küche und machte sich am Herd zu schaffen.

Wilma äugte ungeniert in die Schubladen des Wohnzimmerschrankes. Sie stöberte ein bisschen in den Papieren und Fotos, die dort lose herumflogen. Aah, schau an. Utz mit einer prallen Blonden, bei Dreharbeiten. Nette Statistin. Und da ... Maja oben ohne, auf einem Boot.

Sie ließ die Fotos in ihrem weiten Umhang verschwinden. Dann schlenderte sie zufrieden ins Esszimmer hinüber. Als Maja nervös den Tisch deckte, fragte Wilma zuckersüß: »Kann ich helfen?«, und war schon in der Küche. Hier war es unordentlich und chaotisch.

»Nein danke!« Maja eilte hektisch zwischen der Besteckschublade und dem Tisch hin und her. »Kommen Sie bitte aus der Küche, ich habe noch nicht aufgeräumt...«

»Aber ich bitte Sie, meine Liebe, glauben Sie, bei mir sieht es besser aus, wenn ich gebacken habe?« Wilma wartete auf die entscheidende Sekunde, in der Maja ihr den Rücken zudrehte.

Klammheimlich trat sie den Küchenabfalleimer auf. Ein zufriedenes Lächeln machte sich auf ihrem Gesicht breit. Natürlich. Dr. Oetker Fertigpackung. Sie schritt immer noch milde lächelnd ins Esszimmer herüber.

»Also, der Kuchen sieht ja phantastisch aus. Bisschen angebrannt, aber das Knusprige schmeckt doch am besten! – Beginnen wir also mit dem Interview. Haben Sie etwas dagegen, wenn ich das Band mitlaufen lasse?«

Eine Woche später hielt Maja fassungslos den *Neuen Tratsch* in den Händen. Sie selbst war auf dem Titel, oben ohne, mit knapper Bikinihose auf dem Boot – das war ein privates Foto!! Wo hatte diese Schlange das her?

Darüber stand in fetten Buchstaben: *Das Ego-Weib verwirklicht sich!*

Zuerst dachte Maja, ihr Bild sei versehentlich unter eine falsche Überschrift geraten. Mit zitternden Fingern blätterte sie das Interview auf.

Titelstory, stand quer über dem vierseitigen Bericht. *Maja Büchs: Ich weiß selbst nicht mehr, wo mir der Kopf steht! Seit ihrem überwältigenden Erfolg in »Drei Schwestern« ist aus der kleinen, zarten Schauspielerin eine kalte, ehrgeizige Karriere-*

frau geworden. Sie kümmert sich weder um ihren Mann, den sensiblen Schauspieler Utz Pöcking, noch um den kleinen Emil, der während des Interviews in seinem Kinderzimmer eingesperrt blieb. »Der Junge kommt mir in ein Internat«, sagte die Schauspielerin kalt. »Er ist nur meiner Karriere im Wege.« Unsere Starreporterin Wilma von der Senne musste mit ansehen, wie lieblos die Mutter des kleinen Jungen seine wenigen Habseligkeiten behandelte: Schon im Vorgarten, in dem bereits wochenlang nicht mehr Rasen gemäht worden war, stand das verrostete Dreirad, einsam, verwaist. Der Sandkasten des kleinen Emil: eine einzige Dreckgrube. Wie oft mag der kleine einsame Junge dort im Schmutz gesessen haben? Wie oft hat er wohl nach seiner Mama geweint? Aber die stolze Maja stört sich nicht an den Hilferufen ihres Kindes. Sie will ihn drillen, in ein Sportinternat stecken. Sie treibt den verwahrlosten Kleinen von Wettkampf zu Wettkampf, von Ehrgeiz zerfressen. Und Utz? Der verschanzte sich, während Maja in einer lieblos zusammengewürfelten Küche Kuchen aus der Fertigpackung servierte, einsam und frustriert in seinem Arbeitszimmer, lernte für seinen nächsten Claus-Clennstadt-Film. Überhaupt, das Mobiliar im Hause Maja Büchs: zerkratzte Billigmöbel, einfach hingeknallt. Richtet so eine liebende Frau und Mutter ein warmes Nest für ihren Mann und ihr Kind her? Oder hat sie von Anfang an geplant, die beiden ihrem Schicksal zu überlassen? Der Kaffee war kalt, der Kuchen angebrannt. Klar, dass ein so sensibler, feinfühliger Künstler wie Utz sich mehr und mehr in sein Schneckenhaus zurückzieht. Und wer ist das dralle Mädel auf dem Foto mit Utz? Ist das die Frau, bei der er Wärme und ein wenig Weiblichkeit sucht?

 Rückblick: Utz Pöcking heiratete die völlig unbekannte Nebendarstellerin Maja Büchs vor vierzehn Jahren. Er lieh ihr seinen großen Namen, er gab ihr Schauspielunterricht. Er machte sie zu dem, was sie heute ist: eine Dame der Gesellschaft. Sie fehlte auf keiner Party. Sie genoss es sichtlich, die Frau an sei-

ner Seite zu sein. Er kleidete sie in Samt und Seide. Er schenkte ihr einen schnittigen Wagen, schließlich die Villa in Starnberg.

Doch wie sieht es darin aus? Statt das einmalige Anwesen zu schmücken, liebevoll auszustatten und zu dekorieren, lässt die karrieresüchtige Maja das Haus verkommen. Weder Gardinen noch Vorhänge an den ungeputzten Fenstern, kein Blümchen, keine Topfpflanze zeugt von liebevoller Frauenhand. Und was ist mit der einstmals so berauschenden Liebe?

Vorbei. Aus. Heute hat es die schöne Maja nicht mehr nötig, sich neben Utz Pöcking in der Öffentlichkeit zu zeigen. Heute geht das Paar getrennte Wege. Maja lernt ehrgeizig ihre Rollen, hofft auf das nächste große Filmangebot. Was ist dran an den Gerüchten, dass sie sich mit Filmproduzent Bernd Rademacher einließ, nur um auf der Karriereleiter weiter nach oben zu kommen? Ihr Egoismus geht so weit, dass sie sich noch nicht einmal um ihre sterbende Mutter kümmerte. Neuer Tratsch fragte bei Nachbarn in München nach: »Woran ist die Mutter von Maja gestorben?« Der redliche Hausmeister Josef Knoll winkt ab: »Die Maja hat sich ja nie bei ihr blicken lassen!« Also starb die alte Dame an Einsamkeit. Maja, wie weit willst du in deinem grenzenlosen Egoismus noch gehen?

Wilma lugte hinter ihrer *Sie* hervor.

Maja schwebte mitsamt ihrem jugendlichen Liebhaber auf eine abgelegene Sitzecke zu. Aufseufzend ließ sie sich in eine Lederchaiselongue fallen und nahm die Sonnenbrille ab. Oje. Das sah nach durchvögelter Nacht aus. Ihr Kleiner reichte saure Gürkchen zur Cola light.

Verdammt. Warum hatte Wilma jetzt nicht ihre kleine Minox dabei? Aber zumindest das Diktiergerät war griffbereit!

»Maja Büchs wurde völlig übernächtigt an der Seite eines jugendlichen Liebhabers in der Münchner Senator-Lounge gesichtet. Sie sah bleich aus und wirkte kränklich. Was ist dran an den Gerüchten, dass sie sich bei ihrem bisexuellen Freund mit dem HIV-Virus infiziert hat?«, textete Wilma leise hinter vorgehaltener Zeitung. Sie starrte Maja eine Zeit lang an, dann raunte sie weiter:

»Nachdem sie vor fünf Jahren kaltblütig den sensiblen Schauspieler Utz Pöcking sitzen ließ und ihr minderjähriges Kind einfach in einer Kinderdrillanstalt entsorgte, warf sie sich eiskalt in die Arme des Filmproduzenten Bernd Rademacher. Diesen ließ sie jedoch wieder fallen, nachdem er keine passenden Rollen mehr für sie hatte. Eine Zeit lang wurde es still um die eigenwillige Diva, doch mit ›Hildegard‹ spielte sie sich wieder ganz nach oben. Leider war ›Hildegard‹ ein Flop. Ist das der Grund, warum man Maja Büchs immer häufiger in einschlägigen Münchner Drogenlokalen sieht? Der junge Kerl an ihrer Seite – welche Rolle spielt er? Man darf gespannt sein! Lesen Sie exclusiv in *Elite*: Wilma von der Senne traf Maja Büchs zu einem vertraulichen Gespräch!«

Wilma strich sich die Kekskrümel vom Kostüm. Ein kurzer Blick in den kleinen goldenen Spiegel: kein Lippenstift mehr auf den Zähnen. Make-up: okay. Fönwelle: sitzt.

Sie stand auf. Schritt eins ihres Plans: Unverbindlicher Gang zum Büffett. Schritt zwei: Zufälliger flüchtiger Blick auf Maja. Schritt drei: Überraschtes Aufjauchzen: »Maja! Bist du 's wirklich? Lass dich umarmen, du tolles Mädel! Dein Heilige-Hildegard-Film war ja der Hammer! Dass ihn keiner geschaut hat, ist wirklich ein Jammer!« Schritt vier: Die übertölpelte Maja in den Ledersitz zurückdrücken, Küsschen rechts und links, »Hm, du riechst aber gut, was ist das für ein Parfum?« Schritt fünf: »Und wer ist der charmante junge Mann an deiner Seite? Habt ihr Heiratsabsichten?«

Und schon wäre das Exklusivinterview mit Maja Büchs im Kasten!

Ein Abstauber! Krass und geil, wie Wilmas Töchter sagen würden!

Wilma schlich sich so unauffällig wie möglich in Majas Nähe, ein Lachshäppchen auf dem Tablett. Also los, Wilma. Schüchternheit und falsche Scham sind der Tod eines jeden Journalisten! Schämen können wir uns im Grab!

Maja hatte ihre Sonnenbrille wieder aufgesetzt. Ob sie Wilma bemerkt hatte? Es war fast so, als würde die Schildkröte den Kopf in den Panzer ziehen. Aber das beeindruckte Wilma nicht. Vor Wilma von der Senne konnte sich kein Promi verstecken!

»*Last call for passenger Mrs Wilma von der Senne!* Letzter Aufruf für Passagier Frau Wilma von der Senne! Ihr Flug nach Miami wird in wenigen Augenblicken geschlossen!«

Verdammt. Schon wieder hatte Wilma vergessen, dass in der Senator-Lounge die Flüge nicht aufgerufen wurden.

Barbara Becker. Gegen die war Maja Büchs ein Fliegenschiss.

Wilma knallte ihr Lachshäppchen auf die Fensterbank und rannte mit klappernden Absätzen aus der Senator-Lounge. Zu ihrem Ärger spürte sie, wie ihr Hintern wackelte. Eines Jahres nehme ich ab, dachte sie frustriert.

»Frau von der Senne! Ihr Mantel!«

Die Controllerin der Senator-Lounge riss den Nerz vom Bügel und rannte hinter Wilma her.

»Schade«, murmelte Maja und nahm ihre Sonnenbrille wieder ab. »Die fette Schreiberschlange hätte ich gerne eigenhändig erwürgt.«

»Wen?«, fragte ihr Bürschchen.

»Ach, kennst du nicht. Bitte, Honey, massier mir die Füße!«

Wilma lehnte sich genüsslich in ihrem First-Class-Sitz zurück. Ja, so war das damals gewesen mit dieser kleinen zickigen Maja.

Majas Managerin, Elvira Blum, hatte zwar einige Male wutentbrannt bei *Neuer Tratsch* angerufen, aber Rolf Bierbaum, der Chefredakteur, hatte sich nur lachend auf die Schenkel geschlagen und den Hörer an Wilma weitergegeben.

»Maja Büchs ist eine der schillerndsten Persönlichkeiten des öffentlichen Lebens!«, hatte Wilma ins Telefon geschleimt. »Sie hat die aufregendsten Kurven, von denen deutsche Männer nur träumen können! Und Sie, meine liebe Frau Blum, vermarkten Majas Kurven genauso wie wir!«

»Aber der Text ist ganz ungeheuerlich!«, hatte Elvira Blum geschnaubt.

»Der Text polarisiert«, hatte Wilma geantwortet. »Viele finden Maja Büchs einfach nur niedlich. Die meisten Leserinnen und Leser halten Maja für ein harmloses Mädchen. Wir haben aufgezeigt, dass Frau Büchs eine eigenwillige Frau ist, die weiß, was sie will. Sie können froh sein, Frau Blum, dass wir eine solch gigantische Gratiswerbung für Ihre – mit Verlaub – völlig erfolglose Schauspielerin Frau Büchs machen. Vielleicht gibt ihr Bernd Rademacher nun die Rolle der Heiligen Hildegard. Jetzt, wo ganz Deutschland von ihr spricht!«

Daraufhin hatte sich Elvira Blum sogar noch bedankt! Und tatsächlich! Maja hatte die »Heilige Hildegard« bekommen!

»Wilma, du bist ein Schakal!«, hatte Rolf Bierbaum gerufen und sie abends nach einem Viergängediner noch mit auf seine Hamburger Hotelsuite genommen.

Wilma dehnte sich wohlig in ihrem breiten Sitz, als sie an die wilden Nächte mit Rolf Bierbaum dachte. Er war zwar ein fetter strähniger Kerl, aber er hatte Saft und Biss. Was hatten sie miteinander gelästert, gelacht und gelogen! In den weinseligen Nächten hatten sie den »Club der Schlimmen« gegründet und sich kichernd ausgemalt, wie sie gemeinsam in der Hölle schmoren würden, jeder mit einer Mistgabel in der Hand. Wen sie da alles wieder treffen würden! »Im Himmel würd ich mich langweilen«, sagte Bierbaum immer, »da kenn ich ja keinen.« Schade, dass sie Rolf Bierbaum aus den Augen verloren hatte. Manchmal traf sie seine Frau Brigitte im Englischen Garten, wenn diese dort ihre fette kleine Dogge ausführte. Dann fragte sich Wilma jedes Mal, ob Brigitte Bierbaum eigentlich wusste, was sie, Wilma, mit ihrem Mann so alles angestellt hatte. Ob Brigitte mit ihrem Gatten auch so viel Spaß hatte?

Aber an Maja hatte Wilma nie wieder gedacht. Bis sie ihr heute zufällig in der Senator-Lounge begegnet war.

Wilma kramt ihre Diktiergerät hervor und sprach: »Zweiseiter, Mitte des Blattes, für 'nen Titel langt's nicht, Text wie besprochen, Überschrift: Maja Büchs, neue Liebe, neue Laster? Dann kursiv darunter: Verliebt oder verlebt? Was aus der Frau wurde, die einst Mann und Kind verließ... Und dann wieder fett in Schwarz: Maja Büchs traf Wilma von der Senne exklusiv in der Senator-Lounge des Münchner Flughafens. Vierte Überschrift, in Gold:

Das erschütternde Bekenntnis einer gestrandeten Schauspielerin: Ich liebe den Schulfreund meines Sohnes. Alte Fotos rauskramen, das Kind, möglichst klein, mit Nachbarskindern. Einer von denen kriegt einen roten Kreis um den Kopf. Dann zwei oder drei Utz-Pöcking-Bilder, das Haus in Starnberg, möglichst welche, wo der schmutzige Sandkasten noch drauf ist, dann Maja in »Drei Schwestern« und Maja in »Heilige-Hildegard«, nehmt eine Bettszene, und wenn Ihr könnt, dann noch eins mit Maja und ihrer Mutter. Da gab es doch mal in *Neuer Tratsch*, eine Geschichte über die verstorbene Mutter. – Okay. Das war's. Kann auch ins nächste oder übernächste Blatt, ist ein guter Lückenfüller.«

Sie schaltete das Diktiergerät aus und schaute aus dem Fenster. Federleichte weiße Wölkchen lagen unter ihr wie schlafende Lämmer. Für diesen Artikel würde sie locker 7 000 Mäuse kassieren. War eigentlich keine große Arbeit. Entspannt lehnte sich Wilma zurück und leerte ihr Champagnerglas.

Alle Prominenten respektierten und fürchteten sie. Sie war die Göttin am Schaumkronenhimmel. Und wenn jemand sie weder respektierte noch fürchtete, dann würde Wilma ihn schon das Fürchten lehren. Das Schöne an ihrem Beruf war, dass ihr niemand dauerhaft böse sein konnte. Denn die Promis brauchten die Presse wie Wasser und Brot.

Und wer es sich mit Wilma von der Senne verscherzte, der hatte es sich auch gleich mit der ganzen High Society verscherzt.

Und wer die High Society gegen sich hatte, der hatte die ganze deutsche Nation gegen sich.

Davon war Wilma jedenfalls fest überzeugt.

»Möchten Sie jetzt etwas Kaviar oder wollen Sie noch bis zum Menü warten?«

Die bildhübsche Stewardess schenkte Wilma schon zum dritten Mal Champagner nach.

»Bringen Sie den Kaviar«, sagte Wilma, während sie ihr Notebook aus der schwarzen Ledertasche holte. »Und lassen Sie mich dann bitte in Ruhe arbeiten.«

Lautlos schwebte die Maschine Miami entgegen. Wilma hatte sich die Pumps von den Füßen gestreift und die flauschigen, warmen Filzpantoffeln übergezogen, die man in der First Class bekam.

Bei einem eiskalten Glas Chardonnay aus dem Napa Valley begann sie, ihren Artikel über Barbara Becker vorzubereiten. Barbara Becker würde sie auf keinen Fall herunterschreiben, im Gegenteil. Sie brüstete sich ja schließlich mit ihrer Freundschaft.

»Barbara weiß genau, was sie will. Sie ist charakterlich viel stärker als Boris. Da sie es durch eigene Kraft nicht an die Spitze geschafft hat, heiratete sie einen Sieger. Aber nun ist er durch sie zum Verlierer geworden. Doppelfehler des Tennisstars: Erst lässt er sich von einem Freudenmädchen in der Wäschekammer eine Lendenfrucht abtricksen, dann lässt er sich mit einer farbigen Schlagersängerin in ausgerechnet jenem Hotel erwischen, in dem er auch mit Babs auf der Hochzeitsreise war. Spiel, Satz und Sieg für Babs.

Sie reagierte daraufhin keinesfalls überstürzt oder hysterisch. Ganz ruhig wartete sie eine Anstandswoche in ihrer Münchner Villa ab, damit ihr niemand böswilliges Verlassen nachsagen kann. Unglaublich kluger Schachzug! Doch dann, als König und Dame aus dem Blickfeld waren, nahm Babs ihre Kinder und zog die Konsequenz: Sie begab sich nach Miami, dort sitzt die Siegerin nun abwartend in ihrem Apartment im vierzehnten Stock, um Leib und Leben ihrer Kinder zu schützen. Sie selbst hat schon sieben Kilo abgenommen. Als ich sie am Telefon erwische, klingt ihre Stimme brüchig. ›Schön, wenn du kommst, Wilma‹, haucht sie tränenerstickt. ›Ich brauche jetzt eine Freundin an meiner Seite!‹ Barbara, die starke Frau, ist am Ende. Boris, was hast du ihr getan?«

Wilma nahm einen guten Schluck Wein.

Also, zugegeben: Sie hatte Barbara Becker nicht am Telefon erwischt. Niemand erwischte Barbara Becker am Telefon. Barbara Becker hatte auch nicht tränenerstickt »Schön, wenn du kommst, Wilma!« gehaucht. Auch war es reichlich übertrieben, sich selbst als Barbara Beckers Freundin darzustellen. Wilma und Barbara Becker waren sich zwei-, dreimal auf irgendeiner Gala oder Party begegnet, und sie hatten einige Male nett miteinander geplaudert, das war alles.

Aber Wilma wäre nicht Wilma, wenn sie jetzt nicht in der First Class nach Florida säße, um als Erste und Einzige mit der verlassenen Barbara Becker zu sprechen. Das sollte keiner anderen gelingen. Weder der schmalbrüstigen Sandra Fleischmann noch der stets albern die Augenbraue hochziehenden Ariane Wassermann, die immer »Alles ist toll« sagte. Erst recht nicht Jochen Behrend, diesem Sahneschläger mit dem Schlafzimmerblick und den Tränensäcken und dem »Ichverstehe-dich-doch-mein-Freund«-Gesicht vom Konkurrenz-blatt *Die ganze Wahrheit*. Auch Holger Cremig, der feige Schleimer von *Teatime*, der zwar gut aussah, aber sonst nichts auf der Pfanne hatte, sollte ihr nicht zuvorkommen. Auch der betrog natürlich seine Frau, die im Oberbergischen Kreis nichts ahnend einen Kirchenchor leitete und immer Jackenkleider mit Goldknöpfen trug. Wenn dieses naive Landgewächs an der Seite von Holger Cremig bei der Bertelsmann-Party auftauchte oder beim Bundespresseball mit ihm Walzer tanzte, schüttelte es Wilma vor unterdrücktem Gelächter. Ihr One-Night-Stand nach einem gemeinsamen Mittagessen im Hamburger Hafen mit Holger Cremig war alles andere als ein Vergnügen gewesen, denn er war nicht nur langweilig, sondern hatte während des Bettgeplänkels auch noch versucht, sie für seine *Teatime* abzuwerben!

Ach, Barbara Becker, du Märtyrerin der Nation! Rette dich vor uns Schakalen, solange du kannst! Glaubst du denn, in deinem Luxusappartment bist du sicher vor uns?

Ob der dicke Erwin Meister mit seinen vielen Fotoappara-ten vor dem Bauch schon in Miamis Büschen lauerte? Oder Dirk Duckmann, der gefürchtetste Paparazzo Deutschlands?

Von ihrem alt vertrauten Schmuddelblatt *Neuer Tratsch* konnte niemand sich die Reise leisten. Höchstens in der Eco-nomy, dachte Wilma heiter. Vielleicht sitzt die ordinäre Schmierenkomödiantin Nicole Nassa dort hinten und taucht kalte Frikadellen in ihr Ketchuptütchen.

Nicole Nassa hatte nach ihrer viel beachteten Scheidung von einem alternden Schönheitschirurgen, der im Schwarzwald ei-ne Prominentenklinik geführt hatte, aus finanziellen Gründen in ihren alten Beruf als Klatschreporterin zurückkehren müs-sen. Hans-Heinrich Nassa hatte sie finanziell dermaßen aus-bluten lassen, dass sie gezwungen war, aus ihrer Hamburger Alster-Villa auszuziehen und mitsamt ihrer unehelichen Toch-ter Hannah in eine billige Mietwohnung umzusiedeln. Seidem verdiente sich Nicola Nassa ihre Miete mit offenen Briefen an den alternden Hans-Heinrich, die sie alle in *Neuer Tratsch* veröffentlichte. Wilma kämpfte gegen aufkommenden Brechreiz an.

Dann gähnte sie. Nun hatte der Wein sie ermattet. Ob sie noch etwas von der Käseplatte nehmen sollte, die die Stewardess ihr reichte? Ach ja. Der elsässische Bressot zusammen mit dem Etoile D'Or Brie und einem kleinen Häppchen Parmesaggio aus dem Ticino würden sich noch gut neben einem Glas vollmundigen Merlot in ihrem Magen niederlassen.

»Mit Nüssen und Trauben, Frau von der Senne?« Die Stewardess war wirklich bildhübsch. In der Economy hinten bedienten bestimmt die Hässlichen.

»Ja bitte.« Wilma klappte ihr Notebook zu und legte es zur Seite.

Sie verspeiste gedankenverloren ihre Käseplatte und trank zwei Gläser Rotwein, während sie das Nachrichtenmagazin mit Ariane Wassermann im Bordfernsehen anschaute. Gerade als diese »Alles ist toll« sagte, fielen ihr die Augen zu. Bevor sie einschlief, dachte sie noch an ihre Töchter.

In der Economyklasse, im hinteren Teil des Flugzeuges, hockte tatsächlich Nicole Nassa, die geschiedene Gattin des Schönheitschirurgen Hans-Heinrich Nassa.

Sie hatte Wilma von der Senne beim Einchecken beobachtet und neidisch festgestellt, dass diese erster Klasse flog. Rolf Bierbaum, der fette stiernackige Chefredakteur von *Neuer Tratsch*, hatte Nicole keine großen Hoffnungen auf Barbara Becker gemacht: »Mädchen, du kannst es versuchen. Aber setz dir um Gottes willen nicht wieder die blonde Perücke auf, die du kürzlich im Gerichtssaal getragen hast, als dein Exmann von seinen erwachsenen Kindern verklagt worden ist.«

»Ist ja schon gut, Chef, es war wirklich albern von mir«,

hatte Nicole zähneknirschend zugegeben. »Ich erniedrige mich ja nur so für Hannah.«

»Nun komm mir nicht wieder mit der Hannah-Arie«, hatte Rolf Bierbaum geschnaubt. »Dein Balg interessiert hier keinen! Es sei denn, du machst eine herzerweichende Story aus dem Kind!«

Daraufhin hatte Nicole Nassa einen Artikel geschrieben, aus dem hervorging, dass sie selbst, die Mutter von Hannah, ins Gefängnis käme, wenn der alternde Hans-Heinrich nicht augenblicklich Unterhalt für das Kind zahlen würde. Zwar war dem Chefredakteur Rolf Bierbaum sein Kantinenschnitzel hochgekommen, als er diesen Unsinn absegnete, aber er ließ die exhibitionistische Nicole Nassa gewähren. Sie passte zu seinem Blatt.

Nun hockte sie mit angezogenen Knien in der 28. Reihe der Bretterklasse nach Miami und versuchte, die Schweißfüße ihres unrasierten Nebenmannes nicht zu riechen. Auch das jammernde Kleinkind der dicken Schwarzen schräg hinter ihr konnte sie kaum noch ertragen, ebenso wenig wie den Nachgeschmack der Frikadellen mit Ketchup, die sie aus lauter Heißhunger in sich hineingestopft hatte. Sie hasste Wilma, Rolf Bierbaum, Hans-Heinrich und erst recht Barbara Becker. Alle hatten es besser getroffen als sie, alle!

Die Scheidung von Boris würde Barbara Millionen einbringen, dazu die zwei hübschen Kinder und das Apartment in Miami. Und was war ihr, Nicole, nach der Scheidung von Hans-Heinrich geblieben? Die uneheliche Hannah, die hässliche Mietwohnung in der Miese-Straße, die noch hässlichere Narbe auf der linken Wange und die Stelle als Klatschreporterin bei *Neuer Tratsch*. Die Reise nach Miami wurde ihr vom Monatsgehalt abgezogen. Aber sie würde etwas Tolles schreiben, ob sie Barbara Becker nun treffen würde oder nicht! Während sie noch überlegte, ob sie sich als Bademeisterin getarnt am Swimmingpool der Prominenten aufhalten würde oder lie-

ber als türkische Putzfrau in das Becker'sche Apartment ein-
schleichen, erbrach sich das jammernde Kleinkind von schräg
hinter ihr auf ihre prächtigen schwarzen Haare.

»Oh, sorry!«, sagte die Mutter und wischte das Erbroche-
ne mit einem Papiertaschentuch in Nicoles Nackenstütze.

»Fuck off!«, zischte Nicole genervt.

Angewidert verließ sie ihren Sitz. Dabei riss ihr noch die
Seidenstrumpfhose. Der Schnarcher mit den Schweißfüßen
zuckte zusammen, als Nicole wutentbrannt über ihn krabbelte.

Sie flüchtete in die Toilette und säuberte sich notdürftig.

»Verdammter Job«, murmelte sie unter Zornestränen.
»Aber ich schreib euch nieder, euch alle! Eines Tages schubse
ich Wilma von der Senne von ihrem Chefsessel. Dann fliege ich
first class. Und alle küssen mir die Füße. Das schwöre ich. So
wahr ich Nicole Nassa bin!«

»Morgen, ich bin spät, ich weiß.«

Raimund Wolf, der langjährige Lebensgefährte von Wilma,
betrat schnaufend seine luxuriöse Kanzlei am Maximiliansplatz. Er war stiernackig und unrasiert, ein Kotzbrocken von
einem Mann, aber Münchens High Society betete ihn an. Er
war der bekannteste, berühmteste, gefürchtetste und teuerste
Promi-Scheidungsanwalt der ganzen Stadt. Wer sich mit seiner
Hilfe scheiden ließ, kam automatisch in die Hochglanzblätter.

»Det macht doch nichts, Chef!«

Annette Hübsch, die Vorzimmerdame von Raimund Wolf,
sprang auf, um dem schwitzenden Wolf sein Jackett abzunehmen. Sie war Ende zwanzig und bildhübsch mit ihren braunen
Augen und den langen glänzenden braunen Haaren. Sie trug
einen modischen pinkfarbenen Rock, der ihre schlanken Beine glockengleich umspielte, ein eng sitzendes Top über kna-

benhaftem Busen und ihre perfekt pedikürten Füße steckten in glänzenden Riemchensandalen. Obwohl sie schon seit acht Jahren für Wolf in München arbeitete, berlinerte sie immer noch ein bisschen.

»Heute Morgen warn's schon fünfe am Telefon, die sich auf Babs bezogen haben«, murmelte sie ihm zu. »Wolln jetzt ooch alle janz schnell den Hafen der Ehe verlassen.«

»Hab keine Termine mehr«, grunzte Wolf, zog die Nase hoch und wischte sich den Schweiß mit einem zerknitterten Taschentuch vom Gesicht. An seinen Bartstoppeln blieben kleine weiße Fitzelchen hängen. »Es sei denn, ihre Männer wären genauso zahlungsfreudig wie der Tennisspieler.«

»Zweien war et janz dringend …«, flüsterte Annette Hübsch, wobei sie mit den Augen auf das Wartezimmer wies. »Sitzen schon 'ne Weile hier!«

»Kann das nicht der Speibichler machen?«

Jens Speibichler war der Sozius von Raimund Wolf, der den gesamten »Kleinkram« übernahm, also alle Klienten, die weder besonders reich noch besonders prominent waren, und Raimund stets den Rücken freihielt. Er war entschieden jünger als Raimund, schmal, blass, blond, bebrillt. Stets einen Ton zu unterwürfig, eine Spur zu eifrig, einen Hauch zu höflich. Ein typischer Diener, während Raimund Wolf ein Macher war.

»Wolln unbedingt zu Ihnen, Chef.«

»Kenn ich sie?« Raimund schneuzte sich nun in das zerfetzte Papiertuch. Annette Hübsch schien sich nicht weiter vor ihm zu ekeln. Sie reichte ihm ein frisches Taschentuch, während sie treuen Blickes weiterwisperte: »Na, die Frau von dem Saucenfabrikanten und die Gattin von dem Schweizer Juwelier, Se wissen schon, der jetzt an der Börse so hoch im Kurs ist.«

»Hört sich interessant an«, knurrte Raimund Wolf. »Kannst du diese Tüte mal irgendwo unterbringen?« Erst jetzt bemerkte Annette Hübsch die grüne Einkaufstüte einer bekannten Wäschefirma, bei der Raimund Wolf seine Zeit verbracht haben musste. Eine Filiale war gleich in der Nähe. Sie wusste von Raimunds Leidenschaft für schöne Wäsche an schönen Mädchen. Schließlich war sie selbst mal ein paar Wochen Ziel seiner Wünsche gewesen.

Aber Wolf stand nicht mehr auf sie. Mit achtundzwanzig war sie für das, was ihn begeisterte, schon zu alt. Wolf stand auf jung. Auf jung-jung, sozusagen. Annette trug es mit Fassung.

»Der Kollege Thal hat schon zweimal angerufen, wegen der Hausratsteilung von Dr. Kraller-Geiz. Ihr Mann will die drei Bilda aus'm Wohnzimma nich hergeben...«, berichtete sie, während sie ihm die Tür seines riesigen Sprechzimmers aufhielt.

Der helle Raum war mit Parkettboden ausgelegt und in der Mitte stand ein wuchtiger Schreibtisch, an dem Raimund Wolf zu thronen pflegte. Darauf lag bereits ein Haufen Post.

»Ja, ja«, sagte Raimund, »soll se doch froh sein, dass sie das Geschmiere los ist. Wenn der Kerl bei Bildern den gleichen Geschmack hat wie bei Frauen, dann kann das ja nur Scheiße sein.«

»Soll ich das dem Kollegen Thal so sagen?« Annette grinste freundlich.

»Ach, vergiss die Bilder. Wer sitzt im Sprechzimmer zwei?«

»Frau Guggenbichler.«

»Kenn ich die?«

»Noch nicht. Sie hat fast zwei Jahre auf einen Termin bei uns gewartet.«

»Sieht sie gut aus?«

»Ick gloobe – Jeschmacksache.«

»Wie alt?«

»Über dreißig.«

»Dann sieht se also nicht gut aus.« Wolf verzog höhnisch das Gesicht.

»Und?« Herausfordernd rieb er Daumen und Zeigenfinger aneinander. »Knetemäßig?«

Annette Hübsch hob die Schultern. »Ick weeß nich, Chef. Teppichjeschäft.«

»Wie – sie oder er?«

»Er natürlich.«

»Na, denn wolln wa ma!«

Raimund Wolf zog sich die Hose zurecht, sprühte sich ein Mundwasser in den Schlund und winkte nach seinem Jackett.

Annette Hübsch beeilte sich, ihm beim Anziehen behilflich zu sein.

»Stell jetzt mal keine Anrufe durch, klar?«

»Auch nicht die von Ihrer Frau?«

»Na, von der schon mal gar nicht!«, lachte Wolf, begeistert über seinen eigenen Charme, und ließ die Tür seines Zimmers hinter sich zufallen.

Annette Hübsch ging an ihre Rezeption zurück und lugte in die grüne Tüte.

»Det is ja höchstens 70 A«, murmelte sie, als Wolf bereits durch die Sprechanlage schrie: »Annette? Bring mal zwei Kaffee!«

Das gelbe Taxi hielt vor der luxuriösen Appartmentanlage.

»Fünfundfünfzig Dollar, Ma'am.« Der junge Mexikaner stellte den Taxometer ab.

Wilma kramte nach dem Geld, dann kletterte sie aus dem Auto und setzte ihre Sonnenbrille auf. Sie rückte ihre Kostümjacke zurecht und stöckelte auf ihren hochhackigen Pumps auf das große Tor zu.

Etwa vierzig Messingschilder mit Namen oder Nummern blitzten in der Sonne.

»Baker« stand auf zweien.

Wilma klingelte.

Nichts tat sich.

Wilma klingelte wieder.

Es war glühend heiß in der Sonne. Wilma schwitzte.

Schließlich knackte es in der Gegensprechanlage: »*Yes, please?*«

»Barbara, bist du es? Hier ist Wilma von der Senne!«

»*She is not available*«, sagte die Stimme, dann knackte es wieder.

Wilma klingelte erneut.

Nichts.

Wilma hielt ihren dezent lackierten Zeigefinger über zwanzig Sekunden auf der Klingel.

Inzwischen fuhr wieder ein Taxi vor. Ein Kamerateam stieg aus: drei junge Männer und eine hübsche junge Frau.

Sie diskutierten laut auf Englisch, prüften die Lichtverhältnisse und bauten ihre Kameras auf.

Wilma roch Lunte. Irgendwer würde ja sicher gleich um die Ecke kommen. Und richtig: Ein weiteres Taxi fuhr vor. Ihm entstieg ein dicker alter Mann, den Wilma unschwer als Barbaras Rechtsanwalt erkannte.

»Keine Interviews!«, sagte der Dicke und hob abwehrend die Hände, an denen viele Ringe prangten.

»Ich bin Barbaras beste Freundin aus Deutschland!« So schnell gab Wilma sich nicht geschlagen.

Das Kamerateam hielt auf sie an. Wilma war schrecklich heiß. Nun wurde sie auch noch gefilmt!

Der Anwalt wehrte alle ab, die sich ihm in den Weg stellten. Er klingelte, bellte kurz etwas in die Gegensprechanlage und schon wurde ihm die Tür aufgetan.

Wilma ergriff die Gelegenheit und schlüpfte dreist hinter ihm herein. Die amerikanische Kollegin folgte ihr und das Kamerateam drängte sich auch noch durch die Tür.

Wilma rannte über einen breiten weiß gepflasterten Weg.

Palmen und Kakteen schmückten das riesige Grundstück. Einige mexikanische Arbeiter sprengten den Rasen und machten sich an den Hibiskussträuchern zu schaffen. Ab und zu knackte ein Ast. Sonst war es unheimlich still. Allerdings standen auch einige Bodyguards an der Mauer herum. Es waren drahtige Burschen mit schlecht sitzenden schwarzen Anzügen, in denen sie schwitzten, und den üblichen Glatzköpfen. Jeder der Typen hatte einen Ring im Ohr. Und alle kauten Kaugummi.

»Sie können hier nicht durch, *Ma'am!*«

»Ich bin Barbaras beste Freundin!«

Die drei grinsten nur.

Inzwischen war der Anwalt ungehindert ins Innere des Hauses gelangt.

»Bullshit«, murmelte Wilma wütend.

»Presse?«, fragte einer der Bodyguards.

Wilma sagte nichts, zog aber bejahend die Schultern hoch.

»Fünfhundert Dollar für einen Blick auf den Pool«, sagte der Rechte. Er hatte einen goldenen Zahn, der in der Sonne blinkte.

»Wie viel, um ins Haus zu kommen?« Wilma zog ihr Handtäschchen enger zu sich heran.

»*No way, Ma'am.*« Der Bullige schüttelte bedauernd den Kopf.

»Okay. Fünfhundert.« Wilma zog ihre schwarze, lacklederne Brieftasche heraus und zählte fünf Hundertdollarscheine ab. Als sie den letzten Schein übergab, drehten ihr die drei Burschen wie zufällig den Rücken zu. Der Dicke stopfte die Geldscheine lässig in seine hintere Hosentasche.

»Aber schön teilen, Kinder«, sagte Wilma auf Deutsch, so wie sie mit ihren Töchtern immer sprach. Ihr war klar, dass die »Kinder« diese Knete keineswegs beim Finanzamt anmelden würden.

Sie hastete an ihnen vorbei und stakste mit ihren hohen Absätzen über einen Weg, der mit groben weißen Kieselsteinen zugeschüttet war.

Hinter riesigen Orchideen lag der Swimmingpool verwaist in der glühenden Mittagssonne. Zwei halb aufgeblasene Schwimmflügelchen trieben am Beckenrand. Auf zwei weißen Liegestühlen lagen grüne Handtücher und eine gelbrote Plastikgießkanne.

Wilma kramte ihre Minox aus der Handtasche, kniete nieder und fotografierte die Handtücher mit der Gießkanne. Super, dachte sie. Wahnsinn. Da gelingt es mir, Wilma von der Senne, die Handtücher und die Gießkanne von Noah Gabriel zu knipsen. Der bisherige Höhepunkt meiner Karriere!

Sie verknipste einen ganzen Film. Grünes Handtuch, gelbrote Gießkanne, orangefarbene Schwimmflügelchen. Wirklich geil!

»Hey, Ma'am!«, kam plötzlich eine heisere Männerstimme aus den Bäumen, die etwa dreißig Meter entfernt waren. »Könnten Sie mal Ihren hübschen Hintern aus dem Bild nehmen?«

»Pardon?« Wilma schreckte hoch. »Was tun Sie denn da in den Bäumen?«

»Nur unseren Job, Ma'am!« Die Blätter des Baumes bewegten sich und Wilma sah mehrere Zielfernrohre blitzen. »Gehen Sie einfach aus dem Bild!«

Wilma ging erschrocken zur Seite.

Der Bodyguard, der das Geld eingesteckt hatte, kam rauchend um die Ecke. »Besichtigung beendet«, sagte er, indem er Wilma mit der Hand verscheuchte.

»Es sind schließlich noch mehr Leute an Fotos vom Handtuch interessiert!«

Wilma trippelte wie ein ertappter Sträfling vor ihm her. Gerade als sie darüber nachdachte, ob sie dem Kerl weitere dreihundert Dollar zustecken sollte, begegnete ihr eine schwarzhaarige Frau im Bademantel, mit Badeschlappen und einem riesigen blauen Wasserball. Sie schob einen Kinderwagen, aus dem Schwimmtiere und Eimerchen hervorquollen.

Es war Nicole Nassa.

An diesem Abend kehrte Raimund Wolf noch übellauniger als sonst in sein Haus am Englischen Garten zurück. Es war ein beschissener Tag gewesen. Ob jemand von seinen Mitarbeitern die Titelzeile »Pädophilie im Internet« bewusst offen auf dem Beistelltisch im Wartezimmer hatte liegen lassen? Aber Speibichler hatte beteuert, er hätte nichts damit zu tun, und die anderen hatte er nicht zur Rede gestellt. Ihm war klar, dass er sich nur verdächtig gemacht hätte, wenn er noch länger mit über diesen Artikel diskutiert hätte. Wütend schmiss er die Haustür hinter sich zu. Außerdem hatte er Agneta nicht erreichen können. Dieses kleine schwedische Luder! Wo steckte sein Appetithäppchen?

Raimund warf den Porscheschlüssel auf die Konsole, riss sich das viel zu eng sitzende Jackett vom Leib und brüllte ins Treppenhaus hinauf: »Agneta?«

Keine Antwort. Alles blieb still. Die weiß lackierten Türen oberhalb des geschwungenen Treppengeländers öffneten sich nicht.

»Agneta!«

Raimund stampfte ärgerlich die Treppe hinauf.

Wahrscheinlich lag dieses faule Früchtchen wieder mit Kopfhörern auf dem Bett, in ihren engen Jeans, ihrem bauchnabelfreien, viel zu engen Jäckchen, das zwischen jedem Knopf Einblicke auf ihre winzigen Brüste und ihren straffen Bauch gewährte. Dieser hautfarbene Fetzen Stoff war eine einzige Provokation. Steife, kleine, hochstehende Mädchenbrüste. Das war es, was er liebte. Nicht diese riesigen Busen, die einen fast erschlugen.

Agneta hatte einen fast knabenhaften Körper. Dieses schwedische Au-pair-Mädchen machte ihn wahnsinnig. Warum antwortete sie denn nicht? Normalerweise lehnte sie doch schon abwartend im Türrahmen, wenn er nach Hause kam.

»Agneta! Miststück! Luder, kleines schwedisches!«

Wahrscheinlich hörte sie so laut Musik, dass sie ihn nicht

kommen hörte. Er malte sich aus, wie Agneta sich auf ihrem Bett rekelte. Dabei wurde ihm heiß.

Er riss ihre Zimmertür auf. Das Bett war leer. Sein Blick fiel auf die säuberlich ausgebreitete Tagesdecke.

»Vögelchen ausgeflogen«, murmelte er halb ärgerlich, halb erleichtert. »Dabei hab ich dir gesagt, dass ich heute früher komme. Schlampe, kleine mistige.«

Ohne nach seinen Töchtern zu schauen, stiefelte er die Treppe wieder hinunter. Da fiel sein Blick auf den fein gedeckten Esszimmertisch. Also musste doch jemand zu Hause sein!

»Frau Hofgartner?«

Die Küchentür öffnete sich. Eine ältere Haushälterin mit bayrischer Hochsteckfrisur im weißen Kittel erschien im unteren Foyer. Sie streifte sich die Hände an der Kittelschürze ab: »Die Kinder sind noch mit Agneta fortgegangen!«

»Wo sind sie hin?« Raimunds Augen wurden schmal.

»Ich weiß nicht, Herr Wolf. Zu mir haben sie gesagt, sie gehen ins Kino.«

»Hm.« Raimund drehte Frau Hofgartner den Rücken zu. Er riss sich die Krawatte vom Hals und schleuderte sie auf die Kommode, die neben der Gästetoilette stand.

»Post?«

»Liegt alles unten, Herr Wolf.«

»Anrufe?«

»Ja. Ihre Frau. Heute Morgen. Sie sagte, bei ihr ist es jetzt Abend und sie hat in der Sache mit der Frau Becker eine Menge erreicht und sie arbeitet die ganze Nacht an ihrem Artikel und morgen früh fliegt sie heim.« Sie kicherte. »Also heute Abend.«

»Hat sie gesagt, wann sie genau kommt?« Raimund wurde nervös. Es passte ihm überhaupt nicht in den Kram, dass Wilma früher wieder zurück sein würde als ausgemacht.

»Nein. Aber sagen Sie, ist das nicht phantastisch, dass Ihre

Frau mit der Barbara Becker ein Interview gekriegt hat? Ihre Frau ist eine tolle Journalistin!«

»Ja ja«, murmelte Raimund, mehr für sich selbst. »Und was sie von ihr nicht erfährt, kann sie von mir erfahren. Aber das kostet ...«

Damit verschwand er in seinem Arbeitszimmer und warf den Computer an. Mit einem ungeduldigen Knopfdruck ging er sofort ins Internet.

Auf dem Rückflug saß Wilma vor zwei älteren Damen, die sich ungeniert viel zu laut unterhielten. Sie fühlte sich total gestört, weil sie doch arbeiten wollte! Der Platz neben ihr war frei und am Gang saß ein gut aussehender Mann Mitte bis Ende vierzig, der am Notebook arbeitete. Den schien es nicht zu stören, dass die alten Tanten sich so laut unterhielten. Aber sie, Wilma, störte es! Am liebsten hätte sie sich umgedreht und laut »scht!« gemacht. Aber dann hätte sie dem Gutaussehenden ihren dicken Hintern zuwenden müssen. Und außerdem wollte sie nicht als zickig gelten.

»Der Dolmetscher war ja wieder mal ausgesprochen gut«, sagte die eine. »Ausgesprochen. Wirklich. Und so ein sympathischer, charmanter Mann.«

»Ich fand ihn schrecklich langweilig«, erwiderte die andere.

»Käthe! Ich weiß, dass du dich auf Rundreisen nie für die Sehenswürdigkeiten interessierst«, schimpfte die erste streng. »Nur für die Dinge, die dich nichts angehen!«

»Mich interessieren eben die Menschen viel mehr als Felsen und Gebäude«, verteidigte sich Käthe. »Nur die musikalischen und die politischen Vorträge fand ich zum Teil sehr aufschlussreich, meine liebe Annemarie.«

»So? Käthe, du willst mich mal wieder provozieren.« Unwillig stopfte die alte Tante Annemarie sich ein Canapé in den Mund. »Stewardess! Wo bleibt mein Tee!«

»Aber es interessiert dich ja nicht, was sich so hinter den Kulissen abspielt.«

Käthe genoss es ganz sichtlich, Annemarie verärgert zu haben. So desinteressiert sich die tugendhafte Annemarie auch zeigte, Käthe wusste genau, dass ihre alte Freundin vor Neugier starb.

»Also bevor du platzt«, sagte Annemarie schließlich. »Was hast du denn so Tolles gesehen?«

»Ob du es glaubst oder nicht...« Käthe ließ die arme Annemarie noch ein bisschen zappeln.

Wilma versuchte, nicht zuzuhören. Einerseits amüsierte sie dieses altjüngferliche Gezänk, andererseits hatte sie ihre eigenen Sorgen. Sie dachte an ihre Töchter, die von einem schwedischen Au-pair-Mädchen betreut wurden. Von Anfang an war Agneta ein zurückhaltendes, blasses Mädchen gewesen, das kaum Kontakt zu den Kindern fand. In letzter Zeit kam ihr Agneta noch verkorkster vor als sonst. Meistens lag sie mit dem Kopfhörer auf dem Bett, statt mit den Kindern zu spielen. Den Deutschkurs hatte sie längst abgebrochen. Wilma beschloss, direkt nach ihrer Ankunft zu Hause ein ernstes Wörtchen mit dem jungen Ding zu reden. Erst als hinter ihr der Name »Mechthild Gutermann« fiel, spitzte sie die Ohren.

»Wie?«, entfuhr es Annemarie entgeistert. »Die Familienministerin? *Die* Mechthild Gutermann?«

»Genau die, meine Liebe. So wahr ich hier sitze. Sie hatte sich hinter einem Regal verschanzt und telefonierte mit ihrer Freundin.«

»Und was genau hat sie ihrer Freundin erzählt??«

»Oh, la la. Ich stand da bei der zollfreien Ware, du weißt schon, der Whisky, den ich in Deutschland nicht kriege, und prüfe gerade die Etiketts, beuge mich also ganz nah an das Regal ran und da hör ich hinter dem Regal was kichern und wispern ...«

»Und? Mach es doch nicht so spannend!«

»Ich lausche ja nie, weißt du, das ist ja unter meinem Niveau, aber was kann ich denn dafür, wenn die Gutermann in einem öffentlichen Geschäft mit ihrer Freundin telefoniert? Soll ich etwa den Whisky stehen lassen und dezent weggehen? Nein. Seh ich doch gar nicht ein! Hättest du das gemacht, Annemarie?«

»Nein. Natürlich nicht. Aber was hat sie denn nun gesagt?«

»Dass sie eine ... ich kann das Wort hier nicht wiederholen.«

»Nun sag schon!! Ich erzähl's keinem weiter!«

»Also das ist wirklich ein Wort, das mir nicht leicht über die Lippen kommt ...«

»Geil? War es das, Käthe?«

»Obergeil. Sie sagte: Obergeile Liebesnacht. Stell dir das vor.«

»Obergeile Liebesnacht ...« Annemarie ließ sich diese Worte auf der Zunge zergehen.

»Sie sagte, dass sie eine obergeile Liebesnacht gehabt hätte, mit Sir Henry, dem Dolmetscher. Und dass sie total glücklich und verknallt ist und dass sie gar nicht mehr wusste, wie schön es ist, eine Frau zu sein, und so was.«

»Woher willst du wissen, dass es Mechthild Gutermann war? Das kann irgendeine andere Person gewesen sein!«

»Erstens kenne ich die Stimme. Aus dem Fernsehen. Und zweitens kam die Gutermann hinter dem Regal hervor, als ich mit meinem Whisky an der Kasse stand!«

»Dabei tut sie so, als könne sie kein Wässerchen trüben ...« Annemarie war sehr erzürnt.

»Ob das ihr Gatte weiß?« Käthe kicherte erregt. »Sie hat ja so einen bezaubernden, gediegenen Mann! Den berühmten Chemiker, weißt du.«

»Er forscht für ein BSE-Medikament«, hätte Wilma am liebsten gesagt. Aber sie hielt sich natürlich raus. Sie lauschte nun so angespannt, dass sie glaubte, der Gutaussehende würde ihre Ohren wachsen sehen.

»Sag mal, diese Familienministerin. Ihre politischen Ansichten sind ja ganz plausibel, aber hat die denn nicht auch Familie?«

»Soviel ich weiß, hat sie einen Haufen Kinder.«

»Drei Kinder«, hätte Wilma am liebsten nach hinten gerufen. »Halbwüchsige Blagen.«

»Das ist ja ungeheuerlich«, erregte sich Annemarie. »Tagsüber hält sie großartige Vorträge über Familienpolitik und Rentenansprüche und nachts hat sie Schäferstündchen mit dem Dolmetscher? Wieso reist die überhaupt mit einer Rentnergruppe aus Frankfurt?«

»Denk mal an die Hessenwahl, du Ahnungslose! Das ist Wahlkampf!«

»Meinst du? Sie sollte sich lieber um die Rentenansprüche der Mittellosen kümmern«, maulte Annemarie. »Und nicht die Luxusreisen von denen mitmachen, deren Lebensabend sowieso abgesichert ist.«

»Auch Politiker sind nur Menschen«, kicherte Käthe. »Bestimmt ist sie mit dem Dienstflugzeug dahin geflogen und ganz nebenbei hat sie sich bestens amüsiert.«

»Und wir bezahlen ihr mit unseren Steuern die Schäferstündchen«, raunzte Annemarie.

Wilma jubelte innerlich. Hurra!! Das waren Zitate! Die konnte sie so nehmen!

»Tja«, Käthe ließ begeistert ihr Tischchen zurückschnappen. »Und so was verpasst du alles, meine Liebe, weil du dich nur für die Sehenswürdigkeiten interessierst, die sowieso in jedem Reiseführer stehen. Aber eine Mechthild Gutermann beim Fremdgehen zu ertappen ... Das ist schon was gegen Arteriosklerose.«

Wilma unterdrückte einen Freudenschrei. Mechthild Gutermann. Dieses brave Mädchen mit der Kindergartenkindfrisur, das keiner Fliege etwas zuleide tat. Familienministerin, des Kanzlers Liebling, weil brav und so unerotisch, dass es schon amüsierte. Das Einzige, worüber ganz Deutschland mit ihr diskutieren wollte, war ihre Frisur. »Frau Gutermann, was ist Ihr Friseur von Beruf?«, hatte Wilma erst kürzlich noch getextet.

Erst auf dem Bundespresseball war sie Mechthild Gutermann mit Mann begegnet. Zwar war Frau Gutermann nicht gerade die schillerndste Figur der Politszene, aber sie verkörperte die Tugend in Person. Und der Gatte, der Gediegene mit den drei Haarsträhnen quer über die Glatze gekämmt, war auch nicht gerade eine Sexbombe.

Wilma hatte ein Kurzinterview mit ihr geführt und Mechthild Gutermann hatte mehrmals betont, wie gut es ihren Kindern ginge, obwohl sie selbst vor kurzem in ihre Dienstwohnung nach Berlin gezogen sei. Der Gatte Giselher, ein Chemieprofessor, der in der Forschung tätig war, hütete unter der Woche die drei Kinder. Obwohl Wilma Mechthild Gutermann entsetzlich hausbacken und langweilig fand, hüpfte ihr Reporterinnenherz bis an die Decke, als sie jetzt diese Gerüchte vernahm.

Die trutschige Mechthild! In den Armen eines braun gebrannten Dolmetschers! Das würde eine Bombe werden! Eine richtige Bombe! Ganz offensichtlich flog da eine richtig pikante Affäre auf! Das wollte sie auf keinen Fall jemand anderem überlassen.

Wilma konnte sich während des restlichen Fluges kaum auf ihren Artikel über Barbara Becker konzentrieren, aber sie hieb ihn routiniert in die Tasten ihres Notebooks.

Der Mann, der am Gang saß, schaute ein paarmal herüber.

Schließlich sprach er sie an: »Auch ein Sony?«

»Bitte, was? Ach, Sie meinen mein Notebook ... Ja, kann sein, dass es ein Sony ist.«

Der Mann lachte. Er hatte auffallend schöne, gesunde Zähne.

»Ihr Weibersleut achtet nicht auf so was, gell?«

»Ihr Mannsbilder dafür umso mehr«, sagte Wilma kokett.

»Lassen's mich mal schauen.« Mit selbstverständlicher Geste streckte er die Hände aus.

Sie reichte ihm bereitwillig ihr Notebook. »Na Wahnsinn! Achtfaches DVD-ROM-Laufwerk und Diskettenlauf samt Akku, alles in einem PC!«

»Worüber sich Kerle begeistern können!« Wilma schüttelte lachend den Kopf.

Der Mann gefiel ihr. Er hatte etwas erfrischend Jungenhaftes, wirkte aber trotzdem männlich. Wunderbare Mischung. Er war gut gekleidet. Mindestens Versace, wenn nicht Armani, dachte sie. Wilma beurteilte die Menschen stets als Erstes nach ihrer Kleidung. Aber eine bekannte Persönlichkeit war er nicht. Sie tippte auf Arzt oder Rechtsanwalt, allerdings sehr sportlich. Vermutlich spielte er unentwegt Tennis oder er segelte. »Spielen Sie schon Golf oder haben Sie noch Sex?«, hätte sie ihn gern gefragt.

Fesch. So einen Kerl hätte sie auch gern gehabt. Stattdessen lebte sie mit Raimund Wolf zusammen, einem fetten, stiernackigen, ungalanten, lauten Kerl, der auf kleine Mädchen stand, der aber MACHT hatte. Sie hatte zwei Töchter mit ihm, Anne-Kristin und Sophie. Gemeinsam wohnten sie in einer prächtigen Villa in München-Grünwald.

Sie betrachtete die Finger ihres Nebenmannes, die das Notebook sorgsam wie ein Neugeborenes in den Händen hielten. Es waren kräftige, aber sehr gepflegte Hände. Kein Ring, stellte sie mit knappem Blick fest.

»Integriertes 56-Kbit-Modem und Audio-Video-Konvergenz«, freute sich ihr Nachbar. »Das dürfte nicht im Sonderangebot im Media-Markt zu finden sein.«

»Keine Ahnung«, lächelte Wilma. »Das ist ein Dienstgerät.«

»Sie schreiben beruflich?« Der Typ hatte auffällig dichte, ziemlich lange Haare. Völlig unmodern zwar, aber ihm stand es gut.

»Für ein Hochglanzblatt«, sagte Wilma mit gespielter Bescheidenheit.

»Was schreiben Sie da so?« Für die Jahreszeit war er ziemlich braun gebrannt.

»Was ich so höre«, antwortete Wilma vieldeutig.

»O Gott, dann werde ich jetzt lieber meinen Mund halten. Nicht, dass ich in Ihrem nächsten Artikel vorkomme.« Er reichte ihr den Laptop zurück.

»Das glaube ich kaum«, erwiderte Wilma arrogant. »Ich schreibe nur über Persönlichkeiten des öffentlichen Lebens.«

»Puh«, machte der Mann, indem er sich mit dem Handrücken den imaginären Angstschweiß von der Stirn wischte. »Da hab ich ja noch mal Glück gehabt.«

Das Luxusanwesen auf Fisher Island ist verwaist, hackte Wilma in die Tasten, nachdem das Porzellan abgeräumt worden war und ihr Nachbar sich mit Kopfhörer in ein Video vertiefte.

Flirrende Hitze liegt über der Prominenten-Insel. Ich habe mit einigem Glück noch eine private Fähre erwischt. Man kennt mich hier als Barbara Beckers beste Freundin. Normale Sterbliche haben nämlich keinen Zugang zur Insel, die von über 300 Personen rund um die Uhr bewacht wird. Tropische Pflanzen schmeicheln dem Auge des Betrachters. Das Milliardärsghetto liegt wenige Bootsminuten von Miami entfernt, direkt am Meer, mitsamt feinstem Sandstrand, der von den Bahamas importiert wurde. An den Toren überprüfen Wächter per Computer, wer sich zu den erlesenen Inselbewohnern zählen darf. 500 der reichsten Familien der Welt leben hier. Aber was nützt all der Reichtum wenn diese Menschen im Herzen einsam sind? Als ich bei Barbara klingele, klopft mir das Herz. Wie wird meine Freundin mich aufnehmen? Verlassene Frauen reagieren oft völlig anders, als sie sonst in Krisensituationen reagieren würden. Stille Frauen werden laut, aktive werden passiv und umgekehrt, ruhige Frauen werden hyperaktiv und die sonst so sportlichen werden lethargisch. Aber Barbara braucht mich, das spüre ich. Deshalb habe ich den weiten Weg auch auf mich genommen. Drei Bodyguards in Maßanzügen warten bereits auf mich. Ich schleppe mein Geschenk für Noah Gabriel, einen ferngesteuerten Plastikhund, der bellen und quietschen kann, und die Planschbeckenausrüstung für Klein Elias mit mir.

»Bring meinen Kindern etwas Lustiges, Fröhliches mit, damit sie ihren Schmerz vergessen«, hatte Barbara mir noch beim letzten Telefonat gesagt.

Die Bodyguards haben Weisung, nur mich und Barbaras Anwalt hinter die hohen Mauern der luxuriösen Trutzburg zu lassen. Von Boris weit und breit keine Spur.

»Da bist du endlich, Wilma!« Barbara Becker steht mit verweinten Augen in ihrem Luxusappartment, das ich noch vor einigen Jahren mit eingerichtet habe. Barbara liebt die klare, moderne Linie. So wie sie sich kleidet, so hat sie auch ihre vier Wände eingerichtet: ein Augenschmaus, klare, ehrliche Linie, keine Schnörkel, kein Firlefanz. »Wie geht es dir?«, frage ich meine Freundin. »Den Umständen entsprechend«, lächelt Barbara tapfer. Sie sieht noch schmaler aus als beim letzten Mal. »Ich kann nichts essen«, verrät sie mir. »Ich habe seit der Trennung sieben Kilo abgenommen.«

An dieser Stelle hielt Wilma inne. Sie nahm einen kräftigen Schluck Rotwein. Sieben Kilo abnehmen! Mal so eben, in zwei oder drei Wochen! Dafür würde sie sich auch gern von ihrem Kerl trennen. Überhaupt: Raimund! Je erfolgreicher sie beide wurden, umso weniger bestand noch ihre Beziehung. Raimund ging sowieso seiner Wege, das fühlte Wilma. Und im Grunde war es ihr egal. Solange sie nichts davon mitbekam ... Vermutlich hatte Raimund etwas mit einer seiner Vorzimmermiezen. Je jünger, desto besser. Er selber war alles andere als ein Beau, aber seine Macht erlaubte es ihm, sich jede junge Göre aus seinem Team zu schnappen. Ihr, Wilma, sagte er immer öfter auf lieblose Weise, wie alt und unattraktiv sie sei.

An Trennung dachte Wilma nicht. Schließlich war sie mit ihrem Beruf verheiratet. Zum Glück hatte sie nie den Trauschein mit Raimund unterschrieben. Auch Raimund, als Anwalt, der Jahr um Jahr in Schmuddelscheidungen badete, hatte nicht die geringste Lust verspürt, Wilma in den Hafen der Ehe zu führen. Er brauchte sie aber als Frau an seiner Seite, denn durch sie kam er hautnah an jene Promis ran, die seine potentielle Klientel waren.

Wilma und Raimund: Sie waren unverheiratet, modern, berufstätig und eigentlich durch ihre Berufe ziemlich seelenverwandt.

Jeder erfuhr ziemlich viel schmutzige Wäsche aus dem Leben der so genannten Prominenten. Raimund Wolf machte dieses Wissen sofort zu Geld, Wilma musste vorher immerhin noch einen Artikel schreiben. Aber wenn sie mal nicht weiterwusste, bekam sie die Einzelheiten von Raimund. Gerade so, dass seine Schweigepflicht nicht verletzt wurde, streute Wilma häppchenweise die Gerüchte in ihr Blatt. »War es wirklich nur der Alkohol bei den Meiers? Oder waren nicht doch hochkarätige Drogen im Spiel ...?«

Dafür erschien Wilma auf allen Filmbällen, Preisverleihungen, Premierenfeiern und Wohltätigkeitsveranstaltungen immer mit Raimund. Die anwesenden Scheidungswilligen mussten ihm nur verstohlen ihre Karte zustecken. Wilma hatte Raimund einen nicht zu überbietenden Bekanntheitsgrad verschafft. So arbeiteten die beiden Hand in Hand.

Was sie sonst noch verband, war die wirklich prachtvolle Villa in Grünwald. Mit Haushälterin, Swimmingpool, einer Sauna im Keller und allem Pipapo. Ach ja, und da waren auch noch die Mädchen. Ann-Kathrin und Sophie, elf und neun. Zwei nette hübsche Mädels.

Aber für Wilma war das Familienleben nicht alles! Da gab

es so manchen feschen Kerl am Wegesrand … Ihr Blick wanderte nach links, zu dem sympathischen Menschen, der nüsschenkauend auf das Video starrte und sich anscheinend prächtig amüsierte.

Wilma kratzte sich am Kopf und tippte weiter.

Wie soll es denn nun weitergehen, Barbara? Schließlich hast du die Verantwortung für die Kinder … Wilma fand es immer wahnsinnig wichtig, die Mutterinstinke ihrer Leserinnen anzusprechen. Dass sie selber zwei Töchter hatte, vergaß sie beim Schreiben meist.

»Dass ich jetzt nicht in Einzelheiten gehe, kannst du sicher verstehen«, sagt Barbara, und klagt über Kopfschmerzen. Sie führt mich auf ihren riesigen schattigen Balkon, der mit edelstem Marmor gefliest ist. Mein Blick fällt auf den verwaisten Swimmingpool. Noah Gabriels Schwimmflügelchen liegen noch auf dem grünen Handtuch, Elias' Buggy steht unter dem gelben Sonnenschirm. Ich fotografiere das Stilleben. Alles sieht so harmonisch aus.

»Wir können zur Zeit nicht schwimmen gehen«, sagt Barbara müde. »Überall in den Bäumen lauern die Paparazzi. Sobald ich nur meinen Kopf aus der Verandatür strecke, um die Kinder zum Essen zu rufen, werde ich abgeschossen.«

»Das ist der Preis des Ruhms«, tröste ich meine Freundin. Und dann reden wir über Geld. Es geht um 100 Millionen. Wird Boris zahlen?

Er hat sogar alle Kreditkarten sperren lassen und außerdem den Jeep abgeschlossen, so dass Barbara von Wasser und Brot in ihrer 830 qm großen Trutzburg leben muss. Dass der Lieblingsschnuller von Klein Elias noch in dem verschlossenen Wagen liegt, ist eine der vielen kleinen Grausamkeiten, die Boris seiner Familie antut. Babs weint. Welche Mutter fühlt da nicht mit?

Barbara vertraut mir an, dass es einen Ehevertrag gibt, aus dem hervorgeht, dass ihr für jedes Jahr der Ehe eine Million

Mark zusteht. Viel zu wenig, findet sie. Schließlich hat sie als seine Gattin ihre sieben besten Jahre geopfert. Sie hat eine beachtliche Stimme, und dass sie eine Schönheit ist, muss nicht betont werden. Sie hätte Karriere als Schauspielerin machen können. Nun steht sie vor den Scherben ihres Glücks.

Warum hat Boris ihr das angetan? Warum tut er das den Kindern an?

Hatte Boris was mit der indischen Rapperin? Oder mit der russischen Bardame in London, die ihn angeblich in eine Wäschekammer gelockt und ihm dort sein Sperma abgeluchst haben soll? Ich bin viel zu taktvoll, um Babs das zu fragen. Tatsache ist, das Baby der farbigen Russin ist rothaarig.

Arm in Arm stehen wir auf dem Balkon, die schmale zerbrechliche Babs und ich, und sie lehnt sich Halt suchend an mich. Was kann ich ihr raten? Ich drücke ihr nur stumm die Hand. Als ich wieder gehe, winkt Barbara mit ihrem schmalen Handgelenk traurig hinter mir her.

Ihr Blick wirkt seltsam verloren. Wie wird das Schachspiel zwischen der Spielernatur und der klugen Denkerin weitergehen? Arme, reiche Babs.

So, das müsste reichen, dachte Wilma, und ließ sich erneut Wein nachschenken. Das ist wieder mal ein Artikel, in dem nichts steht, der aber nach viel aussieht.

Meine Artikel sind wie Diätvanilleschaum: nur aufgeschlagene Luft. Aber der Leser merkt es nicht, sondern denkt, er hätte etwas Großartiges erfahren.

Das ist meine Stärke: Der Leser hat das Gefühl, er wäre dabei gewesen, dabei habe ich mir das alles nur aus den Fingern gesogen. Mit diesem Artikel habe ich jetzt nach Steuern schätzungsweise 15 000 Mark verdient. Die Auflage der *Elite* wird sich mit diesem Artikel verdreifachen. Wilma lächelte zufrieden und klappte ihr Notebook zu. Sie war eben ganz, ganz oben. Und es gab nichts und niemanden, der sie da herunterholen konnte – dachte sie.

Am Frankfurter Flughafen zückte Wilma sofort ihr Handy. Während sie auf dem Laufband stand, gab sie den Pin-Code ein und rief in der Redaktion an.

Ihre Sekretärin meldete sich nach viermaligem Klingeln.

»Frau Hasenknopf? Alles klar! Ihr könnt den Artikel heute noch haben!«

»Moment, Frau von der Senne, der Chef ist schon da. Ich stelle durch!« Wilma lauschte kurz der *Elite* Warteschleifemusik, dann hörte sie die sonore Stimme ihres Chefs.

»Wunderbar, Wilma. Ich wusste, dass ich mich auf dich verlassen kann!« Helmut Rosskopf, der Herausgeber von *Elite*, klang trotz der frühen Morgenstunde erfreut.

»Ich hab noch mehr, Chef. Zwei weitere Fische sind mir ins Netz gegangen. Das muss unbedingt noch ins nächste Blatt.«

»Da bin ich aber mal gespannt...«

»Maja Büchs, sichtlich HIV-geschwächt, mit bisexuellem Liebhaber in der Senator-Lounge in München gesichtet...«

»Hast du da Beweise? Ich meine, wenn die nicht HIV-infiziert ist, dann haben wir eine üppige Klage an der Backe! Frag mal deinen Mann, inwieweit das juristisch abgeklopft ist!«

»Okay, ich formuliere das um. Und das Zweite, Chef, halt dich fest: Unsere brave Familienministerin treibt es heimlich mit einem Dolmetscher!«

»Oh, oh!«, machte Rosskopf bedenklich. »Die Politik würde ich draußen lassen.«

»Die Gutermann macht bald keine Politik mehr«, triumphierte Wilma. »Stell mich noch mal durch zur Hasenknopf!«

»Wilma, ich vertraue dir! Du weißt haargenau, wo die Grenzen sind...« Rosskopf war schon aus der Leitung.

Die Hasenknopf war ein altes Jungferlein, das Wilma anbetete. Sie trug immer Trachten, gepaart mit viel zu viel rosa Lippenstift und wasserstoffblonden Haaren. Sie war viel zu gut für diese Welt und erst recht für so eine Redaktion wie die *Elite*. Aber sie war gehorsam und flink. Früher war sie Schulsekretärin gewesen, aber das schaffte sie nervlich nicht mehr.

»Frau Hasenknopf. Passen Sie auf. Ich brauche sofort die Handynummer von Mechthild Gutermann.«

»Mechthild Gutermann? Die Familienministerin?«

»Ja. Nun machen Sie schon, Frau Hasenknopf!«

»Moment...« Frau Hasenknopf betätigte ihren Computer, das konnte Wilma hören.

»Hören Sie zu, Frau Hasenknopf. Ich bin hier im Transferbereich des Frankfurter Flughafens und habe keine Lust, tatenlos herumzustehen. Geben Sie mir zuerst die Privatnummer von der Gutermann.«

»Sofort, wird gemacht...« Frau Hasenknopf hackte wieder in die Tastatur.

»Prof. Giselher Gutermann, Chemiker, Gütersberg...?«

»Ja. Ich höre.« Wilma kritzelte die Nummer auf die Zeitung, die sie unter dem Arm trug. »Und die Handynummer sprechen Sie mir auf die Mailbox!«

Sie legte auf und wählte sofort die Nummer des Chemieprofessors.

Als dieser abnahm, ertönte im Hintergrund Kindergeschrei. Gute Zeit für schlechte Nachrichten, dachte Wilma. Viertel vor acht. Da muss er die Bande in die Schule bringen.

»Herr Professor Gutermann?«

»Ja bitte?«

»Wilma von der Senne, von der *Elite*. Darf ich Sie eine Sekunde stören?«

»Es passt jetzt wirklich schlecht und meine Frau ist auch nicht da...«

»Ich möchte auch nicht Ihre Frau sprechen, sondern Sie.«

»Ja. Bitte, was kann ich denn für Sie tun? Ich bin unter Zeitdruck...«

Im Hintergrund konnte Wilma die Kinder streiten hören.

»Was sagen Sie dazu, dass Ihre Frau ein Verhältnis mit einem Dolmetscher hat?«

Wilma liebte es, Bomben platzen zu lassen. Je unvorbereiteter, desto lauter knallte es.

Pause. Stille. Heftiges Atmen. Nur die Blagen stritten weiter.

Der Professor keuchte. Dann entrang sich ihm ein »Woher wollen Sie das wissen?«.

»Erstaunlich, dass Sie es nicht wissen!«, setzte Wilma nach. »In ganz Deutschland pfeifen es die Spatzen von den Dächern!«

»Ich hau dir eins in die Fresse, du Schlaffpimmel!«

»Papaaa! Der Leonhard hat Schlaffpimmel zu mir gesagt!«

»Schlaffpimmel, Schlaffpimmel!«

Wilma verachtete den Professor. Selber Schlaffpimmel, dachte sie. Seine Alte macht sich ein paar schöne Tage und er lässt sich zum Affen machen. Und seine Gören hat er offensichtlich nicht im Griff. Weichei. Warmduscher.

Der Professor atmete schwer. Nein, das konnte doch nicht sein. Er versorgte hier die drei ungezogenen Gören und Mechthild betrog ihn in Amerika mit einem Dolmetscher, während sie vorgab, auf einer unvermeidlichen Vortragsreise zu sein?

»Herr Professor? Sind Sie noch dran?«

»Ich möchte dazu keine Stellung nehmen«, sagte Giselher und legte auf.

Okay, dachte Wilma. Einen O-Ton habe ich. Dem hab ich schon mal den Tag verdorben.

Sie fühlte sich großartig. Der haut jetzt seine Kinder, dachte sie. Oder er geht in den Keller und erschießt sich. Was ich doch für eine Macht habe! Und bekomme noch viel Geld dafür! Großartig!

Sie hörte ihre Mailbox ab, auf die die Hasenknopf brav Mechthild Gutermanns Handynummer gesprochen hatte. Zweiter Streich folgt sogleich.

Es war sechs Minuten vor acht, als bei Mechthild Gutermann das Handy klingelte.

Sie war gerade in Berlin gelandet und saß in der Limousine, die sie zu ihrer Berliner Dienstwohnung bringen sollte. Ein bisschen müde war sie schon. Sie war zwar Businessclass geflogen, aber richtig geschlafen hatte sie trotzdem nicht.

Das ist sicher Giselher, dachte Mechthild. Oder die Kinder. Hoffentlich ist alles in Ordnung zu Hause.

»Hallo?«

»Frau Gutermann?«

»Ja bitte?«

»Wilma von der Senne, von der *Elite*. Wir haben vor uns vor kurzem auf dem Bundespresseball getroffen. Sie waren mit Ihrem Mann da und hatten dieses tolle rote Kleid an.«

»Ach ja, ich erinnere mich. Wir haben kurz gesprochen.« Mechthild war nicht im Geringsten beunruhigt. Sicher wollte die *Elite* wissen, wie ihre Vorträge bei den Luxusreisenden angekommen waren. Sie, Mechthild, war das Aushängeschild der Familien- und Rentenpolitik. Bei den alten Leuten kam sie unglaublich gut an. Sie machte so einen gediegenen, biederen, braven Eindruck. Sie war ein erwachsenes Kommunionkind. Deutschlands Spießer hatten sie zu ihrer Klassensprecherin gemacht.

So, dachte Wilma. Anschnallen, Mechthild. Dein Traumleben ist zu Ende. Ich zerstöre es ... jetzt.

»Uns ist das Gerücht zu Ohren gekommen, dass Sie Ihren Mann verlassen werden.«

»Was? Wieso? Wie kommen Sie darauf ...?« Mechthild fühlte, wie ihr Magen sich verkrampfte. Das konnte nicht sein! Sie war doch gerade erst gelandet! Sie hatte mit niemandem darüber gesprochen! Außer mit Judith, ganz kurz, bei einem kleinen Giggel- und Kicheltelefonat, gestern ... Aber sonst: Sie hatte sich absolut diskret verhalten!

»Sie wollen Ihre Familie verlassen und mit einem Dolmetscher ins Ausland gehen.«

»Aber nein … das ist völlig irrwitzig …« Mechthild schwitzte, dass ihr die Bluse unter den Armen klebte.« Ihr Fahrer drehte sich besorgt nach ihr um.

»Was war denn nun genau mit dem braun gebrannten Henry?«

»Woher wissen Sie, dass er Henry heißt?« Mechthilds Schläfen pulsierten.

»Sie geben also durchaus zu, dass sie in … privaterem Kontakt zu ihm stehen?«

»Ich gebe gar nichts zu!« Mechthild spürte, wie ihre roten Flecken am Hals zu blühen anfingen. Sofort brach in ihrem Nacken wieder die Stressneurodermitis aus.

Wilma genoss es, Richterin zu spielen. Ihre Opfer vergaßen fast immer, dass sie ihr, Wilma, keinerlei Auskunft geben mussten. Es war ein herrliches Spiel: Sie verwickelten sich in Lügen, gaben teilweise die Wahrheit zu, stammelten herum, verharmlosten, wiegelten ab und schon an der Stimme konnte Wilma erkennen, dass ihre armen Opfer wie frisch gefangene Forellen am Angelhaken zappelten.

Mechthild war geübt im Umgang mit der Presse, allerdings eher in politischen Fragen als in solchen, die ihr intimstes Privatleben angingen. Trotzdem gelang es ihr, sich innerhalb von Sekunden wieder zu fangen.

»Frau von der Senne«, sagte sie mit fester Stimme. »Da hat Ihnen jemand einen Bären aufgebunden. Wer hat denn überhaupt so über mich gesprochen?«

»Nun, ich war gestern auf einem Golfplatz, und da hat eine Dame es so laut ihren Golfpartnern erzählt, dass ich unfreiwillig mithören musste.«

In Mechthilds Kopf arbeitete es fieberhaft. Wer von ihren Freunden spielte Golf? Wer konnte es überhaupt wissen? Wer würde es weitertratschen? Ihr fiel niemand ein.

Blödsinn, dachte sie. Diese Wilma von der Senne will mich in die Enge treiben.

»Das muss eine Verwechslung sein. Ich bin glücklich verheiratet und ich gedenke weder meinen Mann noch meine Kinder zu verlassen, noch Deutschland den Rücken zu kehren. Als Familienministerin bin ich mir viel zu sehr der Verantwortung bewusst ...«

Ruder rumreißen, Ruder rumreißen, dachte Mechthild. Ich benutze die Presse, wohlgemerkt, nicht umgekehrt. Ich falle doch nicht auf eine Fangfrage herein! Ich schätze mal, mein IQ ist doppelt so hoch wie der von dieser pummeligen Yellow-Press-Ratte!

Wilma spürte, dass Mechthild Gutermann sich nicht die Butter vom Brot nehmen ließ.

Deshalb entschloss sie sich zur »Gerüchte-erfinden-Technik«.

»Ist Ihnen denn wenigstens bekannt, dass Ihr Gatte erwägt, die Scheidung einzureichen?«

Um Gottes willen. Nein. Bloß das nicht. Nicht, dass sie Giselher noch besonders liebte, aber das wäre das Ende ihrer Karriere! Sie war die Vorzeigeehefrau-und-Mutter-der-Nation und die Hessenwahlen standen unmittelbar bevor!

»Das ist alles hohles Geschwätz«, presste Mechthild hervor. »Und jetzt möchte ich dieses Gespräch beenden. Ich habe nicht vor, mich an Gerüchten zu beteiligen.« Mit zitterndem Finger drückte sie die »Aus«-Taste.

Schweißgebadet sank sie in ihren Ledersitz zurück.

Wilma lächelte zufrieden. Aha. Wieder mal war es ihr gelungen, in ein Wespennest zu stechen. Wunderbar, all diese Exklusivinterviews, für die sie keinen Pfennig zahlte! Auch dieses hier würde ein schöner Zweiseiter werden.

Brave Familienministerin ein Sexmonster?, titelte sie schon in Gedanken.

Nein. Sie war ja nicht mehr bei *Neuer Tratsch*. Da wäre diese Überschrift genau richtig gewesen. Bei *Elite* drückte man sich feiner aus. *Aber Frau Minister!* könnte sie lauten oder *Die biedere Mechthild bricht aus.* Besser noch: *Familienministerin mit zwei Gesichtern?*

Wenn man allzu dreiste Behauptungen aufstellte, musste man sie immer mit einem Fragezeichen versehen, damit die Betroffenen nicht klagen konnten. Wilma war ein Profi, durch und durch. Die erfundenen Interviews, falschen Behauptungen, die Nuancen, die rechtlich noch ohne Konsequenzen bleiben würden, die Gerüchte, die sie als Tatsachen verkaufte, all das floss ihr aus der Feder wie anderen Leuten ein »Guten Tag, wie geht's?«.

Da ihr Anschlussflug nach München Verspätung hatte, beschloss sie, noch einmal in die Senator-Lounge zu gehen, um an ihrem »Mechthild-Gutermann«-Artikel zu arbeiten.

Wahnsinn. Kaum 36 Stunden war sie weg gewesen und was brachte sie Helmut Rosskopf?

Nicht ein, sondern gleich drei Exklusivinterviews! Eines mit Maja Büchs, eines mit Barbara Becker und ein besonders brisantes mit Mechthild Gutermann.

Keine von den Damen wusste von ihrem Glück, aber das spielte in Wilmas Beruf überhaupt keine Rolle. Sie feixte selbstzufrieden in sich hinein, als sie über das Laufband zur Lounge ging.

Um diese Morgenstunde war es wie immer sehr voll am Frankfurter Flughafen. Auf dem entgegenkommenden Laufband drängten die Passagiere in Richtung der Abfluggates.

Wilma stutzte, als sie plötzlich ein bekanntes Gesicht in der Menge entdeckte.

»Agneta?« Sie drehte sich um und wäre fast mit dem netten Mann zusammengestoßen, der im Flugzeug neben ihr gesessen hatte.

»Also, das Rückwärtslaufen auf diesem Band dürfte schwierig sein«, grinste er.

»Oh, Verzeihung...« Wilma stellte sich auf die Zehenspitzen... »Agneta!«

Aber dann gab sie es auf. Agneta fuhr mit stoischem Gesicht weiter. Die Menge hatte sie auch schon verschluckt. Was machte Agneta hier am Frankfurter Flughafen, am frühen Morgen? Sie sollte doch in München sein und die Mädchen in die Schule bringen!

Verwirrt folgte Wilma dem netten Mann, der ebenfalls in Richtung Senator-Lounge strebte. Er hielt ihr galant die Tür auf. »Bitte schön, die Dame.«

Gleichzeitig legten die beiden ihre goldene Senatorkarte auf das Pult der Rezeptionistin. Wilma warf einen neugierigen Blick auf seine. »Ferdinand Sailer«, hieß der Mann.

Wilma ließ sich ihren Nerz abnehmen und wanderte in eine stille Ecke der Lounge, in der das Telefonieren eigentlich verboten war. Sie ließ sich einen Mokka und etwas Gebäck bringen und wählte dann Raimunds Handynummer.

»Herr Wolf ist in einer Besprechung«, sagte Annette Hübsch, die Sekretärin mit dem Berliner Akzent.

»Annette, hier ist Wilma. Sag meinem Mann, es ist dringend!«

»Na mal sehen, wat ick tun kann, Frau von der Senne.«

Es rauschte. Wilma trank in nervösen kleinen Schlucken ihren Mokka.

»Ja?« Kurz angebunden, barsch. Wie Raimund eben frühmorgens war.

»Raimund, ich bin's.«

»Was ist denn los? Ich bin mit der Rosenhaupt und ihrem Manager in einer Besprechung! Wir formulieren gerade die Presseerklärung wegen ihrer Scheidung. Die müssen zum Flughafen, weil sie heute Abend einen Liveauftritt hat. Also, fass dich kurz!«

»Sag mal, weißt du wo Agneta ist?«

»Keine Ahnung! Deshalb störst du mich mitten in der Konferenz?«

»Kann es sein, dass Agneta mir gerade auf dem Laufband am Frankfurter Flughafen begegnet ist?«

»Nee, kann's nicht! Ich denke, Agneta ist unser Au-pair-Mädchen und bringt die Mädchen in die Schule?«

»Raimund! Ich bin doch nicht blind! Sie ist mir vor drei Minuten begegnet! Bist du sicher, dass sie zu Hause ist?«

»Ja klar! Wir haben ja eben noch zusammen gefrühstückt! Haste nach dem Langstreckenflug Tomaten auf den Augen, wa! Du, ich muss jetzt, wa!« – Raimund hatte aufgelegt.

Merkwürdig. Wilma starrte vor sich hin. Sie hätte tausend Dollar wetten können, dass das eben Agneta gewesen war...

Sie wählte die Nummer von zu Hause.

»Hier bei Wolf und von der Senne?«

»Frau Hofgartner? Ich bin's. Ist alles in Ordnung zu Hause?«

»Soweit ich das überblicken kann... ja«, sagte die brave Haushälterin. »Ich gieße gerade die Blumen und sonst ist mir nichts Außergewöhnliches aufgefallen.«

»Sind die Mädchen in der Schule?«

»Daheim sind sie jedenfalls nicht!«

»Und Agneta?«

»Die hob ich schon lang nimmer gesehen! Soll ich nachschauen, ob's in ihrem Zimmer ist?«

»Frau Hofgartner, tun Sie das. Rufen Sie mich dann über Handy zurück!«

Zeit ist Geld, dachte Wilma. Bis die alte, rheumatische Schabracke sich die Treppe hinauf- und wieder hinuntergequält hat, habe ich schon meinen Artikel über Mechthild Gutermann fertig.

Sie holte ihr Diktiergerät hervor und sprach leise hinein: »Als Aufmacher auf dem Titel, unten links, sieben mal fünf Zentimeter: ›Mechthild Gutermann – heimliche Liebe in Amerika!‹ Dann im Blatt zwei Seiten, vor Maja Büchs, aber hinter Barbara Becker. Titel: ›Stille Wasser sind tief!‹ – Untertitel: ›Die zwei Gesichter der Familienministerin.‹ Sucht Bilder raus vom Bundespresseball, wo sie mit ihrem Mann tanzt.

Darunter kursiv: »Alles nur schöner Schein?« Text: Mechthild Gutermann, die aussieht, als könne sie kein Wässerchen trüben, tanzt mit ihrem Mann, dem Chemieprofessor Giselher oder Giesebrecht oder Giesbert, wie auch immer der Knabe heißt, recherchiert das. Aber in Wirklichkeit gehört ihr Herz einem anderen: einem feschen braun gebrannten Dolmetscher. Er stammt sogar aus adeligem Geblüt, ist ein Sir. Kaum zu glauben, dass die brave, biedere Mechthild, die wie eine Konfirmandin wirkt, heiße Liebesnächte mit einem Blaublütigen im Luxushotel genießt! Ihr Gatte Giselher, der derweil zu Hause im ländlichen Gütersberg die Kinder hütet, hatte keine Ahnung von dem Treiben seiner zügellosen Gattin: ›Sie ist auf einer Vortragsreise in Amerika!‹ Armer Giselher! Vertrauen ist gut, Kontrolle ist besser!«

Hier musste Wilma schlucken. Wenn jemand so etwas im Zusammenhang mit ihr selbst geschrieben hätte, hätte sie ihn eigenhändig umgebracht.

»Was die liebestolle Mechthild als Vortragsreise verkaufte, war nichts anderes als ein Trip in ein Sexabenteuer. Und wir Steuerzahler ermöglichen der nimmersatten Ministerin ihre erotischen Abenteuer! Hat ihr der gediegene Chemieprofessor nicht genug Liebe gegeben? Brauchte sie mehr Aufmerksamkeit als Frau? Fühlte sie sich nicht wahrgenommen mit all ihren weiblichen Reizen, die sie ja gar zu gern vor der Öffentlichkeit versteckte? Kaum eine Frau des öffentlichen Lebens gab sich so brav, so zugeknöpft. Was steckt dahinter, wenn eine scheinbar Tugendhafte sich plötzlich dem Laster hingibt? *Elite*-Psychologin Viola Ballmann-Islinke sagt dazu ... bla bla bla, hier denke ich mir noch was aus, lasst da zwanzig Zeilen frei. Dann kommen Fotos von den Kindern von der Gutermann, möglichst wo sie noch kleiner sind, und besorgt unbedingt das Hochzeitsfoto von ihr und diesem Giselher. Ruft ihre oder seine Eltern an, die haben mit Sicherheit eines. Als letzten Absatz dann: Wird sie ihre Karriere als Familienministerin auf's Spiel setzen? Wie aus gut unterrichteten Kreisen verlautete, will Mechthild Gutermann Deutschland verlassen und mit ihrem adeligen Dolmetscher irgendwo am anderen Ende der Welt ein neues Leben anfangen... Geld genug für solche Pläne dürfte dann ja in der Kasse sein...«

Wilmas Handy vibrierte. Na endlich. Die Hofgartner.

»Frau von der Senne, ich hab die Agneta nicht finden können, wenn Sie mich fragen, war die über Nacht nicht da. Gestern Abend hat sie noch die Kinder heimgebracht, aber heute Morgen war niemand im Haus!«

»Aber mein Mann sagt, sie hätten noch gemeinsam gefrühstückt?«

»Nein, Ihr Mann hat heute in der Früh um sechse nur einen Kaffee getrunken!«

»Sind ihre Sachen noch da?«

»Da müsste ich noch mal schauen...«

»Nun machen Sie schon, Frau Hofgartner! Sie werden ja wohl feststellen können, ob ihre Kleider im Schrank hängen oder nicht!«

»Ich lauf schon, Frau von der Senne. Aber Sie wissen ja: das Herz!«

Wilma wurde nun wirklich nervös. Wenn das Au-pair-Mädchen fort war, wer kümmerte sich dann um die Kinder? Raimund jedenfalls nicht! Und Frau Hofgartner hatte keinen Führerschein. In letzter Zeit war sie sowieso entsetzlich klapperig geworden. Sie überlegte. Wenn die verdammte Maschine nach München noch mehr Verspätung hätte, würde niemand die Kinder aus der Schule abholen.

Frau Hofgartner! Jetzt beweg doch schon deinen Hintern!!

Wilma trommelte nervös mit den Fingerspitzen auf die Fensterbank. Direkt unter ihr auf dem Rollfeld ruhten die riesigen Flugzeuge sich an ihren Andockstellen aus. Neben vier Lufthansamaschinen und zwei von United Airlines entdeckte sie eine blau-gelbe Royal Swedish Airline.

Endlich war die Hofgartner wieder dran. Sie keuchte asthmatisch in den Hörer: »Frau von der Senne? Alle ihre Sachen sind fort! Nix ist mehr da!«

Also doch. Wilma schmiss ihr Nokia und ihr Diktiergerät in die kleine Handtasche und rannte aus der Lounge.

»Ihr Mantel, Frau von der Senne!«

Die Rezeptionistin hielt ratlos den Nerz in den Händen. Schon vorgestern wollte die Frau von der Senne ganz ohne Mantel davonrennen.

So schnell sie konnte, lief Wilma über das Laufband zurück in Richtung Gate B 35, wo sie die schwedische Maschine hatte stehen sehen. Sie bekam Seitenstiche, so schnell rannte sie. Ich wiege mindestens zwanzig Kilo zu viel, schoss es ihr ärgerlich durch den Kopf. Ich schleppe ständig das Gewicht eines voll gepackten Koffers mit mir herum.

»Darf ich mal?« »Bitte, lassen Sie mich vorbei!« »Achtung, bitte!« »Excuse me!«

Endlich hatte sie den Abfertigungsschalter am Gate 35 erreicht. »Stockholm – boarding«, blinkte es über dem Eingang.

»Entschuldigung, ich müsste mal bitte da rein ...«

»Ihre Bordkarte bitte!«

»Nein, ich will nicht nach Stockholm. Ich will nur noch mal jemanden sprechen!«

»Wie ist der Name des Passagiers?«

»Agneta Ingwerson.«

Die Bodenstewardess beugte sich zu ihrem Mikro: »Mrs Ingwerson, Passagierin Ingwerson, bitte kommen Sie noch mal zum Abfertigungsschalter! *Please come to the information-desk!*«

Wilma wartete. Ihr Herz raste. Sie sollte wirklich dringend abnehmen. So ein Zweihundertmeterlauf brachte sie total aus der Puste. Die Kniegelenke schmerzten.

Plötzlich stand Agneta vor ihr. Dünn, blass, übernächtigt.

Im rosa Anorak. Mit Reisetasche. Und ihrem Plüschteddy in der Hand. Sie war doch noch ein Kind.

Sie erschrak, als sie Wilma sah.

»Agneta!«

»Hallo, Frau von der Senne.«

»Was um Gottes willen machst du hier?«

»Ich fliege nach Stockholm zurück.«

»Aber warum, Agneta?«

»Ich kann es nicht sagen.«

»Haben wir dich überfordert?«

»Darum geht es nicht …«

»Agneta! Du kannst doch nicht so einfach abhauen!«

»Doch, ich muss, Frau von der Senne!«

»Was ist passiert?«

»Ich kann nicht darüber sprechen!«

»*Last call for Stockholm, please!* Hallo, junge Dame! Wollen Sie noch mit?«

»Moment, eine Sekunde, bitte. Agneta, flieg nach Hause. Flieg. Aber sag mir bitte: warum?«

»Ich schreibe es Ihnen«, sagte Agneta. »Wenn ich so weit bin. Ich kann jetzt nicht.«

Damit drehte sie sich um und rannte als letzte Passagierin in den Schlauch.

Das kann doch nicht wahr sein, hämmerte es in Mechthilds Kopf. Ich habe gestern Abend noch, gestern Nacht, im Sheraton in Miami Beach, mit diesem Mann eine traumhafte Liebesnacht gehabt, und jetzt, kaum zwölf Stunden später, ruft mich die *Elite* an? Wer hat da gepetzt?

Wer?

Sie hatte nur eine einzige Freundin, die Golf spielte. Judith! Die hatte sie gestern über Handy angerufen, gerade als sie im Duty-free-Shop gewesen war!«

Sofort wählte sie Judiths Nummer.

»Ja, hallo? Schweizer?«

»Du Miststück!«, schrie Mechthild in den Hörer.

»Mechthild? Bist du's?«

Judith war offensichtlich noch völlig verschlafen.

»Judith! Du bist meine Freundin gewesen!«

Mechthild war vor Wut außer sich. Ihr Fahrer zog den Kopf ein, während er die gepanzerte Limousine mit den getönten Scheiben über die Berliner Stadtautobahn lenkte.

Weiber, dachte er. Hysterische Weiber. Alle.

»Aber was habe ich denn getan?«, fragte Judith verstört.

»Du hast gestern Golf gespielt!«

»Nein! Wie kommst du darauf!«

»Und vorgestern!«

»Ich habe seit drei Wochen nicht mehr Golf gespielt, was soll denn das!«

»Ich habe niemandem von der Sache mit Henry erzählt! Niemandem! Nur dir!«

»Und ich habe es auch niemandem weitergesagt! Ehrenwort!«

»Und wieso ruft mich jetzt die *Elite* an, hm?!«

»Weiß ich doch nicht, keine Ahnung, Mechthild, das musst du mir glauben!«

»Ich kündige dir die Freundschaft!«, schrie Mechthild unter Tränen. Dann legte sie auf.

Zitternd saß sie auf ihrer Rückbank. Der Fahrer lugte in den Rückspiegel.

Giselher. Sie musste ihn anrufen. Ganz unverfänglich, um auszutesten, ob er eine Ahnung hatte. Was hatte die Presseschlampe gesagt? Ihr Gatte zieht in Erwägung, sich scheiden zu lassen? Ein Schweißausbruch folgte dem anderen. Hölle, dachte Mechthild, wo ist dein Schrecken?

»Giselher? Ich bin's, guten Morgen. Ich wollte nur sagen, ich bin wieder gelandet.«

»Guten Morgen, Mechthild«, sagte Giselher mit belegter Stimme.

»Ist alles in Ordnung mit den Kindern?«

»Alles in Ordnung«, erwiderte Giselher einsilbig.

»Und mit dir auch? Alles gut?«

»Was sollte denn nicht gut sein?«

Mechthild war sich ganz sicher, dass Giselhers Stimme zitterte.

»Keine Ahnung«, versuchte sie zu scherzen. »Schließlich war ich fünf Tage nicht daheim. Da wird man doch mal fragen dürfen, ob alles in Ordnung ist.«

»Wieso«?, heuchelte Giselher. »Hast du ein schlechtes Gewissen?«

»Sollte ich?«, heuchelte Mechthild zurück.

»Das wollte ich von dir wissen«, pokerte Giselher.

»Ach Giselher! Lass doch diese Spielchen!« Mechthild hasste es, wenn Giselher so wachsweich war. Giselher war so ein scheinheiliges Weichei, das gerne litt. Sein Selbstmitleid hatte Mechthild schon oft zur Weißglut gebracht. Giselher zog das Unglück geradezu an, fand Mechthild. Er wollte leiden. Er hatte es einfach nicht besser verdient.

»Also, ich fahre jetzt in meine Dienstwohnung«, sagte Mechthild. »Wir sehen uns am Wochenende.«

»Wie du meinst«, sagte Giselher mit einer Stimme, die nach »Schlag mich bitte auch noch auf die andere Wange« klang.

Kaum hatte Mechthild aufgelegt, klingelte ihr Handy schon wieder. Obwohl sie keinen Bock auf den selbstmitleidigen Giselher hatte, ging sie ran.

Es war Judith.

»Mechthild, ich beschwöre dich! Ich habe nichts gesagt, ich hab mit niemandem über dich gesprochen, der Name Henry ist mir nicht über die Lippen gekommen ...«

»Du hast so laut auf dem Golfplatz über Henry und mich getratscht, dass es eine Reporterin unfreiwillig mit angehört hat!«, schrie Mechthild zornentbrannt in den Hörer. »Ich will nie wieder etwas mit dir zu tun haben!«

Sie drückte auf »finish call«.

Schnaubend hockte sie hinter ihrer getönten Scheibe. Die Siegessäule leuchtete golden vor blauem Himmel. Mechthild nahm nichts von Berlins Schönheit wahr. Das könnte ihr Ende sein! Wenn diese Schlampe von der *Elite* nur ein Wort von diesem Schwachsinn druckte, dann konnte Mechthild ihre Koffer packen. Zu Hause in Gütersberg und hier in Berlin.

Judith hatte ihr die Karriere zerstört! Judith hatte ihr Leben versaut! Judith! Diese verdammte Klatschbase!! Warum hatte sie ihr nur vertraut!! Warum, warum?

Das Handy klingelte.

»Mechthild! So hör mir doch zu! Ich bin deine Freundin, ich habe noch nie etwas Privates über dich ausgeplaudert! Über dich und Henry habe ich keine Silbe verlauten lassen, zu niemandem! Noch nicht mal zu meinem Mann!«

»Leck mich am Arsch«, sagte Mechthild. »Und wage nicht, mich jemals wieder anzurufen.«

Der Fahrer zuckte zusammen. Solch ein Vokabular aus dem Munde der braven Familienministerin! So konnte er sie doch nicht unter die Leute lassen!

Bei einer roten Ampel drehte er sich zu seinem aufgebrachten Fahrgast um: »Wolln Se direkt in det Apartment oda wolln Se vielleicht erst noch ne kleene Runde durch'n Tierpaak renn?«

»Sie halten Ihren Mund und fahren mich in meine Wohnung«, schnauzte Mechthild. Ihr ganzer Liebesrausch war schon wieder dahin.

Giselher saß an seinem Schreibtisch in Gütersberg und starrte auf die kahlen Bäume vor seinem Fenster.

Mechthild. Er hatte es gewusst.

Die betont harmlose Art, in der sie gefragt hatte, ob alles in Ordnung sei, hatte ihm Gewissheit gegeben. Sie betrog ihn.

Schon wieder. Das letzte Mal, dass er ihr nachweisen konnte, war schon sechs Jahre her. Da hatte er ihr drei Mann vom Geheimdienst hinterhergeschickt. Von Mechthilds eigenen Leuten! Aber für ein gutes Schwarzgeld taten die Burschen alles.

Sie hatten Mechthild mit einem Kerl vom Fernsehen erwischt. Der Moderator des Magazins »Wochenthemen«. Wolfgang Kaluttke. Der mit dem Pferdegebiss, bei dem Mechthild in letzter Zeit fast jede Woche in der Sendung war. In einer Offenbacher Pizzeria hatten die drei Personen, zwei Männer und eine Frau vom Geheimdienst, Mechthild mit ihm entdeckt. Und als in der Pizzeria die Lichter ausgingen, war die weibliche Beschatterin Mechthild und einer der männlichen Wolfgang Kaluttke gefolgt. Die Kollegen hatten sich grinsend vor einem kleinen Offenbacher Hotel wiedergetroffen. Der dritte hatte im Auto auf weitere Anweisungen gewartet.

Die beiden Beschattungsobjekte waren tatsächlich gemeinsam in dem Hotel verschwunden.

Daraufhin hatten die Frau und der Mann von den Geheimdienstlern sofort in diesem Hotel als Pärchen eingecheckt. Und der dritte hatte draußen Wache geschoben. Mit dem Feldstecher hatte er unter dem Hotelfenster im Auto gesessen und Giselher alle halbe Stunde Meldung gemacht: »Jetzt ist das Licht ausgegangen« – »Jetzt ist es wieder angegangen« – »Jetzt hat die Klospülung gerauscht« – »Jetzt hat er das Hotel durch den Hintereingang verlassen« – Da war es sechs Uhr morgens gewesen.

Die zwei anderen hatten zwar in dem Hotel nichts mitbekommen und waren irgendwann eingeschlafen, aber der Bericht des Außendienstlers war für Giselher völlig ausreichend gewesen.

Mechthild hatte damals sofort alles zugegeben.

»Okay, Giselher, es ist passiert. Ich hab mich in ihn verliebt.«

»Seit wann geht das so?«

»Seit zwei Jahren – mehr oder weniger. Mit Pausen.«

»Das habe ich mir doch gedacht. Dieser saubere Herr Kaluttke hat mein Leben zerstört!!«

»Aber Giselher, er kennt dich doch gar nicht. Wir wollten beide nicht dein Leben zerstören, Giselher, wir haben uns über die Jahre bei der gemeinsamen Arbeit eben kennen und lieben gelernt ...«

»Du hast zwei Söhne mit mir!«, hatte Giselher geschnaubt. »Ohne mich bist du gar nicht lebensfähig! Deine Karriere verdankst du mir, dieses Haus hier in Gütersberg verdankst du mir, jedes Fitzchelchen Lebensqualität und Erfolg verdankst du mir! Du kannst ja noch nicht mal ohne mich einen Computer einschalten! Wenn ich dich verlasse, bist du ein Nichts!«

Oh, warum hatte Mechthild damals klein und reuevoll zu weinen angefangen? Warum?

Es hatte auf Messers Schneide gestanden. Als sie erfahren hatte, dass Giselher sie bespitzelte, wollte sie ihn verlassen. Auf Messers Schneide. Aber sie hatte sich tatsächlich nicht getraut, ohne Giselher einen Schritt ins Leben zu wagen. Zumal Kaluttke seine Karriere nicht für sie aufs Spiel gesetzt hätte. Er war selber »säuberlich verheiratet«, wie man in dieser Branche zu sagen pflegte, und hatte einen Vorzeigesohn von vierzehn. Mechthild hätte mit Valentin und Leonhard allein dagestanden. Und das am Anfang einer viel versprechenden Politikerkarriere. Sie brauchte Giselher. Dachte sie.

Schließlich war Giselher ihr allererster Jugendfreund. Sie hatte ihn mit siebzehn kennen gelernt, eigentlich sogar über eine Kontaktanzeige im Studentenblatt *Junge Union inseriert.* Sie waren gemeinsam zu einem Karnevalsfest gegangen, im katholischen Studentenwohnheim in Göttingen. Er hatte sie »unter seine Fittiche« genommen und da war sie zwanzig Jahre später immer noch.

»Deine Promiskuität wird die Presse interessieren«, hatte

Giselher gehöhnt. »Ein Wort über deine niederen Triebe und du bist raus aus der Politik. Und Familienministerin zu werden kannst du dir dann für immer abschminken! Dass ich nicht lache! Eine klitorisgesteuerte, schwanzgeile Familienministerin!«

Mechthild hatte geschluckt und geschnieft und Giselher um Vergebung gebeten.

»Wenn du mir schriftlich gibst, dass du ihn nie wiedersiehst, dann werde ich dir diesen Fehltritt verzeihen«, hatte Giselher damals gesagt. Und Mechthild, geschockt und verängstigt durch diese Geheimdienstleute, hatte es ihm zwar nicht schriftlich gegeben, ihm aber doch versprochen, dass sie Wolfgang Kaluttke nie wiedersehen würde. Giselher hatte große Genugtuung dabei empfunden, seine sonst so starke, selbstbewusste Frau so klein zu sehen. Tränenüberströmt und klein und reuevoll.

Mechthild war tatsächlich nie mehr in den »Wochenthemen« aufgetreten. Das hatte ihrer Karriere zwar sehr geschadet, aber sie war standhaft geblieben. Sie hatte den Moderator Wolfgang Kaluttke nie wiedergesehen. Noch nicht mal im Fernsehen. Wenn Wolfgang Kaluttke moderierte, schaltete sie um.

Nun, da sie wusste, dass Giselher sie überwachte, war sie sehr vorsichtig geworden. Jahrelang war sie niemandem mehr zu nahe gekommen, obwohl sich so manche Gelegenheit ergeben hätte. Es war ein schreckliches Gefühl, in einem Restaurant, in einer Bahnhofswartehalle, in einem öffentlichen Gebäude, im Wartezimmer beim Arzt oder sonstwo zu sitzen und nicht zu wissen, ob der Mensch am Nachbartisch vielleicht ein Spitzel war. Ob die Frau mit den Einkaufstüten, der Mechthild im Supermarkt an der Kasse half, vielleicht eine Detektivin war. Ihre Karriere ging dann trotzdem steil bergauf – und während der Versöhnungsphase zeugte Giselher sogar noch seinen dritten Sohn. Adrian.

Zwar war Giselher nach wie vor ein angesehener Professor und in der Pharma-Forschung tätig, doch Mechthild machte die größere Karriere. Und nun, sechs Jahre nach dem Kaluttke-Drama, betrog sie ihn schon wieder! Zwar hatte dieser ungeheuerliche Bruch ihrer ganz klaren Absprachen in Amerika stattgefunden, aber er hatte stattgefunden! Und abgesehen davon, dass Mechthild nun wirklich Familienministerin und am Politikerhimmel ganz oben war: Klein Adrian war gerade mal fünf!

Das hatte er, Giselher, nicht verdient. Seit zweiundzwanzig Jahren stand er treu an der Seite seiner ehrgeizigen Karrierefrau. Sie kannten sich schon aus Studienzeiten, hatten sich auf jenem Faschingsball mehr oder weniger verliebt. Der dünne langhaarige Chemiestudent mehr, die dralle, kleine Abiturientin weniger. Die beiden wurden »Spannenlanger Hansel – nudeldicke Deern« genannt. Mechthild wusste nur eines: Sie wollte nach oben. Ganz nach oben. Sie wollte es allen zeigen. Allen voran ihren Eltern. Sie wollte weg von zu Hause. Und zwar sofort. Egal mit wem.

»Nimm den Giselher, Kind, der Mann ist gediegen. Und was anderes kannst du sowieso nicht erwarten. Bei deinem Aussehen.« Hatte ihre Mutter gesagt.

Und so hatte sie ihn genommen.

Sie hatte jahrelang als Lehrerin gearbeitet, Deutsch und Geschichte, und dann übernahm sie während des Erziehungsurlaubs für Leonhard und Valentin immer mehr politische Ehrenämter. Bis sie dann professionell in die Politik einstieg.

Da war Giselher dann doch recht stolz auf sein Frauchen mit der Kindergartenkindfrisur.

Zuerst hatte er sie auf alle Wahlkampfveranstaltungen begleitet und eine Kinderfrau hatte die Kinder gehütet, damit sie in Bonn in den Bundestag einziehen konnte. Er ertrug geduldig täglich das Gezänk und den Lärm seiner Jungs und das Gezeter der Kinderfrau, während sie, Mechthild, auf der Karriereleiter immer weiter nach oben schwebte. Er ließ sich gerne mitnehmen auf Bälle umd Empfänge, er ließ sich gern an ihrer Seite fotografieren und sein ganzes Forschungsbüro hing voll von Bildern und Plakaten seiner politisch so aktiven Frau. Doch je selbstbewusster Mechthild wurde, umso öfter ließ sie Giselher ganz allein in seinem Forschungsbüro sitzen. Sie mochte ihn einfach nicht mehr ständig dabeihaben.

Giselher war nun weder ein amüsanter Unterhalter noch ein Charmeur, noch ein guter Tänzer. Abgesehen davon sah er einfach schrecklich langweilig und bieder aus. Mit der Zeit fühlte sich Mechthild durch ihn nur noch gebremst. Giselher konnte trotzen und auf etwas bestehen wie ein Kind. »Du nimmst mich mit zum Presseball. Ich bestehe darauf!«

»Giselher, es ist doch nur eine berufliche Veranstaltung. Du hast mit Politik nichts zu tun!«

»Ich habe mir im Labor extra freigenommen! Ich will mit!«

»Wenn du wirklich endlich mal freihast, dann werden sich deine drei Söhne freuen.«

Giselher hatte sich tatsächlich noch nie um die Jungen gekümmert. Noch nie. Er duldete sie nur.

Wenn Mechthild nichts mit ihnen unternahm, dann blieben die drei eben zu Hause. Giselher schloss sich in seinem Büro ein und wartete auf Mechthild. Wie die Kinder. Jahrelang.

Eines Tages sagte Mechthild schlichtweg nein, als Giselher wieder einmal mitkommen wollte. Es ging um einen Termin im Krankenhaus: Nach einem Schulbusunfall in Hannover sollte Mechthild die Eltern der verunglückten Kinder beruhigen.

»Ich will mit«, trotzte Giselher. »Ich war noch nie in Hannover!«

Doch diesmal sagte Mechthild nein. Sie wollte Giselher in seine Vaterrolle zwingen.

Auf diese Weise war er auch nicht mit nach Miami gekommen zu den Vorträgen über Rentenpolitik vor den wohlhabenden alten Leuten, die sich diese Reise leisten konnten.

»Ich will mit«, hatte Giselher beharrt. »Ich war noch nie in Miami!«

»Kümmere dich um deine Söhne«, waren Mechthilds letzte Worte gewesen. Bevor sie sich mit dem Dometscher vergnügte. Giselher grämte sich fürchterlich. Und ging, zur Strafe für Mechthild, ab und zu in den Puff. Ich bin doch kein Mönch, dachte er bockig. Natürlich ging er nicht in Gütersberg ins Freudenhaus. Das hätte sich rumgesprochen. Nein, er fuhr extra für diese Unternehmung ins nahe gelegene Braunschweig. Auch in einem Swingerclub amüsierte sich der vom Leben Enttäuschte. Und hatte Spaß an Peitsche, Fesseln und Gummi. Irgendwo musste er ja hin mit seinem Frust.

Dabei war er, Giselher, ein angesehener Chemieprofessor, der sich in der Pharma-Forschung einen Namen gemacht hatte. Die »Giselher-Gutermann-Forschung« war den Deutschen durchaus ein Begriff. Es gab sogar eine »Giselher-Gutermann-Zahnpasta«, aber die benutzten nur 0,2 Prozent der Bevölkerung. Aber schon seit Jahren redeten alle Freunde und Bekannte nur noch von »Mechthild«. Er war nicht mehr »Giselher Gutermann, Professor für Chemie« sondern »Giselher Gutermann, der Mann von Mechthild Gutermann, der Familienministerin«. Sie war eben berühmt und er saß in Gütersberg in seinem Reihenhaus. Ein Schicksal, das Millionen deutsche Frauen mit ihm teilten.

Er malte sich aus, wie Mechthild ihn mit dem amerikanischen Dolmetscher betrogen hatte.

Was hatte dieser Bursche, was er, Giselher, nicht hatte? Vollere Haare etwa? Er, Giselher, verfügte nur noch über vereinzelte Haarsträhnen, die er sich allerdings wachsen ließ und stets vom linken Ohr bis zum rechten Ohr über den kahlen Schädel kämmte.

Wenn sie es mit diesem Dolmetscher trieb, dann trieb sie es auch mit dem Verkehrsminister, mit dem Staatssekretär und mit dem Verteidigungsminister. Mindestens. Auch dieser Fraktionsvorsitzende war ihm suspekt. Und jetzt gab es diesen Dolmetscher Henry.

Ob er vielleicht eine Eintagsfliege gewesen war?

So ein Dolmetscher legte vermutlich zwei bis drei Passagierinnen pro Reise flach. Was der für unanständige Worte wissen musste! In allen Sprachen!

Umso schäbiger, dachte Giselher sauer. Mein Unterhaltungsprogramm muss ihr reichen. Auch wenn ich nur einsprachig bin. Schließlich habe ich sie genommen, als sie noch eine ganz kleine, unerfahrene Abiturientin war. Und da war ich ihr gut genug.

Oder sollte etwa mehr dahinter sein? Seine Finger verkrampften sich.

Würde sie ihn wiedersehen? Auf ihren Dienstreisen nach Brüssel oder Paris oder ganz einfach in ihrer Dienstwohnung in Berlin? Dieser Dolmetscher konnte überall auftauchen!

Wut und Hass machten sich in ihm breit. Was hatte dieser amerikanische Quatschkopf, was er, der hochintelligente, sensible und gebildete Giselher nicht hatte?

Dass die Weiber aber auch immer wieder auf die primitivsten Dinge hereinfielen!

Seine Hände krampften sich um das Holzlineal, mit dem er Leonard, den Dreizehnjährigen, eben noch verdroschen hatte. Er bog es, voller Wut, voller Verletztheit, voller Hass.

»Ich lasse mich doch nicht zum Idioten abstempeln«, sagte er halblaut vor sich hin. »Sie gehört mir und das bleibt auch so. Dann muss ich eben die Zügel wieder fester anziehen.«

In diesem Moment zerbarst das Lineal. Die Holzsplitter flogen dem verbitterten Giselher um die Ohren. Er biss sich auf die Unterlippe. Entschlossen öffnete er die zweitunterste Schreibtischschublade. In einem Meer von Büroklammern, Stiften, Zetteln, Briefmarken, Aufklebern, Adresskarten und unbeantworteten Briefen suchte er nach etwas ganz Bestimmtem. Seine verkrampften Finger durchwühlten die Unordnung.

Schließlich entspannten sich seine Gesichtszüge. Er hatte gefunden, was er suchte. Auf der Visitenkarte war ein großes, unheimliches Auge. Darunter stand: **Detektivbüro Lillimilano – Ermittlungen aller Art. Ihr kompetenter Partner in allen Problembereichen.**

Seine Finger zitterten, als er die auf der Karte angegebene Nummer wählte.

»Na, Nicole, mein schwarzer Panther? Was hast du erreicht?« Rolf Bierbaum kratzte sich den Bauch, während er an seiner Selbstgedrehten sog.

»Alles und nichts.« Nicole streifte ihre Billigjacke aus schwarzem Kunstfell ab und räkelte sich in ihren engen Jeans auf Rolfs Chefsessel. Ihre spitz zulaufenden Cowboystiefel wippten.

»Ich hab dir gesagt, dass Barbara Becker eine Nummer zu groß für dich ist.«

Rolf Bierbaum ließ sich auf das schmierige Ledersofa fallen, das an der nackten Wand stand.

»Bist du überhaupt auf Fisher Island gewesen?«

»Klar. Ich hab mich im Bademantel mit einem Kinderwagen an den Pool gesetzt und wurde dort nach zehn Minuten von drei bulligen Bodyguards rausgeschmissen. Sie sagten ›500 für einen Blick auf den Pool‹, und die hatte ich gerade nicht flüssig.«

»Du siehst, deine journalistischen Ansprüche sind zu teuer für *Neuer Tratsch*.«

»Sie saugen sich doch alle was aus den Fingern«, schmollte Nicole. »Warum darf ich das nicht machen?«

»Weil wir zur Zeit wegen 164 Fällen von Verleumdung und Verletzung der Persönlichkeitsrechte vor Gericht stehen, darum«, sagte Rolf Bierbaum.

»Da kommt es doch auf den einen Fall auch nicht mehr an«, beharrte Nicole. »Haste mal 'ne Fluppe für mich?«

»Was willste denn jetzt schreiben, Kleine?« Rolf Bierbaum rollte mit seinen dicken gelblich-braunen Fingern eine Zigarette und leckte mit seiner ebenso dicken, gelblich-braunen Zunge an der Klebefläche. Er reichte Nicole das nasse unappetitliche Etwas und warf ihr ein lila Billigfeuerzeug in den Schoß.

Nicole grabschte mit ihren überlangen, grell lackierten Fingernägeln danach.

»Was ist mit den Nacktfotos von Babs und Boris?«, fragte sie penetrant. »Die sollten doch mal auf einen *Schlüsselloch*-Titel.«

»Sind nicht freigegeben«, bedauerte Bierbaum.

»Na und? Kein Nacktfoto, das wir auf dem Titel hatten, war freigegeben.«

»Wir hätten da schon Nacktfotos. Von der Familienministerin«, sagte Bierbaum. »Diese Dreifachmutti mit der Kindergartenkindfrisur. Sie wurde irgendwo abgeschossen, beim Umziehen an einem Fluss. Erwin Meister hat sie uns angeboten, nachdem alle anderen sie nicht wollten.« Noch nicht mal *Heim und Herd* hat sie gedruckt. Dabei ist das Frauchen ganz proper.«

»O Gott, wie ungeil.« Nicole Nassa sog an ihrer Zigarette. »Wer will denn so eine Frau nackt sehen?«

»Es wär mal was anderes als Boris und Babs«, erwiderte Bierbaum und stand auf. Er kramte in einer schmuddeligen Mappe und reichte Nicole die Bilder. »Ich finde sie eigentlich ganz nett. Kann man textlich aufpeppen. ›Wunderschön und erotisch: Späte Sexualität einer reifen Frau.‹« Er ließ sich wieder in das Sofa fallen. Dabei sprang ein Hemdknopf über seinem Bauchnabel auf.

Mit spitzen Fingern blätterte Nicole in den Fotos herum. »Da zieht sich eine vierzigjährige Frau um«, mäkelte sie angewidert. »Was soll denn daran erotisch sein?«

»Also dafür, dass sie drei Kinder geboren hat! Guck mal, wie die Brust noch steht!«

»Mein Gott, Bierbaum, was bist du pervers! So was kann man doch nicht in der Öffentlichkeit zeigen! Wo hat Erwin die überhaupt abgeschossen?«

»Irgendwo in Italien beim letzten Familienurlaub an einem Fluss. Muss im vergangenen Sommer gewesen sein.«

»Mensch Bierbaum, lasst doch die Alte in Ruhe ihre Krampfadern und Schwangerschaftsstreifen einölen! Die soll ihre Reden schwingen und weiter ihre viel zu großen, unmodischen Hosenanzüge tragen.«

»Ich finde, genau diese Frau braucht mal ein anderes Image. Die hat doch Sexappeal!«

»Spinnst du, Bierbaum?« Nicole Nassa gab ein kurzes Hohnlachen von sich.

»Jetzt haben wir sie einmal ohne den viel zu großen Hosenanzug, Panther!«

»Mensch Bierbaum, du wirst tierisch Ärger kriegen! Die Frau steht beim Kanzler ganz hoch im Kurs! Das lassen sich die Politiker nicht gefallen!«

»Das ist ja gerade die Kunst, Panther: dass du jetzt einen so geilen Text dazu schreibst, dass sich die Politiker bei dir noch bedanken.« Er seufzte. Wilma von der Senne, die konnte so was. Aber die war ja schon lange weg.

»Was, ich? Kommt nicht in Frage! Ich schreibe über Barbara Becker und nicht über diese mehrfach gesättigte Fettsäure! Was soll ich über die Familienministerin schreiben? Schau dir doch mal diesen Arsch an!«

»Gerne. Was meinst du, was ich schon den ganzen Morgen tue!«

»Benutzt du etwa diese wandelnde Fußgängerzone als Wichsvorlage?«

In diesem Moment ging die Tür auf und Arndt, der freie Mitarbeiter, platzte herein.

»Nimm das, nimm das, nimm das!« Keuchend deutete er auf das Bildmaterial.

»Was ist los, Arndt? Du bist ja ganz außer Atem!«

»Der hat sie wahrscheinlich auch schon benutzt«, spöttelte Nicole Nassa.

»Ich weiß zwar nicht, wovon ihr redet«, stieß Arndt atemlos hervor. »Aber bei *Elite* kommt die Gutermann in ›Das jüngste Gerücht‹.«

»Lass mich raten: Sie ist schon wieder schwanger.«

»Nein, völlig andere Baustelle! Das ist es ja gerade! Sie hat einen Liebhaber!«

»Na Wahnsinn. Die? Ein Blinder oder ein Geschmacksverirrter?«

»Ein Amerikaner. Also, ich hab doch da ganz gute Beziehungen zu der Gerda Hasenknopf, weil ich mit ihrer Tochter, na ihr wisst schon.«

»Wer ist Gerda Hasenknopf?«

»Die Tippse von Wilma von der Senne. Absolut heißestes Gerücht, noch keine drei Stunden alt. Dampft noch!«

»Geil!«, schrie Bierbaum. »Panther, wir nehmen die Fotos. Auf den Titel! Text: Erst die Liebe macht sie schön – bla, bla, und eine reife Pflaume ist schöner als die sauerste Kirsche …«

»Mir wird schlecht«, stöhnte Nicole.

»Ich muss dann wieder«, meinte Arndt eilig.

Wutschnaubend kickte Nicole Nassa ihre Zigarette in einen halb leeren Kaffeebecher.

»Das wird Ärger geben, Bierbaum! Die klagt, darauf kannst du einen lassen!«

»Nicht, wenn du was Obergeiles schreibst. Blas ihr Puderzucker in den Arsch, dass die hier anruft und sich noch bedankt.«

»Okay, ich schreibe. Aber nur unter einer Bedingung.«

»Und die wäre? Wieder mal ein offener Brief an deinen Hans-Heinrich? Mit der Bitte, dich im Gefängnis zu besuchen und dir eine Feile in den Kuchen zu schmuggeln?« Bierbaum grinste grausam.

»Nein. Ich schreibe über die vollreife Spätbirne. Aber ich habe auch Barbara Becker getroffen. Ganz privat. Auf Fisher Island. Im Swimmingpool.«

»Meinetwegen«, grunzte Bierbaum, »auf eine Klage mehr oder weniger kommt's jetzt auch nicht mehr an.«

Ächzend erhob er sich aus dem gelblich braunen Schmuddelsofa und warf die schmucklose Eisentür hinter sich zu.

»Frau Hofgartner?«

Wilma stand keuchend im Hausflur. Der Frühstückstisch war noch nicht abgedeckt. Alles wirkte irgendwie gespenstisch. So, als sei etwas nicht in Ordnung.

»Frau Hofgartner?«

Keine Antwort.

Wilma stellte ihren kleinen Lederkoffer in die Garderobe und ging in die Küche. Hier war auch niemand. Überall standen Töpfe herum, ungespültes Geschirr, Gemüse, Obst. Normalerweise hielt Frau Hofgartner Ordnung wie in einer Kaserne!

»Frau Hofgartner?!«

Wilma öffnete die Terrassentür. Der laue Wind eines verregneten Föhnvormittags schlug ihr entgegen. Auf der Terrasse lag ein weißes Bündel. Wirre graue Haare, die sich gelöst hatten, der Kittel schmutzbefleckt. Frau Hofgartner.

Sie war weiß im Gesicht und ihre Augen wirkten merkwürdig verdreht. In der Nähe lag die grüne Gießkanne, mit der sie immer die Palmen im Wintergarten goss.

»Um Gottes willen, Frau Hofgartner! Was ist denn passiert? Frau Hofgartner? Können Sie mich hören?« Wilma tätschelte Frau Hofgartners kalte Wange.

Aber Frau Hofgartner antwortete nicht.

Frau Hofgartner war tot.

»Ach du Scheiße«, entfuhr es Wilma. »Und das mir!«

Panisch lief Wilma in Raimunds Arbeitszimmer.

Hier waren doch die Adressen der Notärzte! Irgendjemand musste doch jetzt kommen, ihr helfen, den Totenschein ausstellen, diese Leiche aus ihrem Hause tragen!

Wilma hatte noch nie einen Toten gesehen. Es war ihr entsetzlich unheimlich, mit einer Leiche allein im Hause zu sein. Obwohl die Leiche ja genau genommen draußen lag.

In Raimunds Arbeitszimmer herrschte wie immer das organisierte Chaos.

Telefonbuch! Wo waren denn die gelben Seiten? Sie musste eine Bestattungsfirma anrufen! Oder nein! Zuerst musste sie Frau Hofgartners Hinterbliebene anrufen! Raimund hatte doch irgendwo die Bewerbungsunterlagen sämtlicher Hausangestellter mit den Nummern von »Im Notfall zu verständigen« ...

Hektisch durchwühlte sie die Schubladen seines Schreibtisches. Nichts. Nur Dinge, die ihr jetzt nicht weiterhalfen. Schmuddelheftchen mit nackten Weibern vorne drauf.

Schrecklich. Mit fliegenden Fingern wühlte Wilma in den Sachen ihres Mannes herum. Das hatte sie noch nie getan! Aber sie hatte panische Angst, die Arbeitszimmertür würde jetzt knarrend aufgehen und eine tote Frau Hofgartner mit diesen leeren, starren Augen würde über die Schwelle kommen! Mit flatterndem weißem Kittel und aufgelösten grauen Haaren!

Die Auskunft. Natürlich. 11880. Hier werden Sie geholfen. Bitte ein Bestatter. Blubb.

Besetzt. Natürlich. Wie immer. Wilma dachte fieberhaft nach. Internet. Klar. Das war's. Da würde sie einen Bestatter finden. Sie wischte mit einer Armbewegung einen Haufen Papiere vom Schreibtisch. Hier konnte man ja kaum die Tastatur finden! Ihre Finger zitterten wie Espenlaub.

Der Computer war noch angeschaltet. Wilma tippte auf eine beliebige Taste, um das Bild wiederherzustellen und dann ins Internet zu gehen. Aha. Sie war schon drin.

Sie zwinkerte mit den Augen, als sie das Bild sah. »Ach du Scheiße«, entfuhr es ihr, zum zweiten Mal innerhalb weniger Minuten.

Auf dem Bildschirm war ein junges Ding zu sehen, vielleicht zwölf oder dreizehn Jahre alt.

Es war nackt. Es lehnte in einem Türrahmen, die Hände nach oben. Winzige weiße Brüste waren der Mittelpunkt des Fotos.

»Was schaust du dir denn für einen Schweinkram an?«, murmelte Wilma entsetzt.

Sie drückte auf »Page down«.

Ein neues blutjunges Mädchen erschien. Es lag breitbeinig auf dem Bett und spielte mit den Fingern zwischen den Beinen herum. Schambehaarung war noch nicht zu sehen.

»Wie widerlich«, flüsterte Wilma. »Raimund, das kann doch nicht wahr sein!«

Automatisch drückte sie wieder auf »Page down«. Ihre Schläfenadern pulsierten.

Zwei nackte Jungen, acht und zehn vielleicht, standen in gebückter Haltung, mit dem Hintern dem Betrachter zugewandt, an einer Tür und starrten durchs Schlüsselloch. Das ältere Kind fasste dem jüngeren von hinten zwischen die Beine.

»Raimund! Ich fass es nicht!«

Page down!

Ein Mann um die vierzig saß breitbeinig auf dem Badewannenrand. In der Wanne kniete ein kleines Mädchen und wusch dem Mann die Genitalien. Ein Teddy saß auf dem Badewannenrand und Seifenblasen standen daneben. Über der Wanne hingen Unterhemdchen und Kinderhöschen zum Trocknen.

Wilma kämpfte gegen Brechreiz an. Sie schaltete den Computer einfach aus, ohne das Programm zu verlassen.

Wie in Trance lief sie aus Raimunds Arbeitszimmer. Sie nahm ihren Koffer und schritt wie eine aufgezogene Marionette die Treppe hinauf.

Auf der Terrasse lag eine Tote. Ihr Mann war ein Pädophiler. Ihr Au-pair-Mädchen war bleich und übernächtigt ohne Abschied abgehauen. Er hatte die Kleine doch nicht ... Sie blieb auf der Treppenstufe stehen. Nein. Das konnte doch nicht wahr sein.

Sie stand völlig unter Schock.

Sie öffnete die Tür zu ihrem gemeinsamen Schlafzimmer. Das Bett war noch nicht gemacht, es roch nach Muff und Schlaf. Automatisch begann sie, die Kissen aufzuschütteln und die Laken gerade zu ziehen. Ihre eigene Betthälfte war ganz offensichtlich auch benutzt worden. Sie lüftete die Decke und zog eine Schlafanzughose und einen Teddy hervor. Es waren die Sachen von ihrer Tochter Sophie.

Nicole hatte sich bereits in Fahrt geschrieben. Sie saß in ihrem schäbigen Büro in der Redakion *Neuer Tratsch* und schaute auf ihren Bildschirm, um nicht die schlecht getünchte Hauswand gegenüber mit der verrosteten Feuertreppe anschauen zu müssen. Auf dem Balkon zum Hinterhof flatterte Wäsche. Schrecklich, dachte Nicole Nassa. Bis vor einem halben Jahr war ich noch die betuchte Gattin von Deutschlands beliebtestem Schönheitschirurgen, residierte in den Luxushotels dieser Erde und dirigierte für meine Hannah zwei Kindermädchen und einen Bodyguard, während ich mir die Zehnägel feilen ließ, und jetzt hocke ich in einer miesen Spelunke mit Blick auf die Wäsche der Sozialhilfeempfänger und schmiere miese Lügen für das billigste und geschmackloseste Blättchen Deutschlands. Für ein Monatsgehalt von 3200 DM brutto!

Aber Nicole war kein Mensch, der sich selbst bemitleidete. Das war der Preis für die Freiheit! Sie würde sich und ihre uneheliche Hannah mit eigener Hände Arbeit über Wasser halten, auch wenn es vorerst in der Miese-Straße war. Sie rieb sich die Hände.

Erst die Arbeit, dann das Vergnügen!

Heiße Liebe am Lago Amore, textete sie vergnügt in ihren Computer. *Wie wunderschön die erfüllte Liebe eine reife Frau machen kann, dürfen wir hier mit eigenen Augen sehen!*

Völlig hemmungslos zieht sich die sonst so brave Familienministerin, die mit ihren drei Kindern in Italien Urlaub macht, an einem öffentlichen Strand aus. Sie weiß, das sie nichts zu verbergen hat. Welcher Mann mag da nicht hinschauen, wenn er so volle Brüste, einen so runden Hintern und eine so zufriedene Mama mal in natura anschauen darf? Ihre Wähler werden begeistert sein! Denn nun wissen sie, nur wo Familienministerin draufsteht, ist auch Familienministerin drin! Wer sagt denn, dass Politik immer zugeknöpft sein muss? Hier haben wir unsere Familienministerin zum Anfassen. Ja, genauso wollen wir dich, Mechthild. Weiter so! Und schenk uns noch viele süße Kinderchen! Bei dieser Art von Politik wollen wir alle dabei sein!

Ja, das war der Stil, den Rolf Bierbaum schätzte. Ihm wurde ganz warm um die Eier, wenn er so etwas las. Nicole drückte auf die Gegensprechanlage und rief: »Fertig, Chef!«

Wie sie erwartet hatte, war Rolf Bierbaum begeistert, als er Nicoles Geschreibsel las.

»Genauso wollte ich das, schwarzer Panther!«, gurrte er verzückt und drehte sich eine Zigarette. »Ich wette, die klagt noch nicht mal, weil sie sich so geschmeichelt fühlt.«

»Zumal alle Brummi- und Wohnwagenfahrer sie jetzt wählen«, unkte Nicole.

»Du glaubst gar nicht, wie viele Wohnwagenfahrer sich mit diesem Artikel auf die Campingtoilette zurückziehen werden«, freute sich Bierbaum.

»Dieweil die Mutti mit der Plastikschüssel zum Geschirrspülen geht«, sagte Nicole.

Nicole kam aus einfachem Hause und ihre Kindheit hatte sie genau in jenen Wohnwagen verbracht, die Bierbaum gerade schilderte. Ihr Vater war Lastwagenfahrer, ihre Mutter Wahrsagerin.

Nur ihrem Ehrgeiz und ihrer schwarzen Haarpracht, ihren Mandelaugen, die seit einiger Zeit über ein etwas übertriebenes Permanent-Make-up verfügten, und ihrem ungeheuren Drang nach oben hatte sie es zu verdanken, dass sie wenigstens vorübergehend in den höchsten gesellschaftlichen Kreisen gelandet war.

»Das bringen wir auf dem Titel«, schnaubte Bierbaum verzückt. »Und sechzehn weitere Bilder im Innenteil. Dein Text macht die Sache rund.«

»Auf dem Titel?«, fragte Nicole entsetzt. »Diese schlechten Schnappschüsse? Wenn die Alte sich wenigstens im Studio ausgezogen hätte, mit Maske und ein paar Dessous und so! Wie alle Politiker das in letzter Zeit tun!«

»Nein, das wäre ja zu offensichtliche Wahlkampagne. Diese Familienministerin hier ahnt nicht, dass wir sie fotografiert haben. Die wird vom Hocker fallen, wenn sie nächsten Donnerstag mit ihren zahlreichen Nachkommen am Kiosk vorbeikommt! Wer begegnet schon beim Einkaufen seinem eigenen Arsch!«

Er schlug sich auf die Schenkel vor Lachen. »Stell dir vor, Panther, du schiebst mit dem Kinderwagen und deinen Einkaufstüten durch dein Viertel, grüßt die Nachbarn und plauderst an der Straßenbahnhaltestelle mit den anderen Müttern vom Elternrat, »Grüß Gott Frau Minister«, und an jedem Kiosk hängt eine Woche lang dein nackter Hintern!«

»Mir tät's gefallen«, sagte Nicole. »Aber meinen fotografiert ja keiner!«

»Du hast ja auch keinen, Panther«, sagte Bierbaum. Er ließ seine Kippe auf den Linoleumfußboden fallen, wo er sie knirschend austrat.

Nicole Nassa zog sich einen Kaffee aus dem Pappbecher rein. Ihr greller Lippenstift blieb am oberen Rand haften. Einen Moment lang starrte sie auf die flatternde Wäsche gegenüber. Dann setzte sie sich hin und schrieb ihren Artikel über Barbara Becker.

Unter einen Schnappschuss, auf dem sie, Nicole, Barbara Becker um ein Autogramm bat, schrieb sie fett: Frauengipfel! Barbara Becker traf Nicole Nassa zu einem Gespräch über Liebe, Macht und Trennung!

»Bisschen größenwahnsinng, findest du nicht?«, fragte Bierbaum, der bereits wieder die Türklinke in der Hand hatte.

»Für Bescheidenheit werde ich hier nicht bezahlt«, antwortete Nicole schnippisch. Sie drehte Bierbaum den Rücken zu und murmelte: »Jetzt hab ich deine Familienministerin verbraten und nun gebe ich mich mit meinesgleichen ab.«

Entschieden hackte sie in die Tasten:
Wie Deutschlands Spitzenfrauen sich scheiden lassen.

Mechthild Gutermann hatte den härtesten Tag ihres Lebens. Während sie eine Kabinettssitzung vorbereitete, dachte sie immerfort an diese Klatschtante von der *Elite.*

Wie konnte Wilma von der Senne ausgerechnet neben Judith auf dem Golfplatz stehen? War die Welt nicht groß genug? Was würde aus ihrer Karriere werden? Wenn diese Wilma auch nur einen Fetzen schrieb, konnte sie, Mechthild, ihre Brocken packen. Ihr Leben hing am seidenen Faden! Sie war ganz oben, jedenfalls beruflich, nie würde ihr Leben wieder schöner werden, und sie wollte es einfach nur noch ein bisschen genießen! Mit welchem Recht machten so neidische Weiber wie Judith oder Wilma ihr das kaputt? Aber war sie nicht selbst schuld? Wenn Frau von Welt eine Affäre hat, dann doch bitte diskret! Meine Güte, Mechthild, dachte sie, du bist doch sonst so gewitzt. Du nimmst es mit jedem Amtskollegen auf. Du bist nicht aufs Maul gefallen. Du sprichst frei auf jedem Podium, vor jeder Fernsehkamera, mit jedem noch so hinterhältigen Journalisten. Du reist durch die ganze Welt, sprichst fünf Sprachen und hast das deutsche Familienrecht mit verfasst. Und da lässt du dich von einer drittklassigen Schreiberschlampe in die Enge treiben?

Was würde dann aus ihrer Familie werden? Was war mit Giselher? Der war längst von der scheinheiligen Presseratte angerufen worden, da war sie sich sicher.

Sie musste versuchen, dieser Wilma habhaft zu werden. Sie musste.

»Edgar, verbinden Sie mich mit der *Elite*.«

»Aber Sie haben in fünf Minuten Kabinettssitzung, Frau Gutermann! Ich denke, jetzt ist nicht der richtige Zeitpunkt für ein Interview!«

»Edgar, ich weiß, was ich tue. Verbinden Sie mich mit der *Elite*. Schnell. Und zwar mit der Chefredaktion.«

»Bitte, aber auf Ihre Verantwortung.«

Edgar, der blasse Jüngling, der für Mechthild Gutermann im Sekretariat arbeitete, verzog sich in sein Vorzimmer. Nach einer Minute klingelte es in Mechthilds Büro.

»Alexia Schmieke von der *Elite*.«

»Ich will Herrn Dr. Rosskopf sprechen.«

»Herr Dr. Rosskopf ist in einer Besprechung. Frau Gutermann, was kann ich für Sie tun?«

»Dann verbinden Sie mich mit Ihrer … Chef … reporterin …« Mechthild wusste nicht, welchen Dienstgrad diese verdammte Wilma innehatte.

»Wir haben hier viele Chefreporterinnen«, sagte Alexia Schmieke. »Für Wirtschaft und Politik ist unser Mitarbeiter Wagner zuständig.« Dabei lachte sie sich ins Fäustchen. Schließlich hatte ihr die Hasenknopf vor einer Stunde ja von der pikanten Affäre der Gutermann berichtet! Wie sie sich jetzt wand! Wie ein Aal an der Angel!«

»Nein, den will ich nicht. Ich will die Frau, die mich heute Morgen angerufen hat.«

»Keine Ahnung, wen Sie meinen, Frau Gutermann. Worum

geht es denn bitte?« Alexia Schmieke musste sich beherrschen, um nicht loszuprusten.

»Ich möchte gern mit Frau Wilma von der Senne persönlich sprechen.«

»Ah, Frau von der Senne meinen Sie! Das ist allerdings unsere Starkolumnistin. Sie ist nicht im Hause.«

»Wo ist sie denn, verdammt noch mal?«

»Frau Gutermann, Ihre Kabinettsitzung!« Edgar steckte seinen Kopf zur Tür herein. Mechthild winkte ihn mit einer bösen Armbewegung hinaus.

»Sie ist in Sachen Barbara Becker in Florida«, sagte Frau Schmieke nicht ohne Stolz. »Aber wir erwarten sie jeden Moment zurück. Sie müsste eigentlich längst hier sein.«

»Aber eben hat sie mich doch noch angerufen!«, jammerte Mechthild verzweifelt.

»Und in welcher Angelegenheit? Vielleicht kann ich Ihnen weiterhelfen?« Im Heucheln war Alexia Schmieke ein As, wie alle ihre Kolleginnen und Kollegen aus der Branche.

»Geben Sie mir ihre Handynummer?« Mechthild weinte fast.

»Das würde ich gern tun, aber Sie müssen bitte verstehen, dass wir die Privatsphäre unserer Autorinnen schützen müssen«, bedauerte die Schmieke. »Auch Reporter sind Menschen!«

Ihr Ratten!! Mechthild fühlte den nächsten Schweißausbruch kommen. »Und Politiker sind es auch! Wir haben auch eine Privatsphäre!«

»Warum so aufgebracht, Frau Minister?«

»Es geht um ... eine private Sache«, keuchte Mechthild. »Ich möchte, dass Frau von der Senne nichts darüber schreibt.«

»Aber Sie wissen doch, Frau Gutermann: In Deutschland herrscht Pressefreiheit!«

»Sie hat da irgendein Gerücht gehört ... über eine private Angelegenheit ...«

»Oh, das hört sich interessant an«, sagte Alexia Schmieke. Mechthild vermutete, dass die Schmieke jetzt ein Tonband einschaltete. »Gerade die privaten Dinge interessieren uns, Frau Gutermann.«

»Ich rufe ja gerade deswegen an, um Sie davon in Kenntnis zu setzen, dass ich Ihr Blatt verklagen werde, wenn auch nur ein unwahres Wort über mich geschrieben wird.«

Mechthild Gutermann hörte sich reden wie Giselher. Entsetzlich. Sie raufte sich die Haare.

»Oh, da kann ich Sie beruhigen, Frau Gutermann«, sagte Alexia Schmieke. »Unsere Frau von der Senne ist dafür bekannt, dass sie niemals die Unwahrheit schreibt. Deshalb gibt es bei uns ja auch die Sparte ›Das jüngste Gerücht‹. Seien Sie froh, dass Sie hier bei der *Elite* sind. Bei *Neuer Tratsch* würde die Sache ganz anders aussehen.« Alexia Schmieke dachte mit Vergnügen daran, dass Arndt, der Freund der Tochter von der Hasenknopf, bereits alles über die Affäre der Gutermann wusste. Sie selbst hatte diese Familienministerin schon immer grässlich gefunden. Es wurde Zeit, dass das perfekte Image der Gutermann mal so richtig zerdroschen wurde.

»Kann ich sonst noch was für Sie tun, Frau Gutermann?«, schleimte Alexia überfreundlich ins Telefon.

»Verdammtes Pressepack«, stöhnte Mechthild und warf den Hörer auf die Gabel.

»Frau Gutermann? Hier ist ein junger Mann von der Telekom… Wie war Ihr Name?« Edgar schob einen jungen Kerl im rot-schwarzen Flanellhemd in ihr Büro.

»Milan Brinkmann. Telekom Berlin.«

»Er sagt, er überprüft die ISDN-Anschlüsse.«

»Tun Sie, was Sie nicht lassen können«, antwortete Mechthild, bevor sie auf wackeligen Beinen in ihre Kabinettssitzung ging.

Sie sah nicht mehr, dass Milan Brinkmann ihr Telefon verwanzte. Im Auftrag ihres Gatten Giselher.

Am Inneren Ring in München herrschte wieder ein Wahnsinnsverkehr! Ein Hupen und Klingeln! Schulkinder drängten sich in dichten Massen über die Straße und hampelten an den Straßenbahnhaltestellen herum. Wilma schlug mit den flachen Händen auf das Lenkrad.

»Nun macht doch schon! Los! Worauf wartet ihr noch! Grüner wird's nicht!«

Sie gab Gas und wechselte rücksichtslos die Spur, als ein Laster ihr zu langsam losfuhr. Fast hätte sie dabei einen Mopedfahrer umgesäbelt. Sie wusste nur eines: Sie musste die Mädchen aus der Schule holen, bevor Raimund es tat.

Sie musste die Mädchen aus Raimunds Dunstkreis bringen. Sie musste sich von ihm trennen! Sie waren nicht verheiratet. Also war es ein Leichtes, die Mädels zu retten. Bevor es zu spät war! Natürlich würde Raimund kraft seines Amtes alles versuchen, um die Trennung zu verhindern. Sie würde seinem Ansehen schrecklich schaden. Aber sie würde kämpfen.

Sie musste Raimund das Haus verbieten! Die Schlösser austauschen! Aber diskret!

Welcher Anwalt, den sie, Wilma, kannte, war eigentlich, verdammt noch mal, nicht mit Raimund Wolf befreundet? Oder leckte ihm devot die Füße, um auch mal einen prominenten Kandidaten zu bekommen? Raimund hatte eine geschickte Art, alle Scheidungsanwälte der Stadt mit kleinen Häppchen zu füttern: Er hatte die eine Partei und vermittelte heimlich an einen Kollegen seiner Wahl die andere Partei. So hatte er immer die Zügel in der Hand, der Kollege war ihm Dank schuldig und am Schluss kam er als großer Sieger und Macher wieder mal in die Hochglanzblätter. All das würde zusammenbrechen wie ein Kartenhaus. Aber Wilma wollte und konnte nicht nachdenken, nicht jetzt, nicht mit einem Jetlag. Wilma drückte aufs Gas, dass ihr Wagen aufheulte.

Mein Gott, war das ein grauenhafter Vormittag gewesen!

Zuerst die tote Frau Hofgartner auf der Terrasse, dann diese Schmuddelfotos im Internet.

Ihr war es dann doch noch gelungen, über eine Notrufnummer den Notarzt und ein Bestattungsunternehmen anzurufen. Der Notarzt hatte den Totenschein ausgestellt und die Bestatter hatten die Leiche von der Terrasse entfernt. Sie hatten Frau Hofgartner sehr dezent zum Gartentor hinausgetragen. Der Bestatter hatte Wilma um saubere Kleidung für Frau Hofgarten gebeten, und so war Wilma noch einmal ins Schlafzimmer gelaufen, um etwas Passendes für die Tote zu finden. Sie hatte ihre ausrangierten Sachen durchwühlt, im obersten Fach des Kleiderschrankes, das sie sonst nie benutzte. Sie hatte sich einen Stuhl heranziehen müssen, um überhaupt an dieses Fach heranzukommen. Und dann hatte sie die Fotos entdeckt. Es hatte ihr den Atem verschlagen.

Auf den Bildern waren ihre eigenen Töchter, Sophie und Ann-Kathrin.

Sie lachten und hatten eine Menge Spaß. Es waren ja noch kleine Mädchen, sie waren neun und elf. Sie ahnten noch nicht, was mit ihnen passierte. Sie machten eine Dessousparty, hatten sich geschminkt und die Lippen knallrot angemalt. Und sie probierten Mamas BHs und Seidenstrumpfhosen an.

Es waren lustige Fotos, wenn man sich nichts dabei dachte.

Hätte Wilma nicht zuvor die Bilder im Internet gesehen, hätte sie sich vermutlich auch nichts dabei gedacht. Seit die Mädchen im Kindergartenalter waren, verkleideten sie sich zusammen mit ihren Freundinnen, waren übermütig, stolperten in Mamas Schuhen umher, zogen sich die viel zu großen Kleider ihrer Mama über den Kopf, wickelten sich in alte Gardinen und spielten Braut und Bräutigam. Dabei kugelten sie sich vor Lachen. Das mit der Wäsche war ihr allerdings neu.

Und seit heute hatte diese Verkleidungsorgie für sie eben eine ganz neue Bedeutung.

Jemand musste diese Fotos gemacht haben. Und dieser Jemand war Raimund.

Nun war ihr auch klar, warum Agneta so plötzlich abgereist war.

Ja, alles fügte sich zu einem logischen Bild zusammen.

Wo war sie denn nur all die Jahre gewesen, dass ihr das nicht aufgefallen war?

Seit vielen Jahren hatten sie Au-pair-Mädchen, jedes Jahr ein neues.

Hatte Raimund sie alle benutzt?

Sie, Wilma, war so sehr mit ihrem Job und ihren Reisen beschäftigt gewesen, dass sie nicht ein einziges Mal einen Gedanken daran verschwendet hatte.

Ihre Mädchen waren immer fröhlich und übermütig, wie Kinder in dem Alter eben waren. Aber es war fünf vor zwölf. Sie durfte jetzt nicht mehr wegfahren. Sie musste die Mädchen ab sofort Tag und Nacht im Auge behalten. Auch wenn ihr die Felle der Megakarriere sofort davonschwimmen würden: Ihr Mutterinstinkt setzte sich gegen ihren Ehrgeiz durch.

Wilma drückte auf die Hupe. »Verdammt, nun fahrt doch weiter! Wollt ihr hier Wurzeln schlagen?«

Ihr Handy klingelte.

Hoffentlich nicht Raimund! Wilma räusperte sich.

»Ja?«

»Wilma, hier ist Alexia. Endlich gehst du wieder ran. Wo warst du denn?«

»Mein Gott, Alexia, meine Haushälterin lag tot auf der Terrasse.«

»Ach du liebe Zeit. Und hier ist der Bär los. Die Familienministerin Gutermann hat angerufen. Sie will dir etwas Wichtiges sagen. Du sollst eine private Sache nicht schreiben, sonst verklagt sie uns.« Alexia lachte schallend. »Aber da sei dein Mann vor.«

Wilma ging auf die letzte Bemerkung nicht ein. »Klar, die

macht sich in die Hosen vor Angst«, sagte sie, während sie flüchtig in den Rückspiegel schaute und den Blinker setzte. Mist. Es war glatt auf Münchens Straßen. Uberfrierende Nässe.

»Wahnsinn. Und das kurz vor der Hessen-Wahl. Ich gönne es ihr, dass sie so richtig auf die Schnauze fällt. Die mit ihrem Supermutti-Image! Fickt auch nur rum, genau wie alle anderen. Sie will reden, aber nur mit dir.«

»Ich kann jetzt nicht, Alexia. Es gibt familiäre Probleme.«

»Um 14 Uhr ist Redaktionsschluss. Wo bleibt der Artikel über Barbara Becker?«

»Du, ich kann ihn jetzt nicht mehr persönlich vorbeibringen. Schick einen Boten in die Goetheschule! Oder warte – noch besser – ich diktier ihn dir geschwind. Ich stehe sowieso im Stau mitten auf dem Inneren Ring.«

»Hast du's im Notebook?«

»Logisch. Und dann ... warte mal, ich muss mal eben links abbiegen, verdammter Verkehr ...«

Wilma drehte mit der freien Hand das Lenkrad, fuhr soweit es ging auf die Straßenbahnschienen und setzte den Blinker. »Alexia? Bist du noch dran? Pass auf, es gibt auf dem Diktiergerät noch einen weiteren Artikel über Maja Büchs. Ich hab sie exklusiv in der Senator-Lounge getroffen.«

»Rosskopf will die Barbara-Becker-Story von dir und zwar sofort! Er ist stinksauer, dass du noch nicht da bist. Wobei die Mechthild-Gutermann-Affäre die eigentliche Bombe ist!«

»Ich weiss. Sag ihm, ich hatte eine Leiche auf der Terrasse, mein Gott, das wird er ja wohl verstehen, oder?«

»Wir haben jede Woche fünfzig Leichen im Blatt.«

»Maja Büchs ist auch bald eine Leiche. Sie nimmt Kokain.«

»Echt?«

»Na ja, sie sieht jedenfalls so aus. Rosskopf soll sich mein Tonband anhören. Die Mechthild-Gutermann-Geschichte habe ich auf Diskette. Das muss alles noch ins nächste Blatt,

o. k.? Ich diktiere dir jetzt den Becker-Artikel, warte, ich lade eben das Notebook ...«

Jetzt konnte sie abbiegen, wenn sie Gas gab. Jetzt.

Der Linksabbiegerverkehr hatte rot. Sie schaute noch einmal nach rechts. In dem Moment glitt ihr das winzige Nokia aus der Hand und landete unter dem Beifahrersitz. Sie bückte sich, um danach zu angeln. Gleichzeitig gab sie allerdings Gas. Es war ein Reflex. Allerdings ein Falscher. Das Auto raste los, kam auf einer überfrorenen Pfütze ins Schlingern, drehte sich um die eigene Achse, knirschend, quietschend, heulend. Wilma lag unter dem Beifahrersitz und versuchte immer noch, das verdammte Handy zu erwischen. Sie war wie in Trance. Ein Workaholic dreht durch.

»Verdammter Mist!«, schrie sie in Panik.

»Wilma? Was machst du für eine Scheiße?«

RRRIIIIINNNG!!

Alexia hörte es rasseln. Dann ein grässliches Knirsch-geräusch. Da hatte es gekracht, das war ihr sofort klar.

»Wilma??«

Nichts. Nur ein fürchterlicher Lärm im Handy. Knacken, Rasseln, Quietschen, Krachen.

»Wilma!!!«

Alexia starrte auf ihr Telefon.

Sie würde doch nicht ... mit einer Straßenbahn ... zusammengestoßen sein?

»Wilma«, flüsterte Alexia heiser. » Wilma, du Wahnsinnige, geh an dein verdammtes Handy!«

Aber Wilma konnte sie nicht mehr hören.

»Wieso ruft die Schule in meiner Kanzlei an?«

»Ihre Töchter wussten nicht, wohin!«

»Hä? Bin ich eine Kindertagesstätte oder was?«

Raimund Wolf schlug mit der flachen Pranke auf den riesigen ovalen Tisch.

Die Mineralwasserflaschen tanzten.

Ja, so hatte Raimund es gern. Er liebte es, die Flaschen tanzen zu sehen. Und seine Mitarbeiter auch.

»Man hat Ihre Frau nicht erreicht«, sagte Rosalind Hirschl, die ältliche Sekretärin, die eigentlich für Jens Speibichler arbeitete.

»Das ist doch nicht mein Problem, verdammt noch mal! – Bei uns zu Hause tanzt ein Au-pair-Mädchen rum, die soll ihren Arsch in die Schule bewegen!«

»Auch das Au-pair-Mädchen hat man nicht erreicht!« Rosalind Hirschl hielt zitternd den Zettel mit den Gesprächsnotizen in der Hand. Der konnte ja schreien, der Chef!

Verdammt, ich erreiche sie ja seit gestern Abend auch nicht, dachte Raimund übellaunig.

»Die kann gleich nach Hause fliegen, wenn sie wieder auftaucht«, dröhnte er. »Und was ist mit unserer Haushälterin?«

»Niemand hat abgenommen bei Ihnen, Herr Wolf.«

»Ach, leckt's mich doch alle am Arsch«, maulte Raimund, persönlich beleidigt, dass sein Räderwerk auf einmal nicht mehr zu funktionieren schien. »Jemand soll zu mir nach Hause fahren und die Alte rausklingeln! Die kann ihr Nickerchen woanders halten!«

»Wird gemacht, Chef.« Annette Hübsch griff schon nach ihrer Lederjacke. Dann fiel ihr ein, dass sie noch eine Neuigkeit hatte. Sie wendete sich noch einmal um: »Drinnen sitzt übrigens die Nicole Nassa, Sie wissen schon, Chef, die Geschiedene von dem Schönheitschirurgen aus dem Schwarzwald.«

»Und? Was will se?«

»Mehr Knete vermutlich.« Annette Hübsch hatte schon den Tonfall ihres langjährigen Chefs angenommen. Und dem ging es um Geld, Geld und nochmals Geld. Sie grinste fröhlich und wollte sich schon durch die verspiegelte Tür davonmachen.

»Nee, du nich, Kleene, dich brauch ich hier fürs Diktat.«

Raimund Wolf machte eine Bewegung mit dem Kinn, die »komm sofort hierher« bedeutete.

»Den Schönheitschirurgen lassen wir noch ein bisschen bluten. Können wir dem nicht noch irgendwas aus den Rippen schneiden?«

Annette warf der Hirschl einen bedauernden Blick zu. Diese grub in ihrer Handtasche nach dem Autoschlüssel und machte sich ohne ein weiteres Wort des Protestes gehorsam auf den Weg.

»Die Familienministerin Mechthild Gutermann soll eine Affäre mit einem adeligen Reiseleiter haben.«

»Was?« Dankwart Grammatke, stellvertretender Chefredakteur des Hochglanzblattes *Pralles Leben*, hörte vor Schreck auf zu rauchen.

»Habe ich läuten gehört.« Lutz Meier-Schmierer, ehemaliger Redakteur bei *Schlüsselloch*, zuckte die Achseln. Beifallheischend sah er sich im Raum um. Die anderen Redakteure und Volontäre gaben sich allerdings unbeeindruckt.

»Wo haben Sie das läuten gehört?« Grammatke durchbohrte seinen Neuen mit einem stechenden Blick.

»Beim Pinkeln, Chef. Da saß jemand auf dem Klo und bekam einen Anruf.«

»Haben Sie selbst recherchiert?«

»Was heißt hier recherchiert? Ich krabbel ja nicht unter der Klotür hindurch und sage: ›Entschuldigung, aber stimmt das, was Sie da eben am Handy gehört haben?‹«

»Dann interessiert mich das Liebesleben von Mechthild Gutermann genauso wenig wie das letzte BSE-freie Kalb von Gütersloh!« Grammatke schaute rauchend in die Redaktionsrunde.

»Okay. Wer schreibt das Psychogramm über Barbara Becker? Na los, Freiwillige nach vorn!«

»Warum lassen wir das Viola Ballmann-Islinke von *Heim und Herd* nicht machen?«, spöttelte Schwarklechner, den alle heimlich Schwanzlecker nannten, weil er sich überall einschleimte, aber nichts in der Birne hatte.

»Ihr wisst genau, dass Viola Ballmann-Islinke niemand anderer ist als Wilma von der Senne!« Grammatke schnippte verächtlich die Asche seiner Zigarette auf den Tisch. »Die Frau ist zu teuer für uns!« Beleidigt zog er die Nase hoch. »Und seit die bei der *Elite* ist, haben wir nur noch eine halb so hohe Auflage!« Er war nun richtig sauer. »Ja, bin ich denn hier nur noch von Idioten umgeben?? Der eine hat beim Pinkeln was läuten gehört, der andere will das pseudopsychologische Geschwafel vom Konkurrenzblatt abkupfern! Habt ihr denn selber nichts im Kopf? Ja, wofür bezahle ich euch überhaupt!«

Maier-Schmierer zog den Kopf ein. Schwarklechner auch.

Niemand sagte ein Wort. Elsbeth Kraller-Geiz, die rothaarige Kulturredakteurin mit der Hochsteckfrisur, hob schüchtern ihre Hand, ließ sie aber sofort wieder sinken, als Grammatke ihr einen vernichtenden Blick zuwarf.

»Wir haben noch ein Angebot von Nicole Nassa«, rührte sich Ina Kess, Volontärin im zweiten Jahr. »Ich weiß ja nicht, ob das Ihnen zusagt, Chef.«

»Wer ist Nicole Nassa?«

»Aber Chef! Das ist die Geschiedene von dem Schönheitschirurgen aus dem Schwarzwald.«

»Was soll ich mit 'ner geschiedenen Schönheitschirurgin?«

»Die schreibt neuerdings.«

»Für *Neuer Tratsch*«, sagte Frau Kraller-Geiz. »Das ist untersters Niveau.«

»Vergessen«, befahl Grammatke. Er sah auf die Uhr. »Zehn vor eins. Um zwei ist Redaktionsschluss. Wenn ich dann nicht ein fundiertes, wissenschaftlich klingendes, sachliches, schnörkelloses psychologisches Gutachten über Frau Becker vorliegen habe, dann fliegen hier Köpfe.«

»Chef«, meinte Ina Kess ohne Scheu, »alle schreiben über die arme Barbara. Warum analysieren wir nicht mal die Psyche von Boris?«

Allgemeines heftiges Nicken im Raum. »Ja. Warum nicht, Chef?«

»Weil Boris der Verlierer ist«, stöhnte Grammatke. »Der muss Millionen abdrücken, der hirnlose Rammler! Seine Psyche interessiert doch keine Sau!«

»O doch«, mischte sich nun auch Bodo Lampert ein, ein kleiner glatzköpfiger Reporter, der soeben vom *Meine Vorbilder und ich* zu *Pralles Leben* gewechselt war. »Über Verlierer wollen die Leute viel lieber lesen als über Gewinner!«

»Weil sie selber alle hirnlose Rammler sind«, rief Schwarklechner zustimmend.

Grammatke kratzte sich die Schuppen aus den stoppelkurzen schwarzen Haaren. Wie kleine Schneeflocken fielen sie ihm aufs Jackett. Als alles zugeschneit war, stieß er einen tiefen Seufzer aus und sprach: »Das ist gut, das ist sogar sehr gut. Wer traut sich das zu?«

Er schaute in die Runde. »Wie sie alle hier schreien ...«

Alle schauten betreten auf die runde Tischplatte. In einer Stunde zehn Minuten ein fundiertes Psychogramm über Boris' Beweggründe zu schreiben traute sich niemand zu. Vor allem nicht mittags, wo es aus der Kantine so aufdringlich nach Essen roch.

»Mit Ihnen will ich jetzt über die Gutermann reden«, wandte sich Grammatke an Lutz Meier-Schmierer. »Sie können sich profilieren, Mann!«

Maier-Schmierer errötete. Ein Drahtseilakt! Er hatte das mit der Gutermann doch nur beim Pinkeln mitgehört! Vielleicht hatte er da auch was verwechselt ... Aber dies war natürlich sein großer Augenblick. Er nickte tapfer. Schließlich hatte er Weib und Kind. Wenn er bei *Pralles Leben* auch wieder durchfiel, konnte er gleich zu *Neuer Tratsch* gehen.

»Und Sie, Lampert, schreiben mir einen Artikel über den Verlierer Boris. Recherchieren Sie außerdem, ob Barbara Becker sich den Busen aufspritzen ließ. Und wenn ja, warum. Und wenn nein, warum nicht.«

»Wird gemacht, Chef«, sagte Lampert. Klar. Kein Thema. Lampert und seine Fünfminutenartikel waren so berühmt wie andererleuts Fünfminuteneier.

»Sie, Kraller-Geiz, schreiben mir was über die russische Hure. Mit Fotos! Feuerrote Haare hat der Balg!«

Elsbeth Kraller-Geiz überhörte pikiert diese Bemerkung und strich sich die roten Strähnen, die aus ihrer Hochsteckfrisur gefallen waren, zurück.

»O. K.«, das wär's für den Moment.« Grammatke erhob sich und beendete damit die Sitzung.

»Ich will *einmal* die *Elite* toppen. Also ran an den Speck!« Er haute der blonden Ina Kess im Vorbeigehen einmal kräftig auf den Hintern. Sie kicherte geschmeichelt.

»Und was ist mit dem Nassa-Artikel?«, fragte Schwarklechner penetrant hinter ihm her. Er hatte als Einziger keinen Auftrag bekommen und fühlte sich übergangen.

»Hängen Sie ihn sich auf's Klo«, bemerkte Elsbeth Kraller-Geiz, während sie ihre Zigarette ausdrückte. Aber da war Grammatke schon gegangen.

»Wieso will denn der keine Knete mehr abdrücken?«

Raimund Wolf spürte genau, dass er Nicole Nassa gegenüber so salopp sprechen konnte. Bei einer Teppichhändlersgattin im Dirndl wäre das natürlich nicht der Fall gewesen.

»Er behauptet, Hannah sei nicht von ihm«, schniefte Nicole. Ihr knallenger roter Lederrock rutschte ihr über die Knie, als sie sich vorbeugte, um ein bereitstehendes Kleenex aus der Box zu ziehen. Raimund hielt ihr sein goldenes Zigarettenetui unter die Nase.

»Und ...? Ist sie oder ist sie nicht?« Nicole Nassa hatte einen großzügigen Ausschnitt zur Ansicht. Aber der reizte Raimund Wolf nicht im Geringsten.

Nicole legte ihre Hand über die von Raimund, als er ihr Feuer gab. Das Feuerzeug war von Dupont, wie sie beeindruckt zur Kenntnis nahm.

»Das tut doch gar nichts zur Sache«, sagte sie, nachdem sie einen tiefen Zug genommen hatte.

»Na, wenn meine Alte mir ein Balg unterjubeln würde, kriegte die von mir keine müde Mark.« Raimund lehnte sich in seinem Ledersessel so weit zurück, dass Nicole fürchtete, er würde hintenüberfallen.

»Sind Sie nun mein Anwalt oder der von Hans-Heinrich?«

Gerade als Raimund Wolf sich und Nicole versicherte, dass er natürlich seine Aufgabe darin sehe, den zahlungsunwilligen Schönheitschirurgen zum Bluten zu bringen, steckte Speibichlers Sekretärin Rosalind Hirschl ihren rötlich blond gesträhnten Kopf zur Türe herein: »Herr Wolf, Ihre Töchter stünden vor der Schule und würden nicht abgeholt.«

»Und?«, bollerte Raimund Wolf los. »Warum haben Sie sie nicht abgeholt?«

»Das haben Sie mir nicht aufgetragen«, gab die Hirschl schmallippig zurück.

»Herrgottsakra«, entfuhr es Wolf. »Wozu hat man denn ein Au-pair-Mädchen!«

»Das Au-pair-Mädchen wäre abgereist«, informierte die Hirschl. »Würden jedenfalls Ihre Töchter behaupten.«

Wolf stand so heftig auf, dass sein Stuhl nach hinten kippte. »Hätte, könnte, würde! Ihr falsch angewendeter Konjunktiv bringt mich noch zum Wahnsinn!« Er riss sich die Krawatte vom Hals und schleuderte sie auf den Schreibtisch.

»Was ist mit der Hofgartner? Warum rufen Sie die nicht an? Die soll mit dem Taxi zur Schule fahren, aber zügig!«

»Frau Hofgartner wäre verstorben!«

»Wäre?«

»Entschuldigung. Ist. Sie ist verstorben. Ohne wenn und aber.«

»Jetzt muss ich auch noch mitten in der Besprechung zur Schule fahren, oder was!«

»Ich nehme nicht an, dass die Dame verstirbt, um Sie persönlich zu ärgern«, mischte sich Speibichler aus dem Nebenzimmer ein.

»Sie halten sich da raus!«

»Da wäre noch was«, sagte die Hirschl, und zog ihren gesträhnten altjüngferlichen Schopf vorsichtshalber zurückzog. »Ihre Frau wäre verunglückt«, flüsterte sie.

»Was? Meine Frau ist verunglückt? Und das sagen Sie erst jetzt?«

»Sie läge in der Unfallklinik Rechts der Isar!«

»Wenn sie denn noch lebete ...«, wisperte Speibichler taktlos.

Raimund Wolf warf ihm seine Aktenmappe an den Kopf.

Nicole Nassas Busen bebte vor Glück.

Als Wilma die Augen aufmachte, konnte sie sich an nichts erinnern. Sie fühlte nichts als einen dumpfen, dröhnenden Schmerz. Das Erste, was sie sah, war ein blauer Schlauch, der aus ihrer Nase quoll. Eine bräunliche Flüssigkeit rann hindurch. Sie versuchte, ihren Arm zu heben, aber der Arm war schwer wie Blei.

»Hallo«, flüsterte sie und spürte Blutgeschmack im Mund. »Hallo. Kann mich jemand hören?«

»Sie wacht auf«, hörte sie eine Frauenstimme sagen und schon ging mit Schwung die Türe auf, das Licht wurde angeschaltet und dann waren einige verschwommene Gesichter über ihr.

»Frau von der Senne! Willkommen zurück im Leben!«

»Was ist passiert?« Wilma konnte kaum die Augen offen halten, so schwer waren ihre Lider.

»Sie sind mit einer Straßenbahn kollidiert«, sagte eine sanfte Gestalt in Weiß, während sie ihr die Stirn streichelte. »Aber Sie haben es ja überlebt. Nun wird alles nur noch besser.«

»Ach ja«, hauchte Wilma. »Ich erinnere mich.«

»Sie haben lange geschlafen«, lächelte die Schwester direkt über ihrem Gesicht. »Aber Sie sind über den Berg. Machen Sie sich keine Sorgen. Ihre Werte sind stabil, ihre Knochenbrüche heilen gut und im Gesicht wächst es auch wieder zusammen. Alles ist toll.«

Für einen kurzen Moment sah Wilma in der verschwommenen Schwester über ihr das Gesicht von Ariane Wassermann. Sie blinkerte mit den Augen.

»Ich wollte meine Mädchen holen«, ächzte Wilma mit letzter Kraft. Sie versuchte sich aufzurichten. »Wo sind meine Mädchen?«

»Ihren Töchtern geht es gut«, beruhigte sie die Schwester. »Wir haben Ihren Mann sofort verständigt und er hat Ihre Töchter abgeholt.«

»So, dann ist es ja gut«, seufzte Wilma. Sie war so schrecklich müde. Zuerst wollte sie noch ein bisschen schlafen.

»Wir müssen ganz ruhig liegen«, sagte eine Männerstimme. »Wir haben da ein paar Knochenbrüche.«

»Haben wir ... Sie auch?« Wilma versuchte zu scherzen, trotz der stechenden Schmerzen in der Rippengegend.

»Darüber reden wir später. Dann zeige ich Ihnen die Röntgenbilder.«

Bilder. Bilder ... Bilder!

Plötzlich fiel Wilma wieder ein, warum sie so hektisch zur Schule gefahren war! Die Kinder!

»Ich muss die Mädchen holen«, stöhnte sie. »Die Mädchen! Sie sind doch noch so klein!«

»Sie sind zu Hause, bei Ihrem Mann«, versuchte die Schwester sie zu beruhigen.

»Er fotografiert sie ... das darf er nicht ... sie dürfen nicht mit meinen Sachen spielen ...«

»Sie phantasiert«, sagte der Arzt. »Das ist der Schock. Geben Sie Ihr noch mal was zum Durchschlafen.«

»Nicht schlafen«, stieß Wilma mit letzter Kraft hervor. »Aufwachen! Ich muss unbedingt aufwachen!«

»Später«, sagte der Arzt und drückte ihr gönnerhaft die unverletzte linke Hand. »Jetzt machen wir erst mal ein feines Nickerchen.«

Das Licht im Krankenzimmer wurde ausgeschaltet. Es war wieder wunderbar dunkel.

Giselher Gutermann saß an seinem Schreibtisch in Gütersberg und raufte sich die Haare. Draußen stritten die Kinder, der Nachhilfelehrer war wieder mal nicht pünktlich gekommen und dauernd rief die Presse an.

»Herr Professor Gutermann, was ist dran an den Gerüchten, dass Ihre Frau Sie verlassen hat?«

»Warum haben Sie der deutschen Bevölkerung immer eine heile Familie vorgespielt?«

»Herr Professor Gutermann, wir möchten Sie einladen in unsere Talkshow ›Reden ist Gold‹. Das Thema lautet ›Verliebt, verlobt, verlassen‹. Sie wären unser prominenter Gast.«

»Herr Gutermann, was sagen Sie zu den Nacktfotos Ihrer Frau? Wollen Sie über Ihre Gefühle reden?«

»Herr Professor, wir fotografieren Sie auch gerne nackt! Wir bieten Ihnen einen Werbevertrag für chemisch reinigendes Toilettenpapier!«

»Herr Professor Gutermann, könnten Sie sich vorstellen, nun selbst in die Politik zu gehen?«

»Herr Gutermann, wir hätten einen Ghostwriter, der bereit ist, Ihre Ehegeschichte aufzuschreiben. Wir bieten Ihnen 100 000 Mark und eine Gewinnbeteiligung von 45 Prozent, falls die Auflage des Buches über 250 000 steigt, und davon gehen wir aus.«

Giselher schwieg eisern. Er war nicht käuflich. Er war ein Ehrenmann.

Draußen im Vorgarten und auf dem Garagendach der Nachbarn lauerten seit Tagen die Paparazzi, um ihn oder die Kinder abzuschießen. Der dicke Erwin Meister mit den vielen Fotoapparaten vor der Plauze versuchte noch nicht mal, sich zu verstecken. Selbst Dirk Duckmann in seiner schmierigen Lederjacke war gut zu erkennen.

Giselher war ganz Herr der Lage. Er ging keinen Meter mehr vor die Tür.

Leonhard, Valentin und Adrian durften ebenfalls nicht das Haus verlassen und zur Schule gelangten sie nur durch den Kellerausgang des Nachbarn. Tag und Nacht ließ Giselher alle Rolläden unten. Er war eben ein Mann von Welt. Er wusste mit jeder Situation gelassen umzugehen.

Der Einzige, der rein- und rausdurfte, war Martin Edel, der junge Nachhilfelehrer. Zu ihm hatte Giselher Vertrauen. Er war sein bester Aufnahmeprüfling an der Uni gewesen, ein anständiger Bursche aus gutem Hause noch dazu.

Nein, Giselher war nicht pressegeil. Er war ein souveräner, seriöser Bürger. Nichts lag ihm ferner, als mit seinem Schicksal hausieren zu gehen. Und nackt fotografieren ließ er sich schon gar nicht. Auch nicht für viel Geld. Das hatte er nicht nötig.

Stattdessen hörte er fleißig die Tonbänder von Mechthilds Telefonaten ab. Und dachte unentwegt, was er doch für ein guter Mann sei.

Mechthild saß verzweifelt an ihrem Schreibtisch. Ihr Handy klingelte immerfort. Es war zum Verrücktwerden!

Wildfremde Leute gratulierten ihr zu dem Entschluss, sich von Giselher zu trennen. Dabei hatte sie im Traum nicht daran gedacht, sich von Giselher zu trennen! Nicht jetzt, vor der Hessenwahl! Jetzt musste sie wirklich versuchen, mit Giselher ein paar klärende Worte zu sprechen. Sie war sicher, dass auch er inzwischen die *Elite* oder sogar den *Neuen Tratsch* zu Gesicht bekommen hatte. Wenn er nur eine Silbe sagte, dann könnte sie den Hut nehmen. Schlimmstenfalls waren sogar Leonhard oder Valentin inzwischen im Besitz eines solchen Schmuddelblattes. Immerhin konnten sie schon lesen – leider.

Grauenvoll. Mechthild war durchaus nicht prüde – ihre Söhne hatten sie schon oft nackt gesehen. Aber sich vorzustellen, dass die Klassenkameraden von Leonhard und Valentin ihnen auf dem Schulhof jetzt dieses Schmuddelblatt zusteckten ... dass der Direktor der Klosterschule es sogar zu Gesicht bekam ... Mechthild raufte sich die Haare.

Welche entsetzlichen Ausmaße sollte diese Sache denn noch annehmen! Sie hatte doch nur einen kleinen Flirt gehabt, im fernen Amerika, auf einer Dienstreise. Wie Millionen von Männern auch. Und nun wollte jeder fremde Mensch Details darüber erfahren.

Sie würde nie, nie, nie mit einem dieser Schreiberlinge sprechen. Sich vor ihnen rechtfertigen. Ihnen erklären, wie die Sache wirklich war. Sich bei ihnen einschleimen. Niemals. Bei wem sollte sie sich entschuldigen? Beim deutschen Volk?

Höchstens bei Giselher. Das würde sie tun. Aber er war auch der Einzige, den diese Sache etwas anging.

Keiner würde sie je dazu zwingen, sich so weit zu erniedrigen, die Sache in der Öffentlichkeit zu diskutieren. Sie würde jetzt Giselher anrufen und ihm versichern, dass sie nicht vorhabe, ihn zu verlassen. Und dass alles beim Alten bliebe. Dass man jetzt einfach nach dem Motto »Augen zu und durch« die Sache aussitzen müsse.

Gerade als sie den Hörer abnehmen wollte, um in Gütersberg das Büro ihres Mannes anzurufen, schrillte das Telefon.

»Frau Gutermann?« Edgar, ihr Sekretär, war in der Hausleitung. »Da möchte Sie eine Frau Nicole Nassa sprechen.«

»Jetzt nicht, Edgar. Machen Sie die Leitung frei.«

»Sie sagt, es ist eine sehr persönliche Sache. Sie möchte Sie auf der Stelle sprechen.«

»In welcher Angelegenheit?«

»Sie sagt, sie muss ins Gefängnis, weil ihr geschiedener Mann ihr keinen Unterhalt für das uneheliche Kind bezahlt.«

»Warum stellen Sie so einen Schwachsinn durch? Ich hab zu tun, Edgar!«

»Sie sagt, sie wolle Ihnen ein Angebot machen. Sie setzen sich für ihre privaten Belange bei der Bundesregierung ein und dafür schreibt sie nichts über Ihre Liebesaffäre mit dem adeligen Dolmetscher.«

»Mir wird schlecht, Edgar. Ist die etwa von der Presse?«

»Presse ist milde ausgedrückt. Sie schreibt für *Neuer Tratsch*. Das ist die Geschiedene von diesem Schönheitschirurgen, die alle ihre Briefe an den Ex als Kolumne veröffentlicht.«

Mechthilds Schläfen hämmerten. Erst veröffentlichten diese Schweine die Nacktfotos vom Familienurlaub im letzten Jahr, brachten das Ganze in Zusammenhang mit ihrer angeblichen Liebesaffäre in Miami, und dann wagten sie auch noch, bei ihr im Dienstbüro anzurufen? *Elite* war ja noch ein feines Blatt und man hatte sich in sanften Fragen und lauwarmen Gerüchten ergangen. Aber *Neuer Tratsch*? Da konnte man sich gleich freiwillig anmelden zur öffentlichen Steinigung. So mussten sich die Hexen im Mittelalter gefühlt haben.

Was würde passieren, wenn sie sich jetzt weigerte, mit der Schmierenschreiberin zu reden?

»Stellen Sie durch«, sagte Mechthild Gutermann.

»Ihr glaubt es nicht«, rief Nicole Nassa, als sie in die Kantine kam.

»Was sollen wir dir denn diesmal nicht glauben?« Arndt und

104

Bierbaum hockten hinter ihren halb leeren Bierkrügen und rauchten. Vor ihnen standen abgegessene Teller mit Resten von Schweinebraten und Rahmgemüse. In der abgestandenen gelben Sauce steckten bereits einige ausgedrückte Zigarettenstummel.

»Die Gutermann hat mir ein Exklusivinterview gegeben!!«

»Nein, das glauben wir allerdings nicht«, sagte Arndt beeindruckt.

»Was hat sie denn gesagt?« Bierbaum patschte mit der Hand auf den freien Stuhl neben sich.

»Sie hat es zugegeben!« Nicole Nassa ließ sich begeistert auf ihren Lederhosenhintern plumpsen. Sie grabschte nach der Zigarettenschachtel und friemelte sich die letzte Zigarette raus.

»Die Affäre? Die obergeile Liebesnacht?« Arndt gab ihr immerhin Feuer.

Bierbaum beugte sich so weit vor, dass sein Bauch gefährlich nahe über dem abgegessenen Rahmgemüse hing. »Panther, sag sofort die Wahrheit. Was hat sie zugegeben?«

»Sie hat zugegeben, dass es eine totale Schweinerei von Hans-Heinrich ist, mich mit Hannah in der ungeheizten Absteige in der Miese-Straße hausen zu lassen, während er zu Dreharbeiten auf Manila weilt und im Luxushotel residiert!«

»Wie, das hat sich die Familienministerin angehört?«

»Genau. Hat sie. Und sie wird sich in Zukunft als Familienministerin dafür einsetzen, dass allein erziehende berufstätige Mütter ...«

»Die bleibt nicht mehr lange Familienministerin«, sagte Arndt trocken. »Wir haben ihr das Genick gebrochen. Das muss uns allen klar sein. Du kannst eine Kuh nicht schlachten und gleichzeitig melken.«

»Das interessiert doch keine Sau!!« Bierbaum knallte seinen Bierkrug auf den Tisch, dass es schepperte. »Ob sie mit dem Reiseleiter gevögelt hat, will ich wissen!!«

»Also unter uns gesagt ...« Nicole beugte sich nun ebenfalls so weit vor, dass ihr Busen über dem Gemüse hing, »sie hat es immerhin ... nicht geleugnet. Nicht zugegeben, aber auch nicht dementiert.«

»Ja was nun?«

»Also, ich hab das ganz subtil eingefädelt, das Ganze. Zuerst habe ich sie nach ihrer Frisur gefragt.«

»Jeder fragt die Gutermann nach ihrer Frisur. Das war nicht besonders originell.«

»Ja, aber so hab ich sie bekommen. Ich hab gesagt, Mechthild, unter uns Frauen, Sie sind jetzt neu verliebt und die Liebe macht schön, wie man auf diesen wunderschönen Bildern vom Gardasee unschwer erkennen konnte. Nur mit den Haaren, da müssen Sie noch was machen.«

»Und was hat sie da gesagt? Bestimmt nicht: Vielen Dank für den Tipp, Frau Nassa, ich gehe sofort morgen zum Friseur.«

»Nee. Sie hat gesagt, ihre Frisur gefällt ihr und das ist sie und sie denkt nicht daran, für andere Leute ihre Frisur zu ändern.«

»Päng!«, sagte Arndt anerkennend.

»Und so schlecht ist die Frisur auch nicht«, meinte Bierbaum. »Sie sieht halt aus wie ein Kindergartenkind. Aber dafür hat sie einen geilen Arsch.«

»Jedenfalls hatte ich gleich den Aufhänger ... was sagt denn Ihr neuer Mann zu der Frisur?«

»Gefickt eingeschädelt«, murmelte Arndt anerkennend. Bierbaum grinste.

»›Mein neuer Mann‹, hat sie gesagt, ›hatte glücklicherweise ganz andere Gesprächsthemen mit mir als meine Frisur.‹ Und da hatte ich sie! Sie hat's zugegeben! *Neuer Mann!*«

»Ja wie, und weiter? Das ist ja hammerhart! Mensch Panther, du bist wirklich ein Luder!« Bierbaum klopfte Nicole Nassa anerkennend auf den Rücken.

»Also, Moment, hat sie wirklich zugegeben, dass sie mit diesem … Dolmetscher … gebumst hat?« Arndt trommelte mit den Bierdeckeln auf die Tischplatte.

»Sie hat gesagt, dass auf Auslandsreisen sicherlich hier und da Dolmetscher dabei sind.«

»Ja und? Weiter?« Bierbaum wurde ungeduldig.

»Weiter nichts. Aber der Tonfall, Chef, der Tonfall. So was sagt man entweder ganz neutral oder sehr, sehr zögerlich.«

»Und was willst du nun schreiben?«

»Na, dass sie mit dem Dolmetscher sehr private Dinge besprochen hat … wie kann man das formulieren …?«

»Intensive Gespräche in Miami – die Gutermann und der Dolmetscher planen eine gemeinsame Zukunft«, schlug Bierbaum vor.

»Aber mindestens!«, mischte Arndt sich ein. »Nach den Nacktfotos muss was Handfestes kommen!«

»Da kannste dich nicht in lauwarmen Andeutungen ergehen«, befand auch Bierbaum.

»Also, Überschrift nächstes Heft: Familienministerin ganz privat! Mechthild Gutermanns offenherziges Geständnis, exclusiv in *Neuer Tratsch*: JA, ICH HABE!«

»Mindestens«, sagte Nicole Nassa. »Sie hat immerhin zugegeben, dass sie mit diesem Henry Abendspaziergänge gemacht hat!«

»*Nackt unter Sternen!*«, titelte Arndt bereits mit Daumen und Zeigefinger in die Luft. »Die brave Mechthild liebt es im Freien!«

»Ohne ›es‹«, nickte Bierbaum und führte seinen Bierkrug zum Munde.

»Aber auch noch nicht gut. Was sagt sie denn über ihn? Hat sie sich zu irgendeiner Äußerung hinreißen lassen?«

»Er sei sehr humorvoll und kurzweilig. Hm. Was soll man daraus machen?«

»Na, dass ihr Alter sehr humorlos und langweilig ist!« Bierbaum schrieb nun auch eine Überschrift in die Luft: »Den eigenen Ehemann grausam kastriert: Mechthild Gutermann ... nee, warte mal, mit dem Namen kann man doch was machen ...«

»Guter Mann, was nun?«, half Nicole Nassa nach. »Mechthild Gutermann wollte mehr als nur einen guten Mann. ›Er ist langweilig und humorlos‹, schilderte sie Giselher Gutermann, mit dem sie zweiundzwanzig Jahre ihres Lebens verbrachte. ›Ich will mehr!‹«

»Nicht schlecht«, gab Arndt zu. »Aber das mit dem Kastrieren muss schon rein!«

»Also, sie hat gar nicht gesagt, Giselher sei langweilig und humorlos! Sie hat nur gesagt, Henry sei kurzweilig und humorvoll!«

»Mensch Panther! Keine Sau will Positives über einen Menschen lesen. Das Negative dankt uns der Leser! Schau dir doch die Auflagen an seit der Becker-Scheidung.«

»Tja, man sollte meinen, Becker habe sich nur scheiden lassen, um sich mit der deutschen Presse die gigantischen Auflagenmilliarden zu teilen«, unkte Arndt. »Und sobald die Geschichte durch ist, heiratet er die Babsi wieder. Und hat seine Ruhe. Und die Knete noch dazu.«

»Du, was meinst du, wie viele Promis sich für die Presse trennen! Nur so! Damit keine leeren Seiten im Kiosk verkauft werden!«, lallte nun Bierbaum.

»Die Feldmaus ist damit weltberühmt geworden!«, bestätigte die Nassa neidisch. »Eine Blitzehe, eine Ohrfeige und heute Werbeverträge an der Seite von Sir Peter Ustinov! Und zig Millionen! Ham‘ se doch beide was von gehabt!«

»Tja, bei dir klappt es trotz intensiver Bemühungen nicht so, was?«, stichelte Arndt. »Öffentlicher und schmuddeliger als du kann man sich ja gar nicht mehr trennen!«

»Ach, halt doch die Schnauze, Arndt«, zischte Nicole hasserfüllt. »Ich schaffe es, das schwöre ich euch! In einem Jahr sitze ich nicht mehr in der Kantine mit euch schmierigen

Schreiberlingen! In einem Jahr schreite ich über den roten Teppich, wenn der Preis für besondere Verdienste verliehen wird! Ich schwöre es euch, ihr Dumpfbacken!«

Bierbaum grinste versöhnlich. »Komm schon zurück auf den Teppich, Nassa. Wir haben dich ja alle lieb! Kann halt nicht jeder ganz nach oben! Lass mal! Da ist die Luft so dünn!«

»Apropos Teppich: die Bohlen-Nummer war doch auch nur zur Steigerung der CD-Verkaufszahlen ...« Auch Arndt versuchte einzulenken.

»Aber zurück zum aktuellen Fall: ›Langweilig und humorlos! Mit diesen Worten kastrierte die Familienministerin Mechthild Gutermann ihren Ehemann Giselher.‹«

»Hat sie das gesagt oder hat sie das nicht gesagt?«

»Hat sie so nicht gesagt.«

»Dann klagt sie. Die ist doch nicht blöd.«

»Dann eben so: Mein neuer Mann ist so humorvoll und witzig!« Mit diesen Worten kastrierte die frisch verliebte Familienministerin Mechthild Gutermann ihren langjährigen treuen Ehemann, den Chemieprofessor Giselher Gutermann.«

»Dagegen kann sie nicht klagen. Das hat sie gesagt. Zumindest das Letzte.«

Die drei lehnten sich entspannt zurück. »Die Alte ist fertig.«

»Aber lasst uns doch mal abchecken: Was nützt sie uns, wenn sie tot ist? Das wäre nicht gut für die Auflage. Wir sollten sie lieber langsam schlachten«, schlug Arndt vor.

»Kinder, das bringt uns ja jetzt nicht weiter. Bis wir nächsten Donnerstag erscheinen, hatten alle Konkurrenzblätter schon ihre Affäre. Wir müssen die Ersten sein, die jetzt moralisch kommen« sagte Bierbaum. »Jetzt auf jeden Fall die Arie: *›Armer Giselher!‹*«

»Dass sich sein Unterhaltungswert und sein Witz nicht nur auf Fremdsprachen bezogen, wissen wir nun alle, Frau Minister. Aber bevor Sie uns weiter mit Details langweilen: Haben

Sie schon einmal an Ihren armen Mann gedacht?« Arndt leerte sein Bierglas. »Schließlich hütete er jahrein, jahraus die Kinder!«

»Nee, das stimmt so nicht«, meinte Nicole. »Sie hat es mir eben noch mal bestätigt. Es war noch nie davon die Rede, dass er die Kinder erzieht. Der arbeitet sehr heftig an der Forschung für ein BSE-Medikament. Die haben eine Kinderfrau.«

»Kinderfrau! Interessiert keine Sau! Wir polarisieren. Ganz klar. Schwarz oder weiß. Zwischentöne können wir unseren Lesern nicht zumuten.«

»Okay, *Armer Giselher*. Er gab sein ganzes Leben für die Frau hin, die ihm ihre Karriere verdankt ... und nun, wo sie Ministerin geworden ist, findet sie ihn langweilig! Schäm dich, Mechthild!« Nicole war ganz begeistert von ihrer Idee.

»Ganz zu schweigen von den armen Kindern«, hakte Arndt nach. »Also wenn eines bei unseren Lesern zieht, dann ist es die Arme-Kinder-Nummer.«

»Sehen wir ja an Nicoles Kolumnen«, sagte Bierbaum zufrieden. »Diese Hannah-Arie ist zwar zum Kotzen, aber sie zieht.«

Nicole überhörte Bierbaums uncharmante Äußerung. »Warum, Mama? Sechs Kinderaugen fragen: »Haben wir nun einen neuen Papa?« Sie sog heftig an ihrer Zigarette.

»Gut«, schnaufte Bierbaum. »Gut, Panther. Du machst das schon.«

Als die drei gut gelaunt aus der Kantine kamen, dachte keiner von ihnen daran, dass die »armen Kinder« von Mechthild Gutermann überhaupt erst durch ihren Artikel anfangen würden, sich Gedanken zu machen.

»He, hallo, Sie dürfen hier nicht rein!«

Die Nachtschwester hatte gerade gemütlich in ihrem Schwesternzimmer gesessen und *Pralles Leben* gelesen, als sich ein schwergewichtiger älterer Kerl an ihr vorbeischleichen wollte. Er war unrasiert und sah aus, als hätte er ein paar Nächte nicht geschlafen.

»Ich will zu meiner Frau!« Der Kerl schwitzte ja! Wahrscheinlich war er zu Fuß in den vierten Stock gekommen. Das hatte ihn völlig aus der Fassung gebracht. Die Schwester lächelte mitleidig. Für Übergewichtige hatte sie nicht das geringste Verständnis.

»Dann würde ich Sie bitten, mir als Erstes mal Ihren Namen zu sagen!«

»Raimund Wolf«, keuchte der Dicke. Seine Wangen waren dunkelrot angelaufen. Er riss sich den Schal vom Hals und lockerte seinen Krawattenknoten.

»Oh«… Die Nachtschwester errötete. War das nicht der prominente Scheidungsanwalt, den sich nur die reichen Leute leisten konnten? Trotzdem. Es gab Regeln, an die sie sich zu halten hatte. »Wir haben Anweisung, niemanden zu ihr zu lassen.«

»Ich bin ihr Mann!«

»Das mag sein, aber das kann jeder sagen…« Die Schwester verstellte Raimund Wolf den Weg.

»Verdammt noch mal, lassen Sie mich vorbei!« Der Dicke grunzte wie ein wild gewordenes Schwein.

»Sie… sie liegt sowieso im Koma, also ich meine, sie schläft und ich muss sie bitten, zu den Besuchszeiten wiederzukommen.«

»Ich bin nicht irgendwer! Ich bin Raimund Wolf! Und ich will sofort den diensthabenden Arzt sprechen.«

»Und wenn Sie der Kaiser von China wären! Wir haben hier unsere Vorschriften!«

Die Schwester wurde bockig. Dicke schwitzende Kerle mit Schaum vor dem Mund nötigten ihr nicht den geringsten Respekt ab. Und Raimund Wolf war es nicht gewöhnt, von irgendeinem Menschen auf dieser Welt zurückgehalten zu werden. Schon gar nicht von so einer dämlichen Lernschwester.

Er warf einen verächtlichen Blick auf das *Pralle Leben*, dessen Titelseite der nackte, pralle Hintern der Familienministerin zierte.

»Sorgen Sie dafür, dass ich sofort zu meiner Frau vorgelassen werde!«

»Da müsste ich telefonieren ...« Die Schwester verdrückte sich in den hinteren Teil des Raumes.

»Dann tun Sie das, verdammt.« Raimund blätterte stinksauer in der Zeitschrift, die die Schwester auf ihrem Schreibtisch liegen gelassen hatte. So eine Scheiße! Da war ihm ganz offensichtlich eine prominente Scheidungskandidatin entgangen! Vielleicht hatte die Gutermann ihn längst angerufen und er, um die Gesundheit seiner Frau bedacht, hatte diesen sagenhaften Knaller schlichtweg verpasst! Und lieber irgendein Gesülze über die Psyche des zahlungsunwilligen Schönheitschirurgen angehört! Dabei war die anstehende Scheidung der Familienministerin der Skandal schlechthin! Eine hochbrisante politische Geschichte! Eine Riesenchance für ihn, in allen Zeitschriften zu stehen!

Er wollte sich in den Arsch beißen vor Ärger. Während er sich in den schleimigen Text von Jochen Behrend vertiefte, wuchs seine Wut immer mehr. Er hatte doch sonst so eine Spürnase für anstehende Treunnungen. Warum hatte er sich ausgerechnet jetzt die Butter vom Brot nehmen lassen? Die Gutermann hatte nun längst einen anderen Scheidungsanwalt, dessen war er sicher. Er warf das Blättchen verächtlich auf den Schreibtisch zurück.

Inzwischen hatte die Schwester telefoniert. »Der diensthabende Arzt fragt, in welchem Verhältnis Sie zu Frau von der Senne stehen.«

»Ich bin ihr Mann! Hab ich doch schon gesagt!«

»Aber Sie heißen nicht von der Senne, sondern Wolf!«, begehrte die Schwester auf.

»Ja, mein Gott, weil wir nicht verheiratet sind, jedenfalls nicht auf dem Papier!«

Die Schwester erstattete ihrem Chef per Telefon Bericht. Sie lauschte, dann sagte sie: »Ist gut, Herr Doktor«, und legte auf.

»Sie können auf keinen Fall zu Frau von der Senne, sagt der Doktor.«

»So? Und warum nicht? Kommen Sie mir nicht mit Besuchszeiten. Ich bin Scheidungsanwalt und habe einen sechzehnstündigen Arbeitstag hinter mir.«

»Um die Besuchszeit geht es nicht. Sie sind nicht verheiratet und nicht miteinander verwandt oder verschwägert. Wir haben kein Recht, Sie zu ihr zu lassen.«

»Erzählen Sie mir nichts von Recht! Wenn einer über die Rechte Bescheid weiß, dann ich! Aber Schwester, haben Sie denn kein Herz? Ich habe zwei Kinder mit der Frau!«

»Mag sein, guter Mann. Viele Männer haben mit vielen Frauen Kinder. Aber vor dem Gesetz sind sie Fremde.«

»Das weiß ich selbst, verdammt noch mal!« Raimund Wolf raufte sich die Haare. »Dann sagen Sie mir wenigstens, wie es ihr geht!«

»Fremden geben wir keine Auskunft über den Zustand unserer Patienten. Schönen Abend.«

Damit drehte die Schwester Raimund Wolf den Rücken zu und beugte sich wieder über das *Pralle Leben*.

»Ja, leck mich doch am Arsch, du dämliche Zimtzicke«, grollte Raimund, während er in Riesenschritten den Krankenhausflur verließ. Wütend knallte er die Etagentür hinter sich zu.

Giselher Gutermann hockte in seinem dunklen Büro im Keller seines Einfamilienreihenhauses in Gütersberg und horchte das Tonband mit den Telefonaten seiner Frau ab.

»Hallo?« Mechthilds Stimme, atemlos.

»Frau Gutermann, hier ist Ina Kess von der *Ganzen Wahrheit*. Ich kann Ihnen nur gratulieren«, sagte eine fremde junge

Frauenstimme. Sie klang aber so vertraut, als wäre sie Mechthilds beste Freundin.

»Wozu?«

»Ihr Mann war doch mit Verlaub ein richtiges Weichei. Er passte irgendwie gar nicht zu Ihnen. Sie so voller Lebenslust und Tatendrang und er wirkte immer so negativ und verspannt ...«

»Ich denke nicht, dass Sie diese Sache etwas angeht«, unterbrach Mechthild. »Wer hat Ihnen überhaupt meine Handynummer gegeben?«

»Sie herauszufinden war eine Kleinigkeit«, lachte Ina Kess munter. »Frau Gutermann, wir von der *Ganzen Wahrheit* möchten nun gerne über Ihr neues Glück schreiben.«

»Da gibt es nichts zu schreiben«, rief Mechthild. »Und nun entschuldigen Sie mich bitte, ich habe zu tun.«

»Das respektiere ich natürlich«, sagte die großzügige Ina. »Aber Frau Gutermann, nur weil ich Sie mag: Wollen Sie sich nicht endlich eine neue Frisur zulegen? Ich würde Ihnen das nicht sagen, wenn ich Sie nicht so mögen würde, wirklich, Mechthild. Aber diese Frisur ist so spießig und altbacken, die passt doch gar nicht zu Ihnen. Wahrscheinlich hat Ihr Mann sie gemocht, aber modern ist sie nicht! Sie wissen ja: neuer Mann, neue Frisur.«

»Ich habe keinen neuen Mann«, sagte Mechthild sauer. »Und ich ändere auch mit Sicherheit nicht meine Frisur. Wenn Sie mich jetzt bitte entschuldigen wollen.«

Es knackte. Giselher horchte. Draußen stritten die Kinder.

Der nächste Anruf war von ihrer Mutter. »Kind«, sagte Adelheit, Giselhers Schwiegermutter, »wir sind erschüttert, Vater und ich. Du warst ja schon immer gern in den Medien und hast dich im Ruhm gesonnt, aber dass du nun deine privaten Affären vermarktest ... schrecklich. Vater und ich, wir schämen uns für dich. Das Einzige, was uns an dir noch gefällt, ist deine Frisur.«

»Aber Mutter, ich habe mich doch nicht an die Presse gewandt! Die Presse hetzt mir nach! Das musst du mir glauben!«

»Du nutzt alles hemmungslos für deinen Wahlkampf aus, alles«, sagte Adelheit kalt. »Und was du deinen armen Eltern an-
tust, das ist dir völlig egal. Wir können noch nicht mal mehr
auf den Wochenmarkt gehen, weil ständig ein wohlmeinender
Nachbar uns diese Billigblätter unter die Nase hält! Von diesen geschmacklosen Nacktfotos ganz zu schweigen. Und alles
für die Hessenwahl! Grenzenlos, schamlos, hemmungslos!«

»Mutter, ich kann dir nur versichern ...«

»Eines will ich dir sagen, Mechthild: Karriere macht man
mit zwanzig, nicht mit sechsunddreißig.«

»Ich hatte nicht vor, meinen Hintern zu vermarkten!«

»Und an deine armen Kinder denkst du auch nicht! Hauptsache, du verwirklichst dich selber!«

Adelheit knallte den Hörer auf. Giselher zuckte zusammen.
Ja, seine Schwiegermutter konnte recht deutlich werden. Aber
er wusste: Auf Adelheit konnte er rechnen. Falls es hart auf
hart käme, war diese Frau eindeutig auf seiner Seite.

Der nächste Anruf kam von einem anonymen Anrufer:
»Frau Gutermann, eins möchte ich Ihnen mal sagen.«

»Wer sind Sie denn?«

»Das tut nichts zur Sache. Überall in der Zeitung sieht man
die Bilder von Ihrem netten Mann und Ihren netten Kindern.
Was hat denn der neue Kerl, was der Alte nicht hat? Wir vom
Stammtisch »Kölner Klüngel« werden Sie jedenfalls nicht mehr
wählen.«

»Dann lassen Sie es, Sie Spießer.«

Giselher schluckte heftig, als er den nächsten Anruf abhör-
te. Eine alte Männerstimme, heiser, erregt: »Schäm dich, du
Dreckvotze.« Schrecklich. Was sich die Leute alles anmaß-
ten.

»Mechthild«, sagte die nächste Anruferin. »Hier ist Ingrid.

115

Mensch, was bin ich froh, dass du es endlich gewagt hast. Nun bist du ihn endlich los.«

»Ach, Ingrid, da ist ein Stein ins Rollen gekommen, ich weiß gar nicht, wie das passieren konnte! Ich hab mit niemandem über die Sache gesprochen und es hätte auch keinerlei Konsequenzen gehabt, ich hab nur mit einer Freundin am Telefon kurz darüber geredet, aber das war in Amerika und da war ich noch so unter dem Einfluss meiner ...«

»Du weißt ja, dass Werner und ich noch nie etwas von deinem Giselher gehalten haben. Wir wollten es dir nie sagen, aber er ist hinterhältig und feige. Er lässt heimlich Tonbänder mitlaufen, wenn du dich irgendwo privat unterhältst.«

»Ingrid, bitte! Ich will das gar nicht wissen.«

»Werner hat nach deinem letzten Besuch bei uns eine Wanze im Flur gefunden. Die war dir wohl von der Jacke gefallen ...«
Giselher schluckte noch mehr.

»Jetzt steh die Sache auch durch«, sagte Ingrid. »Lieber ein Ende mit Schrecken als ein Schrecken ohne Ende. Und wenn du was brauchst, Mechthild, du weißt ja, Werner und ich sind immer auf deiner Seite.«

»Papaaa«, riss Leonard, der Dreizehnjährige, den angestrengt Lauschenden aus seiner Konzentration, indem er die Tür aufriss.

»Ja bitte, mein Sohn?«

»Der Martin möchte jetzt gehen.«

»Okay, sofort.« Giselher stellte den großen Lauschangriff ab, sprang auf und geleitete den Nachhilfelehrer durch den Nachbarkeller zum Hinterausgang.

»Wie waren die Matheaufgaben?«

»Es geht, Herr Gutermann. Die Kinder sind in ihrer Konzentration sehr gestört. Es fällt ihnen nicht leicht, Tag und Nacht bei heruntergelassenen Rollläden zu lernen.«

»Ich weiß, aber das ist unvermeidlich. Diese Kerle mit den Zielfernrohren schießen einen sogar im Gästeklo ab.«

»Herr Gutermann, da wäre noch eine Kleinigkeit.«

»Was gibt's?«

Martin räusperte sich. »Herr Professor, ich bekomme noch Geld.«

»Ach ja, natürlich.« Giselher zitterte.

»Wie viel?«

»Fünfzigtausend, Herr Professor.«

Martin stand neben der Mülltonne auf der äußeren Kellertreppe und sah Giselher fest ins Gesicht.

»Fünfzigtausend? Soll das ein Scherz sein?« Giselher entrang sich ein unsicheres Kichern.

»Fünfzigtausend Mark. So viel hat man mir geboten, wenn ich über diese Familie Auskunft gebe.«

»Wer hat Ihnen das geboten?«

»Ein paar Typen, die da draußen rumstehen.«

»Sind Sie wahnsinnig geworden, Mann? Es gibt nichts über diese Familie zu sagen!«

»Das sehe ich anders...« Martin wandt sich verlegen, bevor er tapfer sagte: »Sie bespitzeln Ihre Frau, Herr Professor.«

»Wir sind eine ganz normale Familie«, lachte Giselher. »Da mag ein Zettel rumgelegen haben mit dem Angebot eines Privatdetektivs, aber den habe ich nur vergessen wegzuwerfen.«

»Das können Sie denen von der Presse ja erklären, Herr Professor.«

»Ich rede nicht mit der Presse. Und das werden Sie auch nicht tun, Martin.«

»Nicht, dass Sie glauben, ich wollte Sie erpressen, Herr Professor. Wirklich nicht. Aber ich brauche das Geld.«

»Dann arbeiten Sie und sparen sich das Geld für Ihr Studium zusammen. Habe ich auch gemacht. Und aus mir ist ein anständiger Mensch geworden.«

Martin grinste. »Sehr anständig, ja, ja.«

»Lächerlich«, brach es aus Giselher heraus. »Ich sagte Ihnen doch schon, dieser Zettel liegt nur rein zufällig auf meinem

Schreibtisch herum. Wieso sollte ich meine Frau bespitzeln? Was die Presse schreibt, glaube ich doch nicht! Ich bin doch ein gebildeter, kluger Mann!«

»Fünfzigtausend und die Sache bleibt unter uns.«

»Ich werde darüber nachdenken«, versprach Giselher großzügig.

Er warf die Kellertür hinter Martin zu und ließ sich mit dem Kopf gegen die Wand fallen.

Alles Mechthilds Schuld, dachte er. Alles. Sie zwingt mich ja dazu.

Die letzten Tage waren für Raimund Wolf die absolute Hölle gewesen.

Gerade als er mit der nervtötenden Nicole Nassa über den alternden Schönheitschirurgen und dessen Schwarzgeldreserven in Luxemburg erfahren hatte, hatte ihn die Nachricht vom Unfall seiner Frau erreicht. Gleichzeitig hatte er erfahren, dass Agneta abgehauen war. Alles auf einmal, verdammt!

Er war wie ein Berserker zur Goethe-Schule gefahren, um seine Töchter abzuholen. Da hatte man ihm erklärt, dass die Töchter bereits nach der fünften Schulstunde Schluss gehabt und nach vergeblichem Warten auf einen Abholer schließlich die Straßenbahn genommen hätten. Diese sei dann auf dem mittleren Ring mit einem auf dem Glatteis herumschleudernden PKW kollidiert.

In dem Wagen, so erfuhr er später aus Polizeiberichten, habe seine Frau gesessen, die verzweifelt unter dem Beifahrersitz nach ihrem Handy gesucht hätte, weil sie gerade eine Story diktierte, während sich von rechts die Straßenbahn näherte. Wie durch ein Wunder waren Sophie und Ann-Kathrin nur leicht verletzt, denn sie hatten im hinteren Wagenteil mit dem Rücken zur Fahrtrichtung gesessen, so dass sie bei dem heftigen Aufprall nur sehr stark in ihren Sitz gedrückt und anschließend auf ihre bereits am Boden liegenden Schulkameraden geschleudert wurden.

Das Fernsehen berichtete ausführlich über diesen Unfall, bei dem zum Glück niemand ums Leben gekommen war. Die meisten Kinder hatten Gehirnerschütterungen, Knochenbrüche und Quetschungen. Und natürlich standen alle unter Schock. Schüler wie Eltern. Die Goethe-Schule schloss für mehrere Tage ihre Pforten, weil der Schulleiter und die Lehrer mit intensiven Elterngesprächen beschäftigt waren. Viele Eltern wollten die Schule verklagen, andere wieder die Münchner Verkehrsbetriebe, wieder andere Wilma von der Senne, die aber zu diesem Zeitpunkt noch im Koma lag. Die Münchner Rechtsanwälte rieben sich die Hände. So ein fetter Reibach war ihnen lange nicht mehr untergekommen. Da würde wieder eine Menge Geld rollen. Raimund Wolf konnte sich schlecht gegen seine eigene Frau als Anwalt einsetzen, das war ihm klar. Verdammt. Schon bei der Gutermann-Story hatte er sich die Butter vom Brot nehmen lassen.

Was, wenn er jetzt gemeinsam mit Wilma auf die Verliererschiene käme?

Bis jetzt war er mit Wilma auf der Gewinnerseite gewesen. Immer und überall. Also musste er sich sofort von Wilma distanzieren. Das war klar.

Ebenfalls klar war aber auch, dass er sofort die Mädchen aus dem Verkehr ziehen musste. Wenn da erst mal Krankenhauspsychologen am Bettrand seiner Töchter ihre Zelte aufschlugen, würde so einiges ans Licht kommen, was besser im Dunkeln geblieben wäre.

Raimund fuhr an diesem grauenvollen Nachmittag irgendwann nach Hause, um sich zu entspannen und sein verschwitztes Hemd auszuziehen. Für heute wollte er nicht mehr in die Redaktion zurückkehren.

Er schloss die Haustüre auf, warf den Schlüsselbund auf die Kommode und stapfte die Treppe hinauf. War das erst knapp zwanzig Stunden her, dass er sich auf ein pikantes Stündchen mit Agneta gefreut hatte?

Unten hatte noch die Hofgartner gestanden, in ihrer grünen Schürze, und mit ihrer zittrigen Altweiberstimme hinaufgerufen: »Zu mir haben sie gesagt, sie gehen ins Kino.«

Jetzt gab es keine Hofgartner mehr und es gab keine Agneta mehr. Die Kinder waren zur Beobachtung im Krankenhaus und Wilma lag im Koma.

Auf dem Anrufbeantworter waren mindestens zwanzig Anfragen für ein Interview, und zwar von den Reportern sämtlicher Konkurrenzblätter der *Elite*. Am dreistesten war der Anruf von Nicole Nassa, die sich einige Stunden vorher noch bei ihm ausgeheult hatte. Nun drehte sie eiskalt den Spieß um. Sollte er etwa mit so billigen Weibern wie der Nassa sprechen, um *Neuer Tratsch* eine Titelstory zu liefern? Er, der große, unfehlbare, mächtige und unsterbliche Raimund Wolf? Dessen Ruf in den Medien bisher tadellos gewesen war?

»Ein Wahnsinn«, stöhnte er, während er sich den durchgeschwitzten Krawattenknoten lockerte. Im Garten hockten die Paparazzi. Es war zum Verrücktwerden.

Er beschloss, ein heißes Bad zu nehmen und dabei so viel Whisky zu trinken, dass er für heute in seligem Vergessen versinken würde.

Er öffnete die Schlafzimmertür und begann sich auszuziehen. Wie immer ließ er alle seine Kleidungsstücke auf links gedreht auf dem Fußboden liegen. Bis jetzt hatte die Hofgartner sie immer dezent entfernt und irgendwann lagen sie gewaschen, gebügelt und auf rechts gedreht in seinem Kleiderschrank. Verflucht, dachte er, während er das Hemd und die Hose mit dem Fuß von sich kickte, die Hofgartner ist ja tot.

Im Schlafzimmer war irgendetwas anders als sonst.

Zwar war wie immer ordentlich das Bett gemacht.

Aber Sophies Teddy und die Schlafanzughose lagen auf der

Schminkkonsole. Doch das war noch nicht alles. Raimund blieb stehen und kniff die Augen zusammen. Irgend etwas hier stimmte ihn noch unsicherer, als er schon war.

Sein Blick fiel auf die geöffneten oberen Schranktüren.

Er stellte sich auf die Zehenspitzen und spähte hinein.

Oben auf den ausrangierten Pullovern von Wilma lagen die Fotos von den Kindern.

»Verdammte Scheiße«, murmelte er. »Sie weiß es.«

Einer Ahnung folgend, lief er die Treppe hinunter ins Arbeitszimmer.

Die Schubladen standen offen. Sie waren durchwühlt worden.

Sein Blick fiel auf den Computer. Der Bildschirmschoner war an. Er drückte auf irgendeine Taste.

Wie er schon befürchtet hatte: Es war nicht das Foto, das er zuletzt angesehen hatte.

»Wir müssen weg«, entschied er.

Sofort griff er zum Telefon und er buchte drei Flüge nach San Francisco. Ohne Rückflug.

»Was für ein Tag ist heute?«

Die Uhr an der weiß getünchten Wand zeigte halb sieben. Draußen zwitscherten die Vögel und die Sonne schien.

»Samstag, Frau von der Senne. Samstag, der vierzehnte April.«

»Der vierzehnte April??«

»Ja, Sie sind jetzt schon eine ganze Weile hier.«

Samstag, dachte Wilma. Da ist die letzte *Elite* ohne mich erschienen. Und die Schweine von *So ein Sonntag* werden hemmungslos meine schönen Artikel abschreiben.

»Kann man hier ein paar aktuelle Zeitschriften bekommen?«

»Aber liebe Frau von der Senne. Wir sind froh, dass Sie jetzt wieder bei klarem Verstand sind. Und da denken Sie schon gleich ans Zeitunglesen?«

»Hatte ich inzwischen Besuch?«

Die Krankenschwester zögerte. »In meiner Schicht nicht. Aber ich werde mal die Kolleginnen fragen.«

»Ich meine, war mein Mann mit den Kindern hier?«

Die Schwester schüttelte sehr emsig die Kissen auf.

»Nicht dass ich wüsste, Frau von der Senne. Aber jetzt versuchen wir erst mal, uns aufzusetzen.« Die Schwester sprach auch in der Wir-Form. »Für alle weiteren Informationen werde ich gleich den Doktor holen.«

Wilma kämpfte tapfer gegen die Schmerzen und die Depressionen an.

Sie hatte sich den rechten Arm gebrochen und an ihrer rechten Hand waren drei Sehnen gequetscht. Dazu war das rechte Bein zerschmettert und der Fußknöchel war ebenfalls kompliziert gebrochen. Ihre linke Seite war heil geblieben.

Wilma tastete in ihrem Gesicht herum. »Wie sehe ich aus?«

»Ihre rechte Gesichtshälfte ist arg in Mitleidenschaft gezogen. Wir mussten Ihnen die Haare abrasieren und zwei größere Platzwunden am Oberkopf und an der Schläfe nähen. Ihre Nase war gebrochen. Aber der Chefarzt hat das alles gut hingekriegt. Sie werden wieder ganz gesund werden. Wollen wir mal in den Spiegel schauen?«

»Ist es schlimm?«, fragte Wilma bange.

»Wir haben hier schon viel Schlimmeres gesehen«, tröstete die Schwester. »Aber wir können mit dem Spiegel auch noch warten.«

»Nein. Geben Sie das Ding her.«

Die Schwester reichte Wilma einen runden Handspiegel mit hölzernem Griff.

Was Wilma sah, erschütterte sie. Blutig verquollen, blau gequetscht, narbig, rissig, aufgeplatzt. So sah ihr Gesicht aus. Über die Hälfte der Gesichtsfläche war verbunden und verklebt. Sie malte sich lieber nicht aus, wie sie darunter aussah.

Wie eine von diesen Horrorfiguren aus den Filmen, die sich ihre Kinder so gern ansahen.

»Es sind leider insgesamt vierzig Glassplitter drin gewesen. Wir können froh sein, dass Ihr Auge unverletzt geblieben ist. Die meisten Splitter steckten in der rechten Wange und am Kinn.«

Wilma legte den Spiegel beiseite. Sie spürte keine Schmerzen. Zu stark waren die Medikamente, unter denen sie stand.

»Meinen Sie, das kriegt ein guter Chirurg wieder hin?«

»Ja. Sie sollten zu einem Spezialisten gehen. Wir haben hier gute Ärzte, aber wir sind eine Unfallklinik. Wir behandeln Notfälle. Für die plastische Chirurgie gibt es Extrakliniken.«

»Ich weiß«, sagte Wilma. Sie seufzte müde. Wie hieß noch dieser berühmte Schönheitschirurg, dessen geschiedene Frau Nicole Nassa jetzt für das Schmierenblatt *Neuer Tratsch* arbeitete?

»Wenn Sie sich die leisten können«, lächelte die Schwester.

Wilma versuchte sich aufzusetzen. Da war doch noch was! Etwas ganz Entsetzliches!

Ihr eigenes Gesicht war doch gar nicht das Wichtigste! Sie hatte doch ... Leute verletzt!

»Was ist mit den Insassen der Straßenbahn?«

Wilma erinnerte sich jetzt wieder. Die Straßenbahn war voll gewesen! Brechend voll! Alles ... Gesichter! Sahen die jetzt etwa so aus wie ihr eigenes?

Die Schwester hörte mit dem Kissenaufschütteln auf. Ihr munterer Gesichtsausdruck wurde ernst. »Da wird es bei dem einen oder anderen wohl noch länger dauern.«

»Waren viele Leute drin?« Wilma wurde ganz blass unter ihren Narben und Verbänden.

»Wir wollten es Ihnen so spät wie möglich sagen«, antwortete die Schwester. »Aber bevor Sie es aus der Zeitung erfahren: Es waren überhaupt keine Leute drin. Es waren alles Kinder.«

Nicole Nassa erwachte in Hamburg etwa um die gleiche Zeit. Sie rieb sich die Augen und starrte auf den schnarchenden Kerl, der sie gestern Abend noch abgeschleppt hatte. Wer war das gleich?

Ach ja, der stahlharte Hajo Haimann, stellvertretender Chefredakteur von *So ein Sonntag*. Hübscher Kerl eigentlich. Gut gebaut, durchtrainiert, ausdauernd.

Nicole strich sich die pechschwarzen Haare aus dem Gesicht. Sie versuchte sich zu erinnern, wie es zu diesem One-Night-Stand gekommen war.

Gestern Mittag, gerade als sie aus München wieder in Hamburg gelandet war, hatte Hajo Haimann sie angerufen, in der *Neuer Tratsch*-Redaktion. Rolf Bierbaum hatte gerade rauchend auf dem Schmuddelsofa gesessen.

»Na Süße? Was gibt es Neues bei euch?«

Hajo Haimann hatte mit Nicole ein stilles Abkommen: Nachrichten, die sie für *Neuer Tratsch* nicht verwenden konnte oder die ihr schlichtweg zu schade dafür waren, verkaufte sie »schwarz« an *So ein Sonntag*.

Das war natürlich streng gegen die Schreiberehre und wäre mit sofortigem Rausschmiss von Seiten Rolf Bierbaums geahndet worden, aber Nicole ließ sich einfach nicht erwischen.

Die besten, härtesten und schärfsten Stories waren auf diese Weise bei *So ein Sonntag* gelandet. Und Nicole hatte beachtliche Nebeneinnahmen, die sie allerdings auf einem Schweizer Konto parken musste.

»Hajo, ich kann jetzt nicht, aber wir sollten heute Abend essen gehen!«

»Stichwort?«, fragte Hajo abwartend. Er wollte nicht umsonst mit dieser schwarzhaarigen Schlampe seine Zeit vergeuden. Schließlich war der Freitag der Höllentag schlechthin, denn Samstag mittags um 14 Uhr war Redaktionsschluss, und *So ein Sonntag* ging 9 Millionen Mal in Druck. Das bedeutete, dass 15 Millionen Leute sein Blatt lasen. 15 Millionen!!

»Lass dich überraschen«, sagte Nicole.

Und dann hatten sie sich getroffen, in der griechischen Kaschemme »Am Schulterblatt«. Hier verkehrten hauptsächlich Studenten, Ausländer, Arbeitslose und Punks. Also niemand aus dem Medienmilieu, der sie beide womöglich erkannt hätte.

»Diesmal hab ich einen Riesenhammer«, hatte Nicole über fettigem Gyros mit Reis gesagt.

»Wie viel ist dir das Ganze wert?«

»Also, ein paar Andeutungen musst du schon machen«, hatte Hajo gesagt.

»Stichwort Mechthild Gutermann. Ich hab ein Exklusivinterview.«

Nicole Nassa fand es viel zu schade, bis zum nächsten Donnerstag damit zu warten. *So ein Sonntag* kam eben schon übermorgen heraus! Und hatte zugegebenermaßen eine fünfzehnmal so hohe Auflage wie *Neuer Tratsch*. Und natürlich auch fünfzehnmal so hohe Aufstiegschancen für hoffnungsvolle Schreiber. Ganz klar.

»Nein. Die Gutermann hat mit dir gesprochen?«

»Wenn ich's dir doch sage!«

»Wie bist denn ausgerechnet du daran gekommen? Wieso spricht die Frau überhaupt mit dir?«

»Ich hab meine Mittel und Wege.« Nicole lächelte eitel und sprach dem Billigwein zu.

»Davon bin ich überzeugt.«

»Ein Interview, wie es kein anderer hat. Nur ich.«

»Aber das hast du bereits deinem Bierbaum verkauft.« Hajo grinste zynisch. »Für dreitausend und ein paar Zerquetschte. Monatsgehalt. Brutto.«

»Eben nicht, du Idiot! Ich werfe doch keine Perlen vor die Säue!«

»Was willst du denn aus der zugeknöpften Mechthild Mustermann rausgeholt haben?«

»Alles über den megamännlichen Henry!«

»Hört sich im Ansatz schon mal gut an.«

»Aber nicht nur das! Der Nachhilfelehrer von den Kindern, ein gewisser Martin Edel, hat auch ausgepackt! Über den biederen Gatten! Na, ich sag's dir. Das glaubst du nicht!«

»Wieso? Was gibt's aus Gütersberg Brisantes zu berichten?«

»Der brave Professor Giselher«, sagte Nicole, während sie genüsslich in ihr fettiges Gyros biss. »Gegen den ist Mechthild noch ein Waisenkind. Jede weitere Auskunft kostet so richtig Moos.«

»Okay«, hatte Hajo gesagt. »Für heute Abend kommen wir ins Geschäft.«

Das war der Anfang des Abends gewesen.

Später waren die beiden dann noch in diversen Hafenkneipen versackt. Und da hatte Nicole über das Straßenbahnunglück von Wilma ausgepackt.

»Wie, die Wilma von der Senne? Die arrogante Tucke, die für die *Elite* schreibt und immer first class fliegt und uns allen das Exklusivinterview mit Barbara Becker vor der Nase weggeschnappt hat?«

»Genau die. Und weißt du, was das Schärfste ist? In der Straßenbahn saßen ihre eigenen Töchter.«

»Nein!«

»Wenn ich es doch sage!«

»Ganz schön makaber, was?« Selbst den mit allen Wassern gewaschenen Hajo erschauerte es.

Er selbst war ein braver Familienvater, der mächtig stolz darauf war, ein ergebenes Hausmütterchen in seiner gutbürgerlichen Doppelhaushälfte sitzen zu haben. Wenn die es auch nur einmal im Leben verabsäumt hätte, eines seiner Kinder rechtzeitig aus der Schule zu holen, dann hätte es aber Schläge gegeben!

Nicole hatte mit zunehmendem Alkoholpegel immer mehr von dieser Sache ausgepackt.

»Die hat ihre Kinder nicht abgeholt, weil sie so karrieregeil war, dass sie erst noch einen Artikel diktieren wollte. Auf den Straßenbahnschienen. Und dann … KRACH!«

Eigentlich war das Kollegenschelte. Aber diese arrogante Überfliegerin von der Senne hatte es nicht anders verdient. Nicole spekulierte schon heimlich auf den Job der Starkolumnistin bei der *Elite*. Er wurde ja ganz offensichtlich jetzt frei.

Und irgendwie hatte Hajo sie dann noch in eine dieser primitiven Billigabsteige gelockt. Sie konnten sowieso beide nicht mehr fahren.

Nun schlief er den Schlaf des Zufriedenen. Sie hatte ihm alle Informationen gegeben, und er hatte bis jetzt noch keinen Pfennig bezahlt.

Sie beschloss, ihn zu wecken. Ziemlich rüde rüttelte sie ihn, und als das nichts half, riss sie ihm die Decke weg. Die gut gebaute, braun gebrannte Gestalt krümmte sich wie ein Embryo.

»Hm? Was is 'n los?«

»Guten Morgen, du Schnarchsack. Ich bekomme noch mein Honorar von dir.«

»Was? Ach so.« Hajo kratzte sich an der Schläfe und gähnte abgrundtief. »Die Mechthild-Story.«

Er lächelte auf die zerknautschte Nicole herab. Jetzt fiel ihm alles wieder ein.

»Und die Wilma-Story. Die kostet dich noch mal das Gleiche.«

»Du hast sie ja nicht alle.« Hajo gähnte wieder, betont gelangweilt. »Dein Honorar hast du schon gehabt.« Er stand auf, reckte sich und schlüpfte in seine schwarze Unterhose. »Oder war das hier für dich nicht Honorar genug?«

Selbstgefällig strich er sich über seinen durchtrainierten, sonnengebräunten Körper.

Nicole sprang auf, dass das Billigbett quietschte.

»Du mieser, hinterhältiger, widerlicher …«

»Ich wüsste nicht, was meinen Charakter von deinem unterscheidet«, sagte Hajo, während er sich an dem alten Waschbecken zu schaffen machte. »Bäh. Nur kaltes Wasser, und braun. Die sollten mal die Rohre erneuern und ein Heizkörper wäre auch nicht schlecht.«

»Du willst also sagen, ich kriege für meine Informationen kein Geld?«

»Du hast konkret keins gefordert«, grinste Hajo und knöpfte sich das Hemd zu.

»Dann fordere ich es jetzt.« Nicole stand wutentbrannt auf dem ausgefransten Bettvorleger.

»Ach, dass ihr Weiber immer gleich so uncool reagiert ...« Hajo schob Nicole mit einer verächtlichen Handbewegung weg. Er klaubte seine Rolex vom wackeligen Nachttisch und legte sie sich sorgfältig um.

»Du zahlst eine sechsstellige Summe«, stieß Nicole zwischen den Zähnen hervor, »sonst ...« Sie wickelte sich das faserige Handtuch um den Leib, das Hajo achtlos auf den Boden hatte fallen lassen.

»Sonst ...? Hajo lächelte milde, während er sich seine Krawatte band.

»Sonst erfährt deine Frau von dieser Nacht.«

Päng. Das saß. Nicole fuhr immer zum passenden Zeitpunkt ihren giftigsten Stachel aus.

»Das wird sie nicht.« Hajo ließ die Krawatte los, die nun schlaff und schlampig an seinem Halse baumelte. »Hörst du, Nicole? Da hört der Spaß auf!«

»Dann zahl!«

»Wie viel?«

»Einhunderttausend. Wie ich schon sagte.«

»Einhunderttausend? Bist du wahnsinnig? So viel verdient meine beste Tippse gerade mal im Jahr!«

»Pech für die Tippse. Ich sagte einhunderttausend, oder deine Frau weiß noch vor dem Frühstück, mit wem du die Nacht verbracht hast, und insbesondere, wo! Das ist nicht das Niveau eines Hajo Haimann, nicht wahr?«

»Du Schlange«, zischte Hajo Haimann hasserfüllt.

»Ich wüsste nicht, was meinen Charakter von deinem unterscheidet.«

Nicole ließ sich auf den Bettrand fallen und streckte fordernd die Hand aus.

Widerwillig zerrte Hajo seine Brieftasche aus dem Innenfutter seines Jacketts und kritzelte wütend eine Eins mit fünf Nullen auf einen Euroscheck.

»Sie haben Besuch, Frau von der Senne!«

»Ja?« Wilma setzte sich hoffnungsvoll auf. »Raimund und die Kinder?«

»Nein, es ist eine einzelne Dame.«

»So?« Wilma überlegte fieberhaft.

»Ihre Schwester.«

Ich habe keine Schwester, wollte Wilma sagen. Aber dann wurde ihr klar, dass man niemand anderen als leibliche Verwandte zu ihr lassen würde. Sie wurde hochgradig abgeschirmt, das hatte sie inzwischen mitgekriegt. Immerhin trug sie die alleinige Schuld an den Verletzungen von sechzig Kindern.

»Lassen Sie meine Schwester doch herein …«

Wilma war auf alles gefasst. Sie hatte keine Freundinnen.

Eine Starkolumnistin ist mit der ganzen Welt befreundet. Aber eine Freundin hat sie nicht.

Die Krankenschwester ging kurz hinaus und kehrte dann mit einer blonden Frau zurück. Sie hatte einen netten Blumenstrauß in der Hand und sie war sehr stark geschminkt.

Wilma kannte sie nicht. Oder doch? Wo sollte sie dieses Gesicht nur einordnen?

»Grüß dich, Schwesterlein«, sagte die Unbekannte, beugte sich zu Wilma herunter und gab ihr zwei Judasküsse. Sie duftete nach einem sehr aufdringlichen Parfum.

Da ist etwas faul, dachte Wilma. Oberfaul. Sie schämte sich schrecklich ihres Aussehens.

Und trotzdem. Sie war so dankbar, dass sich überhaupt jemand um sie kümmerte.

»Geht das in Ordnung, Frau von der Senne?« Abwartend blieb die Krankenschwester im Türrahmen stehen.

»Ja, danke, und bitte holen Sie eine Vase für die Blumen, die meine Schwester mitgebracht hat.«

Die Tür fiel ins Schloss.

Wilma und die Unbekannte waren allein.

»Wir kennen uns«, sagte Wilma. »Aber ich weiß im Moment nicht, woher.«

»Wir haben mal vor Jahren die gleiche Krabbelgruppe besucht«, sagte die Blonde. »Sie mit Ann-Kristin und ich mit Sebastian.«

»Ach ja?« Wilma dachte angestrengt nach. Die Blonde war nett, kein Zweifel. Aber wenn sie die Mutter von einem gleichaltrigen Sebastian war, dann wollte sie sie vielleicht lynchen.

»Ich bin Franka Leinen. Wir haben uns damals geduzt. Erinnerst du dich gar nicht?«

»Nein...« Wilma grübelte. Sie kannte dieses Gesicht, aber der Name sagte ihr gar nichts.

»Entschuldige, aber mein Kopf... es ist so viel passiert!«

»Du siehst ja schlimm aus, Wilma. Meine Güte! Tut's weh?

»Sie spritzen mir ständig was... es ist auszuhalten. Aber ich bin ganz matschig in der Birne.«

»Wie fühlst du dich denn so, Mädchen?« Die Fremde tätschelte Wilma die Wange.

Das war die gleiche plumpe Vertraulichkeit, mit der sie, Wilma, bis jetzt selbst auf alle ihre Opfer losgegangen war! Wenn sie da an Maja Büchs dachte!

»Na ja«, erwiderte Wilma schließlich. »Nicht so toll, wenn du es genau wissen willst!«

Vorsicht, Vorsicht, Vorsicht, hämmerte es in Wilmas Kopf. Sie ist eine Ratte!!

Aber die Ratte kümmerte sich wenigstens um sie! Sie war mit Blumen in ihr Krankenzimmer gekommen! Sie saß an ihrem Bett und lächelte sie an! Sie hörte ihr zu!

Die Ratte nahm Wilmas linke, unverletzte Hand. »Du wirst ja hier künstlich ernährt! Kannst du etwa nicht alleine essen?«

»Ohne Zähne ...?« Wilma versuchte ein Lächeln, kniff aber dabei die Lippen zusammen. Sie schämte sich entsetzlich. »Aber in ein paar Tagen kriege ich wenigstens ein Provisorium.«

»Und was ist mit deinem schönen Gesicht passiert?«

»Ich weiß nicht. Es ging so schnell. Sie sagen, mehr als vierzig Glassplitter ...«

»Na, die Haare wachsen ja wieder.«

»Und für mein Gesicht empfehlen sie mir hier einen tollen plastischen Chirurgen ...«

»Bei deinem Geldbeutel kannst du dir doch Hans-Heinrich Nassa leisten«, sagte die Krabbelgruppenmutter. »Der ist für seine Gesichtskorrekturen berüchtigt ...« Sie fasste sich wie zufällig an eine Narbe, die sich vom Ohr bis auf die Mitte der Wange zog.

»Ach«, seufzte Wilma ergeben. »Mein Gesicht wird nie wieder das Gleiche sein ...«

»Und wie wird man damit fertig, sechzig Kinder auf dem Gewissen zu haben?«

Wilma starrte sie an. »Sind sie ... tot?«

»Wie, du weißt das alles noch gar nicht?«

»Nein, mir sagt ja hier keiner was!«

»Du liegst hier und machst dir Gedanken um deinen Gesichtschirurgen und du fragst nicht mal danach, ob du vielleicht sechzig Kindern das Leben verpfuscht hast?«

»Wer sind Sie?«, fragte Wilma.

»Mein Sohn Sebastian saß auch in der Straßenbahn!«

»Um Gottes willen! Ist er... lebt er... nun sagen Sie schon!«

Die blonde Frau verkniff sich ein zufriedenes Grinsen. Statt einer Antwort fragte sie mit betroffener Miene: »Wie ist das denn alles passiert, um Himmels willen?«

»Ach, es ist alles so schrecklich...« Wilma fühlte sich so elend, so klein und hilflos und schuldig! »Ich wollte, ich wäre dabei draufgegangen.«

Die Blonde änderte ihren Tonfall.

»Aber Wilma! Du darfst dich jetzt nicht aufgeben...« Sie streichelte ihr die Hand. »Erzähl mir alles. Das tut dir gut.«

Ja. Wahrscheinlich. Sprechen tat gut. Und wenn es mit dieser undurchsichtigen Frau war. Sie hatte doch sonst niemanden.

»Ich bin einfach nur ganz schnell zur Schule gefahren«, stammelte Wilma. »Es war der schrecklichste Tag meines Lebens...«

»Wieso? Erzähl mir alles, von Anfang an!«

»Mein Mann hatte was mit dem Au-pair-Mädchen, ich hab die Kleine morgens in Frankfurt noch am Flughafen getroffen, sie flog nach Stockholm, mit ihrem Teddy im Arm, ich hab noch gerufen, Mensch, Agneta, was ist los, du kannst doch nicht so einfach abhauen, aber das Mädel war ganz bleich im Gesicht und hat gesagt, sie schreibt es mir...« Wilma brach ab.

»Und dann?« Die Blonde streichelte weiter Wilmas Hand.

»Na, und dann komme ich nach Hause, finde noch eindeutige Fotos im Internet...«

»Was für Fotos?«

»Ach, da will ich nicht drüber sprechen. War halt alles so viel auf einmal. Und die Hofgartner lag tot auf der Terrasse.«

»Wer?«

»Die Hofgartner.« Wilma schniefte. »Unsere Haushälterin. Zusammengebrochen. Beim Blumengießen. Herzversagen.«

»Das ist ja entsetzlich!«

»Ja, und dann denk ich, ich muss die Mädchen holen, aus der Schule, ich kam ja an dem Morgen erst aus Miami zurück, acht Stunden Zeitunterschied, ich hatte Jetlag…«

»Klar. Jeder Mensch wird verstehen, dass du nicht konzentriert Auto gefahren bist. Das ist einfach menschliches Versagen, wir sind alle keine Maschinen…«

»Und dann fahr ich da über den mittleren Ring, wie immer Stau, mittags um eins, es geht nichts mehr, die Straßenbahnen alle brechend voll, Glatteis, Schulkinder, und dann will ich noch schnell links abbiegen, steh da auf den Schienen… da fällt mir das Handy runter und ich bücke mich, und dabei habe ich versehentlich Gas gegeben, das Auto dreht sich, ich fliege gegen die Scheibe…«

»Und dann is es passiert«, sagte die Blonde mitfühlend.

»Mehr weiß ich nicht. Sie haben mich die ganze Zeit im Tiefschlaf gehalten. Wahrscheinlich, damit ich mich nicht bewege. – Zehn Knochenbrüche. Aber mir ist alles egal.«

»Ist dir auch egal, wie es deinen eigenen Kindern geht?«

»Ja. Alles egal. Wenn ich anfange nachzudenken, drehe ich durch.«

»Dir ist egal, wie es deinen Kindern geht?«

»Lass mich in Ruhe. Ich will schlafen.«

»Du solltest aber mal nach deinen Kindern fragen, wenn dich schon die anderen Kinder und deren Eltern nicht interessieren.«

»Ich weiß. Ich sollte. Aber ich kann nicht. Ich kann nicht darüber nachdenken.«

»Wie fühlt man sich denn, wenn man seine eigenen Kinder lebensgefährlich verletzt hat?

»Ich hab nicht meine eigenen Kinder verletzt. Aber Raimund, der hat sie verletzt… ich darf nicht darüber nachdenken.«

»Deine Töchter saßen auch in der Straßenbahn«, sagte die

Blonde kalt. »Du hast deine eigenen Kinder zusammengefahren.« »Was?« Wilma fasste sich ans Herz. Sie wollte sterben. Nein. Alles, nur das nicht.

»Hast du das nicht gewusst?«

Wilma presste ihre Hand schreckerfüllt an den Mund. Die Blonde erhob sich eilig.

»Sind sie verletzt?«

»Ich dachte, das wüsstest du längst!«

»Nein«, sagte Wilma tonlos. »Sind sie tot?«

Franka Leinen machte, dass sie wegkam.

»Sind sie tot?«, schrie Wilma hinter dieser Frau her.

Aber sie sah nichts als das, was sie immer sah. Eine weiße Wand und eine graue Tür.

Wilma sank zurück in die Kissen und starrte an die Decke.

Mit letzter Kraft zwang sie sich, ihren linken Arm zu heben und an der Klingelschnur zu ziehen. Sie wollte eine Beruhigungsspritze. Eine, von der sie nie wieder aufwachte. Als die Glocke im Schwesternzimmer klingelte, konnte die Schwester gerade noch sehen, wie eine davoneilende weibliche Person sich eine blonde Perücke von den langen schwarzen Haaren riss.

Der Interregio aus Braunschweig lief an diesem verregneten Aprilsamstagnachmittag mit zehnminütiger Verspätung ein.

Giselher hatte eine Baskenmütze aufgesetzt, weil der Wind seiner empfindlichen Kopfhaut schadete. Da er nicht mehr allzu viel Haare hatte, trug er stets eine Baskenmütze. Außerdem gab dieser Kopfputz ihm einen intellektuellen, unverwechselbaren Touch. In ganz Gütersberg gab es keinen weiteren Baskenmützenträger. Jeder Mann kannte und schätzte den stillen, bescheidenen Professor mit der runden Brille und den Fahrradklammern in den Hosenbeinen.

»So ein netter, gediegener Mann«, sagten die Leute über ihn. Und bis jetzt hatten ja auch alle Mechthild für eine »nette, gediegene Frau« gehalten. Aber die Presse hatte es geschafft, sie innerhalb einer Woche zur Hexe der Nation zu machen. Ganz Gütersberg war erschüttert und man hatte kein anderes Gesprächsthema mehr als diese unmögliche Frau. Irgendjemandem war es gelungen, den uralten Vater von Giselher ausfindig zu machen, der in einem Altersheim in Osterrode am Harz lebte. Und dieser hatte erschüttert von sich gegeben: »Ich habe mich noch nie in einem Menschen so getäuscht!«

Eine Schlagzeile, die Mechthild in *So ein Sonntag* lesen musste. Was für eine Energie diese Presseratten doch aufbrachten, nur um einer Person des öffentlichen Interesses noch ein bisschen mehr zu schaden als ohnehin schon. Da entblödeten sich ein paar Schreiberlinge nicht, den fast neunzigjährigen Greis aufzustöbern, der eventuell über Mechthild einen negativen Satz sagen könnte!

Mechthild stand mit wackeligen Knien an der Abteiltür, als der Zug bremste.

Als sie die wohl vertraute Baskenmütze sah, fiel ihr ein Stein vom Herzen. Giselher holte sie ab! Vielleicht war alles nur ein schrecklicher Traum gewesen. Ein Traum, aus dem sie endlich erwachte. Erleichtert sprang sie aus dem Zug und lief ihrem Gatten entgegen.

Dieser reichte ihr förmlich die Hand und nahm ihr den kleinen Wochenendkoffer ab. Ganz steif und förmlich. Fast so, als wüsste er, dass hinter der Bahnhofsbaracke die Paparazzi lauerten.

»Hattest du eine gute Anreise?«

»Ach Giselher«, sagte Mechthild und hakte sich bei ihrem Mann unter. »Mach's uns doch nicht so schwer!«

»Ich mache es uns schwer? – Du machst es uns schwer!«

Giselher stakste zu seinem Fahrrad, das er sorgfältig mit einem Sicherheitsschloss an der Bahnhofsmauer vertäut hatte. Er lud, wie jeden Samstag um diese Zeit, das Köfferchen auf den Gepäckträger und machte sich schweigend auf den Nachhauseweg.

»Wie geht's den Kindern?«, fragte Mechthild. Das schlechte Gewissen stand ihr ins Gesicht geschrieben. Sie hatte sich tagelang nicht mehr gemeldet.

»Danke, den Umständen entsprechend.«

»Welchen Umständen?«

»Seit der Bekanntgabe deines … Reiseabenteuers … werden wir von Fotografen belagert.«

»Ihr? Aber warum denn das?«

»Ich erhalte alle fünf Minuten Anrufe von der Presse.«

»Was? Aber wieso denn? Ich meine, warum belästigt man meine Familie?«

»Weil du dich nicht konform verhalten hast. Du hast als Ehefrau und Mutter den Ruf und die Sicherheit deiner Familie auf's Spiel gesetzt.«

Mechthild seufzte. Ja, das hatte sie wohl getan. Als sie in Amerika mit dem charmanten, lustigen, lockeren Henry in seinem Zimmer im Sheraton Miami Beach verschwunden war. Da hatte sie kurzfristig nicht an ihre Familie in Gütersberg gedacht. Und nur sehr ungern an Giselher.

Aber nun war sie wieder hier, in Gütersberg, und schritt am Arm von Giselher die Straße entlang. Sie würde ihre Rolle wieder spielen. Bis ans Ende ihres Lebens. Wenn man sie nur wieder ließe. Die Leute grüßten abweisend. »Der arme Mann.« Der arme Mann schritt schweigend neben seinem Fahrrad her und trug eine Leidensmiene zur Schau. Er schleppte zwar kein Kreuz, sondern schob nur ein Fahrrad, aber in den Gesichtern der Leute stand geschrieben: Die Giselher-Gutermann-Passion.

»Lass uns reden, Giselher.«

»Das ist allerdings von unumgänglicher Wichtigkeit«, erwiderte Giselher schmallippig.

»Also«, Mechthild nahm sich ein Herz. »Ich möchte die Sache besprochen haben, bevor wir zu Hause bei den Kindern sind.«

»Was hast du mir zu sagen?« Giselher schritt starr voran.

»Ich weiß nicht, wie es an die Öffentlichkeit gelangen konnte, aber ich hatte eine kurze Affäre mit einem Dolmetscher«, sagte Mechthild fest.

»In sechs Wochen ist Hessenwahl«, gab Giselher zur Antwort.

Mechthild blieb stehen. »Was hat das eine mit dem anderen zu tun?«

»Es lenkt die Aufmerksamkeit der Öffentlichkeit auf dich. Das hast du wohl erreichen wollen.«

»Du willst mir also unterstellen ...« Mechthild blieb der Mund offen stehen.

»Ich unterstelle dir gar nichts«, sagte Giselher und rückte seine Baskenmütze gerade. »Aber es bestehen ja ganz offensichtlich Zusammenhänge zwischen dem plötzlichen Presserummel und dem bevorstehenden Wahlkampf.«

»O Gott, Giselher«, Mechthild verdrehte die Augen. »Meinetwegen denk das von mir, wenn es dir dann besser geht.«

»Deine Eltern denken das übrigens auch.«

»Du hast mit meinen Eltern telefoniert?«

»Allerdings. Sie machen sich große Sorgen um ihre Enkelkinder. Wir stehen in ständigem telefonischen Kontakt.«

»So?« Mechthild schluckte. »Normalerweise haben sie doch auch kein Interesse an ihren Enkelkindern ...« Sie dachte an die Jahre, als die Kinder klein gewesen waren. Wie sehr hätte sie sich gefreut, wenn ihre Eltern sich mal für die Kinder interessiert hätten. Nicht ein einziges Mal hatten Adelheit und Rudolf die Kinder in den Ferien eingeladen oder sonst etwas mit ihnen unternommen. Aber jetzt, wo sie aus der Reihe getanzt war, da meldeten sich die besorgten Großeltern. Aus Sorge um die Enkel. Und setzten sich mit Giselher in ein Boot.

»Aber warum rufen sie mich nicht an?«, fragte Mechthild gekränkt.

»Das musst du sie schon selbst fragen.«

»Du hast alle diese Dinge mit meinen Eltern besprochen?«

»Nachdem du ja offenbar keinerlei Verantwortungsgefühl mehr hast, müssen deine Eltern und ich jetzt überlegen, wie es mit den Kindern weitergeht.«

»Jetzt mach aber mal einen Punkt, Giselher. Ich hatte eine Affäre, ja. Das gebe ich zu und dazu stehe ich. Aber das hat mit den Kindern und meinem Verantwortungsgefühl nichts zu tun.«

»Du brauchst PR – du willst unbedingt in die Medien.«

»Spinnst du?«

»Oder warum hast du sonst mit diesem amerikanischen Kerl gebumst?«

Mechthild zuckte die Achseln: »Weil's schön war.«

»So.« Giselher schob das Fahrrad durch eine große graue Pfütze. »Hat er wenigstens einen größeren Schwanz als ich?«

Mechthild zuckte zusammen. Das war so gar nicht das Vokabular des Herrn Professor.

»Giselher. Lass doch das jetzt. Das ist doch niveaulos.«

»Das nennst du niveaulos?«, fauchte Giselher. »Und was Du tust, das ist nicht niveaulos, nein? *Als Familienministerin!! Mit drei Kindern!! Bumst in Amerika mit einem Reiseleiter!! Der auf jeder Reise eine neue Tussi flachlegt!*«

Er schrie so laut, dass die Passanten stehen blieben und ihn betroffen anblickten.

»Giselher«, sagte Mechthild. »Würdest du bitte nicht so schreien.«

»Ich schreie, so laut ich will! Soll doch jeder hören, was du für eine nymphomane Schlampe bist!«

»Warum trennen wir uns nicht endlich?« Mechthild blieb stehen. »Lass uns doch eine vernünftige Trennung über die Bühne bringen, Giselher. Schon wegen der Kinder.«

»Wenn du die Trennung willst, dann kannst du deine Karriere vergessen.«

»Meinetwegen. Das kann ich sowieso. Aber ich will irgendwann leben. Leben, Giselher. Und zwar nicht mit deinem gebremsten Schaum.«

»Okay.« Giselher schnaubte vor Wut. »Wir trennen uns. Dann musst du mir unterschreiben, dass du auf das Sorgerecht verzichtest.«

»Du hast sie wohl nicht alle.« Mechthild lachte höhnisch. »Ich bin die Mutter!«

»Du bist nicht würdig, Mutter zu sein«, schnaubte Giselher. Die Leute blieben erschrocken stehen. »Treibst dich in der Weltgeschichte rum, bumst dich durch die Gegend ... Jeder Familienrichter wird mir die Kinder zusprechen!!«

»Giselher, wenn du ein Traumvater wärest, dann könnte man ja sogar noch darüber reden ... aber du hast dich bis heute nicht um die Kinder gekümmert!«

Giselher hatte immer gesagt, sein Beruf lasse ihm keine Zeit, sich mit den Kindern abzugeben. Mechthild hatte es selbstverständlich gefunden, als Frau bei den Kindern zu bleiben. Seit sie beruflich viel unterwegs war, hatten sie eine Kinderfrau.

»Du wirst mir unterschreiben, dass ich das alleinige Sorgerecht habe.« Giselher schleuderte das Fahrrad gegen eine Hauswand. Das Köfferchen purzelte vom Gepäckträger.

»Mit Sicherheit nicht.« Mechthild fasste sich an die Stirn. »Du bist beleidigt, weil ich dich betrogen habe. Aber deswegen bist du nicht allein sorgeberechtigt.«

»Gut«, sagte Giselher schließlich und packte Mechthild fest am Arm. »Du siehst den Reiseleiter nie wieder und ich gebe dir noch eine Chance.«

»Meinetwegen«, sagte Mechthild müde.

»Das musst du mir schon schriftlich geben.«

Mechthild schüttelte den Kopf. »Wie damals, ja? Sei doch nicht albern, Giselher. Das ist so kindisch und trotzig von dir, ich bin nicht dein Eigentum. Wir sind keine Höhlenmenschen.«

»Du solltest dich nicht deiner ... Ungeheuerlichkeiten rühmen!«

»Wir sind jetzt zweiundzwanzig Jahre verheiratet«, lenkte Mechthild ein. »Wollen wir die Sache nicht einfach vergessen? Im Sinne der Kinder. Machen doch viele. Wegen der Kinder zusammenbleiben, bis sie groß sind. Wir können uns doch irgendwie arrangieren.«

»Hast wohl Angst um deine Karriere, was?«

»Nein. Die ist sowieso im Eimer.« Fast fühlte sich Mechthild ein bisschen erleichtert. Sie war jahrelang die Vorzeigefrau der Nation gewesen. Jetzt hatte sie endlich mal auf den Putz gehauen. Sie fühlte sich gar nicht so schlecht.

»Also? Was ist? Packen wir es noch einmal?« Auffordernd schaute sie den erbosten Giselher an.

»Gut«, sagte Giselher, »ich bin bereit dazu. Du hast tatsächlich keinen Kontakt mehr zu ihm, du hast keine Anrufe von ihm bekommen und auch selber nicht versucht, ihn anzurufen. Ich habe mir erlaubt, dich zu beaufsichtigen.«

»Was soll das heißen, du hast mich beaufsichtigt?«

»Wenn jemand so kopflos handelt, dann muss er beaufsichtigt werden. Du hast dich allerdings einwandfrei verhalten, wahrscheinlich der Presse wegen. Aber ich vergebe dir und bin bereit, jetzt zur Tagesordnung überzugehen.«

»Du hast wieder mal mein Telefon abgehört, ja? Tolle Leistung, lieber Giselher.«

»Dieses Recht habe ich mir allerdings herausgenommen, nachdem du schamlos die Ehe gebrochen hast, liebe Mechthild.«

Er lächelte sein süßliches, selbstgerechtes Lächeln.

»Das sind Stasimethoden!«, giftete Mechthild verächtlich.

»Recht!! Das Recht, mich zu beaufsichtigen! Wenn ich das schon höre! Wo leben wir denn!«

Mechthild dachte an die Sache mit den Geheimdienstleuten. Damals, vor sechs Jahren. Als die Geschichte mit Wolfgang Kaluttke war.

140

»Und als kleines Zeichen deiner Reue wirst du diesmal die Rechnung für den Privatdetektiv bezahlen, liebe Mechthild. Ich habe mir erlaubt, sie auf deinen Schreibtisch zu legen.«

Giselher, dachte Mechthild. Wie Leid du mir tust. Wie armselig du doch bist.

Sie hatte keinen Respekt mehr vor ihm. Und kein Fitzelchen Achtung. Sie wusste, dass sie ihn verlassen würde. Es war nur noch eine Frage der Zeit.

»Bitte, Herr Doktor. Behandeln Sie mich nicht wie ein Kind.«

Wilma versuchte, sich aufzusetzen, aber sie war zu schwach. Alle Schmerz- und Beruhigungsmittel, die man ihr gegeben hatte, waberten in ihrem Kopf herum.

»Was habe ich angerichtet? Sagen Sie es mir!«

»Liebe Frau von der Senne«, sagte der Professor. Er hieß Hunklinger, wie Wilma dem Schild auf seinem Kittel entnahm. »Wir sollten uns jetzt nicht aufregen.«

»Ich rege mich aber auf, wenn Sie mir jetzt nicht sofort die ganze Wahrheit sagen!«

»Sie haben eine Straßenbahn zum Entgleisen gebracht, liebe Frau von der Senne.«

Wilma war dankbar, dass der rundgesichtige, wohlmeinende Professor jetzt nicht wieder »Wir« sagte. »Wir haben eine Straßenbahn zum Entgleisen gebracht.«

»Und?«, flüsterte Wilma. »Gab es Tote?«

»Nein.« Der Professor nahm Wilmas unverletzte linke Hand. »Da haben die Kinder in der Bahn einen Schutzengel gehabt. Es gab Prellungen und Knochenbrüche, auch Quetschungen und Gehirnerschütterungen, aber wir konnten all die kleinen Patienten aus der Unfallstation verlegen. Sie werden alle wieder werden. Bei manchen wird es etwas länger dauern ...«

»Wie war die Reaktion ... der Eltern?«

»Nun, liebe Frau von der Senne, natürlich waren die Eltern recht aufgeregt und aufgebracht ...«

»Sie wollten mich lynchen ...«

»Wir haben natürlich niemanden zu Ihnen gelassen. Sie sind hier unter strengster Bewachung.«

Wilma sank in ihr Kissen zurück und starrte an die Decke.

»Hat mein Mann mich besucht? Während ich schlief, vielleicht?«

»Nicht dass ich wüsste. Nein, Sie hatten hier noch gar keinen Besuch. Außer Ihrer Schwester. Aber da waren Sie ja bei Bewusstsein.«

»Was ist mit meinen Töchtern? Sind sie schwer verletzt?«

»Ihr Mann hat sie abgeholt. Sie hatten nur ein paar Prellungen. Eigentlich hätte das Krankenhaus die Mädchen gar nicht an ihn herausgeben dürfen, weil Sie ja gar nicht verheiratet sind. Aber da Sie im Koma lagen, haben wir eine Ausnahme gemacht.«

Wilma hätte vor Verzweiflung weinen mögen.

»Kann ich zu Hause anrufen?«

»Natürlich, gnädige Frau. Ich werde mir erlauben, in Ihrer Nähe zu bleiben.«

Professor Hunklinger reichte Wilma das Telefon und zog sich diskret ans Fenster zurück.

Wilma wählte die Nummer ihrer Villa in Grünwald. Nach fünfmaligem Klingeln ging der Anrufbeantworter an.

»Wir sind zur Zeit nicht zu erreichen«, sagte die Stimme von Raimund Wolf. »In dringenden Fällen rufen Sie bitte das Büro von Rechtsanwalt von Soden an.«

Mit zitternden Fingern legte Wilma auf. Von Soden! Das war allerdings Raimunds bester Freund und Anwalt. Raimund hatte schon eine brillante Scheidung für von Soden hingelegt. Und von Soden hatte bereits Raimunds erste Scheidung von der Industriellentochter über die Bühne gebracht. Und zwar sehr professionell. Nicht zuletzt seinem Kollegen von Soden

142

hatte Raimund zu verdanken, dass er die Villa in Grünwald bar hatte bezahlen können.

Sie wählte wieder. Von Soden war ein Duzfreund von ihnen beiden.

»Rechtsanwaltskanzlei von Soden, Merbusch am Apparat, guten Tag, was kann ich für Sie tun?«

»Herrn von Soden bitte, hier ist Wilma von der Senne.« Wilma spürte, dass sie kaum noch Kraft hatte. Professor Hunklinger zog besorgt die Stirn in Falten.

»Jetzt aber keine Probleme diskutieren«, sagte er streng.

Es knackte in der Leitung. Jemand räusperte sich.

»Von Soden, grüß Sie Gott, Frau von der Senne!«

Er siezte sie! Er distanzierte sich eindeutig von ihr!

»Wo ist Raimund?«, fragte Wilma und sank erschöpft in die Kissen zurück.

»Frau von der Senne, Ihr... ähm... Lebensgefährte ist mit den Töchtern vorübergehend nicht in München.«

»Also... wo?« Wilmas Herz klopfte so heftig, dass der Professor es auf drei Meter Abstand sehen konnte. Du jämmerlicher Schwächling, dachte sie. Wie feige du doch bist.

Silvester hast du noch bei uns im Wintergarten gesessen und dich bis zur Besinnungslosigkeit besoffen. Silvester hast du mir noch unter den Rock gefasst.

»Ich bin nicht befugt, Ihnen das mitzuteilen. Ich regele nur seine geschäftlichen Dinge.«

»Herr von Soden, ich habe ein Recht darauf zu erfahren, wo meine Töchter sind...«

»Das mag sicher sein, Frau von der Senne. Allerdings bin ich wiederum nicht verpflichtet, ihnen diesbezüglich Auskunft zu geben. Sie müssten sich, wenn ich Ihnen da einen Rat geben darf, schnellstens einen eigenen Anwalt nehmen. Ich vertrete die Interessen von Raimund Wolf, der mich beauftragt hat, die Sorgerechtsklage gegen Sie bei Gericht vorzulegen. Es tut mir Leid, Frau von der Senne, dass Sie es auf diese Weise erfahren...«

»Die Sorgerechtsklage ...? Wir sind nicht verheiratet, ich habe das alleinige Sorgerecht ...«

»Herr Wolf hat beim Jugendamt den Antrag gestellt, das Sorgerecht alleine zu bekommen. Außerdem liegt ein Antrag auf Entmündigung vor. Wegen fahrlässiger Verletzung Ihrer Töchter und zweiundsechzig weiterer Kinder. Beim Anhörungstermin beim Familiengericht hat er zudem gesagt, dass Sie die Kinder vernachlässigen. Sie seien höchst selten zu Hause.«

»Ich vernachlässige die Kinder? Und was tut er?«

»Aus seiner Klageschrift geht hervor, dass er sich persönlich sehr liebevoll um die beiden Mädchen kümmert.«

»Das tut er ... allerdings ...« Wilma wurde schneeweiß um die Nase. Professor Hunklinger streckte bereits die Hand nach dem Hörer aus.

»Was ist mit unserem Haus in Grünwald? Wolfgang, warum bist du so feige?«

»Mit dem Verkauf der Villa bin ich ebenfalls betraut, gnädige Frau.«

»Aber er kann doch nicht einfach so das Haus verkaufen ...«

»Wie aus dem Grundbuch zu entnehmen ist, ist er der alleinige rechtmäßige Eigentümer.

Vielleicht erinnern Sie sich daran, dass Herr Wolf meine Kanzlei damals mit dem Kauf des Hauses betraut hat.«

»Ich erinnere mich allerdings an alle eure ... Freundschaftsdienste ...«, ächzte Wilma. »Das haben wir doch damals nur aus steuerlichen Gründen ... du hast uns doch selber beraten, Wolfgang! Er hat da viel über seine Firma laufen lassen, damit er die Kosten absetzen kann ... Wolfgang, wie kannst du jetzt so tun, als ging dich das alles nichts an?«

»Das müssten Sie bitte alles mit Ihrem Anwalt erörtern. Wenn Sie mich jetzt bitte entschuldigen wollen ...« Von Soden beendete das Gespräch.

»Er ist sehr liebevoll zu den Kindern ...«, flüsterte Wilma.

Sie starrte an die Decke.

Professor Hunklinger nahm Wilma behutsam den Telefonhörer aus der Hand. »Dann ist doch alles gut!«

Dann verabreichte er ihr die Beruhigungsspritze, die er inzwischen vorbereitet hatte.

»Warum sind denn die Rolläden unten?« Mechthild zog ihren Mantel aus und hängte ihn an die Flurgarderobe. »Hier ist es ja dunkel wie im Grab!«

»Das haben wir alles dir zu verdanken, liebe Mechthild.«

Mechthild hasste es, wenn Giselher in dieser süßlich-falschen Art »liebe Mechthild« zu ihr sagte.

Sie war nicht lieb, jedenfalls nicht mehr, und sie fand sein Lächeln und sein »liebe Mechthild« zum Kotzen verlogen.

»Das musst du mir erklären, lieber Giselher.« Mechthild spürte schon wieder die nackte Wut in sich hochsteigen. Dass sie die Spitzelrechnung bezahlen sollte, war schon pervers genug, aber wieso sollte sie schuld sein an der Bombenalarmstimmung im Haus?

»Dass uns Tag und Nacht die Paparazzi belagern, habe ich dir ja schon am Bahnhof gesagt.«

»Dann geh raus und rede mit ihnen! Wir sind hier in Gütersberg und nicht in einem Cowboyfilm!«

»Damit sie mich abschießen können, was? O nein, liebe Mechthild, so dumm bin ich nicht.«

»Aber dumm genug, um den Kindern Angst einzujagen. Oder meinst du, sie nehmen keinen seelischen Schaden, wenn du hier Atomkriegstimmung verbreitest?«

»Wem wir das verdanken, liebe Mechthild, das wissen wir ja.«

Immer wenn Giselher kein Argument mehr hatte, verkroch er sich hinter der beliebten Schuldzuweisung, verbunden mit einem schleimigen »liebe Mechthild«.

Mechthild würgte an Tränen der Wut. Sie wollte Giselher so

gern verlassen. Aber das ging nicht, wegen der Kinder. Und natürlich auch wegen ihres verdammten Ministerinnenpostens. Aber der war ihr auf einmal herzlich egal. Es ging um ihr Leben. Und um das ihrer Kinder.

Ganz deutlich spürte sie, dass sie sofort etwas an ihrem Leben ändern musste. Sie hatte sich viel zu lange auf diesen faulen Kompromiss eingelassen. Die Karriere war nichts als eine Flucht, damit ihr Leben einen Sinn hatte. Sie war jahrelang mit Scheuklappen herumgelaufen. Ab sofort war ihr ihre Karriere gleichgültig. Aber das Leben ihrer Kinder sollte nicht am seidenen Faden hängen.

»Mama! Da bist du endlich wieder!« Adrian, der Fünfjährige, kam aus seinem spärlich beleuchteten Zimmer gerannt, wo er, wie auch seine Brüder, Tag und Nacht am Computer saß und Nintendo spielte. »Mama, es ist so schrecklich langweilig ohne dich!«

»Wir machen jetzt als Erstes mal Licht«, sagte Mechthild entschlossen. Gemeinsam mit ihren Söhnen zog sie die Rolläden auf. »Wir sind ja nicht im Krieg!«

»Aber Papa sagt, sie schießen uns ab!« Adrian bibberte vor Angst. Er klammerte sich an Mechthilds Hosenbeine.

»Mit Fotoapparaten vielleicht, aber nicht mit Gewehren!«

»Papa hat gesagt, das ist lebensgefährlich für uns!«

»Papa macht euch da ein bisschen Angst ...« Mechthild sandte dem stumm an der Wand Lehnenden einen wütenden Blick. War er wirklich so feige oder hatte er Spaß daran, die Kinder auf diese für sie undurchschaubare, subtile Weise zu quälen?

Sein ständiges »Das verdankt ihr alles der Mama« hatte etwas Armseliges.

Sie riss die Fenster auf und ließ die Frühlingsluft herein.

Tatsächlich. Da lauerten ein paar Gestalten in den Büschen, und leider auch auf dem Garagendach der Nachbarn. Selbst im Dachfenster des gegenüberliegenden Hauses sah sie die Linse einer Kamera blitzen.

»Die sind doch alle nicht ganz dicht«, rief Mechthild entsetzt. »Die gefährden ja auch noch die Nachbarskinder! Hier gibt es nichts zu sehen, Herrschaften! Lasst unseren Kleinstadtfrieden in Ruhe!«

»Nun, nicht ich habe unseren Kleinstadtfrieden gestört. Das verdankt ganz Gütersberg dir, liebe Mechthild. Möchtest du einen Kaffee, liebe Mechthild?« Giselher hielt seiner Gattin eine Tasse Kaffee hin. Es war das erste Mal seit zweiundzwanzig Jahren, dass er ihr einen Kaffeebecher reichte. Aber es war der falsche Moment.

Die liebe Mechthild hätte dem falschen Giselher gerne den Kaffee ins Gesicht geschüttet, aber stattdessen öffnete sie weit die Terrassentür und trat hinaus. Sofort regte es sich in den Büschen und das Dachfenster des gegenüberliegenden Hauses schob sich auf.

»Kinder, setzt euch eure Karnevalsmasken auf und nehmt eure Wasserpistolen!«, rief Mechthild. »Alles was sich in den Büschen bewegt, darf abgeschossen werden!«

Die Jungen stürmten mit übermütigem Jubeln an die frische Luft. Endlich war die Mama wieder da und der spießige Muff, der hier geherrscht hatte, war verflogen.

Mechthild ging mit verächtlichem Blick an Giselher vorbei, der immer noch mit seinen zwei Kaffeetassen im Türrahmen lehnte.

»Hey, Leute«, rief sie in die Büsche hinein. »Ich will mit euch reden!«

Sofort raschelte es und drei Burschen in Lederjacken und mit dicken Kameras krochen hervor. Sie rieben sich die schmerzenden Glieder und streiften sich altes Laub von den Kleidern.

»Ich weiß, ihr macht hier nur euren Job«, sagte Mechthild und gab jedem die Hand. »Hallo. Ich bin Mechthild Gutermann und wie heißen Sie?«

»Erwin Meister«, sagte der Dicke, vor dessen Bauch mindestens drei Kameras baumelten. »Ich gebe Ihnen gleich mal meine Karte, vielleicht können wir mal 'ne schöne Homestory machen.« Ihm war das Ganze sichtlich peinlich.

»Dirk Duckmann«, sagte der Zweite. »Tut mir Leid, dass wir Sie belästigen müssen, aber Dienst ist Dienst und Schnaps ist Schnaps.«

Der dritte murmelte ebenfalls seinen Namen und verschanzte sich gleich in seinem Auto, wo er in sein Handy sprach.

»Mein Mann ist im Umgang mit der Presse etwas unbeholfen«, sagte Mechthild. »Es ist sicherlich nicht sinnvoll, hier seit Tagen die Rollläden unten zu lassen.«

»Nee, Ihre Kinder tun uns auch echt schon ganz schön Leid«, sagte Dirk Duckmann. »Ich hab auch so 'ne Lütte zuhause, der könnt ich das nicht antun.«

»Also, warum verzieht ihr euch dann nicht einfach?«

»Na ja, Sie sind ja schon ganz oben jetzt in den Schlagzeilen, und so 'n Foto von Ihnen und Ihrer Familie wär schon der Knaller.«

»Tut mir Leid«, sagte Mechthild. »Aber da ist nichts zu machen.«

»Aber gute Frau! Wenn Sie sich mit Ihrem Mann fotografieren lassen, Arm in Arm, vielleicht bei einem Frühlingsspaziergang durch Ihren Garten, dann sind doch alle ... ähm ... Gerüchte über diverse Affären ... mit einem Reiseleiter oder so ... aus der Welt.«

»No way«, erwiderte Mechthild knapp.

»Aber ein Foto mit Ihnen und Ihren Kindern wär natürlich schon der Oberhammer«, sagte der, der vom Telefonieren aus seinem Auto kam. »Immerhin steht überall zu lesen, Sie hätten Ihre Kinder verlassen.«

»Die Kinder werden auf keinen Fall da mit hineingezogen«, entschied Mechthild. »Und eine hübsche Homestory könnt ihr euch an den Hut stecken.«

»Nee, ist klar«, sagte betroffen Erwin Meister, der sich verlegen die Stirn kratzte. »Obwohl das natürlich für Sie nicht schlecht wäre, jetzt so kurz vor der Hessenwahl.«

»Ja, Sie sollten Ihr Image wieder geraderücken. Dankwart Grammatke, mein Chef von *Pralles Leben*, gibt Ihnen jetzt die Chance dazu.« Der Typ, der telefoniert hatte, kam sich richtig großzügig vor.

»Ich hab schon genug Streß«, sagte Mechthild. »Ihr gefährdet nicht nur meine Kinder, sondern auch die Kinder der Nachbarschaft. Ihr könnt mich fotografieren, wo immer ihr wollt. Aber ihr zieht aus dieser Straße ab.«

»Klar, das ist ein Deal«, murmelten die Fotografen. »Ist gar nicht lustig, stundenlang hier in den Büschen zu hocken. Aber unsere Auftraggeber wollen Bildmaterial, so ist das nun mal.«

»Ich weiß«, sagte Mechthild. »Jeder von uns will auf seinem Gebiet gute Arbeit leisten. Wer von euch hat noch Kinder?«

»Wir alle drei.«

»Dann kann ich mir weitere Erklärungen sparen. Wann und wo wollt ihr mich?«

»Frau Gutermann, könnten wir Sie mit Ihrem Mann haben? Beim Spazierengehen auf dem Marktplatz? Schöne Versöhnungsszene, so in der Art? Das wär der Knaller, dann wär Ihr Image mit einem Mal wieder okay und die Hessenwahl wäre auch gerettet.« Erwin Meister wischte sich den Schweiß von der Stirn.

»Nein. Wie ich schon sagte. No way. Außerdem, selbst wenn ich wollte: Mein Mann scheut die Presse.«

»Das haben wir gemerkt«, grinsten die Lederbejackten.

»Dabei haben wir ihn natürlich doch erwischt«, sagte der eine. »Unser Kollege oben im Dachfenster hat sein Zielfernrohr direkt auf euer Badezimmer!«

»Kommt, lasst den Mist«, sagte Mechthild. »Morgen früh um zehn stehe ich auf dem Marktplatz. Und jetzt geht nach Hause. Ist ja kalt!« Sie ging ins Haus zurück.

»Gar nicht so schlecht, die Alte«, murmelte einer der Fotografen, als er sein Stativ zusammenschraubte.

»Nur 'ne Scheißfrisur«, meinte der zweite. »Das müsste ihr mal einer sagen.«

»Johannes?!«

Der Zivi im weißen Kittel putzte gerade das Waschbecken.

»Komm mal her, Junge.« Wilma konnte immer noch nicht richtig sprechen, weil das Zahnprovisorium in der geschwollenen rechten Wange schmerzte.

»Ja?«

Wilma drückte dem jungen Kerl einen Fünfzigmarkschein in die Hand, den sie vorher mühsam mit der unverletzten Linken aus der Handtasche gekramt hatte.

»Ich weiß, dass ich nicht Zeitung lesen soll. Aber du holst mir jetzt ganz unauffällig die *So ein Sonntag*, okay?«

»Ich weiß nicht, Frau von der Senne …« Der Zivi, der unter heftigem Aknebefall litt, errötete vor Stress. »Die Schwestern und Ärzte sagen, dass es besser für Sie ist, wenn Sie's nicht lesen.«

»Dann eben hundert.« Wilma kramte mit der Linken entschieden in ihrer Handtasche herum. Die Rechte war in Gips, ebenso wie ihr rechtes Bein.

»Und jetzt mach schon, Kleiner.«

»Und wenn einer nach mir fragt?«

»Dann sag' ich, du bist pinkeln. Hau schon ab, bevor ich's mir anders überlege!«

Der Zivi trollte sich. Hundert Mark! Für einmal zum Kiosk laufen! Dafür musste er eine ganze Woche Bettpfannen putzen.

Gerade als er auf dem Gang der siebten Etage den Fahrstuhl rufen wollte, fiel sein Blick auf eine zusammengeknüllte *So ein Sonntag* im Papierkorb auf dem Gang.

Er zog sie hervor, glättete sie und grinste. So leicht hatte er noch nie hundert Mark verdient.

Zwanzig Sekunden später war er schon wieder im Krankenzimmer.

»Das ging ja schnell«, freute sich Wilma. Sie stand unter starken Schmerzmitteln, so dass sie relativ frei atmen konnte. Sie riss dem Burschen die Zeitung aus der Hand und faltete sie auf, so gut das mit der unversehrten linken Hand möglich war.

Ihr Blick fiel auf das Titelblatt.

Mechthild – du Schlampe!, stand da in riesigen roten Buchstaben. *Familienministerin zerstört ihre eigene Familie!* Das Foto von Mechthild Gutermann nahm über die halbe Titelseite ein. Über ihrem Gesicht war ein »ungültig«-Stempel: *Wegen Unglaubwürdigkeit außer Dienst.*

Darunter stand: *Sie tat immer so, als könne sie kein Wässerchen trüben; aber die biedere Mechthild hat's faustdick hinter den Ohren. Sie betrog ihren Mann mit dem »obergeilen Henry« und überließ ihn und drei Kinder kaltherzig ihrem Schicksal ... Lesen Sie weiter auf Seite 6.*

»Verdammte Schweinerei«, murmelte Wilma fassungslos. »Das hab ich wirklich nicht gewollt!«

»Bitte, was?« Das Jüngelchen putzte noch immer am Waschbecken herum.

»Komm mal her und blättere mir das auf Seite sechs auf.«

»Ja, aber ... wenn jetzt einer reinkommt!«

»Mach schon!«

Der Zivi blätterte mit zitternden Fingern die *So ein Sonntag* um. Gerade als er auf Seite vier war, fiel Wilmas Blick auf ihr eigenes Bild.

»Halt! Stopp!« Ihre linke Hand sauste auf das Zeitungspapier.

»Oh«, entfuhr es dem Zivi. »Das sind ja Sie!«

Wilma fühlte zum ersten Mal im Leben den Schmerz, den Schreck, die nackte Angst, die einen anfällt wie ein Raubtier aus dem Hinterhalt, wenn man sein eigenes Bild unvorbereitet in einer Zeitung sieht.

Starreporterin verursachte unvorstellbare Katastrophe!

Wilmas Finger zitterten. Sie beugte sich näher über den Artikel.

60 Kinder kämpfen um ihr Leben! Wilma glaubte ihren Augen nicht zu trauen.

Eltern verklagen das Hochglanzblatt ELITE: Die viel beschäftigte Starreporterin Wilma v. d. S. stand mit ihrem PKW rücksichtslos quer auf den Straßenbahnschienen, während sie via Handy ihrer Sekretärin einen Artikel diktierte. »Das muss unbedingt noch heute ins Blatt«, waren ihre letzten Worte, so die Aussage ihrer Kollegin Alexia Schmieke, die das Telefonat ahnungslos entgegennahm. Gemeint war der knallharte Verriss der Familienministerin Mechthild Gutermann, die durch eine Liebesaffäre mit einem Dolmetscher kurz vor dem Hessenwahlkampf von sich reden machte (SO EIN SONNTAG berichtet auf der Titelseite). Wilma v. d. S. hatte noch nicht mal mehr die Geduld, selbst in die Redaktion zu fahren, um dort ihren Artikel persönlich abzuliefern. So sehr war sie darauf erpicht, die intimsten Geheimnisse der Familienministerin auszuplaudern! Das Leben von 60 unschuldigen Schulkindern war ihr schlichtweg egal! Doch Hochmut kommt vor dem Fall: Die vollbesetzte Straßenbahn, die von rechts kam, zerschmetterte der telefonierenden Reporterin die rechte Körperhälfte. Mit einer halbseitigen Lähmung, grässlichen Gesichtsverstümmelungen und mehreren Knochenbrüchen liegt sie in ebenjenem Krankenhaus, in dem auch die 60 kleinen Unfallopfer um ihr Leben kämpfen. Helmut Rosskopf, der Herausgeber von ELITE, in einer Stellungnahme gegenüber SO EIN SONNTAG: »Die verantwortungslose Mitarbeiterin ist natürlich ab sofort vom Dienst suspendiert! Unser topaktuelles Blatt ist für brandheiße Berichterstattung bekannt, aber wir gehen nicht über Leichen.« Für die kleinen Unfallopfer und ihre überforderten Eltern ist das ein schwacher Trost.

»Und wer hilft uns?«, fragt Regina K., Mutter von elfjähri-gen Zwillingen, die in der Unglücksbahn gesessen haben. SO EIN SONNTAG hat nun eine Spendenaktion ins Leben gerufen. »Die Lage ist unverändert ernst«, gibt Professor Dr. Stephan Hunklinger zu Protokoll, »wir brauchen jede müde Mark.«

Allein für die psychologische Beratung der Eltern, für die Bewegungstherapie und für die Privatlehrer, die die verletzten Kinder ab sofort im Krankenhaus unterrichten sollen, werden Hunderttausende von Mark veranschlagt. »Das kann Frau v. d. S. niemals wieder gutmachen«, weint die Elternratsvorsit-zende Sabine P., deren kleiner Sebastian sich heftige Prellun-gen am Oberschenkel zugezogen hat. Einige erregte Väter sprachen gar von Lynchjustiz. »Früher hätte man mit so einer kurzen Prozess gemacht«, sagte Friedrich H., ein rechtschaf-fener Justizbeamter aus München-Riem. »Heutzutage kommt eine mehrfache Kindermörderin ungeschoren davon!« In aku-ter Lebensgefahr schwebt allerdings niemand mehr. Die neue Familienministerin Renate Brenneis wird für den heutigen Sonntag zu einem Besuch der kleinen Unfallopfer und ihrer Eltern im Unfallkrankenhaus Rechts der Isar erwartet. Das Krankenzimmer der Täterin, die nun selbst zum Opfer ge-worden ist, liegt in einem abgeschirmten Sicherheitstrakt und wird streng bewacht.

Wilma starrte den Zivi an.

»Haben Sie das gewusst?«

»Nicht so direkt«, sagte der Zivi schuldbewusst, indem er den Hunderter in seinen verschwitzten Händen drehte. »Jetzt kacken Sie mir bloß nicht ab. Sonst kann ich echt Ärger kriegen.«

Der Flughafen von San Francisco war ganz neu.

»Das sieht ja völlig verändert aus«, rief Raimund seiner Schwester zu, als diese ihn und die Mädchen in Empfang nahm.

»Kinder, das ist eure Tante Linda.«

»Na, das war bestimmt ein langer Flug.« Linda, eine gutmütige Mollige in den Sechzigern, recht farbenfroh gekleidet und braun gebrannt, beugte sich zu den Kindern herab, nachdem sie Raimund umarmt hatte. »Mädchen! Nun lerne ich euch endlich mal kennen!«

Sophie und Ann-Kathrin drückten sich halb verschämt, halb erleichtert an den üppigen Busen der fremden Frau, die ihre Tante war, und ließen die feuchten Begrüßungsküsse über sich ergehen.

»Was Ihr aber auch so alles anstellt!« Linda nahm die Mädchen an die Hände und strebte dem Ausgang zu. »Da hattet ihr einen Straßenbahnunfall! Wie gut, dass nichts Ernstes passiert ist!«

»Nein, nur der Mama geht es schlecht.«

»Sie schläft nur immer im Krankenhaus. Wir konnten sie noch nicht mal besuchen.«

»Die Kinder brauchen Abstand«, sagte Raimund, der den Gepäckwagen schob.

»Wir müssen den Shuttlebus zum Parkhaus nehmen! Hier ist alles so riesig!« Linda ging unternehmungslustig voraus. »Aber in Sausalito wird es euch gefallen! Joe und ich haben ein riesiges Haus, hoch auf dem Felsen, mit Blick auf den Pazifik!«

»Geil«, sagte Sophie und »krass«, sagte Ann-Kathrin.

»Wir müssen dieses Schuljahr nicht mehr in die Schule, hat der Papa gesagt.«

»Na, das ist ja toll, Kinder! Hier in den Staaten sind sowieso ganz lange Sommerferien!«

»Die Kinder brauchen Ruhe«, sagte Raimund.

Die vier bestiegen den Shuttlebus, in dem schon einige fette Amerikanerinnen saßen. Sie hatten grellbunte Leggings an, die jede Delle ihrer ausladenden Körper abmalten. Ihre riesigen Füße steckten in ausgetretenen Badelatschen. Ihr Gepäck hatten die Damen in schrillfarbigen Plastiktüten untergebracht.

Ann-Kathrin und Sophie starrten sie an.

»Tja, hier habt ihr viel zum Staunen«, freute sich Linda. »Hier in Amerika gibt es wahnsinnig viele Dicke.«

»Boah, ist die fett«, raunte Ann-Kathrin. »E-kel-haft.«

»Kommt, Kinder, wir gehen weiter nach vorn!«

Raimund stemmte die Koffer in den Bus. Der Schweiß lief ihm in Strömen von der Stirn.

»Ihr habt aber auch ein Gepäck!« Linda war ganz aufgeregt. »Als wolltet ihr für immer bleiben!«

»Bleiben wir auch«, sagte Sophie. »Hat Papa gesagt.«

»Was? Raimund, ist das wahr?«

»Na ja«, sagte Raimund. »Dieses ewige Regenwetter in München und dann der Stress – es kann sein, dass ich mich jetzt zur Ruhe setze.«

»Was? So plötzlich? In deiner Weihnachtskarte hat doch gestanden, dass du in Deutschland als Scheidungsanwalt jetzt überall in den Medien bist.«

»Lass uns später darüber reden.« Raimund ließ sich schnaufend auf den Sitz fallen.

»Aber was ist mit deiner Kanzlei?«

»Die teuerste Kanzlei in ganz Deutschland!« Raimund blähte sich vor Stolz. »Wer sich bei mir scheiden lässt, war zumindest vorher Millionär!« Er ließ sein bollerndes Lachen los.

»Und jetzt bist du einer?« Linda war stolz auf ihren Bruder. Sie hakte sich unter.

»Die Kanzlei Wolf hab ich zum Erfolg gebracht«, sagte Raimund. »Ich würde sagen, das läuft in Zukunft auch ohne mich.«

»Du willst freiwillig diese Goldgrube verlassen?«, bohrte Linda. »Raimund, da ist doch irgendwas faul!«

»Es gibt im Leben Wichtigeres als die Karriere.« Raimund streichelte liebevoll Sophies nackten Oberarm.

»Und die Mama?« Sophie schüttelte seinen Arm ab.

»Ja«, rief Linda eine Spur zu laut. »Wann kommt denn Wilma rüber?«

»Mal sehen«, sagte Raimund vage. »Im Moment ist sie noch nicht abkömmlich.«

»Stimmt etwas nicht?«, fragte Linda besorgt. »Ich meine, sie wird doch wieder gesund ...?«

Raimund warf einen bedeutungsvollen Blick auf die Kinder.

»Nicht jetzt.«

Endlich fuhr der Shuttlebus los.

Als die vier eine halbe Stunde später in Lindas Jeep bei strahlend blauem Himmel über die orange-rot leuchtende Golden Gate Bridge in Richtung Sausalito fuhren, fühlte sich Raimund zum ersten Mal seit Tagen wieder halbwegs wohl.

Er warf einen zärtlichen Blick auf seine Töchter, die auf der Rückbank saßen.

Jetzt hatte er endlich richtig viel Zeit für sie.

»Gnädige Frau, ich muss Ihnen ein Kompliment machen.«

Dankwart Grammatke, Chefredakteur von *Pralles Leben* küsste Nicole Nassa formvollendet die Hand. »Wenn ich mir die Bemerkung erlauben darf, ohne Ihnen zu nahe treten zu wollen: Sie sehen umwerfend aus.«

»Danke.« Nicole Nassa schlug ihre netzbestrumpften Beine übereinander und steckte sich mit sinnlicher Geste eine Zigarette zwischen die Lippen. Sie verkniff sich ein zufriedenes »Ich weiß«.

Grammatke beugte sich charmant vor und gab ihr mit einem goldenen Yves-Saint-Laurent-Feuerzeug Feuer. Er hatte sehr gepflegte Hände, die sorgfältig manikürt waren und nach einer kamilligen Handcreme rochen.

Nicole Nassa registrierte dies mit gekonntem Augenaufschlag. Ihre Wimpern klebten vor schwarz glänzender Wimperntusche. Dieser Kerl hier war doch schon ein ganz anderes

Kaliber als der klebrige fette Rolf Bierbaum, der ihr höchstens mal sein lila Plastikfeuerzeug in den Schoß warf.

Sie hatte sich mit gutem Grund wie eine Dame verkleidet: Grammatke hatte sie in das »Vier Jahreszeiten« in Hamburg zum Diner eingeladen. Da saßen sie nun bei Champagner und Canapés und genossen den Blick auf die Alster. Draußen grünte und blühte es – der April neigte sich dem Ende zu. Überall blühten die wilden Kirschen.

Nicole Nassa wusste sehr wohl, dass dieser Grammatke mehr von ihr wollte, als ihr bloß auf die Beine zu schauen.

Der weiß livrierte Kellner erschien mit den in Leder gebundenen Speisekarten. »Wünschen die Herrschaften zu dinieren?«

»Später«, sagte Grammatke und winkte den Bediensteten mit einer nachlässigen Geste fort. »Wir haben zuerst etwas zu besprechen.«

Aha, dachte Nicola Nassa. Wenn das Geschäft zustande kommt, dann ist ein Diner im Spesenplan inbegriffen, sonst bleibt es bei Champagner und Häppchen.

»Was haben wir denn zu besprechen?«, fragte sie kokett, während sie den Rauch ihrer Zigarette über den Tisch blies.

»Kommen wir gleich zum Punkt«, sagte Grammatke. »Wir Journalisten reden ja nie lange um den heißen Brei.«

»Es sei denn, die Umstände erfordern es«, entgegnete Nicole Nassa keck.

Grammatkes Augen ruhten wohlgefällig auf der grazilen Person, die ihre pechschwarzen Haare heute zu einem glänzenden Knoten gebunden hatte.

»Ja, so eine Mitarbeiterin wie Sie kann ich mir sehr wohl im Stab unserer Redaktion vorstellen. Sie sehen hervorragend aus, Sie haben Manieren, Sie sind charmant und gebildet, und vor allen Dingen: Sie haben eine phantastische Schreibe.«

Nicole hob ihre rechte Augenbraue und ihren linken Mundwinkel: »So? Habe ich das?«

»Also, lassen Sie uns ganz offen reden. Die Titelstory in *So ein Sonntag*, über Mechthild Gutermann, die ist nicht von Hajo Haimann, sondern von Ihnen. Wissen Sie, wie viel Macht Sie haben, Nicole? Sie haben die Familienministerin gestürzt. Sie allein. Herzlichen Glückwunsch.«

»Wie kommen Sie darauf?« Nicole Nassa versuchte, sich ihre Überraschung nicht anmerken zu lassen. Sie hatte Hajo Haimann die Geschichte verkauft, für hunderttausend schwarze Märker. Diese ruhten bereits auf ihrem Konto in der Schweiz. Aber sie hätte nicht gedacht, dass Hajo das in der Branche herumerzählen würde.

»Seien Sie ganz unbesorgt, liebe gnädige Frau. Hajo Haimann und ich sind gute alte Freunde, wir spielen zusammen Golf.«

»Hat er es Ihnen etwa gesagt?« Nicole errötete unter ihrem Make-up. »Ich meine, er hat die Geschichte schließlich mit seinem Namen unterschrieben ...«

»Hajo und ich haben keine Geheimnisse voreinander.« Grammatke schenkte Nicole einen tiefen, zweideutigen Blick, der auf ihrem etwas zu gewagten Dekolleté hängen blieb. Nicole war nicht mehr die Jüngste und den knallengen Body von Wolford, der viel zu weit ausgeschnitten und dann auch noch durchsichtig war, hätten böse Zungen auch als geschmacklos bezeichnen können.

Nervös sog Nicole an ihrer Zigarette. »Bevor Sie weiterreden, Herr Grammatke, ich möchte auch Ihnen eine exklusive Geschichte anbieten.«

»Und das wäre?«

»Ein Exklusivinterview mit Wilma von der Senne.«

»Sorry, meine Liebe, aber das klingt so unwahrscheinlich, als hätten Sie Lady Di im Jenseits interviewt. Wilma von der Senne liegt im Sicherheitstrakt!«

»Ich habe sie interviewt. Exklusiv. Unter Freundinnen.«

»Warum verkaufen Sie das nicht an *So ein Sonntag*?

Weil Hajo Haimann ein Arschloch ist, hätte Nicole Nassa am liebsten gesagt. Aber das verkniff sie sich natürlich. »Weil ich mit einem so seriösen, geschmackvollen Blatt wie *Pralles Leben* arbeiten möchte und nicht mit einem Blatt, das für seine Storys über Leichen geht.«

»Das hört sich phantastisch an, meine liebe Frau Nassa. Aber was ich Ihnen nicht ganz glauben kann: Wilma von der Senne sollte tatsächlich unter vier Augen mit Ihnen gesprochen haben?«

Nicole lächelte geheimnisvoll. Sie bückte sich und kramte in ihrer Straußenlederhandtasche.

Grammatke quollen schier die Augen aus dem Kopf, als er auf ihren Busen starrte, der ihr bei dieser Turnübung fast aus dem Wolfordfetzen fiel.

»Hier«, sagte Nicole, als sie sich wieder aufgerichtet hatte. »Auf diesem Tonband ist es drauf.«

»Sie hat es zugelassen, dass ein Band mitläuft? Das kann ich gar nicht glauben. Die Frau ist viel zu medienerfahren. Die arbeitet doch selber mit den abgefahrensten Tricks. Selbst für viel Geld hätte sie so was nicht gemacht.«

»Sie ist so klein mit Hut.« Nicole zeigte mit Zeigefinger und Daumen, wie sie das meinte.

»Aber so eine Wilma von der Senne spricht doch nicht mit ... Entschuldigung ... mit einer ... Nicole Nassa!?«

Nicole nahm diese Ohrfeige gelassen hin. »Ich hab mich ein bisschen verkleidet.«

»Sie sind aber auch ...« Grammatke grinste begeistert. »Als was? Als Krankenschwester vielleicht? Zuzutrauen wäre es Ihnen.« Er lachte meckernd. »Schwester Nicole ...«

»Egal. Berufsgeheimnis. Sie hat mir jedenfalls ihr Herz ausgeschüttet.«

»Stichwort?«

»Sie macht sich Gedanken um ihre Zähne und um Schönheitsoperationen. Wie viel so eine Gesichtsoperation kostet und so. Kein einziges Wort über die verletzten Kinder.«

»Toll. Eine Superstory.«

»Sie sagte wörtlich: Ich habe keine Lust, über meine Kinder nachdenken. Sie hat noch nicht mal gewusst, dass ihre eigenen Kinder in der Straßenbahn saßen.«

»Eine gewissenlose, eiskalte Frau!«

»Das wäre zum Beispiel eine Überschrift. Aber es gibt noch Besseres!«

Grammatke griff nach dem Tonband: »Gesetzt den Fall, es taugt was. Wie viel?«

»Hunderttausend«, sagte Nicole. »Schwarz. Auf mein Schweizer Konto.«

Grammatke nickte anerkennend mit dem Kopf. Genauso hatte Haimann diese Ratte geschildert. Skrupellos, schamlos, geldgeil, verlogen. Von wegen, wir gehen nicht über Leichen. Diese Reporterratte balancierte regelrecht auf Kadavern.

Und wenn er es drauf anlegte, würde sie auch mit ihm ins Bett gehen. Das käme ihn vielleicht billiger. Grammatke fummelte nervös an seiner Krawatte herum.

»Wir sind nicht *So ein Sonntag*, sagte er schließlich. *Pralles Leben* hat zwar auch eine Auflage von drei Millionen, aber solche Honorare können wir uns nicht leisten.«

»Machen Sie mir ein anderes Angebot.« Nicole Nassa spürte, dass sie Grammatke schon an der Angel hatte.

»Ich überlege die ganze Zeit, womit ich Sie glücklich machen könnte ...«

»Jedenfalls nicht wie Haimann ...«

Grammatke stieß wie zufällig mit seinem Fuß an ihr netzbestrumpftes Bein.

Sie nahm das sehr wohl zur Kenntnis. Strategiewechsel. Jetzt musste sie von der Bittstellerin zur Bedingungsstellerin wechseln.

»Herr Grammatke, machen Sie mir nun ein seriöses Angebot oder nicht? Ich würde sonst meine Zeit anderweitig verbringen ... ich habe zu tun. Wie Sie wissen, bin ich allein er-

160

ziehende Mutter ...« Die Masche zog. Grammatke beeilte sich zu sagen: »Ich möchte, dass Sie für meine Zeitung arbeiten.«

Na also. Genau das hatte sie gewollt! Aber offiziell wollte sie für's Erste bei *Neuer Tratsch* bleiben. Das Image der unschuldig in Not geratenen »Journalistin für Arme« gab sie nicht freiwillig wieder her. Hans-Heinrich musste löhnen und sie wurde von allen Dumpfbacken des Landes als schwarze Witwe geliebt.

»Das geht nicht, ich bin fest angestellt.«

»Das ist mir bekannt. Aber das sind ja Perlen vor die Säue, meine liebe gnädige Frau!«

»Tut mir Leid, ich kann dort nicht kündigen.«

»Aber natürlich können Sie das!«

Grammatke winkte dem Kellner, der sofort herbeischoss, und bedeutete ihm, er möge die Champagnergläser neu füllen.

Nicole trank einen Schluck. Sie musste Zeit gewinnen. Einerseits war es das Beste, was ihr passieren konnte, wenn dieser Grammatke ihr den Job bei *Pralles Leben* anbot. Danach kam nur noch *Die ganze Wahrheit* und *Elite*. Abgesehen von *Feuer*, aber das war eher ein Polit- und Wirtschaftsmagazin, dessen Kolumne ein spitzzüngiger Fernsehmoderator namens Holger Matt schrieb. Auf den Job hatte sie im Leben keine Chance.

Andererseits bestand mit Rolf Bierbaum ein Dreijahresvertrag. Um den hatte sie unter Tränen gewinselt! Bierbaum hatte sie nämlich nur als freie Mitarbeiterin einstellen wollen, aber Nicole hatte die Geschichte mit ihrer unehelichen Tochter Hannah so herzzerreißend geschildert, dass Bierbaum schließlich nachgegeben und sie für drei Jahre fest angestellt hatte. Daraufhin hatte sie wenigstens die Wohnung in der Miesestraße anmieten können. Wer hätte denn ahnen können, dass sie bereits nach fünf Wochen die Karriereleiter hinauffallen würde?

»Ich bin ein treuer Mensch, Herr Grammatke. Mein Chef bei *Neuer Tratsch* hat mir mal in einer schwierigen Situation geholfen. Ich war obdachlos und musste fast ins Gefängnis, weil ich die Kredite für unsere Villa an der Alster nicht zurückzahlen konnte. Nun möchte ich Bierbaum nicht hängen lassen...« Nicole presste ein paar Tränen hervor. Sie wusste genau, dass die »Ich-bin-ein-armes-schwaches-Weibchen-Nummer« bei den Kerlen immer noch zog.

»Wir werden alles erdenklich Mögliche für Sie und Ihre Tochter tun...«

Nicole drückte ihre Zigarette aus und fingerte in ihrer Straußenlederhandtasche nach einem Taschentuch. »Ich schulde Hannah eine sorgenfreie Kindheit.«

»Wir würden Ihnen natürlich finanziell nach besten Kräften behilflich sein.«

Nicole tupfte sich die Augen. »Nein, ich möchte nicht um Almosen bitten...«

»Aber liebe gnädige Frau! Ihnen scheint nicht bewusst zu sein, das die Auflage von *Neuer Tratsch* sich durch Ihr Wirken, verehrte Frau Nassa, binnen fünf Wochen verdoppelt hat!«

»O doch«, sagte Nicole mit brüchiger Stimme. »Aber ich tue nur meine Pflicht...«

»Sehen Sie, und wir wollen nur bewirken, dass eine Frau wie Sie, mit solchen Prinzipien und solchem Ehrgefühl, eine so starke Mutter...« Er musste einen Schluck Champagner nehmen, um seine eigenen wachsweichen Worte besser runterspülen zu können.« Kurz und gut, wir wollen Sie. Ihre Kraft, Ihren Geist, Ihren Mut, Ihre moderne, offene und ehrliche Art zu denken, zu handeln und zu schreiben. Und natürlich auch Ihren Mut, in jeder noch so brisanten Situation dranzubleiben.« Er wedelte mit dem Tonband.

»Das wird Sie aber ein ziemliches Ablösesümmchen kosten«, lächelte Nicole sanft, während sie ihre Hand auf seine und damit auf das Tonband legte. Noch gehörte das gute Stück ihr!

»Dessen sind wir uns voll bewusst«, sagte Grammatke. »Mit Rolf Bierbaum wird unsere Rechtsabteilung schon fertig werden. Der hat so viel Dreck am Stecken, dass der sich kein Aufmucken erlauben darf. Ein Anruf bei Anwalt Herzog und der hat die nächste Klage am Hals.«

Nicole widersprach: »Nein, das möchte ich meinem Chef nicht antun.«

Grammatke nahm Nicoles kalte Hand vom Tonband und hielt sie fest. »Sehen Sie, solche Loyalität schätze ich. Was halten Sie davon, wenn Sie den Posten bei uns übernehmen, den Wilma von der Senne bei der *Elite* hatte? Sie werden freie Starkolumnistin, das heißt, wir zahlen Ihnen für jeden Artikel, für jedes Interview, für jede Kolumne siebentausend Mark. Netto. Bei größeren Aufwendungen wird das Honorar erhöht. Dazu kommen natürlich Reisekosten, Unterbringung in den besten Hotels, Flüge, Dienstwagen und so weiter. Eine Chefkolumnistin darf nicht zweiter Klasse reisen. Könnten Sie sich das vorstellen?«

»Darüber müsste ich nachdenken...« Nicole zog ihre Hand weg, schlug aber das linke über das rechte Bein. Grammatkes Augen saugten sich an ihren netzbestrumpften Oberschenkeln fest.

Nicole strich wie zufällig ihren knappen schwarzen Rock glatt. Sie wusste, dass er jetzt den engmaschigen Saum ihrer Strümpfe sehen würde.

»Was gibt es da noch nachzudenken, Frau Nassa?«

»Nennen Sie mich Nicole...« Nicole Nassa spielte mit ihrem Ohrgehänge und tat, als würde sie überlegen.

»Nicole. Wo ist das Problem?«

»Das Problem ist meine arme kleine Hannah. Wissen Sie, seit mein Mann uns verlassen hat, leben wir in einer bruchreifen Mietwohnung... Allein der Umgang, den meine Tochter haben muss...«

»Auch das ließe sich selbstredend ändern ...«

Nicole strich den Rand ihres Bodys glatt, der wie zufällig über die Schulter gerutscht war.

»Mit Hans Heinrich haben wir in einer prunkvollen Villa in Pöseldorf gelebt, mit zwei Bernhardinern und vier Hausangestellten. Und jetzt muss das arme Kind mit der S-Bahn zur Schule fahren und hat nur noch einen stummen Kanarienvogel ...«

»Das soziale Umfeld muss stimmen«, befand Grammatke. »Selbstverständlich können wir Ihnen keine Villa in Pöseldorf zur Verfügung stellen ...«

»Nein. Selbstverständlich nicht.« Nicole steckte sich erneut eine Zigarette zwischen die Lippen.

»Aber eine schöne geräumige Altbauwohnung an der Alster, mit Stuckdecken und hohen Fenstern, damit das Kind Luft zum Atmen hat, und auch eine angemessene Umgebung ...«

Grammatke beeilte sich, der Schönen erneut Feuer zu geben, und suchte nervös in seinen Jacketttaschen nach seinem goldenen Feuerzeug.

»Wir sind Ihnen selbstredend bei der Suche nach einem geeignetem Objekt behilflich. Unsere Starkolumnistin muss sich in ihrer Haut ja wohl fühlen, damit die Gedanken fließen können ...«

»Ich würde mich aber nicht mit Kleinvieh abgeben«, sagte Nicole. »Also ich schreibe nichts über drittklassige Starlets, die ihren Embryo an die Presse verkaufen. Und ich interviewe auch niemandem aus dem Big-Brother-Container.«

»Nein, um Gottes willen. Für solche Basisarbeiten haben wir unsere Volontärinnen.«

Endlich hatte Grammatke das Feuerzeug gefunden. Seine Finger zitterten leicht, als er an dem Rädchen drehte und die kleine, bläuliche Flamme aufflackerte.

Ich habe ihn, dachte sie triumphierend. Ich habe ihn! War doch ganz leicht!

»Also, liebe Frau Nassa, Sie geben mir dieses Tonband, und ich gebe Ihnen diesen Job.«

»Gesetzt den Fall, ich gehe auf Ihr Angebot ein: Wer ist mein erstes Opfer?«

Diesmal hielt Nicole Grammatkes Hand fest, während er ihr Feuer gab.

Wilma war in der Hölle.

Es gab keine einzige Zeitschrift, auf der nicht ihr entstelltes Gesicht auf dem Titelblatt war.

Am schlimmsten war dieser achtseitige Bildbericht in *Pralles Leben*.

Eine Frau entlarvt sich selbst! Was von der einstmals so beliebten Starkolumnistin übrig blieb. Karrierefrauen am Wendepunkt: Starkolumnistin Nicole Nassa besuchte Wilma von der Senne im Sicherheitstrakt des Krankenhauses. Niemand durfte zu ihr außer Nicole Nassa.

Wilma traute ihren Augen nicht. Sie sah ihr eigenes, entstelltes, verzerrtes Gesicht. Das Foto zeigte, wie sie gerade versuchte, aus einer Schnabeltasse zu trinken.

Die Strafe des Himmels, lautete die Bildunterschrift. *Die hochmütige Starkolumnistin, vor der einst alle Prominenten zu Kreuze krochen, ist nun für immer gebrandmarkt.*

Der Text von der Nassa jedoch war am schlimmsten: *Wilma von der Senne liegt in ihrem Erster-Klasse-Einzelzimmer. Leise huschen die Schwestern und Ärzte über den Gang, um die verwöhnte Privatpatientin nicht zu stören. Besuch empfängt sie nicht, weil sie sich Sorgen um ihr Aussehen macht. Nur Nicole Nassa, neue Starkolumnistin bei* PRALLES LEBEN, *eine enge Freundin der früheren Journalistin, gewährt sie eine Privataudienz. »Ich sehe schrecklich aus«, sagt sie selbstmitleidig und macht sich keinerlei Gedanken über die Schicksale der 60 verletzten Kinder, die sie alle auf dem Gewissen hat. Keine Fotos! »Ohne Zahnprovisorium kann ich gar nicht richtig lächeln!« Das sind die Probleme, die die einst zu verwöhnte*

Luxusfrau bewegen. Dass sie das Leben ihrer eigenen Kinder zerstört hat, interessiert sie nicht im Geringsten: »Ich möchte nicht darüber nachdenken«, sagt sie gelangweilt. »Wichtig ist mir nur, dass ich bald einen Termin beim Schönheitschirurgen bekomme.« Natürlich ist es unseren Fotografen Erwin Meister und Dirk Duckmann doch gelungen, ein paar Schnappschüsse aus dem Luxus-Krankenhaus-Dasein von Frau von der Senne einzufangen.

Dann folgten seitenweise Fotos von ihrem narbigen, entstellten Gesicht in Großformat. War das eine Fotomontage? Man hatte ihr eine Champagnerflasche auf den Nachttisch gemogelt.

Hauptsache, ich kann hier gut schlafen, sagte Wilma von der Senne zu ihrer Freundin Nicole Nassa. »Der Schönheitsschlaf ist jetzt das Wichtigste.« Schließlich will die prestigeverwöhnte Wilma wieder in den besten Gesellschaftskreisen verkehren. Aber will die beste Gesellschaft sie überhaupt noch? Alle ihre früheren Freunde sind entsetzt.

Nicht die Spur von schlechtem Gewissen, nicht die Spur von Reue. Und so einer kalten Frau hat früher unsere Prominenz vertraut! Wilma von der Senne ging bei allen Persönlichkeiten des öffentlichen Lebens ein und aus. Sie trank Kaffee bei Utz Pöcking, sie fuhr Boot mit Gernot Naumann, sie teilte sich das Ferienhaus auf Hawaii mit Hannelotte Elster, sie saß in der Sauna mit Bernhard Rademacher, sie hütete das Kind von Maja Büchs und ging zur Schwangerschaftsberatung mit Conny Zolpe, sie ist die Patentante der Kinder von Barbara Becker. Und nun? Welch ein Vertrauensbruch. Alle Prominenten sind fassungslos.

Und dann standen auf einer Doppelseite die Kommentare aller Promis. Angefangen von Utz Pöcking (*»Ich bin entsetzt und enttäuscht. Nie hätte ich so etwas von Wilma gedacht.«*) über Maja Büchs (*»Dieser Frau habe ich noch nie vertraut! Sie will nur ihre reißerischen Artikel! Für die Menschen hinter der* oberflächlichen Fassade interessiert sie sich nicht!«), von Conni Zolpe (»Sie hat versucht, mich zur Abtreibung zu überreden!«) über Container-Sascha (»Wer ist Wilma von der Senne? Diese Alte ist nicht in meiner Sammlung!«) bis hin zu seriösen Prominenten wie dem Wochenthemen-Moderator Wolfgang Kaluttke (»Mit Boulevardjournalismus gebe ich mich nicht ab.«) und dem großen Film-Produzenten Bernd Rademacher (»Bitte verschonen Sie mich, ich habe zu tun.«). Auch in Kollegenkreisen hatte man sich umgehört. »Wilma war sicherlich die Zielstrebigste von uns allen. Aber, wie heißt es so schön: Hochmut kommt vor dem Fall!« – Jochen Behrend von Die ganze Wahrheit.

Sandra Fleischmann von Meine Vorbilder und ich äußerte sich schon bissiger: »Ich verstehe überhaupt nicht, wie eine Frau ihre Mutterpflichten dermaßen vernachlässigen kann!«

Und Ariane Wassermann, die blonde TV-Moderatorin der Sendung Topaktuell wurde in Leute und Leben zitiert: »Ich habe sie schon immer für eine eiskalte Frau gehalten. Nun muss sie mit den Konsequenzen ihres Verhaltens leben. Und ihre Kinder wird sie nie wiedersehen.«

Alle waren sich einig: Diese Journalistin war eine Schande für die Branche und nie wieder würde einer von ihnen mit Wilma von der Senne sprechen. Sogar »Viola Ballmann-Islinke«, die nicht existierende Hobbypsychologin, hatte ihren Senf dazu gegeben!

»Wilma, komm zur Besinnung«, lautete ihr Kommentar. »Du warst ganz oben und bist ganz tief gefallen. Vielleicht ist das ja eine Chance. Denk über dich nach, Wilma. Zeit genug hast du ja jetzt! Ob du deinen Kindern jemals ihre verlorene Kindheit wiedergeben kannst, ist eine andere Frage. Sie sind sicher bei ihrem Vater besser aufgehoben.«

»Da steht die Schlampe!«

Mechthild Gutermann stand im Supermarkt an der Kasse.

Auf allen Zeitschriften war entweder ihr Gesicht oder das von Wilma von der Senne. Sie beide waren die Hexen der Nation. Dabei war die eine das Opfer der anderen gewesen. Nun waren sie beide Opfer. Sie hatten sich gegenseitig zu Fall gebracht.

Längst wurden sie miteinander verglichen: *Deutschland deine Rabenmütter!*

Zwei Schlampen am Karriereabgrund

Zwei Höllenweiber – vom Himmel gefallen!

Für ihre Karriere opferten sie die Familie!

Verlogen und egozentrisch: Mechthild Gutermann und Wilma von der Senne.

Zwei ehrgeizige Frauen am Tiefpunkt: der Preis der gnadenlosen Eitelkeit.

Die Ego-Mütter der Nation. Von Mechthild Gutermann bis Wilma von der Senne.

Soweit ihr Blick schweifte, war nichts anderes auf den Titelblättern der Zeitschriften zu sehen. Dabei hatte es in Indien ein grauenvolles Erdbeben gegeben, in Afrika war Hungersnot, in Sibirien waren bei minus 60 Grad Hunderte von Menschen erfroren, in Weißrussland wurden Millionen Tiere zu Tode gequält und in Deutschland tobte der Fremdenhass. Tausend Rinder waren wegen BSE-Verdachts getötet worden.

Keines von diesen Themen jedoch war auf irgendeiner Titelseite. Nur sie und Wilma von der Senne. Seufzend wandte sich Mechthild ab.

Keiner grüßte sie, keiner erwiderte ihr Lächeln. Für die Kleinstädter war sie Luft.

Sie lud ihre Waren auf das Band und packte sie anschließend in Plastiktüten. Es war ein ziemlich großer Einkauf: Cornflakes und Kartoffeln, Colakisten und Vollmilch, Tiefkühlpizza und Klopapier, Konservendosen und Fertiggerichte. Ihre drei

Söhne hatten Hunger bis unter die Arme und Giselher wollte sein alkoholfreies Bier.

Sie zahlte und schob ihren Einkaufswagen zum Auto. Dabei spürte sie förmlich im Nacken die bösen Blicke der Gütersberger Bürger.

Während sie noch daran dachte, dass sie gleich Adrian von der Musikschule abholen und bei der Gelegenheit mit ihm neue Gummistiefel kaufen würde, hörte sie auf einmal hämisches Gelächter.

Ihr Blick fiel auf ihren Kleinwagen, der am Rande des Supermarktparkplatzes stand. Die Windschutzscheibe war mit greller Farbe verschmiert. Ihr Herz klopfte wild, als sie versuchte zu lesen, was die Sprayer aus der rechten Szene ihr für eine Botschaft aufgesprüht hatten: »Negerhure, verpiss dich!«

Mechthild versuchte, tief auszuatmen. Sofort weg mit der negativen Energie. Tausendmal hatte sie in ihrer politischen Karriere mit Sprayern, Sprüchen und Schmierfinken zu tun gehabt. Sie hatte immer die Ruhe bewahrt. »Du darfst so etwas niemals persönlich an dich heranlassen«, hatten ihr die Kollegen immer wieder gesagt.

Aber dies hier, wie sollte sie das nicht persönlich nehmen! Ihr blieb schier die Luft weg.

Mit stoischem Gesicht schloss sie den Wagen auf und hievte die Lebensmittel und die Getränkekisten in den kleinen Kofferraum. Seit sie »vorübergehend beurlaubt« war, hatte sie wieder viel Zeit. Sie besorgte den Haushalt selbst und kümmerte sich wieder um die Kinder.

Plötzlich hörte sie hämisches Gekicher hinter den Müllcontainern.

Sollte sie die Bengel zur Rede stellen? So, wie sie vor einigen Wochen mit den Paparazzi in ihrem Garten gesprochen hatte? Einfach hingehen und mit ihnen reden?

Aber Mechthild spürte, dass sie keine Kraft mehr hatte.

Sie war nicht mehr die starke, unbeugsame Frau, die es bis

an die Spitze der Politik geschafft hatte. Sie war eine kleine, verletzte, verunsicherte Hausfrau, die sich bis ins Mark schämte.

Sie wollte nach Hause. Sich verstecken, keinem mehr begegnen. Das ganze Leben war eine einzige Peinlichkeit geworden. Wenn sie die Kinder nicht gehabt hätte, wäre sie von einer Brücke gesprungen. Oder vor einen Lastwagen gerannt. Mit eingezogenem Kopf stieg sie hastig in ihr Auto und ließ den Motor an.

Nun musste sie mit dieser grässlichen Aufschrift durch die Stadt fahren.

Sie kramte im Handschuhfach nach ihrer Sonnenbrille, aber ihr war bewusst, dass Verstecken nichts half. Jeder kannte sie, jeder hatte die Schlagzeilen gelesen, jeder wusste von Henry, dem »obergeilen« Dolmetscher. Dabei hatte sie dieses Wort nie gesagt! Es stand einfach in der Zeitung. Und tausend andere Medien wiederholten es. Es war eine Lawine, die rollte. Und sie war nicht mehr aufzuhalten.

Und was würde alles noch kommen? Sie konnte keinen Schritt mehr gehen, ohne beobachtet zu werden. Diese aufdringlichen Fotografen überholten sie auf offener Straße und schossen sie ab. Wenn sie mit Adrian spazieren ging, kam es vor, dass plötzlich ein Auto neben ihr hielt, ein dickes Objektiv auf sie beide anhielt und es »klick« machte. Sie konnte nur noch Adrians Gesicht wegdrehen, damit er nicht in Gefahr geriet. Der Kleine war ganz verstört und die beiden Großen gingen sowieso keinen Schritt mehr aus dem Haus. Sie verkrochen sich hinter ihrem Computer und flüchteten in eine andere Welt.

Früher hätte Mechthild den Mut gehabt, vor der Musikschule vorzufahren. Wahrscheinlich hätte sie noch unter dem Fenster des Direktors geparkt. Früher hätte sie zusammen mit dem Hausmeister und einigen Schülern lachend das Auto gesäubert. Früher hätte sie beim Abendessen wieder was zu erzählen gehabt.

Heute hatte sie kein Rückgrat mehr. Heute fuhr sie auf Umwegen nach Hause.

Adrian musste eben zu Fuß von der Musikschule kommen. Und die Gummistiefel waren nicht so wichtig.

»Da draußen steht ein Herr mit einem Mantel.«

»Für mich?« Wilma setzte sich in ihrem Bett auf. Ihre Haare waren schon nachgewachsen und sie konnte wieder lächeln – mit einem ganz gelungenen Zahnprovisorium. Sie sah schon wieder ganz manierlich aus. Aber innerlich war sie zerstört.

»Ja. Er sagt, Sie hätten den Mantel im Frankfurter Flughafen vergessen.«

»Glauben Sie ihm kein Wort. Er ist mit Sicherheit von der Presse und das mit dem Mantel ist ein ganz mieser Trick.«

Die Schwester schob sich zur Tür hinaus und verhandelte mit dem Herrn da draußen.

Aber nach einer Minute kam sie wieder herein. »Er sagt, er ist nicht von der Presse. Sie haben mal im Flugzeug neben ihm gesessen, im Februar oder März, auf dem Rückflug von Miami. Sie haben sich über Ihren Laptop unterhalten. Später haben Sie in der Senatorlounge Ihren Mantel hängen lassen.«

Wilma dämmerte es. Ein leichtes Lächeln erhellte ihr Gesicht.

»Ferdinand Sailer ...«

»Genau«, sagte Schwester Petra »so heißt er.« Sie grinste. »Wolle mer en reilasse?«

»Ich sehe schrecklich aus«, sagte Wilma. Sie schämte sich fürchterlich. Andererseits war dieser Mann der Erste, der sie wirklich aus lauter Nettigkeit besuchte!

Schwester Petra, die Süße, eilte mit Kamm und Bürste herbei, reichte Wilma Spiegel und Lippenstift und sagte: »Ich finde, Sie sehen jetzt schon gut genug aus.«

Sie zwinkerte Wilma aufmunternd zu und öffnete die Tür für den Besucher. Dann verdrückte sie sich.

171

Ferdinand Sailer schob sich zögernd ins Krankenzimmer. Er hatte einen bayrischen Trachtenjanker an, Lederhosen, dicke wollene Strümpfe und Haferlschuhe. Seine Haare waren noch länger geworden als damals. Lange graublonde Locken, wuschelig und doch gepflegt. Dafür war er nicht mehr so braun gebrannt wie damals im Flieger. Aber: Er sah umwerfend gut aus. Im Arm hielt er Wilmas Nerz.

»Servus«, sagte er. »Ich bringe Ihnen den Mantel!«

»Den habe ich noch nicht eine Sekunde vermisst...« Wilma schämte sich ihres Aussehens. Sie wäre gerne für immer unter ihre schützende Bettdecke gekrochen.

»Dann bin ich also umsonst gekommen...« Ferdinand Sailer stand unschlüssig in der Tür.

»Nein, ich freue mich, Sie zu sehen. Setzen Sie sich doch!«

Ferdinand hängte den Mantel sorgfältig in den Schrank, fast so, als täte er das immer.

Wilma staunte, dass ein Mann zu so einer Handlung überhaupt fähig war. Raimund hätte den Mantel allenfalls über den Stuhl geschmissen, wenn überhaupt. Aber er hätte ihr den Mantel sowieso nicht nachgetragen.

Dann zauberte Ferdinand eine Flasche Rotbäckchen hervor und ein sehr hübsches buntes Saftglas. Er schenkte Wilma ein und reichte ihr das Glas.

»Auf dass Sie wieder zu Kräften kommen.«

Wilma war überwältigt. Was wollte dieser Mann? Kam er etwa nur in der Absicht, ihr eine Freude zu machen? Das konnte sie einfach nicht glauben.

»Was ist? Sie schauen mich so an, als hätte ich zwei Köpfe! Ist alles in Ordnung?«

»Ja! Ich bin nur so... überrascht...«

»Ach so, ich schulde Ihnen wohl eine Erklärung, dass ich Sie hier so einfach überfalle.« Er lachte. »Ich hatte hier in der Nähe zu tun, besser gesagt, ich bin zur Zeit öfter bei meinem Anwalt.«

»Ihr Anwalt heißt nicht zufällig ... Raimund Wolf?« Wilma verkroch sich bange unter der Bettdecke. Vielleicht war wieder nur alles eine Finte?

Doch Sailer lächelte Wilma aufmunternd an. »Nein, einen Prominentenanwalt kann ich mir nicht leisten. Mein Anwalt heißt Martin Wächter und ist ein alter Kumpel von mir.«

»Und ... Sie kommen ... einfach so ... vorbei?«

»Ihr Bild steht nun seit Tagen in jeder Zeitung, ich denke viel an Sie, und als ich heute Morgen nach München losfuhr, fiel mir der Mantel ein, der seit einer halben Ewigkeit in meinem Schrank hängt. Da hab ich ihn gleich ins Auto geschmissen.«

»Wieso hängt der Mantel bei Ihnen im Schrank?«

»Ich bin Ihnen damals nachgelaufen, als Sie so eilig davongerannt sind. Dann hatten Sie aber ein Gespräch mit einem jungen Mädchen und danach sind Sie so eilig weggelaufen, dass Sie auf mein Rufen nicht reagiert haben. Ich hatte gedacht, ich hole Sie noch ein, aber plötzlich waren Sie in der Menge verschwunden. Da dachte ich, bevor der schöne Mantel im Flughafen versteigert wird, finde ich Ihre Adresse raus und bringe ihn bei passender Gelegenheit vorbei.«

»Und? Haben Sie meine Adresse herausgefunden?«

»Durch Zufall. Eine meiner Mitarbeiterinnen kennt sie von früher. Lilli Brinkmann.«

»Kenne ich nicht ...« Wilma dachte angestrengt nach. Sie hatte so viele Dinge aus ihrem Gedächtnis gestrichen, um nicht allzu viel zu grübeln.

»Na, egal. Sie hat mir jedenfalls Ihre Adresse in München gegeben. Das Haus in Grünwald ist ja verkauft worden, wie mir Nachbarn erzählten. Und auf diese Weise habe ich auch erfahren, dass Sie hier im Krankenhaus sind. Ich habe immer mal wieder angerufen, um mich nach Ihrem Befinden zu erkundigen, aber die sind ja knallhart hier. Keine Auskunft an Nichtverwandte und Nichtverschwägerte.«

»Woher wussten Sie überhaupt meinen Namen?«

»Ich habe damals auf Ihre Vielfliegerkarte gespinxt.«

»Genau wie ich auf Ihre.« Wilma lächelte. Es war das erste Mal, dass Wilma richtig entspannt und herzlich lächelte. Ihre Gesichtszüge glätteten sich sofort. Das konnte doch nicht wahr sein! Da kam dieser sympathische Mann, auf den sie damals schon einen Blick geworfen hatte und der ihr nie mehr so richtig aus dem Kopf gegangen war, zu ihr ins Krankenzimmer! Als erster und einziger Besucher überhaupt! Und er hatte anscheinend keine bösen Absichten!

Ferdinand Sailer schob ein paar Utensilien vom Stuhl, zog ihn ans Bett heran und setzte sich.

Die beiden kamen ins Gespräch. Sie plauderten über dieses und jenes, das Gespräch wurde immer angeregter und irgendwann fasste Wilma den Mut, über ihren Unfall zu sprechen.

»So eine winzige Sekunde verändert das ganze Leben«, sinnierte sie. »Und dann liegst du da und grübelst und grübelst und es gibt überhaupt keinen Neuanfang ... Ich fühle mich wie lebendig begraben.«

»Ich hatte auch mal einen schweren Unfall«, sagte Ferdinand Sailer, als sie fertig war. »Da lag ich genauso wie Sie monatelang im Spital und keine Sau hat mich besucht. Ich weiß, wie das Gefühl ist, einfach grauenhaft.«

»Was war das für ein Unfall?«

»Ein Skiunfall. Das ist eine lange Geschichte, wie das passiert ist. Ich hab mir jedenfalls beide Beine gebrochen und lag dann vier Monate im Gipsbett. Da gibt es ja heute zum Glück schon modernere Methoden. Sie können sich gar nicht vorstellen, wie grauenvoll es ist, sich keinen Millimeter rühren zu können. Ach, was jammere ich Ihnen hier was vor! Sie brauchen jetzt was Heiteres, was Lustiges, und nicht noch andere Horrorgeschichten.«

»Nein, bitte«, sagte Wilma. »Sprechen Sie.«

Ferdinand erzählte, dass er in den siebziger Jahren ein junges Skitalent gewesen sei. Er stammte aus einem österreichischen Bergdorf, in dem schon die Kleinkinder auf Skiern standen. Er war mit Skiern groß geworden und irgendwann hatte man ihm die Chance gegeben, Rennen zu fahren.

»Ich war ein richtiger Pistenrowdy und fetzte die steilsten Hänge herunter. Aber ich kam aus keinem wohlhabenden Elternhaus und so hatte ich nicht das richtige Material. Meine Schuhe und Bindungen waren veraltet, die Brettl auch und so ist es dann auf völlig vereister Piste im Morgengrauen passiert.«

»Im Morgengrauen ...? Ich dachte, Ski fährt man immer zwischen 10 und 16 Uhr?«

»Die Touristen, ja. Die Profis müssen früher raus. Aber ich war der Vortänzer, sozusagen. Ich musste die Pisten einfahren und die Stangen setzen. Dafür ließen sie mich bei den Rennen mitmachen.«

Wilma betrachtete diesen Ferdinand. Sollte es doch noch irgendwo einen guten Geist geben, der ihr nach wochenlanger Einzelhaft eine mitfühlende Seele geschickt hatte?

»Wie war Ihre Kindheit?«, fragte Wilma unvermittelt. Sie wollte diesen sympathischen Mann nicht so schnell wieder gehen lassen.

»Ach, darüber möchte ich nicht sprechen.« Ferdinand blickte plötzlich düster.

War es ihr alter Jagdinstinkt als Journalistin, die schon fast automatisch ausgesprochene Aufforderung, doch noch mehr von sich preiszugeben, oder einfach nur die Angst, er könne wieder gehen? Jedenfalls bohrte Wilma nach: »Schade. Wo ich doch jetzt so viel Zeit hätte, Ihnen zuzuhören.«

Ferdinand lächelte sie an, dass ihr ganz warm ums Herz wurde. »Wenn Sie meine Kindheitsgeschichte hören wollen, dann brauchen Sie wirklich viel Zeit.« Er stand auf, ging zum Fenster und schaute hinaus. Ohne sich umzudrehen, sagte er: »Ich hab sie noch niemandem erzählt.«

»So schlimm?«, fragte Wilma. Sie selbst stammte aus einem wohlhabenden Elternhaus aus Düsseldorf. Ihre Kindheit war behütet und schön gewesen. Sie war die einzige Tochter, ihr Vater Unternehmer, die Mutter Hausfrau. Man hatte ihr jeden Wunsch von den Augen abgelesen, sie durfte Ballett tanzen, Tennis spielen und reiten und ihr Vater war ihr bester Freund gewesen. Beide Eltern waren mächtig stolz auf sie, als sie aus eigener Kraft von der Volontärin beim *Rheinischen Anzeiger* bis zur Starkolumnistin der *Elite* aufgestiegen war.

Leider waren die Eltern vor zwei Jahren gestorben, kurz hintereinander. Aber Wilma dachte nur mit Liebe und Dankbarkeit an sie zurück.

Ferdinand Sailer schwieg lange. Er schien mit sich zu kämpfen. Schließlich sagte er, ohne sich zu Wilma umzudrehen: »Die Geschichte beginnt mit einer Beerdigung.«

»Lillimilano hier. Herr Professor Gutermann, wir haben wieder Neuigkeiten für Sie.«

Giselher bekam Herzklopfen. Aha. Es ging wieder los. Mechthild hielt sich nicht an ihre Versprechungen.

»Ich höre.« Giselher klopfte nervös mit dem zerbrochenen Lineal auf seinen Schreibtisch.

»Sie hat telefoniert. Und zwar mit einem gewissen Hansjörg Fleischmacher,« sagte die sachliche Frauenstimme von Lillimilano.

»Aha. Wieder ein Neuer. Was hat sie gesagt?«

»Sie hat ein sehr vertrauensvolles Verhältnis zu ihm. Sie hat gesagt: ›Ich muss dich sofort sehen! Nimm mich dazwischen, bevor ich es mir anders überlege!‹« Die Frauenstimme von Lillimilano unterdrückte ein Kichern. »'tschuldigung. Ich hab mich nur geräuspert.«

»Was?«

176

»Ich spiele Ihnen das Tonband vor. Das Gespräch hat vor fünf Minuten stattgefunden.«

Giselher keuchte. Er bekam wieder seine roten Flecken am Hals. Seine wenigen Haare, die er sich immer vom linken Ohr über den Kopf bis zum rechten kämmte, standen zu Berge.

Es rauschte, dann lief ein Band zurück, Mickymausstimmen. Dann: »Hansjörg, bist du's?«

»Mechthild, mein Schatz! Man liest ja nur immer über dich ... Du warst mir untreu! Was hast du denn Schlimmes angestellt, du unartiges Mädchen?«

»Ach Hansjörg, du hast immer gesagt, wenn ich so weit bin, soll ich sofort zu dir kommen. Jetzt bin ich so weit.«

»Du bist endlich so weit? Ich könnte dich küssen! Wann darf ich Hand an dich legen?«

»Hansjörg, kannst du mich nicht dazwischennehmen! Ich brauche dich! Jetzt sofort!«

»Mein Schatz, ich habe immer Zeit für dich. Du glaubst gar nicht, wie ich auf diese Aufforderung gewartet habe!«

»Kannst du es wirklich sofort einrichten, Hansjörg? Bevor ich es mir anders überlege?«

»Das fragst du mich? Du bist so ein außergewöhnliches Weib! Ich bin so scharf auf dich, das kann ich dir gar nicht beschreiben!«

»Ach Hansjörg, ich hab mich nun wirklich durchgerungen. Die Leute verachten mich sowieso, da ist es ganz gleich, was ich jetzt noch tue.«

»Tja, Mechthild! Ist der Ruf erst ruiniert, lebt es sich ganz ungeniert!«

»Du meinst, wir sollten es richtig radikal machen?«

»Ja. Wenn schon, denn schon.«

»Findest du mich wirklich schön, Hansjörg?«

»Du bist ein Traum. Und wenn du meine Hände an dich 'ran lässt, wirst du schreien vor Glück. Vertrau mir, Baby!«

»Mach aus mir eine andere Frau!«

»Du bist wirklich zu allem bereit?«

»Zu allem, Hansjörg. Mach mit mir, was du willst. Am liebsten einen Vamp.«

»Ich sehe schon: Es kommt jetzt auf einen Skandal mehr oder weniger nicht an!«

»Die Leute halten mich sowieso für eine Schlampe. Also mach auch eine aus mir.«

»Mit Vergnügen! Was meinst du, wie viele Weiber sich schon über mich das Maul zerrissen haben? Und kommen doch immer wieder angekrochen, wenn sie es nötig haben.«

»Hansjörg!! Machen wir es richtig radikal?«

»Ja. Wenn du mich lässt. Ich schwöre dir, ich werde dich glücklich machen.«

»Und wenn es mir nicht gefällt? Dann können wir es nicht ungeschehen machen!«

»Wir reden vorher drüber und ich zeig dir Bilder. Man kann es sogar am Computer simulieren, bevor man's in echt macht. Da gibt's die geilsten Möglichkeiten.«

»Und dass wir auf jeden Fall allein sind!«

»Liebste Mechthild, ich verdunkle den Raum. Ich stelle Champagner bereit. Ich lasse sanfte klassische Musik laufen. Ich massiere dir die Füße, bevor wir's tun. Entspann dich. Vertrau mir.«

»Sind wir absolut privat?«

»Hundertprozentig. Du kannst dich auf mich verlassen.«

»Dann komm ich jetzt sofort, Hansjörg!«

»Ich zähle die Minuten! Und nimm die Hofeinfahrt. Dann kannst du ungesehen hinter dem Haus parken.«

»Danke, Hansjörg. Ich liebe dich.«

»Ich dich auch. Bis gleich.«

Klick. Das Gespräch war beendet. Giselher schnaufte. »Wer ist dieser Hansjörg?«

»Tja«, sagte die Frau von Lillimilano. »Das kann ich nicht beurteilen. Von uns kriegen Sie nur die Informationen. Was Sie daraus machen, ist Ihre Sache.«

»Wo ist der Kerl zu finden?«

»In Gütersberg-Zentrum. Über dem italienischen Eiscafé.«

Giselher schluckte und schnaufte.

»Herr Professor, das war es, was wir zur Zeit für Sie tun konnten.«

»Bleiben Sie an diesem Hansjörg dran. Ich will Fotos und Beweise.«

»Selbstverständlich. Wir liefern das gewünschte Material diskret und schnell. Bis dann.«

Giselher sank in seinen Schreibtischstuhl zurück. Wenn er nicht so blind in seiner Eifersucht gewesen wäre, hätte er gemerkt, dass Mechthild gerade einen Friseurtermin ausgemacht hatte.

»Bitte, erzählen Sie. Ich habe alle Zeit der Welt.«

Das Schweigen im Raum schien zu knistern. Bitte sag was, dachte Wilma. Bitte sprich mit mir. Bitte bleib. Bitte erzähl mir von dieser Beerdigung.

Auf einmal begann Ferdinand Sailer zu sprechen.

»Ein langer Trauerzug schiebt sich hinter einem Sarg her, der von vier schwarzen Pferden gezogen wird. Es sind dicke schwarze Pferde, Kaltblüter. Man hat sie aufgezäumt, geputzt und gestriegelt und das Fell poliert. Ich verstehe nicht, wieso man für tote Menschen so ein Theater macht, aber ich bin auch erst fünf. Die Gäule dampfen vor Kälte. Ich gehe gleich hinter dem Sarg. Und habe einen kleinen Strauß Stiefmütterchen in den Händen. Alle müssen Stiefmütterchen halten. Deswegen hasse ich jetzt diese Blumen. Ich drehe und winde die Blumen so lange, bis ihnen die Köpfe abfallen. Die Leute, die hinter mir gehen, treten auf die Blüten. Am Schluss sind es nur noch die bloßen Stengel, die ich in das offene Grab werfe.

Es ist ein endloser Trauerzug. Hinter mir geht der Vater. Mein Vater ist Hilfsarbeiter, er arbeitet im Winter beim Skilift und im Sommer ... ich weiß nicht. Er hat schwere schwarze Schuhe an, die sind ausnahmsweise mal blank geputzt, aber er tritt immer wieder in die Pferdeäpfel.

Ich versuche, nicht in die Pferdeäpfel zu treten.

Endlich ist der Trauerzug oben in Berndorf angekommen. Wir müssen in die kalte Kirche. Alle bemitleiden mich und Menschen, die ich nie gesehen habe, beugen sich zu mir herunter und küssen mich auf die Wangen. Ich finde das ekelhaft. Wie alle kleinen Jungen.«

Plötzlich drehte Ferdinand sich zu Wilma um: »Aber was rede ich da für einen Schmarrn? Ich sollte Sie in Ruhe lassen, damit Sie sich erholen.«

Er war sichtlich aufgewühlt.

»Sprechen Sie weiter«, bat Wilma mit eindringlicher Stimme. Sie hatte ihr eigenes Elend vollständig vergessen. »Wie ergeht es dem kleinen Jungen weiter?«

Bitte, sprich, dachte sie. Rede. Irgendwas. Aber rede mit mir.

Ferdinand drehte sich wieder weg. Er starrte aus dem Fenster. In den Birken draußen sangen sich die Amseln die Kehle aus dem Leib. Es war ein traumhafter Frühlingsabend. Ein lauer Wind wiegte die Bäume, die in zartem Grün dastanden, hin und her. Die Sonne war schon untergegangen und die Dämmerung umhüllte sie sanft.

»Die Mama ist in dem Sarg.« Er hielt inne, zögerte. Dann sagte er mit belegter Stimme: »Als sie den Sarg runterlassen, spielt die Dorfkapelle eine schöne Musik, die ich nie vergessen werde. Alle weinen, aber ich kann nicht mehr weinen, ich habe schon vorher so viel geweint, dass ich ganz leer bin. Mein großer Bruder hat mir erzählt, wenn der Sarg unten ist, ist alles vorbei und das Leben geht weiter. Alle meine Schwestern und Brüder stehen um das Grab herum. Alle sind so hässlich, verweint und tun sich selber wahnsinnig Leid.«

Wilma schluckte. Sie war auch so hässlich und tat sich selber Leid!

»Für mich ist das wie eine Erlösung, weil ich weiß, dass die Mama jetzt im Himmel ist, und meine kleine Schwester und ich können jetzt neu anfangen. Meine kleine Schwester ist erst drei und sie versteht das Ganze sowieso noch nicht. Alle sagen zu mir, ich bin der Große und ich muss auf die Bernhardette aufpassen. Wir werden schon irgendwen finden, der uns aufnimmt. Eine der Tanten sagt: Ihr kommt zu mir, und eine andere sagt: Nein, ihr kommt zu uns! Alle sind sich einig, dass wir nicht beim Vater bleiben können, weil der so viel gesoffen hat. Irgendwie ist das aufregend, aber auch unheimlich. Doch alles ist besser als die letzten paar Wochen und Monate. Vielleicht muss ich gar nicht erst zur Schule gehen, habe ich mir gedacht. Weil, Buben, die keine Mama mehr haben, brauchen nicht in die Schule zu gehen. Meine großen Brüder und Schwestern gehen alle nicht gern hin, weil man da stillsitzen muss und der Lehrer einen schlägt, wenn man vorlaut ist.«

Plötzlich drehte Ferdinand sich zu Wilma um. Ein kleines Lächeln glaubte sie trotz der Dämmerung im Zimmer wahrzunehmen. »Sind Sie in der Schule noch geschlagen worden?«

Wilma lächelte. »Nein. Weder in der Schule noch zu Hause. Erzählen Sie weiter!«

»Dann reichen sie mir einen großen Hut, wir sind in einer Gaststube und ich muss von Tisch zu Tisch gehen und alle haben Geldscheine reingeworfen. Mein Vater nimmt den Hut und steckt alle Geldscheine in seine Jackentasche. Dann verabschieden sich die vielen Leute, und wir, der Vater und meine Geschwister und ich, sind allein im Gasthaus. Es stinkt nach Rauch.«

Ferdinand unterbrach sich, lächelte. »Erstaunlich, wie die Erinnerungen aus dem Unterbewusstsein hervorkommen ...«

»Weiter«, sagte Wilma. Sie sah den kleinen Kerl bildlich vor sich und sie schloss den großen Kerl immer mehr ins Herz. Dass er so ein Vertrauen zu ihr hatte! Ferdinand stand zwar immer noch am Fenster, aber jetzt drehte er Wilma nicht mehr den Rücken zu.

»Ich und die Bernhardette, wir haben in den letzten Wochen und Monaten vor ihrer Kammer gesessen, um auf die Mama aufzupassen. Die Mama war schwer krank, das haben wir gewusst, und wir durften nicht hinein. Manchmal ist der Arzt gekommen, aus dem Dorf, und wenn er wieder herauskam aus der Kammer, dann hat er nur den Kopf geschüttelt und hat dem Vater gesagt, sie macht es nicht mehr lange. Und dann ist der Vater wieder saufen gegangen. Ich musste ihm in letzter Zeit immer öfter unten vom Krämerladen eine Flasche Schnaps holen. Die hab ich einwickeln müssen in eine Zeitung, damit sie es nicht merken, dass er trinkt. Aber alle im Dorf haben's gewusst, alle.« Er hörte einen kurzen Moment auf, aber diesmal musste Wilma ihn nicht auffordern weiterzusprechen.

»Die Schwestern wollten nicht, dass wir vor der Kammer sitzen. Aber wir haben uns einen kleinen Teppich zusammengerollt, und auf dem haben wir gesessen, die Bernhardette und ich. Stundenlang. Bis sie die Mama rausgetragen haben. Sie war ein Engel. Ich kann mich noch ganz genau an sie erinnern.«

»Setzen Sie sich doch wieder«, sagte Wilma leise. Aber er hörte sie gar nicht. Mit monotoner Stimme fuhr er fort: »Als die Mama nicht mehr war, ist unsere ganze Familie auseinander gebrochen. Der Vater hat seine Arbeit nicht mehr machen können, weil er immer betrunken war. Die Schwestern haben versucht, die Mama zu ersetzen, aber das war nicht so einfach, weil sie noch junge Dirndln waren. Die Elvira hat dann bald geheiratet, die Kunigunde hatte auch schon einen Freund und die Brigitte war fünfzehn. Unser Leben ging irgendwie weiter, aber es war nicht mehr schön. Wir hatten ein ganz kleines Haus am Rande vom Dorf, und als unser Vater nicht mehr arbeiten gehen konnte, da gab es oft abends nichts zu essen. Der Vater saß in der Ecke und trank und Bernhardette und ich, wir hatten Hunger und haben geweint.«

Wilma hatte die Hände vor dem Mund gefaltet und kaute nachdenklich an ihrem Mittelfingerknochen herum. Sie sah alles bildlich vor sich, was Ferdinand erzählte.

»Und dann? Hat Ihr Vater nie wieder geheiratet?«

»Eines Tages ist der Vater fortgegangen, und als er wiederkam, hatte er eine Frau dabei. Sie war eine geflüchtete Jugoslawin, mit scharfen, stechenden schwarzen Augen und dicken schwarzen Augenbrauen, und sie hatte noch vier Kinder bei sich.«

»Das ist jetzt meine Frau«, hat der Vater gesagt. »Ich habe sie geheiratet. Sie wird jetzt für uns sorgen.«

Ferdinand kam nun wirklich vom Fenster weg. Aber er setzte sich immer noch nicht. Er stand mitten im Raum, die Hände in den Lederhosentaschen vergraben, und Wilma stellte sich vor, wie er als kleiner Junge ausgesehen haben mochte.

»Dann begann die Hölle. Diese Frau war das Gegenteil von meiner Mama. Sie schrie und zeterte den ganzen Tag, sie stritt sich mit dem Vater, sie zog uns Kinder an den Haaren und sie schlug auf alles, was sich bewegte. Wir mussten dieses Zeug essen, was sie gekocht hat, was keiner wollte. Gekochter Reis ohne Geschmack und fette Stücke von Schweinefleisch lagen obendrauf. Bernhardette hat das fette Schweinefleisch immer in ihrer Schürze versteckt und mir gegeben. Ich hab es dann an meine Tiere verfüttert. Meine Tiere waren alles, was ich hatte. Zum Reden, zum Verkriechen, zum Weinen.«

Ferdinand Sailer schien längst vergessen zu haben, dass da eine flüchtige Bekannte im Bett hockte und ihm schweigend zuhörte. Wilma rührte sich nicht. Hoffentlich kam jetzt keine Schwester herein und klapperte mit dem Abendessen herum!

»Wie war diese Frau? Beschreiben Sie sie!«, drängte sie.

»Die Frau hatte keine Liebe«, fuhr Ferdinand fort. » Sie war verzweifelt und hat uns jeden Tag von ihrem Leidensweg erzählt, vom Krieg, von Vergewaltiungen, von Frost und Hunger, von Kindern, die sie nicht wollte, von der Flucht. Aber wir waren klein und es hat uns nicht interessiert. Wir wollten diese grauslichen Geschichten nicht immer wieder hören! Wir wollten spielen und selber wieder leben, wie vorher, als die Mama noch war. Aber diese Frau war so kalt und böse, dass wir alle immer nur wegliefen, wenn sie in unsere Nähe kam. Die Bernhardette hatte so Angst vor ihr, dass sie krank wurde. Sie fing wieder an, in die Hose zu machen. Sie musste jedes Mal zur Strafe stundenlang knien, auf einem Holzscheit an der Wand. Da war sie vier oder fünf. Wenn sie in die Hose gemacht hat, dann hat ihr diese Frau die Unterhosen ins Gesicht gerieben.«

Ferdinand Sailer brach ab. Wilma fröstelte unter ihrer Bettdecke.

»Wie konnte sie nur so sein?« Sie war fassungslos.

»Wir waren die unschuldigen, hilflosen kleinen Kinder, die sie angeheiratet hat. Natürlich wusste sie, dass wir sie hassen, und das half der Situation nicht. Manchmal habe ich ein paar Groschen gespart und ihr Blumen gebracht, aber sie hat sie mir aus der Hand genommen mit den Worten: »Das nützt dir gar nichts.« Ich wollte ihr gefallen und habe ihr was geschrieben oder gemalt, aber sie wollte nur Zigaretten und Kaffee. Sie hat wahnsinnig viel Kaffee getrunken. Sie saß mit Lockenwicklern und einem grauen Tuch und einer grauen Schürze am Küchentisch und rauchte die flachen, gefalteten Austria-3-Zigaretten. Da saß sie, den Kopf in die Hand gestützt, und wenn sie irgendeinen Grund fand, dann hat sie losgeschrieen.

Ich wusste, wann der Vater von seinem Aushilfsjob zurückkam, dann hab ich ihn abgepasst, oben am Weg, damit ich wenigstens ein paar Minuten mit ihm allein habe. Ich habe ihm den Rucksack getragen. Wenn sein Atem schwer war, dann wusste ich, er hatte getrunken, und es nützt nichts, ihm zu erzählen, was wir für Gemeinheiten ertragen mussten. Wir würden zum Schluss nur Schläge bekommen. Wenn sie uns gemeinsam zum Haus kommen sah, dann sagte sie immer: »Hat er dir wieder was vorgelogen?« Und da war mir klar, dass ich keine Chance hatte gegen sie. Ich hab mich zurückgezogen in mein Baumhaus. Die Menschen im Dorf wussten über uns Bescheid und hänselten den Vater am Stammtisch. »Na, wie geht's dir mit deiner Tschuschin?« Tschuschin war eine Art Schimpfwort für Jugoslawin, billige Arbeitskraft. Der Vater hatte die Jugoslawin oft besucht, in einsamen Stunden, und sie hat irgendwann drauf bestanden dass er sie heiratet. Er hatte gedacht, dann habe ich wenigstens eine Frau für die Kleinen zu Hause. Aber die Rechnung ging nicht auf. Die Frau war selber abgearbeitet, verbittert, von vielen Männern benutzt worden. Die suchte ein Heim, eine Zuflucht. Das konnte mein Vater ihr auch nicht geben. Alle seine Stammtischbrüder kannten natürlich meine richtige Mama, die für viele eine Traumfrau und Mutter war. Die hat uns noch aus nichts was zu essen gekocht und aus nichts was zum Anziehen gemacht. Die Nachbarn im Dorf haben die Mama alle geliebt und stillschweigend hat jeder was abgegeben und der Mama geholfen. Wenn einer geschlachtet hatte oder einer hatte fünf Eier übrig oder eine Nachbarin hatte Wollreste oder Stoffreste, dann hat man das immer der Mama gebracht. Bis sie dann gestorben ist. Alle waren entsetzt. Mit zweiundvierzig stirbt man nicht, wenn man sieben Kinder hat. Es war mir dann klar, dass mein Vater sich zu wenig gekümmert hat um die Krankheit meiner Mutter. Wenn er einen besseren Arzt organisiert hätte, hätte sie vielleicht überlebt. Heutzutage ist so eine Krankheit kein Grund zu Sterben ...«

In diesem Moment ging die Tür auf und die Schwester polterte mit ihrem Tablett herein. Sie machte Licht und prallte zurück.

»Oh, Besuch? Entschuldigung, ich kann wieder gehen ...«

»Nein, bleiben Sie nur, ich werde jetzt gehen ...« Ferdinand schien zu bereuen, dass er überhaupt etwas von sich erzählt hatte.

Blöde Pute, dachte Wilma aufgebracht. Blöde, dämliche, trampelige Pute. Ich verwünsche dich.

Bitte, bitte kommen Sie wieder, hätte sie so gern zu Ferdinand Sailer gesagt. Früher wäre ihr ein solcher Satz spielend leicht über die Lippen gekommen. Aber heute traute sie sich nicht.

»So, Tochter. Nun hast du also deinen Posten als Familienministerin verloren.«

Der Vater von Mechthild war an der Strippe.

»Schön, dass du fragst, wie es mir geht, Vater«, gab Mechthild zurück. Sie saß gerade mit den Kindern am Gartentisch und spielte mit ihnen Monopoly. Jetzt hatte sie ja schrecklich viel Zeit.

»Mutter und mir geht es gar nicht gut«, ließ Rudolf seufzend vernehmen.

Mechthild schwieg.

»Mutter hat große Kreislaufprobleme und bei mir macht sich wieder die Migräne bemerkbar.«

Aha, dachte Mechthild. Und ich soll mir den Schuh jetzt anziehen.

»Mama! Du bist dran«, drängelte Leonhard, der Dreizehnjährige. »Du stehst auf meiner Schlossallee! Zwei Häuser!« Er hielt fordernd die Hand auf.

»Bist du noch bei deinem Hausarzt in Behandlung?«, fragte Mechthild.

Ein langer abgrundtiefer Seufzer tönte durch das Telefon. »Das nützt doch alles nichts.«

Mechthild schwieg. Ihr Sohn hielt immer noch die Hand auf. Sie schob sie weg. Hatte ihr Vater sie nun angerufen, um sie für seine und Mutters Beschwerden verantwortlich zu machen? Oder wollte er sie womöglich trösten?

»Wir lesen hier täglich die Zeitung«, sagte der Vater leidend.

»Ja. Wir hier auch.«

»Mamaaa!! Siebzigtausend! Los! Zwei Häuser!« Leonhards ungewaschene Jungenhand war schon wieder unter ihrem Kinn.

»Du musst dich in erfahrene Hände begeben«, kam es durch's Telefon.

»Leonhard, bitte! Du siehst doch, dass ich telefoniere.«

»Kannst du nicht später telefonieren? Nie hast du Zeit für uns!«

»Was sagtest du, Vater?«

»Dann geh ich eben! Spielt doch euren Scheiß alleine weiter!« Leonhard erhob sich sauer und stieß dabei das halbe Spielbrett vom wackeligen Gartentisch.

»Du musst eine Therapie machen. Du bist krank.«

»Leonhard! Komm sofort zurück! Wir spielen ja gleich weiter!«

»Dann geh ich eben auch«, heulte Adrian beleidigt, krabbelte unter dem Gartentisch hindurch und machte sich davon.

»Wieso muss ich eine Therapie machen? Wieso bin ich krank?«

»O Gott, das kann jetzt dauern«, stöhnte Vinzenz und kickte verdrossen seinen Fußball über die Hecke. Laut schrie er: »Die Mama quatscht schon wieder! Von wegen Monopoly!!«

Mechthild versuchte ihren Vater zu verstehen, rein akustisch.

»Du bist ruhmsüchtig«, sagte der Vater. »Du tust alles, um in die Medien zu kommen. Du verkaufst sogar deinen Mann und deine Kinder. Und alles wegen der Hessenwahl.«

Mechthild starrte auf die umgefallenen Spielfiguren. Vor ihr lag die Karte: »Gehen Sie ins Gefängnis. Gehen Sie nicht über Los. Ziehen Sie nicht viertausend Mark ein.« Sie winkte dem beleidigt an der Hecke lehnenden Vinzenz, doch wieder zurückzukommen.

»Na?«, sagte der Vater am anderen Ende der Leitung triumphierend. »Hab ich Recht?«

Er wertete Mechthilds Schweigen als Betroffenheit, als Eingeständnis.

Rudolf war ein pensionierter Lehrer, und wenn einer Recht hatte, dann er. Seit fünfundsiebzig Jahren. Er hatte das Recht gepachtet.

Vinzenz zeigte Mechthild den Mittelfinger und verzog sich in den Nachbargarten. Ihr Vater redete noch immer.

Mechthild hatte eine äußerst autoritäre Erziehung »genossen«. Sie hatte zwangsläufig immer zu ihrem Vater aufgeblickt.

Nun war sie längst erwachsen. Sie hatte viel geleistet. Überdurchschnittlich viel.

Seit sechsunddreißig Jahren wartete sie auf ein Lob ihrer Eltern. Vergebens.

Mechthild schluckte.

»Du hast deine Familie zerstört, nur um auf die Titelseiten der Schmutzblättchen zu kommen«, sagte der Vater gerade. Mechthild konnte es nicht fassen. Sie hatte sich von ihrem Vater Hilfe erhofft. Ein stützendes Wort. Ein tröstendes Wort. Ein aufmunterndes Wort. Ein Wort des Verständnisses. Vielleicht so etwas wie: »Lass den Kopf nicht hängen, Tochter. Wir glauben an dich.« Oder »Jede Karriere hat mal einen Knick. Fällt eine Tür zu, dann öffnet sich ein Fenster.« Am meisten sehnte sie sich danach zu hören, was alle Eltern ihren Kindern sagen sollten: »Egal was passiert, wir sind deine Eltern und wir stehen hinter dir. Komme, was da wolle.« Aber das, was ihr Vater ihr da an den Kopf warf, traf sie härter als alles, was ihr bisher widerfahren war.

Sie konnte damit leben, dass Giselher sie bespitzelt hatte.

Sie konnte damit leben, dass ihre Kinder frech und dreist geworden waren.

Sie konnte damit leben, dass ihre Karriere im Eimer war.

Sie konnte damit leben, dass niemand in der Kleinstadt sie mehr grüßte.

Aber dass ihre eigenen Eltern in dieser schwärzesten Zeit ihres Lebens nicht zu ihr standen, damit konnte sie nicht leben. Sie fing an zu heulen wie ein kleines Mädchen und legte den Hörer auf.

Als sie den Kopf auf die Gartentischplatte legte, fielen auch noch die letzten Spielfiguren um.

Nach dem überraschenden Besuch von Ferdinand Sailer war Wilma verändert.

Sie versuchte immer öfter aufzustehen. Sie verbrachte viel Zeit im Bad. Sie plauderte angeregt mit den Schwestern. Sie machte eifrig Krankengymnastik.

Jeden Tag hoffte sie, dieser Mann würde wiederkommen.

Inzwischen war es draußen herrlich warm. Die Vögel zwitscherten, die Bäume wiegten sich mit dichtem grünem Laub vor ihrem Fenster. Wilma war nicht mehr so apathisch. Sie brauchte keine Beruhigungstabletten mehr und selbst die Schmerzmittel wurden stark reduziert.

Zwar hatte sie nach wie vor kein Lebenszeichen von Raimund und ihren Töchtern, aber ein neues kleines Licht war ganz hinten am Horizont aufgegangen.

Ein Horizont, dessen Konturen sie im unendlichen Dunkel schon nicht mehr gesehen hatte.

Und dann kam er tatsächlich wieder. Er trug diesmal ein Leinenhemd mit Silberknöpfen und Jeans zu seinen unvermeidlichen Haferlschuhen, aus denen grobe beigefarbene Socken herausschauten, und er hatte einen bunten Blumenstrauß dabei.

Wilma war so glücklich wie noch nie in ihrem Leben, als die Türe aufging.

Alle ihre Bedürfnisse hatten sich darauf reduziert, von diesem Menschen besucht zu werden.

»Diesmal bringe ich Ihnen keinen Nerz.« Ferdinand Sailer

pfefferte seinen Rucksack in die Ecke. Ob er darin eine Feldflasche mit Wasser hatte? Und eine Dauerwurst im rotweiß karierten Tuch?

»Das macht doch nichts! Hauptsache, Sie lassen sich überhaupt noch einmal blicken!«

»Wie geht es Ihnen?« Ferdinand Sailer schob sich wieder den Stuhl an ihr Bett.

»Schon viel besser.« Wilma strahlte.

»Und warum stehen Sie nicht auf?«

»Ich weiß nicht.«

»Kommen Sie.« Ferdinand reichte ihr den Arm.

»Aber ich bin nicht vorbereitet ...«

»Ich habe mich ja auch nicht angemeldet. Sie hätten sich nur unnötig aufgeregt, stimmt's?«

Wilma lachte. »Stimmt. Ich hätte mich geschminkt und gesalbt und umgezogen und den Friseur bestellt und mir die Fußnägel lackiert und mir die Beine rasiert ...«

»Aah ... geh! Dirndl!« Ferdinand Sailer machte eine wegwerfende Handbewegung. »Interessiert doch keinen Menschen! Hauptsache, Sie lassen sich nicht hängen und nehmen's mit dem Leben wieder auf!«

Ferdinand warf ihr einen aufmunternden Blick zu. Wilma fühlte sich plötzlich zu allen Unternehmungen bereit. Sie schob die Bettdecke zur Seite und zwang ihre Beine aus dem Bett.

»Na also, geht doch schon ...«

Tatsächlich gelangen Wilma einige Schritte am Arm von Ferdinand Sailer.

Die beiden wankten durch den Krankenhausflur, bis Wilma in den Knien zusammensackte.

Beherzt schnappte sich Ferdinand einen Rollstuhl, der in der Ecke stand, und setzte die schwache Wilma kurzerhand hinein. Sie wog jetzt höchstens noch fünfundfünfzig Kilo und der bayerische Waldbauernbub hätte sie vermutlich am liebsten über die Schulter geworfen. Aber das schickte sich nicht.

»Und jetzt fahren wir ein bisschen in den Park.«

Schon waren die beiden im Aufzug. Ein paar desinteressiert blickende Patienten im Bademantel nahmen keinerlei Notiz von ihnen.

Zwischendurch stieg ein Arzt zu, nickte ihnen freundlich zu und stieg wieder aus.

Wenn dieser Mann mich jetzt entführen würde, dachte Wilma, würde ihn niemand daran hindern.

Aber Ferdinand Sailer hatte nicht vor, Wilma zu entführen. Er schob sie durch den sommerlichen Park und plauderte mit ihr.

Er hatte wieder mal in der Nähe zu tun gehabt, bei einem Rechtsanwalt, einem Freund von ihm. Es ging da um eine Erbschaftssache. Wilma versuchte ihm zuzuhören, aber gleichzeitig war sie so fasziniert von ihm, dass sie sich nicht konzentrieren konnte.

Irgendwann ließ sich der bayerische Wanderbursch ins Gras fallen und schaute Wilma an.

»Wie fühlen Sie sich? Wann kommen Sie hier heraus?«

»Ich weiß nicht. Ich möchte nicht darüber nachdenken.«

»Um Sie kümmert sich kein Schwein, stimmt's?«

Wilma zögerte. Sie wollte sein Mitleid nicht.

»Ich weiß genau, wie Sie sich fühlen. Sechs Monate Krankenhaus, ohne dass ein einziger Mensch zu Besuch kommt, das kenne ich nur zu gut.«

»Sie waren mit Ihrer Geschichte noch nicht am Ende«, sagte sie.

»Stimmt«, antwortete Ferdinand Sailer. »Ich glaube, ich muss weitererzählen.«

»Ja«, sagte Wilma schlicht. »Das müssen Sie.«

Und dann nahm er den Faden von neulich wieder auf.

»Das Leben bei dieser Stiefmutter war so schrecklich, dass ich immer wieder versucht habe wegzulaufen. Einmal haben Bernhardette und ich unsere Sachen gepackt und unter der Bettdecke versteckt. Nachts, als der Vater endlich daheim war und ihr Keifen schließlich verebbt war, habe ich die Bernhardette geweckt und wir haben uns davongeschlichen. Es war entsetzlich finster und wir haben uns gefürchtet, aber alles war besser als die Schläge und das Gekeife von dieser Frau.

Wir schafften es bis zu einer Scheune oben am Waldrand und da haben wir den Rest der Nacht verbracht. Natürlich haben sie uns am nächsten Morgen gefunden und dann hat sie uns so verdroschen, dass ich tagelang nicht sitzen konnte.«

Ferdinand hielt inne, pflückte sich einen Löwenzahn und riss ihm alle Blüten ab.

»Womit hat sie Sie verdroschen?«, wagte Wilma zu fragen.

»Mit einem Kleiderbügel. Bis er zerbrach.«

»Bernhardette auch?«

»Bernhardette auch. Sie war gerade sechs.«

Wilma schluckte. Sie dachte an ihre eigenen kleinen Mädchen. Die wurden niemals geschlagen. Aber vielleicht passierten andere Dinge mit ihnen? Nein, sie konnte immer noch nicht darüber nachdenken. Dann würde sie wahnsinnig werden. Sie wollte sich lieber in der Geschichte von Ferdinand verkriechen. Das lenkte sie von ihrer eigenen Geschichte ab.

»Sie hat uns dann eingeschlossen, im Kammerl«, sagte Ferdinand. Er erzählte ohne Bitterkeit, ohne Selbstmitleid, einfach so, ganz sachlich, fast mechanisch, und Wilma spürte, dass er diese Sache noch nie jemandem erzählt hatte.

»Die Kammer war ganz ohne Fenster, stockfinster, da hatte sie ihre Vorräte drinnen, das war unter der Stiege. Sie hat uns stundenlang dort drinnen gelassen, und wenn wir uns rührten, dann gab es wieder Schläge.«

»Und der Vater?«

»Der war zu feige. Der hatte auch Angst vor ihr. Alle hatten Angst vor ihr.«

Ferdinand unterbrach sich kurz, aber dann sprach er weiter.

»Eines Tages hatte ich meine ersten eigenen Skier. Da war

ich acht oder neun. Ich hab diese Skier gehütet wie meinen Augapfel und bin jeden Tag nach der Schule Ski gefahren, stundenlang. Wir hatten kein Geld für den Lift, aber mein Vater war Hilfsarbeiter am Skilift, und wenn gerade keiner schaute, dann hat er mir den Lift unters Arscherl g'schoben und dann bin ich rauf, glückselig wie ein junger Vogel, und bin dann runtergesaust, immer wieder und wieder, bis mich der Hunger heimtrieb. Einmal hab ich die Skier nur ganz kurz abgeschnallt, um mich bei der Hütten aufzuwärmen, wo mein Vater drinnen saß und Schnaps trank. Es war ein Schneesturm und es hat so geschneit, dass man nix mehr sehen konnte. Ich hatte damals noch keine Skibrille und so was. Nix hatte ich. Meine Stoffhandschuhe waren schon ganz durchgeweicht und meine Hosen auch. Da hab ich die Skier draußen gelassen und mich neben meinen Vater gesetzt, nur so, damit ich seine Wärme spür. Wie ich wieder raus bin, da waren die Skier zugeschneit. Ich hab mich hingehockt und hab gegraben und gegraben, mit bloßen Händen, die waren ganz dunkelrot und starr, aber ich hab nicht aufgegeben, bis lange nach Mitternacht. Aber es hat schneller geschneit, als ich graben konnte, und ich habe die Skier nie mehr wiedergefunden. Als ich ohne die Skier nach Hause kam, da hat sie mich so durchgeprügelt, dass ich am nächsten Tag nicht zur Schule gehen konnte.«

Wilma dachte an die Kinder von heute. Die würden sich vermutlich überhaupt nicht bequemen, nach ihren Skiern zu graben. Die Kinder von heute bekamen sofort neue Skier, in solchen Fällen. Nicht alle vielleicht, aber die, die sie kannte.

»Wie lange haben Sie das ausgehalten?«

»Als ich zwölf war, fing ich an, vor der Schule zu arbeiten. Mir war alles recht, Hauptsache, raus von zu Hause und weg von dieser Frau. Jede Stunde, die ich nicht mit ihr unter einem Dach verbringen musste, war ein Geschenk. Wir hatten im Dorf einen Laden, da gab es alles zu kaufen, von der Seife über Gemüse bis zu Strümpfen und Schulheften. Da hab ich jeden

Morgen um sechs das alte Gemüse und Obst ausrangiert und die Regale aufgefüllt. Und dann habe ich Semmeln ausgefahren, mit dem Fahrrad. Die waren genau abgezählt, für die Gasthöfe und Pensionen bei uns im Ort. Mit hundertzwanzig Semmeln fuhr ich los, morgens um fünf von der Bäckerei, und wehe, ich kam nicht damit hin. Einmal bin ich am Berg hingefallen, da sind die Semmeln die Straße runtergepurzelt und ich hinterhergerutscht, auf Knien, alle wieder eingesammelt, und dann hab ich sie abgeliefert, aber der Wirt vom Ochs'n, der hat mich gesehen, aber er hat nix gesagt, weil er wusste, ich krieg sowieso immer Schläge zu Hause.«

Wilma schaute Ferdinand an, wie er da so in seine Erinnerungen versunken im Grase saß, breitbeinig, die Hände nach hinten gestützt, den Blick ins Leere. Gott, was mochte sie diesen Mann. Sie sah ihn bildlich vor sich, wie er als Junge einfach versucht hatte zu überleben.

Wenn sie da an die Bengels dachte, die mit ihren Töchtern in der Klasse waren: Die waren auch zwölf, dreizehn Jahre alt. Aber in ihrem Leben gab es nur Computerspiele, Fernsehen und organisierte Vergnügungen. Und wenn die Eltern sie nicht mit dem Auto zum Tennis und zum Golf fuhren, dann gingen sie eben nicht hin.

»Im Sommer, da hatten wir lange Ferien. Um nicht bei ›ihr‹ sein zu müssen, bin ich auf eine Almhütte hinauf, da war so ein alter, versoffener Senner. Der hieß Louis. Der hat da oben gelebt von Ostern bis zum Abtrieb. Der hatte da oben Schafe und Kühe, Ziegen und Schweine. Die hausten mit ihm an der kärglichen Berghütte. Ich musste die Kühe und Ziegen melken und ihm helfen beim Käsemachen. Das war für mich ein absoluter Traum, denn da war ich weg von dieser Frau. Ich hatte aber Angst um meine Schwester, denn ich wusste, wenn ich sie nicht beschütze, dann tut es keiner. Aber der alte Loisl hat mir immer gesagt, dass ich mir keine Sorgen machen muss, weil der Himmelvater immer auf die Kinder aufpasst.

Die Gewitter oben – das war ein absoluter Horror. Wir haben immer die Gewitter unter uns gesehen, denn wir waren über den Wolken. Einmal, da war eines unter uns und eines über uns. Da habe ich gedacht, jetzt geht die Welt unter und ich kann die Bernhardette nicht mehr retten. Der Loisl war ein alter, unglücklicher Mann. Aber er hat mich gemocht. Er hat mir immer gut zu essen gegeben. Buttermilch mit Brot. Das habe ich immer geholt, jeden Freitag, unten vom Bauern. Brot, Salz und Kaffee. Den Schnaps hat er oben gehabt.

Einmal hat's mich erwischt, da war auch ein Gewitter. Beim Runtergehen. Da hat's so geschüttet, dass ich nicht weitergehen konnte. Da habe ich mich unter einer großen Tanne versteckt. Ich bin dann eingeschlafen, und als ich wieder munter wurde, hat die Sonne schon wieder geschienen. Und ein Reh stand vor mir, fünf Meter vor meiner Nase, und hat mich angeschaut. Das werde ich nie vergessen. Das hatte ganz liebe braune Augen wie meine Mama und ich hab gedacht, das ist meine Mama, die passt auf mich auf.«

Er wischte sich mit dem Handrücken die Nase, wie er es damals getan haben mochte, als er noch ein streunender Junge gewesen war.

»Weiter«, sagte Wilma in ihrem Rollstuhl.

»Oben auf der Hütten, da gab's immer was zu tun. Ich habe mich nie gelangweilt. Da habe ich immer die Schweine versorgt, diese große stinkige Sau, die ich gehasst habe, und die Ziegen und der Loisl, der hat vor der Hütten g'sessen und hat sich sein Stamperl mit Schnaps gefüllt und seine Pfeife gestopft und da wusste ich schon, jetzt holt er sich seinen zweiten Schnaps und seinen dritten, und auf d'Nacht kann ich wieder nicht mit ihm rechnen, wenn die Geiß niederkommt. Grausig, sag ich Ihnen. Einmal die Geiß und einmal die Sau. Die Sau hat zwölf g'habt, also vierzehn hat's geboren, aber auf zwei hat sie sich drauf g'legt und ich konnte sie da nicht runterziehen, ich war zu schwach für das Riesenviech, und da sind zwei Ferkel platt gewesen.«

Wilma musste lachen. Sie sah das alles so bildlich vor sich! Wie der magere Bursch in den Lederhosen nachts versuchte, einer Sau beim Niederkommen behilflich zu sein, während der Senner laut schnarchend in seiner Koje lag und seinen Rausch ausschlief!

»Als ich fünfzehn war, bin ich endgültig von zu Hause ausgezogen. Der Bürgermeister ist zu meinem Vater gekommen und hat gesagt, ich kann ein Zimmer bekommen, im Altersheim.«

»Im Altersheim?«, fragte Wilma dazwischen.

»Ja. Im Altersheim war eine Dachkammer frei geworden. Es war ein Dachverschlag, eine Abstellkammer mit einer Hebetür. Ich werde nie vergessen, wie glücklich ich war, als ich da mit meinem Koffer eingezogen bin. Die Tapeten hingen herunter, es war November und saukalt und ich habe in der Mittagspause versucht, die Tapeten wieder anzukleben, aber als ich abends heimkam, hingen sie wieder herunter. Das habe ich eine ganze Woche lang gemacht, bis man mir sagte, dass man Tapeten bei ›Raumtemperatur‹ ankleben muss. Bis dahin hatte ich nicht gewusst, was eine ›Raumtemperatur‹ ist, weil ich bis dahin gefroren hatte wie ein Schneider. Aber ich habe die Tapeten dann mit Reißzwecken festgemacht und ich war stolz wie Oskar, dass ich so ein cleverer Bursch war.

Dieses Altersheim, das hat mich geprägt. Da waren total ausrangierte Menschen, die waren nicht zurechnungsfähig. Eine Frau, die war komplett behindert, die war von einem Bauern schon als Kind abgeschoben worden. Die konnte nicht gehen und hat immer nur gesabbert. Der Irrgei und der Hans, die haben zusammen in einem grauslichen Zimmer geschlafen, und haben sich einmal am Tag in den Haaren gehabt, aber brutal. Die Erna, die Haushälterin, die hatte so Schiss vor den Männern, da hat sie mich immer geschickt. In der Nacht hat sie mit dem Besenstiel an meine Dachkammertür geklopft und da wusste ich, ich muss die Männer beruhigen. Da hab ich mir einen Stock zurechtgemacht und bin dann rein in das Zimmer, und hab gezittert vor Angst, aber ich hab geschrieen: »Sofort ist Ruhe!« Die Alten haben Mitleid mit mir gehabt und mich ausgelacht und dann waren sie ruhig.

Die Erna hat sich so gegraust vor der Frieda, das Gebiss musste geputzt werden. Ich habe der Alten das Gebiss gewaschen, aber nicht hingeschaut dabei und dann hab ich's ihr wieder in den Mund geschoben. ›Doonk-schee‹, hat's immer gestammelt und hat mir fünf Schilling zugesteckt.

Den Irrgei musste ich waschen und es gab nur kaltes Wasser und einen regelrechten Trog. Der Trog war so groß, dass ich den Irrgei reinsetzen konnte. Dann habe ich immer Wasser geholt und da wusste der Irrgei schon, jetzt tu ich ihn waschen, da ist er immer abg'haut. Der hatte ein Riesengesicht, der Irrgei, heute weiß ich, der hatte einen Wasserkopf.«

Ferdinand grinste, in Erinnerung an seine Kämpfe mit Irrgei am Waschtrog.

»Die Erna war froh. Fürs Irrgei-Waschen hab ich immer fünfzig Schilling gekriegt. Zur selben Zeit hatte ich auch eine Band, wissen Sie. Ich war der glücklichste Mensch der Welt, ich war weg von dieser Stiefmutter und ich war der Star. Mit dem Geld, was ich mir zusammengespart hatte, habe ich mir eine Gitarre gekauft. Ich hatte Freunde und alle haben mich gemocht, jeder hatte mir was geschenkt – zum Beispiel ein altes Tonbandgerät. Da habe ich mir stundenlang Musik draufgespielt. Dann habe ich mir Mädels eingeladen, die, die kurze Röckchen anhatten, da bin ich hinterdrein die Stiege raufgegangen, ja mei, das waren die Highlights!« Ferdinand grinste verschmitzt und auch Wilma musste laut lachen.

»Aber ich habe immer gewusst, ich muss Ski fahren. Mein ganzes Geld ging drauf für Skier und Stöcke. Ich durfte bei den Trainings mitfahren, aber mich hat keiner gefördert, ich hab nicht so richtig dazugehört. Die anderen Skitalente, die Söhne der Hoteliers, die hatten Eltern, die ihnen das Zeug gekauft haben, die waren im Verein und die Eltern zahlten Mitgliedsbeitrag. Ich war der Außenseiter, aber ich durfte mittrainieren, wenigstens manchmal. Ich hatte ja meinen Job in dem Sparladen und musste zehn Stunden am Tag arbeiten, aber abends und am Wochenende, da haben sie mich mitgenommen zum Training. Und dann habe ich eben morgens um fünf schon die Bahnen eingefahren, für die anderen.

Ich hatte einige Abfahrtsläufe und gute Rennen gemacht, da sagten die Trainer, Bursch, wenn du so weitermachst, dann kommst du vielleicht in den Landeskader. 1976 in Innsbruck, bei der Winterolympiade, da sollte ich dabei sein.

In Frankreich habe ich dann meinen ersten Abfahrtslauf gewagt. Und dabei ist es passiert.

Am zweiten Jänner '75 musste ich wieder die Piste einfahren für die Olympiateilnehmer. Es war noch dunkel und ich wollte neue Skier ausprobieren, die ich für einen Kollegen testen sollte. Die Piste war vereist. Ich wusste das, aber ich war ein junger Bursch und wollte es allen beweisen. Ich hab mich da runtergestürzt wie der Teufel.

Dann bin ich schrecklich gestürzt, hab mir beide Beine gebrochen, und als ich wieder aufwachte, lag ich im Spital, auf dem Gang, weil das Unfallkrankenhaus so überfüllt war von Skiunfällen. Ich war nicht versichert und für mich hat keiner bezahlt, deswegen hatten sie mich auf den Gang gelegt. Alle paar Minuten wurde ein Bett an mir vorbeigeschoben und dann stießen sie an, das tat höllisch weh.

Ich hatte einen Spaltgips auf beiden Beinen, bis oben hin. Es war eine kleines, altes Krankenhaus und es hat mich keine Sau besucht. Keine Sau, sage ich Ihnen. Wochenlang, monatelang. Ich konnte auch kein Französisch, woher denn auch? So lag ich da.

Wenn man als junger Bursch daliegt, voll athletisch, und es kommt eine zwanzigjährige Krankenschwester, die in der Lehre ist, und fragt, ob ich ›Lulu‹ machen möchte, dann versteht man das falsch. – Sie meinte, ob ich ›Pipi‹ machen wollte, aber ich hatte an was anderes gedacht.« Ferdinand lachte wieder und Wilma kicherte, dass ihr die Rippen wehtaten.

»Erzählen Sie weiter«, bettelte sie wie ein Kind.

»Irgendwann haben sie mich nach Zell am See verfrachtet, wo ich weiter im Spital gelegen hab. Ironischerweise lag ich wieder im Flur. Da lagen alle im Flur. Wenn man gewisse Krankenschwestern bestochen hat, dann gab's bessere Ecken im Flur, wo niemand angestoßen hat. Das war an und für sich ganz interessant. Aber die Krankenschwestern in Frankreich waren süße Haserln und die in Zell am See waren dicke fette alte Nonnen, die mich angeschrien haben, ich soll in die Bettpfanne einischeißn, aber schnell, weil sie nur drei haben für die fünfzig Leut.«

Ferdinand grinste. Wilma lachte schallend.

»Ich kam natürlich aus dem Krankenhaus als ganz anderer Mensch wieder heraus. Ich hab die Welt mit ganz anderen Augen gesehen, als ich wieder laufen konnte! Ich war neunzehn und ich wollte die Welt aus den Angeln heben, jetzt endlich. Geld hatte ich keins, aber ich wollte weit weg.

Ein Freund von mir, der auch in Zell am See im Flur gelegen hatte, wollte mit mir fahren. Dessen Vater hatte ein großes Hotel und der Freund sollte in Amerika das Hotelfach erlernen. Wir haben auf einem Frachter als Cleaner gearbeitet und uns damit die Überfahrt verdient. Am 4. Juni 1977 sah ich die Freiheitsstatue. Da habe ich innerlich gejubelt. Ich hab's geschafft, dachte ich, ich bin endlich erwachsen.«

»Wie sind Sie ohne Geld und englische Sprachkenntnisse denn da weitergekommen?«, fragte Wilma. Ihr stand vor Spannung der Mund offen. Sie selbst erinnerte sich ganz genau, was sie am 4. Juni 1977 gemacht hatte: Sie hatte gerade in Düsseldorf ihr Abitur gemacht und absolvierte einen Französisch- und Italienischkurs in der Schweiz, den ihr ihre Eltern spendiert hatten.

Sie hatte die ersten Jungens kennen gelernt, war zum ersten

Mal Motorrad gefahren und hatte in Genf ein Abenteuer namens Horst.

»Wir sind mit einigen Mädels nach Itaka, dort ist die Cornell-Universität. Überhaupt haben die Mädels mir im Leben immer weitergeholfen. Wenn ich mal keine Bleibe hatte, konnte ich immer bei einer unterschlüpfen.« Ferdinand grinste Wilma an. »Ich war immer ein wilder Bursch.«

»Ich kann's mir vorstellen«, sagte Wilma. »Was war mit der Universität?«

»Meinen Freund haben sie gleich genommen und mich wollten sie nicht nehmen, weil ich kein Abitur hatte. Aber sie haben mich getestet, drei Monate lang war ich zur Probe da. Ich hab gebüffelt wie verrückt und nachts hab ich gejobbt, in Kneipen und in Bars, damit ich mir den Campus leisten konnte. Als ich dann Englisch halbwegs verstand, wurde mir klar, dass der Stoff, den sie da vermittelt haben, ein Kinderspiel war für mich, gegen das, was ich schon zu Hause geleistet hatte. Und so habe ich mich durchgeschlagen. Immer zwei Semester Cornell und ein Semester gearbeitet. Von morgens um sechs bis nachts um zwei. Im Gastgewerbe, da kannst du hauptsächlich durch Trinkgeld überleben. Wenn du fit bist und freundlich und gut drauf mit den Leuten, dann kannst du wirklich gut verdienen. Das hatte ich damals schon begriffen und im Gegensatz zu meinen Kollegen, die viel geschlafen und gefeiert haben, habe ich gearbeitet bis zum Umfallen.«

Ferdinand sah auf die Uhr. »Oh, jetzt verpassen Sie Ihr Abendessen.«

»Sie glauben gar nicht, wie gern«, sagte Wilma. Und dann schauten sich die beiden einfach nur an.

»Tja, was soll ich mit diesem Material anfangen?«

Hansjörg Fleischmacher blickte ratlos auf die lange, schwarze Mähne der fremden Kundin.

Er war ein kleiner, dicker Mann um die fünfzig, der voll auf schrilles Outfit setzte. Die rötlich gesträhnten Haare hatte er sich in einer fettigen Tolle auf die Stirn gedrechselt. Das schrilllila Hemd, das er trug, hatte viereckige Löcher, die seine Tätowierungen am Schulterblatt und auf der rötlich behaarten Brust zeigten. An den Fingern hatte er mindestens ein Dutzend schwere goldene Ringe, ebenso in jedem Ohrläppchen, in den Augenbrauen und im Nasenflügel. Er roch sehr heftig nach Haarspray und Rasierwasser.

»Ich weiß nicht. Sie sind doch der Fachmann ...«

»Na ja, wenn ich ganz offen sein darf ...«

»Bitte.« Die Kundin kramte in ihrer Straußenlederhandtasche nach einer Zigarette. Hansjörg Fleischmacher beeilte sich, ihr Feuer zu geben.

»Also grundsätzlich finde ich das Material sehr schön ...« Hansjörg ließ die lange Haarpracht kritisch durch seine dicken, beringten Finger gleiten. Der Fingernagel des kleinen Fingers war noch dreimal länger als die anderen. Für Gütersberg war der ganze Friseurmeister einfach wahnsinnig schrill. Unglaublich, so ein Wesen in so einer biederen Kleinstadt!

»Aber ...? Sagen Sie mir ganz ehrlich Ihre Meinung.« Die Kundin schluckte.

»Nun ja«, Hansjörg räusperte sich, »diese Frisur ist Ihrem Alter vielleicht nicht mehr so ganz angemessen.«

Die Kundin zuckte zusammen, überspielte die Kränkung aber geschickt durch heftiges Rauchen.

»Finden Sie? Also das hat mir bis jetzt noch keiner gesagt.«

»Na ja, Sie haben mich nach meiner ehrlichen Meinung gefragt.« Der kleine fette Friseurmeister zwirbelte seinen rötlichen Schnurrbart hoch.

»Sie sind ja anscheinend der Spezialist für Problemfrisuren. Wie sich herumgesprochen hat, haben Sie ja auch das Outfit von Mechthild Gutermann völlig verändert.«

»So«, sagte Hansjörg. »Hat sich das herumgesprochen.«

»Was hat denn Frau Gutermann bewogen, die Frisur zu ändern? Viele Frauen gehen ja zum Friseur, wenn ein neuer Mann im Spiel ist ...«

Hansjörg schaute prüfend auf die Dame herab. »Sie erwarten doch hoffentlich nicht von mir, dass ich über eine andere Kundin Auskunft gebe?«

»Nein, natürlich nicht. Ich wollte nur so ganz unverbindlich ... plaudern.«

»Plaudern wir doch lieber über Ihre Frisur! Wenn Sie etwas über Frau Gutermann wissen wollen, sind Sie bei mir an der falschen Adresse.«

»O natürlich, klar. Ich liebe diskrete Friseure. Was würden Sie also in meinem Fall an der Frisur verändern?«

Hansjörg zögerte nicht eine Sekunde. »Ab.«

»Wie – ab?«

»Ab!« Jetzt kam Leben in den kleinen fetten Maestro. »Lassen Sie sich überraschen. Ich mache Ihnen einen topmodernen Schnitt. Weiche Stufen, Federnfransen, leichtes luftiges Design.«

»Sind Sie sicher?«

»Ja. Klar. Außerdem ist dieses harte krasse Schwarz viel zu ... schreiend. Um nicht zu sagen, ordinär.«

»Ja, aber ...«

»Zu Ihrem Gesicht passt ein weiches Aschblond. Sie sind immerhin Mitte bis Ende vierzig, wenn ich mich so weit herauslehnen darf ...?« Der Friseurmeister kicherte. »Mit grauen Strähnchen. Und das Ganze lockern wir dann auf mit einem matt schimmernden Rötlichbraun.«

Hansjörg kam nun richtig in Rage. Er klaubte eine dicke Kladde hervor, in der lauter kleine aschblonde Haarbüschel klebten.

»Schauen Sie mal. Wir könnten dies hier mischen mit einem warmen Grau und abdecken mit dem Farbton 54, und wenn das dann zu matt erscheint, tönen wir es noch mit der 57.

Dann hätten wir die Härte raus aus Ihren Haaren.« Immer wenn er sich bewegte und mit den Händen wedelte, wehte der Kundin dieser aufdringliche Rasierwassergeruch entgegen.

»Also, ich denke, ich überlege mir das noch mal.«

Nein, das war ihr denn doch zu gewagt. Sie wollte eine Auskunft über Mechthild Gutermann, und dafür war sie auch bereit, in ihren schwarzen Haaren herumfuhrwerken zu lassen. Aber »ab«..., nein, das war ihr doch zu viel Berufsrisiko.

»Für heute bitte nur waschen und fönen.«

»Wie Sie meinen. Das übernimmt dann unser Lehrling – Natascha, kommst du bitte mal?«

Der Maestro hielt das Gespräch für beendet und wandte sich ab.

Mit Sicherheit wollte die etwas anderes als waschen und fönen. Aber da hätte sie sich schon einen Dümmeren suchen müssen. Hansjörg war seit Jahren mit Mechthild befreundet. Er stand zwar mehr auf Männer, aber er fand es eine Riesenschweinerei, was sie mit ihr machten. Das ganze Dorf tratschte sich in seinem Salon über Mechthild Gutermann aus. Er hielt aber eisern zu ihr. Und wenn hier einer den Mund zu voll nahm, dann schnitt Hansjörg schon mal aus Versehen ein paar Haare mehr ab als nötig. Innerlich wetzte er schon das Messer.

Ein dürres Mädel auf Plateauschuhen und mit lila Stoppeln auf dem Kopf näherte sich schüchtern. »Wenn Sie bitte zum Waschen dann hier herüberkommen...«

Die Kundin kämpfte mich sich. Einerseits waren ihre langen schwarzen Haare ihr ganzer Stolz. Welche Frau Ende vierzig hatte denn noch so eine Mähne?

Andererseits hatte sie keinerlei Interesse, sich von einem Azubi die Haare waschen zu lassen. Verdammt. Manchmal muss man in meinem Beruf auch Federn lassen, dachte sie. Und gerade jetzt bin ich auf der Karriereleiter fast oben. Ich brauche nur noch eine Hürde. Oder zwei. Ja. Ich will mehr.

»Ich hab's mir anders überlegt. Holen Sie den Meister.«

»Chef? Die Dame möchte nun doch …«

»Oh, das freut mich.« Begeistert griff Hansjörg Fleischmacher zur Schere. »Sie werden es nicht bereuen, Frau …«

»Nassa.« Aha, dachte er. Hab ich's mir doch gedacht. Irgendwie kam diese Frau mir doch gleich bekannt vor. Eine linke Schlange. Eine von den übelsten Ratten. Schrieb die nicht immer diese offenen Briefe an ihren ehemaligen Gatten für *Neuer Tratsch*? Schließlich hatte er das Blättchen abonniert. Er las zwar so einen Schwachsinn nicht, aber ab und zu schaute er mal einer Kundin über die Schulter. Genau! Von daher kannte er auch ihr Gesicht! Und ihre schwarze Schmuddelmähne! Innerlich freute er sich diebisch. Kaum zu fassen, dass sie die Dreistigkeit hatte, als Kundin getarnt bei ihm aufzutauchen. Das sollte sie allerdings nicht so schnell vergessen.

»Entspannen Sie sich und vertrauen Sie mir. Ich mache einen völlig neuen Typ aus Ihnen.«

Hansjörg ging nun radikal zu Werke. Mit abgespreiztem kleinen Finge schnitt er eine Strähne nach der anderen ab. Schnipp, schnapp. Die langen schwarzen Strähnen fielen zu Boden, gnadenlos.

»Man hat Sie mir empfohlen, als Promi-Friseur.« Nicole versuchte noch einmal, das Gespräch auf Mechthild Gutermann zu bringen.

»Das freut mich aber ganz besonders.« Schnipp, schnapp, klipp, klapp.

Der Lehrling rührte inzwischen eine gräulich blaue Masse an, die grässlich stank.

Der Maestro war sehr in seine Arbeit vertieft. Nicole musste mehrmals heftig schlucken, als sie ihre letzten Strähnen fallen sah.

»Frau Gutermann sieht jetzt richtig flott aus … hat ja eine richtige Punkfrisur! Und der Farbton, echt schrill! Wie reagieren denn die Leute in Gütersberg auf die ehemalige Familienministerin? Jetzt, wo sie aus ihrem Typ so ganz etwas Neues gemacht hat?«

Hansjörg antwortete nicht. Mit einem Pinsel verschmierte er die blaue Paste auf Nicoles verbliebenem Haar. Dabei spreizte er den fetten ringbeladenen kleinen Finger mit dem überlangen Fingernagel ab, als hielte er eine englische Teetasse.

Verdammt, dachte Nicole. Sie sah ihren Anblick höchst entsetzt im Spiegel. Kurze, nasse schwarze Stoppeln! Für diesen Preis will ich aber jetzt was wissen!!

»Die Frau hat ja in letzter Zeit aber auch von sich reden gemacht... sah ja aus, als könnte sie kein Wässerchen trüben, was?«

»Jetzt kann sie«, murmelte Hansjörg. Er griff etwas fester in Nicoles verbliebenen Haarschopf, als das nötig gewesen wäre.

»Sie wohnt doch sogar hier in Gütersberg, nicht wahr? Kennen Sie sie näher? Ich meine, wie ist sie denn... privat?«

»Natascha, mach du hier weiter!« Mist, der Angriff war daneben gegangen. Das Mädchen bearbeitete nun weiter Nicoles Kopf. Der Maestro flüsterte etwas mit einer anderen Mitarbeiterin. Was heckten die beiden denn da aus?

Nicole wurde es immer mulmiger. Sie würden doch nicht... O Gott! Hansjörg kam mit einem Korb voller kleiner gelber Lockenwickler!

Hansjörg grinste. »Zu Ihrem Schnitt gehört jetzt unbedingt eine ganz leichte Mini-Pli. Natascha, überlass die Kundin mir.«

Er spreizte den kleinen Finger sehr genüsslich ab, als er mit dem Wickeln der Haare auf winzige Wickler begann.

An diesem Frühlingsabend, als in München im Park des Krankenhauses die sanfte Dämmerung Bäume und Büsche umfing und die Amseln ihr Abendlied flöteten, als der Maestro Fleischmacher sein Werk an Nicole Nassa vollendete und extra noch ein paar Überstunden einlegte, da flöteten auch im Stadtpark von Gütersberg die Amseln. Auf dem Mäuerchen vor dem Kinderspielplatz lungerten einige Gestalten herum. Sie hatten Zeitungen auf Parkbänken ausgebreitet und tranken Bier aus der Flasche. Ihre Frisuren waren alle kurz, strähnig und wasserstoffblond. Sie hatten große, ausgemergelte Hunde bei sich, die genauso struppig und verkommen aussahen wie ihre Besitzer.

»Haste mal 'ne Mark?« Eine junge Frau verstellte Mechthild den Weg, als sie gerade vom Fitnesscenter nach Hause lief. Mechthild trieb neuerdings zum Ausgleich wieder viel Sport. Sie hatte ja jetzt alle Zeit der Welt und die einzige Möglichkeit, mit ihrer Schlaflosigkeit, ihrer Verwirrung und ihrer Trauer fertig zu werden, war für sie täglicher, stundenlanger Sport. Sie hatte den Weg durch den dämmrigen Stadtpark zurück nach Hause gewählt, weil sie hoffte, es würde ihr niemand begegnen. Mit den Punks fühlte sie sich seltsam verbunden. Auch Ausgestoßene der Gesellschaft. Leider hatte sie in ihren Trainingshosen gar kein Geld.

»Ey, lasse doch, die gehört doch zu uns«, rief ein Freak, der sich gerade auf seiner Bank einen Schuss gesetzt hatte.

Die junge Frau grinste und ließ Mechthild vorbei. Die Hunde liefen ihr ein paar Schritte nach, schnupperten und tapsten dann wieder zu ihren vollgedröhnten Besitzern.

Mechthild trappelte weiter. So. Hielt man sie schon für einen Punk. Warum auch nicht.

Sie wurde jedenfalls nicht mehr sofort erkannt und das war ihr gerade recht. Nichts war schrecklicher, als dieses Spießrutenlaufen in Gütersberg, wo alle die Köpfe zusammensteckten, aber jedes Gespräch im Keim erstickte, sobald Mechthild irgendwo auftauchte.

Nun, mit ihrem neuen, schrillen Outfit, wirkte Mechthild nicht nur fünfzehn Jahre jünger, sondern sie wurde schlichtweg nicht mehr angestarrt und fühlte sich nicht mehr wie eine Aussätzige. Ihre Söhne fanden die Frisur »voll geil« und Giselher hatte sich noch nicht geäußert. Mechthild war völlig in ihrem Grübeln gefangen. Wie sollte es nun weitergehen? Sollte sie versuchen, ein ganz normales Leben mit Giselher weiterzuführen? Giselher tat sich einfach nur selber Leid und war zu keinerlei klarer Aussage fähig. Durch seine Abhörerei und Bespitzelei hatte Mechthild jeglichen Respekt vor ihm verloren. Sollte sie, der Kinder wegen, noch bis an ihr Lebensende mit ihm zusammen sein? Würden ihre Kinder das überhaupt schätzen? Die drei Jungen waren nicht dumm. Selbst Adrian hatte mit seinen fünf Jahren schon begriffen, dass die Ehe seiner Eltern nicht mehr stimmte. Dass sie sich anschrieen, verachteten und stritten. Dass sie nicht mehr im selben Zimmer schliefen. Dass sie sich einfach nicht mehr mochten.

Sollte sie, Mechthild, wirklich mit Giselher weiterleben? Und akzeptieren, dass er das Telefon verwanzte? Hinnehmen, dass er ihr Detektive nachschickte, wo immer sie auch hinging? Sie war eine selbstbewusste, starke Frau gewesen. Wollte sie nun, der Kinder wegen, zu einer Marionette verkommen? War das Liebe? War es das, was ihre Kinder brauchten? Würde so eine Mutter ihnen auf Dauer gut tun?

Jetzt, wo ihre berufliche Karriere im Eimer war, hatte sie wieder den Status einer Hausfrau. Wie sollte sie die vierundzwanzig Stunden in dem Hause verbringen, in dem Giselher in seinem Büro saß und sie beobachtete?

Sie mochte ihn nicht mehr. Und wenn sie zwanzig Kinder mit ihm gehabt hätte, sie wollte nicht mehr in seiner Nähe sein. Aber durfte sie sich das leisten, als Frau und Mutter? Und dann noch als öffentliche Vorzeigemutter? Einfach gehen? Männer dürfen einfach gehen, wenn sie ihrer Frau überdrüssig sind. Männer verlieben sich neu, genießen ihren zweiten Frühling, hauen ab, zahlen ihre Frauen und Kinder aus, fangen neu an. Das wird nicht weiter erwähnt. Weder in Gütersberg noch sonst wo auf der Welt. Frauen fangen nicht neu an.

Jedenfalls nicht ungestraft. Frauen arrangieren sich mit den gegebenen Umständen. Der Kinder wegen. Und genau das wollte Mechthild jetzt tun.

Sie musste sofort etwas unternehmen, um ihre Tage auszufüllen. Unmöglich konnte sie von morgens bis abends zu Hause herumhängen. Die Kinder brauchten sie. Jetzt, wo sie plötzlich wieder alle Zeit der Welt hatte, wollte sie für die Kinder da sein. Jede Minute. Giselher hatte sich sowieso nie um sie gekümmert. Aber mit jedem Tag, an dem Mechthild sich wieder stärker engagierte, klebte auch plötzlich Giselher im Kinderzimmer. Wo er es früher nie betreten hatte. Hatte er Angst, sie könnte ihn mit den Kindern verlassen?

Nein, das wollte sie nicht tun. Sie hatte sich die ganze Sache eingebrockt und sie musste nun die Suppe auslöffeln. Giselher war mit seiner Forschungsarbeit Tag und Nacht beschäftigt. Sein plötzliches Interesse an den Kindern erschien ihr genauso unheimlich wie seine Spitzelei. Der Mann war undurchschaubar.

Sie musste jetzt bei der Stange bleiben, auch wenn es ihr schrecklich schwer fiel.

Sollte sie sich wieder im Elternbeirat engagieren? Würde man sie da überhaupt noch wollen? Sollte sie wie früher in der Laienschauspielgruppe mitmachen? Oder würden die Leute sie ausbuhen, wenn sie in der Stadthalle auf die Bühne ging? Sollte sie wieder im Kirchenchor mitsingen? Oder würde man sie gar nicht aufnehmen in den Kreis der singenden Christen? Würde man sie als Freizeitmutter in der Schule wieder Gesellschaftsspiele machen lassen? Sie fürchtete sich vor jedem. Alle, die ihr früher mit größtem Respekt begegnet waren, fürchtete sie nun. Was, wenn der Lehrer, der Direktor, der Kirchenchorleiter, der Laienspielregisseur, der Vorsitzende vom Elternbeirat, gar nicht mehr mit ihr sprachen?

Früher, in der Politik, hatte sie sich vor nichts und niemandem gefürchtet. Aber jetzt? Sie wurde immer kleiner und kleiner. Was sollte sie nur tun? Wem konnte sie noch vertrauen? Wer waren ihre früheren Freunde? Wen hatte sie überhaupt noch auf ihrer Seite?

Gerade als sie, in solche düsteren Gedanken verstrickt, am Stadtteich angekommen war, traf sie überraschend Marianne, ihre alte Studienfreundin. Sie hatten sich ewig nicht gesehen und Marianne war ihr immer eine der treuesten und liebsten Vertrauten gewesen. Richtig erleichtert fiel Mechthild der alten Freundin um den Hals.

Dich schickt der Himmel, dachte Mechthild. Du hast immer zu mir gehalten, egal was passierte, und ich war auch immer für dich da. Eine Sekunde lang dachte Mechthild daran, wie Marianne sie gebeten hatte, ihr kraft ihres Amtes und ihrer Position bei der Förderung ihres privaten Kindergartens zu helfen. Mechthild hatte ihr spontan geholfen und so den Kindergarten gerettet, was Mariannes zwei Kindern einen Platz darin gesichert hatte. Das war vor knapp einem Jahr gewesen und der überschwengliche Dankesbrief, den Marianne ihr daraufhin geschickt hatte, lag immer noch ganz oben auf Mechthilds Ablage. »Du bist meine beste Freundin, und wenn alle Frauen so zusammenhalten würden, dann würden sie viel weiter kommen«, hatte Marianne geschrieben. Jetzt war es an Marianne, zu Mechthild zu halten. Schon stellte Mechthild sich vor, jetzt mit Marianne in der nächsten Kneipe zu versacken, auf ein Gütersberger Pils oder ein Glas trockenen Weißwein. Und sich mal alles von der Seele zu reden.

»Mensch, Marianne! Dass ich dich hier treffe! Wie geht es dir?«

Marianne erwiderte Mechthilds Umarmung nicht. Mechthild ließ die vermeintlich so gute Freundin los und schaute ihr ins Gesicht. »Ist was, Marianne? Habe ich dir was getan?«

»Du hättest mich ja mal anrufen können«, fauchte Marianne hasserfüllt. Plötzlich fiel Mechthild auf, wie faltig das Gesicht war. Alt und faltig. Frustriert. Genauso wie das Gesicht ihrer Mutter, wenn sie früher mit ihr schimpfte.

»Ich hätte dich anrufen können?« Mechthild war wie vom Donner gerührt. Eigentlich hatte sie gehofft, dass Marianne sie einmal angerufen hätte. Aber wie so viele gute Freundinnen hatte sie sich vollkommen bedeckt gehalten. Und nun erfuhr Mechthild auch, warum.

Marianne, die sich stets mit ihrer Freundschaft gebrüstet hatte, hatte erwartet, dass Mechthild Gutermann zum Hörer greifen und Marianne über die ganze Sache persönlich Auskunft geben würde. Natürlich hatte Marianne Zeitung gelesen, wie so viele, rein zufällig natürlich, denn »solche Blättchen« las Marianne normalerweise nicht. Aber an der Flut von flammenden Artikeln kam selbst eine Halbakademikerin wie Marianne (sie war Pharmareferentin und arbeitete, dank des erwähnten Kindergartenplatzes, halbtags) nicht vorbei. Wahrscheinlich hielt sie das alles für eine Zumutung.

»Ja, das wäre ja wohl das Mindeste, was ich von dir hätte erwarten können!« Aus Mariannes Augen sprühte Hass. Mechthild wich einen Schritt zurück. Ihr war in letzter Zeit so viel Verachtung und Kälte entgegengeschlagen, dass sie sich eigentlich über nichts mehr hätte wundern sollen. Aber über Mariannes plötzliche Verwandlung nach zwölf Jahren innigster Freundschaft wunderte sie sich nun doch.

»Sag mal, hör ich richtig ... was habe ich dir getan?« Glaubte Marianne im Ernst, Mechthild hätte in ihrer Not nichts Besseres zu tun gehabt, als bei Marianne anzurufen, um ihr womöglich detaillierte Erklärungen abzugeben? Vielleicht war Marianne so wütend, weil sie nun nicht mehr mit »meiner Freundin Mechthild« angeben konnte? Weil sie auch nicht mehr wusste als das, was in der Zeitung stand?

»Du hättest mich sogar anrufen müssen!«, schrie Marianne nun, außer Kontrolle. »Ich hab es hundertmal bei dir versucht, aber die gnädige Frau hat ja immer den Anrufbeantworter an! Und das Handy ist aus!«

»Marianne! Was glaubst du denn, wie viele obszöne Anrufe ich täglich bekomme! Wildfremde Menschen fühlen sich berufen, mich moralisch zu belehren! Ich hab einfach nicht mehr die Kraft, mir das anzuhören!«

»Aber mich musst du dir schon anhören!«, schnaufte Marianne. »Was du getan hast, ist unter aller Sau!«

Du also auch, mein Sohn Brutus, dachte Mechthild. Den Dolch im Gewande, hast auch du nur darauf gewartet, irgendwann mal zustechen zu können.

Mechthild schaffte es einfach nicht mehr, sich weiteren Konflikten auszusetzen. Sie war so leer, so ausgebrannt, so ohne Kraft und ohne Vertrauen in irgendjemanden, dass sie wie ein kleines Kind reagierte. Sie rannte regelrecht davon. Sie lief einfach weg.

»Du *Schlampe*, du *Rabenmutter der Nation*!!«, schrie daraufhin Marianne hinter ihr her. Es war so viel Hass und Wut in ihrer Stimme, dass Mechthild sich noch nach Stunden die Ohren zuhielt. Sie konnte es nicht fassen. Dass ausgerechnet Marianne ihr Fähnchen so nach dem Wind gehangen hatte.

Nun gab es wirklich nur noch einen Menschen in Gütersberg, der zu ihr hielt: Hansjörg Fleischmacher, der schwule, kleine, fette Friseur. Wie sich doch das Blatt wendete!

»Danke, dass Sie mir das alles erzählt haben.« Wilma knipste das Licht in ihrem Zimmer an.

Auf dem Nachttisch neben dem Bett stand das Tablett mit dem Abendessen. Es war bereits kalt, aber Wilma hatte sowieso keinen Appetit. Sie war auf dem besten Wege, sich in diesen Ferdinand Sailer zu verlieben. Wenn es nicht schon längst passiert war.

»Aber machen Sie keine Story daraus«, lächelte Ferdinand.

Wilma grinste, während sie versuchte, sich vom Rollstuhl wieder in ihr Bett zu hieven.

»Wie sollte ich? Meine rechte Hand ist lahm und mit links kann ich nicht schreiben.«

»So lassen Sie sich doch helfen!« Ferdinand hob das Leichtgewicht Wilma kurzerhand hoch und ließ sie in ihr Bett plumpsen. »Mein Gott, Dirndl, wie oft hab ich das schon gemacht«, flachste er übermütig. »Aber keiner hab ich vorher mein ganzes Leben geschildert.«

»Und warum machen Sie ausgerechnet bei mir solche Umstände?« Wilma sprühte der Übermut aus den Augen. Sie flirtete doch nicht etwa? Im Nachthemd, mit lahmen Flügeln und zerschnittenem Gesicht?

»Na ja, fest anpacken kann man Sie ja nicht«, konterte Ferdinand dann auch ziemlich frech. »Da versuche ich es halt mit Zutexten.« Er nahm ihre Bettdecke, schüttelte sie einmal kräftig am offenen Fenster aus und warf sie dann halb zärtlich, halb lässig über sie.

»Damit Sie sich nicht verkühlen. Und jetzt essen Sie was. Sie sind ja so mager wie ein Handtuch! Als ich Sie zum ersten Mal gesehen hab, in dem Flieger von Miami, da waren Sie proper! Das hat mir gefallen!« Er nahm die Plastikhaube von dem Abendessen.

»Schweinshaxe mit Knödeln und Kraut!« Er bot ihr einen Bissen an, aber sie wendete sich ab.

»Dann ess ich es eben!« Ferdinand hockte sich auf den Tischrand und mampfte erfreut das lauwarme Krankenhausessen. »Na ja, schmeckt nicht gerade wie in einem Sternerestaurant, aber ich hab schon Schlimmeres gegessen.«

Wilma beobachtete ihn, wie er mit Appetit das Schweinshaxen-Sauerkraut-Knödel-Gemisch in sich hineinschob.

»Ein Bier wäre natürlich jetzt der Hit«, murmelte er zwischen zwei Bissen, wobei er ohne Begeisterung den Deckel von der Pfefferminzteekanne hob. Böse sein konnte man dem Kerl wirklich nicht.

»Finden Sie es dreist, wenn ich frage, ob Sie verheiratet sind oder waren?« Wilma konnte sich diese Frage einfach nicht länger verkneifen.

»Geheiratet habe ich nie«, erwiderte Ferdinand. Er setzte sich noch einmal halb auf die Tischkante, nachdem er das Tablett zur Seite geschoben hatte. »Das kann man, glaube ich, nachvollziehen. Die Ehe war ein absoluter Alptraum für mich. Ich wollte immer nur allein sein und meine Ruhe haben.«

»Haben Sie die Richtige nie kennen gelernt?« Wilma hätte sich am liebsten die Zunge abgebissen für diese dämliche Frage. Hoffentlich dachte er nun nicht, sie, Wilma, hielte sich für die Richtige.

Ferdinand grinste sie an. »Viele Richtige habe ich kennen gelernt. Aber die Richtige-Richtige, die war nicht dabei. Macht aber nix. Ich habe nicht nach ihr gesucht. Ich hatte ein tolles Leben drüben. In Amerika fing ich an, Golf zu spielen. Ich habe viel Geld verdient und konnte mir ein schönes Haus kaufen, in Sausalito, das ist in Kalifornien.«

»Ich weiß«, sagte Wilma. »Bei San Francisco.«

»Von meinem Haus aus konnte ich die Golden Gate Bridge sehen. Abends hab ich mich auf mein Flachdach gesetzt, mit einer Flasche Bier oder einem guten Glas Wein, und dann hab ich einfach das Gefühl genossen, frei zu sein. Niemand schreit mich an und keift und macht mir Vorschriften und ich bin einfach gern allein.«

Schade, wollte Wilma sagen. Aber sie verkniff es sich gerade noch.

Sie war nun gar nicht mehr gern allein. Und sie fürchtete den Moment, wo die Tür aufgehen würde und die Nachtschwester »Jetzt ist aber keine Besuchszeit mehr« sagen würde.

Ferdinand knipste das große Licht aus. »Sie müssen jetzt schlafen.«

»Und warum sind Sie jetzt nicht mehr in Amerika?«

»Ich bin noch nicht sicher. Hier in Bayern gäbe es ein Projekt für mich, das aber noch nicht frei ist.«

»Ist es das, weshalb Sie immer bei Ihrem Anwalt sind?«

»Genau. Ich möchte aber noch nicht darüber sprechen.« Ferdinands Miene verfinsterte sich.

»Erzählen Sie noch ein bisschen von Amerika«, wechselte Wilma das Thema. Sie hatte noch von ihrer Zeit bei der *Elite* ein absolutes Gespür dafür, wann sie mit einem Thema aufhören und lieber zum nächsten übergehen sollte. Und sie hatte Recht. Ferdinands Augen leuchteten schon wieder, als er weitererzählte.

»Ich habe gern in Amerika gelebt. Die Leute da sind so locker und freundlich. Es herrscht eine Herzlichkeit da drüben, ein Mitgefühl! Wenn du im Supermarkt an der Kasse stehst, dann springen sie herbei und fragen dich, wie's dir geht, und dann helfen sie dir beim Einpacken und bringen dir das Zeug bis zum Auto ...«

Ob Ferdinand merkte, dass er Wilma duzte? Oder war das nur so ein Umgangs-Du? Wilma lauschte ihm und versuchte, ihr Herzklopfen unter Kontrolle zu kriegen.

»Die Mütter verhätscheln ihre Kinder. Unten an der Promenade am Meer, da sieht man abends die Kinder joggen, weil sie übergewichtig sind. So fette Kinder hast du noch nie gesehen. Die Mütter fahren mit dem Auto neben ihnen her, um ihnen Mut zuzusprechen. Sie warten dann mit einem Handtuch und mit einer Flasche Wasser am Ende der Promenade. Wenn ich so was gesehen habe, sind mir immer die Tränen gekommen.«

Ferdinand stand plötzlich auf. »So, jetzt lasse ich Sie in Ruhe. Schlafen Sie gut.«

Er berührte kurz mit der Hand ihre Wange, und ehe sie sie noch greifen konnte, hatte er sie schon zurückgezogen und war aus dem Zimmer geschlüpft.

Wilma lag noch lange da und hoffte, er würde noch einmal zurückkommen. Dann dachte sie an die dicken Kinder in Amerika, die auf der Promenade joggten, und an die Mütter der dicken Kinder, die mit Wasser und Handtuch auf sie warteten. Und auf einmal musste sie schrecklich weinen.

»Herr Grammatke, ich habe sensationelle Neuigkeiten! Die müssen unbedingt noch ins nächste Blatt!«

»Wie sehen Sie denn aus?« Dankwart Grammatke traute seinen Augen nicht. War das Nicole Nassa, die da höchstpersönlich vor ihm stand?

»Tja, Chef, anders wäre ich an die Informationen nicht rangekommen.«

»Sie sehen ja aus wie Mechthild Gutermann!!«

»Ich war ja auch bei ihrem Friseur!!«

»Ach, Mädchen, ich muss sie bewundern. Sie nehmen Ihren Beruf wirklich ernst. Setzen Sie sich. Wollen Sie auf den Schreck ein Glas Prosecco?«

Dankwart Grammatke hatte nun wirklich Mitleid mit Nicole. »Musste das denn sein?«

»Chef, für eine gute Story mache ich alles.«

»Ich weiß.« Grammatke schüttelte den Kopf. »Sie sehen aus wie ein Kindergartenkind ...«

Nicole zupfte vergeblich an ihren Haaren herum. »Ich bekomme die Spesen hoffentlich erstattet.«

»Schmerzensgeld, Nassa? Wie viel denn?«

»Zweihundertzwanzig Mark.«

»Was. Für diese Frisur? So hat mir meine Oma in den frühen Fünfzigern immer die Haare geschnitten. Da hatte ich auch noch solche feinen Babylöckchen!«

»Jetzt lassen Sie es aber gut sein, Chef. Es verwächst sich ja wieder!«

»So lasse ich Sie aber nicht an meine Promis ran!«

»Chef, ich kann ja 'ne Perücke aufsetzen. Mach ich öfter! Gar kein Problem!«

»Na gut, Nassa. Wenn es sich gelohnt hat ... hoffentlich verwechselt man Sie jetzt nicht mit der ehemaligen Familienministerin.« Kopfschüttelnd lachte Grammatke.

»Nein Chef. Das ist ja meine sensationelle Neuigkeit ...«

»Was ist los? Ich bin ganz Ohr!«

Nicole Nassa steckte sich mit zitternden Fingern eine Zigarette in den Mund. Grammtke sprang herbei und gab ihr Feuer. Nicole zog einmal genüsslich an ihrem Glimmstengel. Dann ließ sie die Bombe platzen: »Sie hat eine neue Frisur!«

»Nein! Sagen Sie das noch mal!«

»Sie hat kurze dunkelrote, punkmäßige ...«

Grammatke hechtete über sie und riss energisch den Telefonhörer von der Gabel. »Gib mir mal jemanden vom Layout! Was? Streicht das uneheliche rothaarige Baby von der russischen Mulattin! Das kann auf Seite vier! Wie, das geht nicht mehr! Das geht alles!« Er schnaufte. »Das haben doch am Donnerstag alle auf dem Titel! Alle! Aber wir haben was ganz Geiles, das hat keiner, nur wir! Die Gutermann mit Punkfrisur! Und das verdanken wir unserer engagierten Topjournalistin Nicole Nassa!«

Nicole Nassa wippte vergnügt mit ihren Cowboystiefelspitzen. Ihre Kleidung passte zwar nicht mehr ganz zu ihren kindlichen Ponyfransen in Aschblond, aber vielleicht würde sie von Frau Gutermann auch noch die pinken und türkisen Kostüme erben ...

»Also. Sofort in mein Büro!« Grammatke atmete schwer. »Wie sieht sie aus?«

Nicole kramte in ihrer Handtasche herum. »Hier. Ich hab Polaroids.«

Grammatke betrachtete die Fotos. »Tatsächlich. Wie ein Punk. Dunkelrote, fast lila Haare! Nicht zu fassen! Die sieht zwanzig Jahre jünger aus. Richtig frech!«

»Ja, Chef. Ist das nicht der Wahnsinn?«

»Wir brauchen sofort diesen Friseur für ein vierseitiges Exklusivinterwiew! Alles über Mechthild Gutermann. Nassa, Sie sind ein Teufelsweib.«

»Ich weiß«, sagte Nicole Nassa bescheiden und zupfte an ihren Babylöckchen.

Die Leute vom Layout kamen herein. Sie waren ziemlich

sauer, dass sie die russische Mulattin mit ihrem rothaarigen Baby wieder vom Titel nehmen mussten.

»Samenraub! Was Geileres geht doch gar nicht mehr!«

»Doch«, schrie Grammatke. »Haare ab!« Das ist der viel, viel geilere Titel!« Er tanzte begeistert in seinem Büro herum.

»Was macht denn die Familienministerin hier, Chef?« Ihr Blick fiel auf Nicole, die sie erst gar nicht erkannten.

»Die Gutermann hat 'ne neue Frisur.«

»Ich würde eher sagen, die Gutermann hat ein neues Gesicht«, sagte einer.

Die Mitarbeiter hielten das für einen Scherz und grinsten mitleidig. »Wer hat denn die Nassa so verschandelt?«

»Nein, Menschenskinder, im Ernst! Die echte Gutermann! Kurze dunkelrote Stoppeln!«

»Und das haben wir exklusiv!! Mensch, worauf wartet ihr noch?«

»Wir müssen den Kerl einfliegen. Ist das 'ne Tucke?«

»Kann schon sein«, sagte Nicole.

»Wie kann man seiner habhaft werden?«

»Er sitzt in Gütersberg. Über dem italienischen Eiscafé.«

»Ist er pressegeil?«

»Ich fürchte, nein. Leider völlig unbestechlich. Er hat kein einziges Wort über die Gutermann verraten, obwohl ich ziemlich penetrant gebohrt habe.«

»Also wenn Sie sich schon selbst als penetrant bezeichnen ... Nassa, Nassa!«

»Na ja, er war echt verstockt!«

»Was spricht er denn so?«

»Ich hab natürlich alles heimlich aufgenommen, was der gesagt hat. Aber über Mechthild Gutermann leider kein Wort.«

»Wie, Sie haben nichts aus ihm rausgekriegt?«

»Nein, tut mir Leid, Chef. Aber ich kann natürlich was erfinden.«

»Tun Sie das. Und dann: große Analyse von Mechthild Gutermanns Beweggründen. Raus aus dem Mief, rein ins Abenteuer. Ist die eigentlich in den Wechseljahren?«

»Keine Ahnung, Chef.«

»Das müssen Sie doch wissen, Nassa! Sie sind doch im gleichen Alter!«

Nicole zuckte zusammen. In letzter Zeit hatte sie wirklich einiges einstecken müssen. In ihr reifte der Gedanke, sich bei einem seriöseren Blatt zu bewerben. So, wie sie jetzt aussah. Vielleicht hatte man bei *Die ganze Wahrheit* Verwendung für sie.

Gleich heute Nachmittag wollte sie sich ein pinkes Kostüm kaufen. Oder ein türkisfarbenes.

Mechthild Gutermann hatte kein Glück. In ganz Gütersberg wollte niemand mehr mit ihr zu tun haben. Nachdem sie im Kirchenchor abgewiesen worden war, versuchte sie es im Kreis der katholischen Frauen und Mütter. Aber auch hier drehte man ihr den Rücken zu. Die katholischen Frauen und Mütter, die vor einem Jahr noch Bittbriefe an sie geschrieben hatten, kannten keine Mechthild Gutermann mehr. Erinnerten sie sich nicht mehr an den Basar mit selbst gebastelten Dingen und selbstgebackenen Kuchen, den Mechthild für das Lokalfernsehen eröffnet hatte? An die Spenden, die daraufhin aus dem ganzen Landkreis für die Gütersberger Alleinerziehenden eigengangen waren? An die Interviews in *Hausfrau* und *Meine Vorbilder und ich*, die Mechthild im Interesse der Gütersberger Hausfrauen gegeben hatte? An die Vortragsreihe, die Mechthild ohne Gage gehalten hatte? An die Broschüren, die Mechthild verfasst und an alle Gütersberger Haushalte kostenlos hatte verteilen lassen? Sie hatte Selbsthilfegruppen für alle möglichen Probleme gebildet, für lernschwache Kinder ein Nachhilfezentrum gegründet, sie hatte die örtlichen Architekten dazu gebracht, kindgerecht und jugendgerecht zu bauen, die Straßen waren verkehrsberuhigt worden, vier Kinderspielplätze waren auf Staatskosten entstanden, ein Freizeitzentrum für Jugendliche und eine Tagesstätte für Kinder berufstätiger Eltern. Die Laienspielgruppe war aufgebaut worden und Mechthild, die damals keine Zeit gehabt hatte, selbst mitzuspielen, wurde nun, ein Jahr später, noch nicht mal für eine Nebenrolle eingeteilt. Sie war einfach Luft für alle Gütersberger Bürger. Die neue Frisur verstärkte diesen Umstand noch: Nun hatten die Gütersberger Bürger erst recht Grund, über die völlig aus den Gleisen geratene Mechthild herzuziehen.

Einzig und allein das Fitnesscenter an der Ausfallstraße vor der Autobahnauffahrt von Gütersberg hatte Verwendung für Mechthild, aber auch nur, weil sie sofort einen Jahresbeitrag von 2 000 Mark im Voraus zahlte und fortan jeden Tag dort ihr Programm absolvierte.

Auch sonst änderte sie sich völlig. Sie interessierte sich auf einmal für die Computerspiele der Kinder, zwang ihre Söhne nicht mehr zum Tennistraining, legte keinen Wert mehr auf den Ballettunterricht für Adrian und schwänzte sogar die Harfenstunden, die sie früher genommen hatte.

Giselher, der arme Mann, war der gefeierte Märtyrer und Mechthild die Schande der Stadt.

Und mit jedem Tag, an dem die Ablehnung im Dorf wuchs, wuchs in ihr auch der Trotz.

Sie entledigte sich all ihrer pinken und türkisfarbenen Kostüme, ihrer seidenen Halstücher, ihrer Pumps und ihrer Perlenketten. In einem großen blauen Müllsack fuhr sie die ganzen tantigen Klamotten in das Secondhandgeschäft »Seconda« am Markt, gleich vis-à-vis dem italienischen Eiscafé. Und so kam es zu dem hübschen Zufall, dass zwei Stunden später eine kaum wiederzuerkennende Mechthild Gutermann – dunkelrote Haarzipfel, cool mit Gel gestylt, neu eingekleidet mit engen Jeans, Cowboystiefeln, Lederjacke mit Fransen und knallengem lila T-Shirt darunter – mit zwei voll beladenen Einkaufstüten den Laden verließ, als gerade durch die andere Tür eine bieder aussehende Nicole Nassa mit Kindergartenkindfrisur und Babylöckchen den Laden betrat, wo sie erfreut die pinken und türkisfarbenen Kostüme der ehemaligen Familienministerin erblickte: »Die da! Packen Sie mir die alle ein! Und geben Sie mir alle Perlenketten, Halstücher und Gürtel, die dort im Regal liegen, gleich mit dazu!«

So neu eingekleidet verließ auch Nicole Nassa kurz darauf den Secondhandladen, um sich gleich bei *Pralles Leben* als Starkolumnistin zu bewerben.

»Eines Morgens stand mein Vater unten im Altersheim und sagte: »Junge, komm mit, du musst mir helfen, den Schorsch abschneiden.« Ferdinand Sailer hielt inne. »Das ist keine schöne Geschichte. Ich hab sie noch nie jemandem erzählt. Aber bei Ihnen ist das was anderes.«

Wilma sah ihn schweigend an. Er saß auf einer Bank im Park des Krankenhauses und sie hockte klein und dünn in ihrem Rollstuhl. Auf dem Kopf hatte sie eine Schirmkappe, einerseits wegen der Mittagssonne, andererseits, damit er ihre hässlichen Narben auf der Stirn und am Kopf nicht so sah. Sie war eitel geworden, seit Ferdinand sie regelmäßig besuchte.

Und jedes Mal fürchtete sie, es könnte das letzte Mal sein.

Aber er war wiedergekommen. Und erzählte.

»Wir sind dann runter zum Turm, das war eigentlich eine Kneipe, da hab ich als kleiner Junge immer die leeren Flaschen raustragen müssen und die Bierkisten wieder hochgeschleppt, für fünfzehn Schillinge in der Stunde. Oben am Turm, da war so ein großer Querbalken aus Holz und da hing der Schorsch dran. Haben Sie schon mal einen Menschen hängen sehen?«

»Nein«, sagte Wilma tonlos.

»Sein Hals war schon ganz lang, er hing da wohl schon die ganze Nacht. Unten haben seine Füße auf dem Holzboden

geschleift und er ist so ganz leise im Wind hin- und herge-
baumelt.

Wir sind dann mit der Leiter da rauf und haben ihn abgeschnitten, der Vater und ich. Der Vater war noch nicht ganz
nüchtern und ihm wurde schlecht. Wir mussten den Schorsch
knicken, als wir ihn in den Sarg legten.«

Ferdinand hielt inne.

»Warum hat er sich umgebracht?«, wollte Wilma wissen.

»Der Schorsch hatte ein Mädchen aus dem Dorf geschwän-
gert. Das war ganz eine Dumme, nur die Beine hat's breit gemacht, sonst hat's nix gekonnt. Aber der Schorsch hat dazu gestanden und hat das Dirndl geheiratet. Und dann kam ein
kleiner Sohn. Der Schorsch war katholisch und der hat sich
gekümmert. Er hat mit der Frau und dem Kind im Turm ge-
wohnt und in der Kneipe gearbeitet. So hat er sich und seine
Familie durchgebracht.«

Ferdinand erhob sich von der Bank und schob Wilma im
Rollstuhl vor sich her. Mit energischen Schritten wanderte er
über den Kiesweg, der zu einem Brunnen führte. Einige stei-
nerne Putten spien Fontänen in das trübe Wasser, auf dem einige Blütenblätter schwammen. Außer dem Zwitschern der
Vögel war nur noch das Knirschen der Räder auf dem Kiesweg
zu hören. Beim Gehen sprach Ferdinand schließlich weiter: »Er
war aber nicht glücklich, er konnte nämlich seine Lebensträu-
me nicht verwirklichen. Eines schönen Tages kam er nach
Hause, da lag das Baby unter dem Tisch. Da geht die Frau auf
einen Schwatz die Stiegen runter, weil sie da eine Nachbarin
gesehen hat. Lässt das Kind auf dem Tisch liegen, oben in der
Stube. Und als sie wieder raufkommt, ist das Putzerl am Boden gelegen und hatte die Ärmchen und Beine ganz verdreht… Nach ein paar Tagen gingen sie erst zum Arzt, weil der
Schorsch sich so geschämt hat für seine Frau, dass er sich nicht
getraut hat. Das Ergebnis hat der Schorsch nie erfahren, weil
er wusste, dass das Kind zerstört war. Von dem Augenblick an,

wo der Bub ihn nicht mehr gesehen hat, da hat der Schorsch beschlossen, seinem Leben ein Ende zu setzen.

Ich war gerade fünfzehn, als das passiert ist.

Dann war ich ganz allein, bei meinen Idioten im Altersheim. Der Schorsch war der Letzte gewesen, zu dem ich ab und zu gehen konnte.« Ferdinand erzählte das alles ohne Selbstmitleid. Er sprach es sich einfach so von der Seele, ohne Punkt und Komma.

»Haben Sie denn keine Freundin gehabt?« Wilma sah sich nach ihm um.

»O doch«, sagte Ferdinand und seine Augen begannen spitzbübisch zu leuchten. »Bevor ich meinen Bruch mit Europa gemacht habe, habe ich die Liebe entdeckt. Da waren einige Mädchen, die mich wahnsinnig gemocht haben, aber das habe ich erst später gemerkt. Ein Mädchen hatte es mir besonders angetan, deren Vater hatte eine Gärtnerei und die hat mir die Liebe gezeigt. Ich hab damals ausgeholfen in einem Gasthaus und sie kam mich immer besuchen, dann haben wir uns geliebt, im Kartoffelkeller.« Er stellte ein Bein auf den Brunnenrand und schaute in das trübe Wasser. Anscheinend sah er sein Spiegelbild, das er interessiert betrachtete.

»Sie hat mich dann wissen lassen, dass sie an einer Zusammenarbeit über die nächsten fünfzig Jahre interessiert wäre. Ich hab mich schon gesehen, mit den Totenkränzen und den Blumengebinden in der Gärtnerei, mit vielen Kindern und der schreienden Frau. Da hab ich Reißaus genommen. Ich wollte aber noch mal essen gehen mit ihr. Wahrscheinlich hat sie geglaubt, wir verloben uns an dem Abend, aber ich hatte beschlossen, in die große weite Welt zu gehen. Bevor ich ohne Geld eine Frau heirate, wollte ich lieber was sehen von der Welt. Ich dachte an den Schorsch und dass mir das nicht passieren dürfte.

Ich hab ihr also gesagt, dass ich mit dem Autobus um acht Uhr nach Zell am See fahre, mit dem Zug nach Salzburg und mit dem nächsten Zug nach Hamburg und mit dem Schiff nach Amerika. Ich hab ihr gesagt, ich komm nicht mehr wieder. Sie hat mich angeschaut – sie war wahnsinnig hübsch damals, Barbara hat's geheißen, Barbara Haselberger. Dann hat sie zum Heulen angefangen und dann ist sie rausgestürzt bei der Türe. Draußen hat es wahnsinnig geschneit, dicke Flocken, und ich hab mir Sorgen gemacht, ob sie auch wieder heil ankommt in ihrer Gärtnerei.«

Er schmunzelte. »Aber sie ist heil angekommen. Sie hat einen Bankdirektor geheiratet und hat die Gärtnerei übernommen. Heute ist sie wahnsinnig fett, hat fünf Kinder und zwanzig Angestellte. Ich bin vor kurzem mal hin, um für Sie den Blumenstrauß zu kaufen, da hab ich sie gesehen, hinter einem spanischen Vorhang. Wie sie gerade Blätter am Boden zusammen gefegt hat.«

»Und? Haben Sie sie angesprochen?«

»Ich hab's mir überlegt. Zuerst wollte ich es, aber dann hat mir gereicht, was ich da durch die Vorhangzipfeln gesehen habe. Ein riesendicker Arsch. Ich wollte sie so in Erinnerung behalten, wie sie gewesen ist, vor dreißig Jahren. Die älteste Tochter, die hat mir den Strauß gebunden, die hat mich wahnsinnig an ihre Mutter erinnert. Ich hab sie gefragt, ob's Barbara heißt, und da hat sie gesagt, nein, meine Mutter heißt Barbara, ich bin die Vanessa. Da hab ich gewußt, dass jetzt eine ganze Generation vorbei ist und dass sie meine Tochter sein könnte.«

Wilma lächelte gerührt. »Und? Ist sie's?«

»Theoretisch hätt's gepasst. Aber ich werde das nie erfahren. Und Sie auch nicht!«

Ferdinand sprang auf, stopfte die Hände in die Hosentaschen und ging ziellos am Brunnen herum. Dann setzte er sich vor Wilma auf den Brunnenrand und sah ihr direkt in die Augen: »Jetzt sind Sie aber dran!«

»Womit?«, fragte Wilma, obwohl sie genau wusste, was er meinte.

»Ich erzähle Ihnen mein ganzes Leben und Sie haben noch nichts von sich preisgegeben.« Ferdinand sah Wilma fragend an. »Oder darf ich das nicht wissen?«

»Bei mir gibt es nichts Spektakuläres zu berichten.« Wilma blinzelte gegen die Sonne. »Würden Sie mich ein bisschen weiter nach links schieben?«

»Das können Sie selbst«, antwortete Ferdinand. »Versuchen Sie es!«

Wilma konnte den Rollstuhl nur mit der linken Hand bedienen. Es fiel ihr schwer, aber sie schaffte es. Sie lächelte. »Ich hätte nie gedacht, dass ich mich mal über so etwas freuen würde. Dass ich mich alleine drei Meter weiter bewegen kann.«

»Wie geht's bei Ihnen weiter, Dirndl?«, fragte Ferdinand besorgt. »Irgendwann kommen Sie doch hier raus, oder nicht? Wer holt Sie ab? Haben Sie keinen Mann?«

»Im Moment eher nicht«, sagte Wilma vage.

»Und Kinder?«

»Ich möchte nicht darüber sprechen.«

» Wohin gehen Sie, wenn Sie hier entlassen werden?«

»Ich soll in die Reha, nach Bad Reichenhall«, sagte Wilma. »Dort machen sie ein Therapieprogramm mit traumatisierten Patientinnen, die sowohl körperlich als auch seelisch geschwächt sind. Da gibt es Gruppensitzungen und Maltherapien und so was …«

»Dirndl! So ein Schmarrn! Da sind lauter jammernde Weiber, denen es noch schlechter geht als Ihnen, und die nehmen Ihnen Ihre ganze Energie! Sie müssen zu lieben Leuten! In ein ganz normales Haus! Wo das Leben weitergeht!«

»Kennen Sie welche?«, fragte Wilma resigniert. »Ich nicht!«

»Wie soll es denn jetzt weitergehen?«

Linda und Joe saßen mit Raimund auf der Terrasse. Es war ein herrlich lauer Abend, der Pazifik rauschte, und überall leuchteten bunte Lichter in den prachtvollen Gärten der prachtvollen Häuser. Der Duft von schweren reifen Blüten hing in der Luft.

Raimund hatte eine Dose Bier in der Hand. Er war absolut lässig gekleidet: Sweatshirt, kurze Hose, Joggingschuhe. Kein Mensch aus seiner Münchner Kanzlei hätte ihn wiedererkannt, zumal er inzwischen einen Vollbart hatte. Auch seine Haare waren lang geworden. Ziemlich wirr hingen sie ihm ins Gesicht.

»Ich weiß nicht, was meint ihr?«

»Die Mädchen müssen doch in die Schule ...« Linda hielt ein Glas Chardonnay mit Eiswürfeln in der Hand.

»Das eilt nicht«, sagte Raimund. »Außerdem sind ja hier in den Staaten monatelang Ferien.«

»Aber der Unfall ist jetzt drei Monate her! Sie sollten irgendwas machen, findest du nicht?«

»Mir ist es lieber, sie ruhen sich noch etwas aus«, sagte Raimund und fischte sich eine Tomate aus der Salatschüssel.

»Sie könnten reiten gehen«, warf Joe ein. »Ich nehme sie mit auf die Ranch.«

»Nein, das ist nicht nötig«, entschied Raimund. »Sie hatten Verstauchungen am Oberschenkel, da ist Reiten nicht das Richtige.«

»Wieso Verstauchungen? Woher?«

»Von dem Straßenbahnunfall natürlich!«

»Alle beide?«

»Ja. Klar.«

»Ich habe den Eindruck, sie sind wieder topfit!«

»Nicht fit genug. Sie sollen sich schonen.«

»Aber sie möchten nicht immer im Hause sitzen«, sagte Linda. »Es sind junge Dinger, die wollen doch auch mal raus!«

»Dann nehme ich sie mit zum Tennis«, bot Joe sich an.

»Das geht auf keinen Fall. Und im kurzen Röckchen rennen die mir auch nicht rum.«

»Raimund! Was ist los mit dir?« Linda zog sich fröstelnd ihre Jacke über. »Du warst doch früher nicht so ein überbesorgter Vater!«

»Sie haben durch den Unfall einen Schock. Ich will, dass sie hier zur Ruhe kommen.«

»Sie müssen doch mal an die frische Luft! Sie wollen vielleicht auch mal mit anderen Kindern spielen!«

»Nein. Ich kümmere mich schon um sie.«

»Was ist denn nur mit Wilma? Warum ruft sie nie an?«

»Sie kann nicht.«

»Warum kann sie nicht?«

»Sie hat durch den schweren Unfall bleibende Schäden ...« Raimund suchte nach einer Erklärung, die seine Schwester und sein Schwager akzeptieren würden. »Ich bin in ständigem Kontakt mit dem behandelnden Arzt. Er sagt, sie hat den Verstand verloren.«

»Aber Raimund, das ist ja entsetzlich! Und das sagst du uns erst jetzt?«

»Außerdem hat sie Verletzungen, die ihre Gesichtszüge so entstellen, dass ich den Mädchen den Anblick ersparen möchte. Sie sollen ihre Mutter so in Erinnerung behalten, wie sie früher war.«

Joe hörte auf, in den Steaks herumzustochern, die auf dem offenen Grill lagen. »Was soll das heißen? Kommt sie etwa gar nicht mehr zu sich?«

»Ihre Kopfverletzungen sind so gravierend, dass sie sich an nichts erinnern kann. Sie sitzt im Rollstuhl und sabbert vor sich hin.«

»Die armen Kinder«, sagte Linda. »Das sind doch keine Zustände.«

»In diesem Falle solltest du Wilma entmündigen.« Joe liebte klare Entscheidungen.

»Und das alleinige Sorgerecht für die Kinder beantragen.« Linda war auch sehr praktisch.

»Habe ich alles schon getan. Ich telefoniere täglich mit meinem Sozius. Das Problem ist, dass Wilma und ich nicht verheiratet sind. Sie hat das alleinige Sorgerecht.«

»Wenn du sie entmündigen lässt, kriegst du auch das Sorgerecht, oder nicht?«

»Wenn ich nachweisen kann, dass sie ihren Sorgepflichten nicht mehr nachkommt.«

»Und das tut sie ja nicht – das können wir ja bezeugen«, ereiferte sich Linda. »Sonst hätte sie sich doch längst gemeldet.«

Joe schüttelte bedenklich den Kopf: »Raimund, willst du sie nicht besuchen?«

»Sie würde mich nicht erkennen. Sie kann sich an nichts erinnern. Sie hat alles verdrängt.«

»Und die Mädchen? Wissen die Bescheid?«

»Nein, um Gottes willen. Deshalb habe ich sie ja aus Deutschland weggeholt. Damit sie es nicht von anderen erfahren.«

»Du liebe Zeit, die armen Kinder! Deshalb hältst du also alle Aufregungen von ihnen fern!«

»Ja, und ich bitte euch, das auch zu tun. Sie dürfen weder telefonieren noch Briefe bekommen noch sonst wie Kontakt nach Deutschland haben. Und sollte irgendwann mal jemand hier vor der Haustür stehen, ruft ihr sofort die Polizei.«

»Ja. Natürlich.« Linda starrte in ihr Glas. »Aber was hast du denn langfristig vor?«

»Am liebsten würde ich erst mal bei euch bleiben.«

»Selbstverständlich, das ist doch Ehrensache. Du bist mein Bruder.« Linda konnte sich kaum ihrer Tränen erwehren. »Wir haben schließlich genug Platz.«

»Ich werde mir einen Job besorgen in irgendeiner Kanzlei. Wenn der Rummel sich gelegt hat, werde ich natürlich mit den Mädchen irgendwo eine Bleibe suchen. Dann melde ich sie auch in der Schule an. Aber im Moment ist es wirklich besser, wir ziehen uns einfach nur zurück.«

»Ja, das hättest du uns viel eher sagen sollen.« Joe stocherte wieder in seinen Steaks herum.

Raimund setzte die Dose Bier an die Lippen und leerte sie mit einem Zug.

»So, und jetzt entschuldigt mich. Ich muss mich um die Kinder kümmern.«

Er stand auf, tätschelte seiner Schwester die Wange und ging ins Haus.

»Was für ein wunderbarer, fürsorglicher Vater«, sagte Linda, die sich die feuchten Augen tupfte.

»Ich habe noch nie einen Mann gesehen, der sich so liebevoll um seine Töchter kümmert«, meinte Joe und legte die Steaks auf die Teller legte.

Und dann machten sie noch eine Flasche Wein auf.

»Lilli! Bist du's wirklich?« Wilma setzte sich im Bett auf.

»Hallo meine Liebe«, sagte Lilli. »Nachdem ich nun in der Zeitung so viel über dich gelesen habe, dachte ich, ich schaue mal vorbei.«

»Ach Lilli«, heulte Wilma los. »Jetzt muss ich weinen vor Freude!«

»Das gereicht mir aber zur besonderen Ehre«, spöttelte Lilli und wickelte ein kleines lila Alpenveilchen aus dem Papier. »Man munkelt, du arbeitest nicht mehr für die *Elite?*«

»Sie haben mich gefeuert. Ich bin die Schande der Branche.«

»Na, na, na. Du weißt doch, wie die Presse arbeitet. Erst hochschreiben und dann genüsslich schlachten. Denk an die Gutermann. Die hat's auch voll erwischt.«

»Die hab ich auf dem Gewissen«, sagte Wilma schuldbewusst. »Wenn ich nicht ein Gerücht aufgeschnappt und sofort an die Redaktion weitergegeben hätte, dann wäre die gute Frau Gutermann noch im Amt. Vielleicht wäre sie sogar inzwischen Kanzlerkandidatin.«

»Stell dir vor«, sagte Lilli. »Ich weiß aus zuverlässiger Quelle, dass sie zum Friseur gegangen ist. Er heißt Hansjörg Fleischmacher und sitzt in Gütersberg über dem italienischen Eiscafé. Ein voll schriller Vogel der aussieht wie Elvis Presley in seinen letzten Tagen. Und er hat aus der Gutermann einen rothaarigen Punk gemacht. Ist das nicht eine sagenhafte Meldung?«

»Woher weißt du das?«

»Betriebsgeheimnis. Aber ich weiß es.«

»Früher hätte ich jetzt sofort am Telefon gehangen.« Wilma starrte vor sich hin. »An so einer Story hätte ich ordentlich verdient.«

Lilli lachte fröhlich. »Tja, Karriere hast du gemacht, das muss man dir lassen. Aber es gibt noch was anderes im Leben. Du hast doch zwei Töchter. Wie geht es den beiden?« Lilli setzte sich in ihrem langen, wehenden Gewande auf die Bettkante.

»Ich weiß es nicht, Lilli. Ich habe nicht die geringste Ahnung!«

»Aber Wilma! Du musst dich doch kümmern! Was ist los?«

»Ich kann nicht darüber sprechen. Ich kann noch nicht mal darüber nachdenken. Wenn ich das tue, werde ich wahnsinnig.«

»Vielleicht kann ich dir beim Nachdenken ein bisschen helfen.« Lilli schüttelte ihre langen rötlichen Locken. »Aber Du weißt ja, ich dränge niemanden. Ich hab Zeit.«

Wilma lächelte schwach. Lilli war Psychologin. Sie hatten sich damals zusammen eine Studentenbude geteilt. Lilli hatte studiert und studiert, ohne es je zu etwas zu bringen. Sie hatte immer finanzielle Sorgen gehabt und Wilma oft genug angepumpt.

Aber Lilli wusste immer Rat, hatte ein offenes Ohr, und es tat einfach nur gut, in ihrer Nähe zu sein. Sie konnte zuhören wie keine zweite, und wenn sie etwas sagte, dann traf es genau auf den Punkt.

Irgendwann jedoch hatten sich die beiden Studienfreundinnen aus den Augen verloren. Sie, Wilma, hatte Raimund Wolf kennen gelernt und war mit ihm in die Villa in Grünwald gezogen, während Lilli noch lange in der Studentenbude unterm Dach geblieben war. Mit sechs schwarzen Katzen.

Umso mehr freute sich Wilma, die alte Freundin überraschend wiederzusehen. »Wir haben uns Jahre nicht gesehen! Was treibt dich hierher?«

»Ehrlich gesagt, mein Chef. Er hat gesagt, ich soll mich um dich kümmern.«

»Das ist wirklich nett von dir, Lilli.« Wilma lächelte. »Und wer ist dein Chef?«

Wilma erwartete, dass Lilli nun irgendeinen Psychologen nennen würde, in dessen Praxis sie mitarbeitete. Umso überraschter war sie, als Lilli sagte: »Oh, ich dachte, du wüsstest das! Ferdinand Sailer!«

»Ferdinand Sailer?« Wilma blieb das Herz stehen. »Der ist dein Chef?«

»Ja, also was heißt Chef. Ich geh bei dem putzen.«

»Du *putzt* bei Ferdinand Sailer? Zu Hause??« Wilma saß kerzengerade im Bett. Womöglich würde Lilli ihr jetzt sein Eigenheim schildern und erwähnen, dass er eine Gattin und drei halbwüchsige Kinder hatte...?

»Nein, also das ist so. Seine Mutter hat ein Landgasthaus bei uns draußen in Winzing am Liebsee...«

»Er hat keine Mutter!«

»O doch. Eine ganz schreckliche alte Schabracke ist das. Das ganze Dorf hasst sie. Mit keinem Angestellten kommt sie aus, sie zieht über jeden her, baggert die Männer an, obwohl sie eine alte Schachtel ist. Sie hält sich für eine große Dame, aber sie hat einen richtig fiesen Charakter und ist eine richtige Hexe.«

»Dann ist es seine Stiefmutter! Ist sie Jugoslawin?«

»Kann schon sein. Sie hat, wie man sich im Dorf erzählt, vor Jahren den Hotelbesitzer vom Landgasthaus *Schwan* auf einer Silvesterfeier kennen gelernt. Da hat sie zu ihrer Freundin gesagt, ich wette mit dir, der ist übers Jahr mein Mann. Und tatsächlich: Der alte Hans Birnbichler hat sich von seiner Frau scheiden lassen und hat diese schreckliche Frau geheiratet. Er ist überhaupt nicht glücklich geworden mit ihr und letztes Jahr ist er gestorben. Beim Dachdecken vom Dach gefallen. Da war die Birnbichlerin plötzlich die alleinige Besitzerin vom Landgasthaus *Schwan*, aber der ist heruntergekommen zu einem Balkangrill. Nur noch die Lastwagenfahrer von der Landstraße sind zum Essen gekommen, aber dann hat sich herumgesprochen, was das für eine üble Wurzen ist, und dann kam gar keiner mehr. Der Betrieb drohte Pleite zu gehen. Er sollte zwangsversteigert werden. Plötzlich sagt die alte Birnbichler, sie hat einen Sohn, der hat eine Consultingfirma in Amerika, und der kann den Betrieb retten.«

Wilma starrte Lilli an. »Und weiter?«

»Vor ungefähr vier Monaten ist der Ferdinand Sailer dann bei uns im Dorf aufgetaucht. Er hat den *Schwan* wieder auf Vordermann gebracht. Ich dachte, du wüsstest das alles?«

»Nein«, sagte Wilma atemlos. »Er hat mir zwar sein Leben erzählt, aber nur bis 1977.« Wilma schüttelte den Kopf. »Und du arbeitest für ihn?«

»Ja, wir sind im Moment knapp bei Kasse.«

»Wer ist wir?«

Lilli streckte stolz ihre linke Hand aus. »Schau!«

»Bist du verheiratet?« Wilma betrachtete den schmalen goldenen Ring an Lillis Finger.

»Ja! Wir haben sogar im *Schwan* unsere Hochzeit gefeiert!« Stolz grinste Lilli ihre alte Freundin an. »Rate mal, wer es ist.«

»Keine Ahnung! Kenne ich ihn?«

»Ja!«

Wilma lehnte sich in ihre Kissen zurück. Zum ersten Mal seit Wochen grübelte sie über etwas anderes nach als über ihre Töchter und Raimund. Und Ferdinand Sailer, natürlich.

»Einer aus unserer Zeit?«

»Genau.« Lilli lachte fröhlich. »Ende der Siebziger.«

»Der dicke Jürgen, der dich immer so angebetet hat.«

»Um Gottes willen.«

»Der Sohn vom Apotheker! Wie hieß er noch ... Franz!«

»Falsch! Kalt, ganz kalt!«

»Der Kerl vom AstA, der mit den langen Haaren, mit dem du immer politische Protestaktionen geplant hast. Tilmann!«

»Was? Wer? ... Ach der! Nein! Ganz ganz eiskalt!« Lilli lachte vergnügt.

Wilma kicherte. Das war, abgesehen von den Stunden mit Ferdinand, das erste Mal, dass sie abgelenkt war von ihren eigenen Sorgen.

»Ach Lilli. Spann mich nicht länger auf die Folter ...«

»Milan.« Lilli strahlte vor Stolz und Glück.

»Milan? Kenn ich nicht.«

»O ja. Du kennst ihn. Du hast ihn sogar schon abgeknutscht.«

»Nein, Lilli. Ich hab schon viele Kerls abgeknutscht, aber ein Milan war nicht dabei ...«

»Ich bringe dich drauf. 1978.«

»Da waren wir gerade mal im zweiten Semester!«

»Genau. Und da hast du ihn abgeknutscht. Den Milan.«

»Der einzige Milan, an den ich mich erinnern kann, war der Sohn von unserem Dozenten Brinkmann! Und der war damals sechs Monate.«

»Genau. Und heute ist er göttliche vierundzwanzig.«

»Lilli!!« Wilma versuchte, sich aufzusetzen. Au! Sie sank vorsichtig wieder in ihre Kissen zurück. »Du hast nicht diesen Säugling geheiratet!«

»Doch!« Lilli kicherte vergnügt. »Aber er kann mittlerweile schon laufen!«

»Mensch Lilli! Ich fasse es nicht! Da hast du geheiratet!! Aber das ist ja ein riesiger Altersunterschied! Er könnte dein Sohn sein!«

»Na und? In der Welt passieren so viele Sachen, aber die normalen Menschen haben dich ja nie interessiert. Du warst immer nur da, wo die Promis waren, da hast du dann gleich fünf Seiten drüber geschrieben.«

»Komm, lass stecken, Lilli.«

»Jedenfalls sind Milan und ich seit zwei Jahren verheiratet.«

»Wahnsinn. Ich freue mich mit dir, Lilli.« Wilma drückte Lillis Hand. Lilli fuhr fort: »Ich habe mich nie getraut, mit dir Kontakt aufzunehmen, weil ich immer glaubte, du seist viel zu beschäftigt, um dich mit meinesgleichen abzugeben. Aber jetzt hab ich mir gedacht, du hättest vielleicht ein bisschen Zeit für mich.«

»Ach Lilli! Alle Zeit der Welt!« Wilma versuchte, ihre Rührung zu verbergen. »Was heisst hier ›deinesgleichen‹? Du bist meine älteste Studienfreundin, so was vergisst man doch nicht!«

»Aber du hast es zu was gebracht und ich nicht.«

»Du siehst ja, zu was ich es gebracht habe. Ich habe einen schrecklichen Unfall zu verantworten, meine Töchter sind verschwunden, mein Mann hat das Haus verkauft und ich weiß nicht, wohin ich gehen soll, wenn sie mich hier entlassen.«

»Na, den Eindruck hatte auch dein Freund Ferdinand. Er sagte, ich soll mich mal um dich kümmern. Und das mache ich jetzt – ob du willst oder nicht.«

»Gnädige Frau, was kann ich für Sie tun?«

»Mein Name ist Nicole Nassa und ich arbeite für *Die ganze Wahrheit*.«

»Aber bitte, kommen Sie doch weiter!« Holger Cremig, der relativ junge, gut aussehende, aber blässliche Herausgeber des feinen Hochglanzmagazins *Teatime*, geleitete Nicole höchst selbst in seine Chefetage. Er trug einen maßgeschneiderten, perfekt sitzenden Anzug, mit passender hochmoderner Krawatte. »Hier entlang, wenn ich vorgehen darf...«

Die Redaktionsräume von *Teatime* waren direkt am Hamburger Hafen und die riesigen gläsernen Fensterfronten gaben den Blick frei auf die weißen Schiffe, die dort vor Anker lagen. Das Büro des Herausgebers war wunderschön und stilvoll eingerichtet: Hohe Stuckdecken, Parkettboden und ganz wenige Möbel. In der Mitte des Raumes stand ein überdimensionaler ovaler Tisch aus Kirschholz, an dem vermutlich die Konferenzen stattfanden. Jetzt standen ein prächtiger Blumenstrauß und eine silberne Schale mit Obst darauf.

»Ich hätte Sie gar nicht erkannt«, sagte Holger Cremig. Er sah recht gut aus: jung, dynamisch, gepflegt. Aber er war ein Weichei, das hatte Nicole Nassa bereits abgecheckt. Er hatte keinen Biss, keinen Mumm, er war keine Ratte. Seine Zeitschrift war viel zu nichts sagend, harmlos und langweilig. Er schrieb den oberen Zehntausend nach dem Mund. Und die anderen lasen *Teatime* sowieso nicht. Er hatte wirklich Auflagenschwierigkeiten, das war in der Branche bekannt. Nicole Nassa hatte beschlossen, Schwung in den Laden zu bringen.

»Ja, ich habe meinen Typ verändert«, sagte Nicole. Für das Gespräch mit Holger Cremig hatte sie das türkisfarbene Kostüm mit den Plisseefalten gewählt, dazu eine feine Seidenstrumpfhose mit leichten Karomustern darauf und die schwarzen Pumps mit den Troddeln, die sie auch noch im Secondhandladen »Seconda« in Gütersberg erstanden hatte.

Ihre Frisur erinnerte an Queen Elisabeth – eine sanft geschwungene, leicht toupierte Dauerwelle in Aschblond. Ein roséfarbenes, seidenes Einstecktüchlein rundete ihr damenhaftes Erscheinungsbild ab.

»Bitte, nehmen Sie doch Platz. Darf ich Ihnen etwas anbieten?«

Früher hätte Nicole sofort eine Zigarette aus ihrer Handtasche gezogen und die Beine übereinander geschlagen, aber heute blieb sie mit ihrer türkisfarbenen Lacklederhandtasche auf züchtig nebeneinander gestellten Beinen regungslos sitzen. Ihre Hände hatte sie auf die Handtasche gelegt. Ihre Fingernägel waren dezent lackiert, in zartem Rosé. Holger Cremig warf einen wohlwollenden Blick darauf.

»Einen Earl Grey, wenn es möglich ist.« Nicole Nassa hüstelte vornehm.

»Aber natürlich. Wir heißen nicht nur *Teatime*, wir halten uns auch an diese schöne englische Sitte.« Holger Cremig drückte auf seine Sprechanlage und sagt: »George! Zwei Earl Grey bitte und etwas zum Naschen!«

Dann wandte er sich an seinen Gast: »Rauchen Sie?« Er hielt ihr eine hölzerne Schachtel mit Zigaretten entgegen, die ein langes Mundstück hatten.

»Nein danke«, sagte Nicole. »Rauchen schadet der Gesundheit.«

»Das lobe ich mir«, sagte Holger Cremig. »Ich rauche nämlich auch nicht mehr, seit meine Gattin so mit mir geschimpft hat. Sie sagt, ihre Gardinen vergilben ihr.« Er lächelte charmant. »Ich freue mich wirklich aufrichtig über Ihren Besuch. Gehen nicht unsere Kinder sogar gemeinsam zum Ballettunterricht? Meine Angetraute berichtete mir so etwas in der Art...«

»Das kann schon sein«, sagte Nicole. »Hannah nimmt ab und zu am Ballettunterricht teil. Aber sie ist jetzt in der Pubertät, na ja...« Jetzt wollte sie aber zur Sache kommen.

Ein livrierter Page kam mit einem Silbertablett herein. Neben zwei Kännchen Tee lagen einige zarte Kekse mit Schokoglasur und einige hauchdünne Täfelchen After Eight.

Sehr höflich servierte Holger Cremig ihr den Tee. Sie nahm

mit spitzen Fingern ein After Eight und biss ein Eckchen davon ab.

»Was verschafft mir die Ehre?«, fragte Holger Cremig, während er ihr Tee einschenkte.

»Ich möchte Ihnen zwei Geschichten anbieten«, sagte Nicole mit affektierter Stimme.

»Aber Sie arbeiten doch für *Die ganze Wahrheit*, wenn ich recht informiert bin?« Holger Cremig legte sein glattes Gesicht in Falten. Mit Dankwart Grammatke wollte er sich nun wirklich nicht anlegen.

»Schon. Aber diese Geschichten gehören in ein gehobeneres Blatt.«

»Haben Sie denn keinen Exklusivvertrag?«

»Das ist eine reine Auslegungssache«, erwiderte Nicole. »Eine Journalistin meines Standes kann man sowieso nicht exklusiv verpflichten. Das würde meine künstlerische Freiheit einschränken.«

»Bitte, ich höre.« Holger Cremig lehnte sich zurück und rührte in seiner hauchdünnen Teetasse, aus der ein feiner Duft strömte. Der Tee dampfte dezent vor sich hin.

»Die beiden Geschichten sind ebenso brisant wie subtil«, begann Nicole gestelzt. »Es ist mir wichtig, dass sie nicht reißerisch vermarktet werden. Schließlich geht es um das Schicksal von zwei Frauen, die mir persönlich sehr am Herzen liegen.« Vorsichtig trank sie ein Schlückchen Tee, wobei sie sich bemühte, nicht zu schlürfen. »Bei der einen handelt es sich sogar um eine ehemalige Kollegin, Wilma von der Senne.«

»Ja, um diese wirklich tüchtige Journalistin tut es mir sehr Leid«, entgegnete Holger Cremig, wobei er sich flüchtig, aber nicht ungern an das gemeinsame Mittagessen im Hamburger Hafen erinnerte, an das sich eine kurze Begebenheit angeschlossen hatte. Leider hatte Wilma von der Senne seinen Abwerbungsversuchen widerstanden, ganz anders als Nicole Nassa, offensichtlich. Mit der brauchte er noch nicht mal

Mittagessen zu gehen, geschweige denn im Separée zu verschwinden, was ihm auch ganz lieb war. Denn trotz der drastischen Typveränderung stand er einfach nicht auf Nicole. Weder in engen Lederhosen noch im türkisfarbenen Queen-Elisabeth-Look machte sie auf ihn einen anziehenden Eindruck.

»Wilma von der Senne liegt seit ihrem selbst verschuldeten Unfall in der Klinik rechts der Isar. Ich habe sie vor kurzem besucht und ein Exklusivinterview mit ihr gemacht.«

»Das allerdings bereits in *So ein Sonntag* erschienen ist.«

»Ich habe einen offenen Brief an sie geschrieben«, sagte Nicole würdevoll. Sie entnahm ihrer türkisfarbenen Lackhandtasche ein zusammengefaltetes Schreiben. »Mit diesem offenen Brief appelliere ich an ihr Gewissen. Schließlich hat sie den Unfall von sechzig Kindern verursacht und ihre Versicherung hat immer noch nicht gezahlt ...«

»Das ist mir alles zu schmutzig«, sagte Holger Cremig. »Die Wilma hat genug mitgemacht.«

»Deswegen ist mein Brief auch alles andere als erbarmungslos«, beeilte sich Nicole zu sagen. »Hier, schauen Sie. Wenn ich vorlesen darf.« Sie entfaltete ihr Schreiben und setzte sich eine feine goldgerahmte Lesebrille auf.

»Liebe Wilma, wann hat Sie das letzte Mal jemand umarmt? Es gibt Momente im Leben, da wird einem bewusst, wie tief man gefallen ist. Man sieht sich selbst so gnadenlos ungeschminkt und erkennt sich nicht mehr wieder. Und in solchen Momenten fehlen dann plötzlich die Freunde. Sie mögen sich selbst nicht mehr.

›Ich habe das Schicksal von sechzig Kindern und deren Familien auf dem Gewissen‹, gestanden Sie in *So ein Sonntag*. Und Ihr Gesicht ist entstellt, Sie sind gezeichnet, genau wie diese unschuldigen Kinder, vielleicht für immer.«

»Klingt gut«, meinte Holger Cremig, der gerade in eine Vanillewaffel biss. »Lesen Sie weiter.«

»Lebensjammer. Dieses fröstelnde Gefühl der Verlassenheit. Niemand besucht Sie. Bestürzende Leere, wortwörtlich ...«

»Moment mal«, sagte Holger Cremig. »Das kommt mir alles so bekannt vor. Stand das nicht kürzlich in ... lassen Sie mich nachdenken ...« *Die ganze Wahrheit?* Oder war es *Pralles Leben?* Ist das nicht von Viola Ballmann-Islinke?«

Scheiße, dachte Nicole. Jetzt muss ich Farbe bekennen.

»Ich bin Viola Ballmann-Islinke«, sagte sie.

»Was? Sie?« Holger Cremig kratzte sich an der Wange. »Ich dachte, Jochen Behrend ist Viola Ballmann-Islinke, seit Wilma es nicht mehr ist.«

»Na ja, ich habe mir erlaubt, mich an diesem Pseudonym zu beteiligen. Soweit ich feststellen konnte, ist es nicht geschützt.«

»Respekt«, warf Holger Cremig ein. »Lesen Sie weiter.«

»Niemand besucht Sie!«, fuhr Nicole Nassa fort. »Noch nicht einmal Ihr langjähriger Lebensgefährte, der berühmte Scheidungsanwalt Raimund Wolf! Wo ist er überhaupt hin? Warum hält er nicht zu Ihnen, liebe Wilma? Wo sind Ihre Töchter? Wir haben Sie beobachten lassen. Sie bekommen regelmäßig Besuch. Wer ist dieser gut aussehende Mann, der Ihren Rollstuhl schiebt? Mit dem Sie auf der Bank sitzen? Und am Brunnen? Ist er nur ein Pfleger? Ein Arzt? Oder ein Geistlicher, den Sie um Hilfe gerufen haben? Ist er vielleicht Ihr Beichtvater? Ihr Psychologe? Ihr Anwalt? Oder Ihr Versicherungsagent? Fragen über Fragen. Aber wissen Sie was, Wilma? Wenn man anfängt, sich selber Vorwürfe zu machen, ist man an einem wichtigen Punkt seines Lebens angelangt: Selbsterkenntnis. Das heißt, ein Kapitel wird beendet, das nächste kann beginnen.«

Sie nahm die Brille wieder ab, klegte sie in der Mitte zusammen und verstaute sie in einem Samtetui.

»Sehr gut«, sagte Holger Cremig zwischen zwei Schlückchen Tee. »Wirklich sehr gut. Diesen Beitrag kaufe ich Ihnen gerne ab.« Er schaute Nicole tief in die Augen: »Und wem gilt Ihr zweiter Beitrag?«

»Der unfassbaren Wandlung unserer früheren Familienministerin«, sagte Nicole. »Sie hat sich von einer feinen Dame in eine heruntergekommene Schlampe verwandelt. Sie hat sich gerade eine Harley Davidson gekauft, raucht Zigarren und trainiert Kampfsport. Ich habe ein Exklusivinterview mit ihrem Fitnesstrainer. Wenn ich einmal vorlesen darf ...«

»Bitte«, sagte Holger Cremig. »Nur zu.«

An einem wunderschönen Frühsommertag hielt Wilma Einzug bei Lilli und Milan.

Winzing war ein zauberhaftes Dörflein mit einem Zwiebelturmkirchlein, vielen Wiesen und Scheunen, in denen grüne Trecker standen, und der Liebsee lag in der Sonne und schlief.

Der Himmel war strahlend blau, die Vögel sangen, die Bäume trugen das satteste Grün, die schneebedeckten Dreitausender leuchteten am Horizont, als Milan Wilmas Rollstuhl über die Rampe fuhr. Es roch so wunderbar nach Freiheit, dass Wilma hätte jubeln können, wenn sie nicht hundert Narben an Körper und Seele gehabt hätte.

»So, Madl,«, sagte Milan. »Nun hab ich dich auch mal geschoben. Nach dreiundzwanzig Jahren. Wurde ja auch wirklich mal Zeit für eine Revanche.«

»Danke, Milan.« Wilma drehte sich nach dem lässigen coolen Typ um, der ihre Freundin Lilli geheiratet hatte. Er trug ein rotschwarz kariertes Flanellhemd zu ausgebeulten Cordhosen. Seine langen lockigen Haare hatte er zu einem Pferdeschwanz gebunden.

Lilli hatte wie immer ein geblümtes weites Kleid an. Sie trug Wilmas Köfferchen ins Haus. Das alte Bauernhaus lag völlig einsam inmitten grüner Wiesen. Vereinzelte knorrige Eichen standen auf dem Grundstück. Zwei schwarz glänzende Katzen aalten sich in der Sonne.

Sie warfen einen trägen Blick auf Wilma, rührten sich aber nicht von der Stelle.

»Die sind an Rollis gewöhnt«, sagte Milan heiter. »Mein Vater ist hier auch immer rumgedüst.«

»Na ja, gedüst ist vielleicht übertrieben«, wandte Lilli ein. »Am Schluss war es mit ihm wie am Ende von *Zeit des Erwachens*.«

»Schön habt ihr's hier.« Wilma sah sich in Ruhe um. Welch ein kleines Paradies. Sie hoffte die ganze Zeit heimlich, Ferdinand Sailer würde hier auftauchen.

»Na ja, nachdem wir kein Geld haben, mussten wir die Bude Stück für Stück selber renovieren. War ein ganz schöner Haufen Arbeit.«

Milan stand vor Wilma und hatte die Hände in den Hosentaschen vergraben. Wilma musste gegen die Sonne blinzeln. »Diogenes hätte jetzt gesagt, geh mir aus der Sonne.«

»Wenn du dich schon mit Diogenes vergleichst, bist du auf dem besten Wege, das Leben endlich zu leben.« Milan drehte den Rollstuhl um. »Besser? Lilli hat mir erzählt, dass du ein Workaholic warst. Das wird sich jetzt ändern!«

Wilma atmete tief durch. »Wunderbare Luft habt ihr hier. Früher in München hab ich nie gemerkt, was mir fehlte: frische Luft und Ruhe. Ich dachte, Abgase, Smog, riesige Häuserfronten und missmutig blickende Menschen in überfüllten Straßenbahnen seien das Nonplusultra. Und wenn ich dann eine Story gewittert habe, bin ich ihr nachgehetzt, als hinge mein Leben davon ab.«

»Man rennt so rum und denkt, man habe sein Leben im Griff ... dabei hat man sich längst zur Marionette gemacht. Merkt es aber nicht«, erklärte Milan. »Weil die Knete stimmt, denkt man, man lebt.« Der blutjunge Knabe hatte ja richtig philosophische Denkansätze!

»Was magst du trinken, Wilma?«

Milan schlenderte ins Haus. Es roch nach Holz. Überhaupt war Wilma seit dem Unfall sehr geruchsorientiert. Alles war besser als dieser Krankenhausgeruch und dies hier war einfach ein Fest der Gerüche.

»Probier mal unseren Apfelmost, selbst gemacht, direkt vom Bauern da hinten.«

»Okay«, sagte Wilma. Es tat ihr gut, mit zwei so unkomplizierten Menschen zusammen zu sein. Geflickte Jeans, Flanellhemden, ungekämmte lange Haare, keine Armbanduhr, und zweiundzwanzig Jahre Altersunterschied. Die beiden liebten sich einfach nur. Und lebten das Leben in Winzing am Liebsee. Welch ein Luxus.

»Hier sitze ich oft und denke nach«, Lilli ließ sich auf eine grün gestrichene hölzerne Bank fallen, »und dann schaue ich in die Berge und genieße einfach nur, auf der Welt zu sein.«

»Ich beneide dich«, sagte Wilma. Der Apfelmost schmeckte köstlich. Es war der erste Hauch von Alkohol, den sie seit sechs Monaten wieder trank. Früher hatte Alkohol zu ihrem Leben gehört wie Seidenstrumpfhosen, Pumps und Diktiergerät.

»Brauchst du ja nicht mehr«, antwortete Lilli. »Jetzt kannst du's auch.«

Am frühen Morgen klingelte es an der Haustür.

Mechthild schaute auf den Radiowecker: Es war zehn vor sechs.

Sie hatte Herzklopfen. Was war denn nun schon wieder los? Okay, sie hatte gestern einen Kerl zusammengeschlagen, der »Schlampe, Rabenmutter, Hure der Nation« auf ihre Garage gesprüht hatte. Und den dicken kleinen Fotografen Erwin Meister hatte sie in die Eier getreten, nachdem er trotz ihrer Vereinbarung weiterhin in ihrem Garten gehockt hatte.

Vielleicht war das nun die Polizei?

Sie warf einen Blick auf Adrian, der noch völlig erschöpft in ihren Decken schlief. Seit Giselher im Keller nächtigte, teilte sie das Bett mit ihrem Jüngsten.

Mechthild schlüpfte in ihr T-Shirt und die Lederhose, die sie gestern abend ausgezogen hatte und die auf links gedreht am Boden lagen, und lief eilig die Treppe hinunter.

Gerade als sie die Tür aufschließen wollte, hörte sie hinter sich Schritte. Giselher kam die Kellertreppe herauf. Er schien nicht geschlafen zu haben. Jedenfalls war er vollkommen angezogen.

»Es hat geklingelt«, sagte Mechthild.

»Also, mach die Tür auf«, sagte Giselher. »Jetzt ist endlich die Hilfe da, die du brauchst.«

»Ich hab keine Ahnung, wovon du redest«, sagte Mechthild irritiert.

»Es sind deine Eltern«, sagte Giselher.

»Was? Jetzt? Was ist passiert?«

Mit zitternden Fingern drehte Mechthild den Haustürschlüssel herum. Hinter der Milchglasscheibe standen zwei graue Gestalten.

»Guten Morgen, Mechthild«, sagte ihre Mutter förmlich. »Guten Morgen, Giselher.«

»Wir sind die ganze Nacht gefahren«, sagte der Vater. »Ich bin völlig erschöpft.«

»Von Herrlichenhaus nach Gütersberg, das waren geschlagene achthundert Kilometer.«

»Ja, kommt doch herein, ich bin total überrascht, ihr hättet euch anmelden sollen, jetzt hab ich noch nicht mal das Frühstück vorbereitet ...«

»Danke, wir möchten nichts essen«, sagte die Mutter kühl. »Wir sind nicht zum Plaudern gekommen.« »Es ist ein ernster Anlass«, sagte auch Rudolf. »Ich bin völlig mit den Nerven fertig.«

»Was ist denn los? Ist jemand gestorben?« Mechthild zitterte vor Schreck. Sie sah ziemlich furchterregend aus, mit ihren roten abstehenden Haaren.

»Ich habe deine Eltern gebeten zu kommen.« Giselher half Mechthilds Mutter Adelheit aus dem weinrot-grau karierten Mantel. Sie war eine streng blickende, große, hagere Frau mit einem grauen Dutt, von dem sie jetzt ein beige gemustertes Kopftuch zog. Unter dem Mantel trug sie eine grau melierte Bluse und einen wadenlangen dunkelblauen Rock.

Der Vater, ein gramgebeugter pensionierter Lehrer, mager, blass und glatzköpfig, hatte seine Jägerjoppe und seinen Jägerhut abgelegt und war bereits ins Wohnzimmer gewankt. Der lebende Vorwurf. Ächzend ließ er sich auf dem Sofa nieder und schloss die Augen.

»Achthundert Kilometer«, stöhnte er. »Im Dunkeln! Eine Zumutung!«

»Du hast meine Eltern herbestellt? Was soll denn das?« Mechthild stellte sich Giselher in den Weg.

»Du bist nicht mehr Herr deiner Sinne«, sagte Giselher. »Ich habe deine Eltern um Hilfe gebeten.«

»Du musst sofort eine Therapie machen«, ließ sich der Vater vom Sofa vernehmen.

»Du siehst grauenvoll aus«, sagte die Mutter. »Das ist doch keine Frisur.«

»Na ja, ich komme gerade aus dem Bett«, sagte Mechthild und fühlte sich schon wieder wie ein Kind, das sich entschuldigen muss. »Wenn ich gewusst hätte, dass ihr um sechs Uhr morgens auf der Matte steht, dann hätte ich mich etwas zurechtgemacht ...« Sie zupfte peinlich berührt an ihren kurz geschnittenen Haaren herum, die sperrig in alle Richtungen vom Kopf abstanden.

»Sie ist komplett durchgedreht«, sagte Giselher. »Das habe ich euch ja schon gesagt. Bitte, was darf ich euch anbieten?«

»Einen Kamillentee«, sagte die Mutter. »Aber ganz schwach, Giselher.«

»Seit wann macht Giselher euch den Tee?«, begehrte Mechthild auf. »Was ist das überhaupt für eine Verschwörung? Warum weiß ich von alledem nichts?«

»Du hast den Verstand verloren«, ließ sich der Vater vom Sofa vernehmen. »Wir fühlen uns für deine Kinder verantwortlich.«

»Die armen Kinder«, sagte Adelheit. »Giselher, nicht so viel! Nimm den Beutel raus! Nur ganz schwach, hab ich gesagt!«

»Spinnt ihr?« Jetzt kam aber Leben in Mechthild. Sie riss Giselher den Teebeutel aus der Hand. »Du hast im Leben noch keinen Tee gemacht! Jetzt ist es aber genug!«

»Giselher, für mich bitte koffeinfreien Kaffee«, seufzte der Vater vom Sofa her.

»Ich glaub, ich bin im falschen Film!« Mechthild raufte sich die kurzen dunkelroten Stoppeln und riss Giselher die Kaffeedose aus der Hand. Wütend kippte sie den Kaffee in den Filter.

»Nicht! Stopp! Viel zu viel!!«, rief die Mutter. »Er darf doch überhaupt keinen Kaffee!« Mechthild knallte die Kaffeedose auf die Küchentheke. Ihre Hände zitterten. Sie zog die Nase hoch.

»Hach! Muss das denn sein!«, ließ sich der Vater vernehmen. »Hast du denn kein Taschentuch! Als Familienministerin!«

»Das ist sie ja nun nicht mehr«, wandte Giselher sanft lächelnd ein.

»Geh nach oben, wasch dich und kämm dich«, sagte die Mutter. »Dein Anblick ist eine Zumutung.« Sie zog sich einige Haarnadeln aus dem Dutt, steckte sie in den Mund und wand sich ihren Knoten noch strenger. Mit energischem Ruck steckte sie die Haarnadeln wieder in den Haarknoten.

Mechthild fühlte, dass ihr die Tränen kamen. Außerdem war sie völlig verkatert. Sie hatte gestern nach der theroretischen Prüfung mit ihrem Kampfsportlehrer noch zwei Flaschen Rotwein geleert. Jetzt wackelten ihr die Knie. Sie fühlte sich völlig unzulänglich. Immer, wenn sie mit ihren Eltern zusammen war, kam sie sich wie ein kleines, dummes Mädchen vor. Dann fühlte sie sich wieder so zurechtgewiesen und gerupft, wie sie damals als hässliches Entlein gewesen war.

»Und ›hässliches Entlein‹ hatte ja auch das feine Blatt *Teatime* über sie geschrieben. Man hatte sie beim Motorradfahren abgeschossen. Als sie um die Mülltonnen auf dem Übungsplatz Slalom fuhr. Ein schäbiger, herablassender Artikel ausgerechnet von Nicole Nassa, für deren uneheliche Tochter Hannah sie sich vor kurzem noch eingesetzt hatte.

»Wir müssen uns nur noch für dich schämen«, sagte die Mutter. »Wir können es nicht fassen, wie du dich verändert hast! Früher, da warst du eine gediegene, anständige Frau, und heute fährst du mit dem Motorrad um die Mülltonnen! Als wenn das der Sinn des Lebens wäre!«

»Als Mutter von drei Kindern«, setzte der Vater auf dem Sofa nach. Er erhob sich etwas aus seiner liegenden Haltung, um ein Schlückchen dünnen Kaffee zu sich zu nehmen.

»Sie sonnt sich in dem Presserummel«, sagte Giselher. »Da ist ihr jedes Mittel recht. Hauptsache, auffallen um jeden Preis.«

Mechthild ertrug das alles nicht. Sie stürmte die Treppe hinauf und rannte ins Bad. Dort stellte sie sich unter die eiskalte Dusche. Das ist doch nicht wahr, dachte sie, während sie ihren Kopf unter den Wasserstrahl hielt. Das ist doch alles nicht wahr! Wann wache ich endlich aus diesem Traum auf?

Wilma, über tausend Kilometer weiter südlich, schaute an diesem frühen Morgen zum Himmel hinauf, an dem Schäfchenwölkchen dahinzogen.

»Diese Ruhe ist phantastisch. Ich danke euch, dass ihr mich da herausgeholt habt.«

»Freut mich, wenn es dir langsam besser geht. Ja, wir haben es schon toll hier. Wir können nackt herumrennen, uns sieht hier keiner. Es ist wie im Paradies.«

»Ich weiß, dass ihr euch für Adam und Eva haltet, aber wovon lebt ihr eigentlich?«

Lilli lachte. »Ich wusste, dass diese Frage irgendwann kommt. »Milan hat eine Privatdetektei, ich mach ihm seine Buchführung und bediene hier das Telefon, wenn er weg ist. Du weißt ja, dass ich früher mal darauf spekuliert habe, eine eigene Praxis zu eröffnen, aber es hat einfach nicht geklappt.«

»Ich weiß.« Wilma kniff die Augen zusammen, weil die aufgehende Sonne sie blendete. »Tut mir wahnsinnig Leid, dass ich mich nicht mehr um dich gekümmert habe.«

»Ich bin ein erwachsenes Mädchen, du«, sagte Lilli und zwinkerte Wilma zu. »Ich sag dir eins: Geld macht nicht glücklich. Seit ich mit Milan in diesem Häuschen wohne, habe ich keine Wünsche mehr. Ich lese viel, ich denke viel nach, wir fahren Rad und wandern durch die Berge, und lassen den lieben Gott einen guten Mann sein. – Und was die andern über uns denken, das ist uns völlig wurscht.«

»Ich beneide dich, Lilli«, sagte Wilma schon wieder.

»Als ich dir das letzte Mal begegnet bin, dann warst du gerade Volontärin bei *Neuer Tratsch*, sagte Lilli versonnen. »Weißt du noch? Wie stolz du warst? Du hast dich diebisch gefreut, dass du jetzt über die Prominenten schreiben durftest ... dein Chef war so ein Fetter, Schmieriger ... wie hieß der noch?«

»Bierbaum.«

Lilli lachte. »Genau! Wie ehrfürchtig du immer von dem gesprochen hast! Macht macht sexy, was? Hattest du eigentlich mal was mit dem?«

Wilma blinzelte Lilli an. »Er war gar nicht so übel.«

»Einmal hast du mir von ihm erzählt: ›Sie immer mit Ihren

netten kleinen harmlosen Geschichten! Keine Sau will das lesen! Entweder Sie schaffen es, die Krisen Ihrer Opfer aufzuspüren, oder Sie haben den falschen Beruf.‹«

Wilma lachte. »Krisen aufspüren. Genau. Das habe ich bei ihm gelernt. Ich habe einen untrüglichen Sinn für die kleinen Unebenheiten im Leben anderer entwickelt. Eigentlich das Gleiche, was du auch gemacht hast!«

»Tja, wobei ich versucht habe, nach dem Aufspüren der Krisen dieselben mit meinen Patienten gemeinsam in den Griff zu kriegen. Aber das bringt kein Geld.«

»Und bei mir war's genau entgegengesetzt: Ich hab die Krisen an die Öffentlichkeit weitergegeben und damit richtig Kohle gemacht!«

»Und dein Bierbaum war begeistert von dir, das weiß ich noch!«

»Stimmt. Ich ging immer zum Bierbaum rein und hab geschrien: Sieh her, ich hab wieder einen! Er war ganz hingerissen.«

»Und die arme Familienministerin war also dein letztes Opfer? Ich meine, bevor du selbst zum Opfer wurdest?«

»Ja. Du glaubst gar nicht, wie oft ich in letzter Zeit an diese Frau gedacht habe. Die scheint ja völlig durchzudrehen. Die war Kanzlerkandidatin! Und jetzt sitzt sie im Park mit den Punks zusammen! Das alles tut mir wahnsinnig Leid. – Aber jetzt kann ich es nicht mehr ändern.«

»Wenigstens weißt du jetzt, wie das ist, wenn sich fremde Menschen in dein Leben einmischen.«

Wilma stieß einen tiefen Seufzer aus. »O ja, bei Gott. Das weiß ich jetzt. Sie zerstören dich. Du bist nicht mehr der gleiche Mensch. Du verzweifelst an dir selbst. Du willst dich rechtfertigen, du willst aller Welt erklären, wie es wirklich war. Du möchtest auf der Straße fremde Leute ansprechen! Am Schluss fängst du an zu glauben, was über dich in der Zeitung steht. Du schämst dich in Grund un Boden. Du schläfst keine Nacht mehr. Du stehst um fünf Uhr morgens auf, weil du im Bett Panik kriegst. Du möchtest mit irgendjemandem reden, aber du weißt nicht, wer noch auf deiner Seite ist.«

»Okay«, sagte Lilli mitleidslos. »Und dann hast du immer die Ballmann-Iskinke rausgekramt. Und noch einen drübergestreut. Wie letztens bei der Conny Zolpe, als ihr Container-Sascha sie verlassen hat. Das war ziemlich pharisäerhaft, wenn du mich fragst.«

»Ja, ich könnte mich selbst anspucken«, sagte Wilma.

»Versuch mal«, sagte Milan. »Ist gar nicht so einfach.« Er spuckte in die Luft und ließ die Spucke auf sein Gesicht fallen.

»Iih«, machte Lilli. »Du Kindskopf!«

»Die Gutermann ist übrigens richtig gut drauf«, sagte Milan und wischte sich mit dem rotschwarz karierten Hemdsärmel das Gesicht ab. »Mach dir mal um die Alte keine Sorgen.« Er stapfte davon.

»Woher willst du das wissen, du Grünschnabel?« rief Wilma hinter ihm her.

»Milan ist Privatdetektiv«, sagte Lilli stolz. »Mechthild Gutermanns guter Mann lässt sie beschatten. Wir wissen alles über die beiden. Er wäre ein interessanter Patient, sage ich dir!«

»Oh!« Wilma setzte sich auf. »Früher wäre ich aufgesprungen und zum Telefon gerannt. ›Chef, ich hab Neuigkeiten über die Gutermann!! Und ihren Mann!‹ Ich hätte mich ins Auto geschmissen und wäre zu Mechthild Gutermann gefahren. Hätte sie eingeschleimt, mich bei ihr zum Kaffee eingeladen, hätte ihr Fotos aus der Schublade geklaut und 'ne Titelstory über sie erfunden. Alles hätte ich gemacht. Für zehn Riesen.«

»Früher«, sagte Lilli. »Aber früher ist nicht heute. Heute sitzt du in der Sonne, genießt den frühen Morgen und hörst die Vögel singen.«

»Ja«, sagte Wilma. »Zumal ich gar nicht aufspringen kann. Selbst wenn ich wollte.«

»Da siehst du, wozu das Ganze gut war.« Lilli war völlig un-gerührt. »Ich bin so froh, dass du diesen widerlichen Job nicht mehr machst. Leute ausspionieren und niederschreiben. Das ist so ziemlich das Selbstherrlichste und Verlogenste, was man be-ruflich machen kann. Sorry, wenn ich dir das so unverblümt sage.«

Lilli nahm nie ein Blatt vor den Mund, damals nicht und heute auch nicht.

»Aber dein Milan ist doch auch Spion!«, wandte Wilma ein.

»Ja. Erst habe ich gedacht, das ist etwas anderes, weil du als Detektiv ja nichts veröffentlichst. Du arbeitest ja nur für einen Auftraggeber, der ein persönliches Interesse an der Aufdeckung eines Falles hat. Meistens Eifersucht oder Geldgier. Aber Mi-lan findet seinen Job jetzt selbst so widerlich, dass er gesagt hat, die Gutermann war sein letzter Fall.«

»Und wovon wollt ihr leben?«

»Ich geh putzen«, sagte Lilli schlicht. »Den Dreck von an-deren wegzumachen ist ein besseres Gefühl, als den Dreck von anderen ans Licht zu zerren.«

Milan kam mit einem Tablett, auf dem drei dickbauchige blaue Tonbecher und ein Krug standen, über die Wiese ge-stapft. Er war beim Bauernhaus oben auf dem Hügel gewesen, um frische Milch zu holen.

»Schaut mal, was ich hier habe!« Er stellte das Tablett auf die Treppenstufe und zog seine andere Hand aus der Hosen-tasche.

Zwischen Zeigefinger und Daumen baumelte eine kleine braune Maus am Schwanz. Sie zappelte um ihr Leben. Sofort sprangen die zwei schwarzen Katzen auf und sprangen an Mi-lan hoch. Er ließ das Mäuslein zappeln.

»Ach Milan, du Kindskopf!« Lilli schob ihren jugendlichen Ehemann mit einem liebevollen Fußtritt in den ausgebeulten Cordhosenhintern von sich.

»Das hast du davon, wenn du einen Minderjährigen heiratest«, grinste Milan Lilli an.

Barfuß stapfte er mit dem Mäuslein auf die Wiese und ließ es vor der Nase der schwarzen Katze baumeln. Diese sprang auf und versuchte, das Mäuslein mit ihren Pfoten zu haschen.

»Milan! Du alberner Kerl!« Lilli stand auf, holte zwei Becher und reichte Wilma einen davon. »Schau genau hin. Der Milan will dir was demonstrieren.«

»So? Was denn?«

»So sind die Presseratten«, rief Milan herüber. »Mit den Prominenten.«

»Ja«, sagte Wilma schlicht. »Genau so.«

»Ein schreckliches Pack, seid ihr. Probier mal. Schmeckt wirklich fein.«

Die beiden Frauen tranken die frische, noch warme Milch und schauten dem übermütigen Milan zu, der die beiden Katzen mit der Maus in seiner Hand rasend machte.

»Denkt man eigentlich an den Menschen, den man zerstört?« Lilli stellte den tönernen Becher neben sich auf die Erde. Ein Maikäfer zog brummend seine Bahnen.

»Nein«, sagte Wilma. »Man denkt nur an die Kohle.«

Drüben auf der Wiese machten sich inzwischen die beiden schwarzen Katzen über das zuckende Mäuslein her. Es war schon fast tot.

Gerade als Mechthild aus der Dusche stieg und nach einem Handtuch griff, kam die Mutter ins Bad.

»Wir meinen es doch alle nur gut mit dir«, sagte Adelheit, und strich mit den Fingern prüfend über das Badezimmerbord. »Hast du eigentlich noch deine Putzfrau?«

»Mutter«, Mechthild räusperte sich. »Was wird hier eigentlich gespielt? Wieso steht ihr hier morgens um sechs Uhr vor der Haustür?«

»Giselher hat uns angerufen und gesagt, du schaffst deine Aufgaben als Hausfrau und Mutter nicht mehr. Er hat uns um Hilfe gebeten. Und wo wir helfen können, da sind wir zur Stelle. Das weißt du ja, Kind. Dafür nehmen wir auch achthundert Kilometer Nachtfahrt in Kauf. Obwohl wir nicht mehr die Jüngsten sind. Wahrhaftig nicht.«

Adelheit zufte an den Handtüchern herum, die die Kinder lose über den Badewannenrand geworfen hatten. »Die muss man aufhängen, Kind, sonst werden sie nicht trocken.«

»Aber ihr braucht nicht zu helfen. Danke.« Mechthild riss ihrer Mutter die Handtücher aus der Hand. Sie knüllte sie zusammen und warf sie in den überquellenden Wäschepuff.

»O doch, Kind. Du kannst ruhig mal eine Schwäche zugeben. Dafür sind wir ja deine Eltern. Auch wenn wir schon Mitte sechzig sind und uns unseren Ruhestand wohl verdient haben. Aber eine Mutter kennt keinen Ruhestand. Das wirst du auch noch merken, Kind.«

»Mutter, es ist sehr nett, dass ihr gekommen seid, aber wir werden mit unseren Problemen schon alleine fertig.«

Adelheit warf einen vernichtenden Seitenblick auf den Wäschepuff und stieß ein Geräusch durch die Nasenrachenwand aus, das sich so anhörte, als wolle sie ein Niesen unterdrücken. Mechthild kannte dieses ironisch-spöttische Geräusch. Es bedeutete: »Dass ich nicht hohnlache.«

»Giselher sagt, die Kinder sind in der Schule schlecht? Sie brauchen Nachhilfe? Wo gibt's denn so was? Ihr habt auch keine Nachhilfe gebraucht, dein Bruder und du!«

»Ich hab mich in letzter Zeit nicht mehr so intensiv um ihre Hausaufgaben kümmern können«, sagte Mechthild. Sie hatte ein Handtuch um den Körper geschlungen, und hielt es schon die ganze Zeit vor der Brust zusammen. »Aber das werde ich jetzt ändern.«

»Die Zeugnisse stehen bevor«, gab Adelheit ernsten Blickes zu bedenken. »Da ist jetzt wohl nichts mehr schönzureden.«

»Mutter, ich will nichts schönreden, ich hab sicherlich in letzter Zeit wenig Zeit für die Kinder gehabt, ich ... ich hab mich um meine beruflichen Dinge gekümmert, ich hatte die Presse am Hals, ich habe keine Nacht geschlafen, ich ... ich ...« Sie würgte an Tränen.

»Ich, ich, ich«, sagte Adelheit schneidend. »Es geht nicht immer nur um dich. Du willst immer im Mittelpunkt stehen, liebe Mechthild. Du willst immer nur von allen beklatscht werden. Aber eine Frau muss auch zurückstecken. Das hast du nie gelernt.«

Mechthild stellte mit Entsetzen fest, dass ihr die Tränen auf das Handtuch tropften. Sie wäre am liebsten im Boden versunken vor Scham. Da stand sie halb nackt mit zippeligen Haaren und rotfleckigem Hals im unaufgeräumten Badezimmer vor ihrer Mutter, ließ sich von ihr abkanzeln und heulte auch noch! Und das mit sechsunddreißig Jahren! Sie wandte sich ab.

»Du musst nicht immer gleich beleidigt sein, Kind«, sagte Adelheit, wobei sie vor dem Spiegel den Sitz ihres Haarknotens kontrollierte. Automatisch riss sie einen Fetzen Klopapier ab, feuchtete ihn an und begann, den Badezimmerspiegel zu putzen. »Kaum äußert man mal ein bisschen Kritik, da gerätst du aus der Fassung! Wir wollen dir alle nur helfen!«

Sie wienerte an den Zahnpastaflecken herum, die die Kinder auf dem Spiegel hinterlassen hatten.

»Ihr habt mir noch nie geholfen«, heulte Mechthild nun hemmungslos. »Als die Kinder klein waren, da hätte ich mir oft gewünscht, dass ihr hier auftaucht und eure Hilfe anbietet. Ich habe jahrelang nicht eine Nacht durchgeschlafen, bin von Termin zu Termin gehetzt und hab dann auch noch nebenbei Karriere gemacht! Und jetzt, wo mir einmal ein Fehler unterlaufen ist, da kommt ihr an und redet von Hilfe! Danke! Vielen Dank!« Automatisch nahm Mechthild den gleichen schneidenden Ton an wie ihre Mutter.

»Nun werde mal nicht gleich hysterisch«, schalt sie Adelheit ungerührt. »Du hast als Ehefrau und Mutter versagt. Das ist doch ganz eindeutig. Dein eigener Mann musste uns anrufen und um Hilfe bitten, weil du zu stolz dazu bist. Stolz und selbstherrlich, das warst du schon immer! Statt mal kleine Brötchen zu backen!« Sie warf energisch die Kinderzahnbürsten in den Becher, auf dem »morgens, mittags, abends je drei Minuten Zähneputzen« stand.

Mechthild sank wie ein Häufchen Elend auf den Badewannenrand.

»Mutter, ich kann mit Giselher nicht mehr leben«, schluchzte sie. »Er hat mein Telefon verwanzt und mich beschatten lassen! In meinem eigenen Haus werde ich abgehört!«

»Dann wird er wohl seine Gründe dafür gehabt haben«, antwortete Adelheit schneidend. »So, und jetzt lass dich nicht so hängen. Zieh dich endlich an.«

Sie strich ihrer Tochter mit plötzlicher Besorgnis über den Kopf.

»Du bist mager geworden, Kind. Ernährst du dich auch richtig?«

»Meine Güte, bist du dünn geworden!«

Lilli half Wilma beim Ankleiden. »Du warst ja mal richtig gut dabei, aber jetzt ... nur noch Haut und Knochen.«

»Früher habe ich mir nichts mehr gewünscht, als mal zehn Kilo abzunehmen.«

»Na, das ist dir ja jetzt gelungen.«

»Zwanzig Kilo sind's locker geworden. So ganz nebenbei.«

»Steht dir gut! Du siehst aus wie ein junges Mädchen!«

»Wenn ich jetzt noch mein Gesicht wieder hinkriege ...«

»Wilma«, sagte Lilli und klopfte mit der Haarbürste nachdenklich auf ihre Handfläche.

»Das sind alles Äußerlichkeiten. Klar ist es wichtig, dass du schön bist und schlank bist und wieder ein ebenmäßiges Gesicht bekommst. Aber was mich wirklich schockiert, ist, dass du nie nach deinen Kindern fragst.«

Wilma drehte den Kopf weg. Sie schaute aus dem Fenster, ohne etwas von der Schönheit der Sommerlandschaft am Liebsee zu sehen.

»Ich habe sie verloren«, sagte sie tonlos.

Lilli schüttelte sie. »Spinnst du? Wie kannst du das sagen? Du bist ihre Mutter!«

»Das ist die Strafe«, flüsterte Wilma. »Dafür, dass ich mich zu wenig um sie gekümmert habe. Ich bin immer nur meinen Terminen nachgelaufen, hab mich bei allen Promis angeschleimt und jeden hirnrissigen Idioten wichtiger gefunden als meine Mädchen ...«

»Wilma! Das redest du dir doch ein! Natürlich warst du keine Glucke, die dauernd auf ihren Eiern sitzt und brütet. Aber du hast die Kinder doch nicht verloren!«

»Ich habe sie nicht aus der Schule abgeholt ...« Wilma sah starr ins Leere. »Weil mir meine Karriere wichtiger war! Das ist jetzt die Strafe vom lieben Gott.«

»Aber das stimmt doch nicht, Wilma! Deine Haushälterin war gestorben und dein Au-pair-Mädchen war abgehauen! Das ist schon ziemlich viel Pech auf einmal! Und da bist du halt unkonzentriert gefahren ...«

»O nein, Lilli. Ich war so in meinem selbst gemachten Stress gefangen, dass ich noch auf den Straßenbahnschienen meinen Artikel über Mechthild Gutermann diktieren wollte ... nach dem Motto, nur keine Sekunde Zeit verschenken. Und Autofahren tu ich doch mit links!«

»Okay, okay«, sagte Lilli. »Du warst wirklich ein Workaholic. Nenn es Strafe des Himmels oder was auch immer. Wir haben das ja schon tausendmal durchdiskutiert. Tatsache ist, das Leben geht weiter, du bist zu Verstand gekommen, du hast dein Leben gründlich umgekrempelt, jetzt bist du hier, du kannst halbwegs wieder laufen, deine Knochen sitzen wieder da, wo sie hingehören, und bevor du jetzt an deine Gesichtskorrekturen denkst, musst du versuchen deine Töchter zu finden.«

»Sie sind bei Raimund.« Wilma starrte vor sich hin.

»Und warum meldet sich dieser Idiot nicht bei dir?« Lilli öffnete energisch das Fenster, um die Morgensonne hereinzulassen. »Das Ganze ist jetzt fünf Monate her! Da hätte dein Gatte ja mal ein Lebenszeichen von sich geben können ...«

Wilma schluckte. Sie wusste natürlich, warum Raimund sich nicht meldete. Er missbrauchte die Mädchen. Vermutlich. Beweise hatte sie nicht. Nur Indizien. Sie wollte nicht darüber nachdenken. Sie würde laut schreien, wenn sie anfinge, darüber nachzudenken. Das Verheerende war, dass sie, Wilma, bisher nicht die Kraft gehabt hatte, um Sophie und Ann-Kathrin zu kämpfen. Ihr schlechtes Gewissen und ihre Schuldgefühle waren so übermächtig, dass sie keine klare Richtung einschlagen konnte. Sie schämte sich so schrecklich, dass ihr das überhaupt passiert war! Dass sie jahrelang von Raimunds Neigungen gar nichts gewusst hatte – oder es doch zumindest nicht wissen wollte. Sie gab sich ganz allein die Schuld für alles. Und sie glaubte, ihre Schwäche und Mutlosigkeit, ihre innere Lähmung, seien die Strafe für ihre frühere Gleichgültigkeit.

»Ich habe meine Töchter seelisch verwahrlosen lassen«, sagte Wilma sachlich.

Sie hatte noch mit keinem Menschen darüber gesprochen. Noch nicht mal mit Lilli, obwohl sie Psychologin war und für alles Verständnis hatte.

»Lilli«, sagte sie plötzlich. »Ich muss dir was sagen.«

»Ich höre«, sagte Lilli, die mit dem Rücken zum Fenster lehnte.

Wilma saß auf dem Bett und starrte an die Wand.

»An dem Tag, als dieser Unfall passierte ...«

»Ja?«

»Da habe ich durch Zufall in Raimunds Computer Fotos im Internet gefunden, die …«

Sie brach ab. Sie konzentrierte sich voll und ganz darauf, sich die Strümpfe anzuziehen. Lilli ließ ihr Zeit.

» … also, Fotos im Internet, auf denen waren … Kinder.«

»Was für Kinder?« Jetzt dämmerte es Lilli. »Wilma!«

»Raimund stand schon immer auf blutjunge Dinger, das war so ein Geplänkel, und irgendwann fing er an, mich damit aufzuziehen, dass ich alt und dick bin …«

»Wenn das Milan wagen würde! Ein einziges Mal! Der flöge achtkantig aus dem Fenster!«

»Ja, das ist im Grunde aberwitzig, denn Raimund ist ja noch acht Jahre älter und wirklich viel dicker als ich. Es ging los, als Ann-Kathrin so drei war. Da war ich fünfunddreißig und nach der Geburt von Ann-Kathrin hab ich meine frühere Figur einfach nicht wieder erreicht und irgendwann hatte ich dann Größe 44.«

»Na und? Dafür hast du ihm zwei Kinder geboren! Ich hab auch Größe 44! Milan betet mich an!«

»Das war so schleichend, weißt du. Er blieb abends immer öfter weg, mit seinen Mitarbeiterinnen von der Kanzlei, da waren so ganz junge Mädels dabei, Praktikantinnen und Volontärinnen, du weißt schon.«

»Seit Clinton weiß das die ganze Welt. Macht macht sexy, das gilt für einen Bierbaum genauso wie für einen Raimund Wolf.«

»Mir hat das nichts ausgemacht, ich war mit meinen Promis beschäftigt, ich bin ihnen nachgereist und hab mich bei ihnen eingeschleimt und jeder Promi, der mich in sein Haus ließ, hat mein Leben mit Sinn erfüllt. Das andere habe ich einfach verdrängt.«

»O.K. Und dann?«

»Dann ging das los mit den Au-pair-Mädchen. Ich war ja oft tagelang verreist, wenn ich Interviews mit Weltstars hatte, irgendwo in Hollywood, in Paris, in London oder New York ...«

»Und da hat dein Raimund sich an die Au-pair-Mädchen rangemacht.«

»Wahrscheinlich. Gewissheit habe ich eigentlich erst, seit die Agneta so plötzlich abgehauen ist. Aber das mit den Au-pair-Mädchen ist mir egal, Lilli, das interessiert mich eigentlich nicht. Ich liebe Raimund schon lange nicht mehr, aber meine Töchter ...«

Lilli hatte bis jetzt ruhig am Fenster gestanden. Aber plötzlich kam Leben in sie.

»Wilma! Sag bitte nicht, das ... Wilma! Wie alt sind eure Töchter?«

Wilma ließ sich rückwärts auf das Bett sinken. Sie starrte an die Decke.

»Neun und elf.«

»Wilma!! Er ist mit ihnen abgehauen!! Du musst doch was unternehmen!!«

Wilma lag auf dem Bett und rührte sich nicht. Sie war doch so lange im Nebel gewesen! Warum musste sie denn jetzt wieder klare Konturen sehen?

Lilli warf sich neben Wilma auf das Bett und schüttelte sie.

»Du kannst dich doch jetzt nicht tot stellen!!«

»Ich weiß nicht, Lilli ... ich habe überhaupt keine Gefühle mehr ...«

»Du hast keine Gefühle? Nicht für deine Kinder?« Lilli zog Wilma hoch und zwang sie, ihr in die Augen zu sehen.

Wilma starrte leer vor sich hin. »Nein«, flüsterte sie schließlich. »Ich glaube nicht. Es ist besser, wenn ich nicht mehr an sie denke. Ich bringe mich sonst um.«

»Ich habe dir hier mal eine Analyse über deinen Charakter mitgebracht«, sagte Rudolf, der immer noch auf dem Sofa lag.

Mechthild saß verheult am Wohnzimertisch. Die Kinder waren inzwischen von Giselher zur Schule gefahren worden. Die Mutter räumte oben auf.

»Du bist ein ausgesprochener C-Typ.« Er legte einige fotokopierte Seiten in Klarsichthülle vor Mechthild auf den Tisch, auf denen fast jeder zweite Satz mit gelbem Textmarker angestrichen war. Mechthild warf einen unwilligen Blick darauf. Bilder von ihrer Kindheit stiegen vor ihr auf, wo der Vater ihre Hausaufgaben streng überwacht hatte und alle ihre Fehler mit gelbem Textmarker hervorgehoben hatte. Diesmal waren es wohl ihre Charakterfehler, die Rudolf hervorgehoben hatte.

Ihr fielen die Worte »geltungshungrig«, »egozentrisch« und »ruhmsüchtig« ins Auge. Sie waren obendrein noch mit einem Ausrufezeichen versehen, das die Mutter mit Kugelschreiber an den Rand gesetzt hatte. Mechthild kämpfte gegen aufsteigende Übelkeit an.

Klar, ihr Vater war Lehrer und hatte sie immer belehrt. A Quadrat plus b Quadrat ist c Quadrat. Aber in dieser Situation fand sie das höchst unangebracht.

»Und was soll das jetzt bedeuten?«

»C-Typen tun zwar Gutes, aber nur, um bewundert zu werden. Im Gegensatz zum A-Typ, der Gutes tut, weil er die Notwendigkeit dafür sieht, und zum B-Typ, der Gutes tut, um selbst geliebt zu werden, wollen C-Typen immer auf der Karriereleiter ganz nach oben. Es reicht ihnen nicht, in einem gemeinnützigen Verein Gutes zu tun, unentgeltlich zum Beispiel wie der B-Typ, zu dem Mutti gehört, oder als Lehrer zum Beispiel wie der A-Typ, zu dem ich gehöre.« Er räusperte sich und fuhr in seinem Vortrag fort: »C-Typen müssen das Gute so plakativ tun, dass es jeder sehen kann. Am liebsten an der Seite des Bundeskanzlers. Und mit vielen Fernsehkameras. Das sind die C-Typen. Du passt exakt in dieses Schema.«

»Ich dachte, ich bin deine Tochter und nicht ›ein C-Typ‹.«

»Gerade weil du meine Tochter bist, mache ich mir so viele Gedanken um dich.«

»Du machst dir Gedanken um mich, indem du mich in eine Schublade steckst?«

»Ich mache mir Gedanken um dich, indem ich deinen Charakter liebevoll und kritisch unter die Lupe nehme.«

»Danke. Das hilft mir in meiner momentanen Situation sehr. Dass ich darauf nicht selbst gekommen bin ...« Mechthild zog die Nase hoch.

»Du solltest meine väterlichen Bemühungen nicht auf die leichte Schulter nehmen. Jeder Mensch unterliegt einer bestimmten Veranlagung. Erst wenn er die erkannt hat, kann er an sich arbeiten. Demütig und bescheiden. Und dazu muss ich dich als dein Vater veranlassen.«

»Und du bist also ein A-Typ.«

»Genau. Lies bitte laut vor, was über den A-Typ dasteht!«

Mechthild gehorchte, wie eine Schülerin. »Der A-Typ tut Gutes, weil er die Notwendigkeit dazu sieht.«

»Ja«, sagte Rudolf selbstgerecht. »Das trifft exakt auf meinen Typus zu. Ich bin zum Beispiel die ganze Nacht von Herrlichendorf nach Gütersberg gefahren, um Gutes zu tun, weil ich die Notwendigkeit dazu sehe. Dafür brauche ich keine Kameras und erwarte keine finanziellen Vergütungen. Ich will nicht in der Zeitung stehen und habe keinerlei Hintergedanken bei meinem guten Werk, außer dass ich eben Gutes tun möchte.«

»Du kommst sicher in den Himmel«, sagte Mechthild.

»Ja«, sagte Vati. Dann setzte er noch nach: »Mutti auch. Sie räumt oben hinter dir her. Wie früher. Du hast es bis heute nicht geschafft, eine gute Hausfrau zu werden. Zum Wohle deiner Familie zu handeln. Und nicht des Ruhmes wegen. Demütig und bescheiden. Das musst du noch lernen.«

Mechthild kämpfte schon wieder mit den Tränen. Sie hatte es mit sechsunddreißig Jahren noch nicht geschafft, eine gelassene Distanz zu ihren Eltern aufzubauen! Besonders deshalb nicht, weil Giselher exakt so ein Typ wie ihre Eltern war! Ein Typ A Quadrat plus B Quadrat! Sie war vom Regen in die Traufe gekommen!

»Wer hat diesen Schwachsinn eigentlich verzapft?«, fragte sie, um Lässigkeit bemüht.

»Ein weiser, kluger Bernhardinerpater«, sagte Rudolf. »Seit ich pensioniert bin, treffe ich mich regelmäßig mit ihm zu besinnlichen Gesprächen.«

Mechthild blies die Backen auf. »Und mit dem besinnlichen Bernhardinerpater analysierst du meinen Charakter.«

»Natürlich. Als A-Typ handele ich nach zwingender Notwendigkeit. Du als C-Typ hast überhaupt keine Zeit und natürlich auch nicht das geringste Bedürfnis, über deine Charakterschwächen nachzudenken. Du bist ja nur auf Wirkung aus. Also übernehme ich als dein Vater das für dich. Ich mache mir die Mühe, eine Analyse von einem studierten Fachmann anfertigen zu lassen. Und bringe sie dir eigenhändig nach Hause. Achthundert Kilometer. Bei Dunkelheit. Du musst es nur noch lesen. Ich erwarte keinen Dank.«

»Oh, das trifft sich gut«, antwortete Mechthild. »Ich hatte nämlich auch nicht vor, mich bei dir zu bedanken.«

»Demütig und bescheiden«, sagte der Vater. »Musst du alles noch lernen.«

»Mit Demut und Bescheidenheit wird man nicht Kanzlerkandidatin«, gab Mechthild schnippisch zurück. »Schon gar nicht als Frau!«

Warum heulte sie denn nur, verdammt noch mal? Warum war sie so elend und klein und fassungslos? Sie hatte auf so vielen Podien der Welt gestanden, Vorträge in fünf Sprachen gehalten, Broschüren verfasst, Liveinterviews vor laufenden Kameras gegeben, ohne sich auch nur einmal aus der Fassung bringen zu lassen. Und jetzt, wo der selbstherrliche Rudolf auf dem Sofa lag und die strenge Mutter das Badezimmer aufräumte, da heulte sie wie ein Schulkind! Sie hätte sich den Kopf abreißen mögen. Ihr Gesicht hatte mittlerweile die gleiche Farbe angenommen wie ihre Haare.

»Siehst du, das ist eben die ganz typische Einstellung eines C-Typs. Feuerrot vor Wut, zornentbrannt, mit dem Kopf durch die Wand. Nicht: Wo kann ich helfen, wie kann ich helfen?, sondern: Wie werde ich Kanzlerkandidatin? Und wenn die gängigen Methoden nicht mehr ziehen, dann wird eben ein adeliger Liebhaber bemüht!«

In Mechthild stieg Wut auf. »Was willst du damit unterstellen, Vater?«

»Nun, der C-Typ scheut keine Mittel und Wege, um weiterhin im Rampenlicht zu stehen. Wenn da so eine Hessenwahl ansteht, dann denkt sich der C-Typ, der ja durchaus über Intelligenz und Kreativität verfügt, eben eine Skandalgeschichte um einen obergeilen Dolmetscher aus, möglichst blaublütig, um sich wieder interessant zu machen.«

»Vater! Ich fasse es nicht! Du glaubst, ich erfinde einen adeligen Liebhaber, um die Hessenwahl zu gewinnen?«

»Ich nehme mal zu deinen Gunsten an, dass du nicht wirklich fremdgegangen bist! Mutter sieht das übrigens anders, denn Ruhm- und Geltungssucht weitet sich natürlich auch auf das Sexualleben aus. Alle nymphomanen Frauen sind C-Typen, steht schon bei Siegmund Freud. Aber allein die Tatsache, dass du alles getan hast, damit diese Affäre in die Presse gelangt ...«

»Vater! Ich kann es nicht fassen! Das glaubst du von mir?«

»Selbstverständlich! Ich habe mir mal die Mühe gemacht, alle Zeitungsausschnitte durchzuarbeiten, die es von dir gibt. Abgesehen von deinen politischen Auftritten gibt es immer wieder ein paar Meldungen über dich, die nichts mit Politik zu tun haben.«

»Nämlich?«

»Hier zum Beispiel.« Endlich erhob sich Rudolf von seinem

Sofa. Er kramte in seiner mitgebrachten Aktentasche herum und legte eine weitere Klarsichthülle auf den Tisch.

»Das ist eine Meldung aus *So ein Sonntag*. Aus dem Jahre 1994.« Es war eine kleine, unscheinbare Meldung ohne Foto. Mechthild warf einen flüchtigen Blick darauf.

Pechvogel der Woche: Mechthild Gutermann. Die Beirats-abgeordnete des deutschen Familienbildungsausschusses, die darauf spekuliert, den Posten der Familienministerin zu über-nehmen, hatte am Freitag doppelt Pech: Zuerst schleppte man ihr Auto ab und dann klaute man ihr auch noch die Brief-tasche.

»Ja. Und?«

»So was setzt der C-Typ ganz gezielt in die Zeitung, um die Öffentlichkeit auf sich aufmerksam zu machen.« Rudolf nick-te und kniff die Augen zusammen. Das machte er immer, wenn er eine Eingebung gehabt und auch noch ausgesprochen hatte.

»Du willst mir unterstellen, ich hätte diesen schäbigen Ta-schendiebstahl ... und den Mist mit dem Auto ... mit Absicht an die Presse gegeben? Selbst? Wahrscheinlich glaubst du auch, ich hätte mir mit Vorsatz die Brieftasche klauen lassen, nur um öffentliche Aufmerksamkeit zu erregen ...«

»Ja. Denn danach wurdest du nachweislich Familienminis-terin. Es hat dir also genützt.

Oder hier ...« Rudolf klaubte noch eine weitere Klarsicht-hülle hervor. »1996. ›Zu schnell gefahren, das gab Punkte: Mechthild Gutermann, Familienministerin mit dem braven Haarschnitt, sonst so mustergültig und untadelig, ließ sich beim Überfahren einer roten Ampel erwischen. Zufällig stan-den auch gerade Fotografen im Gebüsch ...‹«

»Das Foto kenne ich gar nicht«, stammelte Mechthild.

»Du hast die Fotografen selbst bestellt!«, schrie Rudolf er-bost, damit du nach einer Medienflaute wieder in die Schlag-zeilen kommst!«

»Wie primitiv, so etwas auch nur zu denken!«, schrie nun

auch Mechthild. »Wenn ich Publicity brauche, dann fahre ich doch nicht bei Rot über die Ampel!«

»Und wieso standen dort just gerade die Fotografen? Genau an dieser Ampel?«

»Das weiß ich doch nicht! Über solche Lappalien mache ich mir keine Gedanken...«

Sie heulte nun wie ein Schlosshund. Hemmungslos gab sie sich ihrem hysterischen Geschluchze hin.

»Wenn du Publicity brauchst, färbst du dir ja sogar die Haare!«, schrie Rudolf. »Keinerlei Menschenwürde mehr! Du prostituierst dich!«

Mechthild konnte es nicht fassen. Dafür waren ihre Eltern angereist? Um sie mit Vorwürfen zu überhäufen? Und sie konnte sich nicht wehren?

»Ihr verlasst jetzt mein Haus!«, schrie sie hysterisch. »Ich muss mir so einen Schwachsinn nicht von euch anhören! Bestimmt nicht von euch!«

Ihre Mutter betrat, einen Wischmopp in der Hand, das Esszimmer.

»Na, na, na«, sagte sie kalt. »Dreht unsere Mechthild schon wieder durch!«

»Einer muss ihr mal die Wahrheit über ihren Charakter sagen«, sagte Rudolf kopfschüttelnd.

»Ich habe oben jetzt mal klar Schiff gemacht«, antwortete Mutter Adelheit, die wieder Haarnadeln im Mund hatte und ihre grauen langen Strähnen in den Haardutt zurückstopfte. »Es sah ja aus wie im Schweinestall.«

»Darum habe ich dich nicht gebeten!«, fauchte Mechthild. »Ich kann mein Haus selber putzen!!«

Giselher kam nun auch zur Tür herein. Er hatte immer noch seine Baskenmütze auf.

»Nun seht ihr es selbst, liebe Schwiegereltern. Da draußen stehen Fotografen.«

Mechthild starrte entsetzt aus dem Fenster. Tatsächlich.

Draußen lungerten schon wieder Dirk Duckmann, Erwin Meister und Konsorten rum. Giselher lächelte sein selbstgerechtes »Liebe-Mechthild«-Lächeln. Rudolf auf seinem Sofa schüttelte leidgeprüft den Kopf.

»Sie kann es einfach nicht lassen!!«

Mechthild schrie laut heulend: »Dem habe ich gestern eins in die Fresse gehauen!«

Die Mutter Adelheit gab wieder dieses unterdrückte Niesgeräusch durch den Rachen von sich. »Wer's glaubt! Giselher, machst du mir einen schwachen Kamillentee? Aber nur ein bisschen heißes Wasser dazu, wenn es nicht zu viel Mühe macht. Nur ein Tröpfchen Süßstoff, bitte. Süßstoff ist ja nicht gesund.«

»Die Hessenwahl«, sagte Vater Rudolf. »Meine liebe Tochter, wir kennen dich in- und auswendig. Du bestellst die Fotografen sogar in deinen Garten.«

»Wieso sollte ich das tun?? Damit sie meine Eltern fotografieren? Als wenn das mein Image verbessern würde!«, schrie Mechthild außer sich.

»Du hast eine neue Frisur«, sagte Giselher. »Jetzt, wo du deinen Posten verloren hast, spielst du die letzte Karte aus. Du hoffst, noch einmal auf einen Titel zu kommen. Und das ist dir ja auch gelungen. Auf der *Die ganze Wahrheit* bist du ja schon.«

»Ich muss hier raus«, sagte Mechthild mit letzter Kraft. »Sonst werde ich wahnsinnig.« Sie rannte durch den Flur und riss die Haustür auf.

»Seht ihr, liebe Schwiegereltern«, sagte Giselher, mit dem Teebeutel in der Hand. »Wie ich euch gesagt habe. Sie geht den Fotografen lächelnd entgegen.«

»Sollen wir heute mal ein bisschen laufen üben?«

Milan kam pfeifend, mit den Händen in den Hosentaschen, zu Wilma auf die Wiese hinaus.

Wilma saß mit ihrem Rollstuhl inmitten Tausender von Pusteblumen und schaute auf die Berge, die sich majestätisch vor dem blauen Himmel abzeichneten. Inzwischen hätte Wilma die Konturen mit geschlossenen Augen nachzeichnen können. Sie fühlte sich seltsam reich. So, als ob alle diese Berge allein ihr gehören würden.

»Ich weiß nicht. Wenn du Zeit hast für mich ...«

»Aber Dirndl! Du hast vor über zwanzig Jahren mit mir laufen geübt, jetzt übe ich mit dir! Außerdem hab ich sowieso keinen Job. Ich bin jung und frei ...«

Milan zog Wilma vorsichtig aus dem Rollstuhl hoch. Er roch nach Schweiß, aber Wilma empfand das nicht als unangenehm. Er hatte wieder sein rotschwarz kariertes Flanellhemd an, in dem er auch Holz hackte, Mäuse jagte, die Dielen schrubbte und schlief. Sie hatte Milan überhaupt noch nie in einem anderen Flanellhemd gesehen als in diesem.

»Wo ist Lilli?«, ächzte sie, während sie versuchte, aufrecht zu stehen.

»Zimmer putzen, im Schwan.«

Wilma hatte Herzklopfen. Da war sie also bei Ferdinand? Sie beneidete Lilli darum, in Ferdinands Nähe Zimmer putzen zu dürfen.

Das hätte ihr mal einer vor einem halben Jahr erzählen sollen. In der Senatorlounge, beim Mokka. Dass sie jemanden darum beneidete, in der Nähe eines Kerls putzen zu dürfen!

Milan nahm ihren Arm und legte ihn sich um die Schulter. »So, Dirndl. Jetzt los. Erst rechts, dann links, dann rechts und stehen!«

Die beiden schoben sich zentimeterweise über die Wiese. Wilma spürte erstaunlicherweise keinen Schmerz. Vielleicht waren auch alle ihre Nerven schon abgestorben.

Eigentlich lebte sie seit dem Unfall wie im Traum. Zuerst hatte sie unter starken Schmerzmitteln gestanden, dann hatte man ihr kiloweise Beruhigungsmittel gegeben, damit sie den

Presserummel nicht mitbekam, und dann hatte sie sich auch noch völlig hoffnungslos in Ferdinand verliebt. Da konnte sie sowieso nichts mehr essen. Irgendwann war sie nur noch ein Gerippe aus Knochen und Haut, ohne Willen, ohne Schmerzempfinden, ohne Pläne, ohne Kraft. Sie interessierte sich auch nicht für die sechzig Kinder, die verletzt worden waren. Wenn sie anfangen würde, nachzudenken, würde sie sich vor den nächsten Lastwagen werfen.

Sie vegetierte einfach so dahin.

Ohne Lilli und Milan hätte sie vermutlich immer noch in ihrem Einzelzimmer in der Klinik Rechts der Isar gelegen. Ihre Krankenkasse hätte die Rehaklinik nur gegen Kostenvorschuss übernommen. Und Wilma hatte keinerlei Zugang zu ihren Unterlagen.

»Na, das klappt doch schon ganz gut! Jetzt gleich noch mal!«

Milan schob die entkräftete Wilma wieder ein paar Schrittchen Richtung Haus.

Es ging wirklich immer besser. Jeden Tag übten sie ein bisschen. Sie rang sich ein Lächeln ab. Inzwischen hatte sie vergessen, wie verzerrt ihre Gesichtszüge waren, wenn sie lächelte. Es sah sie ja keiner. Nur Milan und Lilli.

Nach einer Viertelstunde waren beide schweißgebadet. Wilma fiel erschöpft auf die grüne Bank, die unter dem Küchenfenster stand. Die Sonne stand hoch am Himmel. Es war ein herrlicher Augusttag. Die Schwalben flitzten am Firmament hin und her. Es war heiß und es roch nach Heu. Ein trockener Landsommer am See.

»Ich hole uns was zu trinken.« Milan stopfte sich seinen rotschwarz karierten Flanellhemdzipfel wieder in die speckige Cordhose und stapfte ins Haus. Die beiden schwarzen Katzen strichen Wilma schnurrend um die Beine.

»Ihr habt's gut«, sagte Wilma zu den Katzen. »Noch nicht mal die Mäuse müsst ihr selbst fangen.« Milan machte sich drinnen am Kühlschrank zu schaffen.

»Du hast es doch jetzt auch gut!«, rief Milan. Wilma lächelte. Sie spürte ihre Haut pulsieren. Zum ersten Mal seit langem.

Sie hatte wieder ein Gefühl. Das Gefühl, dass ihr warm war. Das Gefühl, dass sie etwas geleistet hatte. Sie war zwanzig Meter weit gegangen.

Sie beugte sich hinunter und streichelte die Katzen.

»Wilma, du bist zwar doppelt so alt wie ich«, sagte Milan, als er mit zwei Krügen Apfelmost wieder herauskam. »Aber du kannst nicht wie mein alter Vater damals dem Tode entgegensiechen. Du hattest keinen Schlaganfall, sondern nur einen Unfall. Und du hast noch eine Zukunft, im Gegensatz zu meinem Vater.«

»Ach Milan«, seufzte Wilma.

»Du solltest wieder arbeiten«, sagte Milan und reichte Wilma einen Krug. »Kannst ja zur Abwechslung mal was Nettes über die Leute schreiben.«

»Aber meine rechte Hand funktioniert nicht mehr.« Sie bewegte die steifen Finger, so gut es ging. »Siehst du. Sie gehorchen nicht mehr. Ich kann nicht tippen und nicht schreiben.« Wilma nahm den Becher mit der unverletzten Hand und trank durstig.

»Dann schreib mit links!« Milan ließ sich auf die Treppenstufe plumpsen. »Wo ein Wille ist, ist auch ein Weg. Sagte mein Alter immer.«

»Ich wüsste nicht, über wen ich schreiben sollte ...«

»Schreib über den Ferdinand Sailer! Der hat dir doch sein Leben erzählt.«

»Nein. Das war privat.«

»Aber du kannst ihm nur damit nützen! Er reißt sich den Arsch auf, um das Hotel wieder auf Vordermann zu bringen. Da gibt es doch diese brancheneigenen Blätter, die sind bestimmt interessiert an der Story. Er soll doch ›Hotelier des Jahres‹ werden!«

»Ach Milan! Erstens kann ich rein technisch nicht, zweitens hat mich Sailer nicht darum gebeten, drittens würde niemand etwas von mir drucken wollen. Ich bin für alle die Pest.«

»Kämpf, Wilma«, sagte Milan. »Hab ich auch gemacht. Zeig ihnen allen, was in dir steckt.«

»Du blutjunger Kindskopf willst mir sagen, was ich tun soll?« Wilma hob den Kopf. »Da haben aber schon andere versucht, mir Vorschriften zu machen.«

»Aha«, grinste Milan. »Die Lebensgeister kehren zurück!«

Lilli kam auf einem alten klapprigen Fahrrad um das Haus herumgefahren. »Na, wie siehts aus, ihr Lieben? Habt ihr fleißig geübt?« Sie warf das Rad einfach in einen Heuhaufen und löste ihre Haare, die mit einem Gummi im Nacken zusammengebunden gewesen waren. Sie schüttelte ihre roten Locken wie ein Hund, der aus dem Wasser kommt, und begrüßte Milan mit ein paar herzlichen Küsschen.

Durstig schüttete Lilli dann Milans Apfelmost in sich hinein. »Diese Zimmerputzerei ist ein staubiger Job. Und was man alles über die Menschen erfährt, hinter denen man herputzt ... das ersetzt so manche Sprechstunde.«

»Haben die Leute im Schwan wenigstens noch ein funktionierendes Sexualleben?«, fragte Milan, indem er Lilli erneut an sich zog. Es gab Wilma einen Stich.

Lilli lachte. »Nicht nur die Leute im ›Schwan‹!«

Wilma beobachtete Lilli. Sie war so zufrieden mit dem, was sie tat. Sie war vierundvierzig, hatte Abitur und Psychologie studiert, aber heute saß sie in einem einsamen Bauernhaus, war mit einem jungen Kerl verheiratet, der ihr Sohn sein könnte, fuhr Fahrrad und ging Zimmer putzen. Ihr kleines Bauernhaus war zugig und unaufgeräumt und in der Küche liefen Mäuse herum. Für sie, Wilma, wäre das ein absoluter Graus gewesen, es »zu nichts gebracht« zu haben. Früher. Heute sah sie das mit anderen Augen.

»Na, was gibt's bei euch Neues?«, fragte Lilli. Sie ließ sich auf die geliebte grüne Bank plumpsen. Die Katzen kamen herbei und schnurrten ihr um die Füße.

»Wir reden gerade darüber, dass wir beide arbeitslos sind«, grinste Milan. »Wir können dich beide gar nicht schuften sehen.«

»Ich hätte für euch beide einen letzten Job«, sagte Lilli, während sie sich mit dem Ärmel ihres geblümten Kleides den Mund abwischte. Sie zwinkerte Wilma aufmunternd zu.

»Du musst unbedingt über den Ferdl einen Artikel schreiben, für das Blatt *Der Gastronom*. Die Nummer der Redaktion habe ich, sie haben beim Ferdl angerufen und wollen was schreiben, aber ich habe gesagt, du machst das.«

»Ich weiß nicht ...«, sagte Wilma. Sie wollte auf keinen Fall das Vertrauen von Ferdinand Sailer missbrauchen. Solange er sie nicht darum bat, würde sie gar nichts schreiben.

Lilli wandte sie sich an ihren jungen Gatten: »Komm mal mit ...«

Sie zog ihn hinter das Haus, so dass Wilma sie nicht hören konnte.

»Was ist los, soll ich den Ferdinand Sailer beschatten?«

»Nein, nicht nötig. Aber einen letzten Fall musst du noch knacken.«

»Betrifft Wilma, stimmt's?«

»Ja. Ich glaube, ich weiß, wo der Alte mit den Mädels steckt.«

»Nämlich?«

»Milan«, sagte Lilli. Du wolltest doch immer schon die Golden Gate Bridge sehen!«

Die kleine Straße in Gütersberg war von Reportern belagert. Vor dem Einfamilienhaus von Mechthild und Giselher Gutermann standen mehrere Polizeiwagen, ein Notarztwagen und sogar die Feuerwehr. Nachbarskinder, die gerade aus der Schule gekommen waren, äugten stumm auf das Grundstück, auf dem sich so viele fremde Menschen tummelten.

»Chef, das glauben Sie nicht!«, rief Nicole Nassa in ihr Handy. »Hier spielen sich wahre Dramen ab!«

»Gehen Sie mal zur Seite, hier gibt es nichts zu sehen…« Zwei Polizeibeamte versuchten, Nicole und ihre Reporterkollegen wegzuschieben. Auch Sandra Fleischmann, Ina Kess, Ariane Wassermann, die immer sagte: »Alles ist toll«, und sogar der Chefredakteur von *Neuer Tratsch*, Rolf Bierbaum, drängelten sich an der Hecke zum Vorgarten.

»Was ist los, Nassa? Muss ich schon wieder die Sonderausgabe ändern? Diesmal sollte wirklich das rothaarige russische Hurenbaby auf den Titel!«

»Chef, das Hurenbaby ist nichts gegen das, was ich für Sie habe!«

»Schon wieder eine neue Frisur? Oder ist die Gutermann schwanger?«

»Chef! Viel besser! Die haben sich geprügelt!«

»Wer?«

»Die Familienministerin und ihr Mann! Und ihre Eltern! Alle! Die ganze Familie hat sich geprügelt! Ein wahres Fest!«

»Gibt es Fotos?« Grammatke rieb sich begeistert die Hände.

»Ja! Klar! Dirk Duckmann und Erwin Meister haben hier gegen drei Uhr nachts Stellung bezogen und Dutzende von Filmen verknipst!! Erwin Meister hat es übrigens auch erwischt. Die Gutermann hat ihn in die Eier getreten.«

»Das ist ja wunderbar!! Nassa, ich könnte Sie küssen!« Grammatke hüpfte in seinem Büro umher. »Das ist ja alles noch viel spannender als das rothaarige russische…«

»Leider ist die Konkurrenz sehr groß!! Alle wollen die Fotos, hier werden sechsstellige Summen geboten!«

»Bitte gehen Sie weiter«, schrie ein Polizist dazwischen, »und treiben Sie Ihren Schwarzmarkthandel woanders!«

Jochen Behrend, der Starreporter von *Pralles Leben*, stieg

gerade aus einer schwarzen Limousine. Er war etwas zu spät dran, hatte er doch gerade ein Exclusivinterview mit Franz Beckenbauer gemacht.

»Die Fotos kriegen wir nicht unter einer halben Million!«, schrie Nicole Nassa in ihr Handy.

»Aber ich bleibe dran!«

»Ich hab auch Bilder gemacht«, mischte sich eine weißhaarige Alte ein, deren ebenso weißhaariger Spitz pietätlos auf den Gutermann'schen Rasen schiss. »Seit der Vatter tot ist, guck ich immer frühmorgens aus dem Fenster! Und da hab ich es gesehen! Die ham sich ja am Wickel gekricht, nää aber auch!! Wat die Gutermann ausgerastet is!«

»Wir könnten Privatfotos kriegen«, schrie Nicole in ihr Handy. »Da sparen wir Hunderttausende!«

»Nä, nä, nix«, meinte die Alte. »Wer meine Fotos kricht, der blecht!«

»Zahlen Sie alles«, schrie Grammatke. »Und liefern Sie O-Töne aus der Nachbarschaft!«

»O.K., Chef, ich höre mich um! Bleiben Sie dran!«

Jochen Behrend war sofort Herr der Lage. Mit seinem »Sie-sind-aber-auch-eine-arme-Nachbarin-Blick« ging er auf die zeternde Alte zu. »Was haben Sie denn gehört, meine Liebe?«

»Ich bin nicht Ihre Liebe! Ich rede mit dem Kerl da am Telefon. Der blecht! Alle anderen stellen sich hinten an!«

Die Alte riss Nicole das Handy geradezu aus der Hand. Der Spitz, der nun sein Geschäft verscharrt hatte, wickelte Jochen Behrend mit seiner Leine die Knie zusammen und stürmte dann noch die verbleibenden achtzehn Meter an seiner Ausziehleine weiter, geradewegs in das Getümmel hinein.

Sein Frauchen war ziemlich heiser und sehr mitteilsam.

»Tach auch, ich bin die Else Schneewitter, wohn schon fünfunddreißig Jahre hier, und wat ich heute morgen gesehen hap, dat übersteigt allet, wat bisher im Fernsehn war ...«

»Also«, schrie Grammatke in den Hörer. Die Zeit drängte!

Wenn er in den nächsten zwanzig Minuten genug Stoff hatte, konnte er den anderen vermutlich zuvorkommen. »Frau Schneewitter! Der Reihe nach! Was haben Sie gesehen?«

»Von wat für 'ne Zeitung sind Se denn?«

»*Pralles Leben*!«, schrie Grammatke genervt.

Jochen Behrend, der gefesselte Starreporter mit dem »Du-bist-aber-auch-ein-armer-Hund-mein-Spitz-Blick« rief hingegen: »*Die ganze Wahrheit*!«

»Och, die kennich, die abboniert imma meine Nachbarin, aber ich fisch mir die schomma ausm Briefkasten, wenn die dat nich merkt.«

»Dann kennen Sie ja unser Blatt.«

»Tja, is ganz lustich, ihr tut immer üba de Königstöchter berichten, wer wieder 'n Problem mit Pickeln hat und warum de belgische Königstochter imma kotzen muss, oder die andere, die immer Kinder von ihre Leipwächta kricht, die jetz mit dem Zirkusdirektor Elefanten zähmt – und letztens hattet ihr de Fotos von dem Embryo vonne Conny Zolpe, wat von dem Container-Sascha gezeucht worden is. Is ja keine Königstochter, nur 'ne Heidekönigin ... fand ich aber nich gut, datter dann schreibt, ihr findet dat unmoralisch, dann druckt se doch nich ...!«

»Frau Schneewitter! Was haben Sie gesehen?«

»Mitten inne Nacht sind die Eltern vonne Gutermann gekommen. Sie hat mit ihren Gatten de Tür aufgemacht, mit e neue Frisur, sah grauenhaft aus, ganz kurze strubbelige dunkelrote Zippeln, und die Mutter sacht als Erstes, du siehst schrecklich aus, dein Anblick is eine Zumutung. Und der Gutermann heuchelt so rum, liebe Schwiegereltern, schön, dat ihr kommen konntet, meine Frau is ja nicht mehr Herr ihrer Sinne.«

»Okay, Frau Schneewitter, das haben wir. Konnten Sie sonst noch was hören?«

»Nee, dann sind die reingegangen, aber oben im Badezimmer war dann Licht und unten im Wohnzimmer auch. Dann ham die sich unterhalten und nach einer Stunde ging es dann richtig los! Zuerst ging die Haustür auf und die Gutermann kam rausgerannt, war inzwischen völlig aufgelöst, wutentbrannt. Ich muss sagen, se war am Heulen, und dat tat mir Leid, is sons 'ne nette Frau. Für de Frisur kann se ja nix. Bei de Haare hat se einfach nich hier geschrieen.«

»Frau Schneewitter!«

»Jedenfalls lief se zum Auto und wollt wechfaan.«

»Um wie viel Uhr war das?«

»So kurz nach sieben. De Kinder waren gerade aufgestanden die Rolläden gingen hoch und de Mutter putzte oben dat Bad.«

»Gut. Und dann?«

»Dann happich mein Fotoapparat geholt. Ich dachte, wann passiert hier schon mal wat Spannendes?«

»Weiter, Frau Schneewitter, weiter!!«

»Ja, als ich wiederkam zu mein Badezimmafensta, wissen se, ich steh da imma auf so 'n Höckerchen. Happich früher immer den Vatta draufgesetzt, beim Duschen. Aba jetz is der Vatter tot und getz kuck ich imma auf dem Höckerchen durch dat Fenster.«

»Was passierte, Frau Schneewitter? Bleiben Sie bei der Geschichte!!«

»Ach ja, klaa, aba da krich ich wat für, woll nech?«

»Selbstverständlich werden Sie entsprechend entlohnt, Frau Schneewitter, besonders wenn Sie die Geschichte nur uns erzählen! Hören Sie! Keinem anderen!«

»Dann muss der Kerl jetz da wech.« Sie versuchte, Jochen Behrend wegzuschubsen, aber der war von der Hundeleine gefesselt und von ihrem Vortrag natürlich auch. Nicole Nassa stand in ihrem orange-blau karierten Kostüm auf ihren hochhackigen Pumps mit Troddeln auf dem Gutermann'schen Rasen und hielt Frau Schneewitter ein Aufnahmegerät unter die Nase.

»Ich kletter also grad wieder auf mein Höckerchen am Dachfenster, da seh ich den Herrn Gutermann, also den Professor mitte Baskenmütze, wie der zum Auto läuft und schreit: »Jetz kuck wenigstens inne Kamera!« – Und tut die Frau umdrehn, mit Gewalt. Ich dacht schon, der hätt mich gesehn, wie ich da mit meine kleine Minox am Dachfenster steh, aber dann seh ich die dicken Kerle mitte Lederjacken ausse Büsche komm. Die waan ja schomma hier. Schon oft. Ich tu denen imma Büttaken schmiern, dat se nich Kohldampf schieben. Is ja ein zeitraubender Job, was? Imma mitte Kamera inne Büsche stehn! Gestern hat die Gutermann den kleinen Fetten aba zwischen de Beine getreten. Jau, nech!«

»Weiter, Frau Schneewitter! Die Gutermann! Was hat sie gemacht?«

»Sie wollt aba nich kucken, wollt wechfaan. Waa am Heuln, schreit, er soll se in Ruhe lassen und sie hält et nich mehr aus, er wär so voll verlogen und scheinheilig und sollt sich ma anne eigene Nase packen und sie führ jetz in dat Altersheim nach Osterrode, da würd se den Alten rausholen, dann wär et wenigstens gerecht. Sie meinte wohl seinen Vatter und schrie: Vor dem hasse Angst, aber MEINE Eltern tuste herbestellen! De Fotografen sind inzwischen am Knipsen, der kleine Fette vorsichtshalber nur mit einer Hand, ich natürlich auch, woll nech.«

»Und dann?« Grammatke keuchte. Wenn man an den Film von der Alten rankäme, dann hätte man vielleicht eine Chance gegen die Profis – es müsste eben nur schnell gehen! Er wischte sich den Schweiß von der Stirn. Er ahnte ja nicht, dass der gefesselte Jochen Behrend seine Hand bereits in der Küchenschürze von Frau Schneewitter vergraben hatte!

»Er lässt se aba nich einsteigen. Dreht se zu 'n Kameras hin, und schreit: ›Getz lächel doch, tuhsse doch sons imma! Und zeich deine neue Frisur! Is bald Hessenwahl!‹« »Da haut die dem Mann mit'n Autoschlüssel mitten ins Gesicht, also ich glaub die hat dem 'n Auge ausgestochen.«

»Wahnsinn! Geil! Weiter!«

»Er tut die Hände auffe Augen und sinkt zusammen, da tritt die dem zwischen de Beine, also Se wissen schon, volle Pulle, genau dahin, wo se am Ahmd vorher den fetten kleinen Fotografen getreten hat.«

»Hm.« Grammatke fasste sich automatisch in den Schritt. Jochen Behrend auch.

»Sie is am Hauen und am Treten und die Kerle mitte Kamera springen begeistert drumrum, keiner sacht ihr: Mädchen jetz lass dat ma, du tuhs dem Mann ja weh, näh, keiner sacht dat.

Alle knipsen se und ham ihren Spaß.«

»Sie hoffentlich auch?«

»Ja. Klaa. Wat meinen Se, wie oft ich dem Vatter ma geane eine reingehauen hätte, wie der da imma auf dem Höckerchen saß und motzte, aba in unsere Generation da machte man dat ja nich als Mädchen. Woll nech. Abba getz happich dat Häusken geerbt und getz binnich ganz zufrieden. So weit. Jetz kuckt der Vatter die Radieschen von unten.«

»Und dann? Machen Sie schon!«

»Da kam die Mutter raus, mit lange wehende Haare, ganz aufgelöst, hatte den Mund voller Haarnadeln und der Vatter auch, also ohne Nadeln, aber ganz vonne Rolle, und schreien: ›Dat is eine schreckliche Frisur und die muss man nich auch noch der Presse zeigen!‹ Und der Vatter wedelt mit einer Klarsichthülle und ruft: ›Happich doch gesacht! Der C-Typ!‹ Ich dachte schon, es geht um ein neues Auto – Und als se nich aufhörn wollte zu hauen, da rief die Mutter: ›Die aam' Kinder, wat müssen die alles mit ansehen?‹«

»Waren die auch dabei?«

»Nee. Die waren schon inner Schule. Aber vorher waren se oben im Badezimmer und waan sich auch am haun. Aba dat tun die imma. Sind ja Jungs. Woll.«

»Und dann?«

»Tja, jetzt werdense staunen, die Gutermann, also die Tochter is gerade so schön in Rage, der Professor liecht aufen Rasen und hält sich mit der einen Hand dat Auge und mit der andern de Eier, und wo jetz die Mutter kommt und schreit, da sieht die rot, die Tochter. Und haut der Mutter eins übern Kopp und dem Vatter auch. Mitte Handtasche. Peng, peng, peng und hört gaa nich mehr auf. Happich schöne Schnappschüsse von. Siehsse ja nich alle Tage, wie eine Frau ihre Eltern verhaut.«

»Und dann?«

»Dann zeigt se den Fotografen den Stinkefinger. Und dann steicht se auf ihr Motorrad und fährt wech.«

»Scheiße. Da haben die Großaufnahmen von.«

»Ich hab dat auch drauf. Mitt'n Suum. Ich kann dat. Hat mir der Vatter noch gezeicht, damals. Sachta, dat is doch wat für normale Intelligenz, Else, kuck ma, musse nur auf dat Gesicht drücken und nich auffe Bäume, also am Apparat jetz, und dann hasse schon den Suum. Happich gemacht. Und dann hattich den Stinkefinger. Ganz groß.«

»Frau Schneewitter, wir bräuchten nun ganz schnell Ihren Film. Am besten, den ganzen Apparat. Können Sie den Frau Nassa geben?«

»Den hatt se mir schon wechgenomm. Un is mitt'n Taxi wechgefaan. Also ers' hatt en mir der Mann wechgenomm, der hier neben mir steht. Aber der is gefesselt. Mein Rex hat den eingewickelt. Nä, die Dame mit den schön' Kostüm hat den in ihre Verwahrung gebracht.«

Grammatke seufzte erleichtert auf. Die Nassa war Gold wert.

»Was dürfen wir Ihnen denn für Ihre Mühen geben, Frau Schneewitter? Natürlich vorausgesetzt, Sie gehen jetzt in Ihr Haus und sprechen mit niemand anderem mehr.«

»Och, wissen se wat? Tun se mir 'n Jahresabbo von *Prallet Leben*, dann muss ich nich mehr bei den Nachbarin klauen gehen! Komm ich eher in 'n Himmel, nach 'n Vatter hin.«

»Hom S' a Zimma b'stöllt?«

Die wackelige Alte hinter der Rezeption fixierte Wilma durch ihre dicke Brille.

»Nein«, sagte Wilma. »Ich möchte mich hier ein bisschen umsehen.« Ihr Herz klopfte wahnsinnig. Jeden Moment würde Ferdinand Sailer auftauchen. Sie musste ihn einfach wiedersehen. Sie war den ganzen Weg zu Fuß gekommen. Allein. Nur mit Krücken. Sie wollte Ferdinand unbedingt zeigen, wie gut sie schon wieder drauf war. Und nicht nur das. Sie kam fast um vor Sehnsucht nach ihm. Du gehst mir langsam unter die Haut, ging ihr der neueste Kristina-Bach-Schlager durch den Kopf, den sie bei Lilli im Küchenradio gehört hatte.

»Dann sitzen S' Eana in die Kaminstubn!«

Wilma bewegte sich schon recht geschickt auf ihren Krückstöcken durch das gemütliche, helle Hotel. Die Eingangshalle war mit hellem Holz verkleidet und überall standen geschmackvolle Truhen und Antiquitäten herum. In einer alten Wiege lagen Porzellanpuppen und schliefen.

»Was wolln S'? An Tee oda 'n Kaffee oda gar scho was Alkoholisches?«, keifte die Alte hinter Wilma her. Sie hatte trotz des bayerischen Dialektes einen slawischen Akzent.

Es schüttelte Wilma innerlich, wenn sie an Ferdinands Schilderungen dachte.

»Haben Sie einen grünen Tee?«, fragte Wilma, während sie den prachtvollen Wintergarten betrachtete. Überall wucherten Palmen und exotische Pflanzen hinter Glas.

Schimpfend humpelte die Alte in die Küche. Sie murmelte: »Wieda oane mit aan grüan Tee. Da sollst no was vadiena ...«

Wilma betrachtete interessiert das geschmackvolle Interieur, das mit viel Liebe und detailgetreu zusammengetragen worden war. Wenn das hier eine Balkan-Imbissstube gewesen war, dann hatte Ferdindand aber was geschafft! Sie bewegte sich weiter, am Wintergarten vorbei, und gelangte in die gemütlich eingerichtete Kaminstube.

Auch hier standen überall liebevoll zusammengesuchte Antiquitäten und alle Tische waren originell dekoriert. Die Vorhänge an den Fenstern passten farblich genau zu den Tischdecken: Ein warmes Ockergelb mischte sich mit sonnigem Gelb und Orange. Ganz leise perlten Chopinklänge im Hintergrund. In den Palmen zwitscherten frei fliegende Kanarienvögel.

Wilma fühlte sich auf der Stelle wohl. Sie atmete tief durch. Welch eine Oase des Friedens und Entspannung!

Plötzlich hörte sie die Alte schreien: »Frau Donna! Oamal grünen Tee in die Kaminstubn! Possen S' wieda net aauf!«

Die Kellnerin, eine kleine Dicke mit Hornbrille, Birkenstockschuhen und einem zu drall sitzenden Dirndl, watschelte lustlos in die Küche.

»Bleede Oide«, murmelte sie beleidigt. »Schrei net so, i bin ja net taub.«

Wilma grinste. Rolf Bierbaum hätte gesagt: »Wieder eine schlecht Gefickte.«

Die Kellnerin latschte herbei. Man merkte ihr an, dass der Job ihr schrecklich stank.

»Bittschee, gnä' Frau. Da greane Tee, der so gsund sei sollt.« Sie watschelte weg.

»Danke.« Nichts ahnend machte sich Wilma ihren Tee zurecht. Sie lauschte dem Regentropfenprélude, das den tropischen Wintergarten noch mehr wie ein fernes Wunder erscheinen ließ. Es war das erste Mal, dass sie wieder klassische Musik hörte, seit dem zweiten Satz der Poulenc-Flötensonate in der Senatorlounge damals am Münchner Flughafen.

Was für Welten lagen dazwischen! Damals und heute! Wilma schaufelte gerade gedankenverloren zwei Löffelchen Zucker in ihre hauchdünne feine Tasse, da stand plötzlich die böse Stiefmutter da, wie aus dem Boden gewachsen.

»Sie gengan aa am Stock, göi? I geh scho seit letztes Jahr mit'n Stock. Und muss a Hotel führn. Wenn i nit war, funktioniret überhaupt nix. Die heitige Jugend hat koa G'fui fürs G'schäft. Nach zehn oder zwölf Stund sans schoo dahin.«

»Bitte?«, machte Wilma irritiert.

»Schaan S', die Kellnerin, die Schiache mit der dicken Bruilln. Um fünfe in der Früh is kimma und jetztat is grad sechs am Abend und sie schaat so bees, als wenni sie gschlogn hätt.«

Wilma sah die hässliche Alte irritiert an. Sie trug einen blauschwarz karierten Kittel und hatte die weißen langen Haare zu einem Gretchenzopf um den Kopf gewunden. Ihre Hakennase zierte eine fette Warze. Mit schwieligen Händen stützte sie sich auf ihre Krücke.

Unwillkürlich schaute Wilma, ob nicht ein schwarzer Kater auf ihrer Schulter saß. Vielleicht hockte auch irgendwo in der Ecke in einem Käfig Hänsel, der seinen Finger zum Gitter herausstreckte? Die fette Kellnerin war womöglich Gretel, in die Jahre gekommen und frustriert?

»Jetzt hammer glaubt, dass der Ferdl uns untastützt, aaba der taugt aa nix. Der Bua. Imma nur auf Reisen isser, letztens worer scho wieder in Amerika! Auf'm Weltkongress für Wellness-Hotele! So a Schmorrn! Mit opacken hätter solln!«

»Aber ich habe gehört, Sie würden bald Ihren fünften Stern bekommen!«

»Friaga hamma koan Stean ghapt und vui mehr G'schäft. A Balkan-Grill sin mer g'wesn. Da ham die Leit noch wos gessn! An Grilltella für fünfundzwonzick Mark! Mit'n Schweinsbratn und a Gröschtl und allweil a Kraut, fertig! Jetzt wie ma die Stean ham, müssen mer lauta teira Sachen einkaufa, weil nix mehr schön gnuag is. Seit die so genannte Gesellschaft daherkommt, verkaafn mer nur Tee und Mineralwasser.«

Sie bedachte Wilmas Teetasse mit einem giftigen Blick.

»Neue Dirndlgwandta hamma auf einmal haben müssen, fürs Personal. Schaans Eana die Bedienung doch o, die schaugt aaus wia a Lebawuascht. Aba a Trachtenjankerl muss es sein. Schon für den depperten Hausmeista. Nur i ziach die gute oide Arbeitskleidung oo. Weil i schoff. Als Einzige. So is dös!«

»Aber in einem Fünfsternehotel sollte man schon Wert auf gute Kleidung legen ...«

»Fünf Stean! Dös is ja 's depperte!! Wegn mir hätt mer koa Stean braacht! Wos i überhaupt net versteh, is, dass mer jetz an ›Amösgöll‹ verschenkn müssn, weil dös modern is, wo die Gest eh schon halberts oog'fressn san und sich nachher kein Semmerlknöderln mehr kaufa dant. Weils auf die Figua ochtn! Nur im Wellness dan' s rumliegn, un mer müssen dös zohln.«

Wilma wollte eine Zwischenfrage stellen, aber die Alte geiferte weiter.

»Meine scheen' old'n Weinglääsa waan aa nimma guat gnuag und auf einmol hom's die Rödel-Gläsa san müssa.«

»Aber Sie haben es wunderschön dekoriert!«

»Den gonzn Schnickschnack schleppt mir der Ferdl herbei. Und dös kost!! Schaun Sie, dös san olls Investitionen, die man mit an grüan Tee net zohln ko.«

Sie schnaufte. Frau Donner watschelte im Hintergrund herum und deckte die Tische für das Abendessen ein. Sie klapperte ein bisschen zu laut mit den Tellern und dem Silberbesteck.

»I sag Iana, was i scho olls mitg'mocht hob, des kenna Eana net vorstölln. I hob ja a G'schpür für die Kundschaft und die kimma alle nur wegen mir. Weil i woass, wos die Leit wolln. I bin in da Friah die Erschte und auf d' Nocht die Letzte. Mir geht nix duarch. *GELL, FRAU DONNA!*«

Frau Donner warf einen säuerlichen Blick über die Schulter und rückte weiter genervt Messer und Servietten zurecht.

Die Alte fuhr ungehemmt fort: »Die Angestellten heutstags taugn übahaupts nix. Frech, faul und vom Putzn keine Red. *GELL, FRAU DONNA!*«

Frau Donner watschelte nun wutentbrannt zwischen Besteckschublade und Tischen hin und her. »Der Herr Sailer sieht das aber a weng anderscht!,« rief sie erbost.

»Der Herr Sailer sicht so was überhaupts nicht. Jetzt hotta an Zimmamädchen eingestellt mit einer scheußlichen roten Mähne, die hot 'n gonz an jungen Mo g'nomma.«

Wilma verbiss sich ein breites Grinsen.

»Und schaun S' amal unsan Haausmeista, der mit'n Trachterljanker. Des is a lediga Sohn vom Hiaslbauern und der war jetz z'deppert, als dass er 'n Hof übernehma kann.«

»Das ist ja alles interessant!«, sagte Wilma. Frau Donner grinste fies.

»I moan der Hiaslbauer-Hans, der hot koa Frau und dös is für an Mo von viazigge nicht normal. Aber da Ferdl, wo mein Stiefsohn is, der hat auch keine Frau. Wo mer so notwendig eine fürs Haus brauchn tätn.«

»Ferdinand Sailer?«, fragte Wilma nach. Ihr Herz klopfte, wie bei einem kleinen Mädchen.

»Zum Repräsentiern, im Dirndl, im Gostgarten, dös konni net, weil i am Stock bi.

Und die Leit wolln a fesche junge Wirtin. Jetzt woaß i net, issa z' bleed oda zu faul? Bei die Monnsbilda kennt si sowieso kei Sau aus. Do konn i Iana wos erzölln.«

»Erzählen Sie mir von Ferdinand Sailer«, sagte Wilma plötzlich. Frau Donner errötete und watschelte eilig zwei Tisch weiter.

»Als er sechse war hob i den Buam aafgnomma. Da hot der Schorsch den Buam daherbrocht. Das war ein ganz ein verreckter, elendiger, knochiga Rotzleffl. Ein nixnütziger, faula, frecha Bursch, der einmal in der Woche a ordentliche Tracht Prügel hot hom müaßn. Sonst hättich's net aasg'haltn mit dem. Studiern hat er wolln, aber dös hob i ihm aausblosn. Mer san alls Arbeiter und homs zu was brocht. Zweimol hob i ihn ins Heim g'schickt, zum Erziehn, und immer iss er ausg'rissn. Im Oltersheim hom'n iam schließlich aufg'nomma. Am Schluss hot er doch studiern müssn. In Amerika drüben.«

»Und warum ist er jetzt wiedergekommen?«

»I kann mi net zur Ruah setzen, weil ohne mi geht nix. Der Bua eabt's Hotel sowieso, aber heiraten will der Bua net. Gell, Frau Donner!!«

Frau Donner lächelte gequält. Vielleicht wollte er nur Frau Donner nicht heiraten.

»Wenn man vom Teifi redd ...«, sagte die alte Birnbichler.

Und dann stand er plötzlich da. Ferdinand. Im Trachtenjanker. Und lachte Wilma an.

Die Autobahnraststätte am Chiemsee war brechend voll. Mehrere Busse und über hundert Autos parkten vor dem Restaurant. Trotzdem, Mechthild musste jetzt eine Pause machen.

Sie saß seit heute früh auf dem Motorrad. Jetzt konnte sie nicht mehr.

Steif von der langen Fahrt, schleppte sie sich in ihren Lederklamotten die Treppe in das Rasthaus hinauf. Den Helm hielt sie in der Hand.

Am Buffet standen lange Schlangen von babbelnden Bustouristen. Mechthild beschloss, sich lieber im Kiosk ein paar Kekse und eine Cola zu kaufen. Aber zur Toilette musste sie unbedingt. Daran ging kein Weg vorbei.

Müde latschte sie in ihren Lederstiefeln die Treppe wieder hinunter, Richtung Toilette. Aha. Vor dem Damenklo natürlich auch Warteschlangen ohne Ende.

Mechthild reihte sich ein. Vor ihr stand eine Mutter mit zwei kleinen Mädchen, die herumhampelten und dringend Pipi mussten.

»Valeria! Sei jetzt ruhig!«, sagte die genervte Mutter.

»Ich kann nicht ruhig stehen, sonst mach ich mir in die Hosen«, sagte Valeria und hampelte weiter.

»Corinna! Steh gerade!«

»Ich muss aber so dringend, Mama, und wenn ich jetzt

nicht sofort drankomme, dann mache ich mir auch in die Hosen.«

»Na, wenn das so eilig ist, dann können Sie vor«, sagte eine ältere Frau mit Dauerwelle und Brille. Sie tauschte mit den Hampelkindern den Platz.

Valeria und Corinna hampelten nun eins weiter vorne rum.

»Valeria! Corinna! Ihr sollt jetzt ruhig sein hab ich gesagt!!«

Die ältere Frau hatte eine Handtasche über der Schulter hängen und aus der Handtasche schaute eine zusammengerollte *So ein Sonntag* heraus. Mechthild musste sich etwas bücken und den Kopf verdrehen, um zu erkennen, was für ein Foto auf dem Titel war. Aber sie hatte es gewusst. Sie war nicht überrascht.

Genau in diesem Moment zog die Frau die Zeitung aus der Tasche, entrollte sie und begann zu lesen. Mechthild stellte sich auf die Zehenspitzen und las über der Schulter der Frau mit.

Familienministerin durchgedreht!, stand da in so fetten Lettern, dass die Seite so gut wie voll war. Darunter war ein unscharfes Foto zu sehen: Sie selbst drosch auf ihren Gatten Giselher ein und im Hintergrund standen ihre Eltern und gestikulierten wild. Es sah aus wie eine Wilhelm-Busch-Zeichnung: überzogen, ironisch, böse. Mechthild hatte noch nicht einmal mehr Herzklopfen, als sie die fette Bildunterschrift las: *Das wäre unsere Kanzlerin geworden!*

Nein, dachte sie, wäre ich nicht. Ich bin ja so dankbar, dass ich wieder am Leben bin. Ist der Ruf erst ruiniert, lebt es sich ganz ungeniert. Was die Leute über mich denken, ist mir völlig egal! Zum ersten Mal im Leben fühle ich mich wirklich frei!

»Guck mal, Else, was ich hier lese«, sagte die Dauergewellte zu der Frau vor ihr, die ihrerseits nun wieder die Pinkelkinder vorgelassen hatte.

»Die Familienministerin hat ihren eigenen Mann verhauen.«

»Zeig mal.« Nun stellten sich noch mehr Frauen vor Mechthild und steckten ihre Köpfe zusammen, um die Zeitung lesen zu können. Mechthild spähte durch die Dauerwellenköpfe hindurch. *Gestern Morgen passierte in Gütersberg in Schleswig-Holstein das Unfassbare:*

Mechthild Gutermann, ehemalige Familienministerin, die wegen der angeblichen Affäre mit einem adeligen Dolmetscher in die Schagzeilen geraten war, schlug ihren Mann krankenhausreif!

Eine Nachbarin berichtet: Sie kam aus dem Haus gestürzt und wollte wegfahren. Ihr Mann kam hinterher und hinderte sie daran. Wütendes Handgemenge! Sie aber drehte durch: Mit einem Schraubenschlüssel stach sie ihm in die Augen, und als er schon erblindet am Boden lag, trat sie mit ihren Motorradstiefeln auf ihn ein.

»Tja, das hätte ich mit meinem Walter längst auch mal machen sollen«, sagte Else in der Kloschlange.

»Die Frau war mir schon immer sympathisch«, sagte die andere. »Hatte nur früher 'ne Scheißfrisur!« Dann lasen sie weiter:

Als die Eltern ebenfalls aus dem Haus gelaufen kamen und versuchten, die wild um sich schlagende Frau zu beruhigen, drosch sie sogar auf ihre eigenen Eltern ein! Giselher Gutermann, Professor für Chemie, der zur Zeit an einem Medikament gegen den BSE-Virus arbeitet, wurde fast entmannt. Mit schlimmen Quetschungen am Geschlechtsorgan liegt er zur Zeit in der Gütersberger Klinik. Seine Augen sind verbunden: Wird er jemals wieder sehen können, um weiter an seinem BSE-Medikament zu forschen?

Die ehemalige Familienministerin Mechthild Gutermann ist jedenfalls auf der Flucht.

»*Ihre Kinder sieht sie nie wieder*«, sagte die Mutter Adelheit. »*Rudolf und ich werden ihre Erziehung übernehmen.*«

»Jetzt wollen die Alten die Kinder erziehen«, sagte Else. »Wie findet ihr das?«

»Totaler Schwachsinn«, sagte die andere. »Das wird die Gutermann sich nicht gefallen lassen.«

»Sie ist aber einfach abgehauen! Hier steht: *Wild entschlossen und ohne einen Gedanken an ihre Kinder zu verschwenden, die weinend am Fenster standen, schwang sie sich schließlich auf ihr Motorrad und brauste davon.*«

»*Eine Durchgedrehte bricht aus*«, las Else vor. »*Lesen Sie weiter auf Seite 6!*«

»*Alles über die Beweggründe einer entthronten Ministerin! Was in Mechthild Gutermann jetzt vorgeht! Psychologin Viola Ballmann-Islinke analysiert die Gefühle einer Frau und Mutter ...*«

Eine Klospülung rauschte.

»Entmündigen wollen sie die«, redete eine große Hagere dazwischen. »Ich hab das schon beim Essen gelesen. Die eigenen Eltern wollen der Gutermann die Kinder wegnehmen.«

Die Pinkelschlange arbeitete sich allmählich voran.

Corinna und Valeria griffen sich, auf der Stelle trappelnd, zwischen die Beine.

»Die wird um ihre Kinder kämpfen, das glaubst du doch wohl!«

Überall diskutierte man nun über Mechthild Gutermann.

»So schlecht ist die neue Frisur doch gar nicht!«

Sogar Mechthild nickte zustimmend nach rechts und links.

»Der Kerl von ihr tut sich aber auch selber Leid«, kam es aus der linken Toilette.

»Wenn Frauen ihre Männer betrügen, dann haben sie doch einen Grund dafür! Sagt meine Scheidungsanwältin immer!« Gegiggel unter der Klotür.

»Die Frau wurde absolut ungerecht behandelt«, kam es unter einer anderen Klotür hervor. Danach wurde heftig abgezogen. Eine kleine Dicke kam heraus und zog sich noch die Strumpfhosen hoch, während sie mit dem Po wackelte. »Alle Kerle gehen fremd. Und wenn es einmal eine Frau macht ...«

Sie riss sich ein Papierhandtuch aus dem Handtuchspender. Die große Hagere verschwand in der Toilette. »Dann wird sie öffentlich gesteinigt. Das ist ja wie im Mittelalter!«

»Oder wie im finstersten Mittelosten! Da werden die Frauen heute noch ...«

Die Tür fiel ins Schloss, der Schlüssel wurde rüde umgedreht. »Ist doch wahr.«

»Was die sich alles hat anhören müssen«, sagte nun auch die Mutter von Valeria und Corinna. »Dass die eigenen Eltern sich jetzt gegen sie stellen – also das passiert meinen Töchtern nie!«

»Ich meine, ihre Frisur hab ich nie gemocht, aber was hat die denn Schlimmes getan?«

»Jetzt hat sie 'ne neue Frisur«, sagte Else. »Sieht aber auch nicht besser aus.«

»Kann ja nicht jede Haare haben wie Claudia Schiffer. Valeria jetzt zieh die Hose wieder hoch! Ich kann auch nicht hexen!«

»Ich meine, und wenn schon«, sagte die hinter der linken Klotür. Es raschelte. »Vielleicht hat sie ja wirklich was mit dem adeligen Dolmetscher gehabt, aber wie viele männliche Politiker haben denn was mit ihren Sekretärinnen oder Dolmetscherinnen und sind heute in den allerhöchsten Positionen?«

»Genau. Frauen sind immer gleich Huren, wenn sie so was machen. Corinna, jetzt hör auf zu zappeln. Du bist ja gleich dran!«

»Und bei Männern ist das mal gerade ein Kavaliersdelikt!«, sagte eine Frau, bevor es leise plumpste. »Hier ist kein Klopapier mehr!«

»Hier auch nicht!«

Endlich war Mechthild an der Reihe. Sie verschwand in ihrer Toilette.

»Reich mal was unter der Tür durch!«

»Nee, hier steht auch nix mehr auf der Fensterbank!«

»Dann nehmen wir eben die Zeitung.«

»Das ist eine gute Idee. Haben wir früher auch gemacht, nach 'm Krieg.«

Und so musste Mechthild mit anhören, wie man sich mit ihrem Foto den Hintern abputzte. Aber es machte ihr nicht das Geringste aus.

»Mama, endlich bist du wieder da! Seit zwei Wochen habe ich dich nicht gesehen!«

Hannah lümmelte vor dem Fernseher und hatte die Hand tief in der Chipstüte vergraben.

»Wo ist deine Kinderfrau?« Nicole streifte sich die braunen Wildlederpumps ab und pfefferte sie in die Ecke. Sie war hundemüde. Seit mindestens drei Nächten hatte sie kein Bett mehr gesehen.

»Die bügelt.«

»Du sollst doch nicht schon am Nachmittag fernsehen!«

»Na und? Kümmert sich ja keiner um mich!«

»Hannah! Friss nicht so viele Chips! Du wirst immer dicker!«

»Na und? Sieht ja eh keiner!«

»Wieso bist du nicht beim Reiten?«

»Heute ist kein Reiten, heute ist Tennis.« Hannah wendete nicht den Blick von der Mattscheibe.

»Und warum bist du nicht beim Tennis?«

»Kein Bock.« Hannah glotzte starr vor sich hin.

»Hannah! Sieh mich an, wenn ich mit dir rede! Seit wir in dieser neuen Wohnung sind, bist du wie umgewandelt!«

»Du kümmerst dich ja auch nicht mehr um mich, seit wir in der neuen Wohnung sind!«

»Ich muss arbeiten, verdammt noch mal!«

»Ich will zu Papa.«

»Das geht nicht, Hannah. Du weißt, dass Papa keine Zeit für dich hat.«

»Na und? Du hast doch auch keine Zeit für mich!!«

»Du gehst jetzt sofort zum Tennis! Was meinst du, was ich für dich zahle im Tennisclub??«

»Wieso? Du doch nicht, das zahlt doch der Grammatke.«

»Hannah!« Nicole musste sich beherrschen, um ihrer elfjährigen Tochter nicht eine zu kleben. Dick und bräsig saß das renitente Kind auf der Designercouch und sah sich eine Talkshow an.

»Ich finde fette Frauen geil«, sagte gerade ein Prolet mit Ring in der Augenbraue. »Denen kann man es so richtig gut besorgen.

»Das ist totaler Schwachsinn, das sollst du dir nicht ansehen!«

»Auch nicht schwachsinniger als das, was du schreibst!« Hannah hörte nicht mit dem Starren und Kauen auf. Sie sah aus wie eine Kuh.

»Fette Frauen sind auf jeden Fall viel sinnlicher«, antwortete eine, die aussah, als hätte man sie seit dreißig Jahren in einer Buttersahnetorte gefangen gehalten.

»Ach komm, du kriegst doch die Beine gar nicht mehr auseinander«, grölte ein tätowierter Kerl mit blutunterlaufenen Augen im Feinrippunterhemd. Im Publikum klatschte man lachend. Auch er entblößte nun grinsend seine braunen Zahnstummel. Nicole wandte sich angewidert ab.

»So fett wirst du auch mal«, sagte sie zu Hannah. »Wenn du so weitermachst.«

»Na und?«, erwiderte Hannah.

»Und solche Zähne wie der hast du auch bald. Wenn du immer nur Süßigkeiten isst.«

»Na und?«, sagte Hannah wieder. Nicole musste sich wahnsinnig beherrschen, damit ihr nicht die Hand ausrutschte.

»Es wird wirklich Zeit, dass ich mich mehr um dich kümmere«, brauste Nicole auf. »Ich bin zwar schweinemüde, aber ich werde dich jetzt eigenhändig zum Tennis fahren!«

»Wenn die Talkshow fertig ist, meinetwegen«, sagte Hannah.

»Los! Steh auf! Ab heute greife ich durch!« Nicole packte Hannah fest am Arm.

»Au, lass das«, sagte Hannah. »Übrigens ist ein Fax für dich da.«

Sofort ließ Nicole von Hannah ab. Berufliche Faxe kamen normalerweise in die Redaktion. Was konnte das sein? Sie ging auf Strümpfen hinüber in ihr Arbeitszimmer, wo die Post sich auf dem Schreibtisch türmte. Unterwegs griff sie gierig nach einer Fluppe.

Ganz obenauf lag ein Fax.

Es war von *Die ganze Wahrheit*. Chefredaktion. Dr. Wilhelm Stuhlfelder

Mit zitternden Fingern riss sie es an sich.

»Sehr geehrte, liebe Frau Nassa«, stand da. »Mit großer Freude beobachte ich seit einiger Zeit Ihre berufliche Weiterentwicklung. In letzter Zeit sind Sie mir mit Ihrer flotten Schreibe, aber auch mit Ihrem seriöseren Erscheinungsbild und Ihrem unermüdlichen Einsatz bei allen Schauplätzen unseres Landes immer öfter aufgefallen. Die neue Frisur steht Ihnen gut! Besonders Ihre Abhandlung ›Deutschland deine Ego-Weiber – von Wilma von der Senne bis Mechthild Gutermann‹ und die Glosse ›Gutermann, schlechte Frau‹ haben mich sehr beeindruckt. Sie bringen die Gefühle der Deutschen auf den Punkt! Auch Ihre einfühlsamen psychologischen Abrisse über den Charakter von Mechthild Gutermann in *Teatime* und Ihr offener Brief an Ihre ehemalige Kollegin Wilma von der Senne haben mich sehr beeindruckt.

Was meinen Sie? Könnten Sie sich vorstellen, für uns zu arbeiten? Können Sie das mit Ihren Mutterpflichten vereinbaren? Wir würden Ihnen den Posten der stellvertretenden Chefredakteurin anbieten können. Sie würden weitestgehend selbstständig arbeiten und etwa fünfzig Redakteurinnen und Redakteure unter sich haben. Selbstverständlich gewährleistet Ihnen dieser Posten weiterhin engen persönlichen Kontakt mit

Deutschlands wichtigsten Prominenten und darüber hinaus Reisen in alle Welt. Bitte lassen Sie mich bis Dienstag wissen, ob wir mit Ihnen rechnen können. Der Vorstand und die Chefredaktion sind gespannt! Auf hoffentlich baldige gute Zusammenarbeit!

Ihr ergebener Dr. Wilhelm Stuhlfelder, Chefredaktion *Die ganze Wahrheit*.«

Nicole Nassa drückte das Fax an ihre Brust wie ein Neugeborenes.

»Ja!«, entfuhr es ihr.

»Was für ein Tag ist heute?«, rief sie ins Wohnzimmer hinüber.

»Dienstag. Wieso?« Die dicke Hannah hatte sich bequemt, ihren Fernsehsessel zu verlassen. »Fahren wir jetzt zum Tennis, oder was?«

»Tennis ist nicht gut für die Gelenke«, sagte Nicole. »Du kannst ruhig noch ein bisschen fernsehen.«

Das Titelbild von *Die ganze Wahrheit* zierte ein kleiner, magerer Bleichling um Mitte siebzig. *Der Vater von Mechthild Gutermann: Jetzt Streit um die Kinder!*

Die ganze Wahrheit exklusiv im Gespräch mit ihren Eltern!

»Wir wollten eigentlich nicht mit der Presse reden«, sagt Rudolf Herwig, der Vater von Mechthild Gutermann. Der alte Mann wirkt gebrochen. »Wir sind anständige Leute und haben uns im Leben nie etwas zuschulden kommen lassen.«

Starautorin Nicole Nassa sprach mit Adelheit und Rudolf Herwig.

G.W.: »Man hört in letzter Zeit schreckliche Dinge über Ihre Tochter. Stimmt es, dass Sie per einstweiliger Verfügung das Sorgerecht für Ihre drei Enkelkinder bekommen haben?«

Adelheit Herwig: »Die Kinder sollten in ihrem vertrauten Umfeld bleiben. Wir sind um Hilfe gebeten worden und sofort gekommen. Achthundert Kilometer. Bei Dunkelheit.«

Rudolf Herwig: »Meine fleißige Frau hat ihr Leben lang hart gearbeitet, hat selbst zurückgesteckt und auf vieles verzichtet, um Mechthild die Ausbildung ermöglichen zu können, die sie schließlich an die Spitze der Politik gebracht hat.«

A.H.: »Früher war unsere Mechthild ein feines, bescheidenes Mädchen. Sie war nie eine Schönheit und so rieten mein Mann und ich ihr dazu, ein soziales Studium zu machen. Da trifft man immer Menschen, die ebenfalls nicht auf Äußerlichkeiten aus sind. Und wir hatten Recht: Gleich am Anfang ihres Studiums lernte sie dann Giselher kennen, einen gediegenen jungen Mann aus gutem Hause. Er hatte keine langen Haare, wie all die anderen verkommenen so genannten Studenten. Er war fleißig und strebsam. Er brachte unsere Mechthild immer pünktlich in ihr Studentenheim, wir hatten natürlich ein Auge drauf.«

G.W.: »Sie haben Ihre Tochter also immer noch kontrolliert, auch als sie schon aus dem Hause war?«

R.H.: »Natürlich. Das war unsere Elternpflicht. Heutzutage sind viele Eltern viel zu egoistisch. Sie kümmern sich nicht um ihre Kinder und verwirklichen sich lieber selbst.«

G.W.: »Wann haben Sie aufgehört, Mechthild zu kontrollieren?«

A.H.: »Als Giselher Gutermann die Verantwortung für unsere Tochter übernommen hat. Obwohl unsere Mechthild zu dem Zeitpunkt nicht schwanger war! Wir hatten ihr ganz klare Richtlinien mit auf den Weg gegeben. Und unserem Schwiegersohn natürlich auch.«

G.W.: »Wie begann eigentlich Mechthilds Karriere?«

R.H.: »Nach ihrem Studium hat sie sich in gemeinnützigen Einrichtungen engagiert. Damals hat sie noch sinnvolle Dinge getan und wir waren sehr stolz auf sie. Natürlich hat Giselher als Assistent und später dann als Professor das Geld verdient und dann konnten sie sich dieses gediegene Reihenhäuschen leisten.«

A.H.: »*Als die Kinder kamen, war unsere Mechthild, genau wie ich damals, Hausfrau und Mutter. Wir hatten sehr viel Freude an den Kinderfotos, die sie uns immer geschickt hat. Alle Kinder hatten Klavierunterricht und gingen zum Tennis. Das konnte Giselher seiner Familie bieten. Wir hielten uns fein aus allem heraus, was die Erziehung anbelangte. Da sind wir klug und zurückhaltend.*«

G.W.: »*Die Karriere. Wie ging das los?*«

R.H.: »*Aus einem inneren Bedürfnis heraus ging unsere Mechthild in die Politik. Das sahen wir gar nicht so gern, denn jetzt musste eine Haushälterin her. Das ist ja jetzt schick, dass Frauen die Hausarbeit nicht mehr selber machen! Mit dem neuen Ruhm änderte unsere Mechthild ihren Charakter. Sie stand schon immer gern im Mittelpunkt, damals bei den Schulaufführungen, da wollte sie am liebsten die Hauptrolle spielen, aber sie war eben keine Schönheit und wir haben sie klug und besonnen immer gebremst. ›Kind, bleib auf dem Teppich‹, haben wir immer zu ihr gesagt, ›sei fein bescheiden und gib dich zufrieden.‹*«

G.W.: »*Sie scheinen überhaupt sehr auf Bescheidenheit und Tugend aus zu sein…*«

A.H.: »*Ja, das ist unsere Lebensphilosophie und wir haben ein stilles und friedliches Leben geführt. Dann mussten wir zu unserem Leidwesen erkennen, dass unsere Mechthild immer häufiger in der Zeitung stand.*«

R.H.: »*Zuerst haben wir gehofft, das legt sich wieder und unsere Mechthild wird zur Besinnung kommen. Denn wer in der Zeitung steht, ist ein hoffärtiger, eitler Mensch, der es nötig hat. Sehen Sie, meine Frau Adelheit stand auch manchmal in der Zeitung, wenn sie bei uns im Ort bei gemeinnützigen Tätigkeiten gesehen worden ist, aber es war ihr immer peinlich und sie wollte das nicht. Umso mehr haben wir als liebende Eltern gelitten, dass unsere Mechthild es ganz offensichtlich genoss, in der Zeitung zu stehen!*«

G.W.: »Aber es ist doch auch ein Grund, als Eltern stolz zu sein ...«

R.H.: »Nein, überhaupt nicht. Wir haben dann sorgenvoll alles ausgeschnitten, was uns die wohlmeinenden Nachbarn so zugesteckt haben. Wissen Sie, wir lesen grundsätzlich nur gute Bücher und keine billigen Blättchen, wie meine Frau immer sagt. Welche Schande also für meine liebe Frau, ihre einzige Tochter in genau diesen billigen Blättchen zu finden! Alle ihre wohltätigen Handlungen dienten nur dem Zweck der Eitelkeit! Ich suchte damals einen weisen Geistlichen auf, um mit ihm über den brüchigen Charakter unserer Mechthild zu sprechen.«

G.W.: »Ihre Tochter ist ja am letzten Samstag regelrecht ausgerastet. Was meinen Sie denn, wie es dazu kommen konnte?«

A.H.: »Sie neigte schon immer zu Hysterie. Schon als Kind hat sie stundenlang gebrüllt, wenn sie nicht im Mittelpunkt stand.«

R.H.: »Nun ja, sie konnte noch nie Kritik vertragen. An diesem Morgen hatte ich ihr ein paar wohlmeinende Ratschläge gegeben. Ich sagte ihr, dass sie ruhmsüchtig sei. Und ich hatte ja Recht! Draußen standen schon wieder die Fotografen, die sie offensichtlich bestellt hatte. Weil sie eine neue Frisur hatte, wollte sie schon wieder in der Zeitung stehen!«

A.H.: »Dabei sieht sie jetzt einfach scheußlich aus.«

G.W.: »Wir finden übrigens, dass der neue Schnitt modern und taff ist und Ihre Tochter viel jünger und frecher aussieht ... Und eine neue Frisur ist doch kein Grund, Ihrer Tochter per einstweiliger Verfügung das Sorgerecht für ihre Kinder zu entziehen.«

A.H.: »Natürlich nicht. Sie kann herumlaufen, wie sie will. Es ist ja ihr Kopf, der da verschandelt wird, nicht meiner. Übrigens gefällt mir Ihre Frisur sehr. So sah früher auch unsere Tochter aus. Damenhaft und gediegen.«

R.H.: »Nein, wir haben ihr in Absprache mit unserem Schwiegersohn Giselher das Sorgerecht entzogen, weil wir finden, dass sie erst eine Therapie machen muss. Sie ist, wie sie selber sagten, »ausgerastet« und hat um sich geschlagen. Das darf einer dreifachen Mutter nicht passieren. Niemals. Zu keiner Zeit. Zumal wir ihr nicht den geringsten Anlass für ihren beleidigten Wutausbruch gegeben haben.«

G.W.: »Was ist eigentlich mit dem Vater der Kinder, mit Professor Giselher Gutermann?«

A.H.: »Unser Schwiegersohn erlitt schwere körperliche und seelische Blessuren. Wir haben ihn in ein Vätergenesungswerk geschickt. Er soll dort seine Ruhe haben, damit er weiter an seinem BSE-Medikament forschen kann. Er ist kurz vor dem Durchbruch und wir sind sehr stolz auf ihn.«

R.H.: »Wenn er das Mittel gegen BSE wirklich findet, dann wird er mit Recht in der Zeitung stehen!!«

G.W.: »Wie wird es jetzt mit der Familie Gutermann weitergehen?

A.H.: »Das Wichtigste sind und bleiben die Kinder. Um die werden wir uns jetzt kümmern. Wir sind zwar schon alte Leute, aber bei uns sind sie immer noch am besten aufgehoben. Und wir wissen um die wahren Werte des Lebens.«

G.W.: »Mit welchem Argument hat man Ihnen die Kinder zugesprochen?«

A.H.: »Sie sollen in ihrer vertrauten Umgebung bleiben. Keiner soll die Kinder aus Gütersberg herausreißen.«

R.H.: »Dafür opfern wir unseren wohlverdienten Altersruhestand.«

A.H.: »Das ist unsere Christenpflicht.«

G.W.: »Wir danken Ihnen für das Gespräch.«

Nachdem sie das Interview gelesen hatte, warf Mechthild *Die ganze Wahrheit* in den Abfalleimer. Sie saß auf einem Bootssteg, an einem lieblichen kleinen See in Südbayern, mit Blick auf die Alpen. Es war ein heißer Augusttag gewesen und sie war einfach nur planlos herum gefahren. Eines war klar: Sie musste um die Kinder kämpfen.

Anders als Wilma hatte sie ungeahnte Kräfte entwickelt, sich von bremsenden, negativen und selbstherrlichen Menschen zu befreien. Sie hatte überraschenderweise nicht das schlechte Gewissen, mit dem sie gerechnet hatte, und war keinesfalls deprimiert.

Im Gegenteil, sie fühlte sich befreit und leicht. Sie hatte alles getan, was eine Frau nicht tun darf: geflucht, geschlagen, geschrien, den Fotografen von *So ein Sonntag* den Stinkefinger gezeigt. Nun war ihr Ruf endgültig ruiniert, nun lebte es sich ganz ungeniert.

Sie fühlte sich wie Hans im Glück. Sie war ihr Brave-Mutti-Image los, das wie ein schwerer Goldklumpen auf ihren Schultern gelastet hatte. Was hatte sie geschuftet und gearbeitet, um diesen Familienministerinnenposten zu ergattern und zu halten! Sie hatte sieben Jahre ihres Lebens verschenkt! Nun, da der schwere Stein in den Brunnen gefallen war, fühlte sie sich wie neugeboren. Während ihrer rasenden Motorradfahrt hatte sie immer wieder laut geschrien vor Glück. Erleichterung, Befreiung!

Sie war Giselher los, das war der allergrößte Wackerstein gewesen. Zuerst hatte sie gefürchtet, sie würde ihn vermissen, sich gar einsam fühlen, wenn sie alleine wäre. Aber er fehlte ihr nicht eine Sekunde lang. Nur ihre Kinder vermisste sie. Aber nicht so sehr, dass sie bereit gewesen wäre, weiter in Gütersberg zu leben. Mit Erstaunen stellte Mechthild fest, wie leicht ihr das alles fiel, was sie jetzt tat. Sie sah sich selber dabei zu, wie einer Filmfigur oder wie einer Figur in einem bizarren Traum. Sie konnte ihre Gefühle noch nicht richtig sortieren, aber sie folgte der inneren Stimme, die ihr sagte, schon aus Selbstschutz alle Menschen zu meiden, die ihr weiterhin Negativenergie zukommen ließen. Sie wusste nur eins: Alles war besser als Gütersberg mit seinen verklinkerten, eng beieinander stehenden Häusern, aus deren Fenstern stets neugierig Nachbarn spähten, mit den Vorgärten, in denen die Gartenzwerge säuberlich aufgereiht standen, mit diesen Menschen, die Mechthild fallen gelassen hatten wie eine heiße Kartoffel. Zwar waren ihre Kinder noch dort, bei ihren Eltern, bei Giselher, und es fröstelte sie unter der schweren Lederkluft, wenn sie daran dachte, wie viel Arbeit es noch bedeuten würde, die Kinder aus dieser Umgebung herauszuholen. Aber sie würde kämpfen. Sie fühlte sich so stark wie nie zuvor. In dieser Gegend hier würde sie sich ein Hotel suchen, und gleich morgen alles daransetzen, um einen guten Anwalt zu finden.

Bis hierher würden Giselhers Spitzel sie nicht verfolgen und die Pressefotografen auch nicht. Winzing am Liebsee war wirklich am Ende der Welt. Und wenn doch: Es war ihr herzlich egal. Es war ihr Leben, Mechthilds einziges, eigenes Leben. Und das ließ sie sich von keinem Menschen auf der Welt kaputt machen. Das hatte sie jetzt begriffen. Endlich, mit sechsunddreißig Jahren. Sie hatte alle verloren. Alle. Aber sie hatte sich selbst gefunden. Oder sie war wenigstens auf dem besten Wege dazu.

Der See war dunkelblau, die gegenüberliegenden Berge spiegelten sich darin. Die Abendsonne tauchte die Felsen drüben in rötliches Licht. Sie schienen zum Greifen nahe.

Mechthild hatte ihre Lederhose ausgezogen und ließ die Beine im tiefen, klaren Wasser baumeln. Eiskalt und herrlich erfrischend! Plötzlich stand sie auf, riss sich auch ihre restlichen Klamotten vom Leibe, spürte die Befreiung, die frische Luft an ihrem verschwitzten Körper.

Mit einem lauten Juchzer nahm sie Anlauf und warf sich splitternackt in das kühle Nass.

»So, von da Presse san S', des hätti mir gleich denk'n kenna.«
Johanna Birnbichler, die Seniorchefin vom »Schwan«,

schlurfte an Wilmas Tisch heran. »Was hot Eana der Bua denn verzöllt?«

»Seine Lebensgeschichte.«

Und bei der kommen Sie gar nicht so gut weg, dachte Wilma. Flüchtlingsfrau hin oder her. Ich kann Sie jetzt nicht ertragen, alte Hexe.

Wilma versuchte aufzustehen. Aber ihr Bein wollte nicht. Sie hatte sich anscheinend etwas übernommen.

»Glaauben S' dem kai Wort net! I hob iam aufgnomma wie mei eigen Fleisch und Blut. Dabei war er a ganz a herglaufener, verrotteter Drecksbua, der immer nur hat fressen wolln.«

»Frau Birnbichler, ich glaube nicht, dass ich die Geschichte jetzt noch einmal hören möchte.«

»Da kennan S' an ganz an scheenen Artikel draus mochn, aus meim Leben.«

»Das habe ich nicht im Geringsten vor«, sagte Wilma kühl.

»I les ja immer die ganzen Zeitungen, man muss ja im Bilde sein.« Johanna Birnbichler ließ sich ungefragt an Wilmas Tisch nieder. Ihren Krückstock lehnte sie neben den von Wilma. »Da, schaun S'!« Sie wies mit dem Kopf auf einen Stapel Zeitschriften, der vor dem Kamin auf dem Sims lag. »I hob alle teiren Zeitschriften abonniert. Für die gehobenen Gäst. Und Sie schreiben für die *Elite*, hob i g'hert.«

»Hab ich lange gemacht«, sagte Wilma. »Jetzt nicht mehr.«

»Die *Elite* lese ich jede Woche. Wort für Wort! Ihre Starkolumne hob i fria aa imma g'lesn. I woaß jetzt aa, wer Sie san. Die Wilma von der Senne! Aber Sie hom Eana verändert! Des G'sicht iss nimmer 's Gleiche! Und dürr san S' wordn!«

Die Alte erhob sich mühsam und schlurfte zum Kaminsims hinüber.

Wilma versuchte ein zweites Mal aufzustehen. Sie fingerte nach ihrer Krücke. Doch die Alte zog sie am Ärmel wieder auf den Stuhl zurück und hielt ihr eine Zeitschrift hin. Beide Krücken fielen zu Boden.

»Da, schaun S': Diese schamlose Schlampe Conny Zolpe tut ihr ungeborenes Baby vermarkten! Statt dass sie sich schämt für das uneheliche Balg, wie wir das früher auch getan haben! Hält sie noch ihren dicken Wanst in die Kamera! Und is auch noch stolz drauf!«

»Die Zeiten ändern sich, Frau Birnbichler!« Wilma übte sich in Nachsicht und trank ihren Tee aus.

»Wer von uns ohne Fehler ist, Frau Birnbichler, der werfe den ersten Stein!«

Mit ungeahnter Kraft nahm Wilma zum dritten Mal Schwung, um aufzustehen. Diesmal gelang es ihr. Sie kam völlig ohne Hilfe an der keifenden Alten vorbei und gelangte in die Hotelhalle. Inzwischen war es draußen dunkel geworden.

Ferdinand Sailer stand an der Rezeption. Mit seiner Trachtenjoppe und seiner Hirschledernen sah er hinreißend aus. Sie hatte ihn seit Wochen nicht mehr gesehen. Ging er ihr aus dem Weg?

»Ich möchte mich jetzt verabschieden«, sagte Wilma.

Er blickte auf. »Aah! Meine Freundin Wilma! Sie haben Fortschritte gemacht...« Sailer kam um die Rezeption herum.

»Dank Ihrer Vermittlung habe ich liebe Freunde, die mit mir trainieren...!«

»Ja, ich weiß, die Lilli und der Milan. Ich hab sie gebeten, ein bisschen auf Sie aufzupassen.«

»Warum haben Sie das für mich getan?«

Ferdinand rieb sich die unrasierte Wange, auf der ein Dreitagebart spross. »Leider komme ich im Moment nicht weg hier. Es gibt wahnsinnig viel zu tun. Der ›Schwan‹ steht auf der Liste für den fünften Stern. Jeden Tag kommen anonyme Prüfer und schauen sich um. Ich muss Tag und Nacht präsent sein. Das heißt, bis dahin müssen Sie noch öfter wiederkommen.«

298

»Mach ich«, lächelte Wilma. Sie druckste ein bisschen herum. »Ich muss mich bei Ihnen bedanken ...«

»Aber Dirndl! Wofür denn?«

»Sie haben mir so viel Zeit geopfert ...«

»Also ein Opfer war das nicht! Es hat mir Spaß gemacht, mit Ihnen zusammen zu sein.«

»Sie haben mir Ihr ganzes Leben erzählt ...«

Ferdinand zupfte sich verlegen am Hemdkragen. »Ich bin da so ins Erzählen gekommen. Ich weiß auch nicht, warum. Ich glaube, ich wollte Sie nur trösten, als es Ihnen so dreckig ging und sich keine Sau um Sie gekümmert hat.«

»Das ist Ihnen auch gelungen«, Wilma stützte sich auf die Rezeption, um nicht umzufallen. So ganz ohne Krücken ging es eben doch noch nicht.

Ferdinand packte sie sanft bei den Oberarmen. »Wo haben Sie Ihre Krücken gelassen?«

»Drinnen, in der Kaminstube.« Wilma zuckte die Achseln. »Ich habe einfach vergessen, dass ich sie brauche.«

»Warten Sie hier, ich hole sie.« Ferdinand Sailer legte den Arm um Wilma und schob sie sanft hinter die Rezeption. »Setz di nieder, Dirndl. Ich komme sofort.«

Pfeifend verschwand er durch den Wintergarten. Wilma saß hinter dem Empfangstresen und betrachtete die vielen schweren goldenen Schlüssel, die über den Brieffächern hingen.

»Landhotel Schwan«, murmelte sie anerkennend vor sich hin.

In diesem Moment kam ein neuer Gast ins Foyer. Eine ziemlich abgerissene Frau mit einem speckigen Rucksack erschien. Sie trug eine Motorradmontur, hatte auffallend rote strähnige Haare, die vom Helm verschwitzt waren, und sie sah überhaupt ein bisschen mitgenommen aus. Wilma überlegte für einen Moment, woher ihr nun wieder diese Frau bekannt vorkam und was so eine Motorradbraut überhaupt in dieses Edelhotel trieb.

Die Kurzhaarige lächelte ein kurzes, nervöses Lächeln. Sie ließ den Lederrucksack auf den Parkettfußboden gleiten, drehte sich einmal bewundernd im Kreise, warf einen Blick auf den prunkvollen Kronleuchter, der den Empfangsbereich nun beleuchtete, und nickte dann, als habe sie gerade beschlossen zu bleiben.

»'n Abend«, sagte sie kurz entschlossen. »Haben Sie für heute Nacht noch ein Zimmer frei?«

»*Good evening, Sir. Can I help you?*« Die hübsche langhaarige Puertoricanerin mit dem perfekten Make-up auf der samtenen Haut stand an der Rezeption des Sheraton-Hotels in San Francisco und lächelte zuvorkommend.

»Ich habe ein Zimmer auf den Namen Milan Brinkmann bestellt.«

»Würden Sie die Anmeldung bitte ausfüllen, Mister Brinkmann?«

Milan trug sich ein und sah sich in der Hotelhalle um. Im Kamin brannte ein Feuer, einige Touristen saßen in den rotsamtenen Sitzgruppen herum. Zwei Schwarze in weinroter Uniform standen abwartend neben ihren goldenen Gepäckwagen.

»Suchen Sie jemanden, Sir?«

»Ich bin mit Mister Fats Waller verabredet.«

»O ja, Mister Waller erwartet Sie im Spa!«

Die hübsche Dame mit dem knappen weinroten Kostüm kam um die Rezeption herum und zeigte Milan den Weg zum Fitnesscenter. Sie drückte ihm seine Zimmerkarte in die Hand und sagte: »Willkommen im Sheraton-Hotel.«

Milan gab seine Reisetasche einem der wartenden Gepäckwagenschieber in Verwahrung.

»Warten Sie bitte, ich bin gleich wieder zurück.«

»Sehr wohl, Sir«, sagte auch der Schwarze höflich.

Der Fitnessraum befand sind im Nebenhaus. Milan bewunderte die riesigen Limousinen, die inzwischen vor dem Sheraton vorgefahren waren. Weiße Stretchlimousinen, die so lang waren, dass man gut und gern eine halbe Schulklasse darin unterbringen konnte, standen in der Auffahrt. Hinter getönten Scheiben konnte man die Gesichter der Insassen nur erahnen.

Ein Chauffeur stieg aus, ging um sein Fahrzeug herum und öffnete den Schlag. Schlanke Frauenbeine schoben sich aus dem Auto. Ein weißer kleiner Hund wurde mitsamt einer weißen kleinen Handtasche herausgehoben, dann stöckelte die Dame an Milan vorbei ins Foyer des Hotels. Die herumlümmelnden Touristen rissen die Augen auf. War das ein Filmstar? Milan atmete tief durch. Amerika! Wow! Große weite Welt! Welch ein krasser Unterschied zu Winzing am Liebsee! Und – zugegeben – die Damen hier sahen auch anders aus als Lilli.

Vom Meer her kam Fischgeruch, der Milan hungrig machte.

Die Tür zum Spa ließ sich nur mit der hoteleigenen Zimmerkarte öffnen. Milan schob neugierig seinen Kopf zur Tür rein. Ein penetranter Schweißgeruch schlug ihm entgegen. Fahrräder, Laufbänder, Cross-Trainer, Kraftmaschinen. Zuerst war niemand zu sehen.

»Hallo? Niemand da?«, fragte Milan neugierig.

Zwischen den ganzen Fitnessgeräten hörte er es keuchen und ächzen.

»Hi«, krächzte es aus der hintersten Ecke. Dort lag ein fetter schwitzender Schwarzer, dessen T-Shirt völlig durchnässt war, auf dem Rücken und stemmte Gewichte. Sein Bauch wabbelte bei jeder Bewegung.

»Oh, hi, sind Sie Fats Waller?«

»Ja.« Fats Waller rappelte sich auf. Er wog etwa zweieinhalb Zentner, sein Alter war schwer zu schätzen. Der Jüngste war er jedenfalls nicht mehr. Er reichte Milan seine klebrige große Pranke. Er war unrasiert und verschwitzt und an seinen

Bartstoppeln klebten einige graue Flusen von seinem Handtuch. »Ich bin Fats. Freut mich, dich kennen zu lernen!«

»Ja, ich freu mich auch«, grinste Milan. »Toll, dass Sie es einrichten konnten.«

»Wie geht es meinem alten Freund Albert?«

»Mein Vater ist leider vor einem Jahr gestorben.«

»Oh, das tut mir Leid. Er war ein feiner Kerl.« Fats Waller riss sein T-Shirt aus der Hose und trocknete sich damit das Gesicht ab, aus dessen groben Poren der Schweiß nur so rann. »Wir haben uns aber seit dem Krieg nicht mehr gesehen. Ich finde, dass du ihm sehr ähnlich siehst, Milan. Er hatte nur viel kürzere Haare.«

»Mein Vater hat oft von Ihnen gesprochen«, antwortete Milan höflich.

»*Oh, that's funny*«, grunzte der Fette. »Das passt zu ihm, dass er seine Kriegserlebnisse ausgräbt. Und du, Kleiner? Bist Detektiv geworden, genau wie ich? Wie alt bist du denn?«

»Werde bald vierundzwanzig.«

»Und schon so tüchtig in deinem Job…«

»Na ja, diesmal hab ich 'ne schwierige Nuss zum Knacken, hoffe, dass Sie mir helfen können, Fats!«

»Sorry, dass ich so schwitze«, sagte Fats. »Aber ich bin völlig aus dem Training.«

»Na, macht ja nix«, sagte Milan. »Hauptsache Sie sind da und haben ein bisschen Zeit für mich.« Er nahm ein Handtuch vom Stapel und reichte es dem schwitzenden Dicken.

»Pass auf, Mann«, krächzte Fats und griff nach dem Handtuch. »Ich dusche rasch, du wartest hier, und dann gehen wir zusammen essen. Hast du Lust auf Seafood?«

»Klar, Mann!«, freute sich Milan. »Nichts lieber als das!«

Eine halbe Stunde später hockten die beiden vor einer Fischbude am Fishermans Wharf auf ihren Barhockern. Sie tranken Lager-Bier aus der Dose. Touristen schoben sich in Scharen vorbei. Ein dicker Mexikaner mit schmuddelig weißer Gummischürze rührte in dampfenden Bottichen herum. Seine Fischtheke quoll fast über von noch lebenden Langusten, Krebsen und Hummern. Sein Kollege fegte mit einem riesigen roten Besen die Fischgräten und nicht genießbaren Essensreste auf, die die Gäste des Stehrestaurants achtlos auf den Gehweg hatten fallen lassen. Eigentlich kein besonders appetitlicher Anblick, aber die beiden Männer waren hart gesotten und hatten außerdem Hunger bis unter die Arme.

Hinter den Fischbuden sah man einen Zipfel grauen Meeres und am Horizont ging die Sonne unter, dick und dunkelrot und rund. Die Luft war seidig und warm. Ein lauer Wind trug den Meergeruch herüber. Von ferne hörte man die Seehunde von Pier 39 hungrig raunzen.

»Du musst unbedingt die *clam chowder* probieren«, meinte Fats, der jetzt schon wieder manierlich aussah. Er zerknautschte die erste Bierdose mit einer Hand und warf die zerbeulte Blechdose mit einer lässigen Handbewegung über die Schulter in die Gosse, wo schon andere zerbeulte Bierdosen lagen. Der dunkelhäutige Straßenfeger schlenderte mit seinem Besen gelassen an der Schweinerei vorbei. Der Mexikaner hinter dem Fischtresen nahm einen ausgehöhlten Brotlaib und füllte ihn mit einer weißlichen dampfenden Suppe, die köstlich roch. Er warf einen Plastiklöffel hinterher und sagte: »*Que approveche.*«

»*Gracias*«, antwortete Milan. Er probierte die Suppe. Sie schmeckte wunderbar.

»So, Junge. Was kann ich für Dich tun?« Fats verschlang ebenfalls mit Heißhunger seine Krebssuppe.

»Ich habe einen merkwürdigen Auftrag«, antwortete Milan. »Eine gute Freundin von mir sucht ihre Töchter. Der Vater, mit dem sie nicht verheiratet ist, hat die Mädchen aus Deutschland entführt. Der Kerl ist allerdings selber Anwalt, dürfte also mit allen Wassern gewaschen sein. So rein rechtlich können wir dem also nicht kommen, der hat mit Sicherheit alles juristisch abgeklopft. Aber das Pikante an der Situation ist: Es besteht der Verdacht auf sexuellen Missbrauch.«

»Pädophilie? *Goodness, shit,* da kannst du aber wirklich auf mich rechnen.« Fats wischte sich mit dem Ärmel den Mund ab, bevor er erneut eine Bierdose ansetzte. »Und wieso kommst du ausgerechnet auf San Francisco?«

»Tja, ich fische da ziemlich im Trüben. Aber die Frau, Wilma, sagt, dass der Kerl in San Francisco eine Schwester hat.«

»Wie heißt die Schwester?«

»Linda. Nachname unbekannt.«

»Na, das ist doch eine Kleinigkeit«, brüllte Fats amüsiert. Er schlug sich mit der fetten Pranke auf die Schenkel. »In ganz San Francisco gibt es höchstens zwanzig- bis dreißigtausend Lindas!«

»Haha, sehr witzig.« Milan kratzte im Inneren des Brotlaibes herum. Das frische Weißbrot, vermischt mit den Resten von Suppe, war das Allerköstlichste. »Sie ist eine ausgewanderte Deutsche. Das dürfte die Sache einfacher machen.«

»O ja. Viel einfacher. Die paar Deutschen, die nach San Franciso ausgewandert sind, die erkennt man sofort!«, johlte Fats begeistert. »Die tragen alle ein Glöckchen um den Hals!« Er lachte sich kaputt. »Und die ausgewanderten Lindas, die haben zusätzlich noch ein rosa Schleifchen im Haar!«

»Okay, also wie gehen wir vor?«

»Wir bleiben hier sitzen und gucken uns alle Weiber an. Irgendwann wird diese Linda ja wohl mal vorbeikommen.«

Milan schätzte zwar den Humor des alten Kollegen, aber er kam sich nun langsam veralbert vor.

»Vielleicht noch ein Tipp: Sie wohnt vermutlich nicht in der Stadt selbst. Der Kerl, den sie geheiratet hat, ist ein schwerreicher Bursche. Wo sind denn hier die besseren Wohngegenden?«

Fats Waller wischte sich mit dem Zeigefinger die Nase ab.

»Kentfield, Ross«, brummte er. »Da wohnen die ganzen Schauspieler. Robin Williams wohnt auf Seacliff. Auch nicht schlecht, die Gegend. Alle Neureichen ziehen nach Belvedere. Sausalito...« Er überlegte. »No. Das ist eine abgefuckte Gegend. Die war vor dreißig Jahren in.«

»Und die Neureichen?«

»Noch besser ist natürlich Tiburon. Obergeile Gegend. Auf den Hügeln stehen nicht gerade die maroden Hütten. Kein sozialer Wohnungsbau, kann ich dir sagen. Eine Villa neben der anderen. Da ist gerade eure Tennisqueen mit ihrem Agassi hingezogen. Da wohnen viele ausgewanderte reiche Deutsche.«

»Das hört sich doch gut an!«, rief Milan eifrig. »Dann lass uns doch dort anfangen!«

»Ich weiß da eine ganz schicke Kneipe«, sagte Fats, und winkte dem dicken Mexikaner. »Noch so 'n Süppchen, wenn's keine Umstände macht.«

»*Con alegria. Y para ti tambien?*«

»*Si, gracias. Me gusta muchissimo. Tengo mucho hambre.*«

»Bei Sam's, in Tiburon, unten an der Pier, da treffen sich die ausgewanderten reichen Deutschen. Da kannst du draußen sitzen, direkt am Yachthafen, keine Touristen latschen vorbei und es gibt deutsches Bier.«

»Okay!«, schrie Milan begeistert. »Let's go! Worauf warten wir noch!«

»Auf unser Krebssüppchen«, sagte Fats bedächtig. »Oder meinst du, ich verhungere nur wegen einer ausgewanderten Linda?«

»Danke fürs Heimfahren.«

Wilma krabbelte etwas unbeholfen aus dem schwarz glänzenden VW-Bus, auf dem in goldenen Buchstaben »Landhotel Schwan« stand. Unter der Aufschrift glänzten vier goldene

Sterne, die einen prächtigen weißen Schwan umrahmten. Platz für einen fünften Stern war vorgesehen.

»War mir ein Vergnügen.« Ferdinand Sailer kam um den Wagen herumgelaufen und half Wilma beim Aussteigen.

Er reichte ihr die Krücke, die auf dem Rücksitz gelegen hatte.

»Danke, ich glaube, die brauche ich gar nicht mehr.« Wilma wollte unbedingt, dass Ferdinand sie ohne Krücke gehen sah.

»Kommen Sie noch auf einen Sprung mit hinein?«, fragte sie bänglich wie ein kleines Mädchen.

Vor einem halben Jahr hätte sie sich selbst keinen Blick geschenkt. Humpelndes, dürres Etwas mit zernarbtem Gesicht quält sich einen unbeleuchteten Feldweg hinauf und himmelt einen Lederhosen-Almöhi an.

Jetzt war dieser Mann der Sinn und das Zentrum ihres Lebens geworden.

»Gerne. Wenn es Ihnen keine Umstände macht. Aber nur sehr kurz. Eben ist noch ein Gast angekommen, um den ich mich kümmern muss ...«

Ja, diese komische Frau mit den feuerroten Haaren. Wilma verschwendete jetzt keinen Gedanken an sie. Viel zu aufgeregt war sie, endlich wieder mit Ferdinand Sailer zusammen zu sein.

Gott, was hatte sie früher Kerle abgeschleppt! Grande Dame in Designerkostümen, mit Stöckelschuhen und Seidenstrümpfen, die ihr ihre Liebhaber mit den Zähnen ausgezogen hatten! Champagner, klassische Musik, Feuer im Kamin, Stilmöbel, Butler dezent vor der Tür. Und jetzt? Eine schmutzige Bauernkate mit frei laufenden Mäuschen, Gesundheitslatschen an den Füßen, elastische Rehabilitationsmiederhosen zum besseren Halt, Stützstrümpfe und Krücken. Na toll. Was bildete sie sich eigentlich ein? Dass dieser amerikanische Hotelmanager nichts Besseres gefunden hatte bis jetzt?

»Jetzt habe ich den ganzen Nachmittag und Abend im

Schwan herumgesessen, da müssen Sie bei mir noch einen selbst gemachten Apfelmost trinken.«

»Gerne.« Ferdinand Sailer reichte Wilma seinen Arm und sie hängte sich bei ihm ein.

Der Mond stand voll und rund über den Hügeln, die sich schwarz vor dem nächtlichen Sternenhimmel abzeichneten. Es roch würzig und frisch zugleich, nach Feuer und Geräuchertem. Die Sterne standen zu Tausenden am wolkenlosen Himmel.

Ein unbeschreibliches Glücksgefühl durchzog Wilma: Sie war von den Toten auferstanden! Sie war wieder am Leben! Sie hatte wieder etwas, worauf sie sich freute! Die beiden gingen über die holperige Wiese, die um diese nächtliche Zeit schon feucht war. Im Bauernhaus brannte oben ein kleines Licht. Lilli las noch im Bett.

Wilma öffnete die Haustür, die wie immer nicht abgeschlossen war.

»Lilli? Ich bin wieder da! Ich hab Besuch mitgebracht!«

Wilma und Ferdinand schoben sich in die Diele. Es roch noch intensiver als draußen nach geräuchertem Holz. Die beiden Katzen kamen erfreut maunzend herbei und strichen Wilma um die Beine.

»Es ist schon spät«, sagte Ferdinand. »Vielleicht schläft Lilli schon.«

Wilma hoffte inständig, er würde jetzt nicht wieder gehen.

Aber da kam Lilli schon die hölzerne Stiege hinab. Sie hatte einen ausgebeulten Flanellschlafanzug an, an dem zwei Knöpfe fehlten, und ihre rötlichen Lockenhaare waren verfilzter und ungekämmter denn je.

»Oh, hoher Besuch!«, lachte Lilli und dann gab sie dem fein gewandeten Ferdinand, ihrem Chef, ungeniert die Hand. »Hey, Ferdl! Schön, dass es dich auch mal in meine Bauernhütte verschlägt!«

»Grüß dich, Lilli«, sagte Ferdinand. »Ich bringe die gnädige Frau heim!« Er grinste.

»Geht rein in die Stube! Und schmeißt den Kamin an! Ich komme gleich!«

»Wo ist Milan?«, fragte Wilma, während sie sich die Schuhe auszog.

»Der ist beruflich verreist«, antwortete Lilli vage. Sie wollte nicht, dass Wilma wusste, was er tat. Sie wollte ihrer Freundin keine Hoffnungen machen, falls Milan unverrichteter Dinge zurückkehrte. Entweder er fand die Mädels oder es war nichts geschehen. Lilli hatte nun ausgelatschte Filzpantoffeln an den Füßen, als sie die Stiege wieder herunterkam.

»Sag bloß, du hast die Krücke weggeschmissen!« Lilli war begeistert.

»Na ja, beim Anblick meiner Stiefmutter hat sie plötzlich gemerkt, dass sie doch noch laufen kann«, ulkte Ferdinand.

»Das hab ich mir doch gedacht!« Lilli tat entrüstet. »Hier zu Hause monatelang einen auf behindertes Mädchen machen und kaum sieht sie die alte Birnbichler, da kann sie wie Jesus übers Wasser gehen!« Fröhlich verschwand sie in ihrer unaufgeräumten Küche, um Teewasser aufzusetzen.

Wilma zog Ferdinand in die Wohnstube. Milan und Lilli hatten auf jegliches Mobiliar verzichtet, nur ein großer weißer Konzertflügel stand mitten im Raum. Allerdings konnte niemand auf ihm spielen. Er war auch schrecklich verstimmt, aber er machte eben optisch was her. Ansonsten lagen zahlreiche Schaffelle und Wolldecken auf dem hölzernen Dielenboden herum. Hinter einem Berg von herumliegenden Zeitungen raschelte es verdächtig.

Ferdinand schaute Wilma erschrocken an. »Mäuse?«

»Ich hab mich daran gewöhnt«, antwortete Wilma lässig. Sie holte drei tönerne, blaue Becher aus dem Wandschrank.

»Aber hier wohnen doch zwei Katzen ...« Ferdinand machte sich bereits am Kamin zu schaffen. Er legte einige Holzscheite hinein und suchte in seinen Taschen nach einem Feuerzeug.

»Milan pflegt die Mäuse mit der Hand zu fangen. Er steckt sie in seine Hosentasche und wartet, bis er eine Katze trifft. Dann bietet er sie als ›Amös göll‹ an!« Wilma traf exakt den Ton von der alten Birnbichler.

»Aber dann san s' die feinen Viecher scho aagfressn un wolln sich kei Hauptgerricht mehr kaufa und von diese so genannte feine G'sellschaft kann man als Hotelierin net rraich wern! Fria, do hom die Kotzn no sölba die Mäus gefangen und mir hatten a Ruah! Aber der Ferdl, der sieht dös ja net. Weil er so a freindlicher Dödl is. Vui zu guat für diese Wölt!«

Ferdinand grinste. »Sie können das schon ganz gut!«

»Wie halten Sie das nur aus mit ihr?« Wilma lehnte am blauen Kachelofen und sah Ferdinand versonnen an. »Wenn ich über Ihre Geschichte nachdenke, kann ich nicht begreifen, dass Sie aus Amerika zurückgekommen sind.«

Ferdinand kniete vor dem Kamin und fackelte mit ein paar alten Pappdeckeln herum. Endlich hatte er das Holz so weit, dass es knisternd brannte.

Er drehte sich zu Wilma um und sah ihr fest in die Augen: »Man kann zwar abhauen, aber die Vergangenheit holt einen immer ein.«

Wilma schluckte. Das galt wohl auch für sie.

»Ich musste einfach zurückkommen, jetzt, wo ich stark bin und wo ich es geschafft habe. Verstehen Sie das?«

»Hm. Ich versuche es.«

»Früher war ich ihr ausgeliefert. Ich war ein armer Hund, den sie treten konnte. Hätte ich sie nie wiedergesehen, wäre ich mein Leben lang mit diesen Erinnerungen rumgerannt. Jetzt habe ich die Chance, mit ihr Frieden zu schließen.«

»Und ... gelingt Ihnen das? So wie sie über Sie spricht ...«

»Ich weiß, wie sie über mich spricht.«

»Es gibt keinen einzigen Menschen, über den sie gut spricht«, mischte sich Lilli ein, die nun mit einem Tablett bewaffnet in die gute Stube platzte. Wilma wollte sich aufrappeln, um ihr beim Abladen der Teekanne und der Tassen zu helfen, aber Ferdinand hielt sie zurück. »Lassen Sie. Ich mach das.«

»Versuche nie, einem Hoteldirektor etwas anzubieten. Er wird dir immer zuvorkommen«, sagte Lilli. Sie hatte sich mitnichten inzwischen gekämmt oder gar etwas Feineres angezogen. Sie strahlte. »Ach, ich freu mich, dass ihr zwei euch so gut versteht.«

»Tja, äh … ich, äh …«, sagte Wilma.

Ferdinand warf ihr einen langen Blick zu.

Die drei tranken ihren Tee und Lilli schob eine CD ein, von der sie wusste, dass sie Wilma gefiel. Poulenc, Flötensonate, zweiter Satz. Wilma bekam ganz glasige Augen.

»Also, die Damen, ich muss dann mal wieder«, sagte Ferdinand und stellte seine Tasse auf das Sims. »Lilli, ich sehe dich morgen?«

»Punkt sechs komm ich zum Putzen. Ich freu mich schon auf die positive Ausstrahlung deiner reizenden Stiefmutter.«

»Kriegst ein Schmerzensgeld«, grinste Ferdinand. »Und danke für den Tee.«

»Danke fürs Heimfahren«, gurrte Wilma. Sie hielt Ferdinands Hand ein bisschen länger als nötig. Er machte sich sanft los, bückte sich und streichelte die Katzen, die ihm schnurrend um die Lederhosenbeine strichen. »Nächstes Mal hab ich ein Amös Göll für euch dabei. Also. Ciao, servus.« Da die Katzen so gar nicht von ihm weichen wollten, nahm er sie hoch und legte je eine Lilli und Wilma in den Schoß.

»Findst eh schon raus?«, rief Lilli hinter ihm her.

Wilma starrte ihm mit verklärtem Blick nach. Mechanisch streichelte sie die schnurrende Katze auf ihrem Schoß.

»Toller Mann, was?«, sagte Lilli. »Irgend so ein Hotelfachblatt will einen Artikel über ihn. Als Hotelier des Jahres. Vom Balkangrill zum Fünfsternehotel in sechs Monaten.«

»Hm«, machte Wilma verdächtig einsilbig.

»Hat er dir seine Geschichte erzählt?« Lilli hockte sich mit angezogenen Beinen auf die Ofenbank. Die Katze schnurrte, als hätte sie einen Rasenmäher verschluckt.

Wilma fand, dass es auf einmal schrecklich leer in der Wohnstube war. »Ja. Hat er.«

»Und? Lohnt sich's? Guter Stoff?«

»Ich muss erst mal über alles nachdenken ...«

»Früher hättest du schon auf dem Rückweg den Artikel in dein Handy diktiert ...«

»Ich weiß.« Wilma zog die Stirn in Falten.

»Und jetzt?«

»Ich werde nichts schreiben.« Entschlossen setzte Wilma ihre Tasse ab.

»Nein? Aber warum denn nicht? Du, der Mann ist deine erste Story nach der Stunde null!«

»Man kann seine Geschichte nicht einfach so für eine Zeitschrift verbraten.«

»Wilma! Was ist los? Jetzt hab ich geglaubt, da ist endlich ein Stoff, der dich mal wieder reizt ... ich dachte, wenn du was zu schreiben hast, dann geht's dir besser ...«

»Lieb von dir, Lilli. Es geht mir ja auch so besser.« Wilma lächelte ihre Freundin an. »Er ist ein außergewöhnlicher Mann.«

»Mach was draus!«, sagte Lilli. Sie trank ihren Tee aus und stellte ihre leere Tasse neben die von Ferdinand. »Ich muss morgen früh raus. Schaffst du's alleine die Treppe rauf?«

»Ich denke schon. Gute Nacht, Lilli.«

Wilma saß noch lange am Kamin und dachte über Ferdinand nach.

Früher hätte sie einen reißerischen Artikel geschrieben: *Geschlagen, getreten, gedemütigt: Da ging er nach Amerika! Wie aus einem verwahrlosten Rotzbengel ein Fünfsternehotelier wurde!*

Aber heute hatte sie viel zu viel Respekt.

Mechthild Gutermann hatte wunderbar lange geschlafen. Zum ersten Mal seit langer Zeit. Fast zehn Stunden lang. Nun saß sie im sonnendurchfluteten Wintergarten und köpfte ihr Vierminutenei, das ihr eine grantige Alte serviert hatte. Zwar zeterte die Alte die ganze Zeit vor sich hin, aber Mechthild konnte sie sowieso nicht verstehen. Da oben in Gütersberg sprach man ein völlig anderes Deutsch. Sie bestrich sich eine noch warme Semmel dick mit Butter und genoss den Blick auf die sonnigen Chiemgauer Hügel. Die Bäume rauschten im Sommerwind und die Wiesen leuchteten in sattem Grün. Hinten vor den majestätischen Alpenketten stand ein rosafarbenes Bergkirchlein mit einem Zwiebeltürmchen. Im Vordergrund lag schweigend der Liebsee, dunkelblau. Einige verlassene Boote schaukelten am Anlegesteg. Rechts hinter dem Wäldchen sah man das Dorf, Winzing. Auch von hier grüßte ein Zwiebelturmkirchlein. Und von der Bauernhaussiedlung links des Hügels ein drittes, kleines, das aussah, als sei es direkt aus einem Bilderbuch gefallen.

Wunderschön, dachte Mechthild Gutermann. Hier könnte ich bleiben. Hier könnte ich zur Ruhe kommen. Hier könnte ich vielleicht neu anfangen. Vielleicht finde ich hier neue Menschen. Ich habe ja keinen einzigen mehr. Ich fange bei null an. Aber hier wär's mir recht.

Die Häuschen waren lieblich an den Hügeln gruppiert, alle proper und weiß, mit blumengeschmückten Holzbalkonen davor. Ein kleiner Forellenteich rundete das wunderschöne romantische Bild ab. Ein eifriger Alter in blauer Arbeitskleidung und kniehohen Gummistiefeln machte sich gerade an einem steinernen Spülbecken zu schaffen. Mit einem grünen Schlauch spülte er die noch zappelnden frisch gefangenen Forellen ab, die vermutlich heute Mittag auf der Speisekarte stehen würden. Mechthild beobachtete den Knecht. Mit stoischer Gelassenheit schnitt er den Fischen die Leiber auf, holte mit bloßen Händen die Eingeweide heraus und warf die glitschigen Forellen schließlich in einen bereitstehenden Eimer. Dann spülte er sorgfältig den steinernen Trog sauber und stolzierte mit seinem Forelleneimer in seinen Gummistiefeln Richtung Personaleingang. Mechthild schaute und sann vor sich hin. Nun lag wieder alles menschenleer da. Neben dem Forellenteich war eine riesige Wiese, die übersät war mit üppigen Pusteblumen. Ein sanfter Spätsommerwind strich durch die schon gelblichen Blätter der Bäume. Im Vordergrund wehte die blauweiße Fahne auf der Terrasse. Wie auf einer Postkarte, dachte Mechthild. So müsste man leben! Wenn sie da an die spießigen dunkelroten Klinkerbauten mit den quadratischen Vorgärten in Gütersberg dachte! Diese altbackenen Reihenhäuser mit den Gästeklofenstern rechts neben der Eingangstür! Oder ihre Dienstwohnung am Gendarmenmarkt, mitten in der Großbaustelle Berlin! So hatte sie ihre letzten Jahre verbracht, ohne darüber nachzudenken, dass es auf Erden noch etwas anderes gab. Welch ein Luxus, dachte sie, in einem so friedlichen sonnigen bayrischen Fleckchen zu leben. Hier müssten meine Kinder aufwachsen. Winzing am Liebsee. Ich werde sie hierher bringen. Wo sie noch die Sonne wahrnehmen und den Wind. Wo sie noch Blätter rauschen hören und die Berge in der Sonne leuchten sehen. Und wo sie noch die Vögel singen hören und nicht die künstlichen Stimmen ihrer Computerfiguren, die Giselher ihnen im halbdunklen Zimmer installiert hatte, damit sie Ruhe gaben. Sie sah ihre Jungs schon in Lederhosen barfuß durch diese Wiesen laufen.

»Guten Morgen, na, gut geschlafen? Passt alles?« Der Hoteldirektor persönlich riss Mechthild Gutermann aus ihren Gedanken.

Er war zünftig gekleidet, wie man im Gastgewerbe hier als Wirt halt rumlief: Lederhosen, Haferlschuhe, grobe Strümpfe, dazu eine Hirschhornjoppe über einem Trachtenhemd. Er hatte ziemlich lange lockige Haare. Und er sah verdammt gut aus.

»Ja, danke, wunderbar. Sie haben ja eine himmlische Ruhe hier.«

»Ja, es ist schon ein gottgesegnetes Fleckerl. Lassen Sie sich mit dem Frühstück Zeit, hier wird nicht vor zwölf Uhr abgeräumt.«

»Traumhaft«, sagte Mechthild. »Aber leider bin ich nicht nur zum Vergnügen hier.«

»Sie haben gestern Abend an der Rezeption noch nach einem guten Rechtsanwalt in dieser Gegend gefragt?« Ferdinand zog einen Zettel aus der Westentasche.

»Ja, aber die Dame kannte sich anscheinend selber nicht so gut aus ...«

Ferdinand grinste. »Sie ist selber auch nur Gast hier.«

»Ah ... sie kam mir gleich so bekannt vor!«

»Wilma von der Senne«, sagte Ferdinand nichts ahnend. »Eine Journalistin aus München.«

Mechthilds Augen weiteten sich. »Wilma von der Senne ... von der *Elite*! Diese ... Schlange! Ich fasse es nicht!«

»Wos is'n los? Kennt's ihr euch?« Immer wenn Ferdinand privat wurde, fing er an, Dialekt zu sprechen. Und dieser Ausbruch wegen Wilma irritierte ihn kolossal.

Mechthild spürte, wie der nackte Zorn in ihr hochkochte.

»Wilma von der Senne! Diese Ratte!!« Durch sie hatte das ganze Elend begonnen!

»Na, bittschön, nun beruhigen Sie sich aber ...«

»Diese Frau hat mein Leben zerstört!«

»Wieso? Hat Ihr Kind in dieser Unfallstraßenbahn gesessen?« Vielleicht war sie eine aufgebrachte Mutter. Ferdinand beschloss, Wilma zu verteidigen. »Glauben Sie mir, so ein Unfall passiert schneller, als man glaubt ... die Frau hat selbst genug gelitten!«

Mechthild hörte ihm gar nicht zu.

»Was macht die hier? Beobachtet sie mich etwa? Verfolgt sie mich?«

»Aber nein, beruhigen Sie sich! Ich bin ganz sicher, sie ist völlig harmlos.«

314

»Wilma von der Senne und harmlos!! Dass ich nicht lache! Warum hockt sie dann hier als Rezeptionistin getarnt, wenn ich einchecke?«

»Das war reiner Zufall. Sie wohnt hier in der Nähe bei Freunden. Was haben Sie denn gegen Wilma von der Senne?«

»Harmlos ist die mit Sicherheit nicht! Vertrauen Sie ihr bloß nicht!«, schrie Mechthild aufgebracht. »Sie nutzt jeden Menschen nur aus, sie verkauft ihn, sie verbrät ihn, sie lässt ihn wieder fallen, sobald sie ihre Story hat...«

»Also jetzt bin ich aber ganz verwundert...«

Wilma von der Senne? Die liebenswürdige, fast schüchterne, stille, dankbare kleine Frau?

»Sie ist ziemlich schwer verletzt, ich hab mich etwas um sie gekümmert, weil sie niemanden hat...« Ferdinand war nun wirklich erstaunt.

»Sie arbeitet mit allen Tricks! Die Mitleidsschiene gehört genau so zu ihrem Repertoire wie die Freundschaftsschiene – und sie horcht hemmungslos alle Menschen aus, aus denen sie Kapital schlagen kann!«

»Sind Sie sicher, dass wir von der gleichen Person sprechen?« Ferdinand setzte sich an Mechthilds Tisch und strich automatisch die Brötchenkrümel zusammen.

»Sie ist das hinterhältigste, gefährlichste, mieseste Stück aus ihrer ganzen Zunft! Sie hat mein Leben auf dem Gewissen, das meiner Kinder und das Leben von Hunderten von Prominenten ebenfalls. Sie wischt Menschen vom Tisch wie andere Leute Brötchenkrümel vom Tisch wischen!«

»Das überrascht mich jetzt aber...« Ferdinand Sailer fuhr sich nervös mit der Hand über die Augen. »Ich habe ihr in letzter Zeit ziemlich viel... private Dinge... erzählt.«

»O Gott«, stöhnte Mechthild. »Sie verdient Unsummen damit, aus anderer Leute Leben einen Trümmerhaufen zu machen. Gehen Sie ihr aus dem Weg, bevor es zu spät ist!«

Zur gleichen Zeit saß Wilma nichts ahnend nur vier Kilometer weiter in Lillis umgebautem Bauernhäuschen. Sie trank durstig den frischen Apfelmost, den sie heute zum ersten Mal ganz allein vom Bauern droben auf dem Hügel geholt hatte. Sie konnte wieder gehen! Sie hatte wieder Lust am Leben! Sie freute sich wieder auf jede Minute des Tages.

Zum ersten Mal seit zwanzig Jahren spürte sie wieder dieses köstliche Gefühl, immer und immer an denselben Menschen denken zu müssen. Du gehst mir langsam unter die Haut ... Sie überlegte sich, was er wohl gerade tat, mit wem er sprach, was er wohl für Kleidung trug, ob er schon gefrühstückt hatte und ob er vielleicht auch an sie dachte.

Lilli kam vom Putzen heim. Wie immer waren ihre Haare wirr und wie immer trug sie ihr grün geblümtes Kleid. Aber sie war, ebenfalls wie immer, bestens gelaunt.

»Hallo, meine Schöne!«, rief sie erfreut. »Sag bloß, du hast den Weg zum Hiaslbauern selbst geschafft!«

»Ach, Lilli«, seufzte Wilma. »Ich glaub, ich bin von den Toten auferstanden.«

»Das wurde aber auch Zeit!« Lilli ließ sich auf einen Holzschemel fallen und griff durstig nach dem Mostkrug. Die beiden schwarzen Katzen, die bis jetzt auf Wilmas Schoß herumgeschnurrt hatten, sprangen sofort zu Lilli hinüber, wo sie staksbeinig einen Buckel machten.

Lilli kramte eine *Meinungsmache* aus ihrem selbst gestrickten Jutebeutel und warf sie auf den Holztisch. »Da, schau. Könnte von dir sein!«

Mit Ekel und Widerwillen überflog Wilma die Schlagzeile:

Deutschlands schlimmste Rabenmutter auf der Flucht! Nun hat sie auch noch ihre Kinder verlassen! Und so jemand war unsere Familienministerin! Armes Deutschland!

Sie betrachtete die Schnappschüsse, die Mechthild beim Um-sich-Schlagen zeigten, und die Bilder, auf denen sie um die Mülltonnen herum Motorrad fuhr. Die Gütersberger Punks, die immer mit ihren Hunden im Stadtpark auf den Bänken neben dem Kinderspielplatz herumlungerten, waren auch abgebildet, so dass es den Anschein hatte, Mechthild wäre eine von ihnen.

»Ich habe sie um eine Mark gebeten, aber sie war abgebrannt!«, wurde eine Punkerin zitiert. *»Mein Kumpel hat dann gesagt, ich soll sie in Ruhe lassen, sie ist sowieso eine von uns!«*

Weiter hieß es in dem Artikel:

Sie nahm Kampfsportunterricht und machte den Motorradführerschein, während ihre Kinder im dunklen Haus von Gütersberg verwahrlosten. Damit ihr niemand hinter die Gardine schauen konnte, ließ sie skrupellos Tag und Nacht die Rollläden unten, nahm ihren Kindern das Licht zum Leben. Sie selber ging zum schrillsten Friseur der ganzen Stadt, ließ sich ihre Haare rot färben und läuft in Springerstiefeln herum. Sie trägt nur noch Lederklamotten aus dem Secondhandshop und brachte ihre damenhaften Kostüme, die ihr Markenzeichen waren, ebenfalls dorthin.

»Sie ist durchgedreht«, sagt ihr Ehemann, Giselher Gutermann (49), der verstärkt an einem Mittel gegen BSE forscht. (Wir berichteten in der letzten Ausgabe in unserem Porträt über den bekanntesten Pharma-Forscher Deutschlands.) Jetzt haben sich die alten Eltern, Rudolf und Adelheit Herwig, (75 und 64) der verstörten Kinder angenommen: Per einstweiliger Verfügung entzogen sie ihrer Tochter Mechthild (36) kurzerhand das Sorgerecht und entmündigten sie. Daraufhin schlug die 36-Jährige völlig von Sinnen auf ihre armen Eltern ein, trat ihren eigenen Ehemann und verletzte ihn lebensgefährlich. Sie nahm ihm sogar fast das Augenlicht, das er doch so dringend für seine Forschungsarbeiten braucht. Fassungslos standen die Nachbarn dabei: die zwei Gesichter einer Frau mit weißer Weste. Die frühere Familienministerin ist mit einer 136er Kawasaki auf der Flucht ... Wer weiß, ob sie sich nicht auch selbst etwas antut? Frauen in ihrer ausweglosen Situation sind nicht

selten hochgradig suizidgefährdet. Lesen Sie dazu den psycho-logischen Kommentar unserer Autorin Viola Ballmann-Islinke auf Seite 4.

»Meine Güte, was tut diese Frau mir Leid.« Wilma legte seufzend die Zeitung zur Seite. »Kann es sein, dass ich sie gestern Abend im ›Schwan‹ gesehen habe?«

»Ich hab eben ihr Zimmer geputzt«, sagte Lilli. »Die hat sich die Augen ausgeheult heute Nacht. So viele Tempotaschentücher habe ich noch nie aus einem Papierkorb gezogen.«

»Dann weiß ich, was ich jetzt zu tun habe«, sagte Wilma. »Ich gehe zu ihr.«

»Und was willst du ihr sagen? Sorry, ich hab Ihr Leben zerstört, soll nicht wieder vorkommen?«

Wilma fuhr sich unbewusst mit der Hand über die Augen, genau so, wie sie es bei Ferdinand so oft gesehen hatte. »Ich weiß nicht, was soll ich denn sonst machen?«

»Dich zuerst mal um deinen eigenen Scheiß kümmern«, sagte Lilli. »Wenn du mich fragst.«

»Du hast Recht«, erwiderte Wilma. Appetitlos schob sie das dicke Marmeladenbrot zur Seite, das Lilli ihr, während sie Zeitung gelesen hatte, geschmiert hatte. »Danke, ich kann nichts essen.«

»Weil du verliebt bist, stimmt's?« Lilli lächelte spitzbübisch und kramte in ihrer geblümten Tasche herum, um ein Gummiband für ihre Haare zu suchen.

»Hm, hm«, musste Wilma zugeben. »Bescheuert, was?« Sie spürte, dass sie rot wurde.

»Nein, wundervoll.« Lilli fuhr sich durch ihre wirren ungekämmten Haare und friemelte sich ein Gummiband hinein, das sie, ganz wie Mechthilds Mutter Adelheit immer ihre Haarnadeln, zwischen den Zähnen gehalten hatte.

Wilma fasste all ihren Mut zusammen und sagte: »Lilli, ich bin jetzt so weit. Ich will meine Töchter wiederhaben. Glaubst du, dass Ferdinand Sailer mir hilft?«

Sie konnte nicht ahnen, dass Ferdinand Sailer gerade seine Meinung über Wilma komplett geändert hatte.

»Woher wollen Sie das wissen?«

»Sie kennen mich nicht?« Mechthild griff nach einer herumliegenden Zeitung. Es war die *Stil und Klasse*. »Hier, schauen Sie!« Mit zitternden Fingern blätterte Mechthild die Seite auf, die sie suchte.

Ehemalige Familienministerin dreht durch: Sie schlug ihren Mann und verließ ihre Kinder!

»Das sind ja Sie!« Ferdinand zeigte sich beeindruckt. »Wissen S', ich habe fast zwanzig Jahre in Amerika gelebt und kenne mich mit der deutschen Politik immer noch nicht so aus... und diese Ratsch-und-Tratsch-Geschichten liest eher meine Stiefmutter. Mich interessiert das alles nicht.«

»Aber all diese Schmähartikel, all diese Häme, alle diese Lügen und aufgebauschten Skandalstorys, die verdanke ich Ihrer sauberen Freundin, Frau von der Senne!«

»Das kann ich ja gar nicht glauben...« Ferdinand wischte sich erneut mit der Hand über die Augen, eine Geste, die auch Wilma schon oft an ihm beobachtet hatte. Wenn er über seine Stiefmutter gesprochen hatte, hatte er das unwillkürlich auch getan.

In diesem Moment humpelte die alte Birnbichler herbei. Sie hatte die heutige *Meinungsmache* in der Hand.

»Aah, die Prominenz hat zu uns außi g'funden«, krächzte sie. »San S' wirklich auf der Flucht?«

»Aber wieso denn... auf der Flucht? Vor wem denn? Vor was denn?«, fragte Ferdinand.

»Sie haben mich systematisch fertig gemacht«, schnaufte Mechthild. »Meine Karriere ist im Eimer und mein gesamtes Privatleben auch. Gestern bin ich vor meinen eigenen Eltern, meinem Mann und meinen Kindern geflüchtet und den ganzen

Tag auf dem Motorrad durch Deutschland gebrettert. Bis ich nicht mehr konnte. Jetzt sitze ich hier und der erste Mensch, den ich treffe, ist diese Presseschlange Wilma von der Senne! Das kann doch kein Zufall sein!«

»Mir is' aa gleich ganz verdächtig vorkimma«, tönte die alte Birnbichler. »Wie s' da um und um g'sessn hat den ganzen Nachmittag, und ausg'horcht hot s' mi! Dann hab ich sie zum Glück gleich erkannt, die Wilma von der Senne. Von der *Elite* is s'. Übern Buam hot s' mi aushorchen wolln. I hob aber nix g'sagt, Ferdl. Nix. I kann schweigen wie an Grab.«

Ferdinand fuhr sich durch die langen Haare. »Das darf doch alles nicht wahr sein ...«

»Die is bestimmt wegen deiner Nominierung zum Hotelier des Jahres hinter dir her! Und grabt in deiner Vergangenheit rum, will da ein Haar in der Supp'n finden und di niederschreiben!«

»Mit Sicherheit«, schnaufte Mechthild Gutermann und hieb auf ihr zweites Frühstücksei ein. »Das Ergebnis ihrer sauberen Arbeit ist jedenfalls, dass ich meinen Mann verloren habe, meine Kinder, meine Eltern, meine Freunde, mein Haus, meinen Job, meinen Ruf. Toll, was? Sieben auf einen Streich! Hoffentlich hat es sich für Ihre saubere Freundin wenigstens gelohnt! Finanziell soll sich das ja wohl immer auszahlen.«

»Sie wollen doch nicht sagen, dass Wilma von der Senne an dem allen schuld ist!«

Mechthild lachte höhnisch auf. »Wer denn sonst! Sie hat ihre Nase in meine Privatangelegenheiten gesteckt, mich heuchlerisch angerufen, von wegen, Ihr Kleid war so aufregend und Ihre Frisur müsste anders sein, meine Liebe, nur weil ich Sie mag, sage ich Ihnen jetzt, dass Ihr früherer Mann gar nicht zu Ihnen gepasst hat, und der Neue ist bestimmt viel aufregender ...« Sie knallte ihren Eierlöffel auf den Teller. »Sie ist die verlogenste, hinterhältigste, berechnendste, kälteste und geldgierigste Person, die mir je begegnet ist!«

»Und was hat das mit Ihren Kindern zu tun?« Ferdinand war völlig perplex.

»Man hat sie mir per einstweiliger Verfügung weggenommen!«

»Aber warum denn?«

»Man hat mich entlassen, entmündigt, enterbt. Bitte schön. Viele Grüße an Ihre Wilma!«

»Haben Sie deshalb gestern nach einem Rechtsanwalt gefragt?«

»Allerdings«, sagte Mechthild Gutermann. »Mein Mann beschattet mich, meine Eltern erklären mich für geistig krank, die Nachbarn schauen weg, wenn ich vom Einkaufen komme, meine Freunde schreien ›Schlampe‹ und ›Rabenmutter‹ hinter mir her. Was soll ich tun? Keine Angst, ich bringe mich nicht um. Den Gefallen tue ich euch allen nicht. Also bin ich ziel- und planlos weitergefahren, bis ich nicht mehr konnte. Da bin ich hier gelandet, am südlichsten Zipfel unseres Landes. Es hat keinen Zweck, ins Ausland zu gehen, solange ich nach deutschem Recht um meine Kinder kämpfen muss.«

»Gott, was für Zustände«, murmelte Ferdinand bestürzt. »Und das soll alles Wilma verursacht haben?« Er spielte mit dem silbernen Serviettenring, der neben Mechthilds Teller lag.

»Dös musst amal lesen, Bua!« Die alte Birnbichler wackelte sensationsgierig mit dem Kopf.

»Die eigenen Eltern haben der Frau Gutermann per einstwei-li-ger Verrr-fü-gung die Kinder weg'nomma!! Dös is a Schkandal!!« Sie hockte sich ungefragt neben Mechthild. Nun saßen sie alle drei am Tisch.

Ferdinand nahm seiner Stiefmutter die *Meinungsmache* aus der Hand und überflog mit gerunzelter Stirn die Titelstory.

»Deutschlands schlimmste Rabenmutter auf der Flucht! Nun hat sie auch noch ihre Kinder verlassen. Armes Deutschland. Und so was war unsere Familienministerin!«, murmelte er fassungslos. Er sah Mechthild erstaunt an.

»Warum verlassen Sie Deutschland nicht, wenigstens bis sich der Presserummel gelegt hat?«

»Ich hatte es gestern fest vor. Einfach immer weiter weg fahren, bis ich alles vergesse. Aber du kannst fahren, so weit du willst: Die Erinnerung fährt immer mit!«

»Aah, Bua, dös verstehst nicht. Wennst Kinder hast, kannst net einfach so fortlaufa. So wie du damals fortgelaufen bist. Aber da warst noch a ganz a dummer Bub!«

Die alte Birnbichler wackelte mit dem Kopf.

Ferdinand blickte von Mechthild zu seiner Stiefmutter und wieder zurück. »Sie brauchen also einen guten Anwalt?!«

»Allerdings. Einen, der sich im Familienrecht auskennt.« Und zu beiden gewandt sagte sie: »Ich habe meine Kinder nicht verlassen. Ich bin nur weggerannt.«

Sie kämpfte mit den Tränen. Die Alte schob ihr ein Schnupftuch herüber, das sie aus der Kitteltasche gezogen hatte. »Dös kenn i«, sagte sie. »Mit mir is das Leben auch net gerad sanft umigange.«

»Ich glaube, ich habe den richtigen Anwalt für Sie«, sagte Ferdinand. »Wenn Sie mit dem Frühstück fertig sind, fahr ich Sie hin. Ich warte draußen im Wagen auf Sie.«

Das »Sam's« in Tiburon war an diesem Sonntagmittag wieder gut besucht. An allen Tischen auf der großen Holzveranda über dem Wasser saßen Familien und hielten Lunch. Es roch nach frisch gebratenen Steaks, nach Seafood und nach Knoblauch.

Die Sonne stand hoch am Himmel, weshalb sich viele Gäste Hüte oder Schirmmützen aufgesetzt hatten. Auf den Holzpflöcken, an denen die prachtvollen Segelyachten angebunden waren, saßen riesige Möwen und beobachteten gierig die essende Menschenmenge.

Jedes Mal, wenn irgendwo ein Tisch frei wurde, stürzten

sich die flatternden Ungetüme hemmungslos auf die Essensreste und hackten sich gegenseitig futterneidisch ins Gefieder.

Milan, der sich ebenfalls unter einer Schirmmütze verkrochen hatte, beobachtete fasziniert das ungewöhnliche Schauspiel. Die Biester standen mit ihren riesigen Flossenkrallen ungeniert auf den halb leer gegessenen Tellern und pickten mit ihren furchterregend großen Schnäbeln in einem Krabbensandwich herum, dass die Krümel nur so durch die Gegend flogen.

Die Gäste an den Nebentischen schützten sich kichernd mit Zeitungen und Hüten gegen das herumfliegende Essen. Aber niemand schien sich besonders daran zu stören. Das gehörte beim »Sam's« einfach dazu. Milan schaute auf eine der Zeitungen, an der gerade ein Krabben-Weißbrot-Stück herabrutschte.

Das war eine deutsche Zeitung! Milan versuchte, die Titelzeile auf die Entfernung zu entziffern. *Der geschlagene Ehemann wird zum Volkshelden! Professor Giselher Gutermann entwickelte Medikament gegen BSE!*

Hey, das ist ja toll, dachte Milan. Hat dieser Schattenparker endlich mal was Sinnvolles zustande gebracht. Er überlegte, ob Gutermann eigentlich schon seine Rechnung bezahlt hatte. Sechs Wochen spitzeln und hinter dieser harmlosen Hausfrau herschleichen, die nichts Sensationelleres getan hatte, als zum Friseur zu gehen, das war am Ende ein frustrierender Job gewesen. Und dann noch in diesem trostlosen Gütersberg! – Wenn Gutermann aber jetzt womöglich den Nobelpreis bekam, würde er finanziell hoffentlich flüssig sein.

Ach nein, die Überweisung war ja prompt gekommen. Mit der Unterschrift und Bankverbindung von Mechthild. Milan grinste vor sich hin. Verhältnisse waren das! Aber das war ja auch das Schöne an seinem Job. Es war zwar oft nervenaufreibend, tage- und wochenlang irgendwo zu lauern, bis man sein Opfer endlich im Sack hatte. Aber man lernte auch die irrwitzigsten Typen kennen. Und schaute in die Abgründe menschlicher Seelen.

Dies hier war auch nicht so einfach. Bestimmt zum zehnten Mal hockte Milan nun auf dieser überfüllten Terrasse und beobachtete die Leute.

Er hatte schon alle Gerichte durchprobiert. Und die Strandpromenade von Tiburon war er schon an die hundertmal hin- und hergelaufen. Am witzigsten fand er die dicken Kinder von Tiburon, die von ihren ehrgeizigen und überbesorgten Gluckenmüttern zum Joggen angehalten wurden. Die schwitzenden Kinder trabten ergeben auf der Promenade hin und her, während ihre Mütter in ihren klimatisierten Limousinen parallel auf der Straße fuhren. Eigentlich wollte Milan diesen Nobelvorort Tiburon schon abhaken. Wenn sie auch heute nicht kommen, dann wohnen sie nicht in der Gegend, dachte er. Er rechnete kurz den Zeitunterschied aus, um in Winzing am Liebsee anzurufen. Sie war bestimmt noch wach und wartete auf seinen Anruf. Tja, er würde Lilli enttäuschen müssen.

Nun kam der Waiter mit der Lederschürze und scheuchte das flatternde Federvieh energisch mit Hilfe einer Bratpfanne vom Tisch. Die Viecher flogen kreischend auf, zogen eine Runde übers Wasser und versuchten dann erneut den Landeanflug.

Milan grinste unter seiner Schirmkappe. Das war auch kein einfacher Job!

»*Fuck this job, it's total shit*«, murmelte der Waiter denn auch frustriert und sehr treffend.

Milan beobachtete ihn so interessiert, dass er gar nicht bemerkte, wie schräg hinter ihm an einem ebenfalls frei gewordenen Tisch eine neue Familie Platz nahm. Erst als er deutsche Töne vernahm, zuckte er zusammen.

»Papa! Hier! – Iiih, guck mal was die Möwen da machen ...«

»Die haben voll auf den Tisch geschissen ...«

»Ann-Kathrin und Sophie! Bitte!«, rügte eine Männerstimme.

Die Namen kamen Milan bekannt vor. Er schloss die Augen und konzentrierte sich inmitten des Stimmengewirrs und des Möwengekreisches auf die Gespräche am Tisch hinter ihnen.

»Guck mal wie e-kel-haft!!«

»Was möchten Sie trinken?« Die flinke, hübsche Kellnerin, die für diesen Tisch zuständig war, war schon zur Stelle. Sie stellte ganz selbstverständlich eine Kanne mit eiskaltem Wasser auf den Tisch. »Warten Sie, ich mache rasch sauber.«

»*I need a beer*«, sagte eine Männerstimme. »*And a big coke for me*«, sagte eine Frauenstimme.

»Oh, ich bitte auch eine Cola! Bitte, Papa!«

»Ja, für mich auch, ausnahmsweise!«

»Nein. Keine Ausnahme. Ihr trinkt dieses Wasser hier.«

Milan drehte sich vorsichtig um.

Ja. Es war Raimund Wolf. Milan kannte ihn von zahlreichen Fotos. Braun gebrannt war er allerdings nun, noch dicker als zuvor und mit einem grauweiß gesprenkelten Vollbart. Seine beiden Mädels trugen knappe, pinke Trägerhemdchen. Sie hatten Schirmkappen auf. Und ein älteres Ehepaar war auch noch dabei. Das musste die besagte Linda sein. Mit ihrem reichen Amerikaner.

Verdammt noch mal, dachte Milan. Der alte Fats hat Recht gehabt. Irgendwann kommt jeder ausgewanderte Deutsche sonntags mal hierher zum Mittagessen.

Die frisch aufgescheuchten und gemaßregelten Möwen hockten nun wieder abwartend auf den Holzpfählen, die in unmittelbarer Nähe zu den Tischen standen. Auf jedem Pfahl hockte eine Möwe. Mit ruckartigen Bewegungen drehten sie ihre Hälse, um zu spähen, wo es wieder was zu holen gäbe.

Ich hab sie, dachte Milan. Ich habe sie! Jetzt bloß keinen Fehler machen!

Jetzt muss ich nur noch rausfinden, wo sie wohnen. Und dann ist die Katze im Sack.

»Also Moment, noch mal der Reihe nach. Sie haben Ihren Mann und Ihre Eltern geschlagen.«

»Hab ich, ja. Es ist einfach so passiert.« Mechthild zuckte die Achseln.

»Und den anwesenden Pressefotografen den Stinkefinger gezeigt.«

»Ja. Sie glauben gar nicht, wie wohltuend das war.«

Der nette, dunkelhaarige Anwalt mit den blitzenden Augen hob amüsiert den Kopf von seinem Gesprächsprotokoll. »Nach all dem, was Sie mir erzählt haben, kann ich Sie gut verstehen.«

Mechthild war erleichtert. Das war der erste Mensch seit Monaten, der so einen Satz zu ihr sagte. Und sie dabei auch noch anlächelte. »Das ist nett von Ihnen. Aber wie komme ich jetzt wieder an mein Sorgerecht?«

Der Anwalt mit dem schönen Namen »Martin Wächter« zuckte nun ebenfalls die Achseln. »Das dürfte nicht so ganz einfach werden ...«

»Wieso nicht?«

»Also in Ihrem Fall liegt natürlich eine ganz besondere Härte vor. Einerseits sind Sie prominent und jeder, aber auch wirklich jeder, der Zeitung liest, kennt Ihre Geschichte, wenn auch nicht die ganze, wahre Geschichte, sondern nur die verzerrten Bruchstücke, die die Reporter eigenmächtig selektiert haben. Also kennt leider auch der Familienrichter diese Geschichte. Wenn Sie Pech haben, ist der Richter oder die Richterin schon gegen Sie voreingenommen.«

»Vielleicht gerate ich ja an einen Richter, der keine Zeit hat, die Yellowpress zu lesen?«

»Mit Sicherheit ist das nur ein frommer Wunsch. Jeder Richter wird sich vorher informieren, und wenn er die Klatschstorys bis jetzt noch nicht gelesen hat, wird er es spätestens vor dem Prozess tun. Wir können schon froh sein, wenn der Prozess halbwegs unter Ausschluss der Öffentlichkeit stattfindet.«

»Aber die Presse ist doch beim Familiengericht nicht zugelassen?«

»Offiziell natürlich nicht. Aber Sie dürften die Realität besser kennen ...«

Martin Wächter grinste spitzbübisch. Er war Mechthild auf Anhieb sympathisch. Ein aufgeräumter, vorurteilsfreier Bursche. Kein Spießer.

»Wir waren beim Einerseits«, nahm Martin Wächter den Faden wieder auf. »Also abgesehen von der misslichen Situation, dass alle Welt sowieso schon ein Bild von Ihnen hat – Sie sind die Böse und Ihr Mann und Ihre Eltern sind die Helden –, haben Sie halt tatsächlich Ihre Kinder verlassen. Sie sind gegangen. Und das auch noch vor den Augen der Presse.«

»Ja, aber was hätte ich denn tun sollen? Nach dieser grässlichen Szene ganz gelassen ins Haus zurückgehen, die Kinder aus der Schule holen und sagen: ›Packt eure Koffer, wir machen einen Ausflug.‹?«

»Nein. Natürlich nicht. Es ist absolut nachvollziehbar, dass Sie im Affekt gehandelt haben.«

»Also. Sogar Mörder handeln im Affekt. Und kriegen mildernde Umstände.«

»Tja. Mörder haben es da einfacher. Mütter nicht.« Herr Dr. Wächter knabberte an seinem Kugelschreiber herum. »Wir können höchstens Folgendes versuchen ... wie alt sind Ihre Eltern?«

»Rüstige vierundsechzig die Mutter, fünfundsiebzig der Vater.«

»Sehen Sie. Da können wir ansetzen. Ihre drei halbwüchsigen Jungs, die alle mehr oder weniger in der Pubertät sind, haben ja gar keine festen Richtlinien mehr, wenn Sie Ihren Eltern ausgesetzt sind. Sicher sind die Eltern gar nicht mehr richtig gesund und setzen keine Grenzen.«

»Leider doch«, sagte Mechthild. »So feste Richtlinien können Sie sich gar nicht vorstellen.«

Martin grinste mitleidig. Er erinnerte sich an seine eigenen

Eltern, und wenn Mechthild ähnliche hatte, dann konnte er sich alles lebhaft vorstellen. »Wieso hat nicht Ihr Mann das alleinige Sorgerecht beantragt?«

»Da sei meine Mutter vor«, seufzte Mechthild. »Gegen sie ist er schwach wie ein Gummiring.«

»Außerdem würde er es gar nicht bekommen« überlegte Martin. »Er ist ja mit seiner Forschung voll beschäftigt.«

»Ist das nicht aberwitzig? Ich verliere das Sorgerecht an meine eigenen Eltern?« Mechthild weinte fast. »Ich habe alles verloren! Alles! Meinen Job, meine Freunde, meine Eltern, meinen Mann, mein Haus, alles!«

»Ihre Freunde, die Sie verloren haben, waren keine richtigen Freunde«, wandte der Anwalt ein.

»Weiß ich«, schnaubte Mechthild. »Aber meine Kinder ... nein, das kann ich nicht hinnehmen. Irgendwo hört es doch auf!«

Martin schob der aus der Fassung geratenen Mechthild eine Packung Papiertaschentücher hinüber, die wohl in weiser Voraussicht auf dem Schreibtisch lag.

»Heulen hier viele?«, fragte sie und schneuzte sich heftig.

»Die meisten«, lächelte der nette Anwalt. »Hier wird halt der ganze seelische Müll so richtig abgeladen. Und alle meine Klienten tun sich am Anfang selber Leid.«

»Scheiße.« Mechthild zog die Nase hoch. »Dann hör ich jetzt sofort damit auf.«

»Das ist doch ein Wort«, freute sich Martin. »Sehen Sie, Sie sind jetzt in einer scheinbar ausweglosen Situation. Aber ich verspreche Ihnen, ich werde Ihnen helfen. Sie müssen nur ganz fest daran glauben, dass Sie aus diesem Loch auch wieder herauskommen.«

Das Telefon klingelte. »Entschuldigung«, sagte Herr Dr. Wächter. »Ja?« Ein kleines bisschen schien er über die Störung verärgert, dann erhellten sich seine Gesichtszüge. Mechthild stellte fest, dass er ein Grübchen am Kinn hatte. Und schöne Hände hatte er.

»Das ist ja großartig! Na, dann können wir ja loslegen!«
Er lauschte, lachte, schüttelte den Kopf. »Ach, wie mich das
für Sie freut! Also, dann lasse ich meine Sekretärin am besten
gleich zwei Flüge buchen ... was? Ja, natürlich, Economy
reicht. Wir sind ja keine Krösusse!« Er lachte. »Na, den
werden wir aber überraschen! Kennen Sie eventuell einen
Übersetzer, der das Schriftstück in perfektem Amtsenglisch für
uns übersetzen könnte?« Er lauschte. Mechthild durchzuckte
es wie aus heiterem Himmel. Sie kannte einen Übersetzer, der
besonders perfekt im Amtsenglisch war. Aber da beendete
Herr Dr. Wächter auch schon das Gespräch. Heiter wendete
er sich wieder Mechthild zu, die gedankenverloren vor ihm
saß.

»Entschuldigung. Aber das war eine ganz wichtige Nachricht.«

»Sie kriegen hier wahrscheinlich die absurdesten Familien-
dramen zu hören.«

Martin nickte, ohne mit dem herzlichen Lächeln auf-
zuhören. »Gerade vor Ihnen war zum Beispiel eine Klientin
bei mir, die hat ihre Kinder seit acht Monaten nicht mehr gesehen. Ihr Mann hat sie schlichtweg entführt. Sie wusste nur,
sie sind außer Landes, vermutlich noch nicht mal mehr in Europa. Sie hatte die vage Ahnung, dass sie in Amerika sein
könnten. Kein Lebenszeichen! Und nicht nur das, sie hat sogar den Verdacht, dass der Vater die Mädchen sexuell missbraucht!«

Mechthild schuckte. »Das ist natürlich ganz starker Toback.«

»Ja, diese Frau hat es wirklich ganz hundsgemein erwischt«,
fuhr der nette Anwalt fort.

»Aber, um auf Ihren Fall zurückzukommen, ich schlage eine Anfechtung der Sorgerechtsabtretung an Ihre Eltern vor,
und dazu benötige ich auf diesem Formblatt Ihre Unterschrift,
die besagt, dass Sie mich bevollmächtigen, in Ihren Sinne zu
handeln ...«

Aufmerksam lauschte Mechthild den Anweisungen ihres Anwalts. Dabei sah sie schon wieder Land.

Der Münchner Flughafen war an diesem Freitagnachmittag wieder einmal völlig überlaufen. Ungeduldige Fluggäste standen in langen Schlangen an den Abfertigungsgates. Bei einigen brach Panik aus. Ein Drängeln und Schieben begann.

»Draußen an unseren Hilfscontainern können Sie auch einchecken, gnädige Frau.« Der freundliche Bodensteward mit dem Blick für VIPs, fischte die elegante Dame im Chanel-Kostüm aus der Warteschlange.

»Sie haben die Senator-Card?«

»Natürlich, Herr ...« Die gepflegte Dame kniff die Augen zusammen, um das Namensschild des Flughafenangestellten besser lesen zu können. »Bartenbach.« Sie kramte in ihrer Louis-Vuitton-Handtasche herum. »Hier, bitte.« Sie legte dem Steward ihre goldene Vielfliegerkarte aufs Pult und betrachtete dabei zufrieden ihre dezent lackierten Fingernägel. Auch der Steward warf einen etwas zu langen Blick darauf.

»Sie müssen sich um Ihr Gepäck nicht mehr kümmern, Frau Nassa.«

Nicole Nassa lächelte geschmeichelt. »Auch ein *Elite*-Leser, Herr Bartenbach?«

»Wer liest nicht die *Elite*, Frau Nassa? Ich freue mich jede Woche auf Ihre Gesellschaftskolumne.«

»Das freut nun wieder mich«, entgegnete Nicole Nassa keck.

»Obwohl mir Ihre Artikel in *Die ganze Wahrheit* fast noch besser gefallen haben«, sagte der Steward ungefragt. »Die waren bissiger, näher am Kern der Sache.«

»Die *Elite* heißt eben nicht umsonst *Elite*. Sie ist vielleicht eine Spur zu vornehm für Sie, junger Mann.« Nicole Nassa grinste kokett.

Typisch schwul, dachte sie. Liest der diesen Weiberkram. Herr Bartenbach fertigte Nicole Nassa zuvorkommend ab.

»Ich setze Sie in die erste Reihe und lasse die Plätze neben Ihnen frei. Dann können Sie in Ruhe arbeiten.«

»Danke, Herr Bartenbach.« Nicole Nassa legte ein Fünfmarkstück auf das Desk und nahm ihre Bordkarte an sich.

Sie lächelte den Steward noch einmal gönnerhaft an und begab sich dann durch die Sicherheitskontrolle.

»Ihren Mantel, bitte.«

Die pickelige Maid am Handgepäckband schien Nicole nicht zu kennen.

»Das ist kein Mantel, das ist ein Nerz«, erwiderte Nicole schnippisch.

Die Pickelige grabschte nach dem teuren Teil und stopfte es in eine Plastikwanne. Der teure Nerz fuhr durch das Röntgengerät.

»Die Tasche.«

Die Louis-Vuitton-Handtasche glitt ebenfalls über das Band.

»Noch was in den Taschen? Lippenstift, Handy, Autoschlüssel?«

Ohne der Angestellten einen weiteren Blick zu schenken, legte Nicole ihren Chanel-Lippenstift, die Chanel-Puderdose, die Chanel-Wimperntusche, das Nokia-Handy und den Porsche-Schlüssel in das Plastikwännchen. Das Wännchen fuhr durch die Gummiwand.

Mit arroganter Miene sammelte Nicole alles wieder ein und stöckelte Richtung Senatorlounge.

»Arrogante Ziege«, zischte die Pickelige hinter ihr her, während sie die nächste Aktentasche aufs Fließband knallte. »Nur weil sie jetzt nicht mehr für *Neuer Tratsch* schreibt, sondern für die *Elite*!«

In der Senatorlounge war es angenehm still. Nur bei genauem Hinhören konnte man bemerken, dass im Hintergrund leise klassische Musik spielte. Nicole nahm sich vom Buffett ein Glas Champagner. Sie ließ sich in einen Ledersessel fallen und schlug die Beine übereinander. Gott, was war das für ein wunderbares Leben! Gleich würde sie erster Klasse nach San Francisco fliegen, um dort ein Starporträt über den berühmten Chemiker Giselher Gutermann anzufertigen. Er war dort im Kreise seiner erfolgreichsten Kollegen auf einem Pharmakongress als Referent eingeladen. Sie würde sich in seinen Vortrag setzen und ihn als Mann beschreiben. Als Mann und Mensch. Ganz von der privaten Seite. Das erwarteten ihre Leserinnen. Sie stellte das Champagnerglas auf das Glastischchen und kramte ihr Diktiergerät hervor.

»Welcher Mann steckt hinter dem bebrillten Forscher mit der Baskenmütze? Der einstmals unscheinbare Familienvater aus der norddeutschen Kleinstadt, der ganz im Schatten seiner damals so berühmten Gattin stand, erlebte Grauenvolles, bevor er den Mut fand, sich in eine neue Welt aufzumachen. Abkommandiert zum Hausmann und Kinderhüter, wurde er von seiner Frau damals nicht nur betrogen, sondern auch noch vor den Augen der anwesenden Presse regelrecht verdroschen. Wie dieser Mann aus seinem Tief herauskam, wie er den Mut fasste, ein neues Leben zu beginnen und woher er die Kraft nahm, das Medikament gegen BSE zu entwickeln, lesen Sie auf den Seiten vier bis zehn, in einem ganz persönlichen Porträt unserer Starkolumnistin Nicole Nassa, die den erfolgreichen Nobelpreisträger exklusiv in seinem Luxushotel in San Francisco besucht hat!«

Sie schaltete ihr Diktiergerät aus, als neue Gäste die Senatorlounge betraten. Neugierig lugte sie aus ihrer Ecke hervor. Wer war denn das? Wilma von der Senne!

Kaum wiederzuerkennen, rank und schlank, in knackigen Jeans und einem lässigen T-Shirt. Sie humpelte kaum noch, nur Eingeweihte konnten es überhaupt erkennen, dass ihr rechtes Bein ein kleines bisschen kürzer war als das linke. Sie hatte Turnschuhe an, die einfach unverschämt lässig wirkten. Sie sah phantastisch aus. Lässig und cool, zum Neidisch-Werden. Diese langen Beine in den engen Jeans! Und ihre Haare waren lang geworden! Warum wurden andere Weiber immer schöner und jünger, und sie, Nicole Nassa, immer älter und dicker?

Tja. Nicole Nassa trauerte wieder einmal ihrer langen schwarzen Mähne nach. Die biedere Kindergartenkindfrisur in Aschblond mit dem Babylöckchen auf der Stirn war nun ihr Markenzeichen geworden. Seit sie die Chefposition bei der *Elite* hatte, stand ihr Outfit als Beispiel für Damenhaftigkeit und guten Geschmack in jedem Gesellschaftsblatt.

Erst jetzt bemerkte Nicole das Jüngelchen, das Wilma die Koffer trug. Hübsches Kerlchen. Vermutlich 20 bis 25 Jahre jünger als sie. Nicole überlegte. Das letzte Interview mit Wilma lag neun Monate zurück. Damals, im Krankenhaus, als sie sich mit blonder Perücke in den Sicherheitstrakt geschlichen hatte. Ob Wilma sich überhaupt noch an sie erinnerte? Sie war ja nicht gerade zimperlich mit Wilma umgegangen. »Verantwortungslose Rabenmutter«, »Karrieregeile Ego-Schlampe«, das waren noch die harmloseren Bezeichnungen für sie gewesen. Und dann die Sache mit der Fotomontage: die Champagnerflasche neben dem Krankenhausbett, das war schon eine ziemlich linke Tour gewesen. Wie kam die von der Senne nur an dieses appetitliche Jüngelchen? Ihr ältester Sohn konnte es doch noch nicht sein. Nein. Wilma hatte zwei Töchter.

Wilma schwebte nun mit ihrem jugendlichen Liebhaber auf eine abgelegene Sitzecke zu. Sie ließ sich aufseufzend auf eine Lederchaiselongue fallen und nahm die Sonnenbrille ab.

Donnerwetter, dachte Nicole. Das wäre ein Fall für Hans-Heinrich. Die zwei Narben über dem rechten Auge, und dann der Schmiss auf der Wange. Aber das hat was! Sie scheint ihr Gesicht so lassen zu wollen. Verdammt. Warum hatte sie jetzt bloß nicht ihre kleine Minox dabei? Sie musste wissen, wer dieser knackige Bengel mit dem Pferdeschwanz war!

Nicole erhob sich möglichst unauffällig und schlenderte in Wilmas Nähe, ein weiteres Champagnerglas in den Händen. Also los, Nicole. Falsche Scham und Schüchternheit sind der Tod eines jeden Journalisten! Sie wird dir schon nicht mit ihrem Zahnstocher die Augen auskratzen!

»Wie kommst du darauf, er könnte in letzter Zeit so zurückhaltend zu dir sein?«, fragte der junge Bengel gerade.

»Ich weiß nicht. Zuerst hat er mir sein ganzes Leben erzählt und dann hat er mich abends noch nach Hause gebracht, aber ganz plötzlich war da so eine Wand zwischen uns ...«

»Vielleicht bildest du dir das nur ein ...«

»Aber wie könnte ich auch annehmen, dass ich ihn irgendwie interessiere ...« Wilma brach ab.

Nicole konnte nicht länger in ihrer Ecke stehen bleiben, sonst wäre ihr Lauschangriff aufgefallen. Sie schlich also einmal zum Buffet und wieder zurück.

»Du glaubst nicht, wie aufgeregt ich bin«, sagte Wilma zu ihrem Lustknaben. »Wenn sie nun gar nicht wollen!«

»Aber Dirndl! Du hast doch gehört, was unser aller Martin Wächter gesagt hat: In diesem Falle werden sie gar nicht gefragt! Du hast das ganz allein zu entscheiden, du warst ja niemals mit Raimund verheiratet! Er hat ganz klar eine Straftat begangen, als unverheirateter Vater die Kinder gegen deinen Willen aus Deutschland zu entführen!«

»Und wie gehen wir vor? Wir können doch nicht einfach in sein Haus eindringen!«

»Allerdings können wir das. Martin hat ja den richterlichen Beschluss dabei.«

»Aber deutsches Recht gilt in Amerika noch lange nicht, fürchte ich.«

»Ich schlage vor, wir bestellen sie einfach am Sonntag Mittag zu Sam's«, sagte der junge Kerl. »Dann laufen sie dir mit offenen Armen entgegen.«

»Und er?«

»Kann froh sein, wenn er nicht in den Knast kommt.«

»Wir haben keinerlei Beweise ... nur Vermutungen ...«

»Die wir lauthals der Presse mitteilen werden, wenn er auch nur den geringsten Versuch macht, dich zu hindern. Immerhin war er mal Deutschlands Promianwalt Nummer eins!

»Themawechsel«, sagte plötzlich Wilma. »Feind hört mit!« Sie hatte Nicole Nassa erkannt. »Wann ich das der Presse mitteile, entscheide immer noch ich!«

Nicole hatte genug gehört. Na Wahnsinn. Da planten die zwei einen kaltblütigen Einbruch! In Verbindung mit Erpressung! Das musste sie sofort noch Dr. Rosskopf mitteilen!

Sie verließ im Laufschritt die Senatorlounge. Fast hätte sie noch ihren Nerz an der Garderobe hängen lassen. Während sie über das Laufband zum Abfluggate eilte, schrie sie in ihr Handy: »Alexia, kannst du mich mal zum Chef durchstellen? Ich habe sensationelle Neuigkeiten! – Wilma von der Senne hat einen neuen Liebhaber. Ein junger Kerl im rotschwarz karierten Flanellhemd und ausgebeulter Cordhose, der glatt ihr Sohn sein könnte! Hast du das?«

Als Nicole wenig später in der ersten Klasse Platz genommen hatte, war ihr nicht bewusst, dass hinten in der Bretterklasse Wilma von der Senne mit ihrem Anwalt Martin und ihrem Freund Milan saß. Sie war allerdings hochzufrieden mit sich. Sie hatte nicht nur den Auftrag, den Nobelpreisträger Giselher Gutermann zu porträtieren, sondern sie hatte auch noch – ganz im Vorübergehen – eine Superstory über Wilma von der Senne eingeheimst! Sie streifte ihre Pumps von den Füßen und zog die flauschigen warmen Filzpantoffeln an, die man in der ersten Klasse bekam.

Dann zog sie ihr Notebook hervor und begann, an ihrem Gutermann-Porträt zu arbeiten.

»Champagner?«, fragte die aufmerksame Stewardess.

»Ja, bitte.«

»Möchten Sie jetzt schon etwas Kaviar oder wollen Sie noch bis zum Menü warten?«

»Kaviar, bitte. Und dann lassen Sie mich in Ruhe arbeiten.«

Mechthild Gutermann schlenderte unter ihrem Regenschirm durch Salzburg. Es war inzwischen September geworden und der Herbst meldete sich mit ersten Anzeichen. Ihr Anwalt war verreist und so konnte sie momentan sowieso nichts anderes tun.

Die Getreidegasse war nun nicht mehr so voll gestopft mit Touristen wie noch ein oder zwei Wochen vorher. Die Sommersaison war nun wirklich zu Ende. Der typische Salzburger Schnürlregen tröpfelte unaufhaltsam durch die engen Gassen. Einige unvermeidliche Touristengruppen drängelten sich unter ihren Schirmen angeregt plappernd vor Mozarts Geburtshaus. Mechthild blieb stehen und betrachtete beiläufig die Mozartkugeln im Schaufenster einer Confiserie. Vielleicht würde sie ihrem netten Anwalt Martin Wächter eine Schachtel davon kaufen. Die amerikanischen Touristen traten ihr fast auf die Füße, um auch nur ja alles zu sehen.

Mechthild dachte an ihre Vortragsreise vor neun Monaten. Da hatte sie zum letzten Mal amerikanischen Töne gehört. Sie lauschte mit halbem Ohr auf die Unterhaltung, als pötzlich einer der Touristen sagte: »*Sir Henry! Could you help us, please!*«

»*Sir Henry!*«

Bei dem Namen zuckte Mechthild zusammen. So hatten die alten Tanten in Amerika auch immer ihren Dolmetscher genannt. Sir Henry. Sie schaute von ihren Mozartkugeln hoch und warf einen Blick auf den Reiseleiter mit seinem grünen Schirm. Es überlief sie eiskalt. War er es tatsächlich?

»Henry«, sagte Mechthild und fasste den viel beschäftigten

Reiseleiter einfach am Arm. »Bist du es wirklich? Ich kann es nicht fassen.«

»Hier ist es, Tiburon, Owlswood Lane. Das Domizil von Jack und Linda Cohen.«

Milan stieg aus dem Taxi und wies auf eine Villa am Hang. Sein jugendlicher Stolz war nicht zu verhehlen.

Wilma stieß einen unkontrollierten Schrei aus. »Da sind sie!«

Tatsächlich. Hinter der mannshohen Hecke hörte sie ihre Töchter herumlaufen, schreien und lachen. Sie sah sogar ihre Schatten. »Ann-Kristin! Sophie!«, schrie sie entzückt.

»Bleiben Sie ruhig!« Martin, der engagierte Rechtsanwalt, zog Wilma am Arm. »Ich muss Ihnen jetzt erklären, was es in Amerika bedeutet, ein Kind aus seinem Domizil zu holen.«

»Was? Lassen Sie mich los, ich muss da jetzt hinein...«

»Das geht nicht. Raimund Wolf würde sofort den Sheriff verständigen!«

»Wir sind überhaupt nicht verheiratet! Er hat noch nicht mal das Sorgerecht! Das wissen Sie doch alles!«

»Das spielt in Amerika überhaupt keine Rolle! Die Kinder sind in Amerika vom Staat geschützt und können nicht ohne einen Gerichtsbeschluss aus ihrem Domizil entfernt werden.«

»Und das sagen Sie mir erst jetzt? Ich möchte meine Töchter sehen!«, schrie Wilma ihn an.

»Ich habe mich auf die Schnelle telefonisch erkundigt«, antwortete Martin. »Aber keine Angst. Wir gehen nicht ohne Ihre Kinder aus diesem Land. Ich verspreche es Ihnen.«

»Ich will sie jetzt! Sofort!«, schrie Wilma und rannte kopflos die breite Auffahrt hinauf.

Martin hielt sie fest und redete beruhigend auf sie ein.

Der Taxifahrer schüttelte den Kopf und fuhr davon.

Milan rieb sich verlegen die Hände an seinen schmierigen Cordhosen ab. »Und jetzt?«

»Lasst uns doch wenigstens klingeln, damit ich sie sehen kann!«

»Wie ist denn die Schwester auf Sie zu sprechen?«

»Keine Ahnung, ich hab sie vor fünfzehn Jahren zum letzten Mal gesehen. Und ihren Mann kenne ich überhaupt nicht.«

»Das dürfte alles nicht so einfach sein. – Kommen Sie!«

Die drei liefen die Zufahrt hinauf zu der Hecke, die den am Hang gelegenen riesigen Garten umgab. Sie überquerten einen kleinen Privatparkplatz, der zu vier Garageneinfahrten führte.

An der schweren gusseisernen Tür war eine Klingel angebracht. »Cohen«, stand auf dem Messingschild. Wilmas Hand zitterte, als sie den Klingelknopf drückte. Für eine Sekunde erinnerte sie sich daran, wie sie damals bei Barbara Becker geklingelt hatte. Sie war sich genauso fehl am Platze vorgekommen. Aber damals hatte sie das viele Geld gerochen, das ihr die Story bringen würde. Damals waren die Kinder nur am Rande ihres Lebens gewesen. Irgendwo im Hintergrund.

Heute waren sie alles, wofür es sich noch zu leben lohnte.

»*Yes?*«, kam es durch die Sprechanlage. Wilma fühlte das Nasse unter der Zunge nicht mehr. Ihr Herz raste. Mit letzter Kraft stieß sie hervor:

»*My name is Wilma von der Senne. I'm the mother of Ann-Kathrin and Sophie.*«

Pause, Knacken in der Leitung. Nichts. Stille.

»*Hello?*«, schrie Wilma verzweifelt. Sie ging ein paar Schritte zurück. Martin kramte in seiner Jackentasche, um das Handy zu finden.

»*Any response?*« Milan vergrub seine Hände nervös in den Hosentaschen. Diesmal zog er kein Mäuslein hervor. Ihm war der Spaß vergangen.

Martin wählte seine Kanzlei in Bad Reichenhall. »Scheiße«, murmelte er. »Zeitverschiebung. Da ist niemand mehr.«

Eine weibliche Stimme schrie hinter der Hecke: »Ann-Kathrin, Sophie! Kommt sofort ins Haus!«

Die drei lauschten gebannt. Das Kindergelächter aus dem Garten war verstummt. Es war geradezu unheimlich still. Man hörte noch eine Tür schlagen, oben im Haus, dann konnte man die Stille förmlich knacken hören.

Hinter ihnen schloss sich automatisch und völlig geräuschlos die Gartentür. Wie von Geisterhand gesteuert schob sich die Eisentür über den Parkplatz. Nun waren sie gefangen.

»Scheiße. Was ist jetzt?« Milan standen Schweißperlen auf der Stirn.

Von ferne hörte man nun eine Polizeisirene heulen. Keine dreißig Sekunden später stand ein Streifenwagen vor der Einfahrt. Zwei uniformierte kahl geschorene feiste Kerle sprangen heraus und kamen auf die drei zu.

Martin fasste sich ein Herz und redete mit ihnen. »Ich bin Anwalt und kann Ihnen die Situation erklären. Wir wollten keine Panik verursachen.«

»Ich bin die Mutter«, schrie Wilma aufgebracht dazwischen. »Sie halten sich gegen ihren Willen in diesem Haus auf.«

Der Ältere der zwei Streifenpolizisten verlangte die Ausweise. Mit zitternden Fingern kramten die drei nach ihren Papieren. Der jüngere Polizist meldete über sein Funkgerät an die Zentrale, dass es kein gewalttätiges Eindringen in das Haus gegeben hatte. »*Twentyfive to headquarters, twentyfive to headquarters, no backup needed.*«

Wilmas Knie wurden weich. Anscheinend hatte die Cohen einen Einbruch gemeldet! Was ist das für eine Frau, die meine Kinder hinter ihren hohen Hecken gefangen hält? Ihr wurde schwarz vor Augen. Noch nie im Leben war sie so verzweifelt gewesen. Sie hatte gedacht, schlimmer als ihr Unfall und die Folgen hätte es nicht werden können. Sie stand zehn Schritte vor ihren Töchtern, die sie seit neun Monaten nicht mehr gesehen hatte, und konnte sie nicht sehen, nicht mit ihnen sprechen und sie nicht in den Arm nehmen. Wahrscheinlich stehen die zwei hinter einer Gardine und beobachten mich, dachte sie. Wie groß sie wohl jetzt sein mögen? Tränen schossen ihr aus den Augen und liefen ihr über die Wangen.

Milan räusperte sich und zog ein zusammengeknülltes Schnupftuch aus seiner Schmuddelhose. Der Anwalt diskutierte mit den Polizisten.

»Haben Sie in Amerika einen Rechtsbeistand?«, fragte der Dickere.

»Nein. Ich bin der Rechtsbeistand. Ich bin extra aus Deutschland mit der Mutter hierher geflogen.«

»Und wer ist der junge Mann?«

»Ein Freund.«

»Haben Sie einen Gerichtsbeschluss, um das Haus betreten und die Kinder besuchen zu dürfen?«

»Nein«, stammelte Martin, der engagierte Anwalt. Er hatte ganz rote Wangen vor Verlegenheit.

»Sie wissen, dass Sie sich strafbar gemacht haben. Wir müssen Sie leider bitten, uns aufs Revier zu begleiten.«

»Was trinkst du?« Er hatte immer noch die schwarzen Locken und den witzigen Schnurrbart.

Henry kam gerade von den Tischen seiner Reisegruppe zurück, wo er für alle die Getränke bestellt hatte. Nun setzte er sich zu Mechthild, die ziemlich kläglich und zerrupft wie ein nasser Vogel in einer Nische saß und sich die blau gefrorenen Hände rieb.

»Weiß nicht. Was trinkst du denn?«

»Ein Hefe-Weizen. Und du brauchst einen heißen Tee.« Henry bestellte die Getränke und wandte sich dann wieder Mechthild zu: »Du hast dich wahnsinnig verändert! Ich hätte dich nicht erkannt! Fährst du Motorrad? Steht dir gut, die Kluft. Du siehst wild aus!«

Mechthild sah ihn schweigend an. Die Kellnerin im Dirndl servierte den Tee und Mechthild wärmte sich die Hände an der bauchigen Kanne.

»Ein Scheißwetter habt ihr hier«, begann Henry die Konversation. »Ich wusste gar nicht, dass du aus Salzburg bist!«

»Bin ich auch nicht«, erwiderte Mechthild. »Mich hat's nur zufällig hier in die Nähe verschlagen.«

»Hast du hier beruflich zu tun?«, fragte Henry.

»Nein.« Pause, Schweigen. Henry trank sein Weizenbier. Mechthild schlürfte ihren Tee.

Die Touristen an den Nachbartischen unterhielten sich laut und fröhlich. Ab und zu schallte eine Lachsalve herüber und dann schlugen sie sich auf die Schenkel und mussten husten, besonders die Raucher.

»Seit sechs Wochen hab ich die Bande schon am Hals.« Henry wies mit einer liebevollen Kopfbewegung auf seine Reisegruppe. »Zuerst waren wir in Japan, dann in China, dann in Russland, Finnland, Norwegen, Schweden, Deutschland und heute hier. Morgen geht's nach Venedig, übermorgen nach Rom. Hoffentlich ist da besseres Wetter.«

»Ja«, sagte Mechthild. »Hoffentlich.«

»Die sind ja wie die Kinder. Alles muss man ihnen erklären, aber die wollen das so. Die haben mich gebucht und jetzt muss ich alles machen. Dass ich ihnen nicht die Schuhe zubinden muss, ist alles.«

Henry trank durstig sein Bier. Mechthild versuchte sich an jenen Abend in Miami zu erinnern, wo sie ihn beim Joggen am Strand getroffen hatte. Ein schwarzlockiger Schönling in knappen Hosen, fröhlich grinsend, der flache Steine ins Wasser warf und sich freute wie ein Junge, wenn sie mehrmals auftitschten. Sie hatte ihm zugesehen und irgendwann gesagt: »Mein Sohn kann dreizehnmal!«

Und dann hatte Henry fast eine Stunde lang probiert, bis er

ebenfalls dreizehn Auftitscher geschafft hatte. Er hatte sich begeistert und gefreut, genauso wie Leonhard, wenn ihm das gelang. Mechthild hatte ihn süß und putzig gefunden, sie hatte viel gelacht, man war ins Gespräch gekommen. Er hatte sie zum Italiener eingeladen, sie hatten unter Palmen draußen gesessen, schräg gegenüber von Versaces Villa, und dann hatten sie eine gemeinsame Nacht verbracht, bevor Henry mit seiner Reisegruppe mit den alten Tanten aus dem Frankfurter Raum weiter durch die Staaten gefahren war.

Mechthild hatte gleich am nächsten Morgen mit ihrer Freundin Judith telefoniert, angeschwipst und begeistert. Sie hatte ein bisschen von Henry geschwärmt, aber damit war für sie die Sache auch abgehakt gewesen.

Und kurz darauf war ihre Welt zusammengebrochen.

»Und der Alte mit der gestreiften Hose«, redete Henry weiter, »der wollte in China unbedingt einen Kühlschrank kaufen! Er hatte ihn in Shanghai auf dem Markt gesehen und fand ihn so toll, dass er ihn haben wollte! Seitdem schleppen wir dieses vorsintflutliche Ding mit uns herum! Im Kofferraum unseres Reisebusses riecht es penetrant nach Fisch!«

»Lustig«, sagte Mechthild. Das war also der Mann, wegen dem sie ihr Leben auf den Kopf gestellt hatte. Wegen diesem Gesicht, diesem Lachen, diesen schwarzen Locken und dem goldigen Mutterwitz, den dieser Bursche hatte. Aber sonst?

»Und du? Was macht die Politik?«

»Ich bin raus«, sagte Mechthild schlicht.

»Ja? Du, ich bin da gar nicht informiert, was die deutsche Politik angeht. Ich reise immer nur mit meinen großen Kindern durch die Welt, und wenn ich die eine Gruppe wieder zu Hause abgeliefert habe, dann steht schon die nächste auf der Matte. Gestern, da wollte doch die Lizzy, das ist die mit den lila Locken, dass ich ihr einen Fettabsauger empfehle. Sie fand sich auf einmal zu dick. Und wenn so eine Amerikanerin sich was in den Kopf gesetzt hat, dann will sie es auch sofort durchsetzen! Also bin ich gestern bei strömendem Regen in München mit ihr zu so einem Fettabsauger gegangen und hab bei der ganzen Prozedur den Dolmetscher gemacht.«

»Interessant«, sagte Mechthild. Sie schaute auf die Lizzy mit den lila Locken, die schon wieder ganz munter in der Runde saß.

»Da kennen die nix«, plauderte Henry fröhlich weiter. »Die sind wie die Kinder. Sie hat das irgendwo in der Werbung gesehen und dann will sie das haben, auf der Stelle, und während der Doktor da an ihr rumsaugt, plaudert sie mit ihm, ich muss das übersetzen und nach zwei Stunden legt sie ihm 5 000 Dollar hin und steckt der Schwester noch fünfhundert Dollar in die Kitteltasche und dann geht sie wieder.«

Mechthild hörte ihm lächelnd zu. Jetzt fiel ihr wieder ein, warum sie dem schwarzlockigen Charmebolzen damals so verfallen gewesen war. Weil er so unterhaltsam war, so witzig, so kurzweilig. Und natürlich so hübsch. Aber er war auch oberflächlich. Genau wie ihre ganze Affäre gewesen war.

»Sir Henry!«, rief ein Glatzköpfiger vom Nebentisch herüber. »Let's do a Fiaker-Ride!«

»Du siehst, die Kinder können noch nicht mal ohne mich Kutsche fahren«, schmunzelte Henry und legte hundert Schilling auf den Tisch. »Ich fürchte, ich muss los.«

»Ja, lass dich nicht aufhalten«, antwortete Mechthild. Sie fröstelte unter ihrer Lederkluft.

Behutsam legte Raimund Wolf den Hörer auf die Gabel. Angstschweiß stand ihm auf der Stirn. Was seine Schwester Linda ihm gerade gesagt hatte, war das, wovor er sich lange gefürchtet hatte. Wilma war da. Sie war nicht tot, wie er seine Töchter hatte glauben lassen. Sie war auch nicht geistig verwirrt, wie er Linda und Jack erzählt hatte. Dieser überraschende Anruf löste bei Raimund sofort Durchfall aus. Er rannte im Laufschritt über den langen Korridor seines Büros und verschwand in der Herrentoilette. Sein Chef kam ihm entgegen. Der Mann, der in einer Woche entscheiden würde, ob er in Amerika leben würde oder nicht! Der Mann, durch dessen Fürsprache er die »Green Card« erhalten würde! Wenn denn alles gut liefe bis dahin! Der Mann, der über Himmel und Hölle entschied!

»Hi, Ray, how are you! Are you okay?«

Raimund konnte nicht antworten. Fluchtartig verbarrikadierte er sich hinter seiner Toilettentür. Kopfschüttelnd verließ sein Chef den Raum. Komisch, dachte er. Der scheint sich einen Virus gefangen zu haben. In einer Woche muss ich eine Entscheidung treffen. Ich wünschte mir, ich hätte noch mehr Zeit dafür. Der Deutsche ist in der Kanzlei nicht so beliebt, wie ich angenommen habe. Er ist ein Eigenbrötler. Geht seiner Wege. Redet nicht über sich. Treibt keinen Sport. Hat anscheinend keine Hobbys. Aber er macht gute Arbeit. Man merkt, dass er Erfahrung hat. Jetzt fiel ihm auch wieder ein, dass er in Deutschland recherchieren lassen wollte, aber noch keine Antwort über Raimund Wolf erhalten hatte. Das machte ihn stutzig ... Nachdenklich ging er den Gang hinunter.

Raimund war übel. Er saß auf der Klobrille und stellte fest, dass seine Beine zitterten.

Wilma lebte! Wilma war da! Wilma hatte nicht aufgegeben! Obwohl sie Linda nur einmal flüchtig vor fünfzehn Jahren irgendwo in einem Münchner Biergarten kennen gelernt hatte, damals, als sie auf der Durchreise war, hatte sie diese Nadel im Heuhaufen gefunden. Er, Raimund, und Wilma hatten nie über Linda gesprochen, weil sie in seinem Leben keine Rolle spielte. Wilma gegenüber hatte er auch nie erwähnt, dass Linda jetzt in San Francisco lebte. Und trotzdem hatte sie seinen Aufenthaltsort herausgefunden. Verdammt. Sie musste einen guten Detektiv haben. Oder mehrere. Und wie es schien, erfreute sie sich darüber hinaus bester Gesundheit. Was wusste sie noch? Wusste sie, was er mit den Mädchen machte? Linda sagte, sie hätte sie höchstens durch die Hecke gesehen. Aber was würde sie ihm vorwerfen können, vor Gericht? Hatte sie Beweise?

Soll ich sie treffen?, grübelte er. Vielleicht soll ich ihr einen Deal vorschlagen? Konnte man Wilma kaufen? Früher konnte man das auf jeden Fall. Für eine gute Story verkaufte sie ihre eigene Großmutter. Aber würde sie auch ihre Mädchen verkaufen? Was für einen Handel konnte er ihr vorschlagen?

Raimund seufzte tief auf. Eine gewisse Erleichterung machte sich in ihm breit. Er wusste, dass sie nicht mehr bei der *Elite* war. Vermutlich war sie völlig ausgetrocknet und ganz versessen auf neue Affären, Geschichten, Promiskandale. Außerdem brauchte sie bestimmt Geld. Sie könnte alles von ihm haben. Wenn sie ihn nur in Ruhe ließ. Unter der Bedingung, dass sie niemals wieder in den Staaten auftauchte. Er würde ihr das Geld geben, das ihm der Verkauf der Villa in Grünwald eingebracht hatte. 2,5 Millionen. Damit konnte sie neu anfangen.

Endlich verließ er die Toilette. Beim Händewaschen vermied er es, in den Spiegel zu schauen. Er nahm den Aufzug aus dem 48. Stock nach unten. Der Doorman, ein uniformierter Inder mit Turban, lächelte ihn freundlich an.

»*Ray, are you okay?*«, fragte er mit seiner hohen sanften Stimme.

»Ya, ya!«, schrie Raimund im Vorbeilaufen.

Deutsche sind wirklich seltsam, dachte sich der Doorman.

Raimund hielt seinen Arm fuchtelnd in die Höhe, um ein Taxi zu erhaschen. Ein gelber alter Ford aus den siebziger Jahren, voller Beulen und mit einer Werbung für ein Musical auf dem Dach, hielt mit quietschenden Bremsen und heftig schaukelnd neben dem Bordstein.

Ray sprang hinein.

»*To the White Dove!*«, schrie er den Fahrer an, der wiederum ein freundlich lächelnder Inder mit einem Turban war. »*White Dove, okay*«, sagte der, ebenfalls mit hoher sanfter Stimme.

Gerade hatte das Leben im Land der unbegrenzten Möglichkeiten neu angefangen! Die Mädchen würden nach der Sommerpause endlich in der Internationalen Schule neu anfangen und er hatte einen hoffnungsvollen Job als Anwalt in einer riesigen Kanzlei, in der man einen deutschen Partner brauchte. Seine Probezeit sollte in einer Woche zu Ende sein. Dann wäre er fest angestellt und hätte die Green Card bekommen! Wie hatte diese Frau ihn nur finden können?

Er war doch so nahe am Ziel! Diese Geschichte, die Wilma über ihn dachte, konnte alles kaputt machen! Sie würde sofort alles veröffentlichen! Und wenn er erst mal die deutsche Presse am Hals hatte, konnte er einpacken! Aber noch war sie allein. Fremd und allein. Er hatte die besseren Karten, für ihn war das hier ein Heimspiel. Er würde sich doch nicht von einer mittellosen, heruntergekommenen Frau einschüchtern lassen, die offensichtlich immer noch im Trüben fischte! Niemand aus seiner Familie durfte sich zu Wilma bekennen! Seine Schwester durfte sie nicht kennen lernen! Er pflückte sein Handy von der Gürtelhalterung und wählte die Nummer seiner Schwester.

»Linda. Sind diese verrückten Menschen weg?«

»Jaja«, antwortete Linda. »Ich habe die 911 gewählt, und die Burschen standen nach einer Minute vor der Tür.«

»Okay, gut …« Bevor er aussprechen konnte, fiel ihm Linda ins Wort: »Raimund, die Mädchen haben diese Frau gesehen und haben sich im Zimmer eingeschlossen. Sie liegen auf dem Bett und heulen.«

Raimund schwieg. Sein Magen zog sich zusammen. Verdammt. Man konnte ja die Rechnung nicht ohne die Mädchen machen. Zwar hatten sie immer seltener nach Wilma gefragt. Und er hatte sie mit vielen anderen Dingen abgelenkt, viel Zeit mit den Mädchen verbracht und sich ihnen intensiv gewidmet, bei ihrem gemeinsamen Lieblingsspiel. Aber wenn sie jetzt Wilma sahen, würde ihr ganzes mühsam aufgebautes Gerüst wieder zusammenbrechen. Verdammt, dachte Raimund kraftlos. Verdammt, verdammt.

Der Inder hielt vor der Bar. Er drehte sich freundlich um. Der Taxometer zeigte acht Dollar fünfzig. Raimund schmiss ihm einen Zehner auf den Beifahrersitz und stieg aus.

»Raimund! Gibt es etwas, das ich wissen sollte?«, fragte Linda am anderen Ende der Leitung.

Erst jetzt fiel Raimund auf, was sie für einen amerikanischen Akzent angenommen hatte.

»Kein Grund zur Beunruhigung. Wir sollten uns ein Haus in einer besseren Gegend anschauen, wo wir nicht belästigt werden. Warte nicht mit dem Abendessen. Ich komme heute später.« Raimund drückte das Handy aus und verstaute es in seiner Jacke. Geradezu fluchtartig stürmte er seine Lieblingsbar, die »White dove«. Jim hinter der Bar nickte ihm zu, als er eintrat.

»*Hi, Ray*«, sagte er, während er Bier zapfte. »*How are you doing.*«

»*Okay, I'm okay*«, stammelte Raimund.

Aber Ray war nicht okay. Er war ganz und gar nicht okay. Er schwitzte. Und er wusste, er stand vor dem Abgrund. Jetzt konnte er nicht mehr flüchten und nicht mehr lügen.

Wilma lebte. Sie war von den Toten auferstanden. Wie in einem Gruselfilm. Und Wilma war stärker, als er glaubte.

Die Vergangenheit hatte ihn eingeholt.

»Sie sollten nicht so viel trinken.«

Ferdinand Sailer stand hinter seiner rustikalen Bar und schenkte Mechthild Gutermann schon zum vierten Mal Wein nach.

»Lassen Sie das ma meine Sorge sein«, widersprach Mechthild angeschwipst. »Ich bin schon ein großes Mädchen.« Ungeniert sprach sie weiter dem Wein zu. Die anderen Gäste des Hotels saßen in gepflegten Dreier- und Vierergruppen an den Tischen im Restaurant. Im »Schwan« fand gerade die Jahreskonferenz der Oberbayerischen Käsefabrik-Geschäftsführer statt, eine Klientel, auf die Ferdinand Sailer mit Recht stolz war. Alles gehobene Herrschaften in Führungspositionen, die aus dem ganzen großbayerischen Raum zu ihm in den »Schwan« gefunden hatten. Besonders Martin Erhard, ortsansässiger Käsefabrik-Geschäftsführer und erster Vorsitzender des Vorstandes der gesamten oberbayerischen Käseindustrie, war ein wichtiger Kunde, hielt er doch allwöchentlich seine Käseseminare im »Schwan« ab. Außerdem war er liiert mit der Landtagsabgeordneten Inge Rotstrumpf, die im Bayerischen Tourismusministerium das Sagen hatte und dem »Schwan« die Integration in die internationale Hotelkette »Romantik-Hotel« ermöglichen konnte. Innerhalb weniger Monate hatte Ferdinand den Balkan-Grill und die Lastwagenfahrer-Absteige zu einem der exklusivsten Hotel-Restaurants gemacht, das wusste hier jeder. Sein guter Ruf war hart erarbeitet.

Er wollte keinerlei Aufsehen heute Abend unter seinen illustren Gästen.

Die Kellner und Kellnerinnen, unter ihnen auch die watschelnde Frau Donner, servierten das Abendessen. Sie trugen soeben den Hauptgang »Frische Forelle an einem Duett aus Kartoffelparfait und Safranreis, in einem Bett von Spinatgratin und Buttergemüse« zu den Tischen. Mechthild in ihrer Lederkluft verschmähte das Menü. Sie trank lieber. Während sie zechte, stand sie ganz allein an der Bar. Ferdinand beeilte sich, den richtigen Weißwein für die Kellner bereitzustellen. Nachher wollte er bei passender Gelegenheit noch ein paar verbindliche Worte mit der Landtagsabgeordneten sprechen.

Johanna Birnbichler keifte wieder in der Küche herum, dass man es bis draußen hören konnte. Kein Mensch im ganzen Dorf konnte sie leiden und alle hofften, sie würde sich endlich auf ihr Altenteil zurückziehen. Aber sie wollte erst gehen, wenn eine neue »Schwan«-Wirtin an der Seite von Ferdinand war. Vorher hielt sie sich für unentbehrlich.

»Die Alte bring ich noch um«, zischte die Donner, die wieder seit vierzehn Stunden auf den Beinen war, als sie ihren Weißwein in Empfang nahm.

»Das hab ich nicht gehört, Ulrike«, sagte Ferdinand.

»An allen Tischen redet man über sie«, fauchte Ulrike. »Der Käse-Geschäftsführer sagt, er hasst sie. Und wenn sie noch weiter hier das Zepter schwingt, wird er seine Käseseminare demnächst woanders abhalten!«

»Ich rede nachher mit ihm«, sagte Ferdinand.

»Die Frau, die er dabeihat, ist die erste Vorsitzende des oberbayerischen Tourismusvereins!«

»Ich weiß, Dirndl, reg dich net auf!« Ferdinand half der Donner beim Servieren des Weißweins. »Cool bleiben, Madel«, flüsterte er ihr zu. »Wir haben das alles im Griff!«

»Koana mag an Kaas zum Dessert«, keifte die alte Birnbichler, die in ihrem grauen Kittel aus der Küche kam. »Und jetzt soll i an Schokoladenmuus herzaubern! An Parfää wolln s', die feinen Herrschaften! Ribiselschaum muss sei! Mit'm Kochlöffel oans zwischen die Ohren kennan s' kriagn! Typisch Kaas-Mänädscher! Zuerst schicken s' an Lastwagen voll Kaas her und dann frisst 'n koana! Bezahln hobi 'n aba missn! Dös is a G'sindel, is dös!«

Die Tourismusvorsitzende an der Seite des Oberkäsemanagers schaute sich irritiert um.

Die durfte auf keinen Fall vergrault werden! Ferdinand schob seine alte Stiefmutter in die Küche zurück und redete beruhigend auf sie ein.

Mechthild sprach dem Weine zu. Sie sah alle Gestalten um

sich herum nur noch verschwommen. Im Wintergarten saß eine Volksmusikgruppe, gar fein gewandet in Trachten und Joppen, und spielte Zithermusik.

Ferdinand kam zurück an die Bar. »Sie sollten auch was essen, Frau Gutermann! Soll ich Ihnen was aufs Zimmer servieren lassen? Wir haben köstliche frische Forellen!«

»Ich hab ihn heute wiedergesehen«, brachte Mechthild statt einer Antwort zwischen zwei Schlucken Wein hervor.

»Wen haben Sie wiedergesehen?« Ferdinand stellte schon den Rotwein für das Reh an Serviettenknödeln bereit.

»Den Kerl, wegen dem das alles passiert ist! Henry Lederer! Der Dolmetscher! Sie wissen schon!«

»Der Dolmetscher?« Ferdinand hielt mit dem Flaschensortieren inne. »Und? Wie war's?«

»Nix war! Ich habe einen Tee getrunken, er ein Bier und dann ist er mit seiner amerikanischen Reisegruppe Kutsche fahren gegangen ... hicks«, machte Mechthild gläsernen Blickes. »Männer sind Schweine!«

Ferdinand warf einen raschen Blick auf die Landtagsabgeordnete, die leider in Hörweite saß.

»Vielleicht kann ich Sie auf Ihr Zimmer begleiten? Wir bereiten Ihnen eine Käseplatte ... und einen starken Kaffee ...«

»Ich war mal ganz verknallt in ihn – aber er ist ein oberfläch ... oberflächlichschwätzer«, lallte Mechthild. »Der inderesiert sich gar nimmer für mich. So seid ihr Kerle eben ...« Sie nahm noch ein ganzes Glas Wein zu sich, bevor sie weiterredete: »Rumfiggn un dann Kudsche fahn gehn ...«

Die Leute an den Tischen tuschelten. Einige hatten sie anscheinend erkannt. Nach und nach drehte sich jeder von den tafelnden Gästen möglichst unauffällig nach der betrunkenen ehemaligen Familienministerin um. Jetzt fehlt nur noch, dass hier die Presse auftaucht, dachte Ferdinand. Dann kann ich meinen fünften Stern vergessen.

Fieberhaft überlegte er, wie er mit der keifenden Alten in der

Küche, der indigniert tafelnden Tourismusabgeordneten, dem noch sehr zahlungswilligen Oberkäsemanager, der wütend Teller knallenden Ulrike Donner und der betrunkenen Familienministerin a. D. an der Theke möglichst diskret und gleichzeitig fertig werden könnte. Das war einer der Momente, in denen er Wilma fast schmerzlich vermisste. Immer öfter hatte er sich vorgestellt, den Laden hier mit ihr gemeinsam zu schmeißen.

»Aber das geht nur bei Männern«, fuhr Mechthild fort. »Fraun tun das nich. Eine ... hicks ... Numma schiem un dann abhaun, dat tun die nich. Nich unges ... ungestrraff. Und der Scheißkanzler hat aunich zu mir gehalten.«

Ferdinand machte sich Sorgen um Mechthild. Einerseits ging dieser prominente Gast ihn gar nichts an. Andererseits konnte es leicht sein, dass irgendeine Presseratte in Kürze hier auftauchte. Und dann hätte Mechthild noch mehr Ärger, als ohnehin schon. Die Schlagzeilen sah Ferdinand schon bildlich vor sich. »Familienministerin: nun auch noch dem Alkohol verfallen.« Und sein Hotel, das er mühsam hochgebracht hatte, würde dann auch nur mit in die miesen Zeilen geraten.

»Und du, Feernand, mit deiner Wilmavonnesenne, du bis mit der auch ganz schön auffe Schnauze gefalln«, malte Mechthild schwarz. »Die sitz jetz bei irgendein Chefredakteur aufn Schooß und verkauft dem deine Geschichte. Böse Stiefmutter ... hicks ... un verstoßener Junge, als Tellawäscha in Amerika angefang, und jetz fünf Sterne und Romantik unterm Sternenzelt am See ... Hicks! Das steht nächste Woche inner Elide aum Tiddel!«

Ferdinand griff zum Telefon und wählte eine dreistellige Nummer. Ja, in Winzing am Liebsee hatten die Telefonnummern noch drei Stellen. Gottlob. Seine letzte Hoffnung. Lilli Brinkmann meldete sich sofort.

Der Frühstücksraum im sechsten Stock des Sheraton in Fisherman's Wharf war ungemütlich und klein. Er lag unter einer Dachschräge und wurde hauptsächlich von den Gästen benutzt, die die preisgünstigen Zimmer in ebendieser Etage unter der Dachschräge hatten. Da war das Frühstück im Preis inbegriffen, während es unten im Restaurant dreißig Dollar extra kostete.

Ein fetter mexikanischer Waiter im schmierigen Dress stand untätig mit seinem Wischtuch in der Rechten an der Wand und beobachtete die Gäste, die sich an der kleinen Anrichte bedienten. Er hatte seit sechs Uhr morgens darauf den Fruchtsalat angerichtet, der aus großen Ananas- und Melonenstücken bestand. Er hatte »Low-Fat«-Joghurt-Becher auf Eisstücke drapiert, Hörnchen aufgebacken und Donuts zurechtgelegt. An der linken Seite des Raumes stand eine Kaffeemaschine, aus der spärlich rinnend eine Flüssigkeit kam, die allenfalls die Farbe von Tee hatte. Mehr gab es in dieser Frühstückslounge im sechsten Stock nicht. Der Waiter fand, das sei ohnehin genug.

Die Gäste trugen ihr bescheidenes Frühstück zu winzigen runden Tischchen, die in der Mitte des Raumes standen. Die schräg stehende Morgensonne schien durch die Dachfenster herein. Der Waiter schwitzte. Das Hemd spannte ihm über dem Bauch und seine Uniform war ihm sowieso zwei Nummern zu klein. Sein Job war es jetzt höchstens noch, ab und zu einen dieser runden kleinen Tischchen abzuwischen und im Super-Spar-langsam-Gang die Tellerchen und Messerchen abzuräumen.

Die drei Personen, die dort links zusammengequetscht an einem der Tischchen saßen, sprachen Deutsch miteinander. Er konnte kein Wort verstehen. Sie unterhielten sich ziemlich angeregt und schienen Pläne zu schmieden. Der ältere Mann mit dem gepflegten sportlichen Anzug machte sich Notizen. Der junge Kerl mit dem rotschwarz karierten Flanellhemd und dem

Pferdeschwanz redete auf ihn ein. Ab und zu holte er sein Handy hervor und wählte eine Nummer, aber er schien niemanden zu erreichen. Die schmale Frau, die ein paar Narben im Gesicht hatte, war so nervös, dass sie gar nichts essen konnte. Gerade als der fette Waiter überlegte, wer von den beiden Männern der Ehemann und wer der Sohn der Frau sein könnte, betrat ein weiterer Gast den kleinen Frühstücksraum. Er war sehr groß und hager, trug einen graubraunen Anzug, der dringend mal wieder hätte gebügelt werden müssen, und hatte seine wenigen ihm verbliebenen Haare einmal quer über die Glatze gekämmt. Er sah sich suchend um, ignorierte die drei Herrschaften in der linken Ecke und machte sich umständlich an dem bescheidenen Frühstücksbüffett zu schaffen. Sehr wählerisch griff er nach einem Joghurt und studierte lange die Aufschrift. Dann legte er ihn kopfschüttelnd wieder zurück. Er fischte sich ein Ananasstück aus der Schüssel und balancierte noch einen Melonenschnitz auf seinen Teller. Dabei betrachtete er kritisch die Gabel, die ihm nicht sauber genug erschien.

»*Waiter, please*«, sagte er über die Schulter hinweg. »*This fork is dirty!*«

Der Waiter bewegte sich, wenn auch ungern. »*Yes, Sir?*«

»*I need a clean fork!*«

Mit stoischer Gelassenheit zog der Kellner eine Schublade auf, entnahm ihr eine Gabel und reichte sie dem unzufriedenen Gast.

Der junge Kerl mit dem Pferdeschwanz hielt plötzlich inne mit dem Telefonieren. Er rutschte hastig mit seinem Stuhl um das runde Tischchen herum, so dass er dem neuen Gast den Rücken zudrehte.

»Was ist los?«, fragte Martin Wächter unauffällig. »Kennen Sie den?«

Milan verschwand erst mal in seiner Kaffeetasse.

»Das ist jemand, in dessen Auftrag ich mal seine Frau beschattet habe«, wisperte er.

Der Waiter hätte zu gern gewusst, über was die drei da tuschelten. Er stand nun wieder bewegungslos an der Wand.

Ganz vorsichtig drehten sich die drei Deutschen nach dem Hageren um.

»Ich kann den Namen jetzt nicht sagen«, raunte Milan. »Aber er ist in allen Gazetten!«

Wilma zuckte zusammen. Natürlich! Den kannte sie ja auch! Das war doch der Gatte von der Gutermann! Der Gediegene, den sie zuletzt vor einem Jahr auf dem Bundespresseball in Berlin gesehen hatte! Das Kurzinterview über das rote Kleid! »Frau Gutermann, Ihr Kleid ist ja wunderbar, aber wollen Sie sich nicht mal eine neue Frisur zulegen ...?« Da hatte der Gatte noch schmallippig gesagt: »Mir gefällt meine Frau und sie bleibt, wie sie ist!« Und hatte Wilma von der Senne stehen lassen. Nicht zu fassen! Und jetzt saß er hier in der gleichen Frühstückslounge in San Francisco im Sheraton Fisherman's Wharf! Was tat der hier?

Auch Martin Wächter zuckte zusammen. Giselher Gutermann! Er vertrat seine Frau! Mechthild Gutermann hatte ihm die ganze Geschichte geschildert und Martin hatte sich köstlich darüber amüsiert. Die eigene Frau beschatten lassen! Und sie dann auch noch die Rechnung bezahlen lassen! Das war ja wohl so ziemlich das Uneleganteste, was er jemals gehört hatte! Aber genau so hatte er ihn sich vorgestellt.

Giselher Gutermann hatte nun sein Frühstück auf einem winzigen Tischchen in der rechten Dachnische abgestellt und machte sich an der Kaffeemaschine zu schaffen.

»*Do you have Kaffee Hag?*«, fragte er den stoischen mexikanischen Waiter.

»*Excuse me, Sir?*«

»*Coffein-free!*«, sagte Giselher mit sehr deutschem Akzent.

Die drei Gäste in der anderen Ecke grinsten sich wissend an.

Der Kellner setzte sich doch tatsächlich in Bewegung! Er

ging immerhin drei Schritte zu der Kaffeemaschine, nahm ein Pulvertütchen aus der Schublade, zeigte es seinem Gast und sagte mit seinem mexikanischen Akzent: »*This is decaf coffee, Sir!*«

»*Aha*«, sagte Giselher, »*than it's good.*« Und setzte sich mit seiner Kaffeetasse.

In diesem Moment flog die Tür auf und eine sehr elegant angezogene Dame im orange-blau karierten Kostüm eilte herein. Sie trug hohe, klappernde Absätze. Um den Hals hatte sie ein Chanel-Tuch geschlungen und ihre Frisur ähnelte exakt der ehemaligen Frisur der ehemaligen Familienministerin. Sie sah sich suchend um, erspähte Giselher in seiner Ecke und stöckelte aufgeregt auf ihn zu. »Herr Gutermann! Da sitzen Sie in der Pauschaltouristen-Kantine! Und ich warte unten im Restaurant auf Sie! Ich hatte für neun Uhr einen Tisch bestellt!«

Gutermann stand hastig auf, und weil er so lang und hager war, stieß er sich erst mal kräftig den Kopf an der Dachschräge. Bums.

»Oh!«, rief sie erschrocken. »Haben Sie sich wehgetan?«

»Ein bisschen«, gab Gutermann zu und rieb sich die Birne, so dass seine wenigen Haarsträhnen ihren Platz verließen. Traurig hingen sie an einer Seite des Kopfes herunter.

»Lassen Sie mal sehen«, sagte die Dame. Sie stellte sich auf die Zehenspitzen und betrachtete die Glatze ihres Gegenübers. Tatsächlich. Eine üble Beule. Blut quoll aus einer Platzwunde hervor.

»*Waiter! We need ice!*«, rief sie über die Schulter nach hinten.

Der Waiter bewegte sich. Zwei Schritte. Mit einer Schöpfkelle ließ er einige Eiswürfel aus dem Joghurtbehälter in eine Tasse gleiten. Er ging wieder zwei Schritte und stellte die Tasse auf den Tisch. Dann ging er noch zwei Schritte und stellte sich wieder beobachtend an die Wand.

Die Dame nahm die Eiswürfel und legte sie Giselher Gutermann auf die Glatze. Dieser hatte inzwischen wieder Platz genommen.

»Geht's wieder?«

»Ja ja, geht schon.«

»Oder ist Ihnen schlecht?«

»Nein, nein, schon in Ordnung. Männer weinen nicht«, scherzte Gutermann. Dabei weinte er oft und gern!

»Ich habe mich noch gar nicht vorgestellt«, sagte die Dame, ohne die Hand von seinem Kopf zu nehmen. »Nicole Nassa, Chefkolumnistin der *Elite*. Wir sind zum Interview verabredet!« Die beiden schüttelten sich die jeweils linken Hände.

»Ja, aber nicht hier«, sagte Gutermann. »Hier ist es mir zu eng.«

»Wir können gerne in meine Suite gehen«, sagte Nicole. »Dort lassen wir Ihnen ein vernünftiges Frühstück servieren. Dies hier ist doch … mit Verlaub …« Sie warf einen flüchtigen Blick auf unsere drei Freunde, die in der linken Ecke verschanzt saßen »… ein Fraß für Rucksacktouristen.«

Sie nahm den Eiswürfel von seinem Kopf und streichelte besorgt darüber. Natürlich über den Kopf, nicht über den Eiswürfel. »Es sieht schon besser aus, Herr Professor …«

»Ist es auch«, antwortete der Professor. »Seit Ihre kühle Hand mir Linderung verschafft hat, sogar schon viel besser …« Er erhob sich erneut.

»Vorsicht!« Nicole Nassa hielt schützend ihre Hand über ihn.

Die beiden waren sich ganz nahe. »Sie haben ein interessantes Parfum«, sagte Gutermann.

Nicole Nassa errötete. »Gefällt es Ihnen?«

»Ja, meine frühere Frau hatte es auch immer.« Gutermann, stand nun vollends. Er ordnete vorsichtig seine Haarsträhnen. Der Waiter machte einen Schritt, aber nur einen, und blieb abwartend stehen.

»Gehen wir?«

»Ja. Gern. Haben Sie denn ein bisschen Zeit für mich?«, fragte Nicole devot.

»Kommt drauf an«, scherzte Gutermann aufgeräumt. »Wenn Sie eine gute Geschichte über mich schreiben, habe ich grenzenlos Zeit für Sie.«

»Herr Gutermann, ich bin ein begeisterter Fan von Ihnen«, schleimte Nicole.

Die beiden gingen zum Ausgang. »Ihre Frisur gefällt mir«, hörten unsere drei Freunde Gutermann noch sagen.

»Und Ihre gefällt mir«, antwortete Nicole Nassa. »So laufen nicht viele Männer rum! Nicht gerade der modische Hit, aber ... hat was!« Dann fiel die Tür ins Schloss.

Wilma sah kopfschüttelnd hinter ihnen her. »Presseratten lügen, dass sich die Balken biegen!«

»Wow«, ließ sich Milan vernehmen. »Die baggert aber! Kriegt die Geld dafür?«

»Klar«, sagte Wilma. »Und nicht zu knapp. Für jede Lüge fünfhundert Mark.«

»Attraktiver Mann«, spöttelte Martin, »ich kann gar nicht verstehen, wieso seine Frau ihn verlassen hat!«

»Aber dass sie ihn verhauen hat, das kann ich verstehen«, sagte Milan. »So ein uncooler Bursche.«

»Aber jetzt kümmern wir uns erst mal um Raimund Wolf!«, mahnte Wilma nervös.

»Ich habe mit der Anwältin der Cohens telefoniert«, sagte Martin. »Eine gewisse Kathryn Kirkland. Granatenharte Anwältin, wenn ihr mich fragt. Aber ich konnte sie überreden. Sie hat einen Termin sausen lassen, weil ich ihr Pfeffer unter dem Arsch gemacht habe. Sie kommt um zehn zur Polizeistation.«

»Also! Worauf warten wir noch!«

Die drei standen abrupt auf und alle drei stießen sich dabei an der Dachschräge den Kopf.

Als sie weg waren, machte der Waiter zwei Schritte. Er wischte ihren Tisch ab und stellte ihre Tassen und Teller in die Nische. Dann begab er sich wieder an die Wand.

Zur gleichen Zeit betrat ein völlig verkaterter Raimund Wolf das Gebäude in der Montgomery-Street 650. Er hatte die Nacht im Bubbles verbracht, der renommierten Schickimicki-bar, in der nur Champagner getrunken wurde. Dort hatte er die Schwedin Agneta wieder getroffen, die inzwischen in San Francisco bei einer Begleitagentur arbeitete. Obwohl er eigentlich zu Linda und den Kindern zurückkehren wollte, war er irgendwann so betrunken gewesen, dass er bei Agneta Trost gesucht hatte. Sie hatten bis zwei Uhr an der Bar gestanden und dann war er ihr in das Appartment gefolgt, das ihre Agentur für sie angemietet hatte. Es war nichts mehr zwischen ihnen gelaufen, denn Agneta war offensichtlich nicht gut auf ihn zu sprechen gewesen. Und er selbst hatte viel zu viel Stress, um überhaupt nur an Sex zu denken. Aber er hatte sich bei ihr verkrochen und versucht zu schlafen. Heute Morgen um halb acht hatte ein bulliger Kerl an die Tür gehämmert und ihn zur Kasse gebeten. Fünfhundert Dollar für die Nacht und dreihundertachzig Dollar für den Champagner. Agneta war längst verschwunden. Er fühlte sich einsamer und elender als je zuvor.

Nach einem Kaffee aus dem Pappbecher in einem Stehkaffee in der Neunundfünfzigsten hatte er sich aufgerafft, um in sein Büro zu gehen. Dort tauchte er unrasiert und verschwitzt auf.

Der indische Doorman mit dem Turban grüßte ihn mit seiner hohen Stimme: »*Hi Ray, how are you doing?*«

Grußlos stürzte Raimund an ihm vorbei. Er wollte möglichst schnell den Aufzug erwischen, um sich ungesehen in sein Büro begeben zu können, wo er sich zuerst rasieren wollte. In der Empfangshalle schrie der Chefportier ihm nach: »*Mister Wolf, there is a message for you!*«

Mit zitternden Fingern nahm Raimund die rosafarbene Karte in Empfang, die der Chefportier ihm reichte. »Polizeistation Tiburon County, Sheriff Burt Smith. Mister Wolf, bitte melden Sie sich bei Sheriff Smith so schnell wie möglich. Es geht um Ihre Familie.«

Scheiße, dachte Raimund. Sie war bei der Polizei. Sie hat mich angezeigt.

Rückwärts rannte er zum Aufzug. Er prallte mit seinem Chef zusammen, der ihn verwundert anblickte. »*Are you okay, Ray?*«

Im Vorbeirennen antwortete Raimund: »Ich brauche ein paar Tage Urlaub!«

»Das geht leider nicht, Ray«, antwortete der Chef. »Sie sind noch in der Probezeit!«

Raimund war übel. Noch nie hatte ihm jemand ein paar Urlaubstage verweigert! In Deutschland war er der Chef gewesen, und jetzt?

»*Fuck you*«, murmelte er und rannte hinaus. Er riss die linke Hand hoch, um ein Taxi zu rufen, und griff nach seinem Handy. Noch im Laufen wählte er die Auskunft.

»*Police station Tiburon!*«, schrie er, als sich eine mechanische Frauenstimme meldete. Kurz darauf hatte er das Sekretariat des Sheriffs an der Strippe. Die Frau schien Bescheid zu wissen und stellte ihn sofort durch.

»Mister Wolf?« Es war die Stimme von Burt Smith, der dadurch Berühmtheit erlangt hatte, dass er unzählige Flüchtlinge an der mexikanisch-texanischen Grenze aufgegriffen hatte, und der sich nun die Jahre vor dem Ruhestand im schönen Tiburon vertrieb.

»Wir müssen Ihnen ein paar Fragen stellen. Bitte kommen Sie sofort aufs Revier.«

Was soll ich tun?, dachte Raimund. Soll ich mir einen Anwalt nehmen? Aber wenn die Kinder aussagen, habe ich keine Chance. Ich habe noch keine endgültige Arbeitserlaubnis und keinen eigenen Wohnsitz. Mein Chef wird mich nicht anwaltlich vertreten. Ich kann Jack nicht mit dieser Sache konfrontieren. Er mag mich nicht besonders und er will keinerlei Scherereien. Bei einer Verurteilung würde ich sofort ausgewiesen.

In Deutschland würde die Sache von der Presse genüsslich breitgetreten und meine Kanzlei könnte ich vergessen.

Ich muss mit Wilma verhandeln.

»Ich sehe zu, was ich tun kann«, sagte Raimund Wolf.

»Mister Wolf, es ist in Ihrem eigenen Interesse!«

Raimund sprang in das Taxi, das neben ihm anhielt, und ließ sich zum ehemaligen World Trade Center bringen, wo er die Zehnuhrfähre nach Tiburon gerade noch erwischte. Es war ein milchig-trüber Tag, schrecklich schwül und die Luft waberte vor seinen Augen. Das Meer lag grau und träge da und die Fähre durchpflügte es stampfend. Hundertmal war er diese Strecke schon gefahren und meistens hatte er Zeitung gelesen oder mit seiner Bank telefoniert. Diesmal starrte er auf das Wasser. Kleine schwarze Pünktchen tanzten ihm vor den Augen. Verdammt. So viel Champagner hatte er im Leben noch nicht getrunken. Ihm war schrecklich übel. Am liebsten hätte er sich über die Reling gehängt und sich übergeben.

Spätestens auf der Höhe von Alcatraz, dem berüchtigten Gefängnis, auf das er jeden Tag zweimal blickte, wurde ihm klar, in was für einer Situation er sich befand. Sollte er wirklich zum Sheriff gehen? Ins offene Messer laufen? Warum? Sollten sie ihn doch holen! Er hatte ja nichts mehr zu verlieren. Doch wohin sollte er gehen?

Es gab vielleicht noch eine Möglichkeit. Er hatte doch schon so viele Geschichten erlebt, so viele Dinge aufgedeckt, so viele Situationen analysiert! Er hatte früher sogar Triebtäter verteidigt, Mörder, den Abschaum der Menschheit. Er wusste, was mit ihnen passierte. Er hatte Gefängnisse besichtigt und sogar schon einer Exekution beigewohnt. Elektrischer Stuhl. Grauenhafte Bilder stiegen ihm jetzt vor Augen. Er war immer auf der beobachtenden Seite gewesen und hatte genüsslich festgestellt, dass er sich auf der besseren Seite des Lebens befand. Er war doch mit allen Wassern gewaschen! Warum hatte er denn jetzt ein Blackout, wo es um ihn selbst ging?

Geld. Das war der einzige Gedanke, den er fassen konnte. Er zog seine Brieftasche hervor und holte mit zittriger Hand einen Scheck heraus. Er war verknittert und flatterte nun im Fahrtwind. Raimund nahm seinen Füllfederhalter aus der Hemdtasche und schrieb die unglaubliche Summe von 2,5 Millionen Dollar auf den Scheck. Das war alles, was er nach dem Verkauf der Villa in Grünwald und der Kanzlei am Maximiliansplatz besaß. Er trug Wilmas Namen auf dem Scheck ein. Ja. Das war gut. Er würde das Geld Wilma anbieten. Unter der Bedingung, dass sie sofort ihre Klage zurückzog. Und das Land verließ. Wilma hatte Geld schon immer beeindruckt.

Wilma war machthungrig und ein Luxusweib. Sie trug nur Chanel, fuhr BMW, flog erster Klasse und stieg in Fünfsternehotels ab. Sie wollte die Kinder doch gar nicht wirklich. Sie wollte doch nur ihre Karriere weiterverfolgen. Sie wollte die Nummer eins in Deutschland sein. Und das sollte sie, in Gottes Namen. Er, Raimund, wollte nichts mehr damit zu tun haben. Er würde ihr das Geld geben und sie würde verschwinden.

Alles schien nichts mehr wert zu sein. Einzig und allein die Hoffnung, endlich diese unheimliche Bürde loszuwerden, die ihm seit dem Anruf von Linda die Luft zum Atmen nahm, ließ ihn überhaupt noch zu irgendeiner Handlung fähig sein.

Nachdem die Fähre angelegt hatte, überlegte er noch einmal, ob er einfach abhauen sollte. Er könnte zu Linda und Joe gehen, einen ihrer Wagen nehmen und sich davonmachen.

Aber wenn gegen ihn eine Klage vorlag, hatte er keine Chance, das wusste er nur zu gut. Die Polizei in Amerika war so gut organisiert wie nirgendwo sonst auf der Welt. Interpol würde ihn noch am selben Tag aufspüren und eine Flucht käme einem Geständnis gleich. Außerdem war er viel zu verkatert und unausgeschlafen, um zu fliehen. Auch Linda und Joe traute er sich so nicht unter die Augen.

Die Fähre legte an und allein das Hin- und Herschaukeln

während des Vertäuens ließ ihn in die Knie gehen vor Übelkeit. Er taumelte von den schwankenden Planken.

Als er wieder festen Boden unter den Füßen hatte, stabilisierte sich sein Kreislauf.

Vielleicht ist alles nur halb so schlimm, dachte er, während er sich auf den Weg machte. Vielleicht muss ich nur zu Protokoll geben, dass Linda und die Kinder von fremden Leuten belästigt worden sind. Ich werde mich dumm stellen und sagen, dass ich davon nichts weiß.

Ich werde die Sache herunterspielen und in drei Stunden sitze ich schon wieder im Büro. Vielleicht kann ich meinen Job noch retten.

Mit sinkendem Mut ging er zu Fuß, schwitzend und unrasiert wie er war, zum neuen Polizeigebäude, an dem er schon hundertmal vorbeigefahren war. Auch jetzt übermannten ihn die Alcatratz-Gefühle. Als er die Schwingtür öffnete, traute er seinen Augen nicht. Da stand sie, in der Eingangshalle, im Besucherfoyer. Sie war viel dünner, als er sie in Erinnerung hatte, und ihre dunkelbraunen Haare waren inzwischen schulterlang. Sie hatte Jeans an und einen Fleecepulli. So lässig und jung hatte er sie noch nie gesehen. Im Gesicht hatte sie ein paar Narben. Sie starrte ihn schweigend an. Er fürchtete sich vor ihr. Sie war eine völlig andere Frau geworden. Würde sie überhaupt noch so funktionieren, wie er sich das eben gerade auf der Fähre ausgedacht hatte? Seine Hand glitt automatisch an seine Hemdtasche, in der der Scheck über 2,5 Millionen Dollar zusammengeknittert steckte. Sollte er ihr den Scheck jetzt sofort geben? Ohne ein Wort? Aber sie war nicht allein.

Der Mann, der neben Wilma stand, hatte ein Protokoll in den Händen, das dicht beschrieben war. Der junge Kerl im rotschwarz karierten Flanellhemd mit dem Pferdeschwanz kam ihm bekannt vor. Er wusste aber nicht, woher. Vielleicht ähnelte dieser Kerl nur jemandem.

Ein farbiger Putzmann ging mit seinem Wischmopp teilnahmslos an ihnen vorbei.

Wilma erstarrte. Diesen Raimund Wolf kannte sie nicht. Ein dicker, verlebter, unrasierter, schwitzender, sichtlich gealterter Mann stand vor ihr.

Von dem einstmals alles und jeden überragenden Raimund Wolf, der jeder Situation gewachsen war, war nichts mehr übrig geblieben. Nein, was hatte er seinen Mitarbeitern Beine gemacht! Was hatten sie alle vor ihm gezittert! Und jetzt stand ein keuchender, graugesichtiger Stadtstreicher vor ihr, der keine Worte fand. Sie hielt seinem Blick stand. Unverwandt sah sie ihn an, wortlos, ohne eine Regung zu zeigen. Ihr Gesicht wirkte maskenhaft, gespenstisch.

Raimund wandte sich ab. Er hatte nicht vor, sich hier vor Zeugen mit Wilma zu unterhalten.

Die Auskunft in der Polizeistation teilte ihm mit, dass Sheriff Burt Smith im ersten Stock, Zimmer 326, auf ihn wartete. Ohne den drei Menschen noch einen Blick zu schenken, hastete er die Treppe hinauf. Das Treppensteigen kostete ihn seine letzte Kraft. Seine Knie schienen Bleigewichte hochzuziehen. Seine Pumpe raste.

Nach kurzem Anklopfen betrat er keuchend das Büro. Raimund kannte Smith vom Sehen. Sie hatten einmal mit Joe zusammen im Golf Club Weine verkostet. Bei dieser Gelegenheit hatte er auch die Geschichte mit den mexikanischen Flüchtlingen gehört. Diesem Mann werde ich hoffentlich nie begegnen, hatte Raimund Wolf damals gedacht.

Und nun stand er doch vor ihm. Er atmete schwer. Kleine schwarze Punkte tanzten vor seinen Augen.

»*Mister Wolf, nice to see you!*« Der kleine Mann mit den listigen kleinen Augen und den geröteten Wangen reichte Wolf die Hand. Er bot ihm allerdings keinen Platz an. Smith händigte ihm einen gelben Manila-Folder aus, in dem sich die Kopie des Protokolls befand, das der Anwalt unten bereits in den

Händen gehabt hatte. Fiebernd, mit zittriger Hand, nahm er den Ordner entgegen. Er las, dass er im Staate Kalifornien angeklagt war, seine Töchter sexuell missbraucht zu haben. Dass er seine Töchter außerdem nach Amerika entführt habe und sie dort seit neun Monaten versteckt halte. Dass er sich illegal im Lande aufhalte und mit sofortiger Ausweisung rechnen müsse.

Sheriff Smith wies ihn darauf hin, dass er nichts sagen solle ohne den Beistand eines Rechtsanwaltes, und gab ihm achtundvierzig Stunden Zeit, zu diesem Vorwurf Stellung zu nehmen, andernfalls werde er in Gewahrsam gebracht. Außerdem musste er seinen Pass abgeben.

Smith deutete ausdrücklich darauf hin, dass sein freiwilliges Erscheinen zu diesem Vorwurf im Gericht für ihn sprechen würde, was Raimund als lächerlich empfand. Er wusste, dass es zu einem Gerichtstermin nie kommen durfte. Eher würde er sich umbringen.

Meine einzige Chance ist, Wilma den Scheck zu geben, dachte er, und stürzte grußlos aus dem Office. Sie ist käuflich. Ich weiß das. Äußerlich mag sie sich verändert haben, aber ihr Charakter ist immer noch der Gleiche. Sie will Macht und Geld. Und das soll sie jetzt beides haben. Sie muss die Klage zurückziehen und ich gebe ihr den Scheck. Wir werden uns danach nie wiedersehen. Er polterte wild entschlossen die Treppe wieder hinunter.

Aber unten im Besucherraum war niemand mehr. Wilma war schon gegangen.

»Na, wie geht's euch Dirndln heute Morgen?«

Ferdinand steckte seinen Kopf durch die Tür des kleinen Bauernhauses, die sowieso nie abgeschlossen war. In der Diele roch es nach Holz.

»Grüß dich, Ferdl«, sagte Lilli freundlich. Sie stand am Herd der Küche, bereitete sich einen Tee und hörte dabei

Radio. Es wurde kräftig gejodelt. Wie immer hatte sie ihr grün geblümtes Kleid an und ihre ungekämmten Haare hingen wirr um ihr Gesicht. Die schwarzen Katzen schlichen ihr um die Beine und schnurrten.

»Magst auch einen Tee?«

»Danke, gern«, antwortete Ferdinand.

»Setz dich«, sagte Lilli.

»Wo ist dein Übernachtungsgast?«

»Schläft.«

»I wollt mich nur g'schwind bedanken, dass du sie gestern Abend abgeholt hast«, sagte Ferdinand, während er sich auf der Holzbank unter dem Butzenscheibenfenster niederließ. Eine der Katzen sprang sofort zu ihm auf die Bank und rieb ihren Kopf an seinem Arm. Gedankenverloren streichelte er das Tier.

»Magst Honig rein?« Lilli lächelte ihren Gast liebenswürdig an.

»Ist der vom Hiaslbauern drüben?«

»Ganz ein selbst gemachter«, sagte Lilli.

Sie setzte sich zu Ferdinand auf die Bank und die Katzen sprangen wie von einem Magneten angezogen auf ihren Schoß, wo sie sich zusammenrollten und schnurrten.

Die beiden taten sich reichlich Honig in den Tee und rührten in ihren dickbauchigen blauen Tassen.

»Wie geht's ihr denn?«, fragte Ferdinand. »Passt alles?«

»Passt schon«, sagte Lilli. »Ich werde mich um sie kümmern.«

»Du, ich glaub, die musst du total aufbauen, die ist ja völlig durch den Wind.«

»Ich weiß schon. Mach dir keine Sorgen.«

»Sag ihr, wenn sie Geld braucht, kann sie sofort bei mir im Schwan anfangen. Die Donner will nimmer 's Frühstück machen, weil die alte Birnbichler ihr immer dazwischenplärrt, die Donner will jetzt nur mehr die Rezeption machen.«

»Ich sag's ihr. Aber fürs Erste lassen wir sie in Ruhe. Die muss schlafen und nachdenken und spazieren gehen und reden.«

»War ja nur so ein Angebot.« Ferdinand druckste herum. »Und sonst? Wie geht's dem Milan?«

Lilli lächelte. Sie wusste genau, dass Ferdinand sich nicht dafür interessierte, wie es Milan ging. Sondern er machte sich Sorgen um Wilma.

Von Martin Wächter, seinem alten Jugendfreund, hatte er überhaupt erst erfahren, wie es um Wilma stand. Sie hatte nie mit ihm über ihre Probleme geredet. Dass sie von einem Kerl verlassen worden war, hatte sie zwar mal erwähnt, aber dass dieser Kerl auch noch ihre Töchter mitgenommen hatte und vermutlich sogar sexuell missbrauchte, das hatte sie mit keiner Silbe verlauten lassen.

Er hatte unwahrscheinlich großen Respekt vor Wilma, weil sie so allein für ihre Sache kämpfte und sich nicht bei ihm ausheulte. Auf heulende Weiber stand er nicht. Aber auf starke, kämpfende. Die an einer Sache dranblieben. Sie hätte sich an ihn wenden können, ihn um Hilfe bitten können. Gerade in Amerika hatte er Beziehungen. Sie hätte ihn auch bitten können, mit ihr zu fliegen. Aber das hatte sie nicht gemacht.

Traute sie sich nicht? Hatte er ihr nicht genug gezeigt, dass er sie mochte? Oder hatte sie ihn wirklich nur für eine reißerische Story gebraucht?

Oder war er ihr womöglich egal? Hatte sie sich nur über seine Krankenbesuche gefreut, als sie noch ans Bett gefesselt war? Jetzt war sie wieder flügge. Vielleicht interessierte sie sich nicht mehr für ihn?

Vielleicht liebte sie ihren Kerl da drüben noch? Und würde womöglich bei ihm bleiben? Nein, das glaubte er nicht. Frauen wie Wilma hingen nicht wie Kletten an ihren Männern.

»Ich hab noch nichts von den dreien drüben gehört«, lächelte Lilli, als hätte sie seine Gedanken gelesen. Mit spitzen Lippen schlürfte sie ihren Tee. »Aber ich ruf dich sofort an, wenn es was Neues gibt.«

»Ich überleg immer, ob ich schnell rüberfliegen soll, um ihr beizustehen ... aber ich kann den »Schwan« jetzt nicht allein lassen. Jeden Tag kann ein anonymer Prüfer kommen ... du weißt schon, wegen dem fünften Stern. Ich kann da jetzt nicht weg!«

»Magst sie schon gern, die Wilma, was?« Lilli warf Ferdinand einen freundschaftlichen Seitenblick zu.

»Hast eh scho g'merkt«, sagte Ferdinand.

»Ihr wärt ein starkes Paar«, meinte Lilli. »Zwei vom Leben gezeichnete Menschen ...« Sie grinste. »Hast ihr deine Kindheitsgeschichte erzählt.«

»Hat sie das g'sagt?«

»Nein, kein Wort! Aber ich denk mir's ...«

»Meinst du, sie schreibt sie auf? Und veröffentlicht sie?«

Lilli schüttelte den Kopf. »Nein. Früher sofort, aber heut nicht mehr.«

Ferdinand stand auf. »Ich muss weiter! Die Hex'n ist allein im G'schäft! Und danke für den Tee.«

In Panik rief Raimund seine Schwester an, aber bei Linda war ständig besetzt. Das war kein gutes Zeichen! Mit wem telefonierte sie? Hatte sie Wilma an der Strippe? Wenn die Weiber erst mal ins Tratschen kamen! Dann wusste sie, dass Wilma nicht geistig verwirrt war. Dass sie nicht vor sich hin siechte, wie er sie hatte glauben lassen. Dann wusste Linda, dass Wilma bei bester Gesundheit war. Dann wusste sie, dass er sie und Joe monatelang belogen und ausgenutzt hatte. Linda hatte nie wieder darüber gesprochen, was er damals mit ihr gemacht hatte, als sie acht war und er vierzehn. Aber sie würde sich jetzt wieder erinnern. Jede Minute zählte! Vielleicht konnte er noch etwas verhindern.

Er versuchte, ein Taxi zu erwischen, aber an diesem verdammten Tag kam kein einziges freies Taxi. Er rannte, so schnell ihn seine dicken kurzen Beine trugen. Die Straße roch nach Asphalt. Nach zwei Kilometern durch die Schwüle des bedrückend grauen Mittags dachte er, er würde zusammenbrechen.

Immer wenn er ein Fahrzeug hinter sich hörte, winkte er in der Hoffnung, es würde anhalten und ihn mitnehmen, aber niemand wollte den dicken, schwitzenden Mann in seinem Auto haben. So arbeitete er sich auf der Straße am Meer entlang und vor seinen Augen tanzten kleine schwarze Punkte. Sein über die Hose hängendes Fett wabbelte mit jedem Schritt. Erst jetzt wurde ihm bewusst, dass er sich seit Jahren nicht mehr bewegt hatte. Er ging nie zu Fuß, nicht einen Schritt. Sein ganzer Organismus war kurz vor dem Zusammenbrechen.

Endlich, nach über einer Stunde, hatte er den Hügel erreicht, auf dessen Spitze Joes und Lindas Haus stand. Der Schweiß lief ihm in Strömen über das Gesicht, sein Hemd klebte ihm am Körper, seine Hosen waren schmutzig und die Schuhe staubig. Er keuchte und ächzte das letzte Stück die steile Auffahrt hinauf. Die Zunge klebte ihm am Gaumen. Vielleicht hatte Joe ihn schon vom Fenster her kommen sehen. Jedenfalls stand er vor dem Carport, genau dort, wo vor zwei Tagen Wilma, Martin und Milan gestanden hatten, und schien Raimund schon zu erwarten.

Raimund erkannte seinen sonst so gutmütigen Schwager gar nicht wieder. Sein Gesicht war von Zorn gerötet und er atmete schwer. Mit mühsamer Beherrschung stieß er hervor: »Ray, das ist nicht leicht für mich, aber bitte geh.«

»Joe, du glaubst doch dieser Schlange nicht!« Raimund hatte das Gefühl zusammenzubrechen.

»Könnte ich bitte ein Glas Wasser haben?«, japste er und hielt sich seine stechenden Seiten.

»Ray«, sagte Joe, der versuchte, gelassen zu bleiben, »bitte geh.«

»Ich möchte erklären ...« Raimund würde seinen Schwager schon noch umstimmen. Er war ein Meister der Rhetorik, er konnte alles schönreden, er konnte die Leute einseifen, das war doch seine Stärke, das war doch sein Beruf!

Doch ehe er sich versah, blickte er in den Lauf eines Revolvers. Raimund wusste, dass Joe ein Waffennarr war und mehrere Pistolen in seinem Haus versteckt hatte. Joes Hand zitterte. Raimund hatte noch nicht mal mehr Herzklopfen. Drück doch ab, dachte er. Dann hab ich's hinter mir. Doch den Gefallen tat Joe ihm nicht.

»Ray, ich bin noch nicht fertig mit dir, aber dieses Mal – ergreif die Gelegenheit und hau ab!«

Raimund spürte den Lauf der Pistole zwischen seinen Augen. Jetzt ergriff ihn doch die nackte Panik. Joe schien vor Wut und Verachtung fast zu explodieren. Mit hängenden Schultern lief Raimund wieder den steilen Hügel herunter. Die dicken Insekten in den üppig blühenden Büschen brummten ihm um die Ohren. Sie schienen ihn zu verhöhnen: Du musst gehen und wir bleiben hier!

Unten an der Straße hielt gerade der Bus, mit dem die Hausfrauen über die Golden Gate Bridge in die Stadt zu fahren pflegten. Und die Putzfrauen, die hier für die reichen Leute arbeiteten. Er wuchtete sich mühsam hinein und ließ sich auf einen der hinteren Sitze fallen. Er starrte aus dem Fenster. Links lag grau und zäh der Pazifik, rechts flogen die großzügig eingezäunten Villen der Reichen und Superreichen an ihm vorbei. Üppig blühende Hecken und Büsche verdeckten die Sicht auf die Privatsphäre. Hier hatte er neun Monate lang in aller Ruhe und unbehelligt mit seinen Mädchen seine Spiele treiben können. Und keiner war ihm auf die Schliche gekommen. Es war ihm unerklärlich, dass Wilma ihn hier gefunden hatte.

Wilma kannte Linda von einem einzigen gemeinsamen Besuch im Seehaus in München im Englischen Garten. Da kannte Linda Joe noch nicht mal, also hieß sie damals noch nicht Cohen. Keine einzige Spur führte nach Tiburon, in die Owlswood Lane! Wie hatte Wilma, die ja völlig mittellos war und abgeschnitten von der Welt, ihn nur finden können! Nun war sie ihm zuvorgekommen. Die Polizei hatte die Klage und Linda und Joe wussten Bescheid. Seinen Job war er los. Wo sollte er nur hin? Er wollte nur noch schlafen, schlafen und vergessen. Eine Flasche Whisky und eine Badewanne, dachte er. Und morgen denke ich weiter nach. Über sein Handy versuchte er, Agneta zu erreichen. Sie nahm nicht ab. Aber er beschloss, vor ihrem Appartment auf sie zu warten. Wie ein Hund würde er auf ihrer Treppe sitzen und warten, bis sie Zeit für ihn hatte. Sie war sein letzter Trost. Er würde bei ihr unterschlüpfen. Er hatte allerdings nicht mehr das Bedürfnis, mit ihr zu schlafen, denn sie war inzwischen benutzt. Sein Trieb war es, Frischfleisch zu besitzen. Je jünger und unerfahrener die Mädchen, desto besser.

Dass er seine eigenen Töchter immer nur in Frauenkleidern und Damenunterwäsche fotografierte, würde ihm niemand abnehmen. Aber es war Tatsache. Er hatte sie nie angerührt.

Doch wer würde ihm das glauben? Alle Fotos und Videos sprachen dafür, dass sie nur die Spitze vom Eisberg waren. Er war in einer gottverdammten Zwickmühle.

Als der Busfahrer auf der Golden Gate Bridge die drei Dollar in die schwarze Box warf, die die Lichtschranke für sie öffnete, wurde ihm bewusst, dass es schon später Nachmittag war. Er hatte noch nichts gegessen, nicht geduscht und immer noch keinen klaren Gedanken gefasst. Immer wieder wählte er Agnetas Handynummer. Bei diesem Mädchen wollte er Trost suchen. Sie war der einzige Mensch, der noch mit ihm sprechen würde.

Der Bus hielt am Golden Gate Park Station. Müde und schwer wie ein Stein wankte Raimund zu Fuß die steilen Straßen hinauf und hinab, um endlich in der Bushstreet anzukommen. Er brauchte anderthalb Stunden.

Dort klingelte er Sturm, aber niemand öffnete. Irgendwann muss sie ja nach Hause kommen, dachte er. Er sank auf die Stufen vor Agnetas Appartment. Sein Hemd klebte ihm am Leibe. In seinen Mundwinkeln hatte sich weißer Schleim angesammelt. Seine Augen quollen hervor. Er starrte vor sich hin und redete mit sich selbst. Im Fünfminutentakt wählte er Agnetas Nummer. Ihm knurrte entsetzlich der Magen, aber er hatte nicht mehr die Kraft, aufzustehen und sich in irgendeine Bar zu schleppen. Leute gingen vorüber, blickten ihn flüchtig an, aber niemand kümmerte sich um ihn.

Es dämmerte bereits und in San Francisco gingen die Lichter an. Am frühen Abend endlich nahm sie ab.

»Agneta! Endlich! Wo warst du denn, Kleine?«

»Was geht dich das an?«, schnappte Agneta.

»Bitte, Agneta! Ich muss dich sehen.«

»Aber das kostet«, sagte Agneta. »Aus Liebe treffe ich dich nicht!«

»Dann kostet es eben«, brauste er auf. »Wo finde ich dich?«

»George-Washington-Shoppingmall. Ich sitze in der Segafredo-Espressobar. Aber beeil dich. Ich habe nicht ewig Zeit.«

»Danke, Agneta. Ich komme dahin.« Raimund war so am Ende, dass er fast weinte vor Dankbarkeit, Agneta in einem Einkaufszentrum treffen zu dürfen. Früher hatte er alle Menschen nach seiner Pfeife tanzen lassen und normalerweise flehten ihn andere um einen Termin an, nicht umgekehrt.

Er lief wieder einen steilen Berg hinunter und sprang dann auf eine Cable Car, die ziemlich überfüllt war. Er hing mit einer Traube Menschen außen auf dem Trittbrett und klammerte sich mit der rechten Hand an einer Halteschlaufe fest. Die Leute, die in seiner Nähe standen, rümpften die Nase und wandten sich von ihm ab. Raimund war alles egal. An der George-Washington-Shoppingmall sprang er ab. Seine Gelenke waren geschwollen und schmerzten. Er hatte entsetzlichen

Muskelkater. Seit Jahren, nein, seit Jahrzehnten war er nicht mehr so viel gelaufen wie heute.

Er fuhr mit der Rolltreppe zum Segafredo, das um diese Zeit restlos überfüllt war. Die Leute standen Schlange, um von einem Platzanweiser, einen Tisch zugewiesen zu bekommen. Agneta stand hinten in der Ecke, umringt von Edelboutique-Tüten, die um sie herum auf der Erde standen. Sie hatte eine enge goldfarbene Satinhose an, dazu ein pinkfarbenes Strickjäckchen mit fein gestickter Bordüre am Dekolleté, das ihren Nabel freigab und über ihrem winzigen Busen spannte. Die Haare hatte sie hochgesteckt. Winzige Brillantohrringe funkelten an ihren Ohrläppchen. Sie war eine verführerische kleine Katze, auf unschuldig getrimmt, aber er kannte sie: Sie war berechnend und verwöhnt. Eine kleine grün-grau gemusterte Papiertüte mit der Aufschrift »Rolex« hing an ihrem Handgelenk. Erleichtert winkte Raimund ihr zu, sie winkte aber nicht zurück.

»Hi«, sagte Raimund, als er sie erreicht hatte. Die überbeschäftigten Kellner schubsten ihn unwillig zur Seite, denn er versperrte ihnen den Weg in die Küche.

»Du siehst schrecklich aus«, sagte Agneta, statt seinen Gruß zu erwidern. »Und du stinkst.«

»Ich fühle mich auch nicht gut.«

»Ich weiß«, sagte Agneta. »Du bist am Ende.«

»Was weiß die eigentlich?«, dachte Raimund ängstlich.

Eine farbige Kellnerin schubste ihn unsanft zur Seite. »*Excuse me, Sir!*«

»Wollen wir woanders hingehen?«, fragte Raimund hoffnungsvoll. Er hoffte, sie würde sagen: »Zu mir oder zu dir?« Dann würde er mit ihr gehen, den Scheck für Wilma zerreißen und die gleiche Summe für Agneta einsetzen. Er würde bei ihr unterkriechen, so wie er bei Linda und Joe untergekrochen war. Doch Agneta versetzte ihm den letzten Todesstoß.

»Nein, Raimund, wir gehen nirgendwo anders mehr hin. Ich werde dich nie mehr treffen.«

»Aber wieso nicht? Und was war gestern?«

»Gestern warst du im Bubbles und ich arbeite dort. Aber heute habe ich frei.«

»Dann lass uns irgendwo hinfahren, Agneta, ich hole dich da raus, du brauchst nicht mehr in diesem Schuppen zu arbeiten ...«

»Tausendmal lieber in diesem Schuppen als noch einen Tag mit dir!« Agneta zischte es förmlich heraus und ihre Augen, die perfekt geschminkt waren, wurden ganz klein.

Er starrte auf ihre Wimpern, die plötzlich aussahen wie ein schwarzer spitzer Stacheldraht. »Aber Agneta, was habe ich dir getan? Wir hatten es doch schön zusammen ...«

»Ich verabscheue dich. Schau dich doch an, du fetter alter Sack! Für wen hältst du dich?«

Noch immer hatte Raimund nicht verstanden, warum Agneta plötzlich so auf ihn reagierte. »Weil ich schwitze, ja? Lass mich in dein Apartment, eine Dusche nehmen, eine Runde schlafen und morgen fangen wir beide ein neues Leben an. Ich habe so viel Geld, das kannst du dir gar nicht zusammenficken!«

Er packte sie am Arm. Sie schüttelte ihn heftig ab. Einige Gäste blickten irritiert zu ihnen herüber. Immer wieder kam die Kellnerin und schob ihn hin und her.

Und dann ließ Agneta die Bombe platzen.

»Ich habe in München beobachtet, was du mit deinen Mädchen gemacht hast. Du ziehst ihnen Frauenkleider an und hochhackige Schuhe, du lässt sie ihre Lippen anmalen und ihre Augen schminken, du perverses Schwein! Und ich hab die Bilder gesehen, die von ihnen gemacht hast. Ich hab an deinem Schreibtisch spioniert und gesehen, was du im Internet anschaust. Die Sache mit mir – die hab ich für Liebe gehalten! Ich hab gedacht, du liebst mich! Aber du liebst Kinder, Ray, du bist krank! – Ich hatte plötzlich solche Angst vor dir, dass ich einfach abgehauen bin. Das Geld für das Flugticket habe ich Frau Hofgartner aus der Brieftasche geklaut. Du hattest ihr morgens noch ihren Monatslohn gegeben. Ich wusste genau, wie viel. Ich bin über Frankfurt nach Stockholm geflogen. In Frankfurt habe ich noch deine Frau getroffen. Ich habe ihr nichts gesagt. Ich konnte nicht mit ihr sprechen.«

»Agneta ...!« Raimund fasste sich ans Herz.

»In Stockholm habe ich versucht zu studieren, aber du hast mich zerstört, Raimund. Ich hab dich geliebt. Du warst meine erste große Liebe. Warum, ist mir heute nicht mehr begreiflich. Ich muss wahnsinnig gewesen sein. Heute habe ich nur noch Abscheu für dich!«

»Agneta, ich wusste nicht, dass du mich geliebt hast! Ich dachte, wir zwei haben ein bisschen Spaß miteinander, nach dem Job, und du hast es doch auch genossen, Baby!«

»Genossen!« Agneta lachte höhnisch. »Ich hab gehofft, du würdest mich heiraten! Mein Scheißvater in Schweden hat sich nie um mich gekümmert und da hab ich in dir einen Vater gesucht. Okay, ich habe mit dir geschlafen, denn ich habe dich geliebt. Ich wollte von dir beschützt werden und hätte für dich alles gegeben, Ray, alles. Ich habe dich verehrt und ver- göttert, ich habe deine Kleider gefaltet, wenn du weg warst, ich habe an deinem Kopfkissen gerochen, ich habe die Minuten ge- zählt, bis du nach Hause kommst, ich wollte es dir schön und gemütlich machen, weil ich wusste, dass Wilma es dir nicht schön und gemütlich macht. Ihr habt beide nur an euch selbst gedacht. Ich dachte, du liebst mich auch, du gehst mit mir weg, du wirst mit mir leben. Aber ich war ein Spielzeug für dich, ei- ne Puppe, genau wie deine Töchter!« Sie schüttete ihre Cola in sich hinein, bevor sie weitersprach. Wie gern hätte Raimund ei- nen Schluck davon getrunken, aber er traute sich nicht.

»Ich bin nach San Francisco und habe als Escort Lady an- gefangen. Im Bubbles trifft man die reichsten Freier. Ich hab versucht, dich zu vergessen. Aber jeder Kerl, mit dem ich schlief, war für mich so einer wie du, Ray. Einer, der Mädchen als Puppen benutzt. Und dann standest gestern du vor mir. Ich dachte, es ist eine Heimsuchung aus der Hölle. Aber ich hab dich mitgenommen. Weil ich meinen Job gut mache. Ich bin ein Vollprofi, durch und durch, und ich nehme auch Ratten mit in mein Apartment. Hauptsache, die Knete stimmt.« Sie fuhr sich durchs Haar und drehte aufgewühlt an einer Locke, die sich gelöst hatte. » Ich weiß auch nicht, warum ich dich mitgenommen habe. Und in der Nacht, als du geschnarcht hast, Raimund, da hab ich die ganze Zeit überlegt, ob ich dich umbringen soll. Ich hatte schon das Messer in der Hand, so habe ich stundenlang neben dir gesessen. Aber ich will mein Leben nicht noch mehr verpfuschen.

So, jetzt weißt du's. Ich habe dir nichts mehr zu sagen.«

Raimund stockte der Atem. Ihm wurde plötzlich ganz heiß. Sie hatte ihn geliebt! Sie würde ihn wieder lieben, dafür würde er sorgen. Sie war seine Chance! Er musste sie umstimmen, innerhalb von Sekunden! Wasser! Warum bekam er denn in diesem verdammten Laden nichts zu trinken? Die vielen Leute in dieser kleinen Bar ließen ihm keine Luft. Die schwarze Kellnerin schob ihn immer hin und her, ignorierte aber seine fordernden Handbewegungen. Der Schweiß lief ihm in Strömen über die Schläfe

»Dann verpiss dich doch, du Dreckfotze!«, brach es aus ihm heraus. Das ließ Agneta sich nicht zweimal sagen. Sie raffte ihre vielen Einkaufstüten zusammen und verließ im Laufschritt die Bar. Entsetzen stand in ihrem bleichen Gesicht. Sofort stürzten sich zwei wartende Teenager auf ihren frei gewordenen Stehplatz.

Raimund war schlecht. Er würgte, aber er hatte nichts im Magen. Die verrauchte Luft hier brachte ihn schier um. Er musste hinter Agneta her! Sein letztes Zipfelchen Glück war so nahe gewesen!

»*Do you want to order?*«, herrschte ihn die Kellnerin an. Jetzt fragte sie ihn! Jetzt!

»*No*«, ächzte Raimund und taumelte hinaus. Im Gegenstrom der vielen einkaufswütigen Leute arbeitete er sich an die frische Luft. Ständig stieß er mit Leuten zusammen. Draußen war es inzwischen völlig dunkel. Es herrschte reger Berufsverkehr. Raimund rannte, nach Luft ringend, auf die Straße. Sein Herz machte nicht mehr richtig mit! Er sah wieder die schwarzen Punkte vor den Augen, als er auf die Straße stürzte.

»*Watch out!*«, schrie Agneta von der anderen Straßenseite her, wo sie sich in der Schlange eingereiht hatte, die auf ein Taxi wartete.

»Agneta, warte!«, stieß Raimund noch hervor. Er taumelte auf die Straße. Rrrinng!, machte die Cable Car, die soeben um die Ecke gebogen kam. Bremsen quietschten, Autos hupten, Menschen schrien durcheinander.

Aber ihr warnender Ruf kam zu spät. Die alte, hölzerne Cable Car, die lautlos den steilen Berg herabgerollt war, begrub Raimund Wolf in Sekundenschnelle unter ihren stählernen Rädern. Der Fahrer versuchte noch mit aller Kraft, die Handbremse zu ziehen, aber an dieser Stelle fiel die Straße so steil ab, dass er nichts mehr bewirken konnte. Der ausladende Körper von Raimund wurde über zwanzig Meter mitgeschleift, bevor die Cable Car, die voll gestopft war mit Touristen, endlich zum Stehen gebracht werden konnte.

»*Oh my god!*«, schrie Agneta, ließ alle ihre Tüten fallen, nur die eine kleine mit der Aufschrift »Rolex« klebte ihr noch am Handgelenk, und arbeitete sich bergauf zu der Unglücksstelle. Ein hysterischer Aufschrei ging durch die Menge. Die Leute in der Cable Car sprangen in Panik herunter und andere drängelten sich nur kreischend und schluchzend im hinteren Teil der Bahn zusammen. Mütter hielten ihren Kindern die Augen zu und ein orthodoxer Jude mit Hut und weißem Rauschebart begann sofort, rhythmisch seinen Körper wiegend, laut zu beten. Aus dem Kaufhaus kamen ebenfalls entsetzt schreiende Leute herbeigeeilt. Jemand drückte auf den

Alarmknopf im Erdgeschoss und plötzlich waren heulende Sirenen zu hören. Alles passierte in wenigen Augenblicken und Agneta erlebte alles wie im Traum.

»*Oh my god, Raimund!*« Das also war von ihrer großen ersten einzigen Liebe zurückgeblieben. Eine ekelhafte, zerstörte Masse Fleisch. Agneta beugte sich zu dem leblosen, zerquetschen Körper herunter. Raimund war offensichtlich nicht tot, aber er war bewusstlos. Schwarzes Blut quoll unter der Bahn hervor und vermischte sich mit Wasser, Öl und Bremsflüssigkeit. Es rann in einem dickflüssigen Strom die steil abfallende Straße hinab. Agneta starrte Raimund mit weit aufgerissenen Augen, aber völlig gefühllos an. Aus einer offenen klaffenden Wunde an der Schulter schoss in rhythmischen Abständen das Blut. Agneta überblickte die Situation in Bruchteilen von Sekunden. Angeekelt wandte sie sich ab. Ihr wurde schlecht. Aber in dem Moment sah sie die Brieftasche, die in der Blutlache lag.

»Das bist du mir schuldig, du Schwein«, dachte Agneta und ließ die blutdurchtränkte Brieftasche in ihrer Rolex-Tüte verschwinden. Sie kämpfte sich zurück durch die Menge, rannte die steile Straße hinunter zu ihren restlichen Einkaufstüten, und raffte mit zitternden Händen ihre Habe an sich.

Inzwischen hatten sich mehrere Taxis dort angesammelt, aber niemand wollte einsteigen. Alle Leute wollten auf die Unglücksstelle starren. Sie waren wie gelähmt.

Agneta ließ sich mit ihren Tüten in das erste Taxi fallen.

»55 Bush Street«, keuchte sie und der Fahrer gab Gas, bevor der Ambulance-Wagen mit lautem Geheul direkt hinter ihnen zum Stehen kam.

»Du musst unseren Apfelmost probieren, den holen wir immer nebenan beim Bauern!«

Lilli reichte Mechthild einen dickbauchigen blauen Tonkrug. Sie hatte wie immer ihr grünes geblümtes Kleid an und die rötliche Lockenmähne hing wirr und ungekämmt um ihr freundliches Gesicht. Draußen regnete es in Strömen. Mechthild saß an dem weißen Konzertflügel in der Wohnstube, dem einzigen Möbelstück außer den Lammfellen auf der Erde und dem alten Kachelofen in der Ecke. Sie hatte einen von Lillis Flanellschlafanzügen an und ihre Füße steckten in Lillis ausgelatschten Filzpantoffeln. Seit einigen Tagen nun war sie schon hier. Sie hatte Lilli ihre ganze Misere erzählt, schrecklich viel geheult, sie hatte um sich geschlagen und zwischendurch auch ganz laut geschrien. Lilli hatte mit einer Engelsgeduld zugehört, ihr keine wertenden oder urteilenden Fragen gestellt, sie nicht mit Kritik überhäuft und ihr schon gar kein Schubladenmuster vorgelegt, in der sie womöglich ein A-, B- oder C-Typ war.

Sie war wirklich eine phantastische Psychologin, die sich selbst nicht wichtiger vorkam als ihr Gegenüber. Sie hatte Respekt vor dem, was Mechthild durchgemacht hatte, und ließ sie das auch spüren. Sie gab Mechthild nicht das Gefühl, selber fehlerlos und perfekt zu sein. Sie war einfach nur unaufdringlich für Mechthild da und Mechthild empfand große Sympathie für sie.

»Endlich spielt mal jemand auf unserem Klavier«, lächelte Lilli und trank einen Schluck Most. »Es ist ziemlich verstimmt, oder?«

»Ich hab ewig nicht mehr gespielt«, antwortete Mechthild. »Das Pedal klemmt.«

»Aber es klingt auch ohne Pedal gut. Was spielst du da?«

»Chopin, Regentropfenprélude. Aber ich krieg die Modulation im Mittelteil nicht mehr hin.«

»Och, das merke ich gar nicht. Für mich klingt es einfach nur schön.«

Lilli ließ sich auf das Lammfell gleiten, das am Boden lag. »Spiel weiter. Ich höre das gern.« Kaum hatte Lilli sich niedergelassen, schossen die beiden schwarzen Katzen herbei und machten sich auf ihrem Schoß breit.

Mechthild spielte und spielte. Sie war ganz konzentriert bei der Sache. Ihre Finger fanden automatisch noch die richtigen Tasten, obwohl sie jahrelang nicht mehr die Zeit zum Üben gefunden hatte. Die Regentropfeprélude zog sich lange hin. Es passte wunderbar zu der Stimmung draußen – das stets eintönig vor sich hin tröpfelnde Einerlei.

Lilli blieb ganz ruhig sitzen und hörte zu.

Schließlich schloss Mechthild sanft den Deckel über den Tasten und stützte ihre Arme darauf. »Danke, dass du mich bei dir aufgenommen hast. Ich hab das Gefühl, ich fange noch mal neu an zu leben.«

»Von Herzen gern«, sagte Lilli schlicht. »Ich hab in den letzten Tagen eine Menge dazugelernt.« Sie rappelte sich auf und schob noch einen Holzscheit in den Kamin, in dem ein knisterndes Feuer brannte. Das monotone Rauschen des Regens, das Prasseln des Feuers und das Schnurren der Katzen waren die einzigen Geräusche, die zu hören waren.

»Ich übrigens auch«, antwortete Mechthild und schenkte sich Most ein. »Bei dir fühle ich mich wie früher bei meiner Großmutter. Entschuldige bitte den Vergleich.«

»Passt schon«, sagte Lilli schlicht. »Ich weiß schon, was du meinst.«

»Was ist eigentlich mit Wilma von der Senne?«, fragte Mechthild unvermittelt. »Die hast du doch auch bei dir aufgenommen.«

»Sie ist meine Freundin«, antwortete Lilli und strich mit dem Finger über den Rand ihres Bechers, »und ich möchte nichts Privates über sie erzählen.«

»Das spricht für dich«, antwortete Mechthild. »So eine Freundin findet man seltener als eine Stecknadel im Heuhaufen.«

»Nur so viel, zu deinem besseren Verständnis«, sagte Lilli. »Wilma hat es wahnsinnig bereut, dich damals der Öffentlichkeit zum Fraß vorgeworfen zu haben. Sie hat sich überhaupt nicht klar gemacht, was für einen Stein sie damit ins Rollen bringt. Zugleich mit deinem Absturz ist sie ja selbst abgestürzt.

Nur dass sie im Gegensatz zu dir noch mächtige körperliche Blessuren davon getragen hat. Sie saß monatelang im Rollstuhl und ist ziemlich vernarbt im Gesicht. Sie kann ihre rechte Hand nicht mehr richtig bewegen, so dass sie nicht mehr schreiben kann.«

»Oh, und ich habe Ferdinand Sailer gesagt, sie würde bestimmt einen Artikel über ihn schreiben!«

»Siehste, siehste! Auch das wird ihr vermutlich ziemlich schaden. Sie mag den Ferdinand nämlich verdammt gern und er sie auch. – Schau, Mechthild, da hast du jetzt genauso Sand ins Getriebe eines anderen Menschen gestreut wie sie damals bei dir!«

»Ich glaube, dann sind wir quitt«, murmelte Mechthild nachdenklich.

»Wilma hat sechs Monate ganz allein im Krankenhaus gelegen. In dieser Zeit hat sie pausenlos nachgedacht. Ihr ist vieles klar geworden und ich habe den Eindruck, sie hat ihr Leben von Grund auf geändert.«

»Was macht sie jetzt?«, fragte Mechthild.

»Im Moment ist sie in Amerika, zusammen mit Milan und ihrem Anwalt. Martin Wächter, du kennst ihn ja.«

»Ein toller Anwalt. Ich bin froh, dass Ferdinand ihn mir empfohlen hat. Aber was hat Wilma mit ihm zu tun?«

»Er hat ihm auch Wilma empfohlen. Er hat für ihn auch schon einige Erbschaftsdinge geregelt. Er ist spezialisiert auf Erbschafts- und Familienrecht. Nur mit dem amerikanischen Familienrecht war er noch nicht so bewandert. Ich warte eigentlich stündlich auf einen Anruf von Milan, ob sie die Kinder inzwischen haben.«

»Sie hat auch ihre Kinder verloren ...?« Dann geht's ihr ja verdammt ähnlich wie mir ...« Mechthild umklammerte nachdenklich ihren Mostbecher.

»Ihr habt euch gegenseitig zu Fall gebracht«, sagte Lilli. »Aber dadurch hat sich das Karrussell eures Lebens plötzlich gedreht.«

»Kettenkarrussell«, sagte Mechthild nachdenklich. »Wie die Dominosteine haben wir uns gegenseitig umgestoßen. Jetzt liegen wir beide am Boden.«

»Sie ist schon weiter als du«, sagte Lilli. »Sie ist schon wieder aufgestanden. Sie ist schon fertig mit ihrem Selbstmitleid, sie guckt schon wieder nach vorn.«

»So weit bin ich allerdings noch nicht«, Mechthild wischte sich schon wieder die aufsteigenden Tränen ab. »Ich sehe noch kein Land.«

»Dabei werde ich dir aber helfen«, sagte Lilli. »Solange du hasserfüllt bist und Rachegedanken hast, kannst du auch noch kein Land sehen …«

»Wie kann ich dieser Frau verzeihen, dass sie mein Leben zerstört hat?« Sie stützte den Ellbogen auf den geschlossenen Flügeldeckel und schaute Lilli herausfordernd an: »Ohne sie wäre ich heute noch Familienministerin, vermutlich Kanzlerkandidatin, hätte meine Kinder noch und lebte friedlich mit Giselher unter einem Dach! Ohne sie wäre ich heute Ehrengast bei der Preisverleihung für Giselhers Forschungsergebnisse! Ohne sie säße ich jetzt mit ihm beim Bundespräsidenten!« Sie griff nach einem herumliegenden Küchenhandtuch und schneuzte heftig hinein.

Lilli schaute sie ohne Mitleid, aber auch ohne Spott an.

»Sei doch mal ehrlich, Mechthild. Ist es denn das, was du wirklich willst? Diese First-Lady-Rolle passt doch gar nicht zu dir!«

»Ich habe sie mir hart erarbeitet«, schnaufte Mechthild. »Alles habe ich getan, wirklich alles, um einmal im Leben ein Lob von meinen Eltern zu hören! Ich hatte es wirklich fast geschafft! Als Familienministerin war ich ihnen noch nicht gut genug, aber ich hätte Kanzlerin werden können! Die Chancen standen gut! Ich wäre die First Lady geworden! Nicht durch Heirat, Lilli, sondern durch meine eigene Leistung!! Meine Eltern wären stolz auf mich gewesen! Und dann kommt so eine

Reporterratte daher und nimmt sich das Recht heraus, mich mit zwei Sätzen kaputt zu schreiben. Nun haben meine Eltern nichts mehr für mich übrig, im Gegenteil. Sie haben mir sogar das Recht entzogen, meine Kinder bei mir zu haben!«

»Ohne sie hättest du nie die Chance bekommen, über dein Leben nachzudenken«, sagte Lilli schlicht. »Du hast Giselher doch nicht geliebt. Hast du mir selber in den letzten Tagen gesagt. Du hast doch dein Leben gar nicht bewusst gelebt! Du bist doch immer abgehauen von deinem Reihenhaus in ... wo war das gleich?«

»Gütersberg«, schnaufte Mechthild.

»Du hast doch für deine Kinder gar keine Zeit gehabt. Du bist doch nur rumgehetzt und hast dich zum Hamster derer gemacht, die du für wichtig hieltest! Du wolltest deinen Eltern gefallen, indem du immer noch mehr und noch mehr leistest! Du hast gebettelt um Anerkennung, die du aber auf diese Weise gar nicht bekommen hast!«

»Nein«, schmollte Mechthild. »Im Gegenteil. Mit jedem politischen Erfolg wuchs die Zahl meiner Feinde.«

»Weißt du was ich glaube?« Lilli stellte ihren Becher mit Nachdruck auf die Fensterbank. »Du wolltest es allen zeigen. Und das hast du ja auch geschafft. Du hast es allen bewiesen, dass die kleine Mechthild aus Gütersberg es bis ganz oben gebracht hat. Aber dieser Ehrgeiz hat dir die ganze Energie genommen! Ist ja nichts mehr übrig von dir, Mädchen!«

Mechthild schwieg. Von der Seite hatte sie das noch gar nicht betrachtet.

»Das alles war doch ein Riesen-Theaterspiel! Du bist doch in Wirklichkeit eine Individualistin, du liebst die Freiheit, du liebst das Motorradfahren, du bist eine Kämpferin und nicht die angepasste Wachsfigur mit der Kindergartenkindfrisur, die da immer von den Wahlplakaten lächelte!«

Lilli war jetzt so richtig in Fahrt gekommen.

382

»Schau dich doch damals an und heute! Einen größeren Unterschied kann es doch gar nicht geben! Ich habe den Eindruck, dass du dich schälst wie eine Zwiebel mit sieben Häuten und dass irgendwann dein wahres Ich zum Vorschein kommen wird. Im Moment bist du in der absoluten Trotzphase. Die haben andere mit siebzehn. Du lehnst dich gegen alle auf, die dir in die Quere kommen, du haust um dich, du wehrst dich mit Händen und Füßen, du schreist, du haust ab, du trinkst Alkohol, färbst dir die Haare rot und läufst in Lederklamotten rum. Das sind alles Anzeichen dafür, dass du dich mit aller Kraft aus dieser früheren Marionettenrolle befreien willst.«

»Ja«, sagte Mechthild. »Stimmt. Und du glaubst gar nicht, wie geil das ist.«

»Selbst dein Vokabular hat sich um hundertachtzig Grad geändert. Also. Was für einen Sinn hätte es gemacht, noch vierzig Jahre dieses Leben zu führen, nur zum Schein? Warum willst du in deinem Alter noch deinen Eltern gefallen? Deine Eltern sind nicht stolz auf dich, und wenn du der erste weibliche Papst würdest! Vergiss sie! Mach dich endlich frei von ihnen! Du bist erwachsen! Du musst ihnen nicht mehr gefallen. Nur dir selbst.«

Mechthild stand auf und ging zum Fenster. Sie betrachtete die grau verhangene Landschaft, den Trecker, der da mit einer Plane verdeckt auf dem Acker stand, die Scheune, in der die Bauern von nebenan noch rechtzeitig ihr Stroh untergebracht hatten, die Milchkannen, die zur Abholung bereit an der Biegung standen, die Pfützen in der Hofeinfahrt, in die gleichmäßig die Regentropfen pladderten.

»Aber ich werde um meine Kinder kämpfen, das schwöre ich dir! Die überlasse ich nicht ... diesen Leuten.«

»Natürlich«, sagte Lilli. »Das ist das Einzige, wofür du deine Energie brauchst. Das und nur das. Dasselbe habe ich übrigens genau an dieser Stelle Wilma gesagt.«

Mechthild drehte sich um und lächelte Lilli an. »Weißt du

was?«, sagte sie plötzlich entschlossen. »Leih mir deine Gummistiefel. Ich muss jetzt einen Spaziergang machen.«

»Naa, schau, Bua, host dös scho g'lesn?«

Die alte Birnbichler hielt Ferdinand Sailer, der gerade mit Frau Donner die Abrechnung am Computer in der Rezeption durching, die neue *Elite* unter die Nase. Ferdinand hatte sofort einen Knoten im Magen. Hatte Wilma von der Senne wirklich seine Geschichte veröffentlicht?

Aber auf dem Titel war Giselher Gutermann.

Nobelpreis für den großen Stillen mit der Baskenmütze!

»Schau her, Bua, jetzt kriegt der Gutermann den BSE-Oskar. Des siecht man der Mechthild Gutermann net oo, dass die mal so 'n g'scheiten Mo g'hobt hat«, stichelte die Alte.

Ferdinand musste seine Lesebrille aufsetzen, um den Artikel studieren zu können.

Vom Hobbykeller in Gütersberg zum Nobelpreis in Stockholm!

Ein verblüffendes Porträt unserer Starkolumnistin Nicole Nassa. Sie besuchte den großen stillen Professor in seinem Luxushotel in San Francisco und verlebte einige aufregende Tage an seiner Seite. Lesen Sie exklusiv in Elite, was in dem klugen Denker in Wirklichkeit vorgeht! Wie ist der intelligente Forscher als Mensch, als Mann? Wie war er als Kind? Fragen, denen Nicole Nassa einfühlsam nachging!

Ferdinand überflog die Fotos. Bilder, auf denen Gutermann und Nassa in San Francisco gemeinsam am Strand spazieren gingen, im Hintergrund die Golden Gate Bridge. Man könnte meinen, er ging mit der Familienministerin von damals spazieren, so ähnlich sah die Nassa der früheren Mechthild. Überhaupt passten die beiden gut zusammen.

»Hier hielt der bescheidene Mann mit dem unscheinbaren Äußeren seinen Vortrag vor siebentausend Spezialisten aus al-

ler Welt«, schrieb Nicole Nassa. »Er, der jahrelang im Schatten seiner berühmten Ehefrau, der ehemaligen Familienministerin Mechthild Gutermann, gestanden hatte, ist nun endlich ins Sonnenlicht getreten. Durch den Absturz seiner Frau, die durch einen peinlichen Seitensprung ihre Ehe und damit auch ihre Karriere zerstörte (ELITE berichtete), gelang ihm der Durchbruch nach ganz oben. Ihm erging es wie so mancher Frau, die aus dem Schatten ihres berühmten, mächtigen Ehepartners heraustritt: Nun hat er sich endlich befreit. Der emanzipierte Professor ist aber bescheiden geblieben. Jahrelang hatte er die Kinder gehütet, während sie ihrer Karriere nachging. Sie stand im Rampenlicht, er saß zu Hause in Gütersberg in seinem Hobbykeller und experimentierte. Dabei schlummerten so viele verborgene Talente in dem stillen, bescheidenen Professor! Nun konnte er die Früchte seines Fleißes ernten. Wir gönnen es ihm von Herzen. Ganz Deutschland ist stolz auf Professor Gutermann. Nach seinem Vortrag in San Francisco gab es Standing Ovations, Kaviar und Champagner.

Es folgten Fotos von Giselher Gutermann neben Stars wie Julia Roberts, Kevin Kostner und Winona Ryder. Diese Schauspieler waren zwar nicht in Gutermanns Vortrag gewesen, aber Nicole Nassa, die das schöne Hobby pflegte, sich selbst mit Stars fotografieren zu lassen, hatte nicht geruht und gerastet, bis sie im Bubbles, der teuersten Bar San Franciscos, in der nur Champagner getrunken wurde, zufällig die Stars nach einer Filmpremiere an der Bar gesichtet hatte. Es wirkte tatsächlich so, als seien die Filmstars ergebene Fans von Giselher Gutermann. Julia Roberts wertete die Gutermann'sche Erscheinung jedenfalls immens auf. Nicole Nassa hatte nicht ohne Stolz noch in derselben Nacht die Fotos per E-Mail nach München geschickt.

Dr. Rosskopf, der Herausgeber von Elite, war restlos begeistert von seiner Neuerwerbung. So etwas hatte noch nicht mal Wilma von der Senne fertig gebracht.

»Wenn sich der in Stockholm den Preis abholt, da kann der sowieso a Rothaarige net braucha. Gell, Frau Donna!«

Frau Donner, die ja auch ein wenig rothaarig war, überhörte diese hässliche Bemerkung mit verkniffenem Gesicht.

»Nobelpreis für ein kompliziertes Erkennungssystem BSE-befallener Rinder! Man spritzt den Kühen das GMI (Gutermann-Insulin) und schon nach drei Minuten reagiert das BSE-befallene Rind mit eindeutigen Symptomen (der Speichel des Tieres wird gelb, Anm. d. Red.), so dass man es von den gesunden Rindern unterscheiden und selektieren kann«, las Ferdinand vor.

»Heitztags kriagt ma scho a Nobällpras, wenn man a depperte Kua von der andern unterscheiden kann! Fria hat jeder Bauer a depperte Kua im Stall g'hobt und kein Schwein hat sich was g'schissn! Und a gölba Speichel is doch nix wo ma drauf stolz sei sollt!«, geiferte die neidische Alte.

Ferdinand und Frau Donner warfen sich einen Blick zu.

»Der Artikel is aber schee g'schriebn. Schau, Bua, wenn man sich bemüht im Leben, kann man was werdn. Zuerscht war er a ewiger Student, unscheinbar und bescheiden, hat die drei Buam alloa auf'zogn, steht da, und seiner Frau hat er die Karriere ermöglicht und er war immer im Hintergrund. Dös is a feiner Mo! Solche Männa gibt's heitstags nimma! Gell, Frau Donna!«

Frau Donner, die seit Jahren geschieden war und allein lebte, wollte mit der alten Birnbichler nicht über Männer diskutieren. Natürlich war sie rettungslos verliebt in den feinen Ferdinand, aber die alte Birnbichler hatte ihr hundertmal eingekrächzt, dass sie bei ihrem »Buam« keine Chance hätte.

»A gebüldete Frau muss her, aus feinen Kreisen, der Bua ist anspruchsvoll!« hatte sie der armen Frau Donner immer wieder zur Kenntnis gebracht. »Und auf Dicke steht er aa net!« Worauf Frau Donner sich in ihrem prall sitzenden Dirndl hinter die Rezeption verkrochen hatte.

Ferdinand las weiter: »Mit Nicole Nassa, der beliebten Star-reporterin, die schon allen Großen der Welt die Hand gegeben hat, verlebte Professor Gutermann unbeschwerte Tage, nach all den Tiefschlägen, die er in letzter Zeit einstecken musste.«

Ferdinand betrachtete die Fotos. Gutermann und Nassa tanzten auf dem Ball der Rinder (im Hintergrund hauptsäch-lich Leute mit Cowboyhüten – zufälligerweise sah man ausge-rechnet Linda und Joe, was aber niemanden interessierte), Gutermann und Nassa liefen barfuß am Strand entlang, Gu-termann und Nassa saßen traut beim Wein zusammen, Guter-mann und Nassa fuhren Cable Car, Gutermann und Nassa bummelten durch ein Einkaufszentrum.

Über seine frühere Frau verliert er kein einziges Wort, schrieb Nicole Nassa.

»Es wurde genug über sie geschrieben«, merkte der guther-zige Professor fein an. »Sie muss mit ihrem Leben allein fertig werden.«

Die Kinder leben nun in geordneten Verhältnissen, liebevoll umsorgt von den resolut durchgreifenden Großeltern Rudolf und Adelheit. (ELITE berichtete.)

»Reschpeckt!«, krächzte die Alte. »Die Oidn san wie i aa! Nemman die elternlosen Buam auf und ziagn s' groß! Da kimmt noch omal Zucht und Ordnung ins Haus! Feine Leit, sog i!«

Auch in Deutschland sieht Professor Gutermann unge-wöhnlichen Ehrungen entgegen: Demnächst erhält er in Ber-lin den Preis für außgewöhnliche Verdienste, gestiftet von der deutschen Metzgerinnung, in Höhe von 2 Mio DM. Da langt's womöglich für eine Villa im Grünen und Gutermann kann Gütersberg nun endlich den Rücken kehren.

»In am ganz schiachen Reihenhaus hot der g'wohnt. Und im Keller seine Forschungen g'mocht. Soll er glai bei uns zum Bauen oofangen! Hier is schee!«

Die Alte drückte ihre Mentholzigarette aus, direkt vor dem Gesicht von Frau Donner.

»Jetzt hat sie die ihrn Dreck. Er kriagt aan Preis noch'm an-dern und sie kimmt mit 'm Motorradl-Fetzn umi. Und kann des Zimmer net bezohln. Aausquartiern hammer die miassn! Zu unserer Putzfrau! Wo s' hieg'hört!«

Sie zog die Nase hoch und humpelte davon. Im Weggehen brabbelte sie vor sich hin: »Jetz is er er auf'm Titelbüld und sie nimmer. Sie sitzt im Dreck und alle spucken s' oo und b'sauft sich und hat die Kinder nimmer und hat ihr Straf. I sag immer, der Herrgott richt des alls richtig ein.«

Ferdinand sagte nichts. Er fürchtete die ganze Zeit, dass vielleicht er auf dem nächsten Titelbild sein würde. Mit einem reißerischen Artikel von Wilma von der Senne.

»Milan, endlich! Wo steckst du, mein Göttergatte?«

»Immer noch in San Francisco! Aber wir haben gute Neuig-keiten!«

»Sag schon! Ich platze vor Spannung!«

»Du, kannst du mich zurückrufen? Ich zähle hier meine letz-ten Cents und vom Hotel aus ist es zu teuer!«

»Ja, Liebster, mach ich. Sag schnell die Nummer!«

Lilli kritzelte hastig die Nummer auf den Rand der herum-liegenden Zeitung.

Gutermann Nobelpreis, stand auch im *Winzinger Anzeiger* auf dem Titel. Und: *Gescheiterte Gattin am Liebsee unterge-taucht.*

Aber sie hatte den Artikel bereits gelesen. Vor Freude zit-ternd rief sie Milan zurück.

»Du, das ist in Amerika ja praktisch, man kann sich in der Telefonzelle zurückrufen lassen«, schwärmte er als Erstes. »Strahlender Sonnenschein, ein herrlicher Morgen! Wie ist das Wetter bei dir?«

»Strömender Regen, ein grau verhangener Abend!«

»Oh!«

»Und?« Lilli wollte nicht über das Wetter diskutieren. »Habt ihr die Kinder?«

»Wir haben sie und sie sind gut drauf. Wilma und Martin sitzen mit ihnen bei McDonalds!«

»Wie ist es gelaufen? Erzähl, erzähl!«

»Also, nachdem wir ja keinerlei Chance hatten, in das Haus ihrer Tante zu gelangen, weil die Alte die Polizei gerufen hatte, waren wir erst mal ziemlich verzweifelt. Wilma hat es nicht fassen können, dass sie achttausend Kilometer geflogen ist und nun vor der Tür steht und drinnen ihre Kinder sind und sie nach amerikanischem Gesetz überhaupt nicht reindarf.«

»Wahnsinn«, warf Lilli ein. »Wie ist sie damit fertig geworden?«

»Erst mal gar nicht. Sie war total apathisch und fassungslos und konnte nichts essen. Wir haben uns ernsthaft Sorgen um sie gemacht.«

»Hat denn Martin bei der Polizei nichts erreichen können?«

»Bei der Polizei nicht! Die sind ja stur wie Steine, diese Burschen. Aber Martin hatte über Ferdinand die Adresse eines Anwalts in San Francisco, Samuel Newsom. Und den hat er sofort angerufen. Der wiederum kannte die Anwältin von Linda und Joe.«

»Wahnsinn!«, entfuhr es Lilli.

»Wir haben ja erst mal eine Nacht auf dem Polizeirevier verbracht, wegen unerlaubten Betretens des Grundstücks und geplanten Hausfriedensbruchs.«

»Stopp mal, stopp! Wo war denn der mächtige Raimund Wolf?«

»Keine Ahnung, ist nicht aufgetaucht. Hat wohl Schiss gekriegt«, mutmaßte Milan.

»Der ist nicht stark«, sagte auch Lilli, die Psychologin. »Der ist in Wirklichkeit ein ganz feiges, kleines Arschloch.«

»Irgendwann erschien dann die Anwältin, die Linda und Joe

vertritt. Kirkland heißt sie. Kathryn Kirkland. Wir hocken also da, die halbe Nacht, mit Protokollen und Schriftkram, alles auf Englisch. Während Wilma und ich das ausfüllen, kommt der Martin mit der Anwältin ins Gespräch. Die beiden waren sich irgendwie sympathisch. Sie kennt nämlich den Ferdinand und ist eine Golf-Freundin von ihm oder so was in der Art. Sie sagte, Ferdinands Freunde seien auch ihre Freunde, und auf einmal war der Knoten geplatzt. So säuerlich die Alte am Anfang war: Sie gab Martin und Wilma und mir für den nächsten Morgen einen Termin in ihrer Kanzlei! Also, mir eigentlich nicht, aber ich bin einfach mitgegangen.«

»Und? Wie war's?«

»Das war irre, sag ich dir! 37. Stock in einem völlig verspiegelten Wolkenkratzer, ich, wie immer mit meinem rotschwarz karierten Flanellhemd, fühl mich auf einmal wie ein Penner, der Typ da unten am Empfang mit der Uniform guckt mich schon so schief an, wir aber rauf zu der Anwältin, Kathryn Kirkland. Irre luxuriöses Büro mit Blick auf die Hudson-Bay, thront die Alte da hinter ihrem Marmorschreibtisch. Hat Ohrringe, wie Christbaumschmuck und sieht aus wie Shirley MacLaine. So um die sechzig ist die. Im Regal die Gesamtausgabe des amerikanischen Familienrechts, ›Family law‹. Und weißt du, wer das geschrieben hat?«

»Nein. Woher sollte ich das wissen?«

»Na, die Kirkland selber, Mensch! So 'ne kluge Frau ist das! Allererste Sahne, das hat der Martin auch gleich gemerkt. Er sagt, wer mit Ferdinand Golf spielt, kann nur allererste Sahne sein.«

»Recht hat er«, unterbrach Lilli hochzufrieden.

»Erst blickte die Kirkland so streng wie früher die Direktorin meiner Schule und ich bin vor Respekt fast versunken. *What can I do for you, ladies and gentlemen?* so mit schmalen Lippen, und ich dachte, Scheiße, mit Gentleman meint die mich, und ich dachte, vielleicht kauf ich mir mal ein zweites Hemd.«

»Ich näh dir eins«, sagte Lilli. »Wir haben noch Stoffreste von meinem grünen Kleid.«

»Dann erklärt ihr der Martin in ziemlich perfektem Juristenenglisch die Situation und die Kirkland wird immer milder und immer netter und am Schluss nimmt die Kirkland die völlig verzweifelte Wilma sogar in den Arm und ruft sofort bei Joe und Linda an.«

»Wahnsinn«, seufzte Lilli auf. »Und dann hat sich das Rad gewendet?«

»*Suddenly!*«, schwärmte Milan in seiner jugendlichen Begeisterung. »Zwanzig Minuten später saßen wir im Taxi, wieder über die Golden Gate Bridge, na ich sag dir, da könnt ich mich dran gewöhnen, das ist schon ein geiles Feeling! Heute bin ich da drübergejoggt! – das musste ich einfach tun, das war wie die Ehrenrunde der Sieger ...«

»Du schweifst ab, mein Herz.«

»Und als wir dieses Mal in Tiburon einfuhren, hat Wilma vor Freude fast geheult, so aufgeregt war sie. Das Tor zum Carport ging dann wie von Geisterhand auf und aus dem Haus kam diese nette amerikanische Tante mitsamt ihrem Mann, der irgendwie was mit der Rinderzucht zu tun hat, schwerreicher Kerl, gutmütig, und das Erste, was mir an dem auffiel, war sein rotschwarz kariertes Flanellhemd! Wir uns also gleich ›*Hi, how are you, nice to meet you*‹ die Hand gegeben und er fragt, ob ich 'ne Dose Bier will, und zeigt mir drinnen in dieser Mordsvilla gleich die Bilder von seinen Rindsviechern. Der hat Herden, sag ich dir! Zwanzigtausend Kühe pro Weide, hat der gesagt, das ist kein Vergleich mit unseren paar Kälbchen in Winzing! Der hat massenhaft Kuhfelle an der Wand und auf dem Boden auch, du, der hat mir gleich zwei Dutzend geschenkt, als ich ihm erzählte, dass wir im Wohnzimmer die Schaffelle haben ... sieht bestimmt geil aus!«

»Milan! Die Kinder!!«

»Ach so, ja, die. Ich hab mich mit Joe lieber in das Herrenzimmer verzogen, weil die Weiber allesamt heulten und lachten und voll hysterisch drauf waren, die Mädels hatten ja geglaubt, dass Wilma tot ist! Und hatten sie am Tag zuvor vom Fenster aus gesehen, aber nur ganz kurz, und haben geglaubt, sie ist ein Geist! Das musst du dir mal reinziehen!«

»Wahnsinn«, stammelte Lilli immer wieder.

»Alle haben geheult, die Wilma, die Mädchen und die alte Kirkland auch! Selbst Martin hatte Tränen in den Augen.«

»Ich heul gleich auch«, sagte Lilli ergriffen. »Wo war denn diesmal der böse Wolf?«

»Der war nachts nicht nach Hause gekommen und seine Verwandtschaft hatte sich schon Sorgen gemacht. Klar, der hatte schon Lunte gerochen und den Schwanz eingezogen. Jedenfalls haben wir ihn verklagt, wegen Kindesentführung und Kindesmissbrauch ... und die Kirkland und Martin sind dann wieder zur Polizei, während Wilma und ich mit den Kindern erst mal zum Strand runtergegangen sind. Ich hab den Bodyguard gespielt. Sie haben sich ausgequatscht, stundenlang, sind am Wasser rumgegangen und haben im Sand gesessen und ich hab sie aus eine Entfernung von zwanzig Metern beobachtet. Abends haben wir sie dann mit ins Hotel genommen.«

»Und? Was hat Raimund mit ihnen gemacht? Haben sie was erzählt?«

»Du, keine Ahnung, aus solchen Sachen halt ich mich lieber raus. Aber sie waren okay, die Mädchen. Sie sind gut drauf.«

»Wann kommt ihr nach Hause?«

»Sobald die Mädchen neue Pässe haben. Wilma hatte zum Glück die Geburtsurkunden dabei und jetzt werden zumindest provisorische Pässe ausgestellt. Ich schätze mal, zwei, drei Tage!«

»Ich freue mich auf dich, mein Herz.«

»Ich mich auch auf dich, meine Schöne.«

»Und tu mir einen Gefallen, Milan. Sag Wilma, wenn sie

von McDonalds zurückkommt, sie soll Ferdinand anrufen. Der freut sich.«

»Okay, Darling, ich richt's aus. Noch heute Abend wird im Schwan das Telefon klingeln ...«

»Hotel Schwan, Grüß Gott!«

»Guten Tag, mein Name ist Nicole Nassa, Chefredaktion *Elite*. Eine Frage hätte ich: Wohnt bei Ihnen Frau Mechthild Gutermann?«

»Das bin ich nicht befugt zu sagen.« Frau Donner bekam einen Schweißausbruch. Ferdinand Sailer, ihr Chef, hatte ihr gestern noch eingeschärft, mit niemandem von der Presse zu reden. Er wollte lieber gar nicht den fünften Stern bekommen, als mit seiner Kindheitsgeschichte an die Öffentlichkeit gebracht zu werden.

»Aber Sie sind doch kein Krankenhaus, sondern ein Hotel, nicht wahr?«

Nicole Nassa saß mit Giselher Gutermann, dem sein weißer Bademantel an den Waden ein bisschen zu kurz war, in einer wunderschönen Suite des »Adlon« in Berlin, mit Blick auf das Brandenburger Tor. Die Maniküre und Pediküremädels waren gerade gegangen und der Champagner stand kalt. Ein riesiger Blumenstrauß zierte den riesigen runden Ebenholztisch, ebenso ein persönlicher Willkommensgruß des Hotelmanagers van Dahlen und auf der Kredenz im Speisezimmer stand eine wunderschöne Silberschale mit frischen Früchten.

Abends im Schauspielhaus am Gendarmenmarkt sollte Giselher den Ehrenpreis der deutschen Metzgerinnung erhalten, und zwar aus der Hand des Bundespräsidenten persönlich. Zu seinen Ehren würde Justus Frantz mit seiner Philharmonie der Nationen auftreten. Ravels Bolero stand auf dem Programm. Weil Giselher die Presse scheute und auf der Straße nicht erkannt werden wollte (weder mit noch ohne Baskenmütze wollte er bei diesem Herbstwind hinaus), ersparte ihm die einfühlsame Nicole Nassa einen Bummel über den Kudamm. Stattdessen leistete sie ihm in seiner Suite Gesellschaft. Aber sie nutzte die Zeit ein bisschen für ihre beruflichen Dinge, während der Nagellack trocknete.

»Also, Sie unterliegen doch nicht der Schweigepflicht?«, machte sie dieser bayrischen Pute am anderen Ende der Leitung Druck.

»Das ist richtig, aber wir geben der Presse keine Auskunft über unsere Gäste.« Ulrike Donner war eine verlässliche Rezeptionistin. Und sie liebte ihren Chef bis in den Tod. Jetzt, wo die Vernarbte in Amerika war, sah sie wieder eine Chance.

»Dann möchte ich bitte Ihren Geschäftsführer sprechen.«

»Herr Sailer ist momentan nicht im Hause.« Frau Donner wollte schon den Hörer auflegen, da riss ihr die alte Birnbichler das Telefon aus der Hand.

»Gehm S' omol her, Frau Donner, dös kennan S' net, dös moch i.«

»Birnbichler, i bin die Chefin des Hauses, grüß Gott!«

»Grüß Gott, Frau Birnbichler«, schleimte Nicole Nassa zuckersüß in den Hörer. »Ich hätte so gern gewusst, ob die frühere Gattin des Nobelpreisträgers, Professor Giselher Gutermann, noch bei Ihnen weilt. Ich hätte da einige Fragen an sie.«

»Worum geht's denn, bittschee?«

»Ich arbeite im Auftrage der Zeitschrift *Elite* und möchte ein Exklusivinterview. Mich interessieren Dinge wie: Wie lebt eine gescheiterte Politikerin mit der Schande, nicht mehr in der Öffentlichkeit zu stehen? Wie wird sie damit fertig, ihre Kinder an die eigenen Eltern verloren zu haben? Was würde sie ihrem Mann Giselher heute sagen, wenn sie noch einmal die Chance dazu hätte? Wie wird sie mit seinem Erfolg fertig? Wie weh tut es ihr, nun von ihm verstoßen zu sein? Sie lebt ja noch nicht mal mehr in seinem Schatten, sondern in ihrem eigenen!

Was tut Frau Gutermann den ganzen Tag? Wie verbringt sie ihre Tage? Läuft denn die Scheidung schon? Kann sie sich denn ein Hotel wie das Ihre überhaupt leisten? Was wird sie unternehmen, um ihre Kinder wiederzubekommen? (Hier zwinkerte sie Giselher Gutermann verschwörerisch zu.) Und so weiter, und so weiter. Und dazu müsste ich erst mal wissen, ob Frau Gutermann überhaupt noch Gast in Ihrem Hause ist.«

»Aah, die Schlamperte mit die roote Hoor!« zog die alte Birnbichler nun vom Leder.

»Aaussigschmissn hot s' mei Sohn! Jetzt vegetiert s' bei unserer Putzfrau dahi, in an oldn Saustall, wo's zum Dach einiregnet! An junger Kerl lebt auch noch da, wos da treibn, will i lieber gor net wissen!«

Nicole Nassa rieb sich die Hände. Eine wunderbare Information! Eine phantastische neue Titelstory! Jetzt musste sie nur noch an aktuelle Fotos kommen! Die Gutermann in einer verkommenen Kommune!

Gestrandet, gestrauchelt, gescheitert, malte sie sich schon die Titelzeile aus. *Was aus der einstigen Fast-First-Lady geworden ist!* Und sie selbst, Nicole Nassa, würde alsbald die Grande Dame an der Seite des Nobelpreisträgers, Professor Giselher Gutermann, sein, der zur Zeit auf jeder Gala der Ehrengast war! Bald würde sie nicht mehr zur schreibenden Zunft gehören und jedem Prominenten devot schmeichelnd die Füße lecken, sondern selbst eine Lady sein, die über den roten Teppich schritt!

Tja, Hans-Heinrich, dachte sie. Wenn ich es mit dir nicht geschafft habe, dann schaffe ich es mit Giselher Gutermann! Aber ich schaffe es!

»Liebe Frau ... Birnbichler«, setzte Nicole nun nach. »Wenn die besagte Dame gar nicht mehr zu Ihren Gästen zählt ...«

»Naa! Wir san a gehobenes Hotel der Luxusklasse! Mit an G'sindel verderben wir uns nicht die Kundschaft!«

»... aber trotzdem noch in Ihrer Nähe weilt, dann würde

ich mich gerne anmelden bei Ihnen, um das schöne Hotel einmal in Augenschein zu nehmen! Dann könnte ich zwei Fliegen mit einer Klappe schlagen – zum einen das Interview mit Frau Gutermann und zum anderen eine schöne Geschichte über Ihr Hotel!«

»Dös wär a ganz a fesche Propaganda«, sagte die Birnbichler stolz. »Das g'freit den Buam.«

»Hat nicht Ihr Sohn das ehemalige Landhaus heraufgewirtschaftet? War das nicht mal ein Balkan-Grill? Soweit ich informiert bin, bekommen Sie demnächst ihren fünften Stern?!«

»Dös is alls mei Verdienst«, schnaubte die alte Birnbichler. »Der Bua, der ko ja nix! Große Töne spucken, vui Göld ausgeben, mit die Leit ratschen, mim Birgamoasta z'sammhockn, und mit'n Mänädscha von der Kaasfabrik, der wo mit der Tourismus-Vorstandsvorsitzenden liiert is, Schi faarn gehen, und Golf spüln, dös konna. Aba schoffn – dös konna net.«

»Das ist ja interessant!« Nicoles schwarze Schreiberseele hüpfte schon wieder vor Glück. Da bekam sie schon wieder gratis ein Exklusivinterview!

»Aber ist denn Ihr Sohn nicht zum ›Hotelier des Jahres‹ vorgeschlagen worden? Ich habe da irgendwo eine Randnotiz gelesen … war er nicht in Amerika ein führender Kopf?«

»An Schmorrn war der!«, regte sich nun die Birnbichler auf.

Frau Donner, die die ganze Zeit in Hörweite gestanden hatte, grämte sich bis in die Spitzen ihrer Haferlschuhe hinein. Nun musste sie über ihren angebeteten Chef schreckliche Dinge mit anhören: »Der war gerade mal Kellner, wenn überhaupt! Der ko ja nix, der Bua! Nix hot er g'lernt, da drüben in Amerika, außer Göld ausgeben un große Sprüch und Weibersleit den Kopf verdrehn!«

»Das müssen Sie mir aber näher erklären …«

»Noch nicht amal an Tisch decken kann er! Legt's Messa ans Kopfende! Fürs Dessert!«

Nicole Nassa amüsierte sich köstlich. Da hatte sie ja ein besonders dämliches Ratschweib an der Angel! Merkte die nicht, dass sie sich ihr eigenes Grab grub?

»Und das Mineralwasser serviert er ohne Glasl! Obrechnen konn er net g'scheit, mit'n Computer kann er aa net umgehn, dös kann nur i! Gell, Frau Donna! Und a Frühstücksei wird ihm z' hart oder z' weich! Und was der für Leit oostöllt! Die hätti sölber scho lang aussig'schmissn! An depperten Sohn vom Hiaslbauern, der wo net bis drei zöhln ko, dann a esoterische Putzfrau, die sich für eine Psychologin hält, aber noch net omol an Knick ins Kopfkissn einihaun ko, und jetzt kimmt er noch mit a ganz a graislichen Freundin daher, die wo am Stock geht und a G'sicht hat wie Drakula … und die man net unter die Leit lassen ko … dabei solla a g'scheits Dirndl heirodn, die wos mi entlast' … nix bringt a z'wege, der Bua. Nix. Nochher kimmt er noch mit der schiachn Gutermann daher, als Frühstückskellnerin! Die wo nix arbeiten wüll, weil s' net g'wöhnt ist!«

»Aber Frau Birnbichler, das sind ja ungeahnte Neuigkeiten! Und da wollen Sie Ihrem Sohn den Fünfsternebetrieb anvertrauen …«

»Hält sich für'n ganz an tollen Burschen. Siehme Sprachen spricht er! Aangeblich! Dös konni net kontrolliern, i sprech nur Bayrisch und Jugoslawisch. Aber i hob 'n großzogn, mit Liebe und Geduld, und selber auf ois verzichtet, damit der Bua a gute Ausbüldung kriagt … un mi krummg'legt und g'schuftet von morgens bis abends! Dös Hotel hier, das is net sei Verdienst, sondern der meinige! Aber er will die Lorbeern einheimsen, dös is typisch!«

Frau Donner drehte sich der Magen um. Sie versuchte schüchtern, ihr ein Zeichen zum Schweigen zu machen, aber die Birnbichler drehte ihr den Rücken zu. »Aus ganz einfache Verhöltniss kimmt der Bua und mir verdankt er, dass er am Leben blieben is, aausg'setzt wie an jungen Hund hätt ihn sonst sei Vatter, wos a oider Säufer war … der war a verlauster wie a Kotzn, die mo aus der Gosse ziagt, und abg'haut isser, ins Heim isser kimma, mit die Idioten vom Dorf hatter g'haust, ja woher soller denn die Maniern haben, die er braucht für so a verantwortungsvolle Position?«

Nicole Nassa genoss inzwischen ein Glas eiskalten Champagner, den ihr Giselher Gutermann vorbereitet hatte. Verliebt streichelte der sonst so wenig gefühlsverwöhnte Professor seiner attraktiven Lebensabschnittbegleiterin übers aschblond gesträhnte Haar.

»Umbrocht hat sich sei Bruada, aufg'hängt hot der sich, weil die depperte Frau von dem sei Kind vom Tisch hot folln lossn, ja mei, da kennt i Iana G'schichtn verzölln! Aus wos fir an Stoll der kimmt! Aber großtun mit sei Amös Göll un sei Fünf Stern un sei Messa am Kopfende fürs Dessert!«

Nicole kritzelte und kritzelte. Sie konnte es gar nicht fassen! So viel Glück auf einmal! Gutermann, der Fürsorgliche, hatte längst ihr Diktiergerät aus ihrer Louis-Vuitton-Handtasche gezaubert und es, ganz professionell – da hatte er ja Erfahrung! – an das Telefon angeschlossen. So musste sich seine attraktive Geliebte nicht die schönen Finger wund schreiben, die dezent lackierten.

»Was ziehst du heute Abend an, Schatz?«, würde er sie fragen, wenn sie mit ihrem Interview fertig war.

Und dann würde er sie bitten, das türkis-hellblau gestreifte anzuziehen. Mit den dazu passenden türkis-hellblau gestreiften Pumps. Und der Perlenkette aus San Francisco. Heute Abend, nach seinem Vortrag, würde er Nicole Nassa mitnehmen zum Abendessen beim Bundespräsidenten. Im Schloss Bellevue. Und dann würde er ihre Verbindung bekannt geben. Ganz offiziell. Er war ein Mann von Welt. Und er wusste, was sich gehörte.

Der Kleinbus mit der Aufschrift »Hotel Schwan« raste mit hundertsechzig Sachen über die Autobahn. Ferdinand Sailer pfiff erfreut vor sich hin, während er schon wieder den Blinker setzte, um zu überholen. Die Maschine aus San Francisco würde in einer halben Stunde landen. Die Strecke von Winzing am Liebsee zum Münchner Flughafen hatte er in anderthalb Stunden geschafft. Nun würde er gleich Wilma abholen und ihre Kinder sehen. Er war schrecklich gespannt. Wie würden sie die ganze Sache verkraften? Wie gut, dass er Lilli im Ort hatte. Die Kinder würden eine gute Psychologin brauchen. Ferdinand hatte längst innerlich einen Sorgetrieb für diese Familie entwickelt. Er hatte sich einen Plan zurechtgelegt, von dem die alte Birnbichler noch nichts wusste: Wilma sollte mit ihren Mädchen in die große Ferienwohnung über dem neu errichteten Wellnesscenter einziehen. Solange sie finanziell noch nicht wieder auf festen Beinen stand, würde er ihr die Wohnung umsonst überlassen. Das würde zwar die alte Birnbichler schier um den Verstand bringen vor Zorn, aber er würde seiner Stiefmutter die Sache schmackhaft machen, indem er ihr erklärte, dass Wilma doch vielleicht ab und zum im Dirndl an seiner Seite repräsentieren könnte … Sie war gebildet und hatte gute Umgangsformen, sie konnte mit Menschen umgehen und sprach fünf Sprachen. Sie war weltgewandt und hatte ein sehr einnehmendes Wesen. Durch ihre früheren Beziehungen zu allen namhaften Prominenten Deutschlands würde sie aus dem »Schwan« ein absolutes In-Hotel machen können. Der »Schwan« würde außerdem ein internationales Flair bekommen. Sie war ein Profi im Umgang mit Menschen, sie konnte unverfänglich plaudern und sie würde sich vielleicht auch der Probleme der Gäste annehmen. Auf diese Weise würde sie vielleicht bereit sein, das Angebot mit der Ferienwohnung anzunehmen. Für die Töchter wäre der »Schwan« jedenfalls ein Traum: Tennisplätze nebenbei, Pferde auf der Koppel, der See mit eigenem Badestrand, das Wellnesscenter mit Hallenbad und Fitnessraum, endlose Spazierwege, Fahrräder in der Gästegarage, ein gutes Mädchengymnasium in der benachbarten Kreisstadt und – nicht zu vergessen – Lilli in der Nähe! Die einfühlsamste Kinderpsychologin, die sie kriegen konnten.

Diese ganzen Gedanken waren in ihm gereift, während Wilma in Amerika gewesen war. Er hatte sie richtig vermisst, und das war ihm noch nie mit einer Frau passiert. Alle Frauen, die er bisher gekannt hatte, hatte er am Morgen danach schon wieder vergessen.

Ferdinand war sicher, dass sein Plan wirklich genial war.

Er hörte schon die alte Birnbichler keifen: »Was? So a schiache Vogelscheuch'n wüllst hier zum Repräsentiern? Bua, bist denn du blind?«

Und dann würde er sagen, schau, Mutter, du schaust a net besser aus und die Leit lieben dich doch! Darauf würde sie nichts erwidern können.

Ferdinand lächelte in sich hinein. Wie oft hatte er früher bei den Weibern nur aufs schöne Aussehen geschaut. Und wie oft war er enttäuscht gewesen, wenn dann nichts dahinter war.

Heute war ihm eine glatte Fassade egal. Viel wichtiger war ihm, dass eine Frau eine Persönlichkeit war. Und das war Wilma. Mit all ihren Blessuren. Gerade dadurch war sie eine geworden. Und deshalb hatte er ihr auch seine Lebensgeschichte erzählt. Lilli hatte seine Furcht zerstreut. Nein. Wilma würde sein Vertrauen nicht missbrauchen. Und keine reißerische Titelgeschichte aus seiner Kindheit machen.

Er setzte den Blinker und schwenkte Richtung Flughafen ab.

Na also. Er war ja bombig in der Zeit. Sein Herz klopfte vor Freude. Gleich würde er sie alle im Auto haben: Wilma, Sophie und Ann-Kathrin, Martin und Milan.

Und sie würden ihm haarklein alles erzählen. Er hatte ja nur von Lilli einiges erfahren, vorgestern früh, als sie zum Putzen gekommen war. Lilli hatte ihn ehrlich gesagt auch ein bisschen auf die Idee gebracht, Wilma und die Mädchen in der Ferienwohnung aufzunehmen. Jetzt, wo der Herbst anfing und die Hauptsaison sowieso vorüber war, stand sie eh leer.

Ach, Lilli, dachte er, Frauen wie dich müsste es viele geben. Solche Freundinnen findet man seltener als eine Stecknadel im Heuhaufen. Und dann hatte Lilli ihm noch erzählt, dass sein Rivale, Raimund Wolf, einen grauslichen Straßenbahnunfall gehabt habe und völlig zerstört in einer Invalidenklinik läge. Na, Wahnsinn, dachte Ferdinand Sailer kopfschüttelnd, während er auf die rechte Spur ging, um bei »Ankunft« vorzufahren. Ausgerechnet einen Straßenbahnunfall! Wie würde die alte Birnbichler sagen? »Der Herrgott tut's scho gerecht einrichten…« Und diesmal ist sie mit den Kindern abgehauen, dachte Ferdinand. Wie zwei Dominosteine haben die sich gegenseitig zu Fall gebracht. Wir Menschen sitzen doch alle in einem Kettenkarrussell. Werden im Kreis rumgeschleudert und hauen dabei noch andere um.

Er erspähte eine Parklücke, parkte geschickt rückwärts ein und verschloss seinen Bus im Weggehen.

Er sah auf die Uhr. Noch zwanzig Minuten. Super. Jetzt konnte er sogar noch einen Blumenstrauß für seine Wilma erstehen. Wie damals, im Krankenhaus. Nur diesmal sollten es keine gelben Rosen sein. Sondern rote.

Gut gelaunt und in erwartungsvoller Vorfreude schlenderte er durch das Gebäude des Münchner Flughafens. Mit der Rolltreppe fuhr er eins höher, weil hier die Geschäfte waren.

Er sah sich suchend um.

»Kann ich Ihnen weiterhelfen?« Ein freundlicher Bodensteward kam gerade des Weges.

»Blumengeschäft?«

»Aah, da gehen Sie zur Ebene ›Ankunft‹, dann rechts über das Laufband ungefähr zweihundert Meter bis zum Schild ›Shopping Mile‹, da geht's auch zu den Parkhäusern, und da finden Sie dann links alle Geschäfte, die Sie brauchen.«

»Danke, Herr …« Ferdinand setzte seine Lesebrille auf, um das Namensschild des hilfsbereiten Mannes lesen zu können … ›Bartenbach‹.«

Er machte sich auf den Weg zum Blumengeschäft. Noch fünfzehn Minuten. Dann würde Wilma bei ihm sein. Für länger, hoffentlich. Vielleicht für immer …?

Aah, da waren die Geschäfte. Eins neben dem anderen. Wartende Reisende vertrieben sich hier die Zeit und bummelten ziellos herum. Er aber hatte ein Ziel.

Direkt neben dem Blumengeschäft war ein Zeitschriftenladen, der vor bunten Blättchen förmlich überquoll.

Eigentlich wollte Ferdinand wirklich daran vorbei gehen.

Aber am Drehständer vor dem Eingang prangte die neue *Elite*. Er prallte zurück, blieb stehen. Sein Herzschlag setzte aus. Nein, das konnte nicht wahr sein.

Er starrte auf die Zeitschrift. Auf dem Titel war er selbst. Riesengroß, bildfüllend. So wie letzte Woche Giselher Gutermann. Die fetten Buchstaben unter seinem Foto sprangen ihm brutal ins Auge: *Hochstapler mit fünf Sternen!*

Hotelier des Jahres? Er ist doch nur ein ganz kleiner Kellner!

Mit zitternden Fingern fummelte er seine Lesebrille aus der Jankerbrusttasche und versuchte sie aufzusetzen.

Für ELITE ist er noch lange kein Held: Ferdinand Sailer kommt buchstäblich aus dem Dreck. Lesen Sie das entlarvende Bekenntnis eines zweiten Felix Krull.

Ferdinand musste seine zweite Hand zu Hilfe nehmen, um die entsprechenden Seiten aufzublättern.

Er kommt aus der Gosse, sein Vater war ein Säufer, sein Bruder hat sich aufgehängt: Ferdinand Sailer, der angeblich aus einem Balkan-Grill ein Fünfsternehotel gemacht haben soll. Wie viel Wahrheit steckt dahinter? ELITE fragte seine Mutter!

Seine Mutter: »*Er ist doch nur ein Erbschleicher!*«

Hastig überflog er die Zeilen, die ihm vor den Augen verschwammen. Alles stand darin, haarklein, alles, was er Wilma je erzählt hatte.

»Hallo, junger Mann! Wollen Sie das kaufen oder nur Bilder anschauen?« Die dicke Verkäuferin kam bösen Blickes hinter ihrer Kasse hervor. »Solche Kundschaft haben wir gerne! Wir sind keine Lesestube!«

Ferdinand knallte die *Elite* wieder in ihren Ständer zurück, drehte sich um und rannte über das Laufband bis zum Ausgang. Im Laufschritt verließ er das Flughafengebäude.

Gerade als die Lautsprecherstimme die Landung der Maschine aus San Francisco bekannt gab, fuhr der schwarze Bus mit der Aufschrift »Schwan« mit quietschenden Bremsen aus seiner Parklücke.

»Jetzt wo Ihr Mann ausgezogen ist, haben Sie natürlich wieder viel bessere Karten.«

Martin Wächter wandte sich aufmunternd seiner Mandantin zu. »Und dadurch, dass er in die Scheidung so schnell eingewilligt hat, sieht die Rechtslage schon ganz anders aus.« Er schaltete das Licht an. »Seit sie die Zeit umgestellt haben, wird es wieder verdammt früh dunkel.«

Mechthild nickte. Ja, der Herbst war nun endgültig gekommen. Bald war Schulbeginn hier in Bayern ... Sie seufzte. Sie vermisste ihre Jungen ganz schrecklich, besonders den Kleinen, Adrian. Wegen der absoluten Funkstille mit ihren Eltern konnte sie noch nicht mal mit ihnen telefonieren, und ob sie ihre Briefe bekamen, war fraglich.

Aber Mechthild war aus ihrer Talsohle heraus. Die Zeit bei Lilli hatte ihr weitergeholfen. Sie hatte, genau wie Wilma vor ihr, stundenlang mit Lilli geredet, auf der grünen Bank gesessen und über ihr bisheriges Leben nachgedacht. Sie hatte endlose Spaziergänge durch die hügelige Landschaft unternommen, und, angeregt von Milan, hatte sie mit dem Joggen begonnen, was ihr weiterhin den geistigen Müll entsorgen half. Sie fühlte sich wieder gefestigt und stark.

Sie hatte mit dem Rauchen aufgehört und mit dem Trinken auch. Wie hatte Lilli gesagt? Du häutest dich. Bis du dein eigentliches Ich gefunden hast. Und Mechthild fühlte, dass sie jetzt ziemlich nahe daran war, ihr eigentlich Ich zu finden.

Dank Martins Hilfe hatte es schon zwei Vorgespräche beim Jugendamt gegeben. Sie war sehr zuversichtlich, was die Wiedererlangung des Sorgerechts für ihre drei Söhne anbelangte.

»Wie sollen wir also weiter vorgehen?«

»Sie müssen vor Gericht beweisen, dass Sie nicht wirklich dauerhaft durchgeknallt sind, sondern dass Sie damals nur im Affekt gehandelt haben. Ich kann im Moment nicht beurteilen, was schwerer wiegt, das Schlagen Ihres Mannes und Ihrer Eltern oder das Weglaufen und Verlassen der Kinder. Der Richter muss davon überzeugt sein, dass Sie noch Frau Ihrer Sinne sind, dass Sie eine verantwortungsvolle Mutter sind und dass es das Beste für Ihre drei Söhne ist, wenn sie bei Ihnen leben.«

»Aber meine Eltern behaupten vor Gericht das Gegenteil!«

»Das mag schon sein, aber in erster Linie wird das Familiengericht immer im Sinne der Kinder entscheiden. Wir können jetzt einen Antrag einbringen, in dem wir Ihre Eltern auffordern, zu beweisen, dass sie die geeigneteren Erziehungsberechtigten sind.«

»Die sind so überzeugt von sich, dass sie das locker beweisen werden! Mein Vater war Lehrer, der schreibt Ihnen eine Abhandlung von zwanzig Seiten!«

»Wir werden auf jeden Fall einen Sachverständigen vom Jugendamt in Ihr Haus nach Gütersberg schicken, der die Erziehung Ihrer Eltern überwachen soll.«

»Das ist ein Spaziergang für meine Eltern! Die laden den Typ noch zum Kaffee ein!«

»Welche Ansprüche erhebt denn Ihr ehemaliger Mann auf die Kinder?«

»Keine. Er ist jetzt so sehr mit seiner neuen Freundin beschäftigt, dass er nur noch mit ihr auf Reisen ist. Ich habe den Eindruck, er möchte sie so schnell wie möglich heiraten. Und sie ihn auch. Sie hat übrigens eine Tochter, mit der sie voll ausgelastet ist.«

»Okay, dann konzentrieren wir uns also voll und ganz auf Ihre Eltern.« Martin schüttelte nachdenklich den Kopf. »Ich habe wirklich schon viel erlebt, Frau Gutermann, aber dass eine Frau gegen ihre eigenen Eltern um die Kinder kämpft, das ist mir wirklich neu.«

»Tja«, sagte Mechthild. »Meine Familie ist wohl ein seltener Fall.«

Martin lächelte. »Sie haben sich schon wieder verändert! Steht Ihnen aber gut!«

»Danke.« Mechthild hatte sich von ihrer dunkelroten Haarfarbe getrennt und trug jetzt ihre Haare blond und sportlich gestuft. Zu einem Wildlederjanker in olivgrün trug sie Jeans und Stiefeletten. Sie sah einfach völlig normal aus. Wie eine Mutter von drei Kindern. Das würde dem Familienrichter allemal gefallen.

»Wir müssen den Richter davon überzeugen, dass ein Schulwechsel ihren Söhnen zuzumuten ist«, überlegte Martin. »Denn das soziale Umfeld war immer das Hauptargument Ihrer Eltern, die Kinder in Gütersberg zu belassen.«

»Gütersberg ist ein kleines, engstirniges, verlogenes und spießiges Kaff«, sagte Mechthild. »Ich will nicht, dass meine Söhne es für den Nabel der Welt halten. Sie sollen ihr geistiges Umfeld erweitern!«

»Wie wäre es mit einem Aufenthalt in England oder Amerika?« Martin hatte wieder mal einen Geistesblitz. »Die Großen sind jetzt vierzehn und zwölf. In dem Alter ist es absolut üblich, für ein Jahr in ein Internat im Ausland zu gehen. Das ist den Jungen nicht nur zuzumuten, sondern sogar anzuraten. Jeder Familienrichter wird diesem Gedankengang folgen können. Und den Kleinen nehmen Sie zum Schulanfang einfach zu sich. Er braucht seine Mutter jetzt bei den Hausaufgaben. Sie können nachweisen, dass Sie keine auswärtigen Termine mehr haben und Tag und Nacht zu Hause sind.«

»Na, ich geh schon arbeiten«, sagte Mechthild. »Aber ich kann es mir zeitlich so einrichten, dass ich zu Hause bin, wenn Adrian aus der Schule kommt.«

»Ach, das wusste ich nicht! Was machen Sie denn jetzt?«

»Ich bin für das Frühstücksbüffett zuständig, im Schwan. Von fünf Uhr früh bis zwölf.«

»Oh«, sagte Martin. »Das sind nicht gerade christliche Zeiten. Hätten Sie sich früher auch nicht vorgestellt, was? Dass Sie mal Vierminuteneier servieren und frisch gepressten Orangensaft! Wie kommen Sie denn mit der alten Hexe zurecht?«

Mechthild errötete leicht. » Es ist okay. Sie hat so lange an meinen Haaren rumgezetert, bis ich meine Frisur geändert habe. Und mein Outfit auch. Im Betrieb muss ich ein Dirndl tragen. Aber ich kann damit leben. Von irgendwas muss ich ja meine Miete bei Lilli und Milan bezahlen. Und Ihr Honorar schließlich auch.«

Martin lachte. »Die Rechnung kommt, wenn Sie Erfolg hatten. Dann haben Sie auch genug Geld. Denn Gutermann wird Ihnen Unterhalt zahlen und eine Gütertrennung gibt's auch. Außerdem fallen seine ganzen Geldpreise für seine Forschungen noch in die Zeit Ihrer Ehe. Da buchen wir ihm noch ein hübsches Sümmchen unter ›Zugewinn‹ ab, lassen Sie mich nur machen.«

»Sie sind ein As, Martin!«

»Na, ich würde mich ja schämen, wenn der Ferdl mich empfiehlt und ich tauge dann nichts!« Martin errötete nun seinerseits ein bisschen.

Mechthild seufzte: »Herr Sailer hat mich noch eingestellt,

bevor er zurück nach Amerika gegangen ist. Die Alte hätte mich nie genommen.«

»Schade, dass er weg ist«, seufzte Martin. »Er hat Winzing gut getan. Der Mann hat richtig frischen Wind hier hereingebracht. Aber die Alte hat gesiegt. Ich hab versucht, ihm sein Erbe schon zu Lebzeiten der Alten zu sichern ... nichts zu machen. Die Frau ist durch und durch schlecht. Haben Sie gelesen, was sie in der Zeitung über ihn gesagt hat?«

»Ja. Ein Skandal ist das. Den eigenen Jungen so herunterzuputzen.«

»Und er hat geglaubt, die Wilma von der Senne hätte den Artikel geschrieben!«

Die beiden malten sinnlose Figuren mit ihren Kugelschreibern auf ihr Papier.

»Er ist ein feiner Kerl«, pflichtete Mechthild bei. »Tut mir sogar ein bisschen Leid für die Wilma, dass er weg ist. Ich glaube, die haben sich gemocht. Obwohl, jetzt weiß sie mal, wie das ist, wenn die Presse einem das Leben verpfuscht.«

»Aber zurück zu Ihren Jungs«, beeilte sich Martin zu sagen. »Die gehen für ein Jahr ins Ausland, lernen vernünftig Englisch, kommen auf diese Weise raus aus Gütersberg und kehren danach zu Ihnen zurück. Bis dahin haben Sie eine größere Wohnung und eine geeignete Schule gefunden, da Sie ja bis dahin ganz andere finanzielle Möglichkeiten haben.«

»Ja, das ist genial«, sagte Mechthild. »Das ist das Ei des Kolumbus!«

»Hier gibt's auch ein paar tolle Internate in der Nähe«, sagte Martin. »Auf Gut Reising können Ihre Großen sogar Golf spielen und segeln. Da sitzen sie jedenfalls nicht dauernd vor dem Computer und vor der Glotze. Meine zwei Großen sind auch dort!«

»Oh ... Sie haben auch Kinder?«

»Ja. Klar. Wer hat die in meinem Alter nicht?«

»Aber Sie haben Ihre Frau noch nie erwähnt!« Mechthild schluckte.

»Warum sollte ich eine Frau erwähnen, mit der ich nicht zusammenlebe?« Martin grinste und sein Grübchen am Kinn trat so deutlich hervor wie noch nie. »Aber zurück zu Gut Reising ... die haben nicht nur tolle Lehrer, sondern auch tolle Freizeitangebote! Ich finde es für die Kids heute wichtiger, die Freizeit sinnvoll zu gestalten, als nur blöd zu pauken. Meine Großen sind zum Beispiel an einem Gartenbauprojekt beteiligt und dazu bei Greenpeace aktiv! Das prägt mehr als so mancher Vokabeltest.«

»Sie sprechen mir aus der Seele«, seufzte Mechthild. »Meine Buben sitzen immer nur am Computer. Giselher hat sie auf diese Weise ruhig gestellt.«

»Sie müssen dringend auf die Erziehung Ihrer Kinder Einfluss nehmen. Sie sind die Mutter!«

»Wenn ich mir das bis dahin leisten kann ...«

»Können Sie. Verlassen Sie sich auf mich. In einem Jahr sind Ihre Eltern aus Gütersberg abgezogen und Sie können Ihr Reihenhaus verkaufen.«

Martin grinste sein spitzbübisches Lächeln, das er immer aufsetzte, wenn ein Plan mal wieder aufging.

Mechthild stand auf. »Vielen Dank, ich glaube, ich sehe jetzt wieder Land.«

»Machen Sie's gut«, sagte Martin und reichte seiner ehemals so prominenten Klientin die Hand.

»Kommen Sie am Sonntag zum Brunch«, sagte Mechthild. »Und bringen Sie Ihre Kinder mit!«

»Mama, ich möchte so gern reiten!«

»Und ich möchte ein eigenes Pferd haben! Warum geht das denn nicht?«

»Weil wir im Moment kein Geld für solche Sachen haben!«

»Och, Mann ey, wie langweilig! Bei Papa in Amerika durften wir auch nicht reiten!«

»Alle Mädchen in unserer Schule haben ein eigenes Pferd!«

Ann-Kathrin kletterte von dem Stuhl, auf dem sie gerade gestanden hatte, um das Pferdeposter über ihr Bett zu hängen.

»In Amerika hatten wir ein viel größeres Zimmer! Mit pinken Vorhängen und pinken Tapeten und pinken Teppichen! Voll spießig, irgendwie!«

»Aber es war trotzdem voll langweilig.« Sophie steckte eine letzte Reisszwecke in ihr Poster. »Die Linda und der Joe sind zwar voll nett irgendwie ...«

»Aber?«, fragte Wilma.

»Die sitzen den ganzen Tag nur vor dem Fernseher. Der läuft von morgens um sieben bis nachts um zwei.«

»Und wir durften irgendwie gar nichts unternehmen«, berichtete Ann-Kathrin. »Die hatten zwar einen riesigen Garten, mit Swimmingpool und so ...« Sie kaute ein bisschen auf ihrer Lippe herum.

»Aber das war alles so langweilig«, fügte nun Sophie dazu.

»Nur Kühe und Kühe und Kühe. Über was anderes haben die nicht gesprochen.«

»Und Papa?«

»Der hat ja immer nur gearbeitet«, sagte Ann-Kathrin völlig beiläufig, während sie ihren Teddy streichelte. »Genau wie in München.«

»Nur abends hat er uns manchmal zugeschaut, wenn wir Verkleiden gespielt haben.«

»Das war alles?«

»Ja. Fotografiert hat er uns dauernd. Voll langweilig.«

»Und Videos gemacht.«

»Sonst nichts?«

»Nee. Der ist nicht einmal mit uns ins Disneyland gefahren, obwohl er es versprochen hatte! Wir waren immer nur im Haus und im Garten!«

Wilma fiel ein Stein vom Herzen. »Wie ist es denn in

der neuen Schule?«, versuchte sie erst mal einen Themawechsel.

Sie faltete gerade die letzten Klamotten aus ihrer ohnehin schon bescheidenen Umzugskiste und ordnete sie in den Bauernschrank ein, der in dieser Ferienwohnung stand. Es war die leer stehende Ferienwohnung im »Schwan«, die sie für einen recht erschwinglichen Preis bei der alten Hexe gemietet hatte. Sie war zwar recht eng, aber für den Übergang würde es reichen. Aus dem Fenster hatte man einen wunderschönen Blick über den Liebsee, der jetzt die herrlichen Herbstfarben der Bäume widerspiegelte.

»Total cool«, waren sich die beiden Mädchen einig.

»Endlich sind wir mal wieder unter Jugendlichen!«

»In der ersten Englischarbeit hatte ich sofort eine Eins«, strahlte Ann-Kathrin.

»Und ich durfte gleich auf Englisch ein Referat halten.«

»Nur Mist, dass es in der Schule keine Jungen gibt«, seufzte Sophie.

»Iiih, Jungen«, schrie Ann-Kathrin angeekelt. »Bin ich froh, dass da keine Jungen sind!«

»Jungen sind doch süß«, sagte Sophie.

»Nein, die ärgern einen immer und stecken einem Kaugummi in den Rücken!«, quietschte Ann-Kathrin. »Die Wanda hat einen voll blöden Bruder, der macht das immer!« Sie schien tatsächlich keinen seelischen Schaden davon getragen zu haben.

Wilma war so erleichtert!

Auch Lilli hatte ihr bestätigt, dass den Kindern anscheinend nichts Gravierenderes passiert war, als dass Raimund Wolf sie beim Verkleiden fotografiert hatte. Und sie waren zu jung und zu unschuldig, um darin etwas Böses zu sehen.

Das Einzige, was ihnen seelischen Schaden zugefügt hatte, war die Lüge, sie, Wilma, sei tot.

Aber Wilma war lebendig, das würde sie ihren Töchtern jeden Tag beweisen.

Gerade, als sie im kleinen Badezimmer ihre Habseligkeiten in den Wandschrank ordnete und die Kinderzahnbürsten in den Becher steckte, klopfte es an ihre Wohnungstür.

»Frau von der Senne? San Sie da drinnen?«

»O Gott, die Alte schon wieder!«, verdrehten die Mädchen genervt die Augen.

»Ja, Frau Birnbichler. Kommen Sie rein.« Wilma öffnete die Tür. Sie hasste zwar die Stiefmutter von Ferdinand, aber sie wollte hier die Stellung halten, falls Ferdinand eines Tages wiederkäme. Sie liebte ihn und sie hatte Zeit, auf ihn zu warten.

Winzing am Liebsee war ihr neues Zuhause geworden und hier wollte sie mit ihren Mädchen Wurzeln schlagen. Hier hatte sie ihre Freunde, Lilli, Martin und Milan, und hier fühlte sie sich geborgen und sicher. Raimund würde es nicht wagen, hier aufzutauchen. Zumal er sie hier niemals finden würde.

Die Alte schlich neugierig in die Wohnung, um zu spähen, wie sich Wilma mit ihren Töchtern eingerichtet hatte. »So a scheene Wohnung hom S'«, keuchte sie, vom Treppensteigen ganz geschwächt. »Da können S' froh und dankbar sei! Für tausend Mark im Monat geb ich sie in der Hochsaison net her, dass Sie dös glei wissen!«

»Ist ja schon gut, Frau Birnbichler.«

»Aber fei sauber holt'n miassat's scho, gell! I kann euch net die Putzfrau obi schick'n, die Lilli!«

»Nein, Frau Birnbichler, putzen tun wir schon selbst.«

Wenn Wilma da an letztes Jahr dachte! Als die alte Hofgartner für sie geputzt hatte! Wilma hatte jahrelang keinen Putzlappen mehr angefasst, geschweige denn eine Klobürste. Aber nun war ein anderes Leben angebrochen und Wilma fühlte sich wohl dabei.

»Wenn ihr zum Friastick'n runterkomma wollt's, dann muss i aich das aber noch extra auf die Rechnung setzn, gell! Mir san kann Müttergenesungswerk, gell!«

»Ist schon gut, Frau Birnbichler. Das Frühstück machen wir uns hier oben selbst.«

»Naa, i hab da jetzt a neie Frühstückskellnerin, Herrschaftszeiten, naa, was is die deppert!« Frau Birnbichler wollte schon wieder zum Stänkern anfangen, aber da war sie bei Wilma an der falschen Adresse.

»Frau Birnbichler, was kann ich für Sie tun?«

»Und dass die Dirndln mir hier net mit die schmutzigen Schuh in d' Wohnung einilaufa, gell! Und mit'm Wasser miass ma sparn. Ihr könnt's nur einmal am Tag duschen, in der Fria um simme! Seit der Ferdl nimmer da is, kimma koa Gäst mehr, da hab i den Haupthahn zugedreht und jetzt kimmt da nur noch a Sparstrahl aussi, gell, Frau von der Senne!«

»Ist schon gut, Frau Birnbichler.« Eines Tages würde Wilma der Alten eigenhändig den Hals umdrehen. Schließlich war es ihre Schuld, dass Ferdinand Hals über Kopf verschwunden war.

»Naa, dass der Bua aber auch so gar nix von sich hören lasst«, schüttelte die Alte den Kopf. »Ois hob i für den Buam getan und jetzt, wo dös Hotel so richtig guat g'laufa is, da hat er sich davong'mocht. Und mich oide Frau damit im Stich g'lossn. So san die Männa.«

Wilma wollte erst etwas sagen, aber sie unterließ es. Der Alten würde es nicht gelingen, einen Ton aus ihr herauszubringen.

»Und Sie – Sie hom auch net zufällick was von am g'hert?« Lauernd legte die Birnbichler den Kopf schief. Sie warf einen prüfenden Blick auf den Computer, den Wilma auf dem wackeligen Wohnzimmertisch installiert hatte. »Tut er Eana fei koa Iihmehl schick'n?«

»Naa, er kennt sich ja mit'm Computer net aus«, schnappte Wilma zurück. »Steht ja in der Zeitung.«

»Na, nun sann S' net gleich beleidigt! Eana mussi ja net verzölln, wie die Presse arbeitet! 's Wort im Munde hom s' mir verdreht! Dös hob i so net g'sagt!«

»Schon gut, Frau Birnbichler. Kann ich sonst noch was für Sie tun?«

»Aah, so, das hätti jetzt fast vergessen. Warum i überhaupt obikimma bin.« Sie kramte in ihrer grauen Kitteltasche. »Sie ham Post.« Sie machte eine Kunstpause, bevor sie den Brief hervorzauberte: »Aus Amerika!«

Wilma riss ihr den Brief aus der Hand. Augenblicklich klopfte ihr Herz laut und unrhythmisch.

Ferdinand! Hatte er ihr geschrieben?

Sie betrachtete die Handschrift auf dem blauen Luftpostcouvert. Sie war klein und eckig, die typische Handschrift eines Linkshänders. Die kam ihr nicht bekannt vor. Aber hatte sie Ferdinand je schreiben sehen? War Ferdinand Linkshänder? Kannte die Alte denn seine Handschrift genauso wenig? Irgendwie passte sie nicht zu ihm. Sie wendete den Brief um. Aber ein Absender stand nicht darauf.

Die Birnbichler blieb neugierig stehen.

»Danke, Frau Birnbichler«, sagte Wilma entschieden.

Sie brachte die Alte freundlich aber bestimmt zur Tür.

»Eklige Hexe«, stieß Ann-Kathrin aus, als die Tür hinter ihr ins Schloss gefallen war.

»Mama, warum müssen wir hier wohnen? Die Alte ist schrecklich!«

»Mama, warum ziehen wir nicht in ein großes Haus, so wie früher?«

»Weil wir im Moment kein Geld haben«, erwiderte Wilma, während sie mit zitternden Fingern den Brief zu öffnen versuchte. Sie hatte so eine innige Hoffnung, dass er doch von Ferdinand sein könnte!

»Ist der von Papa?«. fragte Sophie, die sich neugierig über ihre Schulter lehnte.

»Nein, das ist nicht seine Schrift.« Vorsichtig schüttelte Wilma ihre Tochter ab. Sie war zum Zerreißen gespannt! Ihre Knie zitterten. Sie griff nach einem Messer, das auf dem Tisch lag.

»Ich kenne die Schrift«, rief Sophie aus. »Das ist die Schrift von Agneta!«

Verwundert fuhr Wilma zu ihr herum. »Bist du sicher?«

»Ja! Wir haben doch oft mit ihr geschrieben und gemalt! So schreibt die! Mit links!«

»Agneta«, murmelte Wilma halb enttäuscht, halb überrascht. »Stimmt. Sie hat mir damals gesagt, sie würde mir schreiben.« Sie beruhigte sich wieder, ihre Knie hörten auf zu zittern und ihr Herz klopfte wieder normal.

Endlich hatte sie den Brief geöffnet. Er war zwei Seiten lang, eng beschrieben. Auf Englisch. Als sie ihn entfaltete, fiel noch ein blaues Etwas heraus. Wilma bückte sich, um es aufzuheben. Es war ein Scheck.

Wochenlang hatte es in Winzing am Liebsee geschneit, aber ganz plötzlich rissen die Wolken auf, die Sonne schien von einem strahlend blauen Himmel und ausgerechnet am Heiligen Abend konnte man zum ersten Mal die ganze weiße Pracht in all ihrer glitzernden Schönheit genießen. Die kleinen Skilifte an den sanften Hügeln hatten ihren Betrieb aufgenommen, die Schulkinder genossen ihre Ferien und so wimmelte es an diesem Vormittag von kleinen und großen Skifahrern, die alle ihre Bretter vom Vorjahr wieder aus der Garage geholt hatten.

Wilma hatte ihren Mädchen schon am Anfang des Monats in der benachbarten Kreisstadt Skier gekauft, dazu todschicke Schneeanzüge und »voll coole« Skibrillen. Die Mädchen tobten mit ihren neuen Freundinnen begeistert am Hang herum. Wilma, die an der »Bayerischen Hütte« in der Sonne saß und einen Glühwein genoss, beobachtete ihre Mädchen hinter der Sonnenbrille. Sie selbst traute sich nach ihrem Unfall noch nicht wieder auf ihre Skier, schließlich war sie heilfroh, dass sie wieder, ohne zu humpeln, gehen konnte! Ihre Knochen waren zwar relativ gut wieder zusammengewachsen, aber sie wollte nicht gleich einen Skiunfall riskieren. Nein. Sie war ruhig und gelassen und freute sich am Glück der anderen.

Sie hatte lange überlegt, ob sie sich von ihrem Geld nun als Erstes eine Gesichtskorrektur leisten sollte. Der bekannte Schönheitschirurg Hans-Heinrich Nassa hatte im Schwarzwald eine Klinik, in der hauptsächlich Prominente sich verschönern und verjüngen ließen. Auch die viel umstrittene Schauspielerin Ilse Borte hatte sich offensichtlich bei ihm liften lassen und sah – das musste der Neid ihr lassen – einfach phantastisch aus.

Aber es war ganz merkwürdig: Wilma hatte sich an ihre Narben gewöhnt. Und ihre Mitmenschen auch. Das ganze Dorf kannte Wilma nur mit diesem Gesicht, die Kinder liebten ihren Mama so, wie sie war, und Ferdinand hatte sie so kennen gelernt. Jedenfalls näher kennen gelernt. Sie wollte nicht anders oder gar puppenhaft aussehen, wenn er jemals wieder auftauchen würde. Und das Gefühl, eine Ilse Borte nicht zu beneiden, war viel besser, als um einen vermeintlich faltenlosen Teint beneidet zu werden. Nein, sie hatte mit dem Geld etwas anderes vor. Da war noch etwas, das sie erledigen musste. Sie wusste nur noch nicht, wie sie es anfangen sollte, ohne dass die Presse davon erfuhr.

Sie würde ihr gesamtes Geld den Kindern zur Verfügung stellen, die sie damals in das Straßenbahnunglück verwickelt hatte. Zwar waren längst alle Kinder wieder gesund daheim, aber sie wollte den Schaden von damals wieder gutmachen. Sie würde ihre fünf Millionen Mark ganz gerecht durch sechzig teilen. Da kam für jedes Kind noch ein stattlicher Betrag von 83 000 DM heraus. Auch ihren eigenen Mädels wollte sie ein Konto mit dieser Summe einrichten. So würde ihre Zukunft fürs Erste abgesichert sein.

Wilma wandte ihren Blick wieder ihren Mädchen zu, die übermütig den Berg hinunterfetzten.

Sophie hatte sich zu einem bildhübschen Teenager entwickelt, Ann-Kathrin war noch ein richtiges niedliches

Mädchen. Doch beide hatten sich wunderbar eingelebt, fühlten sich wohl und schrieben in der Schule gute Noten. Es war, als wären sie niemals von Wilma getrennt gewesen. Wilma dachte mit Grauen an die vielen Wochen und Monate zurück, in denen sie den Gedanken an die Mädchen förmlich verdrängt hatte, um nicht wahnsinnig zu werden.

Nun aalte sie sich in der wärmenden Sonne und schaute dem regen Treiben auf der Piste zu. Links vorne trainierten die »Skizwergerl« im »Kinderskizirkus«, einer goldigen kleinen Anlage mit winzigen kaum abfallenden »Pistchen«, wo die Dreijährigen bereits begeistert herumrutschten. Wilma winkte dem Trainer zu. Unter der roten Pudelmütze schaute ein Pferdeschwanz heraus und er hatte über seinem rotschwarz karierten Flanellhemd eine schwarze Skihose mit Hosenträgern an. Milan winkte übermütig zurück. Seit Wilma seine Rechnung bezahlt hatte, fühlte er sich wie ein Krösus.

Wilma sah sich nach ihren Töchtern um. Da sausten sie gerade wieder den Hang hinunter. Sie waren gute Skifahrerinnen. Wilma hatte jedes Jahr zweimal mit ihnen in Zürs Skiurlaub gemacht, nicht zuletzt, um Promis zu beobachten. Nun, hier nach Winzing am Liebsee würde sich kein Prominenter hin verirren. Wilma fühlte sich entspannt. Ihr Jagdinstinkt war erloschen.

Sophie wurde gerade von einem jungen Snowboarder harsch umrundet und fast zu Fall gebracht. Sofort sah sie den jungen Ferdinand vor sich. Der war auch so eine »Pistensau« gewesen. Er hatte eines Abends im Park des Krankenhauses erzählt, dass er früher auf diese Weise immer die hübschen Mädels angebaggert hatte. Wilma seufzte. Ach, Ferdinand. Nun hatte sie über drei Monate nichts mehr von ihm gehört. Er war einfach aus ihrem Leben verschwunden, so plötzlich, wie er im letzten Frühling darin aufgetaucht war. Und trotzdem verging keine Minute, in der sie nicht an ihn dachte. Sie wachte morgens mit dem Gedanken an ihn auf und schlief abends damit ein. Oft träumte sie von ihm. Immer wieder träumte sie, dass sie ihn in San Francisco gefunden hatte. In ihrem Traum rannte sie immer wieder an einem langen Strand hinter ihm her, die *Elite* zusammengerollt in der Hand, und winkte damit und schrie: »Ich war es nicht, ich war es nicht!« Aber er war schneller als sie und entfernte sich mit jedem Schritt etwas weiter von ihr. Manchmal fuhr er ihr auch auf Skiern davon, auf dem Sandstrand. Immer wenn sie versuchte, schneller zu laufen, um ihn einzuholen, brach sie sich wieder ihr rechtes Bein. Einmal lief sie wie ein dreibeiniger Hund hinter ihm her, mit zwei Händen und einem Bein. Sie fühlte sich erniedrigt und gedemütigt, wie sie so gegen diese Schmerzen ankämpfend durch den Sand robbte wie ein verletztes Tier. Es war ein wahninniger Schmerz, von dem sie dann erwachte.

Sie hatte Lilli von dem Traum erzählt.

»Der Traum zeigt dir, wie sehr du das Bedürfnis hast, ihm zu sagen, dass du nichts mit dem Artikel zu tun hast«, hatte Lilli gesagt. »Du fühlst dich in seiner Schuld und gleichzeitig bist du tief verletzt, dass er dir unterstellt, du hättest ihn an die Presse verraten. Ein verdammter Zwiespalt, Wilma.«

»Soll ich ihm einen Brief schreiben? Soll ich ihm beim Augenlicht meiner Kinder schwören, dass ich diesen verdammten Artikel nicht geschrieben habe? Nur damit ich aufhöre, diesen schrecklichen Traum zu träumen?«

»Ich weiß nicht, ich kann dir dazu nichts raten«, hatte Lilli gesagt. »Du musst tun, was deine innere Stimme dir sagt.«

Doch die innere Stimme schwieg.

Wilma verwarf die Idee wieder. Wenn er von mir glaubt, dass ich das getan habe, dann ist er es nicht wert, dass ich nur noch einen Gedanken an ihn verschwende. Unterstellungen sind der Tod einer jeden Beziehung. Ich muss ihn mir aus dem Kopf schlagen. Und ich muss aus dem Schwan raus, sonst werde ich noch verrückt. Ich warte ja nur auf ihn. Als wenn er jemals wiederkäme!

Natürlich hatte sie jetzt Geld genug, um sich ein prächtiges Haus zu kaufen, irgendwo auf einem der begehrten Seegrundstücke oder oben auf einem der Berge, mit Blick auf den See. Aber sie brachte es nicht fertig, das Geld dafür auszugeben.

Sie zog sich ihre Mütze fester ins Gesicht. Sie hatte noch eine Schuld offen, und die musste sie begleichen.

Wieder schweifte ihr Blick zu der Skipiste. War das nicht Mechthild Gutermann, die Blonde da vorne, in dem hellblauen Skianzug, die sich mit dem Kleinen am Lift abmühte? Gut sah sie aus, sportlich und fesch, aber ein Skiprofi war sie nicht. Im Gegenteil. Sie schien zum ersten Mal im Leben auf Brettern zu stehen, wackelte unsicher herum, fiel dauernd hin. Na ja, wo sollte sie das Skifahren auch gelernt haben? In Gütersberg jedenfalls nicht.

Der Kleine war vielleicht sechs, das musste ihr jüngster Sohn Adrian sein. Von Lilli erfuhr Wilma immer die letzten Neuigkeiten über Mechthild. Ihre Großen waren in den USA. Und der Kleine ging hier in die Grundschule. Sie war geschieden und hatte ihr Haus in Gütersberg verkauft. Martin hatte ihr eine richtig große Summe an Zugewinnausgleich herausgeschlagen. Auch Mechthild hatte sich inzwischen hier in Winzing am Liebsee ein schönes Haus gekauft, einen umgebauten Bauernhof, ähnlich wie der von Lilli und Milan, nur moderner, größer und schöner. So redeten jedenfalls die Leute, allen voran die geschwätzige Johanna Birnbichler.

»Nun hats nimmer nötig, hier das Frühstücksbüffet herzurichten, gell, Frau Donna! Aber sie hat's sowieso net gut g'nuag g'mocht. Die Wurscht hats viel zu dick g'schnitten und nachher hats nicht omol die Wurschtmaschin' sauber g'mocht. Ois muss ma sölba mach'n. s' Personaal denkt nicht mit! San alle net b'sonders helle! Gell, Frau Donna!«

Oft schon hatte sich Wilma überlegt, einfach zu Mechthild hinzugehen, um sich bei ihr zu entschuldigen. Aber sie brachte es einfach nicht fertig. Dazu fehlte ihr einfach der Mut. Eine

Zurückweisung würde sie momentan nicht so gut wegstecken können.

Sie setzte sich ein wenig auf, reckte den Hals und blinzelte gegen das Sonnenlicht. Meine Güte, nun war diese Mechthild schon zum zweiten Mal aus dem Lift gefallen, zusammen mit ihrem Kleinen, den sie zwischen die Beine genommen hatte. Ja lieber Himmel, konnte ihr denn keiner mal aufhelfen? Sie lag da im Tiefschnee neben der Spur und versuchte vergeblich, ihre Skier in die Parallele zu bekommen. Der Kleine war unter ihr begraben. Da fuhren alle möglichen Väter und Skilehrer an ihr vorbei und keiner bequemte sich, aus dem Ankerlift auszusteigen, um ihr beim Aufstehen zu helfen. Wilma konnte das kaum noch mit ansehen!

»Milan!«, schrie sie zu der Zwergerlpiste hinüber. »Helf doch mal einer der Mechthild!«

Sie zeigte in die Richtung. Milan stellte sein Zwergerl, das er gerade zwischen den Skiern gehabt hatte, auf die Beinchen und wollte losbrettern, als er sah, dass ihm wohl schon jemand zuvorgekommen war.

Wilma winkte ihm erleichtert zu. Sie beobachtete, wie der Skifahrer Mechthild aufhalf, dann den Kleinen aus dem Tiefschnee zog und abklopfte. Er redete mit den beiden und dann fuhr er im Schneepflug vor ihnen her. Aha, dachte Wilma. Hat er sich der beiden angenommen. Sie widmete sich wieder ihrem Glühwein.

»Hallo, meine Schöne«, ertönte es hinter ihr. »Ist dieser Platz noch frei?«

»Lilli! Bist du nicht auf der Piste?«

»Naa! Ich mag heuer nicht Ski fahrn, setz mich lieber in die Sonne, wie du!«

Wilma erhob sich und umarmte ihre Freundin, die heute ausnahmsweise mal kein grün geblümtes Kleid trug, sondern ein Flanellhemd und eine schwarze Skihose, offensichtlich gehörte beides Milan.

»Ich muss doch meinem Göttergatten zuschauen, wie der mit den Zwergerln klarkommt!«

»Er macht das großartig«, sagte Wilma. »Schau mal, was der für einen Spaß an den Kleinen hat! Er hat eine Engelsgeduld und verliert nie die gute Laune. Solche Männer braucht das Land.«

»Aha«, machte Lilli und setzte sich ihre Sonnenbrille auf. »Herrlicher Tag heute.« Sie winkte dem jungen Mann, der auf der Terrasse bediente. »Nimmst du noch einen Glühwein?«

»Dann bin ich nachher bei der Bescherung schon ganz beschickert«, sagte Wilma. »Aber mit dir trinke ich noch einen. Unter einer Bedingung: Ich zahle.«

»Schmarrn«, sagte Lilli und zu dem Kellner gewandt: »Ein Glühwein und ein Früchtetee.«

»Och, jetzt lässt du mich hier allein zechen? Das ist unfair!«

»Früchtetee ist besser fürs Zwergerl«, sagte Lilli. Ihre Stimme hatte einen ungewöhnlich glücklichen Unterton.

Wilma fuhr herum. »Lilli! Hab ich das richtig verstanden ... bist du etwa ...?« Sie traute sich nicht, es auszusprechen. Lilli war vierundvierzig.

»Genau«, sagte Lilli fröhlich. »Es hat geklappt. Ich bin in der vierzehnten Woche.«

»Nein!« Wilma sprang auf, die beiden Freundinnen umarmten sich, dass der frisch gebrachte Glühwein und Tee in ihren Gläsern überschwappte.

Milan beobachtete die ganze Szene von der Piste her und winkte übermütig mit seinem Skistock herüber.

»Das ist ja eine sensationelle Neuigkeit! Weißt du schon, was es wird?«

»Wir lassen uns überraschen«, sagte Lilli und Wilma hatte auch nichts anderes aus ihrem Munde erwartet. Eine Frau wie Lilli machte doch keine Fruchtwasseranalyse, nur weil sie vierundvierzig war! Sie würde jedes Kind annehmen, wie auch immer es geartet war.

»Willst du Patin werden?«

»Das ist mein schönstes Weihnachtsgeschenk«, sagte Wilma und Tränen stiegen ihr in die Augen.

»Fein, dass ihr heute Abend zu uns kommt«, sagte Lilli gerührt. »Ich wollte es euch eigentlich erst heute Abend sagen, unter dem Weihnachtsbaum.«

»Habt ihr schon über Namen nachgedacht?«

»Wenn's ein Mädchen wird, heißt's Wilma. Ich finde den Namen so schön«, sagte Lilli.

»Und wenn's ein Junge wird? Milan Junior?«

»Nein«, sagte Lilli schlicht. »Wir haben uns gedacht, wenn's ein Junge wird, nennen wir ihn Ferdinand.«

Wilma schluckte. Sie sagte nichts. Ihre Augen waren sowieso schon feucht.

»Winzing braucht wieder einen Ferdinand«, sagte Lilli und tätschelte Wilma den Arm. »Auch wenn es fürs Erste nur ein winziger Ferdinand ist.«

Den Weihnachtsabend verbrachte Wilma mit ihren Töchtern in der urgemütlichen Kaminstube von Lilli und Milan. Sie kuschelten sich auf den Lammfellen zusammen und aßen ein köstliches Fondue. Der Topf stand auf dem blank gescheuerten Dielenboden. Nie hätte Wilma früher gedacht, dass sie Heiligabend mal im Schneidersitz auf der Erde sitzen und essen würde, in Jeans, Pulli und Filzpantoffeln. Die Kinder genossen es, waren ausgelassen und fröhlich. Sophie, die ein Snowboard bekommen hatte, erzählte kichernd von ihrem Pistenschreck und Ann-Kathrin freute sich über ihre neuen Big Foots.

Sie hörten Weihnachtslieder und spielten Gesellschaftsspiele. Sie sprachen viel über das »Putzerl«, das im Juni erwartet wurde. Wilma und Ferdinand sollten Paten sein.

Um Mitternacht gingen sie alle zusammen in das hell erleuchtete Zwiebelturmkirchlein, das so proppenvoll war, dass man sich an seinen Nachbarn wärmen konnte.

Von der Empore sang der Kirchenchor. Als Wilma sich einmal vorsichtig umsah, sah sie Mechthild Gutermann in der ersten Reihe stehen. Hier hatte man sie nicht abgelehnt. Hier war sie herzlich aufgenommen worden. Mechthild erwiderte ihren Blick, lächelte sogar ein bisschen, vertiefte sich dann aber wieder in ihre Noten. Ein beseelter alter, knödelnder Bariton sang dann »Transeamus, usque Bethlehem« und die Gemeinde setzte sich, um ergriffen zu lauschen. Wilma sah auf lauter olivgrüne Federhüte und Trachtenwintermäntel. Wilma überlief ein Gefühl der Wehmut, Trauer, aber auch der Dankbarkeit und des stillen Glücks. Vor einem Jahr hatte sie den Heiligen Abend mit Raimund und den Kindern in ihrer Villa in Grünwald verbracht, aber es war keine Stimmung aufgekommen, was sicherlich auch an ihr selber gelegen hatte. Agneta hatte stumm und blass dabei gesessen und Frau Hofgartner hatte eine Forelle Müllerin serviert. Nach der Bescherung der Mädchen hatte man sich mit Champagner vor den Fernseher gesetzt und dann war Agneta zu Bett gegangen und kurz darauf auch Raimund. Ach, wie weit war das alles weg! Sie vermisste ihre Grünwalder Zeit nicht ein bisschen. Sie war selber überrascht darüber. Auch wenn alle ihre persönlichen Sachen verschwunden waren – ihre Antiquitäten, ihre Bilder, ihre Bücher … nichts hatte sie aus der Grünwalder Villa je wiedergesehen – der Einzige, der ihr fehlte, war Ferdinand. Gerade heute. Heimlich rechnete sie die Zeitverschiebung aus. Bei ihm war es jetzt drei Uhr nachmittags.

Bereitete er sich jetzt auf die Bescherung vor? Hatte er womöglich jetzt eine Frau oder gar eine Familie, um die er sich kümmerte? Es versetzte ihr einen Stich.

Die Weihnachtstage verliefen still und beschaulich. Tagsüber begleitete Wilma ihre Töchter zum Skilift und setzte sich, in ihren Nerz – ja, jenen Nerz, mit dem alles begann! – gehüllt auf die sonnige Terrasse der »bayerischen Hütte«. Sie beobachtete das bunte Treiben auf der Piste und stellte mit einem Seitenblick fest, dass Mechthild und ihr Kleiner stets in der Obhut des netten Dr. Wächter waren. Mechthild fuhr schon viel besser und auch der Kleine hatte Fortschritte gemacht.

Sophie hatte ihren ersten Flirt – es verging keine Liftfahrt, in der sie nicht ihren Ankerlift mit dem Snowboardknaben teilte.

Nachmittags, wenn sie mit dem Putzen im »Schwan« fertig war, leistete Lilli Wilma Gesellschaft.

Am zweiten Weihnachtstag kam sie erst gegen drei Uhr nachmittags. Sie teilte aufgeregt mit, dass neue Gäste im »Schwan« eingecheckt hätten: ein sehr elegantes Ehepaar namens Gutermann, anscheinend auf der Hochzeitsreise, und beide seien bekannt aus den Medien! Sie seien mit einem silbermetallenen Bentley vorgefahren, den der depperte Sohn vom Hiaslbauern mit offenem Mund eine halbe Stunde angestarrt habe, bevor er ihn mit einem Seidentuch poliert habe. Der Professor sei ein hagerer, hochgewachsener Typ mit langen Strähnen über der Glatze und sie eine Lady in Chanel, etwas rundlich, mit einer Frisur wie früher die erste Gattin Mechthild. Die alte Birnbichler müsse sich förmlich überschlagen, um die hohen Ansprüche ihrer prominenten Gäste befriedigen zu können. Lilli und die Donner hätten geschuftet wie die Tiere. Sie mussten jeden Tag reichlich Überstunden machen und der Hansi vom Hiaslbauern auch. Die Herrschaften hätten nämlich deutlich gemacht, dass sie nur in den allerbesten Hotels abzusteigen pflegten. Rote Rosen müssten es sein, Champagner, frische Erdbeeren im Zimmer. Und das um diese Jahreszeit. Das Jubelpaar pflegte nämlich bis mittags zu nächtigen, weil es ja noch in den Flitterwochen war.

Gerade erst hatte Lilli ihr Zimmer aufgeräumt.

»Ich hab ja schon viel gesehen, aber das noch nicht«, grinste sie frivol.

»Was?« fragte Wilma nach. »Schweinigeleien?«

»Na ja, sie haben an allen vier Bettpfosten Seidenstrumpfhosen angebunden, so fest, dass ich die nicht wieder losgekriegt habe. Hab mir echt 'n Fingernagel abgebrochen. Wusstest du, dass solche Dinger absolut reißfest sind?«

»Hm«, machte Wilma. So so. Der gediegene Professor.

»Und weil die alte Hexe mich immer wieder ermahnt, auch unter dem Bett sauber zu machen, hab ich da einige interessante Dinge hervorgeholt.«

»Erspar es mir«, sagte Wilma. »Du bist doch sonst so diskret.«

»Als Psychologin ja, als Putzfrau nicht.« Lilli grinste. »Und was ist mit dir, meine gute alte Wilma? Du bist doch sonst so neugierig!«

»Als Journalistin ja, als Mensch nicht!«

»Fesseln, Peitsche, Dildo, Sektflaschen, Korken …« Lilli gähnte demonstrativ. »Milan hat vor einem halben Jahr schon mal solche Dinge zu hören bekommen, von dem Nachhilfelehrer, der eine entsprechende Plastiktüte im Schrank gefunden hatte.«

Wilma lachte. »Professor Giselher Gutermann, Volksheld und Märtyrer der Nation.«

»Stille Wasser sind tief,« spöttelte Lilli.

Wilma schloss die Augen und hielt ihr Gesicht in die Sonne. »Ich finde, jetzt hat Nicole Nassa endlich den Mann, den sie verdient.«

»Ich hab nur das blöde Gefühl, die ist nicht wirklich privat hier«, sagte Lilli, während auch sie sich genüsslich der schon schräg stehenden Wintersonne zuwandte. »In ihrer Handtasche ist jedenfalls ein Diktiergerät und im Nachtkasterl ist eine blonde Perücke.«

»Wenn die uns hier nicht in Ruhe lässt«, sagte Wilma. »Dann bring ich sie um.«

Genau zu dieser Sekunde passierte das, womit niemand in ganz Winzing so plötzlich gerechnet hatte: Johanna Birnbichler segnete überraschend das Zeitliche.

Sie hatte sich vielleicht wirklich etwas übernommen mit ihren prominenten Gästen.

Von morgens um fünf bis nachts um zwei war sie auf den Beinen gewesen, um es »Der Dame von der Presse« recht zu machen. Durch Nicole Nassa sah sie noch einmal die ganz große Chance auf »Propaganda«. Dabei hätte sie wissen müssen, dass eine Reporterratte wie Nicole Nassa niemals im Sinne hatte, etwas Positives, Nettes, Anerkennendes zu schreiben. Nein, vielmehr wollte sie Mechthild Gutermann noch einmal zur Ader lassen, indem sie sie mit ihrem früheren Gatten konfrontierte. Da mussten doch noch ein paar Späne fliegen, das konnte doch noch nicht alles gewesen sein!

Außerdem wollte sie wissen, was aus dem Hochstapler und Erbschleicher Ferdinand Sailer geworden war. Und last not least hatte sie ein triumphierendes Auge auf ihre frühere Rivalin Wilma von der Senne geworfen. Drei Gründe, ihre Hochzeitsreise nach Winzing am Liebsee zu machen!

Während also Wilma von der Senne und Lilli Brinkmann sich über merkwürdige Sexualpraktiken und ungewöhnliche Mordmethoden unterhielten, schloss Johanna Birnbichler in ihrer Hotelküche für immer die Augen. Sie hatte gerade die Wurstmaschine gesäubert, weil das ja sonst niemand machte – Gell, Frau Donna! –, als ein Herzschlag sie ereilte.

Hansi, der depperte Sohn vom Hiaslbauern, fand sie, als er für eine Brotzeit vom Schneeschieben hereinkam. Er frühstückte erst in aller Ruhe, bevor er Frau Donner herbeirief, die allerdings in keinerlei Wehgeschrei ausbrechen wollte. Gell, Frau Birnbichler.

Frau Donner rief über das Handy Wilma an, weil sie sich sonst nicht zu helfen wusste. Wilma, die ja oben in der Ferienwohnung lebte, hatte auf Frau Donner einen kompetenten Eindruck in Sachen Krisenbewältigung gemacht. Außerdem hatte sie es schon immer furchtlos mit der Birnbichler aufgenommen.

Wilma verließ daraufhin fluchtartig ihre Terrasse bei der

»Bayerischen Hütte« und besah sich die Bescherung: die Birnbichler, in ihrem grauen Kittel, tot unter der Wurstmaschine.

Sie hatte nun im Entsorgen von alten Frauen, die bei der Hausarbeit tot zusammenbrachen, eine gewisse Erfahrung und rief den örtlichen Bestatter an. Zum Glück war dieser über die Weihnachtsfeiertage nicht verreist und so fuhr neben dem Gutermann'schen Bentley diskret und geräuschlos ein Leichenwagen vor.

Der einzige ortsansässige Arzt, der den Totenschein ausstellen konnte, war beim Skifahren und man musste ihn vom Lift wegholen, bevor man die Leiche unter der Wurstmaschine entfernen konnte. Er stellte den Totenschein aus und beeilte sich dann, vor Anbruch der Dunkelheit noch einmal auf den Skihang zurückzukehren.

Die Leiche der Birnbichlerin wurde drei Tage lang in der rosafarbenen Wallfahrtskapelle auf dem Liebseehügel aufgebahrt und das ganze Dorf inklusive aller Touristen pilgerte den verschneiten Kreuzweg herauf, um der Birnbichlerin ein letztes Lebewohl zu sagen.

Wie sie da so lag, völlig stumm und mit geschlossenen Augen, da konnte man gar nicht glauben, wie viele Unwahrheiten und hässliche Dinge dieser Mund in seinem ganzen Leben gesagt hatte. Jetzt, wo ihre Seele doch schon beim Himmelsvater war.

Am Tag vor Silvester war dann die Beerdigung. Das traumhafte Winterwetter hielt unvermindert an. Die Sonne strahlte von einem wolkenlosen, dunkelblauen Himmel herab und brachte das propere Dorf und die darumliegende Höfe, die sich unter puderzuckrigem Schnee duckten, zu einem märchenhaften Glitzern. Alle Teilnehmer des Trauerzuges genossen den geradezu unwirklich schönen Spaziergang. In einer langsamen Prozession schob sich die Trauergemeinde schrittweise den steilen Berg zum Friedhof hinauf. Je höher man stieg, desto phantastischer wurde die Aussicht. Der Liebsee lag, mit einer dünnen Eisschicht überzogen, in traumhafter Schönheit da. Keine Postkarte hätte hinreißender aussehen können als diese geradezu unwirklich schöne Aussicht, die sich den Trauergästen bot. Ihnen wurde richtig heiß. So mancher schwarze Mantel wurde geöffnet, später sogar ausgezogen und über dem Arm getragen.

Der Sarg mit der Birnbichler wurde von sechs schwarzen Pferden gezogen, die unverdrossen ihren Schwanz hoben und auf den verschneiten Weg äpfelten.

Direkt hinter dem Sarg ging ein gut aussehender Mann mit auffallend schönen, längeren Haaren und für diese Jahreszeit ziemlich braun gebrannt, der versuchte, nicht in die Pferdeäpfel zu treten. Er hatte einen dunkelgrünen Trachtenjanker an, schwarze feine Tuchhosen und schwarze blank geputzte Schuhe. Die Schuhe glänzten mit dem Schnee um die Wette, und während er seine eigenen Füße betrachtete, sah er im Geiste wieder die blank geputzten Schuhe des Vaters, als man vor vierzig Jahren seine richtige Mutter zu Grabe trug.

Knapp hinter ihm ging eine mollige Frau mit rötlichen Haaren im dunklen Trachtenmantel und Gesundheitsschuhen. Frau Donner genoss es, in seiner Nähe zu sein. Noch mehr allerdings genoss sie es, ihre verhasste Chefin zu Grabe zu tragen.

Weiter hinten ging auch Wilma, im schwarzen Hosenanzug mit weißem Blusenkragen. Sie und ihre Töchter begleiteten die Birnblichler ebenfalls nicht ungern auf ihrem letzten Wege. Auch Lilli und Milan gingen im Trauerzug mit, sie in Grün geblümt und er in Rotschwarz kariert, und weiter hinten ging Mechthild mit ihrem Kleinen.

Auch Dr. Martin Wächter nahm mit seinen Kindern an der Beerdigung teil. In Gedanken widmete er sich gedanklich bereits den Erbschaftsangelegenheiten seines Jugendfreundes Ferdinand, während er seine Kinder mahnte, nicht allzu übermütig in die Pferdeäpfel zu springen.

Ganz am Ende es Zuges schritt das frisch verheiratete Ehepaar Gutermann. Nicole Gutermann hatte einen breitkrempigen schwarzen Hut auf, der unter den Dorfbewohnern einiges Aufsehen erregte, und war in einen pechschwarzen Zobel gehüllt. Unentwegt sprach sie in ihr Diktiergerät. So eine Beerdigung war das Beste, was sie den Lesern bieten konnte: Hier kam alles zusammen: Trauer, Tränen, Schmerz und völlig ungestellte Fotos. Zwar war ihr unter dem Pelz entsetzlich heiß, aber sie mochte das gute Stück auch nicht ausziehen und schleppen. Giselher Gutermann schritt stolz neben seiner eleganten Gattin her. Er fand, dass sie immer damenhaft und elegant aussehen müsse, solange sie in seiner Begleitung war. Er selbst hielt seine schwarze Baskenmütze für diesen Anlass genau angemessen.

Das ganze Dorf war auf den Beinen. Selbst die Dorfköter und Katzen liefen neben dem Trauerzug her und auch Hansi, der depperte Sohn vom Hiaslbauern, stand unter dem Balkon des Messners und hielt Maulaffen feil. Eine Blaskapelle spielte lauter Lieder in Dur, die Posaunisten und der dicke Bläser der Basstuba hatten richtig rote Backen. Die Kinder hüpften und sprangen und niemand hinderte sie daran. Kein einziges Gesicht war von Trauer gezeichnet, alle Beteiligten hatten ein fröhliches Lächeln auf den Lippen. Am allerglücklichsten lächelte Wilma.

Da vorne ging Ferdinand Sailer. Er hatte ihr einen kurzen Blick zugeworfen, während der Trauerfeier in der rosa Kapelle und sie hatte fest in seine Augen gesehen. Und in diesem Moment hatten kein Groll und kein Misstrauen mehr darin gestanden, sondern nur Wärme und Zuneigung. Sie wusste, dass es heute zu einer Aussprache kommen würde. Später, beim Leichenschmaus. Wilma konnte es kaum erwarten, die Alte endlich unter der Erde zu sehen.

Frau Donner keuchte leicht beim Bergaufgehen, aber sie hatte etwas auf dem Herzen, was sie ihrem angebeteten Chef unbedingt noch vor der Grablegung sagen musste.

»Herr Sailer, derf i Sie mal in Ihrer Andacht störn?«

Ferdinand drehte sich um. »Was gibt's denn, Frau Donner?«

»I muss es Eana einfach sagen! Es ist mir so peinlich, dös kennan S' mir glauben. Aber sie darf net unter die Erd, bevor Sie es wissen.«

»Red schon, Dirndl!« Ferdinand streckte den Arm aus und ließ die Donner vorgehen.

Ulrike Donner errötete vor Liebe und Solidarität.

»Dös Interview, damals, in der *Elite*, Sie wissen schon, weshalb Sie sofort abgereist waren ...«

Ferdinand räusperte sich. Im Angesicht des Sarges und der köttelnden Kaltblüter wollte er eigentlich nicht so gern mit diesem Thema konfrontiert werden.

»Dös hot ois sie gesagt. Ois. Am Telefon. Zu einer gewissen Nicole Nassa. Die wo jetzt im »Schwan« wohnt, in der Hochzeitssuite! I hab's net verhindern können, Herr Sailer, i schwör's Ihnen. Aber oans weiß i g'wiss: Die Wilma von der Senne hat damit nix zum dun.«

Es kostete sie einiges, Ferdinand endgültig an die Rivalin abzugeben, aber sie fühlte, dass sie beiden dieses Geständnis schuldig war. Sie schenkte Ferdinand einen ergebenen Blick.

Ferdinand drückte sie noch fester an sich: »Das hab ich schon g'wusst, Ulrike. Aber es ist stark von dir, dass du es mir sagst. Ich hoffe, wir arbeiten noch lang zusammen.«

Dann ließ man Johanna Birnbichler zu Grabe. Ferdinand warf eine Schaufel hart gefrorener Erde auf den Sarg. Er schaute dabei unverwandt zu Wilma hinüber. Die beiden lächelten sich an.

Und der Kirchenchor sang: »Jesu meine Freude«.

Einen Tag später fand wie jedes Jahr in der Berghütte droben auf dem Zwölferkogel eine zünftige Silvesterparty statt. Die Dorfkapelle spielte zum Tanz auf, der »Schwan« sorgte für das

Büffet, und die Dorfbewohner pilgerten traditionsgemäß am Nachmittag bereits auf Fellskiern den steilen Weg hinauf, um bei Einbruch der Dunkelheit mit einem herzhaften Winzinger Weißbier und einer Jause den gemütlichen Abend zu beginnen. Eine besondere Gaudi war es natürlich, das neue Jahr mit einer nächtlichen Skifahrt zu begrüßen. Der Berghüttenwirt droben verteilte jedes Jahr Stirnlampen und Fackeln an die angeheiterten Talfahrer und es war eine Tradition, die sich niemand entgehen lassen wollte. Die älteren und behinderten Einwohner des Dorfes benutzten natürlich die kleine rote Gondelbahn, die ursprünglich nur eine Behelfsbahn zur Versorgung der Hütte gewesen war. Im letzten Sommer war sie aber umgebaut worden, so dass sie auch für den Transport von Menschen benutzt werden konnte. Die kleine rote Gondel bot Platz für vier Leute, die sich auf engstem Raume auf hölzernen Bänkchen gegenübersaßen. Diese Gondelbahn war der ganze Stolz der Gemeinde Winzing am Liebsee und erfreute sich, gerade auch bei den wandernden Sommertouristen, großer Beliebtheit. Im Winter fuhr sie nicht oft, weil sich das nicht rentierte. Nur an Silvester wurde sie in Betrieb gesetzt, damit alle Dorfbewohner an der Silvesterfeier auf dem Gipfel des Zwölferkogls teilnehmen konnten.

»Mama, gehen wir auch mit Fellen unter den Skiern da rauf?«, fragte Sophie, während sie sich vor dem kleinen Badezimmerspiegel der Ferienwohnung schminkte.

»Du kannst auch mit der Gondel fahren, Schatzl«, sagte Wilma, die gerade mit nassen Haaren aus der spärlich tröpfelnden Dusche kam.

Mutter und Tochter sahen sich im Spiegel: das eine Gesicht puppengleich bildhübsch, jung und glatt, das andere mit Spuren des Lebens. Aber beide Augenpaare strahlten voller Vorfreude auf den Abend.

»Nein, ich möchte viel lieber rauflaufen«, antwortete Sophie. »Dann kann ich um Mitternacht mit den anderen runterfahren!« Aha, dachte Wilma. Pistensau, ick hör dir trapsen.

Auch Ann-Kathrin wollte gerne bei der Abfahrt dabei sein. Ferdinand hatte Wilma versichert, dass er auf die Kleine aufpassen würde.

Eine Etage unter ihnen, im luxuriösen Badezimmer der Hochzeitssuite, diskutierten gerade Nicole Gutermann und Giselher über die Gestaltung des heutigen Abends.

»Möchtest du wirklich in dieser Berghütte Silvester feiern?«, fragte Giselher, der sich auf einen gepflegten Abend im »Schwan« mit Fünfgängemenue und Champagner gefreut hatte. Er hatte sich gerade frisch rasiert und stand nun in seinem Bademantel, der ihm über den Waden zu kurz war, vor dem Fernseher, der den »Jahresrückblick« im ZDF zeigte.

»Sei doch nicht immer so spießig!«, rief Nicole aus der Sprudelbadewanne. »Ich hab die ganzen Galadiners und steifen Fünfgängemenüs satt! Ich will mal wieder so richtig zünftig auf einer Hütte feiern, mit Brettljausen und viel Schnaps!«

»Dann musst du ohne mich gehen!«, rief Giselher erbost. Gerade kamen Bilder von ihm selbst bei der Preisverleihung in Berlin. Soeben nahm er dankend und dienernd den Pokal der Metzgerinnung und den Scheck über zwei Millionen Mark aus der Hand des Bundespräsidenten entgegen. »Ein Nobelpreisträger besäuft sich nicht mit den Dorftrotteln in einer Skihütte und frisst dabei Schweinsgulasch aus dem Pappteller!«

»Du hast ja keine Ahnung, wie arrogant du bist«, stichelte Nicole aus der Whirlwanne. »So richtig schunkeln und feiern, mal so ganz ausgelassen, das kannst du gar nicht, was!«

»Still!«. zischte Giselher, um sich noch einmal Ausschnitte aus seiner BSE-Rede anzuhören. Er stellte den Fernseher lauter. So laut, dass Wilma und ihre Töchter oben in der Mansardenwohnung alles hören konnten.

»Was? Du verbietest mir den Mund?«, keifte Nicole aus ihrer Wanne. »Was bildest du dir ein? Nur weil du Professor bist und einen Preis bekommen hast …«

»Halt doch mal den Mund!«, brüllte nun Giselher zurück. »Ich will das hier hören!«

»So, ist dir der Fernseher also schon wichtiger als ich!« schrie Nicole mit hochrotem Kopf. »Meine Gesellschaft reicht dir wohl nicht mehr!«

»Nicht, wenn du in einer Kneipe rumsaufen und andere Kerle anbaggern willst!«

»Was sind denn das für Unterstellungen? Spinnst du eigentlich? Ich will feiern und gut drauf sein, aber das kannst du anscheinend gar nicht!«

»Aber treib's nicht zu wild, meine liebe Nicole! Ich habe Möglichkeiten, von denen du nichts ahnst, dich zu beobachten! Alles, was du sagst und tust, wird mir zur Kenntnis gebracht!«

»Du bist ein armseliger Spießer, weißt du das? Ich kann deine Exfrau gut verstehen, dass sie dich verlassen hat! Du bist eine ganz arme Sau!«

»Ach, lass mich doch zufrieden! Du bist und bleibst ein Proletenweib!« Giselher trat mit dem Fuß so heftig die Badezimmertür zu, dass sie krachend ins Schloss fiel. Nicole griff nach ihrem Champagnerglas und pfefferte es von innen gegen die Tür.

Wilma und ihre Töchter hörten es oben mächtig scheppern.

»Aha, das Jubelpaar hat Zoff«, bemerkte Sophie trocken.

»Och, die feiern nur ein bisschen Silvester«, sagte Wilma, bevor sie den Fön einschaltete.

Genau in diesem Moment klingelte in dem kleinen urgemütlichen Bauernhaus am anderen Ende des Liebsees das Telefon.

Lilli schlurfte in ihren Filzpantoffeln durch die Diele und verscheuchte dabei zwei Mäuslein. »Hallo?«, meldete sie sich, während sie im Flurspiegel stolz ihr Bäuchlein im Flanellschlafanzug betrachtete.

»Hallo Lilli, hier ist Mechthild! Wie geht's euch dreien?«

»Wunderbar«, sagte Lilli. »Wir machen gerade Schwangerschaftsgymnastik! Milan übt das Öffnen und Schließen des Beckenbodenmuskels, auch wenn ich ihm noch so sehr versichere, dass er so einen gar nicht hat!« Lilli kicherte aufgeräumt.

»Entschuldige die Störung, aber mich hat gerade meine neue Flamme angerufen, weißt schon, Martin Wächter, ob ich Lust hab, heute Abend mit ihm Silvester zu feiern, droben in der Berghütte auf dem Zwölferkogel!«

»Das ist doch super, Mechthild! Mach das doch!«

»Ja, ich würde wahnsinnig gern, aber das Problem ist Adrian!«

»Bring ihn zu mir!«

»Ja, aber willst du denn nicht selber Silvester feiern gehen?«

»Nein, heuer nicht. I kann eh nix trinken und der Rauch da oben in der Hütte und der Lärm, das ist alles nix für mein Zwergerl. Milan und ich, wir bleiben daheim, halten ganz beschaulich Jahresrückblick, machen es uns hier gemütlich und gehen früh zu Bett. Du, ich bin im Moment immer so bleiern müde. Hattest du das auch, als du schwanger warst?«

»In den ersten vier Monaten, da hatte ich zu nichts Lust«, sagte Mechthild. »Außer Schlafen.«

»Also, bring den Kleinen um acht.«

»Geht es auch etwas eher? Ich wollte nämlich die Gondel nehmen, weil ich mich noch nicht traue, nachts mit den Skiern da runterzufahren. Martin sagt, es ist zu steil.«

»Da hast du Recht, brich dir bloß nicht die Haxn, im Dunkeln. Wann magst ihn bringen?«

»Um halb acht, dann kriege ich noch die letzte Gondel nach oben.«

»In Ordnung. Ich pass schon gut auf deinen Buben auf. Der kann schon mal im Kinderzimmer probeschlafen.«

»Du, Lilli, was soll ich denn anziehen? Ich meine, was trägt man auf so einer zünftigen Silvesterfeier in einer Berghütte?«

433

»Zieh dir was Gemütliches an! Das was du in letzter Zeit immer trägst! Deine enge Jeans sieht fesch aus und dein Trachtenjanker! Das passt scho!«

»Dank dir, Lilli. Du bist eine wahre Freundin. So eine wie dich kann man suchen wie die Nadel im Heuhaufen.«

»Ah, geh! Und dir wünsch ich viel Spaß bei der Silvesterfeier droben, mit deinem Anwalt. Ist ein fescher! Kann ich dir nur gratulieren! Fährt der auch mit der Gondel?«

»Nein, der will natürlich mit den Skiern und der Fackel runterfahren, mit den anderen!«

»Ja, der Ferdl fahrt auch mit. Der freut sich ja wie ein kleiner Bub. Und ich freu mich für euch alle. Ihr werdet eine Mordsgaudi haben!«

Lilli konnte nicht ahnen, wie Recht sie damit haben würde.

Kurz darauf holte Ferdinand die Mädchen ab, um mit ihnen auf Fellen den Zwölferkogel hinaufzusteigen.

Er brachte Wilma einen Silvesterstrauß mit, in dem ein kleines Kärtlein steckte: »Darf ich bitten, zum Tango um Mitternacht? Oder muss man fürchten, dass der Knochen kracht?«

Wilma kicherte vergnügt und steckte ihr Gesicht tief in den schönen Blumenstrauß.

»Hast du den vom Grab deiner Stiefmutter entwendet?«, spöttelte sie.

»Oh, frivol ist mir am Abend«, sang Ferdinand und die Mädchen lachten.

»Also, Dirndln. Zieht euch warm an, aber nicht zu warm, denn ihr kommt ganz schön ins Schwitzen beim Kraxln. Und du, Dirndl, zieh dich fein an, aber nicht zu fein, denn beim Schunkeln in der Hüttn fällt schon mal a Glasl um!«

»Ich zieh Jeans an und die Wildlederjacke«, sagte Wilma. »Das kleine Schwarze lass ich im Schrank.«

Ferdinand lächelte. Er wusste genau, dass Wilma nichts mehr besaß, was sie mit ihrem früheren Leben verband. Sie war mit einem kleinen Köfferchen aus dem Krankenhaus gekommen und darin war sicher kein kleines Schwarzes.

Er nahm Wilmas Kinn zwischen Daumen und Zeigefinger und drückte ihr einen ganz kleinen Kuss auf den Mund. »Ich freu mich wahnsinnig auf den Abend«, sagte er. Die Mädchen schauten hochinteressiert zu.

»Ich mich auch«, sagte Wilma. Sie war so voller Vorfreude und Glück wie seit ihrer Kindheit nicht mehr.

»Komm nicht zu spät!«, sagte Ferdinand, als er schon auf der Treppe war.

»Ich habe noch ein paar Schreibsachen zu erledigen«, antwortete Wilma. »Aber ich nehme die Gondel um acht!«

Die Mädchen winkten und dann waren sie weg. Wilma hatte noch fünf Stunden Zeit.

Sie musste die Sache unbedingt noch im alten Jahr über die Bühne bringen.

Sie warf ihren Computer an und ging ins Internet. Eine mühsame Arbeit, die sie jetzt vor sich hatte. Sie würde genau sechzig Banküberweisungen tätigen, das bedeutete, sie musste sechzig Kontonummern und Bankleitzahlen von ihrer Liste abtippen. Sie musste sechzigmal »Verwendungszweck« angeben, dazu sechzigmal »Name des Empfängers«. Und dabei durfte sie sich nicht verschreiben.

Sie brauchte dafür geschlagene drei Stunden. Als sie fertig war, ging sie die gesamte Liste noch einmal sorgfältig durch.

Ja. Sie hatte niemanden vergessen. Sie hatte allen sechzig Kindern, die sie damals beim Straßenahnunglück verletzt hatte, eine Entschädigung von dreiundachtzigtausend Mark gezahlt. Und damit war der Scheck, den Agneta ihr geschickt hatte, aufgebraucht. Jetzt fühlte sie sich endlich wieder unbeschwert. Sie lächelte in sich hinein. Was für ein Jahr war das gewesen! Wie tief war sie gefallen! Und wie mühsam wieder hoch geklettert!

Jetzt wollte sie noch ein anderes Kapitel abschließen.

Sie klappte den Deckel ihres Notebooks zu und schrieb mit der Hand einen Brief an Agneta.

»Also was ist jetzt, hast du es dir überlegt?«

»Natürlich habe ich es mir überlegt! Du glaubst wohl, nur weil du Professor bist und den Nobelpreis hast, muss ich meine Meinung ändern!«

Nicole Gutermann war inzwischen fertig geschminkt und hatte ihre Heißluftlockenwickler im Haar. Nun stand sie ratlos vor dem Kleiderschrank.

»Das heißt also, du gehst auf die Bauernlümmelfete?« Giselher lag immer noch im Bademantel auf dem Bett. Im Fernsehen flimmerte eine Quizshow.

»Allerdings, und wenn es sein muss, auch ohne dich!« Nicole riss ihre engen Jeans aus dem Schrank. Die hatte sie seit Monaten nicht mehr angehabt.

»Du willst mich ja sowieso nicht dabeihaben! Du willst den Bauernlümmeln schöne Augen machen. Testen, wie hoch dein Marktwert noch ist.«

»Wenn du es sagst …« Verdammt. Die Jeans waren zum Ersticken eng.

»Da oben sind so viele Skilehrer, dass ich dabei nur stören würde! Sicher fordert dich gleich einer zum Tanz auf«, stichelte Gutermann, vor Eifersucht innerlich bebend.

»Das will ich doch hoffen. Du kannst sowieso nicht tanzen, das wollte ich dir schon lange sagen.«

»Weißt du eigentlich, wann für einen Skilehrer die Saison beginnt? Wenn er sich die Hosen nicht mehr allein ausziehen muss.«

»Und du hast feuchte Hände, weil du so verklemmt bist!« Nicole schälte sich zentimeterweise in ihre brettharten Beinkleider.

»Danke!«

»Bitte!! Du bist nicht unterhaltsam und nicht witzig, du bist altmodisch und langweilig und heute Abend will ich verdammt noch mal meinen Spaß haben!! Und wenn es sein muss, mit einem Skilehrer!« Endlich war der Hintern drin. Jetzt galt es nur noch, den Knopf zuzukriegen.

»Liebe Nicole, du bist zu fett geworden«, sagte Giselher genüsslich von seinem Bett her. »Da wird der Skilehrer aber keine Freude dran haben!« Seine langen behaarten Beine schauten aus dem Bademantel hervor und plötzlich wurde Nicole bewusst, wie hässlich seine Zehennägel waren. Gelblich verhornte, eingewachsene, krumme ungepflegte Zehennägel.

Hatte sie das denn bei all dem Professor-Preis-Guter-Mann-Getue übersehen?

»Nenn mich nicht liebe Nicole! Ich hasse dein falsches süßliches Lächeln!«

»Ich lächle dich an, wie ich will, Schätzchen! Du sollst mein Lächeln den ganzen Abend nicht vergessen! Du sollst immer an mich denken, jede Minute, jede Sekunde!«

»Ich trinke so lange, bis ich es vergessen habe!« Nicole stand nun ratlos am Kleiderschrank. Welches Oberteil passte zu den gar zu engen Jeans?

»Zieh doch was Durchsichtiges an«, sagte Giselher süßlich von seinem Bett her. »Vielleicht das lilafarbene mit dem tiefen Dekolleté, in dem du mich angebaggert hast?«

Nicole schaute ihn wutentbrannt aus kleinen Augen an. »Das könnte dir so passen.«

»Oder vielleicht den schwarzen Body mit den Löchern, in dem du das erste Interview mit mir gemacht hast?«

»Hab ich doch überhaupt nicht nötig!« Nicole zerrte Kleidungsstück um Kleidungsstück aus ihrem reichhaltigen Sortiment. Schließlich griff sie nach einem wildledernen Trachtenjanker, das sie vor einigen Tagen noch in der hoteleigenen Boutique bei der damals noch lebenden alten Birnbichler zum Einkaufspreis erstanden hatte. »Das hier!«

»So, du willst dich also als bayerische Hausfrau verkleiden! Liebe Nicole, du lässt auch gar nichts aus, um den Leuten zu gefallen.«

»Zu einer Hüttenfete gehen alle so! Basta!«

Nicole pfefferte den Kleiderbügel aufs Bett, ohne dass Giselher vorher noch seine ungepflegten Füße einziehen konnte.

»Wenn du gehst, gehst du für immer!«, jaulte er auf.

»Ich freue mich schon auf die Scheidung«, zischte Nicole. »Was Verena Feldmaus kann, das kann ich auch! Vier Wochen waren schon vier zu viel!«

Peng, damit krachte die Tür ins Schloss.

»Ich bin so schön, ich bin so toll, ich bin der AN-TON AUS TI-ROL!«

Die Stimmung in der Berghütte war schon jetzt auf dem Siedepunkt. Das Essen war noch nicht mal fertig, aber die Leute tanzten schon auf den Tischen.

Der lange Aufstieg auf den Zwölferkogel hatte viele richtig euphorisch gestimmt – und man hatte sich den Glühwein und Schnaps in den leeren Magen gezogen. Nun standen die vielen Winzinger und ihre Wintergäste dicht gedrängt, Arm in Arm, mit roten Wangen und laufenden Nasen in ihren Trachtenjankern oder halb heruntergezogenen Skianzügen auf den knarrenden Dielenbrettern der Berghütte und grölten sich die Lunge aus dem Leib. Die Skischuhe lagen wahllos draußen in der Diele auf einem Haufen und hinterließen eine kalte Pfütze von Eiswasser. Der holzgetäfelte Raum mit den vielen Jagdtrophäen an den Wänden war rauch- und alkoholgeschwängert. Die Jugend, hinten am Durchgang zur Toilette, zog sich heimlich einen Joint rein und trank Cola mit Rum.

Ferdinand Sailer warf ab und zu ein Auge auf Sophie und Ann-Kathrin, die sich aber im Kreise ihrer gleichaltrigen Freunde prächtig zu amüsieren schienen. Er selbst hatte erst einmal mächtig zu tun, denn das Küchenpersonal kam mit dem

Zubereiten des Silvesterfondues anscheinend nicht nach. Ursprünglich wollte Ferdinand diesen Abend ganz privat genießen, aber er wurde gebraucht. In der Küche brach Hektik aus, da man anscheinend zu wenig von den passenden Saucen besorgt hatte. Auch für die Kaasnocken fehlten noch Käsepfanderln, obwohl Ferdinand doch extra noch fünfzig Stück bestellt hatte. Aber die Lieferung war nicht mehr eingetroffen. Vielleicht steckte sie noch in der letzten Gondel, die eigentlich jeden Moment ankommen musste. Ferdinand sah auf die Uhr. Bald neun!

Vielleicht hatten sie unten noch auf die Lieferung gewartet. Arme Wilma. Nun würde sie kalte Füße haben. Ferdinand blickte sich in der Stube um und versuchte, die Leute abzuzählen. Eines war klar. Für das Schöpserne waren auch nicht genug Zwiebeln und Kartoffeln da. Kein Mensch hätte mit so einem Andrang gerechnet: In der Hütte tobten fast zweihundertfünfzig Leute! Und alle hatten Hunger bis unter die Arme!

Frau Donner, die sonst so zuverlässige Hilfe, war unten im »Schwan« geblieben, weil sie sich um den einzelnen Gast kümmern musste, der dort heute Abend zu essen wünschte.

Deshalb musste Ferdinand sich nun um alles selber kümmern. Er eilte wieder in die kleine, beengte Küche, in der fünf eifrige Helfer ihr Bestes gaben. Seine Hemdsärmel hatte er hochgekrempelt und über seine Lederhose hatte er ein rotweiß kariertes Küchenhandtuch gebunden.

»Anni, wo sind die Würschteln?«

»Im Kühlschrank, Herr Sailer!«

»Aber die gehören doch längst in den Kochtopf!«

»'s Wasser kocht immer noch net, Herr Sailer!«

»Lass mich mal schauen, Anni.« Er schob das nette Berghüttentöchterchen zur Seite, das hier in den Ferien immer aushalf. »Na, das kann ja auch net funktionieren, wenn der Aggregator nicht richtig arbeitet.« Ferdinand machte sich unten am Ofen mit einem Schraubenzieher zu schaffen.

»In drei Stunden brauchen wir zweihundertfünfzig Gläser Sekt!«

»Haben wir nicht. Gerade mal hundert!«

»Passt scho, die Jugend kann ausm Pappbecher trinken, und die Winzinger auch. Die Gläser überlassen wir den Gästen. Sind genug Sektflaschen angekühlt?«

»Ja, im Kühlschrank.«

»Dös is a Schmarrn, Anni! Den Kühlschrank brauchen wir für die anderen Sachen! Packt's die Sektflaschen alle in den Schnee!«

Ferdinand schob Anni und ihren Bruder aus der Küche. »Ihr müsst's noch viel lernen!«

Dann hob er den Deckel von einer großen Plastikschüssel, die eigentlich in den Kühlschrank gehörte: »Warum habt ihr denn wieder zu wenig Cumberlandsauce bestellt?«

»Ja, Chef, zuerscht hascht g'sagt, die moch' mer selber!«

»Aber nicht, wenn wir keine Zeit mehr haben! Gestern haben wir die Birnbichler-Johannna beerdigt, der Leichenschmaus ging bis um sechs in der Früh, da konnten wir doch keine Saucen mehr machen!«

Eine hübsche Blonde, der Lehrling im zweiten Lehrjahr, schlich sich an Sailer heran: »Aber schee war's, gell, Herr Sailer?«

Aha, hatte das ganze Dorf schon wieder mitgekriegt, wie gut er und Wilma sich bis zum Morgengrauen unterhalten hatten.

Als er daran zurückdachte, bekam er einen merkwürdigen Knoten im Magen. Wilma. Wo sie nur blieb! Vielleicht hatte sie sich längst unter die feiernden Gäste gemischt! Er wollte gerade mal nachsehen gehen, da wurde er schon wieder abgelenkt.

»Wir haben zu wenig Brennspiritus.« Gustl, der Senior-Chef, stand in der Tür.

»Das darf doch nicht wahr sein! Muss ich mich denn um alles selber kümmern!«

»Mir kenna an Benzing'misch z'samm mix'n«, mischte sich der depperte Sohn vom Hiaslbauern ein, der mit einer Flasche Bier unter der Schräge stand.

440

»Nein, viel zu gefährlich. Kümmer du dich um dein Bier!«
Ferdinand Sailer schob Hansi energisch vor die Tür. »Stell das
Bier kalt! Aber net in den Kühlschrank eini, hörst mi?« Und
zu Gustl gewandt, fuhr er fort: »Ohne Brennflüssigkeit können wir das Fondue vergessen!«

»Was mach' mer jetzt mit'm Fleisch?«

Anni, die Hüttenwirtin, Mutter von der jungen Anni,
stemmte die Hände in die Hüften. »Bei so viel Leit da kenni
mi nimmer aus. Ferdl, dös musst du jetzt mochn.«

Ferdinand wischte sich mit den Händen über die Augen.
Verdammt. Nun war er gerade den zweiten Tag im Lande und
schon ging alles schief. Dabei wollte er Wilma beweisen, wie
gut er alles im Griff hatte. Gerade nach dem scheußlichen Artikel in der *Elite*, in dem ja gestanden hatte, er könne noch
nicht mal ein Mineralwasser servieren. Nun schien sich genau
das zu erfüllen! Die ganze Hütte im Chaos! Hungrige Leute,
schon um neune besoffen, weil's nichts zu essen gab! Was sollte Wilma denken! Dass die alte Birnbichler womöglich doch
Recht gehabt hatte?

»Ungeheuerlich!«, schrie Ferdinand aufgeregt. »Wie kann
man den Brennspiritus vergessen!«

Die beiden Annis fingen fast an zu weinen. Angstvoll blickten sie Ferdinand an.

»Okay, Leute, macht's euch keine Hektik, das kriegen wir
schon hin.« Ferdinand sah, dass Panik nicht weiterhalf. »Was
machen wir jetzt mit dem Fonduefleisch? Sollen wir es braten?
Wie viele Bratpfannen hat's hier oben?«

»Das geht nicht, die Pfanderln san all für die Kaasnockerln
in Betrieb!«

»Chef!«, schrie die Barfrau von draußen herein. »Die Wod-
ka-Feige ist aus!«

»Frau Kastinger«, beruhigte Ferdinand die Dame. »Dann
nehmen Sie Williams-Birnen!«

»Wos? In 'n Feignschnaps eini?«

»Dös merkt doch jetzt ka Sau nimmer!« Ferdinand wurde rabiat. Er schrie in die Wirtstuben hinaus: »Sind die Leute mit dem Eindecken fertig?«

»Mir kenna net eindecken, die Leute tanzen alle auf dem Tisch!«

»O Gott, ich glaub's nicht!« Ferdinand sah sich einem nicht zu bewältigenden Chaos gegenüber. Und wo war Wilma? Die musste doch längst inmitten dieser Menschentraube sein!

Ferdinand sah schon wieder auf die Uhr. Viertel nach neun. Die war längst hier. Hätte sich ja mal melden können, dachte er. Aber vielleicht will sie mich nicht stören.

Er kannte Wilma immer noch viel zu wenig. Denn wenn sie schon oben gewesen wäre, hätte sie sofort die Ärmel hochgekrempelt und mitgeholfen. Sie war nicht mehr die verwöhnte feine Dame, die sie vor einem Jahr gewesen war.

Aber das konnte Ferdinand nicht wissen. Er stürzte wieder in die Küche hinein, in der inzwischen sieben Leute orientierungslos umeinander standen.

Keiner seiner Mitarbeiter war noch nüchtern. In diesem Chaos konnte man nur mitsaufen.

Die Vorbereitungen in der kleinen engen Küche liefen auf Hochtouren. Eine kleine genervte Salatputzerin schrie, dass sie ihren Traumberuf verfehlt hätte. Zwei Kellner rutschten zum wiederholten Male auf einem Fettfleck aus.

»Der Kücheneingang ist fettig«, rief Ferdinand. »Anni, komm mit dem Putzfetzn!«

»Hob ich scho dreimal g'mocht! Die Leit treten immer wieder nei!«

»Das Kaminfeuer geht aus, weil der Hansi vergessen hat, was nachzulegen!«

»Vom Schöpsernen hat's nur mehr dreißig Portionen«, meldete die Brunner-Lisi aus dem Keller. »Die Weinkellertür stand offen, jetzt ist der Rotwein z' koit.«

»Dann lauf runter und hol den Hirsch, den tun mer auftauen! Rotwein stell ich auf'n Kamin.«

»Aber das dauert zwoa Stund!«

»Dös is jetzt wurscht! Die sind eh alle b'soffn!«

Draußen an der Bar grölten die Gäste sich die Kehle aus dem Leib. Dicht gedrängt, Leib an Leib, und da sich alle inzwischen doppelt bis dreifach sahen, entstand der Eindruck, als seien knapp tausend Leute im Raum. So ausgelassen hatten die Winzinger noch nie gefeiert.

»Auf die Birnbichlerin!«, schrie einer und alle hoben ihre Bierkrüge.

»Lotti, bring uns eine Runde Ziegler Wildkirsch!«, rief Ferdinand.

»Wahnsinn«, brüllte der kleine Leopold. »Dös is der beste Schnaps, der noch auf'm Markt is!«

»Woher willst du das wissen, mit deine siebzehn Johr?«, herrschte die Brunner-Lisi ihn an.

Der Wind rüttelte an den kleinen Butzenscheiben. Es war stockfinster.

Die wenigen Leute, die noch draußen gestanden hatten, zogen ihre Köpfe ein und kamen mit roten Wangen herein: »Draußen ziagt a Wetter auf!«

Sie müsste längst hier sein, dachte Ferdinand, während er versuchte, trotz der Knüffe und Püffe von allen Seiten den teuren Schnaps auszuschenken. Vielleicht macht sie sich gerade frisch.

»Auf der Damentoilette ist ein Klo verstopft! Der Abfluss funktioniert nimmer!«

»Auch das noch! Hansi, bring mir den Plümper, ich kümmer mich drum!«

Ferdinand kämpfte sich aus der engen Gaststube und nahm die engen Stiegen nach oben, um nach einem Putzeimer zu suchen.

Ein Besoffener geisterte im ersten Stock durch die engen

Flure und machte alle Zimmertüren auf. Er suchte eine Frau. Ferdinand zog ihn am Schlawittchen wieder die schmalen Holzstiegen hinab. »Freunderl, hier oben hast du nix verloren, dös is nur für die Hausgäst!«

»Hörn Se mal, ick such 'ne Blonde, Kleene!«

»Aber nicht hier!« Ferdinand versetzte dem Kerl einen Knuff. Der Berliner taumelte die Stiegen wieder hinunter, immer zwei Stufen auf einmal, und stieß sich dabei schrecklich die Glatze an der niedrigen Stiegendecke. Es polterte und dröhnte und dann rief Anni: »Chef, wir ham an Verletztn!«

»Ois voller Blut!«

»Anni, kimm mit'n Putzfetzn!«

»Herrgottsakra, was is 'n da los?«

Jemand öffnete die Tür zur Stuben, und von drinnen quoll ein unbeschreiblicher Lärm heraus.

»Ist der Doktor da?«, rief jemand in den Krach hinein.

Der Dorfarzt, der mit dem wartenden Martin Wächter als Einziger noch draußen vor der Tür gestanden hatte, kam herbeigeeilt. Als er sah, was los war, lief er gleich nach dem Notfallkoffer. Er verzog sich mit dem Berliner, der sich inzwischen auf seine Hirschhornknopfjoppe erbrach, in die kleine Stube, wo schon die zahnlose Großmutter schlief.

Ferdinand fuhr sich mit der Hand über die Augen. Na, das war ja ein romantischer Jahresausklang! Den hatte er sich aber anders vorgestellt!

Er stürzte in die Wohnstube hinein, um dem Doktor zu helfen. Martin war auch dabei. Gemeinsam richteten sie den betrunkenen Berliner wieder auf.

»Wo die letzte Gondel nur bleibt«, sagte Ferdinand.

»Ja«, wiederholte Martin mechanisch. »Wo die letzte Gondel nur bleibt!«

Zu blöd, dass man hier oben mit dem Handy keinen Empfang hatte.

Draußen vor der Hütte war der Hiaslbauersohn Hansi inzwischen damit fertig, die siebenhundert Bierflaschen in den Schnee zu legen. Auch die hundertfünfzig Sektflaschen hatte er mit Hilfe von Leopold, dem siebzehnjährigen Hüttensohn, auf Eis gestapelt. Er hatte nun ganz klamme, rot gefrorene Hände, und beschloss, sich erst mal irgendwo aufzuwärmen. In der Hütte war die Stimmung riesig. Das verdankte man ihm, dem Hansi. Er hatte schon vor Stunden den Zusatzmotor von der Seilbahn abgeklemmt und das Stromaggregat von der Hütte angeschlossen. Nun war er froh, dass er alles so gut erledigt hatte.

Zufrieden mit sich und seinem Tagwerk setzte sich der Hiaslhansi auf das einzige noch nicht verstopfte Klo. So. Nun konnte das neue Jahr beginnen.

Vom kleinen rosafarbenen Zwiebelkirchtürmchen auf dem Wonneberg läutete es Mitternacht. Auch die Hauptkirche in Winzing am Liebsee stimmte ihr Glockengeläut an.

Das Dorf war wie ausgestorben. Alle Bewohner waren droben auf der Hütte. Nur ein paar alte und kranke Leute waren in ihren Häusern geblieben und eine werdende Mutter. Aber die schliefen längst. Nirgendwo war ein Licht am Fenster zu sehen.

Kein Stern stand am wolkenverhangenen Himmel. Auch der Mond hatte in dieser ersten Minute des neuen Jahres keine Chance, sich durch die dichten schwarzen Wolkenberge zu kämpfen. Über der Berghütte tobte ein solcher Sturm, dass an das Abfahren mit Skiern und Stirnlampen überhaupt nicht zu denken war. Die Gäste saßen dicht gedrängt auf den Holzbänken und genossen das improvisierte Nachtmahl. Sie hatten noch nie in ihrem Leben einen solchen Hunger gehabt. Und man musste zugeben: Es schmeckte köstlich! Niemand hatte Lust, ausgerechnet jetzt vor die Hütte zu treten und ein paar Silvesterknaller abzuschießen. Das hatte Zeit bis später.

Ferdinand und Dr. Wächter setzten sich zum ersten Mal an diesem Abend hin.

Sie hoben ihr Glas. »Prosit, Ferdinand!«

»Prost, Martin!«

»Da werden sie doch was Besseres vorgehabt haben heute Abend!«

»Ja, die sitzen sicher unten im »Schwan«!«

»Da ist der Champagner kalt und das Menu ist perfekt.«

»Hoffentlich ham s' auch so viel Spaß wie wir.«

»Und wenn net – ham s' auch net besser verdient!«

»Na, mach dir nichts draus!«

»Ist sicher besser für die Damen, sonst hätten sie hier mit zweihundertfünfzig Mann im Matratzenlager übernachten müssen!«

»Das is nix für zart besaitete Weiberlherzen.«

»A bissl a Luxus brauchen s' scho, gell!«

»Auf die Liebe«, sagte der Ferdl.

»Auf die Liebe«, pflichtete der Doktor ihm bei.

»Aber runterfahren und nachsehen tu ich jetzt schon«, sagte der Ferdl, als sein Glas leer war. »Nur so, verstehst.«

»Du, da komm ich mit«, sagte der Martin, als sein Glas leer war.

Keiner von den feiernden Gästen in der Hütte bemerkte, dass Ferdinand und Martin sich in ihre Skimontur warfen und mit Fackeln trotz Sturm und Schneefall den steilen Abhang hinuntersausten. Und wenn es einer bemerkt hätte, hätte er nicht viel gesehen: Der Nebel verschluckte unsere beiden Helden sofort.

Die hell erleuchtete Hütte war das Einzige, was Wilma, Mechthild und Nicole am fernen Horizont als kleinen Punkt ausmachen konnten. Sonst war alles stockdunkel. Die Gondel, die über dem Gemsensturz hing, baumelte stark hin und her. Die drei Frauen, die darin eingeschlossen waren, fühlten sich wie in einer Schiffschaukel. Zum Glück ahnten sie nicht, wie steil und schroff unter ihnen die Felsen waren. Sonst wären sie in Panik geraten.

Aber so schwiegen sie. Schon seit Stunden. Beharrlich. Und schauten weg. Egal wohin. Hauptsache nicht in die Gesichter der anderen.

Keine wollte das erste Wort sagen. Jede dachte an ihr turbulentes letztes Jahr. Und dass das neue Jahr nur noch besser werden konnte.

Wilma machte sich Sorgen um Ferdinand.

Mechthild dachte voller Aufregung an Martin.

Und Nicole dachte voller Verachtung an Giselher.

So saßen sie seit vier Stunden in der Gondel.

Heimlich schielten sie alle drei auf ihre Armbanduhr. Ganz unauffällig, natürlich.

Drei wildlederbejackte Arme, drei kleine Damenuhren.

Die Zeiger tickten unaufhaltsam voran.

Das Jahr neigte sich dem Ende zu. Noch drei Minuten, noch zwei, noch eine.

Der Sturm heulte.

Als das Zwiebelturmkirchlein von unten ganz leise mit dem Wind das Mitternachtsgeläut zu ihnen herauftrug, bemerkte Wilma, fast wie eine Fata Morgana, auf einmal zwei kleine, im Wind flackernde Flammen. Sie beugte sich vor und starrte darauf. Die kleinen, zuckenden Flammen bewegten sich. Wenn man es sich einbilden wollte, konnte man sogar meinen, sie bewegten sich auf sie zu.

Mechthild beugte sich nun auch vor, starrte hinunter und kniff die Augen zusammen.

Ja, da zuckten zwei Fackeln im Nebel, aber dann waren sie auch schon wieder verschwunden.

Keine sagte ein Wort.

Dann schaute Wilma, ganz aus Versehen, plötzlich Mechthild an.

Und Mechthild schaute, ganz ungewollt, natürlich, Wilma an.

Der Mundwinkel von Wilma zuckte. Sie biss sich auf die Lippen.

Mechthild versuchte, ein Grinsen zu unterdrücken. Aber es gelang ihr nicht.

Nicole, die nun auch hinuntergeschaut hatte, räusperte sich. Es klang, als würde eine Kröte husten.

Daraufhin räusperten sich auch Mechthild und Wilma. Alle hatten einen Frosch im Hals. Vom langen Schweigen, klar.

In dem Moment fing Nicole Nassa an zu kichern. »Frohes Neues Jahr«, giggelte sie.

Mechthild und Wilma versuchten noch, an sich zu halten. Niemand sagte ein Wort. Alles war wieder totenstill. Aber plötzlich fing Wilma an zu prusten. Und da brach es auch schon aus Mechthild heraus. »Frohes Neues Jahr!« kicherte sie. Aus Wilmas Prusten wurde ein lautes Lachen. »Frohes Neues Jahr!«

So hockten sie alle drei auf der engen schmalen hölzernen Bank. Und lachten und lachten. Alle drei. Bis sie alle drei zum Taschentuch greifen mussten.

Irgendwie sahen sie alle drei gleich aus. Und so fühlten sich auch.

ENDE